U0124496

臺灣學者中國史研究論叢

制度與國家

黃清連　主編

中國大百科全書出版社

總編輯:徐惟誠　　　　社　長:田勝立

圖書在版編目(CIP)數據

制度與國家/黃清連主編. —北京:中國大百科全書出版社,2005.5
(臺灣學者中國史研究論叢:2/邢義田,黃寬重,鄧小南主編)
ISBN 7 – 5000 – 7282 – 1

Ⅰ. 制… Ⅱ. 黃… Ⅲ. 政治制度—歷史—中國—古代—文集
Ⅳ. D691. 2-53

中國版本圖書館 CIP 數據核字(2005)第 028311 號

中國大百科全書出版社出版發行
(北京阜成門北大街 17 號　郵政編碼:100037　電話:010 – 68315609)
http://www.ecph.com.cn
北京市智力達印刷有限公司印刷　新華書店經銷
開本:635 毫米×970 毫米　1/16　印張:30.75　字數:470 千字
2005 年 5 月第 1 版　2005 年 5 月第 1 次印刷
印數:1 – 5000 册
ISBN 7 – 5000 – 7282 – 1/K・452
定價:50.00 元

目　　録

出 版 説 明

　　《臺灣學者中國史研究論叢》是數十年來臺灣學者在中國史領域代表性著述的匯編。叢書共分十三個專題,多角度多層面地反映海峽對岸中國史學的豐碩成果,如此大規模推介,在大陸尚屬首次。

　　叢書充分尊重臺灣學者的觀點、表達習慣和文字用法,凡不引起歧義之處,都儘可能遵照原稿。作者觀點與大陸主流觀點不同之處,請讀者審別。由於出版年代、刊物、背景不同,各篇論文體例不盡相同,所以本叢書在格式上未強求統一,以保持原作最初發表時的風貌。各篇論文之后都附有該論文的原刊信息和作者小傳,以便讀者檢索。

　　在用字方面,既尊重原作者的用法,又充分考慮到海峽兩岸不同的用字和用詞習慣,對原稿用字不一致的情況進行了一些處理。

　　錯誤之處,在所難免,敬請方家指正。

論叢編委會

2005 年 3 月

總　　序

邢義田

　　爲了增進海峽兩岸在中國史研究上的相互認識，我們在中國大百科全書出版社的支持下，從過去五十年臺灣學者研究中國史的相關論文選出一百七十八篇，約五百三十萬言，輯成《臺灣學者中國史研究論叢》十三冊。

　　十三冊的子題分別是：史學方法與歷史解釋、制度與國家、政治與權力、思想與學術、社會變遷、經濟脈動、城市與鄉村、家族與社會、婦女與社會、生活與文化、禮俗與宗教、生命與醫療、美術與考古。這些子題雖不能涵蓋臺灣學者在中國史研究上的各方面，主體應已在內，趨勢大致可見。

　　這十三冊分由研究領域較爲相近的青壯學者一或二人擔任主編，負責挑選論文和撰寫分冊導言。選文的一個原則是只收臺灣學者的或在臺灣出版的。由於是分別挑選，曾有少數作者的論文篇數較多或被重複收入。爲了容納更多學者的論文，主編們協議全套書中，一人之作以不超過四篇、同一冊不超過一篇爲原則。限於篇幅，又有不少佳作因爲過長，被迫抽出。這是選集的無奈。另一個選錄原則是以近期出版者爲主，以便展現較新的趨勢和成果。不過，稍一翻閱，不難發現，各冊情況不一。有些收錄的幾乎都是近十餘年的論文，有些則有較多幾十年前的舊作。這正好反映了臺灣中國史研究方向和重心的轉移。

　　各冊導言的宗旨，在於綜論臺灣中國史研究在不同階段的内外背景和發展大勢，其次則在介紹各冊作者和論文的特色。不過，導言的寫法沒有硬性規定，寫出來的各有千秋。有些偏於介紹收錄的論文和作者或收錄的緣由，有些偏於介紹世界性史學研究的大趨勢，有些又以自己對某一領域的看法爲主軸。最後我們決定不作統一，以保持導言的特色。這樣或許有助於大家認識臺灣史學工作者的多樣風貌吧。

此外必須説明的是所收論文早晚相差半世紀，體例各有不同。我們不作統一，以維持原貌。有些作者已經過世，無從改訂。多數作者仍然健在，他們或未修改，或利用這次再刊的機會，作了增删修訂。不論如何，各文之後附記原刊數據，以利有興趣的讀者進一步查考。

半個多世紀以來，海峽兩岸的中國史研究是在十分特殊的歷史境遇下各自發展的。大陸的情況無須多説。[1] 臺灣的中國史研究早期是由一批 1949 年前後來臺的文史和考古學者帶進臺灣的學術園地如臺灣大學、師範大學（原稱師範學院）和中央研究院的。[2] 從 1949 到 1987 年解除戒嚴，臺灣學界除了極少數的個人和單位，有將近四十年無法自由接觸大陸學者的研究和考古發掘成果。猶記在大學和研究所讀書時，不少重要的著作，即使是二十世紀二三十年代已經出版的，都以油印或傳抄的方式在地下流傳。出版社也必須更動書名，改換作者名號，删除刺眼的字句，才能出版這些著作。在如此隔絶的環境下，臺灣史學研究的一大特色就是走在馬克思理論之外。

臺灣史學另一大特色則是追隨一波波歐美流行的理論，始終沒有建立起一套對中國史發展較具理論或體系性的説法。記得六十年代讀大學時，師長要我們讀鄧之誠、柳詒徵、張蔭麟或錢穆的通史。幾十年後的今天，大學裏仍有不少教師以錢穆的《國史大綱》當教本。[3] 中國通史之作不是沒有，能取而代之的竟然少之又少。説好聽一點，是歷史研究和著作趨向專精，合乎學術細密分工和專業化的世界潮流；説難聽點，是瑣細化，少有人致力於貫通、綜合和整體解釋，忽略了歷史文化發展的大勢和精神。

這一趨向有内外多方面的原因。二十世紀五六十年代臺灣學者之中，並不缺融會古今、兼涉中外的通人。然而初來臺灣，生活艱

---

[1] 可參逯耀東《中共史學的發展與演變》，臺北：時報文化公司，1979 年；張玉法《臺海兩岸史學發展之異同（1949～1994）》，《近代中國史研究通訊》18（1994），頁 47～76。

[2] 在日本統治臺灣的時期，臺灣唯一一所高等學府是臺北帝國大學。臺灣收復後，日籍研究人員離臺，仍在臺大的教員有楊雲萍、曹永和、徐先堯等少數人。但他們的研究此後並沒有成爲主導的力量。請參高明士、古偉瀛編著《戰後臺灣的歷史學研究，1945～2000》，臺北：國家科學委員會，2004 年，頁 3。

[3] 參高明士、古偉瀛編著《戰後臺灣的歷史學研究，1945～2000》，頁 6。

困，爲了衣食，絕大部分學者無法安心治學著述。加上形格勢禁，爲求免禍，或噤而不言，不立文字；或退守象牙之塔，餖飣補注；或遠走海外，論學異邦。這一階段臺灣百廢待舉，學校圖書普遍缺乏，和外界也少聯繫。新生的一代同樣爲生活所苦，或兼差，或家教，能專心學業者不多。唯有少數佼佼者，因緣際會，得赴異國深造；七八十年代以後陸續回臺，引領風騷，才開展出一片新的局面。

除了外部的因素，一個史學內部的原因是早期來臺的學者有感於過去濫套理論和綜論大勢的流弊，多認爲在綜論大局之前，應更審慎地深入史料，作歷史事件、個人、區域或某一歷史時期窄而深的研究，爲建立理論立下更爲穩固的史實基礎。早在二十世紀二三十年代，陶希聖經歷所謂社會史論戰之後，即深感徒言理論之無益，毅然創辦《食貨》月刊，召集同志，爬梳史料。本於同樣的宗旨，1971 年《食貨》在臺灣恢復出刊，成爲臺灣史學論著發表的重要陣地。來臺的歷史語言研究所在傅斯年的帶領下，也一直以史料工作爲重心。

這一走向其實正和歐美史學界的趨勢相呼應。二十世紀之初，除了馬克思，另有史賓格勒、湯恩比等大師先後綜論世界歷史和文明的發展。此一潮流在第二次世界大戰以後漸漸退去，歷史研究趨向講求實證經驗，深窄專精。以檔案分析見長的德國蘭克（L. V. Ranke）史學，有很長一段時間成爲臺灣史學的一個主要典範。中央研究院歷史語言研究所先後整理出版了《明實錄》和部分明清檔案，後者的整理至今仍在進行；中央研究院近代史研究所在郭廷以先生的率領下，自 1957 年起整理出版了《海防檔》、《中俄關係史料》、《礦務檔》、《中法越南交涉檔》、《教務教案文件》等一系列的史料；臺灣大學和政治大學則有學者致力於琉球實案和淡新檔案的整理和研究。基於以上和其他不及細說的內外因素，臺灣的歷史學者除了錢穆等極少數，很少對中國史作全盤性的宏觀綜論。[4]

二十世紀七八十年代是臺灣史學發展的關鍵年代。外在環境雖然荊棘滿佈，但已脫離初期的兵荒馬亂。經濟快速起飛，學校增加，設備改善，對外交流日益暢通，新的刺激源源而入。以臺大爲例，

---

〔4〕 參張玉法，前引文，頁76。

七十年代初,研究圖書館啓用,教師和研究生可自由進入書庫,複印機隨後開始使用,大大增加了隨意翻書的樂趣和免抄書的方便。六七十年代在中外不同基金會的資助下, 也不斷有中外學者來校講學。猶記大學時聽社會學家黃文山教授講文化學體系。他曾應人類學巨子克魯伯(A. L. Kroeber)之邀, 任哥倫比亞大學客座學人,也曾翻譯社會學名家素羅金(P. A. Sorokin)的《當代社會學》、《今日社會學學説》和李約瑟(J. Needham)的《中國科學與技術史》等名著。聲名如雷, 聽者滿坑滿谷。研究所時, 則聽以寫《征服者與統治者:中古中國的社會勢力》(*Conquerors and Rulers: Social Forces in Medieval China*) 著名的芝加哥大學歷史教授艾柏哈(Wolfram Eberhard) 講中國社會史。

除了正式的課程,校園內演講極多。二十世紀七十年代以後,言論的尺度稍見放寬, 一些勇於挑戰現實和學術的言論、書籍和雜誌紛紛在校園內外, 以地上或地下的形式出籠。以介紹社會科學爲主的《思與言》雜誌自 1963 年創刊, 曾在校園內造成風潮。心理學、社會學、人類學、政治學和經濟學等社會科學幾乎成爲歷史系學生必修的課程, 儘管大家不一定能會通消化。走出充滿科學主義色彩的教室, 於椰子樹下, 月光之中, 大家不是爭論沙特、老、莊,就是膜拜寒山、拾得。邏輯實證論、存在主義、普普藝術和野獸派,風靡一時, 無數的心靈爲之擺蕩在五光十色的思潮之間。屢禁屢出的《文星》雜誌更帶給青年學子難以言喻的刺激和解放。以個人經驗而言, 其衝擊恐不下於孫中山出洋, 見到滄海之闊、輪舟之奇。臺灣內外的形勢也影響著這時的校園。"文化大革命"、反越戰、萌芽中的婦女解放和政治反對運動, 曾使校園內躁動不安, 充滿虛無、飄蕩和萬流競奔的景象。

這一階段臺灣史學研究的主流風氣, 除了延續史料整理的傳統,無疑是以利用社會科學、行爲科學的方法治史, 或以所謂的科際整合爲特色。在研究的主題上有從傳統的政治史、制度史轉向社會史和經濟史的趨勢。這和 1967 年開始許倬雲主持臺大歷史系, 舉辦社會經濟史研討會, 推動相關研究;陶希聖之子陶晉生在臺大歷史研究所教授研究實習, 支持食貨討論會, 有密切的關係。1978 年張玉法出版《歷史學的新領域》, 1981 年康樂、黃進興合編《歷史學與社會科學》，可以作爲這一時期尋找新理論、探索新方向努力的象徵。

二十世紀八九十年代以後，社會學大師韋伯（Max Weber）和法國年鑒學派的理論大爲流行。1979 年創刊的《史學評論》不但反省了史學的趨勢，也介紹了年鑒學派、心態史學和其他新的史學理論。從 1984 年起，康樂主持新橋譯叢，邀集同志，有系統地翻譯韋伯、年鑒學派和其他歐美史學名著。這一工作至今仍在進行。約略同時，一批批在歐美教書的學者和留學歐美的後進，紛紛回臺，掀起一波波結構功能論、現代化理論、解構主義、後現代主義、思想史、文化史和文化研究的風潮。1988 年《食貨》與《史學評論》先後停刊，1990 年《新史學》繼之創刊。1992 年黃進興出版《歷史主義與歷史理論》，1993 年周樑楷出版《歷史學的思維》，2000 年古偉瀛、王晴佳出版《後現代與歷史學》。臺灣史學研究的理論、取向和題材從此進入更爲多元、多彩多姿的戰國時代。仔細的讀者當能從這套書的不同分冊窺見變化的痕跡。[5]

曾影響臺灣中國史研究甚巨的許倬雲教授在一篇回顧性的文章裏說：“回顧五十年來臺灣歷史學門的發展軌跡，我在衰暮之年，能看到今天的滿園春色，終究是一件快事。”[6] 在 2005 年來臨的前夕，我們懷著同樣的心情，願意將滿園關不住的春色，獻給海峽對岸的讀者。

2004 年 12 月

---

[5] 請參本叢書《史學方法與歷史解釋》彭明輝所寫《導論：方法、方法論與歷史解釋》；王晴佳《臺灣史學五十年：傳承、方法、趨向》，臺北：麥田出版，2002 年。

[6] 許倬雲《錦瑟無端五十弦——憶臺灣半世紀的史學概況》，收入中央研究院歷史語言研究所編《中央研究院歷史語言研究所七十五周年紀念文集》，臺北：中央研究院歷史語言研究所，2004 年，頁 14。

導　　言

黄清連

　　過去半個世紀以來，臺灣學者在中國史研究的總體發展及其特色，本論叢主編在"總序"中已經清楚說明，並願以"滿園關不住的春色"，用來獻給海峽對岸的讀者。

　　"總序"也勾勒出臺灣學者五十年間努力的方向，和他們所受到的外部及內部各種因素的影響，諸如走在馬克斯理論之外但追隨歐美流行理論、早期圖書資料缺乏遂以史料工作爲中心等等，在"制度與國家"這個研究領域來說，大致都可以得到驗證。

　　在這本分冊中，選錄了十篇具有代表性的論文，編目的順序是依時代先後排列，但從內容來說，主要集中在政治、法律和軍事制度三個層面。這些論文的出版時間，除了勞榦的文章是在 1948 年發表而略早於本論叢所訂"五十年來"的界限之外，其餘都是半世紀內的作品。勞榦爲秦漢史名家，尤精於漢簡的校讀考釋，他著作等身，這半世紀來的作品多到無法在此一一列舉，但我們仍然加以選錄（此文曾在 1976 年經作者自選於《勞榦學術論文集》之中），是著眼於《論漢代的內朝與外朝》一文，對於半世紀來臺灣史學界的中國制度史研究，有著極爲深遠的影響，這是本分冊的選錄標準之一。

　　制度和國家的關係，至繁至密，可以從歷史和其他各個社會科學等領域進行不同層次的討論，這裏無法贅述。本分冊選錄的論文，雖然僅集中在政治、法律和軍事制度三個層面，但它們所討論的問題，基本上都和傳統中國的國家、社會關係非常密切，同時它們運用、分析資料的方法和切入研究課題的角度，也值得讀者細加體會。

　　以政治制度的研究來說，本分冊共計選錄五篇論文，佔篇幅之半，主要考慮是這個領域不論從中國史學傳統，或從二十世紀史學研究的重心來看，都佔有舉足輕重的地位。這五篇論文的篇幅都很長，它們也都著重史料的蒐集和分析，一方面反映臺灣史學過去半個世紀內重視史料的一個現象，另一方面也因爲這些論文或多或少都參酌西方社會科學的理論，可以提供歷史研究者參考和討論。

廖伯源的《秦漢朝廷之論議制度》一文，是他有關秦漢政治制度史的諸多研究中，值得注意的一篇論文。本文以皇帝親臨與否兩大類，再細分出五種不同形式的朝廷論議，並歸結說各種形式的論議並非各自獨立運作，而是常交互作用，同時各種論議的先後也無一定之規定，但視事情需要及皇帝旨意而定。這篇論文對秦漢帝國的政治決策過程和君主及各個階層的決策官員的角色、權力，分析極爲深入，是瞭解秦漢帝國政治體系的重要依據之一。

勞榦的《論漢代的內朝與外朝》一文，獨具慧眼地指出帝制中國的君主專制政體中，君主是最後威權所在，但掌管政事和影響君主的卻往往不是同一批人。作者爬梳衆多史料，並分析這兩批人物正是外朝和內朝的區別，而漢代的政治是以武帝時代爲轉捩點，兩者的分別也是在同一時期形成的。勞榦這項論點，啓發了此後學界無數的對於君權、相權、政府組織等等的後續研究。

嚴耕望的《論唐代尚書省之職權與地位》一文，運用現代政治學中政務官、事務官劃分的概念，對於唐代政府內部組織進行細密的分析。本文是作者畢生致力於秦漢以迄隋唐政治制度史及唐代歷史地理研究的典範論述之一。本文釐清了歷來對於尚書六部與九寺諸監在行政系統的地位、職權的混淆，也指出唐代尚書省職權地位的更替與轉變，並非一成不變。詳讀本篇長文，可以進一步瞭解唐代的行政體系與國家之間的密切關係。

黃清連的《唐代的文官考課制度》一文，以考課制度是否有效執行，從官僚政治的角度，考察唐代在傳統中國中央集權演進過程中所扮演的角色。本文廣泛參考了中外論著，對於唐代文官考課制度中的考課官、考課對象、監校程序、考課等第等內容，實際運作過程中考課官的權限及考課的一般現象，及其與官僚政治中官僚的昇遷、黜降、懲罰等關係，進行了較爲深入的分析。

姚從吾的《說遼朝契丹人的世選制度》一文，詳盡統計分析契丹世選制度的史料，藉以說明這項選賢制度在契丹民族政治權力運作過程中的各個重要層面。透過本文的分析，可以進一步瞭解中國北方和東北少數民族的國家權力結構與社會集團勢力與漢民族之間所存有的差異。

以法律制度來説，這個研究領域在過去半個世紀内，逐漸引起臺灣歷史學界的重視。礙於篇幅的限制，本分冊只選取兩篇具有代表性的論文。和上述政治制度史研究的特色一樣，這兩篇論文也著重史料的分析和融貫西方的法學理論，對於試圖致力探討法制與國家關係的學者來説，是值得細讀的佳作。

邢義田的《秦漢的律令學——兼論曹魏律博士的出現》一文，博採相關史料和論著，從探討帝制中國早期中央集權官僚組織如何處理例行事務的角度入手，對秦漢時期的政制與律令學興起的背景、過程，進行深入探討。本文也闡明秦漢士人如何學習號令法規及其與學術思想的關係，最後再申論曹魏律博士的出現，是兩漢以來律令學傳統没落後的一大轉變。

戴炎輝的《論唐律上身份與罪刑之關係》一文，是作者長期研究唐代法律的一篇代表作品。作者以法學訓練出身，嫻熟東西方各項法學理論，本文從唐律中親屬、夫妻妾、賤人、官人等各種不同身份的行爲人與罪刑的關係，進行深入剖析。本文論述問題的方式，提供了一個法學與史學研究如何整合的極佳範例。

以軍事制度的研究來説，過去半世紀以來的臺灣史學工作者，也逐漸摒棄傳統史家對戰爭過程或軍事將領的過度著墨，轉而注意到軍事制度影響到國家權力運作和社會結構的若干層面。本分冊選錄三篇可以代表這項關注的論文。

黄寬重的《福建左翼軍——南宋地方軍演變的個案研究》一文，詳述南宋面對福建地區變亂而以地方武力爲基礎組成的左翼軍。本文運用大量史料，除對左翼軍的成立背景、創置過程、組織運作、財務狀況，都有詳盡探討之外，更注意到左翼軍的調駐與角色演變問題，以此觀察中央威權的效率，並以左翼軍的棄宋投蒙説明地方武力的性格。制度與國家、社會之間的關係，從本文的論述中，可以得到一些具體答案。

蕭啓慶的《元代的宿衛制度》一文，綜合大量史料及研究成果，全盤檢討元代宿衛制度在整個元代政治結構中的功能和地位。透過本文對怯薛與衛軍的由來與演變及其與其他漢式機構的相互作用與調節，元代政治與社會有異於漢族建立的國家的特質灼然可見。本

文是作者長期關注蒙元軍事制度的代表作之一，文中運用各種不同
文字的史料，并注意域外的研究成果，值得研究北亞民族史及中國
史的學者省思。

　　于志嘉的《明代江西衛所軍役的演變》一文，廣泛參考了實録、
方志、文集等史料，以區域研究的方式，對明代江西地區衛所軍役
的演變，進行極爲細緻的分析。細讀本文，讀者可以瞭解，一項制
度往往因爲時代和地域的不同，内容也常有所差異。明代江西地處
腹裏，衛所的軍事功能與沿邊、沿海衛所不能相提並論；到了萬曆
年間江西全省施行一條鞭法後，明初以來軍、民系統的嚴格分際漸
趨模糊。本文展現了制度史研究與區域研究之間可以整合的一個方
向。

　　本分册的十位作者，都曾長期關注“制度與國家”這個研究領
域。他們所處的時代和論著數量的多寡雖然不同，但相同的是他們
認爲制度並非一成不變。要瞭解制度和國家的關係，就應深入地運
用各種可能的史料，重新建構不同時期、不同地域的人物如何運作
制度，重新評估各項制度如何影響國家的興衰、社會的安定。本分
册選録的十篇論文，只代表五十年來部分臺灣學者對於這個研究領
域的一些成果。遺珠之憾，在所難免。期待的是海峽對岸的讀者，
透過這些選文，瞭解臺灣史學研究者五十年來的若干關切課題和研
究方法。相互切磋，或許可以達到攻錯的境界吧！

秦漢朝廷之論議制度

廖伯源

一、前　言

　　國家之統治,主國事者與參與決策及輔助決策之官員必須經常開會集議,研究討論處理國事之最佳而可行之辦法,制定政策與命令,然後頒下行政機關執行。秦漢時期之政治運作亦是如此。皇帝經常召集群臣會議,令其就討論之問題各抒己見,集思廣益,以輔助決策。朝廷之論議,史書或稱朝議,或稱廷議,或稱朝廷議,三詞之意義是否相同,或有所不同,今已難於考究。[1]　今討論朝廷之論議,為免誤解,故

---

[1]　楊樹藩謂漢代之議事制度,分為"廷議"、"朝議"與"中朝官議"三種形式。其定義"廷議"曰:"'廷議'在兩漢時,為外朝官對國政之會議。在原則上天子不出席,但也有例外,由天子親自召集。茲就原則方面言之,'廷議'所討議事項,多屬軍國要務,並由天子交下,然後公卿始得會議。"

而定義"朝議"則曰:"'朝議'是當天子臨御殿時之會議。與'廷議'的最大不同點,就是'朝議'之際,天子必定在場。討論問題,由天子直接採擇。"(楊樹藩《兩漢中央政治制度與法儒思想》,頁192~199)

楊氏以天子是否親臨為分別"廷議"與"朝議"的條件之一,然又謂有例外,則例外之廷議與朝議有何分別? 其說之不夠周延,至為明顯。《後漢書‧方術列傳‧郭憲傳》曰:"時匈奴數犯塞,帝患之,乃召百僚廷議。憲以為天下疲敝,不宜動眾,諫爭不合,乃伏地稱眩瞀,不復言。帝令兩郎扶下殿,憲亦不拜。"(卷八二上,頁2709)

此是皇帝親臨廷議之例。則以天子是否親臨為條件,並不能清楚分別"廷議"與"朝議"。至於楊氏謂討論事項,"廷議"多屬軍國要務,"朝議"則是"討論問題",亦不能分別二者之不同,蓋二者之討論事項俱是國家大事,亦俱是天子所指定議論者。今列舉"朝議"與"廷議"之事例各若干例以見之。"朝議"之事例如下:

《史記‧魏其武安侯列傳》曰:"孝景時,每朝議大事,條侯、魏其侯,諸列侯莫敢與亢禮。"(卷一○七,頁2840)

《後漢書‧鄭眾傳》曰:"永平中,北單于使者至京師。朝議復欲遣使報之。"(卷三六,頁1224)

《後漢書‧西羌傳》曰:"論曰:'……自西戎作逆……朝議憚兵力之損,情存苟安,或以邊州難援,宜見捐棄……'"(卷八七,頁2899~2900)

《後漢書‧蔡邕傳》曰:"初,朝議以州郡相黨,人情比周,乃制婚姻之家及二州人士不得對相監臨。"(卷六○下,頁1990)

《後漢書‧盧植傳》曰:"時皇后父大將軍竇武援立靈帝,初秉機政,朝議欲加封爵。"(卷六四,頁2113)

摒此三詞不用，而別以文字説明各種形式之論議。

二、皇帝親臨之論議

本節所討論者，爲皇帝出席與群臣共議事，聽取群臣之意見，共同決策或以爲其單獨決策之參考。皇帝親臨之論議大致可分爲二類，其一是定期朝群臣，議國事，其二是臨時召集某些官員會議。今請次第言之。

（一）皇帝定期朝會群臣之論議

皇帝定期朝會群臣，除履行君臣之禮儀外，裁決政事、討論國

---

〔1〕　**（續前注）**《後漢書·西南夷傳》曰：“靈帝熹平五年，諸夷反叛，執（益州郡）太守雍陟……朝議以爲郡在邊外，蠻夷喜叛，勞師遠役，不如棄之。”（卷八六，頁2847）

《後漢書·鮮卑傳》曰：靈帝中，鮮卑頻寇邊，“帝乃拜（田）晏爲破鮮卑中郎將。大臣多有不同，乃召百官議朝堂。議郎蔡邕議曰：‘……衆所謂危，聖人不任，朝議有嫌，明主不行也。’”（卷九〇，頁2990～2992）

“廷議”之例如下：

《漢書·賈捐之傳》曰：珠崖叛，賈捐之奏請棄珠崖。“上以問丞相御史。御史大夫陳萬年以爲當擊；丞相于定國以爲‘……捐之議是。’上乃從之。遂下詔曰：‘珠崖虜殺吏民，背叛爲逆，今廷議者或言可擊，或言可守，或欲棄之，其指各殊……’”（卷四〇下，頁2853）

《漢書·王莽傳》曰：王莽遣大司馬嚴尤伐匈奴，尤數諫，不從。“及當出，廷議，尤固言匈奴可且以爲後，先憂山東盜賊”。（卷九九下，頁4156）

《後漢書·南匈奴列傳》曰：建武“二十七年，北單于遂遣使詣武威求和親，天子召公卿廷議，不決。”（卷八九，頁2945）

《後漢書·桓焉傳》曰：順帝時，“以焉前廷議守正，封陽平侯，固讓不受。”（卷三七，頁1257）

《後漢書·桓榮傳》曰：建武“二十八年，大會百官，詔問誰可傅太子者，群臣承望上意，皆言太子舅執金吾原鹿侯陰識可。博士張佚正色曰：‘……宜用天下之賢才’……論曰：‘……而佚廷議戚援，自居全德……’”（卷三七，頁1251～1254）

《後漢書·續百官志》注引蔡質《漢儀》曰：“司隷詣台廷議，處九卿上。”（志卷二七，頁3614）

“朝廷議”之例如下：

《史記·汲黯傳》曰：武帝拜汲黯爲淮陽太守。“黯既辭行，過大行李息，曰：‘黯棄居郡，不得與朝廷議也。’”（卷一二〇，頁3110）

比較上列資料，不敢斷言謂“朝議”與“廷議”有何不同。“朝議”與“廷議”兩詞是漢人之用語，兩者是否有區別，已難考證，似不宜用以分別朝廷之不同論議之形式。石渠閣會議、白虎觀會議、論鹽鐵專賣是漢代出名的大論議。前二者論五經異同，皇帝親稱制臨決。（石渠閣會議事見《漢書》卷八《宣帝紀》，頁272；白虎觀會議事見《後漢書》卷三《章帝紀》，頁138）西漢桓寬編次《鹽鐵論》，蓋爲昭帝始元六年討論鹽鐵專買政策之發言紀錄。此次論議乃詔書使丞相、御史向新選舉之賢良、文學問民間疾苦，文學發言謂鹽鐵專賣之弊端，引起御史大夫桑弘羊與賢良、文學之辯論。（《鹽鐵論·本議第一》，見馬非百注釋《鹽鐵論簡注》，頁1）此三次大論議，二次經學會議是皇帝臨時召集某些官員會議；論鹽鐵專買則可歸類於使者聽取吏民之言論。

事之疑難問題，當爲其主要之目的。朝會之中，百官各就所掌，奏事皇帝，事能決即決，有所疑，皇帝乃諮詢參與朝會之群臣，群臣得各言其見解。《史記·秦始皇本紀》曰：

> （秦始皇）聽事，群臣受決事，悉於咸陽宮。（卷六，頁257）

又曰：

> 趙高説二世曰："先帝臨制天下久，故群臣不敢爲非，進邪説。今陛下富於春秋，初即位，奈何與公卿廷決事。事即有誤，示群臣短也……"於是二世常居禁中，與高決諸事。其後公卿希得朝見。（卷六，頁271）

所謂"群臣受決事"，蓋群臣各就其所掌，經過研究規劃，擬定結論向始皇報告，得始皇之同意，成爲政策或命令，頒下執行。在始皇裁決前，或諮詢群臣之意見，或朝會之官員主動提出不同之看法，其議論都是始皇決策之參考。

由於國事複雜，非三言二語可了，報告之官員可能就該問題與其屬官經過詳細之研究規劃，始上奏皇帝。則皇帝之定期朝群臣聽事，當在事先就安排好所聽之議題，而負責報告之官員，當在朝會之前若干日就上奏書面報告，並附上各種相關之資料，以便皇帝瞭解情況。皇帝對其報告有疑義，則質疑，并聽取官員之解釋，與會之其他官員亦可提出意見，然後決策。可以説，皇帝朝會群臣，議論政事，是其行使權力、統治國家的重要方式之一，而朝會亦是百官朝見皇帝之正常機會。二世皇帝受趙高愚弄，不復朝見群臣，獨與趙高決事於禁中，蓋孱主之愚行，甚失"兼聽"之旨。

當然，除事先安排好之議題外，與會之官員亦有可能臨時提出某些問題，請求討論或裁決。《後漢書·陳元傳》曰：建武中，立《左氏春秋》博士，"於是諸儒以左氏之立，論議讙譁，自公卿以下，數廷爭之。"（卷六六，頁1233）《左氏春秋》是否應立學官，自西漢中葉以下，漢儒辯論數十百年。光武立《左氏春秋》，又引起爭議。時公卿以下，多是儒生，有在朝會中提出此問題，不同意見者即起爭辯，如是者數次。又《後漢書·牟融傳》曰：牟融爲大司農，"是時顯宗方勤萬機，公卿數朝會，每輒延謀政事，判折獄訟。融經明才高，善論議，朝廷皆服其能。"（卷五六，頁916）明帝常朝會大臣，不但在朝會中討論政事，而且"判折獄訟"，此蓋朝會之中，有與會者提出獄訟之問題，只要皇帝不反對，即可進行論議。《後漢書·陳蕃傳》曰：桓帝延熹中，"大司農劉祐、廷尉馮緄、河南尹李膺皆以忤旨，爲之抵罪。（太尉陳）蕃因朝會，固理膺等，請加原宥，昇之爵任。言及反覆，誠辭懇切。帝不聽，因流涕而起。"（卷九六，頁2163）陳蕃所言，也是有關刑獄，爲對桓帝處罰劉祐等人之諫諍。在朝會中之諫諍，亦爲朝會論議之一種形式。而陳蕃諫諍之內容顯然不是朝會事先安排好之議題。

亦有利用朝會之機會，在皇帝面前，攻擊外戚權臣。如《後漢書·郅壽傳》曰：和帝初，"是時（竇）憲征匈奴……壽以府臧空虛，軍旅未休，遂因朝會譏刺憲等，屬音正色，辭旨甚切。"（卷五九，頁1033）按郅壽時爲尚書僕射，當是以皇太后不受彈劾其外家之諫諍，故在朝會中公開攻擊竇憲兄弟，欲引起朝廷之正義以規範外戚之行爲。郅壽攻擊外戚不可能是朝會事先安排好之議題。

皇帝定期朝群臣議事決策，不同之皇帝當有不同之做法。《漢書·循吏傳》謂宣帝"屬精爲治，五日一聽事，自丞相已下各奉職以進"。（卷八九，頁3624）漢代是否以"五日一聽事"爲常制，無考[2]。而《史記·秦始皇本紀》謂方士"侯生、盧生相與謀曰：'……天下事無小大皆決於上，上至以衡石量書，日夜有呈，不中呈，不得休息……'"（卷六，頁258）則始皇聽事或較宣帝頻繁。始皇既死，趙高、李斯等秘其事，棺載輼涼車中，"百官奏事如故，宦者輒從輼涼車中可其奏事。"（卷六，頁264）則始皇巡狩在外，亦聽事議政如故。而又有皇帝不理政事，舉措失常者，則"公卿希得朝見"，上文所引謂二世皇帝是也。又《漢書·佞幸傳·石顯傳》曰："元帝被疾，不親政事，方隆好於音樂"，信任宦官石顯。"事無小大，因顯白決，貴幸傾朝，百僚皆敬事顯。"（卷九三，頁3726）百官奏事，得"因顯白決"，官員無對元帝直接解釋之機會，則其時朝會之功能不彰可知，宦官居於皇帝與百官中間，因得竊弄權力。

---

[2]《漢書·張禹傳》曰：張禹免相，"以列侯朝朔望"（卷八一，頁3349）。《孔光傳》曰：平帝時，光爲太師。"光常稱疾，不敢與（王）莽並。有詔朝朔望"（卷八一，頁3363）。"朝朔望"是每月初一、十五朝見皇帝，此爲朝廷對張禹、孔光之優待，顯示漢代之朝會必比每月二次爲頻繁。

參與朝會之官員爲在京師任職之中都官。當以各部門之長官爲主，而大夫、博士、議郎等以"言語爲職，諫諍爲官"〔3〕之言官亦得參與。漢初，列侯亦得參與朝會，高后二年下詔使列侯以功次議定列侯之朝位（《漢書》卷三，頁96）。然自文帝二年使列侯之國，至武帝時列侯大致俱居於其封國，惟加特進、奉朝請者得留京師，參與朝會。〔4〕應朝請者，除病假外，皆得與會。《史記·魏其武安侯列傳》曰：魏其侯竇嬰爲太子太傅，"孝景七年，栗太子廢，魏其數爭不能得。"魏其謝病，不朝數月，人說以利害，"魏其侯然之，乃遂起，朝請如故。"（卷一〇七，頁2840）

史書記載兩漢諸帝與大臣議事之事例不少，茲録若干例以見其事。

《史記·劉敬傳》曰：

> （劉敬說高祖遷都關中）高帝問群臣，群臣皆山東人，爭言周王數百年，秦二世即亡，不如都周。上疑未能決。及留侯明言入關便，即日車駕西都關中。（卷九九，頁2715～2717）

《史記·魏其侯列傳》曰：

> 孝景時，每朝議大事，條侯、魏其侯，諸列侯莫敢與亢禮。（卷一〇七，頁2840）

《史記·平津侯列傳》曰：

> 公孫弘爲博士，每朝會議，開陳其端，令人主自擇，不肯面折廷爭。（卷一一二，頁2950）

《漢書·朱雲傳》曰：

> （元帝時，雲爲槐里令）有司考雲，疑風吏殺人。群臣朝見，上問丞相以雲治行。丞相玄成言雲暴虐無狀。（卷六七，頁2914）

《後漢書·孔融傳》曰：

> 及獻帝都許，徵融爲將作大匠，遷少府。每朝會訪對，

---

〔3〕 《潛夫論》原文謂"侍中、大夫、博士、議郎以言語爲職，諫諍爲官"。（《中國子學名著集成珍本初編》，《潛夫論》卷二《考績第七》，頁23a）

〔4〕 參見廖伯源《試論西漢時期列侯與政治之關係》，《新亞學報》第14卷，頁139～140。

融輒引正定議，公卿大夫皆隸名而已。（卷六○，頁 2264）

皇帝朝見群臣，論議政事，群臣可各抒己見，但最後之裁決權則在皇帝。遇有群臣與皇帝之意見相反，皇帝亦有以理諭之者。如《史記·蕭相國世家》謂高祖以蕭何功最高，功臣多不服，高祖乃以功人功狗之喻説之，又謂蕭何舉宗數十人從龍，群臣乃不敢言（卷五三，頁 2015）。又如《漢書·嚴助傳》，公孫弘等大臣反對武帝開邊，武帝使嚴助、朱買臣等人難詰大臣，使其服從武帝之旨意。[5]皇帝以理説服意見不同之大臣，其動機或各有不同，[6] 要者，皆不欲一意孤行而引起某些官員之激烈諫諍。而大臣又有相約共同説服皇帝者。如《史記·平津侯主父列傳》，公孫弘“嘗與主爵都尉汲黯請間，汲黯先發之，弘推其後，天子常説，所言皆聽，以此日益親貴。嘗與公卿約議，至上前，皆倍其約以順上旨”（卷一一二，頁 2950）。蓋朝議之際，群臣雖可各陳所見，然決定則在天子一人。順上意者往往能取悦之，公孫弘性格乖巧，上引文謂其“每朝會議，開陳其端，令人主自擇，不肯面折廷争”。數年之間，白衣徒步至丞相。汲黯方正，好強諫，武帝忌之，且欲誅之以事。[7]

總而言之，皇帝與群臣議事，雖有博採衆議之功能，然並無現之所謂民主精神。

（二）皇帝臨時召集某些官員會議

有重大緊急或不欲公開於朝會中討論之問題，皇帝臨時召集官員討論。臨時會議之參與者不必是經常朝會之全體官員，當是以皇帝徵召者爲限，甚至有僅召問一人者。《史記·叔孫通列傳》曰：

> 陳勝起山東，使者以聞。二世召博士諸儒生問曰：“楚戍卒攻蘄入陳，於公如何？”博士諸生三十餘人前曰……於是二世令御史案諸生言反者下吏，非所宜言。諸言盜者皆罷之。（卷九九，頁 2720）

---

[5] 武帝遣使者説服大臣，詳本文“使者聽取吏民之言論”節。

[6] 高祖違多數功臣之意，以蕭何功第一，而又反覆與大臣説明所以然之理由。蓋高祖與諸功臣起自貧賤，共事日久，少隔膜，功臣敢争功；而功臣集團爲漢初最大的政治勢力，是漢皇朝之支柱，以理説服使功臣團結，有利於朝廷。至武帝使親信説服大臣，使大臣不敢公然反對其政策，又免專制不聽諫之名。

[7] 《史記·汲黯列傳》曰：“（黯）亦以數直諫，不得久居位。”又曰：“唯天子亦不説也，欲誅之以事。”（卷一二○，頁 3106～3108）

博士儒生博聞多識。博士之職"掌通古今"，爲君主之顧問。二世聽出使山東之使者報告，謂陳勝等起兵反秦，乃召博士諸生會議，問其意見。此例爲秦時皇帝就某事召問某些官吏。漢代召問之事例甚多，如有重大緊急之事，皇帝召大臣入議對策：

《漢書·丙吉傳》曰：

> （匈奴入雲中、代郡。）詔召丞相、御史，問以虜所入郡吏。（丞相丙）吉具對，御史大夫遽不能詳知，以得譴讓，而吉見謂憂邊思職。（卷七四，頁3146）

《馮奉世傳》曰：

> 永光二年秋，隴西羌乡姐旁種反，詔召丞相韋玄成、御史大夫鄭弘、大司馬車騎將軍王接、左將軍許嘉、右將軍奉世入議。（卷七九，頁3296）

《後漢書·楊賜傳》曰：

> （楊賜爲太尉）中平元年，黃巾賊起，賜被召會議詣省閣，切諫忤旨，因以寇賊免。（卷五四，頁1784）

又有事不欲公開於朝會中討論，皇帝召某些官員入議，其例如：

《史記·絳侯周勃世家》曰：

> 竇太后促景帝侯皇后兄王信。景帝曰："請得與丞相議之。"丞相（周亞夫）議之，亞夫曰："高皇帝約'……非有功不得侯……'今信雖皇后兄，無功，侯之，非約也。"景帝默然而止。（卷五七，頁2077）

《漢書·張禹傳》曰：

> （禹授成帝《論語》，後爲丞相，以老病免就第）禹雖家居，以特進爲天子師，國家每有大政，必與定議。永始、元延之間，日蝕地震尤數，吏民多上書言災異之應，譏切王氏專政所致。上懼變異數見，意頗然之，未有以明見，乃車駕至禹第，辟左右，親問禹以天變，因用吏民所言王事示禹……（禹謂天變與王氏無涉）上雅信愛禹，由此不疑王氏。（卷八一，頁3351）

《孔光傳》曰：

> 綏和中，上即位二十五年，無繼嗣……上於是召丞相翟方進、御史大夫光、右將軍廉褒、後將軍朱博，皆引入

禁中，議中山、定陶王誰宜爲嗣者……光以議不中意，左遷廷尉。（卷八一，頁 3354～3355）

《師丹傳》曰：

（師丹爲大司空，直諫，不合哀帝意）使人上書告丹上封事，行道人遍持其書。上以問將軍中朝臣，皆對曰：“忠臣不顯諫，大臣奏事不宜漏泄……宜下廷尉治。”（卷八六，頁 3506～3507）

《後漢書·曹褒傳》曰：

肅宗欲制定禮樂……知群僚拘攣……詔召玄武司馬班固，問改定禮制之宜。固曰：“京師諸儒，多能説禮，宜廣招集，共議得失。”帝曰：“諺言‘作舍道邊，三年不成’。會禮之家，名爲聚訟，互生疑異，筆不得下。昔堯作大章，一夔足矣。”（卷三五，頁 1203）

是否當封皇后兄王信爲列侯，天變災異是否爲太后兄弟王氏專政之故，成帝議立嗣，大司空師丹泄露其諫書等問題，不欲太多人知其事，乃召集最受尊重，或最親近，或地位最高之少數大臣會議，問其意見以決疑。又章帝召班固“問改定禮制之宜”，其事不必保密，但因章帝認爲群議意見太多，有如聚訟，不易決定，故僅召問班固一人。或某些官員有特殊才能經驗，足以諮議者，皇帝乃召其入宮與議，如：

《史記·袁盎列傳》曰：

（袁盎前爲吳相，及吳楚反，袁盎見竇嬰）爲言吳所以反者，願至上前口對狀。竇嬰入言上，上乃召袁盎入見……袁盎具言吳所以反狀。（卷一〇一，頁 2742）

《後漢書·馬援傳》曰：

（建武）八年，帝自西征（隗）囂，至漆，諸將多以王師之重，不宜遠入險阻，計尤豫未決。會召援，夜至，帝大喜，引入，具以群議質之。援因説隗囂將師有土崩之勢，兵進有必破之狀。又於帝前聚米爲山谷，指畫形勢，開示衆軍所從道徑往來，分析曲折，昭然可曉。帝曰：“虜在吾目中矣。”明旦，遂進軍至第一，囂衆大潰。（卷二四，頁 834）

《循吏列傳·王景傳》曰：

永平十二年，議修汴渠，乃引見景，問以理水形便，

景陳其利害，應對敏給，帝善之。（卷七六，頁2465）

袁盎前爲吳相，熟知吳事，吳王反，景帝召問之。而光武帝召馬援問討伐隗囂之軍事，以馬援曾從囂遊，知西方之軍事。又明帝召王景問治汴渠事，以王景爲知名之水利專家。皇帝臨時召集之論議，與議者視皇帝之徵召而定，少至一人，如上引丞相周亞夫、故吳相袁盎、故丞相張禹、馬援、王景、班固等是其例。或二人，如上引《丙吉傳》，宣帝僅召問丞相及御史大夫。或召數人乃至衆多之官員，有多至數十人者。如《後漢書·周舉傳》曰：

> 永和元年，災異數見，省内惡之，詔召公、卿、中二千石、尚書詣顯親殿，問曰：“……北鄉侯親爲天子而葬以王禮，故數有災異，宜加尊謚，列於昭穆。”群臣議者多謂宜如詔旨，舉獨對曰：“……北鄉侯本非正統，姦臣所立，立不逾歲，年號未改，皇天不祐，大命天昏……今北鄉侯無它功德，以王禮葬之，於事已崇，不宜稱謚。災眚之來，弗由此也。”於是司徒黄尚、太常桓焉等七十人同舉議，帝從之。（卷六一，頁2027～2028）

此次會議之與議者至少有七十餘人。又有同一人經常見召入議，如《後漢書·張純傳》曰：“建武初，舊章多闕，每有疑議，輒以訪純……數被引見，一日或至數四。”（卷三五，頁1193）

西漢之丞相、御史大夫、東漢之三公是朝廷最高級之官員，且監督政務之推行，又是皇帝最主要之參謀。九卿則是中央政府各分職機關之長官，負責政務之施行。公卿熟識政事，行政經驗豐富，又明習故事法令，當是皇帝最常召見與議者。天子召公卿議請見下例：

《史記·平準書》曰：

> （武帝時，財用急窘，）於是天子與公卿議，更錢造幣以贍用，而摧浮淫并兼之徒。（卷三〇，頁1425）

《漢書·王商傳》曰：

> 建始三年秋，京師民無故相驚，言大水至，百姓奔走相踩躪，老弱號呼，長安中大亂。天子親御前殿，召公卿議。大將軍鳳以爲太后與上及後宫可御船，令吏民上長安城以避水。群臣皆從鳳議。左將軍商獨曰：“……此必訛言，不宜令上城，重驚百姓。”上乃止。（卷八二，頁3370）

《後漢書·梁冀傳》曰：

> 元嘉元年，帝以冀有援立之功，欲崇殊典，乃大會公
> 卿，共議其禮。（卷三四，頁 1183）

皇帝臨時召集會議之地點當以在皇宮天子聽事之所爲主，但亦有
入議禁中者，又有皇帝親至大臣之家而諮問之。則皇帝臨時召集之論
義，其參與之人員，會議之地點、形式俱視皇帝之意而改變，並非固定。

皇帝臨時召集之論議與定期朝會之論議相同者，是皇帝親臨，
與議群臣各進所見，取捨接受之權則在天子。因爲皇帝親臨，故往
往皇帝當場裁決。此與皇帝不參與之論議，必須記錄議論之內容上
奏，以供皇帝裁決者不同。

三、皇帝不在場之論議

皇帝親臨之論議時間難於長久，不易暢所欲言。且朝會禮儀嚴
重，發言有序，秩位低者難有發言之機會。而朝會時臨時引起之議題，
議者多無準備，甚難深入討論。故朝會之際，多是批准已議定之政事。
至政事之討論，必須研究衆多之檔案、行政公文、調查報告等文件，才
可切實解決問題，而不流於空言高論。故皇帝在決策之前，往往下其
事，指定某些職務相關之官員調查、商議，然後將結果上奏。又有皇帝
遣使者往聽取某些官員之言論，再代爲上奏。亦有使京師群臣俱得與
議之"群臣大議"。下文以次述此三類皇帝不在場之論議。

（一）事下某些官員籌議

政事複雜多樣，在決定如何處理之前，應研究各種不同之意見，
詳細分析其利弊，以方便決策；所以皇帝對某事作決策之前，常下
其事公府（西漢之丞相、御史大夫，東漢之三公）及相關之主管官
員，使其籌議解決之辦法，然後上奏。《漢書·杜延年傳》謂太僕右
曹給事中杜延年，爲霍光所重。"吏民上書言便宜，有異，輒下延年
平處復奏。言可官試者，至爲縣令，或丞相、御史除用，滿歲以狀
聞，或抵其罪法。常與兩府及廷尉分章。"（卷六〇，頁 2662～2664）
所謂"平處復奏"，是驗案其事，評其虛實可否，擬定解決之辦法，然後
上奏。在正常情形下，西漢皇帝處理政事，奏章關於用人者多下丞相、
御史大夫平處，關於刑法者則又下廷尉。此例所述，蓋其時昭帝年幼，
霍光秉政，行皇帝之權。霍光信任杜延年，故使關於用人之章奏除下

丞相、御史外,亦下杜延年;關於刑法者則同下丞相、御史大夫、廷尉與
杜延年,故謂"與兩府及廷尉分章"。分章平處,使各言其所以爲然,然
後上奏,供霍光代昭帝採擇決策。此類下有關官員籌議之事例於《史
記》、兩《漢書》中多見。請見下例。

《漢書·景帝紀》曰:

> 元年……秋七月,詔曰:"吏受所監臨,以飲食免,重;受
> 財物,賤買貴賣,論輕。廷尉與丞相更議著令。"廷尉信謹與
> 丞相議曰:"吏及諸有秩受其官屬所將監、所治、所行、所將,
> 其與飲食計償費,勿論。它物,若買故賤,賣故貴,皆坐臧爲
> 盜,沒入臧縣官。吏遷徙免罷,受其故官屬所將監治送財物,
> 奪爵爲士伍,免之。無爵,罰金二斤,令沒入所受。有能捕
> 告,畀其所受臧。"(卷五,頁 140)

《後漢書·張純傳》曰:

> (建武末)博士桓榮上言宜立辟雍、明堂。章下三公、太
> 常,而(司空張)純議同榮,帝乃許之。(卷三五,頁 1196)

《梁統傳》曰:

> 建武中,梁統爲太中大夫,"以爲法令既輕……宜重刑
> 罰……乃上疏……事下三公、廷尉。議者以爲隆刑峻法,非明
> 王急務……統今所定,不宜開可。"(卷三四,頁 1166～1168)

景帝以律罰官吏受臧輕重失其平,使廷尉與丞相商議修改之,以廷尉
職掌司法。《張純傳》事下三公、太常,《梁統傳》事下三公、廷尉,是皆
事下有關之官員論議,然後始據其報告作決策。《後漢書·續律曆志
中》謂太史推計月蝕之術不準。光和三年,"詔書下太常:'其詳案注
記,平議術之要,效驗虛實。'太常就耽上選侍中韓説、博士蔡較、轂城
門候劉洪、右郎中陳調於太常府,覆校注記,平議難問。"(志卷二,頁
3041)按太常之屬官太史令"掌天時、星曆"(《續百官志》,志卷二五,
頁 3572),故下太常主持論議推計月蝕之術。由於不易決定之事常下
職掌相關之官員籌議,故有上書者恐其建言不見採,乃在奏章中請求
其建言交付職掌相關之官員論議。如《後漢書·張敏傳》曰:

> 建初中,有人侮辱人父者,而其子殺之,肅宗貰其死
> 刑而降宥之,自後因以爲比。是時遂定其議,以爲輕侮法。
> (尚書張)敏駁議曰:"……建初詔書,有改於古者,可下

三公、廷尉，蠲除其敝。"（卷四四，頁 1502 ~ 1503）
張敏蓋恐其駁議不見接受，故請下三公、廷尉議，使其建言得以詳細討論。

西漢丞相"掌丞天子，助理萬機"，御史大夫掌副丞相，俱是職無不監，又熟悉政事；東漢三公之職，"無所不統"。[8] 故朝廷疑難不決之事，西漢常事下丞相、御史，東漢則常事下三公，使其詳細討論，籌議處理之辦法。故西漢有"丞相議"、"丞相御史議"，東漢有"公府議"，兩漢又有"公卿議"、"親近臣議"。今分別述之如下：

甲、丞相議

西漢前期丞相權大，皇帝有事難決，常逕下丞相，丞相籌議上奏。請見下例：

《史記·曆書》曰：

> 至孝文時，魯人公孫臣以終始五德上書，言"漢得土德，宜更元，改正朔，易服色……"事下丞相張蒼，張蒼亦學律曆，以爲非是，罷之。（卷二六，頁 1260）

《漢書·田延年傳》曰：

> （延年爲大司農）上簿詐增僦直車二千，凡六千萬，盜取其半。焦、賈兩家告其事，下丞相府。丞相議奏延年"主守盜三千萬，不道"。（卷九〇，頁 3665 ~ 3666）

丞相在籌議時，不必單獨一人思考，當召集其府掾屬，甚至其他政府官員參與討論，查驗相關之資料，分析不同方案之得失利弊，定出最好之辦法，然後上奏皇帝。

乙、丞相御史議

西漢又有丞相御史議，事同時下丞相、御史大夫，令其各表示意見。《漢書·于定國傳》曰：于定國爲丞相，陳萬年爲御史大夫，"並位八年，論議無所拂。後貢禹代爲御史大夫，數處駁議，定國明習政事，率常丞相議可。"（卷七一，頁 3043）是丞相、御史大夫討論政事，各言己見，于定國與陳萬年所見皆同，"論議無所拂"；及

---

[8] 語見《後漢書·楊秉傳》（卷五四，頁 1774）。按漢末仲長統撰《昌言》，其《法誡篇》曰："光武皇帝……政不任下，雖置三公，事歸臺閣。自此以來，三公之職，備員而已。"（《後漢書》卷四九《仲長統傳》，頁 1657）此說對於東漢三公與尚書權力之轉移，過於誇張，實則東漢之三公仍是宰相之職。詳細論證請見祝總斌《兩漢魏晉南北朝宰相制度研究》，頁 61 ~ 74、101 ~ 126。

貢禹代爲御史大夫，其議數與丞相異，元帝常以丞相于定國議可行
而採納之。事下丞相御史議亦見下例：

《漢書·王尊傳》曰：

（尊）補遼西鹽官長。數上書言便宜事，事下丞相、御
史。（卷七六，頁3227）

《漢書·溝洫志》曰：

成帝初，清河都尉馮逡奏言……（請浚屯氏河及豫修
治黄河。）事下丞相、御史。（卷二九，頁1687～1688）

所謂"事下丞相、御史"，即事情交付丞相與御史大夫籌議，丞相與御史
大夫可以各先與其屬吏討論，對事情有一定之看法，再共同籌議。若
丞相與御史大夫之意見不同，不同的意見都上奏皇帝，由皇帝作決定。

至於有皇帝之詔令往往只言其政策之方向、大要之目的，而不
詳述其施行之細節。則丞相、御史大夫職責領導職掌相關之官員議
定其細節，奏請皇帝頒下施行。如《漢書·刑法志》謂文帝十三年
下詔除肉刑，丞相張蒼、御史大夫馮敬乃議定奏請除肉刑後，犯法
者之處罰條例曰：

臣謹議請定律曰："……當劓者，笞三百；當斬左止
者，笞五百。當斬右止，及殺人先自告，及吏坐受賕枉法，
守縣官財物而即盗之，已論命復有笞罪者，皆棄市……"
制曰"可"。（卷二三，頁1097～1099）

又景帝元年，下詔使定箠令。《刑法志》曰：

丞相劉舍、御史大夫衛綰請："笞者，箠長五尺，其本
大一寸，其竹也，末薄半寸，皆平其節。當笞者笞臀。毋
得更人，畢一罪乃更人。"（卷二三，頁1100）

文帝除肉刑，本欲減受刑人之殘廢，使有自新之可能。但丞相、御
史議定之細節或改肉刑爲笞刑，或改作棄市。棄市爲死刑，笞刑者
又多死，以至當時已有"外有輕刑之名，內實殺人"（卷二三，頁
1099）之譏。又箠令定後，"自是笞者得全"（卷二三，頁1100）。
是丞相、御史商議法令之細節，往往影響甚大，或使皇帝之詔令更
爲嚴密，又或有效果與皇帝詔令之原意完全相反者。雖然丞相、御
史議定之細節須奏請皇帝批准後始成法令，但皇帝對於刑罰之執行
毫無實際經驗，故往往大臣之奏議即爲皇帝之決定。以此推想其他

政治事務，大臣之諮議對實際政治之影響極爲巨大。

　　丙、公府議

　　東漢之宰相爲太尉、司徒、司空，合稱三公，官署稱三府。東漢間中置太傅録尚書事，又間中拜任職於京師之中朝將軍。“太傅、中朝將軍與三公同參政事；太傅府、中朝將軍之幕府與三公府之職司類同，其職權所涉及之事項亦同樣‘無所不統’，故合稱爲‘四府’、‘五府’。”太傅與中朝將軍俱在稱五府，缺其一則稱四府。[9]朝廷有事，常下三公議，或謂下三府議，若其時有四府或五府時，則謂下四府議、下五府議，今稱此類論議爲“公府議”。

　　公府議可僅是諸公會議，諸公亦可令其府中之掾屬若干人自隨，一同參與會議。《後漢書·南匈奴傳》曰：建武二十八年，北匈奴遣使貢獻，乞和親。“帝下三府議酬荅之宜，司徒掾班彪奏曰”云云（卷七九，頁2964）。班彪當是隨司徒與議，其所奏言，或是其於會議中所言，或是會議之後，以言有未盡，別上書詳之。公府掾屬參與公府會議，何顒事最爲清楚。《黨錮列傳·何顒傳》曰：“及黨錮解，顒辟司空府。每三府會議，莫不推顒之長。”（卷六七，頁2218）蓋顒以司空屬吏參與三府會議，議論最爲切實可行，常爲與會者所推崇。又《應劭傳》曰：

　　　　（中平二年，遣左車騎將軍皇甫嵩西征邊章等寇亂。）
　　　　嵩請發烏桓三千人。北軍中侯鄒靖上言：“烏桓衆弱，宜開
　　　　募鮮卑。”事下四府，大將軍掾韓卓議，以爲“……募鮮卑
　　　　輕騎五千，必有破敵之效”。劭駁之……韓卓復與劭相難反
　　　　復。（卷四八，頁1609～1610）

應劭在公府會議中與大將軍掾韓卓反復辯論，韓卓蓋中朝將軍之屬吏隨將軍參與公府會議。其時應劭之官職無考。[10]公府議不但有公府掾屬參與，且間中有公府外之人士與議。如《後漢書·劉陶傳》

─────────

〔9〕　參見廖伯源《東漢將軍制度之演變》，《中央研究院歷史語言研究所集刊》第60本第1分，頁163～167。

〔10〕　按此事時在中平二年三月。見《後漢書·靈帝紀》（卷八，頁351～352）。《應劭傳》曰：“劭……靈帝時舉孝廉，辟車騎將軍何苗掾。中平二年……（下述應劭與大將軍掾韓卓論議是否當徵發鮮卑事）”（卷四八，頁1609～1610）。似謂中平二年三月此論議時，應劭爲車騎將軍何苗掾。然何苗拜車騎將軍在中平四年三月（見前引《東漢將軍制度之演變》之附表一“東漢將軍年表”，頁191）。應劭不可能在中平二年爲車騎將軍何苗之掾，其時應劭之官職無考。

曰：桓帝時，陶遊太學，時有上書謂“宜改鑄大錢，事下四府群僚及太學能言之士。陶上議。”（卷五七，頁1845）陶蓋以太學生參與公府議。又《續律曆志中》曰：靈帝熹平四年，有上書謂“曆元不正”，“詔書下三府，與儒林明道者詳議，務得道真。以群臣會司徒府議。”（志卷二，頁3037）是此次公府議之參與者，除公府人員外，有所謂“儒林明道者”，當是討論的問題爲曆法，官吏知者不多，故請學者專家與議。又據此條所言，公府會議當在司徒府舉行。

《後漢書·馬援傳》曰：

> 初，援在隴西上書，言宜如舊鑄五銖錢。事下三府，三府奏以未可許，事遂寢。及援還，從公府求得前奏，難十餘條，乃隨牒解釋，更具表言。帝從之。（卷二四，頁837）

皇帝令事下公府議，若事爲奏章所言，當抄録奏章副本發公府，以作爲論議之對象，針對奏章所言，論其可否；議畢上奏，言是否同意，條列其理由，供皇帝決策之參考。三公爲行政官員之階級最高者，多是爲官數十年，閑習法令故事，明於政事，又有衆多之屬吏爲之考核案驗，獻策與議，故公府議決者，皇帝多會照准如擬，除非皇帝對其事早有成見或有他説中皇帝之意。若諸公之意見不一，不能妥協，當諸説一並陳奏。

《劉愷傳》曰：

> （愷爲司徒，安帝元初中）征西校尉任尚以姦利被徵抵罪。尚曾副大將軍鄧騭，騭黨護之，而太尉馬英、司空李郃承望騭旨，不復先請，即獨解尚臧錮，愷不肯與議。後尚書案其事，二府並受譴咎，朝廷以此稱之。（卷三九，頁1308）

大將軍與三公四府議，時鄧太后臨朝，外戚大將軍鄧騭有權勢，太尉馬英、司空李郃阿從鄧騭，議解任尚之禁錮。司徒劉愷“不肯與議”，有二解，一是未議之前已知鄧騭之意，不肯違法阿旨，乃藉故不參與會議。二是愷與會，但不肯聯署決議，此所以日後“朝廷以此稱之”。又此例之決議“不復先請”，即付之施行。顯示公府議決之事，較爲次要者，可徑付有司施行，不必請准；唯會議記録仍當上奏，由尚書收文入檔，尚書且可查案其事。

又據上引《馬援傳》，公府議決上奏後，論議之文件及所論之内容，詳細記録，亦於公府中存檔，以方便他日之查核。此所以馬援可以從公府中求得其前奏及公府難其建言之十餘條理由。

公府議多聽詔令召開，間中亦有三公以事有需要，召集公府會議。《後漢書·虞詡傳》曰："永初四年，羌胡反亂……大將軍鄧騭……欲棄涼州……乃會公卿集議……議者咸同。（郎中虞）詡聞之，乃說太尉李脩……脩善其言，更集四府，皆從詡議。"（卷五八，頁1866）太尉李脩"更集四府"議，似無請旨。然某公主動召集公府議，其事必不可數，蓋三公地位平行，無統隸之關係，若屢主動相召，似有專擅之嫌。公府議當以遵詔開議爲常態。

總而言之，公府議當遵詔召開。公府議開會之前，諸公當各與其屬吏查考討論，對問題已有瞭解，始集會商議，諸公可獨自密議，亦可各領屬吏若干人與會，間中且有邀公府外之人士與會。與會者可在會中反復辯論，言有未盡，又可別上書詳之。公府議畢，諸公聯署會議記錄上奏皇帝，供皇帝決策之參考，公府議決之事項，亦上奏請准施行，較爲次要之事項，公府議決可徑付有司執行，唯仍當上奏備查。

丁、公卿議

兩漢又有公卿議，蓋諸公（西漢丞相、御史大夫，東漢三公）與朝廷各政務分職機關之長官（九卿）集議。其例甚多，西漢之例如《漢書·外戚傳》曰：宣帝初立，"公卿議更立皇后"（卷九七上，頁3965）。《蕭望之傳》曰："匈奴呼韓邪單于來朝，詔公卿議其儀。"（卷七八，頁3282）《韓延壽傳》曰，有奏劾左馮翊韓延壽。"事下公卿，皆以延壽……誣訴典法大臣……狡猾不道。"（卷七六，頁3215~3216）東漢之例如《後漢書·徐防傳》曰：和帝時，司空徐防上疏"以五經久遠，聖意難明，宜爲章句……詔書下公卿，皆從防言。"（卷四四，頁1500~1501）《周舉傳》曰：梁太后臨朝，以殤帝、順帝廟次難定，"詔下公卿"議（卷六一，頁2029~2030）。又《應奉傳》曰：桓帝時"武陵蠻詹山等四千餘人反叛，執縣令，屯結連年。詔下公卿議。"（卷四八，頁1608）《續五行志》曰："延光四年冬，京都大疫。注謂明年張衡上封事，言大疫之原因，乃請"臣愚以爲可使公卿處議。"（志卷一七，頁3350）官員言事，自請下其事公卿議。可見公卿議在當時甚爲平常。

公卿議是公卿奉詔集議，上引諸例謂"詔公卿議"、"詔下公卿議"、"事下公卿"可見；非奉詔令，似不得召集公卿議事。《後漢書·朱雋傳》曰："董卓專政，以雋宿將，外甚親納而心實忌之。及關東兵盛，卓懼，數請公卿會議，徙都長安，雋輒止之。"（卷七一，頁2311）按時董卓專擅朝政，雖可任意召公卿會議，但表面仍按照規矩，先請旨而後召議。可見須有詔令，乃得召集公卿議。

公卿議之與議者十餘人，若意見不一，應在上奏之會議紀錄中，書明各人之意見。

《後漢書·袁安傳》曰：

> （和帝初，竇太后臨朝。）北單于爲耿夔所破，遁走……餘部不知所屬……（后兄車騎將軍憲）乃上立降者左鹿蠡王阿佟爲北單于，置中郎將領護，如南單于故事。事下公卿議，太尉宋由、太常丁鴻、光祿勳耿秉等十人議可許。（司徒袁）安與（司空）任隗奏，以爲"……今朔漢既定，宜令南單于反其北庭，并領降衆，無緣復更立阿佟，以增國費"。宗正劉方、大司農尹睦同安議。事奏，未以時定。（卷四五，頁1520）

對於是否更立北單于，有正反兩種意見，兩種意見皆書寫上奏，以供決策之參考。時和帝年幼，竇太后臨朝稱制，決策者爲竇太后。此議"事奏，未以時定"，蓋竇太后爲某種原因延遲決策。

公卿議之與議者是朝廷實際負責政務之最高級官員，兩漢之"公"爲宰相，"卿"爲中央政府各政務分職機關之首長，有類今日之各部部長。就與會者之官職階級而言，公卿議與今日之內閣部長會議類似。唯公卿議非定時召開，而是奉旨開議，而且沒有決策權，其所議之意見書寫上奏，供皇帝決策之參考。公卿議之與議者人數不多，僅十餘人，容易各陳己見，對問題作充分之討論；而且各與議者熟識政事，明習法令故事，故公卿議之意見，當最受皇帝之重視，除非皇帝別有成見，一般都會採納公卿議之意見。可以說，公卿議當是漢代較常召開之朝廷論議，亦當是漢代政治中影響較大之朝廷論議。

戊、親近臣議

兩漢又有親近臣議。皇帝之某些親信臣僚，經常侍從左右，得在宮內與參機密，輔佐決策，又常爲皇帝顧問之對象。有不欲公開之問題，皇帝常交付親近臣論議。上文"皇帝臨時召集某些官員會議"一節，謂有不欲在朝會公開之問題，皇帝召集某些親近之官員會議，此與本節"親近臣議"所述,大致類似。所不同者,上文之論議是皇帝親臨參與,或親自召問某些官員,本節所述者則皇帝不參與,僅聽取議論之結果。

《漢書·韋玄成傳》曰:

> (元帝已毀親盡宜毀之宗廟,後有疾,又夢祖宗譴責。)上詔問(丞相匡)衡,議欲復之,衡深言不可。上疾久不平,衡惶恐……告謝毀廟曰:"……皇帝願復修承祀,臣衡等咸以爲……罪盡在臣衡等,當受其咎。今皇帝尚未平,詔中朝臣具復毀廟之文,臣衡中朝臣咸復以爲天子之祀,義有所斷……"(卷七三,頁 3121~3123)

元帝欲修復已毀之宗廟,丞相匡衡等議以爲不可。元帝又詔中朝臣議復,中朝臣爲皇帝最親近之臣僚。

《翟方進傳》曰:

> 丞相、御史請遣掾史與司隸校尉、部刺史并力逐捕(浩商兄弟賓客),察無狀者,奏可。司隸校尉涓勳奏言:"……臣幸得奉使,以督察公卿以下爲職,今丞相(薛)宣請遣掾史,以宰士督察天子奉使大夫,甚詩逆順之理……願下中朝特進列侯、將軍以下,正國法度。"議者以爲丞相掾不宜移書督趣司隸。(卷八四,頁 3413)

所謂"中朝特進列侯、將軍以下",列侯之特別尊重親近者加號"特進",稱爲特進列侯。[11] 西漢後期在京師之將軍任期長,領京師之武力,且多出身於外戚。[12] 兩者及其他皇帝之親近臣,得在宮內參與政事,稱爲中朝臣。此例是丞相、御史請遣掾史督司隸校尉、部刺史辦事,司隸校尉涓勳則自以爲是天子之使者,若受制於丞相之掾史,於理不順,請下其事與皇帝之親近臣討論,以定是非,正法度。此事是當事之官員自請親近臣論議其事,則親近臣之論議在當時應非鮮見陌生之事。再者,此事牽涉丞相之權力,涓勳請下其事親近臣議,亦有利用皇帝之親近臣論議以影響皇帝、限制丞相權力之意。而皇帝欲懲罰丞相,在其事交下群臣大議之前,或先付親近臣議論。

---

[11] 參見廖伯源《漢代爵位制度試釋》,《新亞學報》10 卷 1 期(下),頁 111~121。

[12] 參見廖伯源《試論漢初功臣列侯及昭宣以後諸將軍之政治地位》,《徐復觀先生紀念論文集》,頁 139~158。

《漢書·王嘉傳》曰：

> （王嘉爲丞相）嘉封還益董賢户事，上乃發怒，召嘉詣尚書……嘉免冠謝罪。事下將軍中朝者。光禄大夫孔光、左將軍公孫禄、右將軍王安、光禄勳馬宮、光禄大夫龔勝劾嘉迷國罔上，不道，請與廷尉雜治……遂可光等奏……制曰：“票騎將軍、御史大夫、中二千石、二千石、諸大夫、博士、議郎議。”衛尉雲等五十人以爲“如光等言可許”。議郎龔等以爲“嘉言事前後相違，無所執守，不任宰相之職，宜奪爵土，免爲庶人。”永信少府猛等十人以爲“……宜示天下以寬和……”有詔假謁者節，召丞相詣廷尉詔獄。（卷八六，頁 3500~3501）

哀帝寵愛董賢，封賞過例，丞相王嘉守正諫諍而得罪，哀帝藉王嘉訟前廷尉梁相等人事，欲誅嘉。然誅無罪之大臣，恐群臣抗議，乃先下其事親近臣議，親近臣知哀帝意，阿旨羅織王嘉之罪名，然後再交付此案與群臣大議，使群臣確定親近臣所議之結果。此皇帝利用親近臣議以操縱輿論，而付群臣大議又可推卸誅殺無罪大臣之責任。後節“群臣大議”引《漢書·朱博傳》，謂哀帝定丞相朱博、御史大夫趙玄罪，先使中朝者雜問，議定罪名，再交付群臣大議。王嘉案與朱博案可相互參考。

東漢有所謂尚書議。

《後漢書·朱暉傳》曰：

> （章帝時）尚書張林上言：“鹽利歸官及行均輸之法”，於是詔諸尚書通議。（尚書僕射朱）暉奏據林言不可施行，事遂寢。（卷四三，頁 1460）

所謂諸尚書通議，是諸尚書皆得參與，詳議其事。又《胡廣傳》曰：

> （順帝）時尚書令左雄議改察舉之制，限年四十以上，儒者試經學，文吏試章奏。（胡）廣復與（史）敞、（郭）虔上書駁之，曰：“……竊見尚書令左雄議……明詔既許，復令臣等得與相參。竊惟王命之重，載在篇典……今以一臣之言，剗戾舊章，便利未明，衆心不猒……臣愚以爲可宣下百官，參其同異，然後覽擇勝否……”帝不從。（卷四四，頁 1506~1507）

按時胡廣爲尚書僕射，史敞、郭虔爲尚書，是順帝既許尚書令左雄改善察舉孝廉制，又令諸尚書“相參”左雄改革之內容。蓋原則上許可左雄之建議，其細節交尚書議，胡廣等不同意左雄之言，請下群臣大議，帝不從。蓋帝以左雄之建議爲佳,不欲下群臣議,橫生枝節。尚書爲樞機近臣,尚書議亦可謂是親近臣議。

事下官員商議、擬定處理之辦法,然後上奏供皇帝決策之參考,是官員助理皇帝統治國家之重要方式之一,而丞相、御史大夫及東漢之三公參與籌議之機會在百官中爲最多,影響決策之可能也最大。

(二) 使者聽取吏民之言論

皇帝欲聽取某人之意見,除召其入宮內,親自與其討論外;[13] 皇帝亦常派遣使者往聽取其議論,然後上奏。蓋皇帝不可能親自召見所有有意見之吏民,尤其是地方官員及庶民百姓。使者聽取吏民言論之例如下:

《後漢書‧應劭傳》曰:

> (劭於建安元年上書曰:)"……董仲舒老病致仕,朝廷每有政議,數遣廷尉張湯親至陋巷,問其得失……"(卷四八,頁1612)

《漢書‧谷永傳》曰:

> (永)爲涼州刺史,奏事京師訖,當之部。時有黑龍見東萊,上使尚書問永,受所欲言……元延元年,爲北地太守。時災異尤數,永當之官,上使衛尉淳于長受永所欲言。(卷八五,頁3458~3465)

《李尋傳》曰:

> 哀帝初即位,召尋待詔黃門,使侍中衛尉傅喜問尋曰:"間者水出地動,日月失度,星辰亂行,災異仍重,極言毋有所諱。"(卷七五,頁3183)

《後漢書‧東平憲王蒼傳》曰:

> (章帝初)朝廷每有疑政,輒驛使諮問。蒼悉心以對,皆見納用。(卷四二,頁1438)

上例俱是皇帝主動遣使者向人諮詢。受諮詢者或爲皇帝所尊重之親戚長輩,如東平憲王蒼,或爲某方面之專家,如谷永與李尋是陰陽災異之專家。又《漢書‧蕭望之傳》曰:"天子(宣帝)拜望之爲謁者。時上

---

[13] 對於某些尊重大臣,皇帝亦有駕臨其宅,親自向其諮詢。如《漢書‧張禹傳》:禹爲成帝師,年老罷相。上書者多言災異之應爲外戚王氏專政,成帝幸禹第,"親問禹以天變"。(卷八一,頁3351)

初即位,思進賢良,多上書言便宜,輒下望之問狀。"(卷七八,頁3273)
或是上書者之奏章言之不詳,宣帝使望之往問其詳;或是上書者於奏章中自請親見口陳或願對近臣。自請親見口陳之例如下:

《漢書·蕭望之傳》曰:

> (蕭望之爲大行治禮丞)地節三年夏,京師雨雹,望之因是上疏,願賜清閒之宴,口陳災異之意。宣帝自在民間聞望之名,曰:"此東海蕭生邪?下少府宋畸問狀,無有所諱。"望之對……對奏,天子拜望之爲謁者。(卷七八,頁3273)

《後漢書·梁統傳》曰:

> 建武中,梁統爲太中大夫,"以爲法令既輕……宜重刑罰……乃上疏……事下三公、廷尉。議者以爲……統今所定,不宜開可。統復上言曰:有司以臣今所言不可施行……願得召見,若對尚書近臣,口陳其要。'帝令尚書問狀,統對曰……議上,遂寢不報。"(卷三四,頁1166~1169)

請求親見口陳是登龍捷徑,當不在少數。皇帝對此類請求,不可能俱親自召見,遣使者受所欲言是處理之辦法之一。乃有上書者知皇帝親自召見之機會不大,退而求其次,請求願對近臣,以使自己之意見得上達天聽。上引《梁統傳》梁統自請"願得召見,若對尚書近臣,口陳其要"即是要求親見口陳或者對近臣。又《漢書·王商傳》謂"日有蝕之,太中大夫蜀郡張匡……上書願對近臣陳日蝕咎。下朝者左將軍丹等問匡"。(卷八二,頁3372)張匡自請對近臣。《谷永傳》:永上言,自請"願具書所言因侍中奏陛下"。(卷八五,頁3454)請使侍中轉奏其言,亦有自請對近臣之意。上書者自請願對近臣,據此推論,當時皇帝使近臣聽取吏民之言論並非特例,而是相當普通,爲吏民意見上達皇帝之一途徑。

若皇帝對某事已有成見,而大臣仍諫諍不斷,喋喋不休,皇帝亦有遣使者往聽取其言論,實則與大臣辯論,説服大臣,使其不反對皇帝之政策。《漢書·嚴助傳》謂武帝"擢助爲中大夫。後得朱買臣、吾丘壽王、司馬相如、主父偃、徐樂、嚴安、東方朔、枚皋、膠倉、終軍、嚴葱奇等,並在左右。是時征伐四夷,開置邊郡,軍旅數發,内改制度,朝廷多事……上令助等與大臣辯論,中外相應以義理之文,大臣數詘"。(卷

六四上,頁2775)是武帝以莊助[14]等言詞便給之輩爲左右近臣,專爲其政策辯護。其例如《史記·平津侯主父列傳》曰:

> 元朔三年……以(公孫)弘爲御史大夫。是時通西南夷,東置滄海,北築朔方之郡。弘數諫,以爲罷敝中國以奉無用之地,願罷之,於是天子乃使朱買臣等難弘置朔方之便。發十策,弘不得一。弘乃謝曰:“山東鄙人,不知其便若是,願罷西南夷、滄海而專奉朔方。”上乃許之。(卷一一二,頁2950)

開邊爲武帝欲施行之政策,御史大夫公孫弘諫諍不斷,若不將其説服,則政策之正確性似有疑問,且有礙政策施行細節之制定及執行。武帝使朱買臣等人難弘,蓋排除其政策推行之阻力。所謂朱買臣等“發十策,弘不得一”。顏師古注《漢書》曰:“言其利害十條,弘無以應之。”(卷五八,頁2620)當是謂朱買臣等言置朔方郡之利益有十項,公孫弘一項都不能反駁。公孫弘起白衣,數年而至公卿,何以“不堪”若此?蓋此乃其爲官之道,韋昭言之甚明。《史記集解》引韋昭曰:“以弘之才,非不能得一也,以爲不可,不敢逆上耳。”(卷一一二,頁2950)上引《史記·平津侯主父列傳》謂弘“每朝會議,開陳其端,令人主自擇,不肯面折廷争”。又謂弘“嘗與公卿約議,至上前,皆倍其約以順上旨”。(卷一一二,頁2950)是韋昭所言,不得謂之無據。其次,使者秉君命往説服大臣,既知上意,可以順旨空言高論,不必顧忌該政策之施行是否合宜。如《史記·東越列傳》曰:

> 建元三年,閩越發兵圍東甌。東甌……告急天子。天子問太尉田蚡,[15]蚡對曰:“越人相攻擊,固其常,又數反覆,不足以煩中國往救也。自秦時棄弗屬。”於是中大夫莊助詰蚡曰:“特患力弗能救,德弗能覆;誠能,何故棄之?且秦舉咸陽而棄之,何乃越也!今小國以窮困來告急天子,天子弗振……又何以子萬國乎?”上曰:“太尉未足與計……”(卷一

---

[14] 莊助,《史記》作莊助,漢書避漢明帝諱,作嚴助。

[15] 建元二年十月,“太尉蚡免,官省。”(《漢書》卷一九下《百官公卿表》,頁767)建元三年時,田蚡不爲太尉;蓋以武帝舅,親幸,得言事。稱爲太尉者,以其前任太尉,而其時太尉官省,無爲太尉者,故得仍其舊稱。考詳王先謙《補注》引諸家之説(《漢書補注》卷六四上,頁1b)。

一四,頁 2980)

莊助所言,俱是高調之空言,完全不顧及興兵干預是否對國計民生有害。上引《漢書·嚴助傳》謂助等與大臣辯論,"大臣數詘"。蓋莊助等使者議論陳義甚高,不切實際,引經據典似乎甚有理由;與使者相反,大臣既在其位,執行政策,處理實際事務,其諫諍必須考慮周全,顧及國家百姓之利益與政策施行之困難,依實而言,不得隨意空論。

有諫諍者不在京師,武帝甚至遣使者往說服之。如《漢書·嚴助傳》曰:

> (建元六年,)閩越復興兵擊南越……(漢)遣兩將軍將兵誅閩越。淮南王安上書諫……是時,漢軍遂出……閩越王弟餘善殺王以降。漢軍罷。上……諭淮南曰:"皇帝問淮南王……使中大夫助諭朕意,告王越事。"助諭意曰:"今者大王以發屯臨越事上書,陛下故遣臣助告王其事……"於是王謝曰:"雖湯伐桀,文王伐崇,誠不過如此。臣安妄以愚意狂言,陛下不忍加誅,使者臨詔臣安以所聞,臣不勝厚幸!"(卷六四上,頁 2777～2789)

淮南王安之諫書與嚴助諭意所言均長篇大論,不錄。淮南王安上書諫諍時在漢廷發兵之後。[16] 武帝在征閩越之役結束後,仍遣中大夫嚴助往諭意,說服淮南王安承認其諫諍之誤。蓋武帝為其政策之正確性辯護,亦外示其尊重臣下之議論。

(三)群臣大議

有重大而牽涉甚廣之事項,非倉促間可得結論,皇帝欲廣徵眾議,以便"兼聽",往往下其事,令群臣討論,與議者可各持己見,議論之內容記錄上奏,供皇帝決策之採擇。

《史記·秦始皇本紀》曰:

> (始皇二十六年,丞相王綰等請封建諸皇子為王以填天下)始皇下其議於群臣,群臣皆以為便。廷尉李斯議曰:"……(以為當廢封建,行郡縣制)"始皇曰:"……廷尉議

---

〔16〕 漢廷發兵擊閩越之前,當經過會議討論,政策決定後,乃籌備發兵。淮南王安居於藩國,不與會議,其諫書謂"今聞有司舉兵將以誅越"(卷六四上,頁 2777),則其諫諍之時間,當在發兵之後。

是。"分天下以爲三十六郡。（卷六，頁 238～239）

秦始皇已併天下，行郡縣制或封建制爲選擇其建國方略，其事關涉重大，當非在朝會中短時的論議所能決。群臣皆是封建，當有長篇大論以立其説，反對者亦當有針對其説之反駁。竊以爲此事之論議或集會多次，延長若干時日，最後上奏二派不同之意見，供始皇採擇決策。其他秦代下群臣議之例，如始皇二十六年群議帝號（《史記》卷六，頁 235～236），又如三十四年因封建郡縣之爭議而惹起焚書令等。（《史記》卷六，頁 254～255）

漢代下群臣議之例多不勝舉。漢代群臣大議之與議者常數十至百餘人，下文所引《韋玄成傳》議宗廟事，與議者凡九十二人；《續律曆志》延光論改曆，與議者最少一百二十七人。至於與議者之身份，散見下文所引各例：諸侯王、丞相、列侯、諸將軍、御史大夫、九卿、諸大夫、博士、議郎皆得與議。又《漢書·匈奴傳》曰：

> （漢武帝時，二大將軍伐匈奴，匈奴大困。）遣使好辭請和
> 親。天子下其議，或言和親，或言遂臣之。丞相長史任敞曰：
> "匈奴新困，宜爲外臣，朝請於邊。"（卷九四上，頁 3771）

謂丞相長史得與群臣議。又《漢書·夏侯勝傳》曰：

> （宣帝下群臣議武帝廟樂，長信少府夏侯勝謂武帝窮兵
> 黷武，無德於民，不宜立廟樂。）於是丞相（蔡）義、御史大夫
> （田）廣明劾奏勝非議詔書，毀先帝，不道，及丞相長史黃霸阿
> 縱勝，不舉劾，俱下獄。（卷七五，頁 3156～3157）

按其時群臣大議，與議者丞相、御史以下數十人，皆親聞勝議，何以獨劾丞相長史黃霸"阿縱勝，不舉劾"之罪，疑群臣大議在西漢由丞相主持，丞相長史則於大議中維持紀律，故有議不宜言者乃獨劾丞相長史不舉劾之罪。皇帝不與議，與議諸官以丞相地位最高，丞相主持群臣大議亦甚爲合理。

《漢書·杜延年傳》曰：

> （廷尉王平與少府徐仁治御史大夫桑弘羊反獄過輕，侍御
> 史劾之。）少府徐仁即丞相車千秋女婿也，故千秋數爲……言。
> 恐霍光不聽，千秋即召中二千石、博士會公車門，議問……議
> 者知大將軍指……明日，千秋封上衆議，光於是以千秋擅召中
> 二千石以下，内外異言。（卷六〇，頁 2662～2663）

丞相車千秋召中二千石、博士集議，又由丞相封上衆議，可證西漢群臣議由丞相召集主持。至霍光以千秋擅召中二千石以下，亦有其理。蓋群臣議是遵照皇帝之命令舉行，詔令並指明所議事項。今車千秋並無受詔使議，而是爲其女婿事自召中二千石以下議事，於法有所不合，故杜延年雖爲車千秋開解，亦謂其"擅召中二千石，甚無狀"。（卷六〇，頁2663）

《後漢書·吳良傳》曰：吳良於明帝時"遷司徒長史。每處大議，輒據經典，不希旨偶俗，以徼時譽。"（卷二七，頁944）是東漢之司徒長史參與群臣大議。哀帝行三公制，丞相更名爲司徒，東漢亦行三公制，司徒是否沿西漢之舊，主持群臣大議，其長史亦於大議之中維持紀律，無考。下文引《後漢書·班勇傳》謂太尉屬毛軫參與大議，推想東漢三公屬吏有一部分得隨三公參與群臣大議。

群臣會議之舉行地點，上引《杜延年傳》謂"千秋即召中二千石、博士會公車門，議問"，按公車門爲皇宮之外墻門，此次會議或在公車門之門廳舉行。丞相府又有議事殿，丞相得在其地召集百官會議。[17]西漢群臣大議應最常在丞相府之議事殿舉行。及至東漢，群臣大議有在"朝堂"召開，如下文所引《袁安傳》謂"詔百官議朝堂"，《班勇傳》謂"召勇詣朝堂會議"，《陳球傳》謂"大會朝堂"。朝堂當是宮中皇帝朝見群臣之殿堂，皇帝雖不出席，群臣亦可在朝堂中會議。群臣大議亦有在司徒府中之議事殿舉行。

《後漢書·續律曆志》曰：

> 靈帝熹平四年，五官郎中馮光、沛相上計掾陳晃言："曆元不正……"乙卯，詔書下三府，與儒林明道者詳議，務得道真。以群臣會司徒府議。（志卷二，頁3037）

《蔡邕集》記載此次會議中與議者之座位。

---

[17] 劉敦楨謂西漢丞相府"有百官朝會殿，國每有大事，天子車駕親幸其殿，與丞相百官決事"。並自注其所據爲《後漢書·續百官志》"司徒"條。（參見劉敦楨《大壯室筆記》"兩漢官署"節，《中國營造學社彙刊》3卷3期，頁137）《後漢書·續百官志》注引應劭曰："……（丞相府舊在長安，有四出門，東漢三公同制，司徒府但有東西兩門）國每有大事，天子車駕親幸其殿，殿西王侯以下更衣併存……（志二四，頁3560）丞相於其府中大殿與百官議事，其例見《漢書·循吏傳·黃霸傳》："（霸爲丞相）時京兆尹張敞舍鶡雀飛集丞相府……敞奏霸曰：'竊見丞相請與中二千石博士雜問上計吏守丞……臣敞舍有鶡雀飛止丞相府屋上，丞相以下見者數百人……'"（卷八九，頁3632）丞相與百官議事，最常集會之地點當是丞相府之議事殿。

《續律曆志》注曰：

> 《蔡邕集》載："三月九日，百官會府，公殿下東面，校尉南
> 面，侍中、郎將、大夫、千石、六百石重行北面，議郎、博士西
> 面。戶曹令史當坐中而讀詔書，公議。蔡邕前坐侍中西北，
> 近公卿，與光、晃相難問是非焉。"（志卷二，頁 3037）

謂蔡邕 "與光、晃相難問是非"，光即上引《續律曆志》之五官郎
中馮光，晃即沛上計掾陳晃。此次論曆，由此二人提出，故此二人
爲問難之對象。此引文不提及九卿之座位，然文中有 "蔡邕前坐侍
中西北，近公卿"，推知九卿與三公同是在 "殿下東面"。中坐讀詔
書之戶曹令史是司徒之屬吏。今據上引文繪出 "東漢司徒府群臣大
議座位圖" 如下：

校尉

公　　　　　戶曹令史　　　　　議郎

卿　　　　　（讀詔書）　　　　博士

　蔡邕

侍中、郎將、大夫、千石、六百石（重行）

群臣大議之議題，有議天子之廢立[18]、太子之廢立[19]、諸侯王
之封建與廢奪[20]、皇帝之服飾[21]、宗廟禮儀[22]、郊祠之事[23]、封

---

[18] 高后欲廢少帝，先使群臣議（《漢書·高后紀》卷三，頁 98）。既誅諸呂，群臣議
　　　立天子，事見《史記·呂太后本紀》（卷九，頁 411）。又昭帝崩，亡嗣，群臣議所
　　　立，立昌邑王，事見《漢書·霍光傳》（卷六八，頁 2937）。及昌邑王立二十七日，
　　　群臣議廢之，亦見《霍光傳》（卷六八，頁 2937～2938）。《後漢書·李固傳》：質
　　　帝崩，群臣爭議立清河王蒜抑立蠡吾侯志（後之桓帝）（卷六三，頁 2085～2086）。
　　　俱是群臣大議皇帝廢立之例。
[19] 《後漢書·來歷傳》，安帝召公卿以下議廢立太子（卷一五，頁 590～591）。
[20] 議立燕王盧綰事見《史記·盧綰列傳》（卷九三，頁 2637）。議立代王恒事見《漢書·
　　　高帝紀》（卷一下，頁 70）。議立吳王濞、燕王建事亦見《漢書·高帝紀》（卷一下，頁 76～
　　　77）。漢武帝立三子爲齊王、燕王、廣陵王，下群臣議，其事詳於《史記·三王世家》（卷
　　　六〇，頁 2105～2110）。光武帝詔群臣議封其子，事見《後漢書·光武帝紀》（卷一下，
　　　頁 64～65）。群臣議諸侯王罪惡，除正文已引錄者外，尚可見議廢廣川王去（《漢書·
　　　景十三王傳》卷五三，頁 2432）及燕王定國（《史記·荊燕世家》卷五一，頁 1997）。
[21] 高祖使大臣議皇帝服飾，事見《漢書·魏相傳》相奏疏（卷七四，頁 3140）。
[22] 《漢書·景帝紀》：使群臣議文帝廟禮儀（卷五，頁 137～138）。又正文引《韋玄成
　　　傳》有群臣大議宗廟禮儀事。《後漢書·續祭祀志下》：建武十九年，下群臣議 "先
　　　帝四廟當代親廟者及皇考廟事"（志卷九，頁 3193～3194）。
[23] 《史記·武帝紀》：下公卿議郊祠鼓舞之樂（卷一二，頁 472）。《後漢書·續祭祀志
　　　上》：建武七年，"詔三公曰：'漢當郊堯，其與卿、大夫、博士議。'"（志卷七，頁 3160）

禪之儀式[24]、曆法之正誤[25]、皇室長者之尊號[26]、列侯之封
建[27]、大臣之功罪賞罰及致仕[28]、政策之制定[29]、法令之制定與
更改[30]、延長地方長吏之任期[31]、端正郡國之選舉[32]、占田、奴
婢之限額[33]、還徙者、罷邊屯[34]、出兵平亂，戰爭之方略[35]、棄
邊郡[36]、與邊疆民族之關係[37]等等，舉凡國家應處理之事項，莫不
可付諸群臣大議。

---

[24] 武帝與公卿諸生議封禪，事見《史記·武帝紀》（卷一二，頁473）。

[25] 安帝延光元年，詔"公卿百寮參議正處"曆法。順帝漢安二年，詔三公百官雜議曆
法。俱見《後漢書·續律曆志中》（志卷二，頁3035~3039）。

[26] 高后七年夏五月，使群臣議太上皇妃昭靈夫人、高帝兄武哀侯伯、高帝姊宣夫人之
尊號，事見《漢書·高后紀》（卷三，頁99~100）。又哀帝時，定陶傅太后欲稱尊
號，亦使群臣議，事詳《孔光傳》（卷八一，頁3357）、《平帝紀》（卷一二，頁
349）、《鮑宣傳》（卷七二，頁3087）。

[27] 高后下詔使議定列侯之朝位，事見《漢書·高后紀》（卷三，頁96）。宣帝時，下
議封馮奉世，事見《漢書·馮奉世傳》（卷七九，頁3294）。成帝下群臣議封淳于
長，事見《漢書·平當傳》（卷七一，頁3050）。又哀帝欲封侯董賢，丞相王嘉上
封事請"……延問公卿大夫博士議郎，考合古今，明正其義，然後乃加爵土……"
見《漢書·王嘉傳》（卷八六，頁3492）。

[28] 群臣議丞相王嘉之罪名，見《漢書·王嘉傳》（卷八六，頁3500~3501）。議金欽
罪名見《金日磾傳》（卷六八，頁2965）。議罰蓋寬饒見本傳（卷七七，頁3247）。
青州刺史王望專命開倉救災，"事畢上言，帝以望不先表請，章示百官，詳議其
罪"。見《後漢書·劉平傳》附王望事（卷三九，頁1297）。又和帝時，太尉張酺
廷叱司隸校尉晏稱，見劾，帝以酺先帝師，詔群臣議其罪。事見酺本傳（卷四五，
頁1533）。建武六年，前將軍李通"以病上書乞身，詔下公卿群臣議"。事見《後
漢書·李通傳》（卷一五，頁576）。

[29] 秦始皇下群臣議封建郡縣，事見正文所引。

[30] 《漢書·刑法志》：孝文二年，詔群臣議除相坐法（卷二三，頁1104~1105）。武帝元朔元
年，使群臣議不舉賢良方正者應如何處罰，事見《武帝紀》（卷六，頁166~167）。《後漢
書·光武紀上》：建武二年三月，詔令"其與中二千石、諸大夫、博士、議郎議省刑法"（卷
一上，頁29）。《魯恭傳》：鄧太后詔公卿以下議斷獄之時間（卷二五，頁881）。

[31] 《後漢書·朱浮傳》，建武六年，執金吾朱浮上疏請久任地方長吏，"帝下其議，群
臣多同於浮"（卷三三，頁1141~1142）。

[32] 章帝建初中，"是時陳事者，多言郡國貢舉率非功次，故守職益懈而吏事寖疏，咎
在州郡。有詔下公卿朝廷議。"（《後漢書》卷二六《韋彪傳》，頁917）

[33] 哀帝下群臣議占田與奴婢之限額，事見《漢書·食貨志》（卷二四上，頁1142~1143）。

[34] 章帝建初元年，校書郎楊終上書請罷邊屯，聽徙邊之罪人歸其故鄉，帝下群臣議
（《後漢書》卷四八《楊終傳》，頁1597~1598）。

[35] 《漢書·趙充國傳》：下群臣議充國平羌之方略（卷六九，頁2978、2991）。《後漢
書·南蠻傳》：順帝永和二年，日南、象林蠻夷反，"明年，召公卿百官及四府掾
屬，問其方略"（卷八六，頁2837~2838）。又《皇甫嵩傳》：靈帝召群臣會議，籌
策討黃巾（卷七一，頁2300）。

[36] 《後漢書·馬援傳》，建武十一年，朝臣議欲棄金城破羌之西（卷二四，頁635）。

[37] 武帝時，匈奴請和親，群臣議許和親，或議遂臣之，事見《漢書·匈奴傳》（卷九
四上，頁3771）。

　　群臣大議之際,與議群臣得各言其意見,不同之意見,分別記録,
會議完畢由主持論議者奏上皇帝或由與議者聯署上奏。請見下例。

《史記·淮南衡山列傳》曰:

　　(淮南王安反事起。)天子曰:"……與諸侯王列侯會肄丞
相諸侯議。"趙王彭祖、列侯臣讓等四十三人議,皆曰:"淮南
王安甚大逆無道,謀反明白,當伏誅。"膠西王臣端議曰:"淮
南王安廢法行邪,懷詐僞心,以亂天下……甚大逆無道,當伏
其法。而論國吏二百石以上及比者,宗室近幸臣不在法中
者,不能相教,當皆免官削爵爲士伍,毋得宦爲吏。其非吏,
他贖死金二斤八兩……"丞相弘、廷尉湯等以聞。(卷一一
八,頁3094)

《漢書·韋玄成傳》曰:

　　(元帝永光四年,下詔議罷郡國廟。)後月餘,復下詔曰:
"……其與將軍、列侯、中二千石、二千石、諸大夫、博士議。"
(丞相)玄成等四十四人奏議曰:"禮,王者始受命,諸侯始封
之君,皆爲太祖……臣愚以爲高帝受命定天下,宜爲帝者太
祖之廟,世世不毀,承後屬盡者宜毀……太上皇、孝惠、孝文、
孝景廟皆親盡宜毀,皇考廟親未盡,如故。"(注引張晏曰:"悼
皇考於元帝,祖也。")大司馬車騎將軍許嘉等二十九人以爲
孝文皇帝……德厚侔天地,利澤施四海,宜爲帝者太宗之廟。
廷尉忠以爲孝武皇帝……宜爲世宗之廟。諫大夫尹更始等
十八人以爲皇考廟……宜毀。(卷七三,頁3116~3118)

《朱博傳》曰:

　　(傅太后使孔鄉侯傅晏風丞相朱博、御史大夫趙玄奏免
高武侯傅喜爲庶人。事發覺,有罪。哀帝使左將軍彭宣與中
朝者雜問,以爲博不道,玄大不敬,晏不敬,俱當下詔獄。)制
曰:"將軍、中二千石、二千石、諸大夫、博士、議郎議。"右將軍
蟜望等四十四人以爲"如宣等言,可許"。諫大夫龔勝等十四
人以爲"……晏……宜與博、玄同罪,罪皆不道。"(卷八三,頁
3407~3408)

《後漢書·續律曆志中》曰:

安帝延光二年……詔書下公卿詳議(曆法)。太尉愷等上侍中施延等議：……甲寅元與天相應……可施行。"博士黃廣、大行令任僉議，如九道。河南尹祉、太子舍人李泓等四十人議："……四分曆……最得其正，不宜易。"愷等八十四人議，宜從太初。尚書令忠上奏：……不可任疑從虛，以非為是。"上納其言，遂寢改曆事。(志卷二，頁3034~3035)

群臣大議中，與議官員之意見當皆詳細分別記錄，各署議者之官職(或爵號)、姓名。論議結束之後，主持論議之官員整理記錄，集中意見相同者為一類：某官某人等若干人持何論議，如"諫大夫龔勝等十四人以為……"云云，各種不同之意見分別臚列，即使某項意見僅一人所提，亦不忽略，寫成奏章，[38]上奏皇帝。若一人上奏，上奏者當是主持論議者，如《杜延年傳》謂丞相"千秋封上衆議"。西漢時，丞相之官職最高，正常的情況下當是由丞相主持群臣大議及上奏論議之結果。間中亦有由與議者聯署上奏，如上引《淮南衡山列傳》謂"丞相弘、廷尉湯等以聞"。東漢三公俱是宰相，當是三公聯署上奏，如延光論改曆法，"太尉愷等上"奏。

大議之中，若有人提出較為明確之意見，與議者又可就其意見反復問難，以決定是否支持此方案。

《後漢書·班勇傳》曰：

(安帝)元初六年，敦煌太守曹宗……請出兵五千人擊匈奴……因復取西域。鄧太后召勇詣朝堂會議。先是公卿多以為宜閉玉門關，遂棄西域。勇上議曰："……今曹宗徒恥於前負，欲報雪匈奴……臣愚以為不可許也。舊敦煌郡有營兵三百人，今宜復之，復置護西域副校尉，居於敦煌，如永元故事。又宜遣西域長史將五百人屯樓蘭，西當焉者、龜茲徑路，南強鄯善、于寘心膽，北扦匈奴，東近敦煌。如此誠便。"尚書問勇曰："今立副校尉，何以為便？又置長史屯樓蘭，利害云何？"勇對曰："……既為胡虜節度，又禁漢人不得有所侵擾。故外夷歸心，匈奴畏威……若出屯樓蘭，足以招附其(按指鄯

---

[38] 今於史書中所見之群臣論議結果之奏章，當經史家刪削修飾，非復奏章之原本。如謂某官某人等若干人持何論議，當不如史書之僅舉一人之官職(或爵號)姓名，而是所有持此意見者之官職(或爵號)姓名皆臚列清楚。

善王)心,愚以爲便。"長樂衛尉鐔顯、廷尉綦母參、司隸校尉
崔據難曰:"朝廷前所以棄西域者,以其無益於中國而費難供
也。今車師已屬匈奴,鄯善不可保信,一旦反復,班將能保北
虜不爲邊害乎?"勇對曰:"今中國置州牧者,以禁郡縣姦猾盜
賊也。若州牧能保盜賊不起者,臣亦願以要斬保匈奴之不爲
邊害也……今置校尉以扞撫西域,設長史以招懷諸國,若棄
而不立,則西域望絕。望絕之後,屈就北虜,緣邊之郡將受困
害,恐河西城門必復有晝閉之儆矣,今不廓開朝廷之德,而拘
屯戍之費,若北虜遂熾,豈安邊久長之策哉!"太尉屬毛軫難
曰:"今若置校尉,則西域駱驛遣使,求索無猒,與之則費難
供,不與則失其心。一旦爲匈奴所迫,當復求救,則爲役大
矣。"勇對曰:"……置校尉者,宣威佈德,以繫諸國内向之心,
以疑匈奴覬覦之情,而無財費耗國之慮也。且西域之人無它
求索,其來入者,不過禀食而已。今若拒絕,執歸北屬,夷虜
并力以寇并、涼,則中國之費不止千億。置之誠便。"於是從
勇議,復敦煌郡營兵三百人,置西域副校尉居敦煌。雖復羈
縻西域,然亦未能出屯。(卷四七,頁 1587~1589)

班勇之議最爲具體實在,故與議者就其方案問難討論,以決定是否
支持也,史文雖云"從勇議",實則僅從其議之部分。此例可見群臣
大議之際,討論情形之一斑。此例之討論尚算溫和,又有大議時,
"廷爭連日,異同紛回"者,[39] 亦有大臣"各作色變容",屬言相向
者。請見下例:

《後漢書·袁安傳》曰:

　　(章帝)元和二年,武威太守孟雲上書:"北虜既已和
親,而南部復往抄掠,北單于謂漢欺之,謀欲犯邊。宜還
其生口,以安慰之。"詔百官議朝堂。公卿皆言……不可開
許。(太僕袁)安獨曰:"北虜遣使奉獻和親,有得邊生口
者,輒以歸漢,此明其畏威,而非先違約也。雲以大臣典

---

[39]　此語爲班固永平八年議通北單于事之言,見《後漢書·班彪列傳》(卷四〇下,頁
　　1374)。

邊，不宜負信於戎狄，還之足示中國優貸，而使邊人得安，誠便。"司徒桓虞改議從安。太尉鄭弘、司空第五倫皆恨之。弘因大言激勵虞曰："諸言當還生口者，皆爲不忠。"虞廷叱之，倫及大鴻臚韋彪各作色變容，司隸校尉舉奏，安等皆上印綬謝。肅宗詔報曰："久議沈滯，各有所志。蓋事以議從，策由眾定，闇闇術術，得禮之容，侵嘿抑心，更非朝廷之福。君何尤而深謝？其各冠履。"帝竟從安議。（卷四五，頁 1518～1519）

《傅燮傳》曰：

> 後（傅燮）拜議郎。會西羌反，邊章、韓遂作亂隴右，徵發天下，役賦無已。司徒崔烈以爲宜棄涼州。詔會公卿百官，烈堅執先議。燮屬言曰："斬司徒，天下乃安。"尚書郎楊贊奏燮廷辱大臣。帝以問燮……（燮解釋有理）（卷五八，頁 1875～1876）

與議者言詞容色過於激烈，辱及他人者，即見奏劾，得解釋或上印綬謝。是大議之中，此種情緒失控之場面當極罕見。東漢後期，外戚宦官權傾朝廷，亦有在大議中"意氣凶凶"者，如《後漢書·李固傳》曰：

> （外戚大將軍梁冀弒質帝，因議立嗣。）乃召三公、中二千石、列侯大議所立。（太尉李）固、（司徒胡）廣、（司空趙）戒及大鴻臚杜喬皆以爲清河王蒜明德著聞，又屬最尊親，宜立爲嗣。先是蠡吾侯志當取冀妹，時在京師，冀欲立之。眾論既異，憤憤不得意，而未有以相奪。中常侍曹騰等聞而夜往說冀曰："……清河王嚴明，若果立，則將軍受禍不久矣。不如立蠡吾侯，富貴可長保也。"冀然其言。明日重會公卿，冀意氣凶凶，而言辭激切。自胡廣、趙戒以下，莫不懾憚之。皆曰："惟大將軍令。"而固獨與杜喬堅守本議。冀屬聲曰："罷會"……竟立蠡吾侯，是爲桓帝。（卷六三，頁 2086）

時梁冀妹梁太后臨朝稱制，冀權勢最盛，以大將軍主持大議，對於異議，反應激切，屬聲相向，使司徒、司空以下，都懾憚而附和之。

此議選立天子，梁冀爲維護其權勢，不顧禮儀風度。其事亦當不常
見。

東漢末之朝廷大議，有使宦官監議者，《陳球傳》曰：

> 熹平元年，竇太后崩……宦者積怨竇氏……欲別葬太
> 后，而以馮貴人配祔。詔公卿大會朝堂，令中常侍趙忠監
> 議……既議，坐者數百人，各瞻望中官，良久莫肯先言。趙忠
> 曰：“議當時定”。怪公卿以下各相顧望。（廷尉陳）球曰：
> “皇太后以盛德良家，母臨天下，宜配先帝，是無所疑。”忠笑
> 而言曰：“陳廷尉宜便操筆。”球即下議曰：“皇太后……援立
> 聖明承繼宗廟，功烈至重。先帝晏駕，因遇大獄……家雖護
> 罪，事非太后。今若別葬，誠失天下之望……”忠省球議，作
> 色俛仰，蚩球曰：“陳廷尉建此議甚健！”球曰：“陳、竇既冤，皇
> 太后無故幽閉，臣常痛心，天下憤歎。今日言之，退而受罪，
> 宿昔之願。”公卿以下，皆從球議。（卷五六，頁 1832～1833）

宦官趙忠監議，態度輕佻。按靈帝初，太后父竇武欲去宦官之權勢，
反爲宦官所誅，太后見遷南宮雲臺，時靈帝年幼，宦官操縱朝政。
此所以趙忠在群臣大議中，隨便言笑作色。以宦官監議，亦非朝廷
論議之常態。

群臣論議之意見，僅供皇帝作決策之參考，接受與否，全在皇
帝之裁決。上引秦始皇使群臣議封建、郡縣孰可，群臣皆是封建，
獨廷尉李斯持郡縣制，與始皇欲集權中央之意合，始皇即採李斯之
議，群臣多數是封建制對始皇之決定並無影響。群臣大議之奏章雖
明言持各種意見者各若干人，但皇帝並不一定以持論者之多寡爲取
捨之考慮，而往往以合意爲接受之條件。[40]

《漢書·馮奉世傳》曰：

---

[40] 《漢書·霍光傳》曰：“元平元年，昭帝崩，亡嗣。武帝六男獨有廣陵王胥在，群臣
議所立，咸持廣陵王……光內不自安，郎有上書言：‘……唯在所宜，雖廢長立少
可也，廣陵王不可以承宗廟。’言合光意，光以其書視丞相（楊）敞等……即日承
皇太后詔……迎昌邑王賀。”（卷六八，頁 2937）按皇太后即昭帝上官皇后，爲霍光
之外孫女，時年十四、五歲。昭帝時及宣帝初，霍光輔政，行皇帝之權。群臣議立
廣陵王，不合光意，光不取其議，猶豫不決者一月有餘，及有郎上書謂可廢長立
幼，光乃意決，捨廣陵王而立昌邑王。霍光不是皇帝，只是輔政之權臣，就可以己
意取捨群臣議論之意見，皇帝有此權力，至爲明顯。

（奉世以衛侯使西域，擅發諸國兵誅莎車王，定西域。）

還，上甚悅，下議封奉世。丞相、將軍皆曰："……宜加爵土之賞。少府蕭望之獨以奉世奉使有指，而擅矯制違命……不可以為後世法……奉世不宜受封。上善望之議，以奉世為光祿大夫、水衡都尉。（卷七九，頁 3294～3295）

按此事在宣帝時。議封馮奉世，有二派意見，少府蕭望之一人獨持不宜封，其他議者自丞相、將軍以下俱謂當封，宣帝以蕭望之所言合意，遂捨群臣之言而採望之之議。又《漢書·賈捐之傳》曰：

（元帝）下詔曰：

"珠崖虜殺吏民，背畔為逆，今廷議者或言可擊，或言可守，或欲棄之，其指各殊……今關東大困，倉庫空虛，無以相贍，又以動兵，非特勞民，凶年隨之。其罷珠崖郡……"（卷六四下，頁 2835）

棄珠崖郡之議，出自賈捐之，朝廷大議，意見有三，或攻或守或棄，丞相於定國是捐之，以為搖動百姓，煩擾中國，以克服邊遠之珠崖，甚為無謂，當棄珠崖郡。此言合元帝之意，遂棄珠崖郡。

甚至群臣之議論無一合意，皇帝不採群臣之議，而別下詔令。《史記·淮南衡山列傳》曰：

（淮南王長反事覺，召王至長安。丞相等奏：）"丞相臣張倉、典客臣馮敬行御史大夫事、宗正臣逸、廷尉臣賀、備盜賊中尉臣福昧死言……長當棄市，臣請論如法。"制曰："朕不忍致法於王，其與列侯二千石議。""臣倉、臣敬、臣逸、臣福、臣賀昧死言：'臣謹與列侯吏二千石臣嬰等四十三人議，皆曰："長不奉法度……"臣等議論如法。'"制曰："朕不忍致法於王，其赦長死罪，廢勿王。"（卷一一八，頁 3077～3079）

淮南厲王長反案，長為文帝弟，故特別慎重，不輕付法曹，而下群臣議。與議之大臣共有四十三人，俱同意依法懲罰，但文帝不接受群臣所議之結論，而別以己意處置。顯示群臣議只能提供意見，是否接受，仍在皇帝之獨裁。

不但群臣議論之取捨權在皇帝，更有甚者，有議論不如上意，竟以

直言得罪者。如上引《漢書·夏侯勝傳》，勝於群臣論議中直言武帝窮
兵黷武，以至國困民貧，得罪下獄。連累丞相長史黃霸，以"不舉劾"夏
侯勝，亦下獄（卷七五，頁3156～3157）。下例亦可見之。

《漢書·鮑宣傳》曰：

> （宣爲諫大夫）是時帝祖母傅太后欲與成帝母俱稱尊
> 號，封爵親屬，丞相孔光、大司空師丹、何武、大司馬傅
> 喜始執正議，失傅太后指，皆免官。（卷七二，頁3087）

皇帝以納諫爲美德，故大臣以議論不合意而得罪，當是少數之
特異，非一般之情形。就以上例而言，夏侯勝嚴厲批評武帝，《鮑宣
傳》之大臣反對哀帝祖母稱"太皇太后"，俱是得罪皇帝或其長輩親
戚，以此而左遷、免官乃至下獄。其事已非單純之國家行政事務，
而摻雜入皇室之人事關係，引起皇帝或皇室有力人士之不滿。一般
之情形，大臣不會以議論受罰。

東漢後期外戚權臣專政，對於大議中持反對意見者，有罷免之
者。如質帝既崩，議立嗣，外戚大將軍梁冀意在蠡吾侯，太尉李固、
大鴻臚杜喬堅持當立清河王蒜，冀大怒罷議。固又"以書勸冀，冀
愈激怒，乃說太后先策免固，竟立蠡吾侯，是爲桓帝"（《漢書》卷
六三《李固傳》，頁2085～2086）。又如《盧植傳》曰：董卓入京，
"陵虐朝廷，乃大會百官於朝堂，議欲廢立。群僚無敢言，植獨抗議
不同。卓怒罷會，將誅植……（蔡）邕時見親於卓，故往請植事。
又議郎彭伯諫卓曰：'盧尚書海內大儒，人之望也……'卓乃止，但
免植官而已"（卷六四，頁2119）。此是權臣排除異己、建立權威之
作爲，非漢代朝廷論議之常態。

若大臣議論前後意見不同，皇帝或會詰問其前後變計之理
由，[41]《漢書·趙充國傳》（充國領兵伐羌）曰："充國奏每上，輒

---

[41]《漢書·翟方進傳》曰：（方進爲丞相，有天變災異，或言大臣宜當之）上遂賜冊
曰："皇帝問丞相：'……君——聽群下言，用度不足，奏請一切增賦……變更無
常。朕既不明，隨奏許可，後議者以爲不便，制詔下君，君雲賣酒醪。後請止，未
盡月復奏議令賣酒醪……'"（卷八四，頁3421～3423）此爲成帝責翟方進之奏議
前後變計，以致政令更改，當負責任。然成帝下冊責丞相方進，有令丞相自殺以塞天
變之意，其事不便明言，冊文所言，深文羅織，故奏議前後不同，亦成大罪。似不
可以此例而謂大臣之議論，前後意見不同爲罪惡。

下公卿議臣。初是充國計者什三，中什五，最後什八。有詔詰前言不便者，皆頓首服。"（卷六九，頁2991）大臣承認前議錯誤，其事即了，不致因此而受罰。

又有皇帝心懷成見，然恐見譏專斷，不欲貿然行之，乃先使群臣議其事，群臣議不合意，又使再議，至合意乃止。《漢書·刑法志》曰：

> 孝文二年……（詔議廢相坐法）左右丞相周勃、陳平奏言："父母妻子同產相坐及收，所以累其心，使重犯法也……如其故便。"文帝復曰："……朕未見其便，宜孰計之。"平、勃乃曰："……臣等謹奉詔，盡除收律、相坐法。"（卷二三，頁1104～1105）

此例雖僅言左右丞相奏言，當是群臣議畢由丞相上奏其結果。此皇帝利用群臣之議論，以支持其成見。就此例而言，君臣俱爲治國安民，僅是其始意見不同，終以大臣放棄己見，以合皇帝之意。皇帝必欲大臣之議與其意合，除不欲有專斷之名外，亦對重大決策有分擔責任之企圖。此可謂皇帝利用群臣之論議以推行其所欲爲之想法。西漢後期有皇帝利用眾議以行其私欲，王嘉、賈延所言最爲清楚。

《漢書·王嘉傳》曰：

> （丞相王嘉、御史大夫賈延諫哀帝封侯董賢，謂宜）"……延問公卿大夫博士議郎，考合古今，明正其義，然後乃加爵土；不然，恐大失眾心，海內引領而議。暴平其事，必有言當封者，在陛下所從；天下雖不說，咎有所分，不獨在陛下。前定陵侯淳于長初封，其事亦議。大司農谷永以長當封，眾人歸咎於永，先帝不獨蒙其譏……"（卷八六，頁3492）

皇帝利用群臣眾議以推卸責任，蓋必欲行其私欲而又無獨斷之勇氣。

在權臣秉政時，有在群臣大議中威嚇與議者支持權臣之作爲，如《漢書·霍光傳》曰：

> （霍光欲廢昌邑王賀）遂召丞相、御史、將軍、列侯、中二千石、大夫、博士會議未央宮。光曰："昌邑王行昏亂，恐危社稷，如何？"群臣皆驚愕失色，莫敢發言，但唯

唯而已。田延年前，離席按劍，曰："先帝屬將軍以幼孤，
寄將軍以天下，以將軍忠賢能安劉氏也。今群下鼎沸，社
稷將傾，且漢之傳謚常爲孝者，以長有天下，令宗廟血食
也。如令漢家絕祀，將軍雖死，何面目見先帝於地下乎？
今日之議，不得旋踵。群臣後應者，臣請劍斬之。"光謝
曰："九卿責光是也。天下匈匈不安，光當受難。"於是議
者皆叩頭，曰："萬姓之命在於將軍，唯大將軍令。"（卷六
八，頁 2937~2938）

田延年爲霍光之親近故吏，時爲大司農，前此曾以伊尹廢太甲事鼓
勵霍光廢昌邑王，在群臣大議中按劍威嚇與議者，蓋霍光操縱論議
之手段。上文引《後漢書·李固傳》謂質帝崩後，議立新君，外戚
梁冀"意氣凶凶，言辭激切"，亦是欲操縱論議。又漢末董卓專政，
廢帝立帝，遷都長安，都曾召集群臣大議，議有異言，董卓作色惡
言，"奮首"大怒，以至"坐者震動"[42]。董卓強迫群臣同意其所欲
爲，其人粗暴，作法甚爲難看。此數例亦可見權臣利用群臣大議以
推卸責任。

四、結　論

本文分秦漢朝廷之論議爲皇帝親臨與否兩大類，皇帝親臨之論
議有"定期朝會群臣之論議"與"臨時召集某些官員會議"兩種形
式，皇帝不參與之論議則分爲"事下某些官員籌議"、"使者聽取吏
民之言論"、"群臣大議"等三種形式，其中事下某些官員籌議，除
事下該討論事項之專家與主管官員外，在西漢又有丞相議、丞相御
史議，東漢有公府議、尚書議，至於公卿議與親近臣議則是兩漢均
有。各種形式之論議並非各自獨立運作，而常是交互作用，同一事
件常先後經數種形式之論議。比如有官員奏上某事，皇帝或下其事
公卿議，再使丞相御史議，然後在朝會中公開討論，有不能決，又
交下群臣大議，議不合意，可使再議，或交下親近大臣議。各種論
議之先後並無一定之規定，但視事情之需要及皇帝之旨意而行。

---

[42] 事見《後漢書·董卓傳》（卷七二，頁 2323~2324）、《楊彪傳》（卷五四，頁 1786~
1787）及《盧植傳》（卷六四，頁 2119）。

《史記·三王世家》記載武帝三子策封爲諸侯王，保留若干論議策封文書之原始形式及詳細記述文書上下之程序，其中可見朝廷論議策封事及決策之過程。初是大司馬霍去病奏請立皇子爲諸侯王，此爲事情之發起。[43] 御史光守尚書令收到霍去病之奏章後，於元狩六年三月二十八日乙亥奏上未央宫。武帝爲示慎重，於同一日下其事御史，御史下丞相等大臣，使考論其事是否可行。丞相與中二千石、二千石大臣商議，議畢，丞相、御史大夫、太常、大行令、太子少傅行宗正事五大臣領銜上奏，請立皇子閎、旦、胥爲諸侯王，並"請所立國名"。按丞相"掌丞天子，助理萬機"，御史大夫職無不問，太常掌禮儀，大行令（即大鴻臚）掌諸侯王事，太子少傅職掌輔導皇太子，主太子官屬，[44] 亦當兼掌諸皇子事，宗正主宗室事，其職掌皆與策封皇子爲諸侯王事有關，故由此數官領銜上奏。武帝收到奏章後，下制書謙讓，令"其更議以列侯家之"。是爲再下其事，使群臣大議，並提出封皇子爲列侯是否可行。丞相、御史大夫乃"與列侯臣嬰齊、中二千石、二千石臣賀、諫大夫、博士臣安等議"，以爲諸侯王子封爲列侯，若家皇子爲列侯，則失尊卑之序，仍請立三位皇子爲諸侯王，於三月二十九日丙子，奏上未央宫。武帝再下制書謙讓，仍謂"家以列侯可"。是第三次令群臣商議其事。丞相、御史大夫又與"列侯、吏二千石、諫大夫、博士臣慶等議"，仍以爲當封三位皇子爲諸侯王。其議於"四月癸未（六日），奏未央宫，留中不下"。[45] 丞相、太僕行御

---

[43] 按大司馬霍去病奏請立皇子爲諸侯王，似是策封皇子事之發起人。今以武帝之性格及武帝與去病之關係推測，霍去病之建議當是受意於武帝；或去病體會武帝之意，乃提出此建議。

[44] 《漢書·百官公卿表》曰："太子太傅、少傅，古官。屬官有太子門大夫、庶子、先馬、舍人。"（卷一九上，頁733）不言太子太傅與少傅之職掌及其差別。《後漢書·續百官志》曰："太子太傅一人，中二千石。本注曰：職掌輔導太子。禮如師，不領官屬。"又曰："太子少傅，二千石。本注曰：亦以輔導爲職，悉主太子官屬。"（志二七，頁3606、3608）是東漢之太子太傅職如太子之師傅，輔導太子，不領行政。太子少傅則以管領太子家之官屬爲主要職掌。其制當沿襲西漢。

[45] 《史記·三王世家》記武帝再命家三位皇子爲列侯之"制"後，有"四月戊寅，奏未央宫"一句。緊接著是一篇丞相、御史大夫領銜之奏章，內容是回覆武帝之制，説明封皇子爲列侯是尊卑失序，破壞體制，再請封三皇子爲諸侯王。奏章之後，緊接著又有"四月癸未，奏未央宫，留中不下"一句。癸未所奏而"留中不下"者，當是前所述丞相、御史大夫領銜之奏章。然則戊寅所奏者爲何，史文並無明言，是《三王世家》記載奏章制詔上下之程序，仍有刪削闕漏。

史大夫事、太常、[46] 太子少傅行宗正事又上奏，謂"與列侯臣壽成等二十七人議"皆以爲當立皇子爲諸侯王，"'……請令史官擇吉日，具禮儀上，御史奏輿地圖，他皆如前故事。'制曰：'可'。"四月十九日丙申，太僕行御史大夫事上奏，謂太常使屬官卜，四月二十八日乙巳吉日，可立諸侯王，因奏上輿地圖，請所立國名。武帝乃"制曰：'立皇子閎子爲齊王，旦爲燕王，胥爲廣陵王。'"四月二十日丁酉，又奏未央宮，史不言所奏者何。四月二十六日癸卯，下封三位皇子爲諸侯王之詔令，定四月二十八日乙巳策封。（卷六〇，頁2105～2111）

就以此事而言，先有大臣上奏，引起其事，下群臣大議凡三次，第三次請封之奏章"留中不下"。所謂留中不下者，一般之解釋是皇帝對奏議尚未決定或不欲決定，而武帝在此例中所示者，是心欲爲之而故示不欲。丞相等二十七位大臣又主動集議，然後上奏，仍持前議，並請擇吉日，具禮儀，奏輿地圖以封皇子爲王，武帝乃可其事。前後經過四次群臣大議乃決定其事。以時間言，從三月二十八日乙亥，守尚書令奏上大司馬之奏章始，至四月六日癸未，群臣第三次議奏，留中不下，前後凡九日；至四月十九日丙申，行御史大夫事上奏策封之吉日，並奏輿地圖，請立國名，前後凡二十二日；至四月二十六日癸卯，下詔策封，前後凡二十九日。

今所以不厭其煩，詳細引述此事，非欲彰武帝虛僞做作，乃欲明漢廷之決策，往往反復討論，而皇帝諮詢，群臣論議之形式，常因人因事而變化運用。臣下得以各進其言，奏上供皇帝採擇。皇帝之決策能取衆智之長，此爲皇帝專制政治下之一些合理成分。然臣下之論議，決不可視爲民主之議事制度，蓋議定之意見只提供皇帝決策之參考，合意者，皇帝採用之；若不合意，雖群臣皆議是，皇帝則以爲非而不取。臣下且有以議不合意而得罪下獄乃至喪命者。因此，在皇朝時期，朝廷論議之功能，往往視皇帝之不同而異。若皇帝以國家爲念，以百姓利益爲重，虛心納諫，則其選取之決定常

---

[46] 《史記·三王世家》曰："'丞相臣青翟、太僕臣賀、行御史大夫事太常臣充、太子少傅臣安行宗正事昧死言：……'"（卷六〇，頁2110）按此句之標點錯誤，當作"丞相臣青翟、太僕臣賀行御史大夫事、太常臣充、太子少傅臣安行宗正事昧死言：……"蓋太僕之排名不得在"行御史大夫事"之前。而《三王世家》之同一頁又有"太僕臣賀行御史大夫事昧死言：太常臣充言……"

爲最合理有效者，朝廷論議之功用乃顯。若皇帝逞私欲，行邪僻，則可使親近臣阿旨論議，影響群臣大議，其甚者令群臣多次論議，至合意稱旨乃止，以達到操縱輿論之目的，並利用群臣之論議以分擔其獨裁之責任。則朝廷論議成爲皇帝行惡之工具矣。

本文所論之朝廷論議，與大臣之奏請有相同之處，又有不同之處而相輔相成。其相同者，蓋二者皆是臣下向皇帝貢獻意見，輔助皇帝決策。其不同者，蓋奏請爲臣下主動向皇帝獻議，諫諍，所言事項無所限制。朝廷之論議則是皇帝主動下事群臣，令其論議所下之問題，故論題明確。臣下之奏請，常下群臣論議，議定之各種意見，又奏請皇帝裁決。奏請與朝廷之論議，爲皇帝決策之二道重要程序。

※ 本文原載《中國文化研究所學報》新 4 期，香港：中文大學，1995 年；後收入《秦漢史論叢》，臺北：五南出版公司，2003 年。
※ 廖伯源，法國巴黎第七大學博士，中央研究院歷史語言研究所研究員。

論漢代的內朝與外朝

勞 榦

中國官制有系統的機構，據現在可以知道的，只有到漢代纔最完備。漢代以前當然在各期也會有他自己的系統，但現在只有零星的官名存下來。從現在不完全的材料看來，當時的整個系統是無法復原的。《周禮》一書雖然有不少寶貴的材料，不幸的是早已被人增添修改作成了一部建國計劃，這書只能代表"一家之言"而不能算某一代的官制實錄。加以始皇焚書，六國史記盡從毀滅，只能知道從秦制因襲下來的漢制，再遠便很難推定了。

漢代官制的組織，分爲中都官及郡國官，凡在京師的都屬於中都官，凡在外郡和諸侯王國的都算郡國官。其屬於邊郡的武職及西域的官都算做邊官。中都官、郡國官和邊官可互相轉調；中都官、郡國官的分別只在職務上，其遷轉的限制不似後代的嚴。

中都官又分爲內朝和外朝，《漢書・劉輔傳》云：

> 於是中朝左將軍辛慶忌、右將軍廉褒、光祿勳師丹、太中大夫谷永俱上書。注，孟康曰：中朝，內朝也。大司馬，左右前後將軍，侍中，常侍，散騎，諸吏，爲中朝，丞相以下至六百石爲外朝也。

劉奉世《漢書刊誤》曰：

> 案文則丹永皆中朝臣也。蓋時爲給事中，侍中，諸吏之類。

錢大昕《三史拾遺》曰：

> 《漢書》稱中朝漢官或稱中朝者，其文非一。惟孟康此注，最爲分明。《蕭望之傳》："詔遣中朝大司馬車騎將軍韓增、諸吏富平侯張延壽、光祿勳楊惲、太僕戴長樂，問望之計策。"《王嘉傳》："事下將軍中朝者，光祿大夫孔光、左將軍公孫祿、右將軍王安、光祿勳馬宮、光祿大夫龔勝（《龔勝傳》又有司隸校尉鮑宣）。"光祿大夫非內朝官，而

孔光與議者，加給事中故也。此傳太中大夫谷永亦以給事中故得與朝者之列，則給事中亦中朝官，孟康所舉不無遺漏矣。光祿勳掌宮殿披門戶，在九卿中最爲親近，昭宣以後，張安世、蕭望之、馮奉世，皆以列將軍兼光祿勳，而楊惲爲光祿勳亦加諸吏，故其與孫會宗書自稱與聞政事也。然中外朝之分，漢初蓋未之有，武帝始以嚴助主父偃輩入直承明，與參謀議，而其秩尚卑。衛青、霍去病雖貴幸，亦未干丞相御史職事。至昭宣之世，大將軍權兼中外，又置前後左右將軍，在內朝預聞政事。而由庶僚加侍中給事中者，皆自託爲腹心之臣矣。此西京朝局之變，史家未明言之，讀者可推驗而得也。

按中國自有史以來皆屬君主專制政體，全國的所有官吏都只對君主負責。君主是政治上最後的威權所在。在這種政治組織之下，決不會有比較永久的法治可說。漢代經常的政治設施是由丞相來管，但天子不一定常常和丞相接近的，例行的政事雖然從丞相和九卿及郡國官吏聯絡，國家大計的決定卻常常另有一般人替天子策劃。等到國家大計決定好了，再來交給丞相照辦。所以漢代政治的源泉往往不由於丞相而由另外一般人，這就是所謂"內朝"。"內朝"的起原或由於軍事的處置不是德業雍容的宰相所能勝任，因此將大計交給另外的人，但內朝和外朝既有分別，漸漸地在非軍事時期也常常有天子的近臣來奪宰相之權，因此宰相便只成了一個奉命執行的機關了。

漢代的政治是以武帝爲轉折點，內朝外朝的分別便是在武帝時代形成的。在漢的前代，秦的宰相是掌實權的。秦始皇帝雖然權石量書，親理庶政，但綜天下的政治的，還是丞相。趙高在二世時當政，本爲變例，但因爲丞相綜理政務，所以他還要加上一個"中丞相"的名義。到了漢代初年，漢高祖顯然將天下的政事信託給蕭何掌管。孝惠時曹參爲相，仍然受領著天下的政治。在《漢書·曹參傳》說得很明白：

> 參代何爲相國，舉事無所變更，壹遵何之約束。擇郡國吏長大，訥於文辭，謹厚長者，即召除爲丞相史。吏言文刻深，欲務聲名者，輒斥去之。……惠帝怪丞相不治事，以爲"豈少朕與？"……參免冠謝曰："陛下自察聖武孰與

高皇帝?"上曰:"朕乃敢望先帝。"參曰:"陛下觀參孰與
蕭何賢?"上曰:"君似不及也。"參曰:"陛下之言是也,
且高皇帝蕭何定天下,法令既具,陛下垂拱,參等守職,
遵而勿失,不亦可乎?"

從這一節看來,在惠帝時期,除天子和丞相以外,在君主和丞相之
間,並無可以干預政事的人。自然也就無所謂"內朝"。到了文帝時
候,也可以看出天子和丞相的關係,《漢書·陳平傳》:

上益明習國家事,朝而問右丞相勃曰:"天下一歲決獄幾
何?"勃謝不知。問:"天下錢穀一歲出入幾何?"勃又謝不知。
汗出洽背,媿不能對。上以問左丞相平,平曰:"各有主者。"
上曰:"主者爲誰乎?"平曰:"陛下即問決獄,責廷尉,問錢穀,
責治粟內史。"上曰:"苟各有主者,而君所主何事也?"平謝
曰:"主臣!陛下不知其駑下,使待罪宰相。宰相者,上佐天
子,理陰陽,順四時,下遂萬物之宜,外填撫四夷諸侯,內親附
百姓,使卿大夫各遂其職也。"

這一段對於天子和宰相的關係也可以明顯地看出來。在這一個時候,
天下的大計是決於丞相。所以天子對於國事是詢問丞相而不是在丞
相以外還有一些人。陳平以後是張蒼,無大改革。其後申屠嘉爲相,
尚能折辱文帝的幸臣鄧通。到景帝時鼂錯始以內史貴幸用事,景帝
用鼂錯議侵削諸侯,"丞相嘉自絀,所言不用",後竟因爲此事嘔血
而死。但申屠嘉和鼂錯的爭執,還是在朝廷大議之中,並非在朝廷
中另外有一個"內朝"的組織。甚至於申屠嘉爲宗廟事還說:"吾悔
不先斬錯,乃請之,爲錯所賣。"可見丞相遇必要時還有斬有罪大臣
之權,也可見丞相的政治地位了。

武帝時的丞相有衛綰、竇嬰、許昌、田蚡、薛澤、公孫弘、李
蔡、莊青翟、趙周、石慶、公孫賀、劉屈氂、田千秋。就中以田蚡
最稱信任,《漢書·田蚡傳》曰:"當時丞相入奏事,語移日,所言
皆聽。薦人或起家至二千石,權移主上。上乃曰:'君除吏盡未?吾
亦欲除吏。'"在這種狀況之下,君臣之間自然便要生出疑忌,所以
《漢書·田蚡傳》又說:"後淮南王謀反,覺。始安入朝時,蚡爲太
尉,迎安霸上。謂安曰:'上未有太子,大王最賢,高帝孫;即宮車
宴駕,非大王尚誰立哉?'淮南王大喜,厚遺金錢財物,上自嬰(竇

嬰）夫（灌夫）事不直蚡，特爲太后故，及問淮南事，上曰：'使武安侯在者，族矣。'"從此可見武帝對於田蚡，君臣之間是不甚相得的，竇嬰和淮南王兩件事，只是最後的原因而已。田蚡以後，薛澤、公孫弘之流爲相，不過取其雍容儒雅，朝廷事是不由丞相的。《漢書·張湯傳》："湯每朝，奏事語國家用日旰，天子忘食，丞相取充位，天下事皆決湯。"《萬石君傳》："是時漢方南誅兩越，東擊朝鮮，北逐匈奴，西伐大宛，中國多事。天子巡狩海內，修古神祠，封禪興禮樂，公家用少。桑弘羊等致利，王溫舒之屬峻法，兒寬等推文學，九卿更進用事，事不決於慶，慶醇謹而已。"這是很顯然的。國家最高的統治權在天子，"朕即國家"，宰相只對天子負責，天子願意委託宰相，宰相便有權，天子不願意委託宰相，宰相便沒有權。《漢書·杜周傳》杜周説："三尺安出哉？前主所是，著爲律；後主所是，疏爲令。當時爲是，何古之法乎？"杜周這幾句話依照法理的解釋，的確不錯。天子本身就是國家的最高立法機關，當然天子的意志便是法律，無所謂不對。

　　不過就此時的情況説來，還是"九卿更進用事"，九卿在後來仍屬外朝，此事雖然影響到丞相的失勢，但和中朝外朝的分別，還不能説便是一回事。中朝的起源是見於《漢書·嚴助傳》説：

　　　　擢助爲中大夫。後得朱買臣、吾丘壽王、司馬相如、主父偃、徐樂、嚴安、東方朔、枚皋、膠倉、終軍、嚴葱奇等並在左右。是時征伐四夷，開置邊郡，軍旅數發。內改制度，朝廷多事。婁舉賢良文學之士，公孫弘起徒步，數年至丞相，開東閣，延賢人，與謀議。朝覲奏事，因言國家便宜。上令助等與大臣辨論，中外相應以義理之文，大臣數詘。注，師古曰：中謂天子之賓客，若嚴助之輩也。外謂公卿大夫也。

在這裏很可以看出來，便是武帝時因爲國家多事，天子除去任用大臣之外，又添了不少的賓客。這一般人在政府的組織上，本來是沒有地位的。但因爲天子是法制的最後源泉，既然天子要這樣做，政府組織自然也必須隨著天子的意思改動。這便是漢代內朝與外朝分別的起源。《漢書·司馬遷傳·報任安書》："卿者，僕亦嘗厠下大夫之列，陪外廷末議。"所謂"外廷"也就是"外朝"，可見在武帝時候不唯有此事實，而且有此稱謂了。

《漢書·劉輔傳》注引孟康曰："中朝，内朝也；大司馬、前後左右將軍，侍中、常侍、散騎、諸吏，爲中朝。丞相以下至六百石爲外朝。"這其中的中朝官實在還可分作兩類；大司馬，左右前後將軍爲一類；侍中，常侍，散騎諸吏爲另一類。後一類自武帝時已經是天子左右的親近臣僚。前一類的武職是自霍光秉政以後纔成爲當朝的機要官職。武帝時天子的賓客，大都是掛著侍中頭銜與政的。但武帝時的將軍都是領兵出征，並不參與朝廷政治。甚至衛青和霍去病並爲將軍，加大司馬，親信無人可以比擬，但他們也都從來不過問國家的大計。到霍光纔用大司馬大將軍的名義當政，權力在宰相以上；從此將軍屬於中朝了。大司馬漢代是不輕易給人的，除去霍禹嗣霍光爲大司馬，後來因爲謀反被誅以外，只有宣帝特以張安世，哀帝特以董賢爲大司馬；其餘作大司馬的，大都屬於外戚了。

內朝官屬於近臣一類的，除去孟康説的還應當有左右曹、給事中、尚書，計爲：

一、侍中

二、左右曹

三、諸吏

四、散騎

五、常侍

六、給事中

七、尚書

在這幾種之中又可以分爲三類。據《漢書·百官表》云：

侍中，左右曹，諸吏，散騎，中常侍，皆加官。所加或列侯，將軍，卿大夫，將，都尉，尚書，太醫，太官令，至郎中。亡員，多至數十人。侍中，中常侍得入禁中。諸曹受尚書事。諸吏得舉法。散騎騎並乘輿車。給事中亦加官，所加或博士，議郎，掌顧問應對，位次中常侍。中黃門有給事黃門，位從將大夫，皆秦制。

從上文看出來可分爲以下各類：

第一類　得入禁中的，有侍中和中常侍。

第二類　天子的親近執事之官，有左右曹和散騎。

第三類　掌顧問應對的，有給事中。

以上都是天子的近臣，並且多是加官的。其不是加官，本職就是天子的近臣，職務和第三類接近的，便是尚書。

總括以上的三類，統屬於天子的近臣，因爲接近天子，結果將宰相的權侵奪了去。所以這些官職以官階而論原來不算很大，但在政治上的地位卻無與比倫了。現在再對於各官依次分述一下：

（甲）侍 中

據《漢書·朱買臣傳》説："拜買臣爲中大夫，與嚴助俱侍中。"可見侍中的名稱實是加到中大夫上面的，侍中並非本官的名稱。當時在武帝元朔年間，和這同時的，有"去病（霍去病）以皇后姊子年十八侍中"（《漢書》本傳）。按衞皇后以元光五年立，大抵也應在元朔時。此外便是《漢書·霍去病傳》的"荀彘以御見侍中"。據《鹽鐵論》，桑弘羊十五爲侍中，也應當是武帝初年的事。

關於侍中的職事，有下列的記載：

《漢舊儀》：侍中，無員。或列侯，將軍，衞尉，光禄大夫，侍郎，爲之。得擧非法，白請，及出省户休沐，往來過直事。

《漢舊儀》：侍中左右近臣，見皇后如見帝；見婕妤，行則對壁，坐則伏茵。

《太平御覽·職官部》引《漢官儀》：侍中周官也。侍中金蟬左貂，金取堅剛，百鍊不耗；蟬居高食潔，目在腋下；貂内勁悍而外温潤，貂蟬不見傳記者，因物論義。予覽《戰國策》乃知趙武靈王胡服也；其後秦破趙，得其冠以賜侍中。高祖滅秦亦復如之。孝桓末侍中皇權參乘，問貂蟬何法，不知其説。復問地震，云不爲災，左遷議郎，侍中便蕃左右，與帝昇降。切問（據《書鈔》）近對，拾遺補闕莫密於兹。

《續漢書·百官志》："侍中秩比二千石。"（劉昭注曰："《漢官秩》云：'千石'，《周禮》太僕于寶注曰：'若漢侍中'。"）本注曰："無員，掌侍左右，贊導衆事，顧問應對；法駕出，則多識者一人參乘，餘皆騎在車後。本有僕射一人，中興轉爲祭酒，或置或否。"

《續漢書·百官志》注引蔡質《漢儀》曰：侍中常伯

選舊儒高德，博學淵懿，仰瞻俯視，切問近對，喻旨公卿，上殿稱制，參乘佩璽秉見。員本八人，舊在尚書令僕射下，尚書上。今官入禁中，更在尚書下。司隸校尉見侍中，執板揖，河南尹亦如之。又侍中舊與中官俱止禁中，武帝時侍中莽何羅挾刃謀逆，由是侍中出禁外，有事乃入，畢即出。王莽秉政，侍中復入，與中官共止。章帝元和中，侍中郭舉與後宮通，拔刀驚上，舉伏誅，侍中由是復出外。

《後漢書·獻帝紀》引《漢官儀》：侍中左蟬右貂。本秦丞相史，往來殿中，故謂之侍中。分掌乘輿御物，下至褻器虎子之屬。武帝時孔安國爲侍中，以其儒者，特聽掌御唾壺，朝廷榮之。

按此節不經，當爲淺人妄增，章懷誤引耳。乘輿御物乃少府所掌，不由侍中，據《續漢書·百官志》云：“少府掌中服御諸物衣服，寶貨，珍膳之屬。”是乘輿御物明由少府掌之也。其少府屬官，如“太醫令，諸掌醫”，“太官令，掌御飲食”，“守官令，主御紙筆墨，及尚書財用諸物及封泥”，而宦者尚有：“掖庭令，掌後宮”，“永巷令，典官婢侍使”，“御府令，典官婢作中衣服及補浣之屬”，是乘輿御物於少府屬官之中，各有主者，固不煩侍中爲之。況侍中在武帝時本以加於郎大夫之親近者，其人多爲文學材力之臣，與少府無涉；東漢改屬少府，然以儒者爲之，其職尤尊；安得前漢侍中遂與少府事乎？抑乘輿御物可掌者多矣，筆札飲膳之屬無一不可掌，豈侍中必褻器虎子之屬始得而掌，偶得掌御唾壺，朝廷始以爲榮乎？況武帝時之爲侍中者，嚴助、朱買臣，皆從容謀議，爲天子賓客；霍去病以親戚貴幸；荀彘上官桀俱以材武；皆不必司褻器爲宦者之事也。宮中豈少人，何至使之一皆司褻器乎？至於孔安國亦未嘗爲侍中。《史記·孔子世家》云：“安國爲今皇帝博士，至臨淮太守，蚤卒。”未言爲侍中之事。《漢書·儒林傳》言“安國爲諫大夫”，亦未言爲侍中。然《漢書》所言安國事尚有未可遽信者。即令《漢書》可信，《漢書》言安國之《古文尚書》久未得立於學官；若安國誠得爲侍中，且暮見天子，則其古文不必待至巫蠱時始上矣。按晉武帝時會稽孔安國曾爲侍中，唾壺事或從此而訛，以致混兩孔安國爲一人。又其前“本秦丞相史，往來殿中，故謂之侍中”，亦誤以御史之來源爲侍中之來源。詳《漢官儀》此文自“本秦丞相史”起至“朝廷榮之”止，無一語不誤，應仲遠通達古今，料不至此。此必六朝

《漢官儀》卷子中，淺人或加旁注，鈔胥者誤爲正文，遂爲李賢所據，俗語不實，流爲丹青，此之謂也。

同上：至東京時屬少府亦無員。駕出則一人負傳國璽，操斬蛇劍參乘。與中官俱止禁中。

《北堂書鈔·設官部》引《漢官儀》：漢成帝取明經者充爲侍中，使辟百官公卿參議可正，止殿行則負璽，舊高取一人爲僕射，後改爲祭酒。

《初學記·職官部》引《漢官儀》：史丹爲侍中，元帝寢疾，丹以親密近臣得侍疾，候上獨寢時，丹直入臥內，頓首伏青蒲上。

《文選·陳太丘碑》注引《漢官儀》：侍中周官號曰常伯，選於諸伯，言其道德可常尊也。

《文選·東京賦》注、《藉田賦》注、《安陸王碑》注引《漢官儀》：侍中，周成王常伯任侍中，殿下稱制，出即陪乘，佩璽抱劍。

《初學記·職官部》引《漢官僕》：侍中冠武弁大冠，亦曰惠文冠，加金璫附蟬爲文，貂尾爲飾，謂之貂蟬。

《通典·職官部》引《漢官儀》：《漢官表》曰，凡侍中，左右曹，諸吏，散騎，中常侍，皆加官也，

《北堂書鈔·設官部》引《漢官儀》：漢因秦置侍中舍人。

按《漢書·周緤傳》："以舍人從高帝，常參乘"，然武帝以後常以侍中參乘，是高帝時以舍人任侍中事也。

從以上各則看來，侍中在天子近臣之中，要算最爲尊顯的。在天子平時生活之中，除去遊宴後宮以外，通常是侍中在左右，贊導一切諸事。天子出外也選侍中的見聞較廣的，來準備著天子的隨時詢問。遇見朝會的時候，侍中也要接著天子的委託，質問公卿，或對公卿傳話。所以侍中在政治上的地位，非常重要。因此侍中的選任也往往是和天子有特殊關係的。

兩《漢書》中所見的侍中，現在再列舉如下：

盧綰，以客從，入漢爲將軍，常侍中。

衛青爲建章監，侍中。

霍去病以皇后姊子侍中。

朱買臣與嚴助俱以中大夫侍中。

荀彘以御見侍中。

李陵少爲侍中建章監，使將八百騎深入匈奴，拜爲騎都尉。

留侯子張辟疆爲侍中，年十五。

邛成太后外家王氏貴，而侍中王林卿通輕俠。(《何並傳》)

上官桀，以未央廐令，親近，爲侍中。擢爲太僕，受遺詔，輔政。

王商父武，武父無故，（以宣帝舅封列侯）商擢爲侍中，中郎將。元帝時至右將軍，光禄大夫。

史高以外屬舊恩爲侍中。

史丹，自元帝爲太子，丹以父高任爲中庶子，侍從十餘年，元帝即位，爲駙馬都尉，侍中，出常驂乘。

史丹九男皆以丹任並爲侍中諸曹，親近在左右。

師丹爲少府，光禄勳，侍中。

房鳳以五官中郎將爲侍中。

王龔以光禄勳爲侍中。

劉歆以奉車都尉爲侍中，又以中壘校尉爲侍中，光禄大夫。

淳于長以水衡都尉爲侍中。

馮逡以郎召欲以爲侍中，復罷。(《石顯傳》)

董賢以駙馬都尉爲侍中。

韓增爲郎，諸曹，侍中，光禄大夫。

張安世子千秋，延壽，彭祖，俱爲中郎將，侍中。

張放爲侍中，中郎將，監平樂屯兵，左遷北地都尉。復徵入侍中，太后以放爲言，出放爲天水屬國都尉。復徵爲侍中，光禄大夫，秩中二千石。

自宣元以來，爲侍中，中常侍，諸曹，散騎，列校尉者，八十餘人。(《張安世傳》)

吾丘壽王中郎將，侍中，復徵光禄大夫，侍中。

霍光以郎稍選諸曹，侍中。

衛尉王莽子男忽侍中。(《霍光傳》)

霍山奉車都尉，侍中，領胡越兵。

金日磾以黃門馬監遷侍中，駙馬都尉。

金日磾兩子賞、建俱侍中，賞爲奉車都尉，建駙馬都尉。

金安上少爲侍中，至建章衛尉。

金敞爲騎都尉，侍中。

金敞子涉本爲左曹，詔拜侍中，成帝時爲侍中，騎都尉。

金涉兩子湯、融，皆侍中，諸曹，將，大夫。

金欽，光祿大夫，侍中。

侍中樂成侯許延壽拜強弩將軍。（《趙充國傳》）

于定國子永以父任爲侍中，中郎將。

夫家居，卿相侍中賓客益衰。（《灌夫傳》）

以上見《漢書》。

臧宮，偏將軍，侍中，騎都尉，輔威將軍。

來歷，以公主子爲侍中，監羽林右騎，遷射聲校尉。

鄧藩，尚顯宗女平皋長公主爲侍中。

鄧康，越騎校尉，侍中，太僕。

鄧弘，鄧閶，侍中。

寇榮，爲侍中，誅廢。

耿承，襲公主爵爲林慮侯，侍中。

邳肜，以故少府爲侍中。

傅俊，偏將軍，侍中，積弩將軍。

馬武，振武將軍，侍中，騎都尉。

竇憲，以郎稍遷侍中，虎賁中郎將。

竇景，瓌皆侍中，奉車駙馬都尉。

馬康，以黃門郎爲侍中。

卓茂，更始以爲侍中祭酒。

魯恭，以魯詩博士拜侍中，遷樂安相，又爲議郎拜侍中，遷光祿勳。

張酺，以侍郎爲侍中，虎賁中郎將，

爰延，徵博士，舉賢良，再遷爲侍中。

延篤，拜議郎，稍遷侍中。

　　歐陽地餘，以侍中爲少府。

　　魯丕，以中散大夫遷侍中，免，復爲侍中，左中郎將。

　　劉寬，以太中大夫遷侍中，轉屯騎校尉。

　　伏無忌，侍中，屯騎校尉。

　　宋弘，以侍中爲王莽時共工。

　　蔡茂，哀平間以儒學顯，拜議郎，遷侍中，自免。

　　宣秉，隱居不仕，更始徵爲侍中，建武元年拜御史中丞。

　　承宮，以左中郎將拜侍中。

　　趙典，四府表薦，徵拜議郎，再遷侍中，出爲宏農太守。

　　趙謙，以故京兆郡丞，獻帝時遷爲侍中，司空。

　　蘇竟，以趙郡太守拜侍中。

　　楊厚，以議郎三遷爲侍中。

　　陰識，以關都尉爲侍中，守執金吾。

　　陰興，以守期門僕射遷侍中，拜衛尉，領侍中，受顧命。

　　馮魴子柱，侍中；柱子石，侍中，稍遷衛尉。

　　鄭弘，以平原相拜侍中，代鄭衆爲大司農。

　　梁安國，以嗣侯爲侍中，有罪免。

　　梁商，以黃門侍郎遷侍中，屯騎校尉。

　　梁冀，初爲黃門侍郎，轉侍中，虎賁中郎將。

　　曹充（曹褒父），持慶氏禮爲博士，拜侍中；曹褒，以
河內太守徵爲侍中。

　　賈逵，以左中郎將爲侍中，內備帷幄，兼領秘書。

　　司馬均，位至侍中。（《賈逵傳》）

　　桓郁，以郎稍遷侍中，監虎賁中郎將。

　　桓焉，以郎三遷爲侍中，步兵校尉。

　　丁鴻，襲父爵，拜侍中，兼射聲校尉少府。

　　以上見《後漢書》。

所以侍中在西漢時是加官，到東漢便有專任尚書的，侍中僕射到東漢改爲侍中祭酒，然而這種官職自更始時已經有了。因此，侍中的專任可能是更始時開始的。至於侍中的人選方面，東漢和西漢也不盡同，在西漢的侍中大都屬於以下的各種人。

　　一、皇帝的舊友，如盧綰。不過當時有無侍中一職名

稱，尚有問題。

　　二、皇帝的外戚，如衛青、霍去病、史高、史丹。

　　三、皇帝的佞幸，如淳于長、董賢。

　　四、文學侍從之臣，如嚴助、朱買臣、吾丘壽王。

　　五、材武之士，如荀彘、上官桀。

　　六、功臣子弟，如張安世、金日磾諸家子弟。

　　七、重臣及儒臣，如師丹、劉歆、蔡茂。

　　在這七類之中，前六類作侍中的，都可以説是由於親信，到第七類便不然了，都是師儒重臣。但元成以前的侍中，只有前六類，哀平以後纔有第七類。到東漢以後，凡佞幸、材武以及文學侍從，都不再爲侍中，只有外戚、功臣子弟和重臣及儒臣三類了。所以侍中的演進，由親而尊，略可看出。

　　《通典·職官典》云：

　　　　侍中，周公戒成王立政之篇，所云常伯，常任以爲左右，即其任也。秦爲侍中本丞相史也，使五人往來殿內東廂奏事，故謂之侍中，漢侍中爲加官。凡侍中，左右曹，諸吏，散騎，中常侍，皆爲加官。所加或列侯，將軍，卿大夫，將，都尉，尚書，太醫官令。至郎中，多至數十人。侍中，中常侍得入禁中，諸曹受尚書事，諸吏得舉非法。漢侍中冠武弁大冠，亦曰惠文冠，加金璫附蟬爲文，貂尾爲飾，便繫左右，與帝昇降，舊用儒者，然貴子弟榮其觀好至乃褫抱受寵位，貝帶傅脂粉，綺襦紈袴，鵷鸘冠。（惠帝時侍中鵷鸘冠，貝帶，傅脂粉。張辟疆年十五，桑弘羊年十三，並爲侍中。）直侍左右，掌乘輿服物，下至虎子之屬。武帝時孔安國爲侍中，以其儒者，特聽掌御唾壺，朝廷榮之。本有僕射一人，後漢光武改僕射爲祭酒，或置或否。而又屬少府，掌贊導衆事，顧問近對，喻旨公卿，上殿稱制，秉笏陪見。舊在尚書令僕射下，尚書上。司隸校尉見侍中，執板揖。舊與中官俱止禁中，因武帝侍中馬何羅挾刃謀逆，由是出禁外，有事乃召之，畢即出。王莽秉政，侍中復入，與中官止禁中。章帝元和中，郭舉與後宮通，拔佩刀驚上，舉伏誅，侍中由是復出外，秦漢無定員（蔡質《漢儀》曰：

"員本八人。"《漢官》曰："無員，侍中舍有八區，論者因言員本八人。"），魏晉以來置四人，別加官者則非數。"

這一段大都根據漢官諸書，排列的相當清晰，然而也有矛盾的地方。例如說"張辟疆年十五，桑弘羊年十三，並為侍中"，張辟疆和桑弘羊非同時的人。又前說"秦為侍中，本丞相史也，使五人往來殿內東廂奏事，故謂之侍中"。而後面卻說"秦漢無定員"，彼此衝突。至於說"舊用儒者"，亦與事實不合。又說"惠帝時侍中，鵕鸃冠，具帶傅脂粉"，是出於《漢書·佞幸傳》："漢興，佞幸寵臣，高祖時有籍孺，孝惠有閎孺，此兩人非有材能，但以婉媚貴幸。與上臥起，公卿皆因關說，故孝惠時郎侍中皆冠鵕鸃，貝帶，傅脂粉，化閎籍之屬也。"《佞幸傳》所說的，是"郎侍中"，《史記·佞幸傳》亦作"郎侍中"，究屬後來的侍中，抑或是侍中的郎官，尚有問題；《通典》先言儒者而後言佞幸，也與時代的先後不合。況荀彘和上官桀都是武帝的侍中，這般人只能和武弁大冠相稱，再也不能鵕鸃冠貝帶。也可證明通典的以偏概全了。

侍中任務的消長和漢代政治的得失，關係相當重要。侍中是除此以外再無他官可以入宮禁的士人官吏。除去文景時代無為而治的君主以外，例如武帝時代、光武時代、明帝章帝時代以及王莽時代，都是宦官不以得志的時代。這便不能說不是天子親近侍中的結果。因為天子無論如何賢明，他總要和人商量得失。大臣元老見天子時往往較為嚴重，天子往往不能事事商量，因此事權便很容易到了近臣之手，近臣如無士人，便要歸到宦者了。此外，成帝至平帝，是外戚政治，侍中不入內無妨，東漢和帝以後是宦官外戚互相消長的局面，大體說來是天子年幼，母后專政的時期，總是外戚得勢；到天子年長，天子和外戚對立，結果是天子利用宦者的力量除掉外戚，宦官便得勢了，外戚的團體有許多，宦官的團體最後還是一個，長久地維持下去。爭競的結果，除非外戚篡位，最後的勝利，總在對於天子更為親近的宦官方面，侍中雖然有一個時期作成和天子親密的左右，但總是士人，對於後宮不便，終究代替不了宦官的作用。

（乙）其他內朝官

（左右曹，諸吏，散騎，中常侍，給事中。）

左右曹，也是屬於內朝的加官。《漢書·百官表》稱做加官，已經在前面引證到了。《漢舊儀》中也有兩段如下：

　　左曹日上朝謁，秩二千石。

　　右曹日上朝謁，秩二千石。

所以左右曹也是天子的親近之官。不過這兩個官職是"日上朝謁"，而不是"日侍左右"，所以對於天子總有些夠尊重卻還不十分夠親近之感。因此左右曹的人選和侍中也就有些不同了。

　　在漢代任左右曹的，計有：

　　韓增，少爲郎，諸曹，侍中，光禄大夫。

　　劉德子安民，爲郎中，右曹，宗家以德得宮宿衛者二十餘人。

　　劉岑，爲諸曹，中郎將，列校尉。

　　劉歆，哀帝崩，王莽持政，莽少與歆俱爲黃門郎，重之。白太后，太后留歆爲右曹太中大夫，遷中壘校尉。

　　《劉向傳》：時恭，顯，許，史子弟，侍中諸曹皆側目於望之等。

　　蘇武，武官（典屬國）數年，昭帝崩。武以故二千石與計謀立宣帝，賜爵關内侯，食邑三百户。久之衛將軍張安世薦武明習故事，奉使不辱命，先帝以爲遺言，宣帝即時召武待詔宦者署。數進見，復爲右曹典屬國。以武著節老臣，令朝朔望。號爲祭酒，甚優寵之。……又以武弟子爲右曹。

　　《王商傳》：商子弟親屬爲駙馬都尉，侍中，中常侍，諸曹，大夫，郎吏者，皆出補吏。

　　《史丹傳》：九男皆爲侍中諸曹，親近常在左右。

　　薛宣子况，爲右曹侍郎。

　　《張禹傳》：長子宗嗣……三弟皆爲校尉，散騎，諸曹。

　　《王嘉傳》：孫寵，右曹光禄大夫。

　　夏侯勝子兼，爲左曹太中大夫。

　　《董賢傳》：董氏親屬皆侍中諸曹奉朝請。

　　淳于長，列校尉，諸曹。

　　息夫躬，宋弘，皆光禄大夫，左曹，給事中。

　　張延壽，徵爲左曹，太僕。

　　杜延年，太僕，右曹，給事中。

楊惲，常侍騎郎，左曹，諸吏，光禄勳。

陳咸，以郎抗直數言事，遷爲左曹。

霍光，以郎稍遷諸曹侍中。

《霍光傳》：昆弟，諸婿，外孫皆奉朝請，爲諸曹，大
夫，騎都尉，給事中。

《孔光傳》：霸，次子捷，捷弟喜，皆列校尉，諸曹。

金安上四子，常，敞，岑，明。岑，明皆爲諸曹，中
郎將，光禄大夫。

金敞子涉，本爲左曹，上詔涉拜侍中。

辛慶忌，左曹中郎將。

以上是西漢時代的。至於東漢的，則有：

邳彤，以故少府爲左曹，侍中。

堅鐔，以揚化將軍爲左曹。

綜上各例，可見諸曹和侍中是有分別的。漢宣帝以霍光爲右曹，可
見右曹在親近之官以内還表示著相當尊重，這種尊貴而親近的耆宿，
在侍中之中尚找不見相同的例子。至於韓增、霍光、金涉和邳彤，
俱以諸曹轉爲侍中，那是因爲諸曹不是不夠尊重，而是不夠親近。
然而侍中後來也漸漸失去親近的意味，所以只有光武時的功臣，邳
彤和堅鐔爲諸曹，以後便無所聞了。

諸吏和左右曹相同，是天子近臣中的執事之官，和侍中常在天
子的左右，左右曹每日朝謁，其間又有不同。《百官表》説諸吏是一
種加官，已見前引。《漢書》中又有一段：

《成帝紀》：建始元年："封諸吏光禄大夫關内侯王崇爲
安成侯。"注，應劭曰：《百官表》：諸吏得舉法案劾。職如
御史中丞，武帝初置，皆兼官。所加或列侯卿大夫爲之。
無員也。

這裏説"武帝初置"是不十分對的。因爲賈山是文帝時人，當時上
書已經説："今方正之士皆在朝廷矣，又選其賢者使爲常侍諸吏，與
之馳驅射獵，一日再三出，臣恐朝廷之解弛，百官之墮於事也。"所
以在文帝之時已經有"諸吏"一官，只是當時是"侍從馳驅"，而
不是"舉法案劾"罷了。

漢代爲諸吏的，有以下各則，見於《漢書》各傳：

《劉向傳》（附《楚元王傳》後）："元帝初即位，太傅蕭望之爲前將軍，少傅周堪爲諸吏光祿大夫。"注："師古曰：加官也。《百官公卿表》云，諸吏所加或列將軍卿大夫，得舉不法也。"

《馮奉世傳》："右將軍典屬國常惠薨，奉世代爲右將軍典屬國，加諸吏之號，數歲爲光祿勳。"

《張禹傳》："元帝崩，成帝即位，徵禹、寬中（鄭寬中），皆以師賜爵關內侯。寬中食邑八百户，禹六百户，拜爲諸吏，光祿大夫，秩中二千石，給事中，領尚書事。"

《孔光傳》："上甚信任之，轉爲僕射，尚書令。有詔，光周密謹慎，未嘗有過，加諸吏官。……數年，遷諸吏光祿大夫，秩中二千石，給事中，賜黄金百斤，領尚書事。後爲光祿勳，復領尚書事，諸吏給事中如故。凡典樞機十餘年。"

《霍光傳》："徙次婿諸吏中郎將任勝爲安定太守。"

《辛慶忌傳》："拜爲右將軍，諸吏散騎給事中。"

《平當傳》："哀帝即位，徵當爲光祿大夫諸吏散騎。復爲給事中。"

《蕭望之傳》："代丙吉爲御史大夫，五鳳中，匈奴大亂，議者多曰：'匈奴爲害日久，可因其壞亂舉兵滅之。'詔遣中朝大司馬車騎將軍韓增，諸吏富平侯張延壽，光祿勳楊惲，太僕戴長樂問望之計策。"

《楊惲傳》："遷中郎將，擢爲諸吏光祿勳，親近用事。"

又，答孫會宗書曰："惲幸得列九卿，諸吏宿衛近臣，上所信任，與聞政事。"

從以上的各條可以看出諸吏的加官是加到參與謀議的大臣的，凡諸官加諸吏的，都是位置在九卿將軍以上，並且得到天子信任的。他們的職務是實際與聞大政，處在樞機的重臣，而不是文學侍從，或外戚貴遊，隨侍天子左右之職。

散騎之官照前引《漢書·百官公卿表》與侍中同爲加官，據類書所引的《漢官儀》，計有兩節：

秦置散騎，又置中常侍，漢因之，兼用士人，無員，多爲加官。（《初學記·職官部》引）

秦及前漢置散騎及中常侍各一人，散騎騎馬並乘輿車，

獻可替否 。（《北堂書鈔·設官部》及《太平御覽·職官部》引）

所以散騎最初只是"騎馬並乘輿車"的一個人，後來便成了無定員的加官了（這兩段合併起來，只有如此解釋的）。漢代加散騎之號的，大都爲諫大夫以上至於九卿。其見於《漢書》的，有：

劉向，散騎諫大夫給事中，擢散騎宗正給事中。

于永，散騎光禄勳。

《張禹傳》，長子宏嗣……三弟皆爲校尉，散騎，諸曹。

張霸，散騎中郎將。

張勃，散騎諫大夫。

其中尚有辛慶忌及平當，加諸吏散騎之號，見前引。可見加官中尚有加別的官，以後又再加散騎的，是散騎自有本官的特質，《漢官儀》言散騎之職爲天子的騎從，當得其實。散騎在未加到較尊的官職之前，當由常侍騎郎演變而來，《史記·袁盎傳》云："盎兄子種爲常侍騎，持節夾乘。"《索隱》："《漢舊儀》，持節夾乘輿騎從者。"此即《漢書·張釋之傳》的"騎郎"，師古注引如淳曰："《漢注》，貲五百萬得爲常侍郎。"此外尚有所謂"武騎常侍"的，《史記·李將軍列傳》："用善騎射，殺首當多，爲漢中郎，廣從弟李蔡亦爲郎，皆爲武騎常侍。秩八百石。"《索隱》："謂騎郎而補武騎常侍也。"以上的"騎郎"，"武騎常侍"，"散騎"，自卑而尊顯然可見。由此也可知道，散騎一職本導源於騎從的郎官，因其接近天子，其中漸漸的參有重臣，因此也加到九卿諫大夫各職了。

中常侍據《漢書·百官表》説是加官，已經在上文引到。並謂："侍中、中常侍得入禁中。"據《續漢書·百官志》云："中常侍千石，本注曰，霍者，無員。後增秩比二千石。掌侍左右。從入內官。贊導內衆事，顧問應對給事。"《漢舊儀》："中常侍宦者，秩千石。得出入卧內，禁中諸宮。"《通典》："中常侍……永平中始定員數，中常侍四人。"《續漢書·百官志》王先謙集解引李祖楙曰："西京初惟有常侍，元咸後始有中常侍之名，然皆士人。中興用宦者，又稍異焉。朱穆疏：'舊制侍中中常侍各一人，省尚書事，黃門侍郎一人，傳發書奏，皆用姓族。自和熹太后以女主稱制，不接公卿，乃用閹人（原文作乃以閹人爲常侍），假貂璫之飾，處常伯之任。'政

愈乖矣。是中興之初尚用士人，後改制則不復舊也。”按李説有些是對的，但參詳朱穆上疏的文本，也有應當斟酌的地方。《後漢書·朱暉傳》附《朱穆傳》云：

> 徵拜尚書，穆既深疾宦官，及在臺閣，旦夕共事，爲欲除之，乃上疏曰：“案漢故事，中常侍參選士人，建武以後乃悉用宦者；自延平以來，寖益貴盛。假貂璫之飾，處常伯之任，天朝政事，一更其乎，權傾海內。”（注，璫以金爲之，當冠前附以金蟬也。《漢官儀》曰：“中常侍秦官也，漢興或用士人，銀璫左貂。光武以後，專任宦者，右貂金璫。”常伯，侍中，）後穆因進見口陳曰：“臣聞漢家舊典，置侍中，中常侍，各一人，省尚書事；黃門侍郎一人，傳發書奏；皆用姓族。自和熹女主稱制，不接公卿，乃以閹人爲常侍，小黃門通命兩宮，自是以來，權傾人主。”

照朱穆前後所説看來，所謂“漢家舊典”當指西漢而言，至光武帝的建武時期，常侍已經全用宦官了。不過尚以侍中參省尚書事，用黃門侍郎傳通詔命的。到了殤帝延平元年，和熹鄧太后當政，不接見公卿，於是省尚書事的只有中常侍，傳達詔命的也只有宦官的小黃門了。於此宦官便“權傾海內”了。這也是逐漸而成，曾經變更幾次的。後來的五侯十常侍也是在社會習慣上，在政治制度上，必然的趨勢；“未嘗不太息痛恨於桓靈”，也不過惡居下流之意罷了。

關於漢代常侍及中常侍，在《漢書》中有下列幾個例子：

《東方朔傳》：“時有幸倡郭舍人，滑稽不窮，常侍左右。”

又：“上以朔爲常侍郎，遂得愛幸。”

又：“初建元三年，微行始出；北至池陽，西至黃山，南獵長楊，東遊宜春；微行常用飲酎已。八九月中與侍中，常侍武騎，及待詔隴西北地良家子，能騎射者，期諸殿門。……微行以夜漏下十刻乃出。”

《司馬相如傳》：“以訾爲郎，事景帝爲武騎常侍，非所好也。”

《王商傳》：“商子弟親屬，爲侍中，中常侍，諸曹，大夫，郎吏者，皆出補吏。”

《孔光傳》：“立拜光兩兄子爲諫大夫，常侍。”

照這裏看來，常侍本來是接近天子的郎官，甚至倡優，本無定職；

到王商和孔光的時期，中常侍和常侍便成了貴族子弟的加官。加官的作用，自然是能在禁中，接近天子起居的。到光武帝時始纔嚴分內外，中常侍悉用閹人，常侍的一個名稱在東漢時也未曾加到任何士人官職上。東漢末年既誅宦官，中常侍復用士人，到魏時又與散騎合爲散騎常侍了。《宋書·百官志》下云：

> 散騎常侍四人，掌侍左右；秦置散騎，又置中常侍，散騎並乘輿車，後中常侍得入禁中。皆無員，並爲加官。漢東京省散騎，而中常侍因用宦者。魏文帝黃初初置散騎，合於中常侍，謂之散騎常侍，始以孟達補之，久次者爲祭酒，散騎常侍秩比二千石。

魏晉以後大都以貴族子弟來做，是一個政府要津的階梯。

給事中一職，據《漢書·百官公卿表》云：「給事中亦加官（注：師古曰，《漢官解詁》云：『常侍從左右，無員，常侍中。』）所加或大夫，議郎，掌顧問應對，位次中常侍。」《漢舊儀》云：「給事中無員，位次中常侍。」《漢書·百官表》注：「晉灼曰：《漢儀》注『諸吏給事中，日上朝謁平尚書奏事，分爲左右曹』；魏文帝合散騎中常侍爲散騎常侍也。」《通典·職官典》引《漢舊儀》：「諸給事中，日上朝謁，平尚書奏事，分爲左右曹，以有事殿中，故曰給事中。多名儒國親爲之，掌左右顧問。」此所言給事中的左右曹，和另外左右曹的加官，卻自有不同，《漢書》各傳對於給事中和左右曹是不相混的。

給事中一職，在西漢時期，近臣加上的甚多。如：

> 《漢書·楚元王傳》附《劉向傳》：「復拜爲郎中，給事黃門，遷散騎諫大夫，給事中，與侍中金敞拾遺於左右。四人（向，敞，太傅蕭望之及少傅周堪）同心輔政。」

> 《楚元王傳》附《劉向傳》：「徵堪詣行在所，拜爲光禄大夫，秩中二千石，領尚書事。猛復爲太中大夫，給事中。顯（石顯）幹尚書事，尚書五人皆其黨也，堪希得見，常因顯白事，事決顯口。」

> 《馮奉世傳》：「參字叔平……少爲黃門郎給事中，宿衛十餘年。……參昭儀少弟，行又敕備，以嚴見憚，終不得親近。」

> 《終軍傳》：「爲謁者給事中。」

《匡衡傳》："上以爲郎中，遷博士，給事中，……遷衡爲光祿大夫，太子少傅。"

《張禹傳》："禹小子未有官，上臨候禹，禹數視其小子，上即禹牀下拜爲黃門郎給事中。"

《孔光傳》："元帝即位，徵霸（孔霸）以師賜爵關內侯，食邑八百戶，號褒成君，給事中。"

又："遷諸吏光祿大夫，秩中二千石，給事中，領尚書事。後爲光祿勳，復領尚書諸吏給事中如故，凡典樞機十餘年。"

《史丹傳》："右將軍給事中，徙左將軍光祿大夫。"

《薛宣傳》："上徵宣，復爵高陽侯，加寵特進。位次師安昌侯，給事中，視尚書事。"

《薛宣傳》："博士申咸給事中。"

《谷永傳》："徵永爲太中大夫，遷光祿大夫給事中，元延元年爲北地太守。……對曰……臣永幸得給事中，出入三年，雖執干戈，守邊垂，思慕之心常存於省闥。"

《師丹傳》："徵入爲光祿大夫，丞相司直。數月，復以光祿大夫給事中。由是爲少府光祿勳侍中，甚見尊重。"

《韋賢傳》："（爲）博士給事中，進授昭帝詩。"

《魏相傳》："宣帝即位，徵相入爲大司農，遷御史大夫。四歲，大將軍霍光薨，上思其功德，以其子禹爲右將軍，兄子樂平侯山領尚書事。相因平恩侯許伯奏封事，言：'《春秋》譏世卿，惡宋三世爲大夫。……今光死子復爲大將軍，兄子秉樞機，昆弟諸婿據權勢，在兵官；光夫人顯及諸女皆通籍長信宮。或夜詔門出入，驕奢放縱，恐寖不制。宜有以損奪其權，破散陰謀，以固萬世之基，全功臣之世。'又故事諸上書者，皆爲二封署，其一曰副，領尚書者先發副封，所言不善，屏去不奏。相後因許伯言，屏去副封，以防壅蔽，宣帝善之。詔相給事中，皆從其議。"

《丙吉傳》："遷大將軍長史，霍光甚重之，入爲光祿大夫給事中。"

《夏侯勝傳》："（以故長信少府）爲諫大夫，給事中。"

《儒林傳》："士孫張爲博士，至揚州牧，光禄大夫，給事中。"

《息夫躬傳》："與宋弘皆光禄大夫，左曹，給事中。"

《杜延年傳》："（爲）太僕，左曹，給事中。"

《蔡義傳》："擢光禄大夫給事中，進授昭帝，拜爲少府。"

《陳咸傳》："（以故少府）爲光禄夫夫給事中。"

《霍光傳》："昌邑王賀……既至，行淫亂，光憂懣，獨以問所親故吏大司農田延年，延年曰：'將軍爲國柱石，審此人不可，何不建白太后，更選賢而立之。'……光乃引延年給事中。陰與車騎將軍張安世圖計。遂召丞相，御史，列侯，中二千石，大夫，博士，會議未央宮。"

《霍光傳》："昆弟諸婿外孫皆奉朝請，爲諸曹大夫，騎都尉，給事中。"

又："光薨，上始躬親朝政。御史大夫魏相給事中。顯謂禹，雲，山：'女曹不務奉大將軍餘業，今大夫給事中，他人壹聞，女能復自救耶。'"

又："出光姊婿光禄大夫給事中張朔爲蜀郡太守。"

《金日磾傳》："欽太中大夫給事中。"

《平當傳》："以明經爲博士，公卿薦當論議通明，給事中。每有災異，輒附經術言得失。"

又："爲太中大夫，給事中。"

《孔光傳》："拜爲光禄大夫，秩中二千石，給事中。位次丞相。"

又："莽白太后：'帝幼少，宜置師傅。'徙光爲帝太傅，位四輔，給事中，領宿衛，供養，行内署門户，省服御食物。"

《蕭望之傳》："儒生王仲翁……至光禄大夫給事中。"

《蕭望之傳》："賜望之爵關内侯，食邑六百户，給事中，朝朔望，位次將軍。"

《董賢傳》："以賢爲大司馬衛將軍……雖爲三公，常給事中，領尚書，百官因賢奏事……董氏親屬皆侍中，諸曹奉朝請，寵在丁傅之右矣。"

從上看來，給事中一職的性質，在諸加官中又和其他的加官略有不同。其他的加官大都起於天子隨侍左右或者是隨從車騎的近臣。給事中一職卻是自有此職以來加上的都是顧問應對之臣而非文學侍從之臣（《漢書·東方朔傳》稱朔爲太中大夫給事中，未可盡信），在佞幸中也只有董賢一個特例。這一點和左右曹相近，而給事中所負的任務更爲切實，所以有諸吏或左右曹再加給事中的。因爲給事中負有實際的任務，所以各官加上給事中的更爲廣泛。據以上所記，自大司馬，御史大夫而下，凡故丞相，將軍，列侯，關內侯，九卿，太傅，光祿大夫，太中大夫，諫大夫，博士，議郎，郎中，黃門郎，謁者，無一不可加上給事中的職務。

（丙）尚 書

尚書一職，孟康未曾提到。實在尚書也是應屬於內朝的。《史記·三王世家》：「霍去病請封王子奏，以御史臣光守尚書令奏未央宮。制乃下御史，並及丞相。」昭宣以來，有領尚書事的人，臣下奏事分爲二封，領尚書事的發其副封，不善者不進奏（《霍光傳》及《魏相傳》）。大致說來，用人和行政，定於禁中，宰相奉行而已（見《張安世傳》）。元帝時，蕭望之領尚書，石顯以中書令管尚書事，尚書五人，皆石顯的黨羽，蕭望之遂爲所制。這卻是尚書組織的內部問題，不涉於丞相以下的事。

尚書的職權自漢以後是日就增進的。所以增進的原因，這是很顯明的。在專制政體之下，天子爲一切權力之源。天子信託丞相，丞相便有事可做；天子要自己管事，而又一個人的精力管不過來，那就只有將政事從宰相之手移到近臣之手，中國歷朝政治總是近臣奪宰相之權，等到近臣變了宰相，那就又產生了新的近臣再來奪權，這樣便一層一層的推之不完，剝之不已。

西漢初年無爲而治的局面之下，宰相以下至於太守縣令，只要有法令可據，便不必再請示上級的意見。重要的事到了丞相府也大致都可以解決了。除去諸侯王和四夷的事件，有丞相府不能解決的，天子纔召集廷會來解決，這已經很少了。照這樣看來，宣室前席只問鬼神，正是當然如此，不足爲異的。所以權力之源，雖在天子，但天子有權而不用，自然天下事只好循歷來的成法了。到了武帝，他安心要開創一個新的局面，他有心要自己管事，因此天子的左右另外有了一般幕僚而給天子管詔令的秘書機關，尚書，也變成了特別重要了。天子的幕僚便是以前舉出的各項加官，天子的秘書機關便是在後代特別重要而成爲丞相代替者的尚書臺。

尚書本是少府的屬官。據《漢書·百官表》，少府有尚書，符節，太醫，太官，湯官，導官，樂府，若盧，考工室，左弋，居室，甘泉居室，左右司空，東織，西織，東園匠，共十六官令丞。所以尚書只是少府下一個給天子管書札之官，從和尚書具有同等位置的十五官令丞看來，對於朝政的位置並不高。所以就設官的情狀看來，最初尚書決不能參與到朝政。

到了後漢，尚書的位置格外重要，所以《續漢書·百官志》關於尚書的也格外加詳。雖然官制上仍屬少府，實際不過"以文屬少府"罷了。這和侍中亦在後漢屬少府，不爲加官，是一樣的。他們在任何方面，早已非少府所能顧問的了。

《續漢書》中關於尚書的職掌，有如下列：

> 尚書令一人，千石。本注曰，承秦所置。（注：荀綽《晉百表》注曰，唐虞官也，《詩》云，仲山甫王之喉舌蓋謂此人。）武帝用宦者，更爲中書謁者令，成帝用士人，復故。掌凡選署及奏下曹文書眾事。（注，蔡質《漢儀》曰："故公爲之者，朝會不陛奏事，增秩二千石，故自佩銅印墨綬。"）
>
> 尚書僕射一人，六百石。本注曰，署尚書事。令不在則奏下眾事（注，蔡質《漢儀》曰："僕射主封門，掌授廩假錢穀。凡三公列卿，將，大夫，五營校尉，行複道中遇尚書僕射，左右丞郎，御史中丞，侍御史，皆避車，豫相迴避。衛士傳不得迮臺官，臺官遇後乃得去。"臣昭案，"獻帝分置左右僕射。建安四年，以榮邵爲尚書左僕射是也。《獻帝起居注》，'邵卒官執金吾'。"）尚書六人，六百石。本注曰，成帝初置尚書四人，分爲四曹。（注，《漢舊儀》曰："初置五曹，有三公曹，主斷獄。"蔡質《漢儀》曰："典天下歲盡課事。三公尚書二人，典三公文書；吏曹尚書典選舉，齋祀屬三公曹。靈帝末，梁鵠爲選部尚書。"）常侍曹尚書，主公卿事。（注，蔡質《漢儀》曰："注常侍黃門御史事，世祖改爲吏曹。"）二千石曹主郡國二千石事。（注，《漢舊儀》亦云："主刺史。"蔡質漢儀曰："掌中郎水火盜賊辭訟罪眚。"）民曹尚書主凡吏上書事。（注，蔡質《漢儀》曰："典繕，治功，作監池苑囿盜賊事。"）客曹尚書主外國夷狄事。（注，《尚書》："龍

作納言，出入帝命。"應劭曰："今尚書官，王之喉舌。"）世祖承遵，後，分二千石曹，又分客曹爲南主客曹，北主客曹。（注，《周禮·天官》有司會，鄭玄曰："若今尚書。"）

左右丞各一人，四百石。本注曰：掌錄文書期會，左丞主吏民章報，及騶伯史。（注，蔡質《漢儀》曰："總典臺中綱紀，無所不統。"）右丞假署印綬，及紙筆墨諸財用庫藏。（注，蔡質《漢儀》曰："右丞與僕射對掌授廩假錢穀，與左丞無所不統。凡宮中漏夜盡，鼓鳴則起，鐘鳴則息。衛士甲乙徼相傳，甲夜畢，傳乙夜；相傳盡五更，衛士傳言五更，未明三刻後雞鳴，衛士踵丞郎趨嚴上臺。不畜宮中雞，汝南出雞鳴。衛士候朱雀門外，專傳雞鳴于宮中。"應劭曰："楚歌，今雞鳴歌也。"《晉太康地道記》曰："後漢固始，網陽，公安，細陽四縣衛士習此由於闕下歌之，今雞鳴是也。"）侍郎三十六人，四百石。本注曰，一曹有六人，主作文書起草。（注，蔡質《漢儀》曰："尚書郎初從三署詣臺試，初上臺稱守尚書郎中，歲滿稱尚書郎，三年稱侍郎；客曹郎主治羌胡事，劇遷二千石或刺史；其公遷爲縣令，秩滿自占縣去，詔書賜錢三萬祖餞，他官則否。治嚴一日，準謁公卿陵廟乃發。御史中丞遇尚書丞郎避車執板往揖。丞郎坐車執板禮之，車過遠乃去。尚書言左右丞，'敢告知，如詔書律令。'郎見左右丞對揖，無敬稱，曰左右君。郎見尚書執板對揖，稱曰明時。見令僕執板拜，朝賀對揖。"）令史十八人，二百石。本注曰，曹有三（人），主書；後增劇曹三人，合二十一人。（注，《古今注》曰："永元三年七月，增尚書令史員。功滿未犯禁者，以補小縣墨綬。"蔡質曰："皆選蘭臺，符節上稱簡精練有吏能爲之。"《決錄》注曰："故事，尚書郎以令史久次補之，世祖改以孝廉爲郎。"）

其尚書的職事見於漢官各書的，有：

《北堂書鈔·設官部》引王隆《漢官解詁》："尚書出納詔令，齊衆喉口。"

又："尚書唐虞曰納言，周官爲內史：機事所總；號令攸發。"

又："士之權貴不過尚書，其次諸吏。"

《漢舊儀》："尚書四人爲四曹，常侍曹尚書主丞相御史事，二千石曹尚書主刺史二千石事，民曹尚書主庶民上書事，主客曹尚書主外國四夷事。成帝初置尚書五人，有三公曹，主斷獄事。"（據孫星衍校本，下同。）

又："尚書令主贊奏封下書，僕射主閉封；丞二人，主報上書者，兼領財用，火燭，食廚。漢置中書官，領尚書事；中書謁者令一人，成帝建始四年罷中書官，以中書謁者令爲中謁者令。"

又："尚書郎四人，其一郎主匈奴單于營部，一郎主羌夷吏民，民曹一郎主天下戶口墾田功作，謁者曹一郎主天下見錢貢獻委輸。"

又："中臣在省中皆白請，其宦者不白請。尚書郎宿留臺中，官給青縑白綾被或錦被；帷帳，氈褥，通中枕；太官供食，湯官供餅餌果實，下天子一等；給尚書郎佐（原作伯，蓋草書佐字近于伯字也，伯字不可解，今校作佐，佐即書佐，漢簡書佐常省作佐。）二人，女侍史二人，皆選端正者從直，佐送至止車門還，女侍史執香爐燒薰，從入臺護衣。"

《唐六典》一引《漢官儀》："尚書令主贊奏，總典紀綱，無所不統。秩千石。故公爲之朝會不陛奏事，增秩二千石。天子所服五時衣賜尚書令。其三公，列卿，將五營校尉，行複道中遇尚書（令）僕射左右丞皆迴車豫避。衛士傳不得紆臺官，臺官過乃得去。"

又："尚書令秦官，銅印墨綬，每朝會，與司隸校尉，御史大夫中丞，皆專席坐，京師號爲三獨坐，其尊重如此。"

又："僕射秩六百名，（故）公爲之，加至二千石。"

《文選·王文憲集序》注引《漢官儀》："獻帝建安四年，始置左右僕射，以執金吾營邵爲左僕射，衛臻爲右僕射。"

《後漢書·光武紀》注引《漢官儀》："尚書四員，武帝置，成帝加一爲五。有侍曹尚書，主丞相御史事；二千石尚書，主刺史二千石事；戶曹尚書，主人庶上書事；主客曹尚書，主外國四夷事；成帝加三公曹，主斷獄事。"

《初學記·職官部》引《漢官儀》："初秦代少府遣吏四，一在殿中主發書，故謂之尚書，尚猶主也。漢因秦置之，故尚書爲中臺，謁者爲外臺，御史爲憲臺，謂之三臺。"

《唐六典》一引《漢官儀》："尚書令，左丞總領綱紀，無所不統；僕射右丞掌廩假錢穀。"

《北堂書鈔》引《漢官儀》："左右丞，久次郎補也。"

《初學記·職官部》引《漢官儀》："左右曹受尚書事，前世文士以中書在右，因謂中書為右曹，又稱西掖。"

《北堂書鈔·設官部》引《漢官儀》："尚書郎四人，一人主匈奴單于營部，一人主羌夷吏民，一人主天下戶口，土田，墾作，一人主錢帛，貢獻，委輸。"

《初學記·職官部》引《漢官儀》："尚書郎初從三署郎選詣尚書臺試，每一郎缺，則試五人，先試箋奏。初入臺稱郎中，滿歲稱侍郎。"

《太平御覽·職官部》引《漢官儀》："尚書郎初上詣臺稱守尚書郎，滿歲稱尚書郎滿中，三年稱侍郎。"

《北堂書鈔·設官部》引《漢官儀》："郎以孝廉年未五十，先試箋奏，初上稱郎中，歲為侍郎。"

《唐六典》一引《漢官儀》："能通《蒼頡史篇》，補蘭臺令史，滿歲補尚書令史，滿歲為尚書郎；出亦與郎同宰百里。郎與令史分職受書。令史見僕射尚書執板拜，見丞郎執板揖。

《初學記·職官部》引《漢官儀》："尚書郎主作文書起草，夜更直五日於建禮門內。"

《北堂書鈔·設官部》引《漢官儀》："尚書郎給青縑白綾被（或）以錦被，幬帳氈褥，通中枕，太官供食，湯官供餅餌。五熟果實，下天子一等。給尚書史二人，女侍史二人，皆選端正從直。女侍史執香爐燒，從入臺護衣。奏事明光殿省，皆胡粉塗畫古賢人烈女。郎握蘭含香趨走丹墀，奏事黃門，郎與對揖。天子五時賜服，賜珥赤管大筆一雙，分墨一丸。若郎處曹二年，賜遷二千石刺史。"

《唐六典》二引《漢官儀》："曹郎二人，掌天下歲盡集課，有尚書曹郎，有考工郎中一人。"

《初學記·文部》引《漢官儀》："尚書令僕丞郎，月賜渝麋大墨一枚小墨一枚。"

《北堂書鈔》引《漢官儀》："漢舊置中書官領尚書事。"

　　《初學記·職官部》引蔡質《漢儀》："尚書奏事於明光殿省中，畫古烈士，重書行讚。"

　　又，《居處部》引蔡質《漢儀》："省中皆以胡粉塗壁，紫朱界之，畫古烈士。"

　　《書鈔·設官部》引蔡質《漢儀》："尚書郎晝夜更直于建禮門内。"

就以上的各則看來，漢官各書言及尚書的比較多，也就可以知道尚書臺對於漢代政治上格外重要了。以下再就兩《漢書》中有關尚書臺諸官的具列下來。

　　昭帝立，霍光爲大司馬大將軍領尚書事，宣帝地節二年薨。(霍光領尚書事見《昭帝紀》及《張安世傳》)

　　宣帝地節二年，霍山爲奉車都尉領尚書事，三年七月伏誅。(《霍光傳》)

　　宣帝地節三年，張安世爲大司馬車騎將軍領尚書事，元康四年薨。

　　(陳樹鏞《漢官答問》曰："表云地節三年，安世爲大司馬車騎將軍，考安世傳言光死數月，魏相上封事，宣帝遂以安世爲大司馬車騎將軍領尚書事。光以二年三月薨，則安世之拜，不當在三年也。安世領尚書，後歲餘霍禹謀反夷宗。則表以此二事同列於地節三年之下，其誤甚矣。"今按仍當從《百官表》。蓋光以三月薨，而魏相上封事于次年二三月間，仍未逾一年也。《魏相傳》言："大將軍霍光薨，上思其功德，以其子禹爲右將軍，兄子樂平侯山復領尚書事。相因平恩侯許伯奏封事，言《春秋》譏世卿，惡宋三世爲大夫……國家自後元以來，祿去王室，政繇冢宰，今光死子復爲大將軍——劉敞曰'禹不爲大將軍，字之誤也'——兄子秉樞機，……宜有以損奪其權，破散陰謀，以固萬世之基……又故事諸上書者皆爲二封署，其一曰副，領尚書者先發副封，所言不善，屏去不奏，復因許伯白去副封，以防壅蔽。宣帝善之，詔相給事中，皆從其議。霍氏殺許后之謀始得上聞，乃罷其三侯令就第。親屬皆出補吏。"《霍光傳》："光薨，上始躬親朝政，御史大夫魏相給事中。……會魏大夫爲丞相，數燕見言事，平恩侯與侍中金安上等徑出入省中。時霍山自若領尚書，上令吏民得奏封事，不關尚書，群臣進見獨往來，於是霍氏甚惡之。"《張安世傳》："光薨，後數月御史大夫魏相上封事曰：'……車騎將軍安世事孝武三十餘年。忠信謹厚。……宜尊其位

以爲大將軍'……安世深辭弗能得，後數日竟拜爲大司馬車騎將軍
領尚書事。數月罷車騎將軍軍屯兵更爲衞將軍，兩宫衞衞城門兵屬焉。
時霍光子禹爲右將軍"——據此知《魏相傳》大將軍爲右將軍之誤，
《百官表》亦作右將軍——上亦禹爲大司馬，罷其右將軍屯兵。就此
三傳合觀之，霍光薨後宣帝即以霍山領尚書事。于是御史大夫魏相
因平恩侯許延壽上書，去尚書副封，而霍氏弑許后之事乃得上聞。
四年四月遂以張安世爲大司馬領尚書事，而霍山猶領尚書事自若。
至是年七月霍氏誅而張安世遂專領尚書事矣。唯《張安世傳》云：
"禹謀反，夷宗族，安世素小心畏忌，已内憂矣。"其言隱約，似有
所指者。顏師古注曰："忌者戒盈滿之辭。"猶未得其微意也。今案
《趙充國傳》云："初破羌將軍武賢在軍中時與中郎將卬宴語，卬道
車騎將軍張安世始嘗不快上，上欲誅之，卬家將軍以爲安世本持橐
簪筆，事孝武帝數十年，見謂忠謹，宜全度之。安世用是得免。"安
世爲車騎將軍在昭帝崩後，迄於地節三年七月戊戌，轉爲衞將軍，至七
月壬辰，誅霍氏。——長曆是年七月無戊戌壬辰，表誤——是安世爲
衞將軍與霍氏見誅乃同月之事耳。當霍氏未誅時，宣帝方與霍氏爲
敵，不應欲誅大臣。及霍氏就誅，則安世早任爲衞將軍矣。唯方誅霍
氏時，安世爲衞將軍未久，故以車騎將軍稱之。是宣帝或竟欲以霍
氏牽及安世也。蓋宣帝誅霍氏之前，魏相，許延壽，金安上皆與宣
帝而敵諸霍；而張安世獨依違于二者之間無所建白。是時宣帝或疑
其黨於霍氏而欲誅之。是安世之領尚書事蓋未能盡監察牽制之職責，
而充國時任後將軍少府——據《百官表》，此時少府爲宋疇，充國蓋
是長樂少府——曾與廢霍氏之謀，故能爲安世解説，此則由《充國
傳》知之，證以《安世傳》而益明者也。)

神爵元年，韓增爲大司馬車騎將軍，領尚書事，五鳳
二年薨。(《韓王信傳》)

于定國以御史中丞遷光禄大夫平尚書事。(本傳)

張敞爲太中大夫與于定國共平尚書事。(本傳)

至宣帝寢疾，引外屬侍中樂陵侯史高，太子太傅望之，
少傅周堪至禁中，拜高爲大司馬車騎將軍，望之爲前將軍，
光禄勳堪爲光禄大夫，皆受遺詔輔政，領尚書事。(《蕭望
之傳》)——高永元元年免，望之及堪初元二年免，堪後又
拜光禄大夫，領尚書事。

元帝初元元年，石顯以中書令幹尚書事，成帝即位罷

死。(《石顯傳》)

《劉向傳》:"周堪拜爲光禄大夫,領尚書,張猛爲太中大夫,給事中;顯幹尚書事,尚書五人皆其黨也。堪希得見,常因顯白事,事決顯。"

成帝即位,王鳳爲大司馬大將軍領尚書事,陽朔三年薨。(《外戚傳》)

張禹爲諸吏光禄大夫,給事中,領尚書事。河平四年罷。(《張禹傳》、《外戚傳》)

鄭寬中以光禄大夫領尚書事。(《儒林傳》)

孔光以光禄大夫領尚書事,遷光禄大夫領尚書事如故,永始二年遷御史大夫。(《孔光傳》)

陽朔三年,王音爲大司馬驃騎將軍領尚書事(代王鳳),永始二年薨。(《外戚傳》)

永始間,薛宣以故丞相爲列侯加特進給事中,視尚書事,尊寵任政。(《薛宣傳》)

永始二年,王商爲大司馬衛將軍領尚書事(代王音),元延元年薨。(《外戚傳》)

元延元年,王根爲大司馬驃騎將軍領尚書事(代王商),綏和元年免。(《外戚傳》)

綏和元年,王莽爲大司馬領尚書事(代王根),二年免。(《外戚傳》)

哀帝即位,師丹爲左將軍領尚書事,月餘,徙爲大司空。(《師丹傳》)

建平元年,傅喜爲大司馬領尚書事,二年免。(《外戚傳》)

建平二年,丁明爲大司馬衛將軍領尚書事,元壽二年免。(《外戚傳》)

元壽二年,董賢爲大司馬衛將軍給事中領尚書事,三年,自殺。(《佞幸傳》)

平帝即位,王莽爲大司馬領尚書事。(《平帝紀》)

後漢章帝即位,以太傅牟融、趙憙錄尚書事,融建初四年薨,憙五年薨。(本紀)

後漢和帝即位，鄧彪以太傅錄尚書事，及竇氏誅，以老病免。（《後漢書·鄧彪傳》）

殤帝延平元年，遷張禹爲太傅錄尚書事，永初元年秋，免。（《後漢書·張禹傳》）

安帝時馮石遷太傅，與太尉劉喜參錄尚書事，順帝既立，免。（《後漢書·馮魴傳》）

順帝即位，桓焉爲太傅，與太傅朱寵並錄尚書事，視事三年，免。（《後漢書·桓焉傳》）

冲帝即位，李固爲太尉，與梁冀參錄尚書事，桓帝立，爲梁冀所殺。（《後漢書·李固傳》）

質帝崩，胡廣代李固爲太傅，錄尚書事，以病退位。（《後漢書·胡廣傳》）

冲帝即位，梁冀爲大將軍與太傅趙峻，太尉李固參錄尚書事。元嘉元年，每朝會與三公絶席，十日一入平尚書事。百官遷召皆先到冀門，牋檄謝恩，然後敢詣尚書。延熹二年，伏誅。（《後漢書·梁商傳附傳》）

永康元年，陳蕃爲太傅錄尚書事，爲王甫所殺。（《後漢書·陳蕃傳》）

中平六年，何進爲大將軍，錄尚書事。（《後漢書·何進傳》）

獻帝初平三年，周忠爲太尉，錄尚書事，初平四年以災異免。（《後漢書·周景傳》）

初平四年，朱儁爲太尉，錄尚書事，明年秋以日食免。（《後漢書·朱儁傳》）

以上領尚書事。至於其他和尚書相關的史料，現在再列舉於下：

《漢書·劉向傳》："元帝初即位，太傅蕭望之爲前將軍，少傅周堪爲諸吏光禄大夫，皆領尚書事甚見尊任。更生年少于望之，堪。二人重之，薦更生宗室忠直，明經有行，擢爲散騎宗正給事中。與金敞拾遺於左右，四人同心輔政，患苦外戚許史在位放縱，而中書宦官弘恭石顯弄權。望之，堪，更生議欲白罷退之，未白而語泄，遂爲許史及恭顯所譖愬，堪、更生下獄，及望之皆免官，語在望之傳。

其春地震，夏，客星見昴卷舌間，上感悟，下詔賜望之爵關內侯，奉朝請，秋，徵堪，向，欲以爲諫大夫。恭顯白皆爲中郎。冬，地復震，時恭顯許史子弟侍中諸曹皆側目於望之等。……更生坐免爲庶人，而望之亦坐使子上書自冤前事，恭顯白令詣獄置對，望之自殺。天子甚悼恨之，乃擢周堪爲光祿勳，堪弟子張猛光祿大夫給事中，大見信任，恭顯憚之，數贊毀焉。……左遷堪爲河東太守，猛槐里令。……後三歲餘，……徵堪詣行在所，拜爲光祿大夫，秩中二千石。領尚書事。猛復爲太中大夫，給事中。顯幹尚書事。（注，師古曰：「幹與管同，言管主其事。」按幹从倝从干，《説文解字》無之，當爲幹之俗體。然漢碑已有其字，則其譌誤已始自漢世矣。《説文》榦字，大徐音烏括切。段玉裁曰：「《匡謬正俗》云：『榦音筦，不音烏括反。』引陸士衡《愍思賦》爲證。按其字倝聲，則顏説是也，然俗音轉爲烏括切。又作捾作斠，亦於六書音義無甚害也。」又曰：「引申言之。凡執柄樞轉運皆謂之榦。賈誼《鵩鳥賦云》『斡流而遷』，張華《勵志詩》云『大儀斡運』，皆是也。或假借筦字，《楚詞》云『筦維焉繫，天樞焉加』，或作幹字，程氏瑤田云『《考工記》：旋蟲謂之幹，蓋榦之訛也。』」此言顯幹尚書事，即言顯以中書令管尚書臺事；堪雖領尚書事，不如顯之可以直處置其事也。然後世知幹爲榦之誤字者甚鮮。相沿別斡與幹爲二字，斡爲烏括切，幹爲古案切；而幹又與榦之別體杅、桿等字相淆混，於是音義愈不可究詰。迄於今日，「幹事」一詞猶爲世俗所常用，然書作「管事」或「筦事」，必群相駭怪，若書作斡事。則鮮不以不誤爲誤矣。）……尚書五人皆其黨也，堪希得見，常因顯白事，事決顯口。」

《鄭崇傳》：「以丞相屬爲尚書僕射。」

《何並傳》：「是時潁川鐘元爲尚書令，領廷尉，用事有權。」

《蕭望之傳》：「初宣帝不甚從儒術，任用法律；而中書宦官用事。中書令弘恭、石顯久典樞機，明習文法，亦與車騎將軍高（史高）爲表裏。論議常獨持故事，不從望之等。恭顯又時傾仄見訕。望之以爲中書政本，宜以賢明之選，自武帝遊宴後庭，故用宦者。非國舊制，又違古不近刑人之義。白欲更置士人，繇是大與恭顯忤。上初即位，謙讓重改作，議久不定。"

《成帝紀》建始四年："罷中書宦官。初置尚書五人。"注："臣瓚曰，漢初中人有中謁者令，孝武加中謁者令爲中書謁者令，置僕射。宣帝時任中書官弘恭爲令，石顯爲僕射。元帝即位，數年，恭死，顯代爲中書令，專權用事，至成帝乃罷其官。"

《孔光傳》："博士選三科，高第爲尚書。……光以高第爲尚書，觀故事品式。數歲。明習漢制及法令，轉爲僕射，尚書令，加諸吏官。"

《翟方進傳》："遷爲丞相司直，從上甘泉，行馳道中，司隸校尉陳慶劾奏方進，沒入車馬。既至殿中，慶與廷尉范延壽語。'時慶有章劾，自道行事以贖論，今尚書持我事來，當於此決。前我爲尚書時，嘗有所奏事，忽忘之，留月餘。'方進於是舉劾慶曰：'案慶奉使刺舉大臣，故爲尚書。知機事，周密壹統，明主躬親不解，慶有罪，未伏誅，無恐懼心，豫自設不坐之比。又暴揚尚書事，言遲疾無所在，虧損聖德之聰明。奉詔不謹，皆不敬，臣謹以劾。'慶坐免官。"

《師丹傳》："尚書劾咸（申咸）。欽（炔欽）幸得以儒官選擢，備腹心。乃復上書妄稱譽丹，前後相違，不敬。"

《師丹傳》："書尚令唐林上疏，……上從林言，賜丹爵關內侯。"

《丙吉傳》："霍氏誅，上親政，省尚書事。"

《陳遵傳》："嘗有部刺史奏事過遵，值其方飲。……見遵母叩頭自白，當對尚書，有期會狀。"

《司馬相如傳》："上令尚書給筆札。"

《張安世傳》："少以父任爲郎，用善書給事尚書，精力於職，休沐未嘗出，上幸河東，嘗亡書三篋。詔問莫能知，唯安世識之，具作其事。後購求得書以相校，無所遺失。上奇其材，擢爲尚書令。"

《霍光傳》："山曰今陛下好與諸儒生語，人人自使書封事，多言我家者。嘗有上書言大將軍事，主弱臣强，專制擅權。今其子孫用事,昆弟益驕恣,恐危宗廟。災異數見,盡爲此也。其言絶痛。山屏去不奏其書。後上書者益黠,盡奏封事,使中書令出取之,不關尚書。"何焯《義門讀書記》曰:"使中書令出取,不關尚書,一時以防權臣壅蔽,然自此浸任宦豎矣。成帝以後,政出外家,有太后爲之内主,故宦豎不得撓。不然,霍氏之後,必有五侯十常侍之禍。"

《金日磾傳》:"欽……太中大夫給事中,欽從父弟遷爲尚書令,兄弟用事。"

《陳湯傳》:"先帝寢疾,然猶垂意不忘,數使尚書責問丞相,趣立其功。"

《後漢書·光武紀》:"建武五年,尚書令侯霸爲大司徒。"

《後漢書·朱暉傳》:"元和中肅宗巡狩,問暉起居,召拜爲尚書僕射,歲中遷太山太守,上疏乞留中,上許之。……後遷尚書令。"

又:"是時穀貴,縣官經用不足,尚書張林上言。"

又:"穆居家數年,在朝諸公多有相推薦者,於是徵拜尚書。穆既深疾宦官,及在臺閣,旦夕共事,志欲除之。"

《樂恢傳》:"徵拜議郎,入爲尚書僕射。"

《何敞傳》:"以高第拜侍御史,入爲尚書。"

《張敏傳》:"舉孝廉,五遷爲尚書。"

《胡廣傳》:"舉孝廉,旬月拜尚書郎,五遷尚書僕射……代李固爲太尉,録尚書事。"

《韓棱傳》:"(以郡功曹)徵辟,五遷爲尚書令。……肅宗嘗賜諸尚書劍。唯此三人特以寶劍。自手署其名曰,韓棱楚龍淵,郅壽蜀漢文,陳寵濟南椎成。"

《周榮傳》:"子與尚書郎。"

《周景傳》:"(以故將作大匠)引拜尚書令,遷太僕,衛尉。"

《郭躬傳》:"弟子鎮……辟太尉府,再遷。延光中爲尚書……再遷尚書令。"

《陳寵傳》:"辟司徒鮑昱府……三遷肅宗初爲尚書。"

又:"皇后弟竇憲薦真定令張林爲尚書。"

《陳忠傳》:"遷廷尉正,擢爲尚書,使居三公曹。……以久次轉爲僕射……遷尚書令……拜司隸校尉……出爲江夏太守……復留拜尚書令。"

《陳忠傳》:"上疏諫曰:今(安帝時)之三公,雖當其名,而無其實,選舉誅賞一由尚書,尚書見重於三公,陵遲以來,其漸久矣。"

《班勇傳》:"尚書問勇曰,今立副校尉,何以爲便?又置長史屯樓蘭,利害云何?"

《翟酺傳》:"遷侍中,時尚書有缺,詔將大夫六百石以上試對政事,天文,道術,以高第者補之。……酺對第一,拜爲尚書。"

又:"權貴共誣酺及尚書令高堂芝等。"

《仲長統傳》:"《昌言·法誡篇》曰:光武皇帝慍數世之失權,忿彊臣之竊命,矯枉過直,政不在下。雖置三公,事歸臺閣。自此以來,三公之職,備員而已。然政有不理,猶加譴責。而權移外戚之家,寵被近習之豎。親其黨類,用其私人。內充京師,外佈列郡。"

《梁節王暢傳》:"永元五年,豫州刺史舉奏暢不道,考訊辭不服。有司請徵暢詣廷尉,和帝不許。有司重請除暢國徙九真。帝不忍,但削成武單父二縣。"

《陳禪傳》:"尚書陳忠劾禪。"

《陳龜傳》:"(以故度遼將軍)復徵爲尚書令。"

《橋玄傳》:"轉司徒……策罷,歲餘爲尚書令。"

《崔寔傳》:"拜遼東太守,行道,母劉氏病卒……服竟召拜尚書。寔以世方阻亂,稱疾不視事,數月免。"

《楊震傳》:"帝舅大鴻臚耿寶薦中常侍李閏兄於震……震曰:'如朝廷欲令三府辟召,故宜有尚書敕,遂拒不許。'"

《楊秉傳》:"拜太中大夫,左中郎將。遷侍中,尚書,出爲右扶風。"

又:"徵拜河南尹……單超弟匡客任方刺兗州從事,突獄亡走,尚書召秉詰責。"

又:"詔公車徵秉,不至。有司並劾著大不敬,尚書令周景與尚書邊韶議奏……明王之世必有不召之臣。"

又："尚書召對秉掾屬曰：'公府外職而奏劾近官，經典漢制有故事乎?'"

《楊賜傳》："拜少府，……以病罷，……拜賜尚書令，數日出爲廷尉。"

《楊彪傳》："代朱儁爲太尉，錄尚書事。……及車駕還，復守尚書令。"

《張晧傳》："尚書僕射，出爲彭城相。"（自大將軍府掾屬五遷）

又："永寧元年徵拜廷尉。皓雖非法家而留心刑斷，數與尚書辯正疑獄，多以詳見從。"

《張綱傳》："冀乃諷尚書以綱爲廣陵太守。"

《王龔傳》："徵拜尚書，擢司隸校尉。"

《王暢傳》："梁商特辟舉茂才，四遷尚書令，出爲濟相，……免……是時政事多歸尚書。桓帝特詔三公，令高選庸能。太尉陳蕃薦暢，清方公正，有不可犯之色，由是復爲尚書。尋拜南陽太守。"

《種暠傳》："徵拜議郎，遷南郡太守，入爲尚書。……擢暠度遼將軍。"

《杜根傳》："初平原郡吏成翊亦諫太白歸政，坐抵罪。與根俱徵。擢爲尚書郎，……免歸……後尚書令左雄，僕射郭虔，復舉爲尚書。"

《樂巴傳》："遷沛相，所在有績，徵拜尚書。"

《劉陶傳》："三遷爲尚書令，以所舉將爲尚書，難與齊，乞從冗散，拜侍中。"

《劉瑜傳》："以侍中平勳爲尚書令。"

《虞詡傳》：帝問諸尚書，尚書賈朗……證詡之罪，帝疑焉。"

《虞詡傳》："遷尚書僕射，……永和初遷尚書令。"

又："寧陽主簿詣闕訴縣令之枉。……帝大怒，持章示尚書，尚書遂劾以大逆。詡因謂諸尚書曰：'小人有怨，不遠千里，斷髮刻肌詣闕告訴而不爲理，豈臣下之義。'"

《張衡傳》："初出爲河間相，徵拜尚書。"

《蔡邕傳》："轉治書侍御史，遷尚書。"

《劉寬傳》："出爲東海相……再遷尚書令。"（碑云司徒長史拜尚書，出爲東海相）

《伏湛傳》："爲平原太守，……徵拜尚書，使典定舊制，拜爲司直。"

《郭賀傳》："以司徒掾累官尚書令，拜荊州刺史。"

《馮勤傳》："以郎中給事尚書，拜尚書，尚書令，大司農。"

《鄭均傳》："以公車特徵，拜尚書……乞歸，拜議郎。"

《趙謙傳》："以故司徒爲尚書令。"

《馮衍傳》："子豹，以武威太守徵爲尚書。"

《郅惲傳》："子壽，以冀州刺史三遷爲尚書令，擢爲京兆尹，以公事免，復徵爲尚書僕射。"

《襄楷傳》："詣闕上書，上即尚書問狀。"

《郭伋傳》："以雍州牧轉尚書令，出爲中山太守。"

《樊宏傳》："準……宏之族曾孫也。……爲河内太守……以疾徵……三轉爲尚書令，光禄勳。"

《馮魴傳》："（孫石）遷太傅，與太尉東萊劉喜參録尚書事。順帝既立，石與喜皆以阿黨閻江京等策免。"

《鄭弘傳》："淮陰太守四遷，建初爲尚書令。舊制尚書郎補縣令長丞尉。弘奏以爲臺職雖尊，而酬賞甚薄，請使郎補千石令，帝從其議。出爲平原相，徵拜侍中。"

《左雄傳》："徵拜議郎，……拜雄尚書。再遷尚書令。遷司隸校尉。初雄薦周舉爲尚書，舉既稱職，議者咸稱焉……坐法免，後復爲尚書。"

《左雄傳》："案尚書故事無乳母爵邑之制，唯先帝乳母王聖爲野王君。"

《左雄傳》："是時大司農劉據以職事被譴，召詣尚書。"

《左雄傳》："每有章表奏議，臺閣以爲故事。"

《周舉傳》："轉冀州刺史，……司隸校尉左雄薦舉，徵拜尚書。"

《黃瓊傳》："拜議郎，稍遷尚書僕射。……遷尚書令，稍遷太常。"

《韓韶傳》:"尚書選三府掾能理劇者,乃以韶爲嬴長。"

《陳寔傳》:"(潁川)太守高倫,被徵爲尚書。"

《陳紀傳》:"預州刺史嘉其至行,上尚書圖象百城以屬風俗。……拜太僕,又徵爲尚書令。"

《李固傳》:"公卿舉固對策曰,……又詔書禁侍中尚書中臣子弟,不得爲吏察孝廉者,以其秉威權,容請託故也。而中常侍在日月之側,聲勢振天下,子弟禄仕曾無限極……今可爲設常禁,同之中臣。……今陛下之有尚書,猶天之有北斗也。斗爲天喉舌,尚書亦爲陛下喉舌。……尚書出納王命,賦政四海,權尊勢重,責之所歸。……今與陛下共理天下者,外則公卿尚書,內則常侍黃門。"

《李固傳》:"舊任三府選令史,光禄試尚書郎,皆特拜,不復選試。"

《杜喬傳》:"爲太尉……冀屬舉汜宮爲尚書。喬以宮臧罪明著,遂不肯用。"

《史弼傳》:"弼由北軍中候遷尚書,出爲平原相。"

《史弼傳》:"父敞順帝時以佞辯至尚書郡守。"

《史弼傳》:"裴瑜位至尚書。"

《盧植傳》:"爲侍中,遷尚書。"

《皇甫規傳》:"爲度遼將軍……徵爲尚書……遷宏農太守。"

《陳蕃傳》:"稍遷拜尚書……徵爲尚書令……免……徵爲尚書僕射……以蕃爲太傅,録尚書事,諸尚書畏懼權官,託病不朝,蕃以書責之。"

《陳蕃傳》:"永康元年,竇后臨朝。……蕃爲太傅録尚書事,……(爲宦官曹節王甫等所殺)。"

《陳蕃傳》:"上書曰,'陛下宜割塞近習豫政之源,引納尚書;朝省之事公卿大夫五日一朝'……不納。"

《樊準傳》:"帝幸南陽,準爲功曹召見。帝器之,從車駕還官。特補尚書郎,再遷御史中丞。"

《徐防傳》:"舉孝廉爲郎,辭貌矜嚴,占對可觀,顯宗器之，特補尚書郎，職典樞機，周密畏慎。奉事二帝，未嘗有過。和帝時稍遷司隸校尉。"

《左雄傳》："廣陵孝廉徐淑年未及舉，臺郎疑而詰之。"

《黃瓊傳》："尚書周永，昔爲沛令；素事梁冀；幸其威勢。坐事當罪，越拜令職。"

《王允傳》："拜太僕，再遷，守尚書令。"

《黨錮傳序》："初桓帝爲蠡吾侯，受學於甘陵周福，及即帝位，擢福爲尚書。"

《黨錮傳》："劉淑……拜議郎……再遷尚書，建議多所補益，又再遷侍中。"

又："杜密……太山太守……去官，……桓帝徵拜尚書令，轉河南尹。"

又："劉祐……初察孝廉，補尚書侍郎。閑練故事，文札強辨；每有奏議，應對無滯，爲僚類所歸。除任城令。……河東太守。……再遷。延熹四年拜尚書令，又出爲河南尹。"

又："魏朗……出爲河內太守。……尚書令陳蕃薦朗公忠亮直，宜在機密，復徵爲尚書。"

又："尹勳……邯鄲令，……五遷尚書令。"

又："羊陟……冀州刺史，……再遷虎賁中郎將，城門校尉，三遷尚書令。……拜陟河南尹。"

又《范滂傳》："尚書責滂所劾猥多，疑有私故。"

又："滂繫獄，尚書霍諝理之。"

《竇武傳》："（宦官）召尚書官屬，脅以白刃，使作詔板，拜王甫爲黃門令。"

《何進傳》："尚書得詔敕，疑之，曰請大將軍出。"

《鄭太傳》："以公業爲尚書侍郎。"

《孔融傳》注引《典略》："路粹建安初以高第擢拜尚書郎。"

《荀彧傳》："及帝都許，以彧爲侍中守尚書令。"

《董卓傳》："集議廢立，百僚大會……尚書盧植獨曰：'昔太甲既立不明昌邑罪過千餘，故有廢立之事。今上富於春秋，行無失德，非前事之比也。'卓大怒，罷坐。"（植以故北中郎將徵爲尚書,見本傳。)

《董卓傳》:"及其在事,雖行無道,而猶忍性矯情,擢用群士。乃任吏部尚書漢南周珌,侍中伍瓊,尚書鄭公業,長史何顒等。以尚書韓馥爲冀州刺史。"

又:"催汜等更以(賈詡)爲尚書典選。"

又:"使侍中劉艾出讓有司,於是尚書令以下,皆詣閤謝。"

《劉表傳》:"劉光,尚書令。"

《劉矩傳》:"太尉胡廣舉矩賢良方正,四遷尚書令。"

《周紆傳》:"召司隷校尉河南尹詣尚書譴問遣劍戟士收紆。"

《陽球傳》:"舉孝廉補尚書侍郎,閑達故事,其章奏處議常爲臺閣所崇信。"

又:"遷將作大匠……頃之拜尚書令。"

又:"球出謁陵,節勑尚書令召拜,不得稽留尺一。"

《孫程傳》:"迎濟陰王立之,是爲順帝,召尚書令,僕射以下從輦。"

《曹節傳》:"節遂領尚書令。"

《戴憑傳》:"帝即飭尚書解遵禁錮。"

《張馴傳》:"徵拜尚書。"

《周澤傳》:"孫堪,徵爲侍御史,再遷尚書令。"

《李育傳》:"再遷尚書令。"

《黄香傳》:"拜尚書郎……拜左丞……累遷尚書令……後以爲東郡太守。……復留爲尚書令,增秩二千石。"

《劉梁傳》:"召入拜尚書郎。"

《周嘉傳》:"舉爲孝廉拜尚書郎。"

《陸續傳》:"祖父閎,建武中爲尚書。"

《李郃傳》:"五遷尚書令。"

《樊英傳》:"令公車令導尚書奉引賜几杖。"

《單颺傳》:"爲漢中太守,公事免,拜尚書。"

《周黨傳》:"乃著短布單衣,穀皮綃待見尚書。"

《王霸傳》:"建武中徵到尚書。"

《漢陰老父傳》:"尚書郎張溫異之。"

《東夷高句驪傳》："（宮死），子遂成立，姚光上言欲
因其喪發兵擊之，議者皆以爲可許，尚書陳忠曰：'宮前桀
黠，光不能討；死而擊之非義也。'"

綜以上各條，關於尚書的職任可歸納出下列的幾件事：

（一）尚書的職守

　　甲、最初尚書爲管天子筆札的官，屬於少府。

　　乙、因爲管筆札，成爲給天子下詔令和保管檔案的官。

　　丙、內朝和外朝在武帝以後有了分別，於是內朝的定
案便從尚書臺通過，再下給三公。

　　丁、尚書的任務加重，於是昭帝以後，當政大臣加上
領尚書事銜，來處理國家的政務。

　　戊、宣帝爲防權臣的擅權，更由中書處置尚書的文件。
劉成帝時始改。

　　己、光武以後將內朝的官職多歸裁併，專任尚書。此
時宰相的職務也成爲具文。

　　庚、東漢的晚期，宦官的中常侍和小黃門又成了新的
內朝，控制著尚書臺事。

（二）尚書的選任

　　甲、尚書令由故三公、九卿、將作大匠、侍中、尚書
　　　　僕射、尚書丞、州牧、太守轉任。

　　　　尚書令轉爲三公、九卿、司隸校尉、三輔、太守、
　　　　諸侯相及刺史。

　　乙、尚書僕射多由尚書轉任，或有由議郎及三公屬轉
　　　　任。

　　　　尚書僕射多轉任尚書令，但亦有爲諸侯相的。

　　丙、尚書以故將軍、侍中、議郎、侍御史、三公屬、
　　　　北軍中侯、博士、太守縣令轉任，或以尚書郎累
　　　　遷。

　　　　尚書轉爲尚書僕射、侍中、司隸校尉、三輔、太
　　　　守、諸侯相、侍御史。

尚書令在西漢已有由九卿來領職的。不過在西漢時其例尚少。到東
漢時，尚書令作三公，三公作尚書令，已經不算稀有的事了。尚書

本來只管章奏，但到了東漢，朝中的詢問、糾舉、辟召以及一切的
國政，原由丞相和御史大夫擬議的，現在都完全歸入尚書之手。這
就是"雖置三公，政歸臺閣"。

尚書和中書的關係，各書中頗有含混不明的。《續漢志》說：
"尚書令一人千石，本注曰：承秦所置。武帝用宦者，更爲中書謁者
令，成帝用士人，復故。"《通典》卷二二便成著這個說法，以爲
"漢承秦置尚書，武帝遊宴後庭，始用宦者爲中書之職，成帝罷中書
宦官，置尚書五人。"又："成帝去中書，更以士人爲尚書。"照此說
來，漢初本有尚書，到武帝時改爲中書，成帝時纔恢復尚書的制度。
今按漢武帝以司馬遷爲中書令，在太始年間；《司馬相如傳》的"尚
書給筆札"，應在元光以前；《史記·三王世家》的守尚書令在元狩
六年；雖不足爲武帝時未曾改尚書爲中書之證，但張安世爲尚書令，
卻在武帝的晚期；並且昭宣元三代的尚書也並見前引，可見說是成
帝時纔恢復尚書，是不足爲據的。

這裏誤會的原因，是由於《石顯傳》說："望之……以爲尚書百
官之本，國家樞機，宜以通明公正處之。武帝遊宴後庭始用宦者，
非古制也。"《蕭望之傳》說："望之以爲中書政本，宜以賢明之選，
自武帝乃用宦者，非國舊制，白欲更置士人。"《成帝紀》建始四年：
"罷中書宦官，初置尚書員五人。"《百官公卿表》："建始四年更名
中書謁者令爲中謁者令，初置尚書員五人。"據這幾段的表面文字來
看，當然是武帝置中書宦者來代替尚書，到成帝時重置尚書五人，
但據其他的材料看來，卻不如此簡單（見前引）。武帝到成帝時，尚
書有令一人，僕射一人，尚書四人。此時另外有中書令一人，中書
僕射一人。中書所管的，仍是尚書的事，所以在《石顯傳》稱爲
"尚書百官之本"，而在《蕭望之傳》，則稱爲"中書政本"。可見中
書並非獨立於尚書之外的。至成帝時，"初置尚書員五人"，是在四
人之中，加多一人，成爲五人。並非至此纔初置尚書。

至於《劉向傳》所說："（石）顯幹尚書事，尚書五人皆其黨
也"一事，在元帝時不應有尚書五人，或連僕射而言，總爲五人。
因爲僕射也是秩六百石，和尚書相同的。又按《百官公卿表》"建昭
元年：尚書令五鹿充宗爲少府"。（在《賈捐之傳》中言其爲尚書令
事，在《朱雲傳》中言其爲少府事，和石顯是同黨的。）《劉向傳》

所説，應在初元時，此時五鹿充宗或已爲尚書令，或仍作尚書，未能明晰，然從五鹿充宗事，也可以知元帝時尚書的人選了。

三國魏黃初元年，曹丕改秘書爲中書，以劉放爲中書監，孫資爲中書令。是爲後世中書省之始，雖然其名和西漢的中書相同，其內容卻是不同的。

（丁）將　軍

將軍和大司馬一職，在孟康所説是屬於中朝。而錢大昕《三史拾遺》則稱：

> 衛青霍去病雖貴幸，亦未干丞相御史職事。至昭宣之

世，大將軍權兼內外，又置左右前後將軍，在內朝預聞政事。

在漢代除大將軍以外，尚有車騎將軍（金日磾、竇憲、鄧騭、閻顯、何苗）、衛將軍（張安世、王商）、驃騎將軍（王根、董重），皆輔政重臣，各置幕府，有長史，從事中郎，功曹，主簿，議曹，司馬，軍司空，武庫令，軍市令，校尉，等。而出征時大將軍管五部，部校尉一人，軍司馬一人；部下有曲，曲有軍侯一人；曲下有屯，屯長一人。又有假司馬，假侯，皆爲副貳。其別營領屬，爲別部司馬。又有將兵長史之類。此篇不擬詳述，擬在《漢代幕府考》一文中論之。

關於外朝諸官，本篇亦不擬詳述，擬另作《漢代公卿考》一文。現在只將內朝和外朝的關係大致説一下。在丞相和御史大夫的時代，丞相是非常重要的。雖然用人行政無所不統，但大體説來，京師之事有九卿直接天子。郡國之事卻由丞相統率。丞相五日一朝天子，若有政事，丞相具奏以聞，亦得引見。所以外朝以丞相爲主，而丞相實天子（治者）和郡國（被治者）的聯繫。漢代郡守和國相，雖然對天子而言是被治者，但在施政方面，還有比較大的自由，所以天子只要安心清靜無爲，丞相對天下事舉其大綱，是不太困難的。因此自高惠文景以還，用不著內朝外朝的分別。

到了武帝時代，丞相和郡守國相之權雖然尚仍舊貫，但天子方面對於丞相的壓力增加了。天子方面的壓力，便自然形成了一個集團，便是內朝，內朝結論總匯的所在，便是尚書。在這種狀況之下，尚書的組織便會龐大起來。

然而丞相府還是一個完整的機關，內朝的成立使得若干國家大

計被內朝奪了去。但習慣上的用人行政，總還保持一貫的成例。到了司徒，司空，太尉，三府成立了，一個有力的丞相府再變成沒有力量的三個府，尚書臺接受了丞相府的事權，三府只成了一個承轉機關。尚書和侍中官位隆重了，尚書和侍中關係疏遠了，於是新的內朝，中常侍和小黃門，隨著起來。

※ 本文原載《中央研究院歷史語言研究所集刊》第 13 本，1948 年。
※ 勞榦（已故），北京大學歷史系畢業，中央研究院院士。

秦漢的律令學

——兼論曹魏律博士的出現

邢義田

一、引　言

法令是秦、漢行政的重要依據。漢代人説："吏道以法令爲師",[1] 又説:"漢吏奉三尺律令以從事"。[2] 據漢簡所見,漢代公文習慣以"如律令"作結,[3] 而漢吏考課很重要的一項標準在於是否"頗知律令"。[4] 漢吏治事既以法律爲據,漢制又淵源於秦,秦、漢官吏是如何"頗知律令"的呢?這對瞭解秦、漢行政的運作不能不説是一個要緊的問題。秦始皇三十四年,李斯曾請焚書,並議"若欲有學法令,以吏爲師"。[5] 近來自從雲夢秦簡出土,不但增加了我們對秦律本身的認識,對秦代"學法令以吏爲師"一事也有了較多的瞭解。

學法令以吏爲師,不單是秦代如此,漢代亦同。過去大家討論漢代的教育或學術,多半限於經學而不及律令。的確,漢人重經,教育也以儒經爲主。不過,漢儒兼習律令的風氣很盛,和漢代以後千百年裏的學風大不相同。只談經學,不言律令,似不足以窺漢代學風的特色。漢儒兼習經、律的風氣和漢代兼以經、律爲據的政治密不可分。東漢以後,政治貴族化,風氣亦漸變。及乎漢季,風氣從兼重經、律轉爲重經而卑律。最後曹魏不得不立律博士,以傳授律令。律博士的設立,意義匪淺。它打破了漢武帝以來唯以五經得爲博士的壟斷局面。秦、漢律令傳習的情形如何?律博士爲何至曹

---

[1] 《漢書補注》卷八三《薛宣傳》。(《漢書補注》以下簡稱《漢書》)

[2] 《漢書》卷八三《朱博傳》。關於漢代律令簡是否爲三尺問題,詳見注〔212〕。

[3] 參注〔16〕。

[4] 參勞榦《居延漢簡・考釋之部》,38 葉,771 條;39 葉,790 條;83 葉,1682 條;137 葉,2830 條;157 葉,3239 條;505 葉,7930 條;583 葉,9717 條等。陳直以爲漢代功令"頗知律令"一句,乃沿襲秦代功令而來。參氏著《史記新證》,頁 24。

[5] 《史記會注考證》卷六《秦始皇本紀》。又《李斯列傳》(卷八七)文小異,作"若有欲學者,以吏爲師",無"法令"二字。(《史記會注考證》以下簡稱《史記》)

魏而出現？漢代既然兼重經、律，爲何有五經博士而無律博士？斯篇之作，擬就這些問題作一討論。首先略述嬴秦的律令學，繼言兩漢律令的傳授，以明漢儒兼修經、律的風尚與轉變，終則爲曹魏以降律博士之所以出現進一解。

律令學是相對於經學而言。經學以儒經爲對象，言人道，天道與治國理民的大經大脈。律令學則以行政中龐雜的法令規章爲對象，以知如何處理行政實務爲主。秦政任法，專以法令爲尚；漢政則在法令之外，又以經義爲據，所謂："法聖人，從經、律"。[6] 漢代經學，言者甚多；而秦漢政治一貫依據的律令，則似少人論及。拙文所説律令之學的"律令"是一個泛稱。秦漢律令有法、律、令、科、品、比等類的不同。本文暫不擬疏解這些類別的性質和差異，只擬指出秦、漢的官吏透過什麼樣的途徑，習得他們必要知道的法令依據。當然，官吏因職位高低和職務性質的差異，須要知道法令規章的多少和性質不盡相同。由於材料的限制，我們無法細説什麼樣的職務，必要知道什麼樣的法令，又如何去學習它們。我們只能籠統言之，見其大較。舉例來説，雲夢秦簡的主人只是秦南郡安陸地方的一個小吏，曾掌治獄，位不過史、令史。[7] 但是他墓中律簡的名目多達三十一種，內容十分廣泛。[8] 這位小吏是如何習知這些律令呢？再如漢律。漢律內容極爲龐雜。有因循秦代舊律改作者，如蕭何的九章律、叔孫通所訂儀法以及《傍章》十八篇。[9] 又有明法之臣隨需要修改增添的，如景帝時，鼂錯更定有關諸侯王法令三十章；[10] 武帝時，張湯作《越宮律》二十七篇，趙禹作《朝律》六篇。[11]《漢書·刑法志》謂：

> 張湯、趙禹之屬，條定法令……禁罔寖密。律令凡三

---

[6] 《後漢書集解》卷四四《張敏傳》。(《後漢書集解》以下簡稱《後漢書》) 又孔光對上所問，則"據經、法"(《漢書》卷八一《孔光傳》，可參。

[7] 參《睡虎地秦墓竹簡·編年記》，頁6~7。

[8] 睡虎地秦墓所出律文名目小計如下：田律、厩苑律（厩律）、倉律、金布律、關市、工律、工人程、均工、徭律、司空、置吏律、效、軍爵律、傳食律、行書、內史雜、尉雜、屬邦、除吏律、游士律、除弟子律、中勞律、公車司馬獵律、牛羊課、傅律、捕盜律、戍律、臧律、敦表律、魏戶律、魏奔命律，共三十一種。參《睡虎地秦墓竹簡》。

[9] 《漢書》卷四三《叔孫通傳》；《晉書》卷三〇《刑法志》。

[10] 《漢書》卷四九《鼂錯傳》。

[11] 《晉書》卷三〇《刑法志》。

百五十九章，大辟四百九條，千八百八十二事，死罪決事
比萬三千四百七十二事。文書盈于幾閣，典者不能徧睹。

漢初劉邦的三章約法到武帝時已增加爲三百五十九章。因爲不
可能事事立法，其無律文可循者，則依判例，比類決之，於是又有
決事比。決事比數量驚人，僅關死罪，即已上萬，致令典者不能徧
睹。[12] 武帝以後，各朝被迫屢屢刪修律令。[13] 除此以外，還有皇帝
不斷因事下達的詔令。詔令因作用和對象，分爲策書、制書、詔書、
誡敕或戒書。[14]《漢書·賈山傳》謂："臣聞山東吏布詔令，民雖老
羸癃疾，扶杖而往聽之。"詔令既下，官吏將它們編排起來，作爲施
政的依據。在新近發現的居延簡中，有成帝時期的《詔書輯錄》殘
册，收有文、武、元帝的詔書摘要；還有王莽《詔書輯錄》殘册，
輯有始建國、天鳳和居攝年間的詔書。[15]

約而言之，我們所說律令之學的律令包括皇帝的詔令、朝臣議
訂經皇帝認可的制度儀法、治獄的刑罰律條、規程、判例、甚至公
文程式等等。這些東西漢人常泛稱爲法令、法度、律令、法律、文
法或單稱爲法或律。[16] 其中應用最普遍的一個名詞是律令。漢代行
政文書通常以"如律令"作結尾。《風俗通義》說："故文書下'如

---

[12] 《鹽鐵論·刑德》也有相同的話："方今律令百有餘篇。文章繁，罪名重，郡國用之
　　疑惑，或淺或深，自吏明習者不知所處，而況愚民乎！律令塵蠹於棧閣，吏不能徧
　　睹，而況於愚民乎。"

[13] 西漢宣帝、元帝、成帝皆曾詔刪修律令，參《漢書》卷二二《刑法志》。東漢桓譚、
　　陳寵、梁統曾議刪修律令，不及行。安帝時，謁者劉珍，博士良史讎校漢法令於東
　　觀。建安時，應劭刪定律令爲《漢儀》，獻之。參《後漢書》，桓譚、陳寵、梁統、
　　蔡倫及應劭各傳。

[14] 《漢官解詁》："帝之下書有四：一曰策書，二曰制書，三曰詔書，四曰誡敕"（《漢
　　官六種》，頁86）；蔡邕《獨斷》以爲漢天子命令有四："一曰策書，二曰制書，三
　　曰詔書，四曰戒書。"

[15] 甘肅居延考古隊《居延漢代遺址的發掘和新出土的簡册文物》，頁8。

[16] 漢人對法律通名並沒有嚴格一致的用法，例如漢武帝說："法令者，先帝所造也"
　　（《漢書》卷六五《東方朔傳》）；杜周以爲"三尺安出哉？前主所是著爲律，後主
　　所是疏爲令"（《漢書》卷六〇《杜周傳》）；應劭又認爲"律者，法也。《皋陶
　　謨》：'虞始造律'。蕭何成以九章，此關諸百王不易之道也。時主所制曰令，《漢
　　書》：'著于令甲'"（《風俗通義》佚文）；元帝詔曰："夫法令者，所以抑暴扶弱，
　　欲其難犯而易避也。今律令煩多而不約，典文者不能分明"（《漢書》卷二三《刑
　　法志》），是以法令爲律令。又桓譚上疏曰："又見法令決事，輕重不齊……今可令
　　通義理明習法律者，校定科比，一其法度，班下郡國"（《後漢書》卷二八上《桓
　　譚傳》），是法令、法律、法度又可通。餘不備舉。

律令'，言當承憲，履繩墨，動不失律令也"。[17] 因此，拙文姑以
"律令"代稱秦漢行政遵循的一切法令規章。有關這些法令規章的學
習和傳授也就是律令之學。

漢代承秦餘緒，頗重治獄。獄吏每成律家，位至公卿。他們言
律令，傳徒衆，即常以治獄爲主（詳後）。因此，下文所及不免偏於
治獄，但也將兼及其他。本文希望能從較廣闊的角度，討論在一個
以律令爲依據的政治裏，官吏如何得知他們必要的律令知識。

二、秦代的律令學

（一）中央集權政制與律令學的興起

以刑治民，淵源甚早。傳說夏、商兩代都曾作刑。[18] 刑制如何
卻不易確考。兩周以降，資料漸豐亦較可徵信。西周大約已有成文
的刑法。《左傳》昭公七年提到"周文王之法曰：'有亡荒閲'（杜
注：荒，大也；蒐也；有亡人，當大蒐其衆）"；又文公十八年，周

---

[17] 《風俗通義校注·佚文》，頁 584。"如律令"一詞已見於雲夢秦律，參《睡虎地秦
墓竹簡》，《秦律十八種》，倉律："咸陽十萬一積，其出入禾，增積如律令"，頁
36。又散見於漢代簡冊遺文。新近發現的居延簡冊如《甘露二年丞相御史律令》、
《建武三年候粟君所責寇恩事爰書》都可見以"如律令"爲公文結尾。前者參初仕
賓《居延簡冊〈甘露二年丞相御史律令〉考述》，頁 179～184；後者參《建武三年
候粟君所責寇恩事釋文》，頁 30～31。因"如律令"爲公文常用語，漢代民間用於
地下之地券，鎮墓文意亦倣用之。參陳槃庵《漢晉遺簡識小七種》，頁 21，"如律
令"條；又氏著《於歷史與民俗之間看所謂"瘞錢"與"地券"》，《中央研究院國
際漢學會議論文集·歷史考古組》中冊，頁 861；鎮墓文以"如律令"、"急急如律
令"作結幾爲通例，例如：寶雞市博物館《寶雞市鏟車廠漢墓——兼談 M1 出土的
行楷體朱書陶瓶》，頁 48；王光永《寶雞市漢墓發現光和與永元年間朱書陶器》，
頁 55；河南省博物館《靈寶張灣漢墓》，頁 79～80；吳榮曾《鎮墓文中所見到的東
漢道巫關係》，頁 56～57；《武威漢簡》，頁 149。又《後漢書·安帝紀》王先謙集
解引黃長睿云：鄧騭討羌符節以急急如律令作結。
[18] 《竹書紀年》謂帝舜"命咎陶作刑"；《左傳》昭公十四年引《夏書》曰："昏墨賊
殺，皋陶之刑也"。又《左傳》昭公六年，叔向曰："夏有亂政，而作禹刑；商有亂
政，而作湯刑；周有亂政，而作九刑"。傳説中夏代以及夏代以前的刑罰，只是一
些用刑的方式。例如《尚書·堯典》所説的五刑：墨、劓、剕、宮、大辟。還有
"鞭作官刑，撲作教刑，金做贖刑"的鞭、扑、贖金也是處罰的方式。《堯典》成書
於戰國初（屈萬里《尚書釋義》，頁 2），其中有多少是三代以前舊制？又有多少後
人附會？難以確斷。殷商刑制也尚難知。文獻、卜辭俱不足詳徵。陳邦懷在《殷代
社會史料徵存》一書中曾有意據卜辭勾稽殷代法律的程序，但是他對卜辭定義的認
定不無疑義。參 Kwang–Chih Chang, *Shang Civilization*, pp. 200～201。陳夢家《卜
辭綜述》於殷代刑法無考。

公作誓命，言及九刑。叔向也説："周有亂政，而作九刑"。[19] "九"可以言"多"。九刑是不是如《逸周書・嘗麥篇》所説爲九篇刑書，難以徵考。[20] 不過，西周有成文的刑書似不成問題。《尚書・呂刑篇》説："明啟刑書胥占"。《呂刑》一般相信成於西周。[21] 其中當然也可能摻雜有較晚的成分，例如"五刑之屬三千"這樣詳密的罰則，就很難確定是西周時的制度。

從西周到春秋初期，像《呂刑》所説墨、劓、剕、宮、大辟之類刑罰的方法或許已經俱備。但是刑書的内容還不致太詳密，大約只是列舉若干類的處罰而已。至於何罪何罰，罰之輕重，似可由掌刑者原情定罪，"輕重諸罰有權"。[22] 刑罰還不詳密，一方面是由於社會的發展尚不及春秋中期以後那麽複雜，不需要太繁複的條文；另一方面也因爲封建未潰，時政所依，多在禮制。《左傳》説："禮可以爲國也久矣，與天地並"；[23] 又説："禮所以守其國，行其政令，無失其民者也"。[24] 然而，封建禮制終因周室不振，漸失作用，紛爭的列國隨著時代的變動，逐漸偏向以新形式的刑書和刑鼎爲治民之具。

春秋、戰國以來，在列國政治中央集權化的過程中，頒行成文法典是一個相當普遍的現象。據《左傳》，早在楚文王之世（前689～677），楚國已有僕區之法曰："盜所隱器，與盜同罪"。[25] 據《管子・法法篇》，管子曾主張公布法令。[26] 這是不是齊桓公時代的事，我們不敢説。所知較爲清楚的例子是鄭國子產於魯昭公六年（前536）鑄

〔19〕《左傳》昭公六年。

〔20〕《逸周書・嘗麥》："太史筴刑書九篇"，卷六。孔廣森《集訓校釋》謂："刑書九篇蓋即《春秋傳》之九刑。"又安井衡《左傳輯釋》，昭公六年引惠棟云："九刑謂刑書九篇也"（卷九，頁246）。九作"多"字解，見汪中《述學・釋三、九》。

〔21〕經生舊解以爲作於周穆王。傅斯年先生以爲乃呂王所作，陳槃庵先生和之。不論是周穆王或呂王，其作於西周應可採信。參屈萬里《尚書釋義》，頁136～137；陳槃庵《春秋大事表列國爵姓及存滅表譔異》（增訂本）第五册，頁422ab。

〔22〕《尚書正義》卷一九《呂刑》，頁138。

〔23〕《左傳》昭公二十九年。

〔24〕《左傳》昭公五年。

〔25〕《左傳》昭公七年。1986～1987年在湖北荆門包山發掘的楚墓中出土大量關於法律和司法的竹簡資料，使我們有機會較清楚地認識戰國時期楚國的法律。相關研究甚多，初步研究可參彭浩《包山楚簡反映的楚國法律與司法制度》收入湖北省荆沙鐵路考古隊編《包山楚墓》上册（北京：文物出版社，1991），頁548～554。

〔26〕《管子》卷六《法法第十六》。又《立政第四》"首憲"言布令之法，卷一。

刑書。[27] 二十三年以後（前514），晉國亦“鑄刑鼎，著范宣子所
爲刑書”。[28] 到了魯定公九年（前501），鄭國駟歂殺鄧析，用其竹
刑。[29] 鄭、晉鑄刑曾引起叔向、孔子和蔡史墨等人的批評和反對。
《左傳》曾將他們的議論鄭重其事的記載下來。我們先看看有關的記
載，再討論鄭、晉鑄刑書的意義，《左傳》昭公六年：

> 三月，鄭人鑄刑書。叔向使詒子產書曰：“始吾有虞於
> 子，今則已矣。昔先王議事以制，不爲刑辟，懼民之有爭
> 心也。猶不可禁禦，是故閑之以義，糾之以政，行之以禮，
> 守之以信，奉之以仁，制爲禄位，以勸其從，嚴斷刑罰，
> 以威其淫。懼其未也，故誨之以忠，聳之以行，教之以務，
> 使之以和，臨之以敬，涖之以彊，斷之以剛，猶求聖哲之
> 上，明察之官，忠信之長，慈惠之師，民於是乎可任使也，
> 而不生禍亂。民知有辟，則不忌於上，並有爭心。以徵於
> 書，而徼幸以成之，弗可爲矣。夏有亂政，而作禹刑，商
> 有亂政，而作湯刑；周有亂政，而作九刑。三辟之興，皆
> 叔世也。今吾子相鄭國，作封洫，立謗政，制參辟，鑄刑
> 書，將以靖民，不亦難乎？《詩》曰：‘儀式刑文王之德，
> 日靖四方’。又曰：‘儀刑文王，萬邦作孚’。如是何辟之
> 有？民知爭端矣，將棄禮而之徵於書。錐刀之末將盡爭之。
> 亂獄滋豐，賄賂並行，終子之世，鄭其敗乎？肸聞之，國
> 將亡，必多制。其此之謂乎？”復書曰：“若吾子之言，僑
> 不才，不能及子孫。吾以救世也。既不承命，敢忘大惠。”

又《左傳》昭公二十九年：

> 冬，晉趙鞅、荀寅帥師城汝濱，遂賦晉國——鼓鐵，
> 以鑄刑鼎，著范宣子所爲刑書焉。仲尼曰：“晉其亡乎？失
> 其度矣。夫晉國將守唐叔之所受法度，以經緯其民。卿大
> 夫以序守之，民是以能尊其貴。貴是以能守其業，貴賤不
> 愆，所謂度也。文公是以作執秩之官，爲被廬之法，以爲
> 盟主。今棄是度也，而爲刑鼎，民在鼎矣。何以尊貴？貴

〔27〕《左傳》昭公六年。
〔28〕《左傳》昭公二十九年。
〔29〕《左傳》定公九年。

何業之守？貴賤無序，何以爲國？且夫宣子之刑，夷之蒐
也，晉國之亂制也，若之何以爲法？"蔡史墨曰："范氏、
中行氏其亡乎？中行寅爲下卿，而干上令，擅作刑器，以
爲國法，是法姦也。又加范氏焉，易之亡也。其及趙氏、
趙孟與焉。然不得已，若德可以免。"

從叔向和孔子等人的批評可以看出，鄭、晉鑄刑書和刑鼎有類似的時
代意義。第一，刑書或刑鼎的鑄造意味著以刑法取代傳統的禮制。所
謂"棄禮"、"失其度"，都是指放棄過去維繫"貴賤不愆"的禮制。所謂
"擅作刑器，以爲國法"，"鑄刑書，將以靖民"，又都指刑法將成爲治政
理民的依據。從禮而法，顯示了春秋中期以後，列國政治轉變的一個
趨向。封建秩序解體，生存競爭下的列國爲建立更有效的統治，紛紛
走上中央集權的道路。集權君主或權卿憑依的就是法令辟禁。所謂
"令必行，禁必止，人主之公義也"。[30] 孔子說："道之以政（何晏
《集解》引孔安國曰：'政謂法教'；朱熹注：'政謂法制禁令也'），
齊之以刑，民免而無恥；道之以德，齊之以禮，有恥且格"。[31] 他
的話，就是對當時從禮而法的政治發出的感歎。

　　第二，鄭、晉鑄刑是兩國一連串經濟、社會和政治變革的一環，
而不是孤立的事件。叔向已經提到子產鑄刑書以前，"作封洫，立謗
政"。所謂作封洫是指魯襄公三十年，子產使"田有封洫，廬井有
伍"[32] 的經濟、社會改革。他又不主張毀鄉校，使百姓得"以議執
政之善否"。[33] 魯昭公四年（前538），子產更"作丘賦"。杜注：
"丘十六井，當出馬一匹，牛三頭。今子產別賦其田，如魯之田
賦"。[34] 子產整頓田洫，編組百姓，增加賦稅，進而頒訂刑書，都
是他所說"吾以救世也"的一連串行動。晉國的變革也很類似。晉
國早在魯僖公十三年，"作爰田"、"作州兵"。[35] 魯文公六年（前
621），范宣子"始爲國政，制事典，正法罪，辟獄刑，董逋逃，由

〔30〕《韓非子》卷五《飾邪》。

〔31〕《四書集注·論語·爲政》卷一，頁7；《論語注疏·爲政》卷二，頁5。

〔32〕《左傳》襄公三十年。

〔33〕《左傳》襄公三十一年。

〔34〕《左傳》昭公四年。杜注根據《司馬法》："丘出戎馬一匹，牛三頭"而來。關於鄭
　　　國的"丘賦"以及下文所說晉國"爰田"、"州兵"的意義，可參高亨《周代地租
　　　制度考》，《文史述林》，頁146～155。

〔35〕《左傳》僖公十五年。

質要，治舊洿，本秩禮，續常職，出滯淹。既成，以授大傅陽子與大師賈陀，使行諸晉國，以爲常法"。[36] 從這一段記事看來，晉國最少在范宣子時代已有行諸晉國的"常法"。爲什麼一百多年以後，還要將他的常法鑄成刑鼎呢？

這就牽扯到鄭、晉鑄刑的第三點意義：以明文的法律條文治民，不再如叔向所說是"議事以制"。所謂"議事以制"，杜預注："臨事制刑，不豫設法也；法豫設，則民知争端"。[37] 又安井衡《左傳輯釋》引王引之云："議讀爲儀。儀，度也。制，斷也。謂度事之輕重，以斷其罪，不豫設爲定法也"。[38] 王、杜所說不豫設法，度事輕重以定罪，正是前引《吕刑》所說"輕重諸罰有權"。舊制雖有刑書，有常法，但是似乎並不是將某罪某罰詳詳細細的規定出來，而是讓執法者有相當大的彈性，決定罪罰的輕重。這樣的作用，據孔穎達疏，是"刑不可知，威不可測，則民畏上也"。[39] 叔向和孔子擔心刑罰一旦明文鑄出，掌法者將盡失議罪的彈性，不能再加輕重，而百姓將"徵於書"，所謂"民在鼎矣"。

---

[36] 《左傳》文公六年。

[37] 安井衡《左傳輯釋》卷一九，頁 13 上。

[38] 同上，頁 13 下。

[39] 《春秋左傳正義》卷四三："刑不可知，威不可測，則民畏土也。今制法以定之，勒鼎以示之。民知在上不敢越法以罪己，又不能曲法以施恩，則權柄移於法，故民皆不畏上"。執法者可以有較大的彈性，定罪輕重，似乎更容易造成叔向所說的"亂獄滋豐，賄賂並行"。這可以從晉國鑄范宣子刑書以前的兩件獄訟賄賂案子看出來。一件發生在魯昭公二十四年（前 528）。據《左傳》，晉國邢侯與雍氏争田，晉國的理官士景伯到楚國去，由叔魚代理其職。韓宣子命他斷獄，他認爲錯在雍子。雍子於是將女兒嫁給叔魚。叔魚竟改判邢侯理虧。邢侯大怒，將叔魚和雍子殺死。宣子問叔向應如何判邢侯的罪。叔向説："三人同罪，施生戮死可也。雍子自知其罪，而賂以買直；鮒也，鬻獄；邢侯專殺，其罪一也。己惡而掠美曰昏；貪以敗官曰墨；殺人不忌曰賊。《夏書》曰：'昏墨賊殺，皋陶之刑也'。請從之。"於是宣子乃殺邢侯，並將叔魚和雍子的屍首暴於市場。另一件發生在晉鑄刑鼎的前一年。據《左傳》，前一年秋天，魏獻子爲執政，分祁氏之田爲七縣，羊舌氏之田爲三縣。治理各縣的大夫都由他委派，晉國中央集權的政治因而向前邁進了一步。該年冬天，新置的梗陽縣民發生訴訟，梗陽大夫無從斷案，只好將案子上報魏獻子。梗陽打官司的一方就來賄賂魏獻子，以女樂相贈。魏獻子本來打算收女，卻因屬下大夫的勸諫而謝絶了。從梗陽人行賄和魏獻子有意接受，以及前一案叔魚可因賄賂顛倒曲直看來，未鑄刑鼎以前的晉國刑獄，是非曲直似無定則。又叔向論三人之罪，根據的並不是范宣子的刑書，而竟是一部舊籍《夏書》。可見在舊制之下，貴族如叔魚、叔向之流，於刑罰獄案，頗可以輕重由己。鑄造刑鼎，依明文議罪，一方面有助於保障平民權益，另一方面可以約束貴族賄賂公行，顛倒獄訟。平民與貴族勢力的消長，以及中央集權制的加强皆於此可見。

　　其次，過去雖有刑書常法，行於全國，但刑典卻藏在京師，由專人掌典。例如，《逸周書·嘗麥篇》就提到周的刑書由太史"藏之于盟府，以爲歲典"。《周禮·地官》"鄉大夫"之職："各掌其鄉之政教禁令。正月之吉，受教灋于司徒，退而頒之于其鄉吏"。《管子·立政篇》也説："正月之朔，百吏在朝，君乃令出，布憲于國。五鄉之師，五屬大夫皆受憲于太史。大朝之日。五鄉之師，五屬大夫皆身習憲于君前。太史既布憲，入籍于太府"。又《戰國策·魏策》："安陵君曰：'吾先君成侯，受詔襄王以守此地也，手受大府之憲（注：憲，法令也）。憲之上篇曰："子弒父，臣弒君，有常不赦。國雖大赦，降城亡子，不得與焉。"'"安陵君所述雖爲戰國初事，但憲令藏於大府，卻是舊制。根據這些文獻看來，刑典不論由太史、司徒或其他的執政掌管，似皆藏於所謂的盟府、太府（大府）。知道刑法憲令內容的是受憲的官吏，一般老百姓對刑典的確切條目恐不甚了了。[40] 鄭、晉鑄刑書，使刑書的內容流佈，一般百姓於是得悉條文。這是民徵於書，民在鼎矣的另一意義。否則，則無所謂"刑不可知，威不可測"。和子產可能同時的鄧析，又作竹刑。以竹刑爲名，大約因書之於竹簡。竹簡較鼎大爲輕便，傳抄也容易。據説鄭國百姓紛紛從鄧析"學訟"。[41] 這些都是刑書流佈民間才能有的現象。鄧析的竹刑不但輕便，內容也許更爲週致細密。[42] 因此，駟歂殺鄧析，卻要用他的竹刑。總之，鄭、晉鑄刑，反映兩國封建禮制没落而新秩序有待建立。新秩序不再是封建下領主與領民的關係，而是以明文法令約束執政與齊民的關係爲特色。換言之，建立新秩序的需要促使兩國走向明文法治的道路。

　　大約在鄭、晉鑄刑書的前後，列國也陸續走上了明文法治的道路。可惜史料有闕，我們無法作更多的舉證。最少在戰國之初，魏

─────────────

〔40〕《周禮》卷卅四，司寇刑官之屬，"大司寇"條："正月之吉，始和。布刑于邦國都鄙，乃縣刑象之灋于象魏，使萬民觀刑象，挾日而歛之"；另《周禮》卷卅五，小司寇條、士師條和卷卅六，布憲條都提到懸示法禁憲令的事。《周禮》所述或有所本，更近於戰國以降，法家諸子所鼓吹的公佈法令的思想。春秋時代雖已有平民教育，然真能識字之一般庶人恐極有限。即使憲令公佈，其條目似亦非一般小民能確切瞭解。春秋中晚期以後，平民教育漸發達，民智漸開，平民的權益不再是貴族可以任意輕重，公佈成文刑書乃成必要與有意義的舉動。

〔41〕《吕氏春秋》卷一八《審應覽第六》，"離謂"，頁 8 下～9 上。

〔42〕 錢穆《先秦諸子繫年·鄧析考》，頁 19。

文侯（前 445 ~ 前 396）的宰相李悝已有機會參考《諸國法》，撰著
《法經》一書。《晉書·刑法志》説他"撰次諸國法"，[43]《唐律疏
義》説他"集諸國刑典，造《法經》六篇"。[44] 可見他的《法經》
並非憑空捏造，而是就各國刑典，加以整理比較，去蕪存菁的結果，
應較諸國法完美，不言可喻。原在魏國任官，又喜刑名的衞鞅，將
這樣一部法典帶到秦國，使秦變爲一個法治的強國。約略在同一時
期，齊國的威王有騶忌幫助他"脩法律而督姦吏"；[45] 韓國的昭侯
則有申不害爲他規劃"因能授官"、"循名責實"、"任法不任智"[46]
的強國之道。近年江陵張家山西漢初二四七號墓出土《奏讞書》引
録有"異時魯法"。[47] 總之，最遲到戰國初期，列國君主訂定的法
令辟禁已經成爲治政理民最重要的依據。馬王堆所出古佚書《經法
篇》説："人主者……號令之所出也"；[48]《韓非子》則説："主上
有令"，"官府有法"；"令者，言最貴者也"，[49] "法者，編著之圖
籍，設之於官府，而布之於百姓者也"。[50] 法令辟禁既爲治民的依
據，官吏就不能不學習。前引《管子·立政篇》和《周禮·地官》
"鄉大夫"之職，都提到地方官吏如何集於京師，學習憲令。雲夢秦
簡裏一份由郡守發給縣、道嗇夫的訓示，明明白白地説，良吏和惡
吏的一大區別是在能否"明法律令"。[51] 律令之學因而興焉。

　　律令之學和法家之學本來都是隨著春秋戰國尚法之治的出現而
興起。先秦法家言帝王之術，所論以帝王掌政治國的權術爲主。談
到刑賞，主要也在討論如何以刑賞爲手段，達到統治的目的。律令

---

[43] 《晉書》卷三〇《刑法志》。

[44] 《唐律疏義》卷一《名例》，頁 8。今本李悝《法經》雜有晚出的名詞用語，必非原
　　來面目。但《晉書》和《唐律疏義》説李悝曾造《法經》一事，應有所本，非向
　　壁虛構。

[45] 《史記》卷四六《田敬仲完世家》。

[46] 《韓非子》卷一一《外儲説左上》；《太平御覽》卷六三引《申子》。

[47] 《張家山漢墓竹簡［二四七號墓］》（北京：文物出版社，2001），頁 226 ~ 227。

[48] 馬王堆漢墓帛書整理小組《長沙馬王堆漢墓出土〈老子〉乙本卷前古佚書釋文》，
　　《文物》1974 年第 10 期，頁 33。

[49] 《韓非子》卷一七《問辯》。

[50] 《韓非子》卷一六《難四》。

[51] 睡虎地秦墓竹簡整理小組《睡虎地秦墓竹簡》（文物出版社，1978），頁 19 ~ 20：
　　凡良吏明法律令，事無不能殹（也）；有（又）廉絜（潔）敦慤而好佐上；以一曹
　　事不足獨治殹（也），故有公心；有（又）能自端殹（也），而惡與人辨治，是以
　　不爭書。惡吏不明法律令，不智（知）事，不廉絜（潔），毋（無）以佐上……

學則以治獄理訟之實務爲主，與法家所論有層次之別。但是法家言形（刑）名和刑獄實務似不無關係。當執法者依刑法條文治罪，刑條名目如何切合罪狀之實，以得其平，實爲大問題。[52] 這個問題即名實之辨，也就是形名之學，所謂"刑名者，以名責實"；[53]《莊子·天道篇》謂："驟而語形名賞罰"，是形名與賞罰相連，刑名辨而後賞罰中。雲夢秦簡《法律答問》有很大一部分即在界定律文裏用字措辭的確切含義。[54] 這是依律用刑不能不分辨的。將這種名實的分辨歸納爲"循名責實"的原則，擴大運用到對整個官僚組織的任用和考核，也就成爲法家學問的一大成分。[55] 因此，《漢書·藝文志》以爲法家出於理官，不是没有相當的道理。法家之學如何超脱實務的層次，已無法詳細尋索其軌跡。概括言之，我們所知的先秦法家，都在指導國君施法治，力集權，行富强，以求稱霸天下。等到秦、漢一統，許多法家揭櫫的原則，如因能授官，循名責實，依法而治，號令出一都已具體實現在大一統的政府中。先秦法家的歷史任務，於焉完成。[56] 秦漢一統以後，雖仍有以申、韓之學爲名者，究其實多言律令治獄而已（詳後）。因爲帝國的統治繼續戰國遺規，依法令而治；帝國的官吏不能不習法，也就不得不有律令之學。

（二）以吏爲師——律令傳習的主要形式

爲吏須習律令，欲習律令則以吏爲師。以吏爲師並不是李斯的發明。《商君書》、《韓非子》和《六韜》已言之在先。《韓非子》說："明主之國，無書簡之文，以法爲教；無先王之語，以吏爲師"。[57] 這話看起來似乎在陳述一種理想，實際上只是肯定已經存在的事實。最少從戰國之初，法令成爲政治的依據以後，學習法令

---

〔52〕　子產鑄刑書，鄧析難之的故事，似即反映了名實的問題。子產刑書初頒，或尚非周密。鄧析大可鑽條文漏洞，"以非爲是，以是爲非"（《呂氏春秋》卷一八《離謂》）。《漢書·藝文志》以《鄧析》二篇入名家，即可見鄧析所爲的性質。

〔53〕　《漢書》卷九《元帝紀》，師古注引劉向《別錄》。關於形名與刑名之義可參戴君仁《名家與西漢法治》，《文史哲學報》17 期，1968 年，頁 69~85。

〔54〕　睡虎地秦墓竹簡整理小組《睡虎地秦墓竹簡》（文物出版社，1978），頁 149~243。

〔55〕　H. G. Creel, "The Fa – Chia: Legalists or Administrators?"，《慶祝董作賓先生六十五歲論文集》下册，1961 年，頁 607~636。

〔56〕　法家思想與秦漢行政組織的關係，蕭公權論之甚精。參 Kung – chuan Hsiao, "Legalism and Autocracy in Traditional China"，《清華學報》4 卷 2 期，1964 年，頁 108~122。

〔57〕　《韓非子》卷一九《五蠹》。

就是以吏爲師的。[58] 商鞅“少好刑名之學,事魏相公叔痤爲中庶子”。[59] 中庶子爲私臣性質。商鞅“事”魏相,一方面是爲魏相服務,一方面也是跟魏相學。此《禮記·曲禮上》所謂“宦學事師”者也。商鞅好刑名,隨公叔痤學,公叔痤因“知其賢”,而想薦舉他。這應該是以吏爲師的一個例子。《六韜·文韜》謂:“民有不事農桑,任氣遊俠,犯歷法禁,不從吏教者,傷王之化。”所謂“不從吏教”,也就是主張以吏爲師。秦國據說有掌管法令的官吏,負責教人法令。《商君書》説:“故聖人必爲法令置官也,置吏也,爲天下師”。[60] 這一段出自《定分篇》。《定分篇》非商鞅手著,但成篇不遲於秦統一天下以前。因爲雲夢秦簡的主人翁喜,死於秦始皇三十年。從他的經歷以及墓中竹簡的性質看,喜就是一位司法,還可能兼教法的吏。作者過去曾經推測喜職務的性質。[61] 現在擬就前旨,再作些討論。

根據墓中所出的編年記,墓主喜曾任史、令史,並曾擔任“治獄”的工作。墓中陪葬的一千餘枚竹簡,大部分是秦國的法律文書。這些簡顯然和墓主生前的工作有關。其中《爲吏之道》簡應是一份教材。它教人如何作吏,説明什麼是吏的五善,什麼是吏的五失。文中有很多“戒之戒之”、“謹之謹之”、“慎之慎之”教誨人的語句。這部分竹簡書寫的方式也和其他簡篇不同。其文句分上下五欄抄寫,而最下一欄爲韻文。例如:“凡戾人,表以身,民將望表以戾真,表若不正,民心將移乃難親”。[62] 文字用韻,便於記憶。秦漢字書教本如《蒼頡篇》、《急就篇》都用韻,其理相同。[63] 從這些地

---

[58] 以吏爲師的傳統淵源久遠,章學誠《文史通義·內篇五·史釋》云:

以吏爲師,三代之舊法也;秦人之悖於古者,禁《詩》、《書》而僅以法律爲師耳。三代盛時,天下之學,無不以吏爲師。《周官》三百六十,天人之學備矣;其守官舉職而不墜天工者,皆天下之師資也。東周以還,君師政教不合於一,於是人之學術,不盡出於官司之典守;秦人以吏爲師,始復古制,而人乃狃於所習,轉以秦人爲非耳。秦之悖於古者多矣,猶有合於古者,以吏爲師也。(頁152)

陳槃庵亦認爲以吏爲師是“古代中國一向的傳統”。參氏著《春秋時代的教育》,《中央研究院歷史語言研究所集刊》第45本第4分,1974年,頁748。

[59] 《史記》卷六八《商君列傳》。

[60] 《商君書》第二十六《定分》。

[61] 拙著《雲夢秦簡簡介——附:對〈爲吏之道〉及墓主喜職務性質的臆測》,《食貨》9卷4期,1979年,頁33～39。

[62] 睡虎地秦墓竹簡整理小組《睡虎地秦墓竹簡》(文物出版社,1978),頁291。

[63] 秦漢字書用韻,從新近發現的阜陽漢簡《蒼頡篇》可以看的很清楚。參胡平生、韓自強《〈蒼頡篇〉的初步研究》,《文物》1983年第2期,頁37～39。

方看來，這篇東西可能是用來訓練地方官吏的。還有一份原題爲《南郡守騰文書》，後改題爲《語書》的簡編。這是南郡郡守在秦王政二十年發給轄下縣、道嗇夫的一份文件。這份文件並未提到什麼特定的事故，主要在宣揚法治，説明良吏和惡吏的區別。或許這是以一份實際的行政文書爲教材，而《爲吏之道》則是特別編寫的教本。這些教材在墓中出現，説明些什麼呢？

這有兩個可能：或者説明墓主是一位司法兼教法的吏，或者説明這些是墓主自己受訓時所用的教本。何者爲是？現在不易確斷。不論如何，這都不妨礙我們據以瞭解秦代以吏爲師的實況。據前引《商君書·定分篇》，秦置法官和主法之吏，以爲天下師。如果"主法令之吏有遷徙物故者，則輒使學讀法令所謂，爲之程式，使日數而知法令之所謂。不中程，爲法令以罪之。有敢剟定法令，損益一字以上，罪死不赦"。[64] 這段文字的大意是：從吏學法有一定的進程，不中程就會受罰。教授的法令不得增損；增損一字以上就會招來殺身之禍。這是一段記載秦代法吏訓練難得的材料。

又根據秦簡，學法令者的身份或稱爲"弟子"；學習的地方或稱之爲"學室"。秦簡《除弟子律》謂：

　　當除弟子籍不得，置任不審，皆耐爲侯（候）。使其弟

子贏律，及治（笞）之，貲一甲；決革，二甲。[65]

秦墓竹簡的注釋者認爲這是"關於任用弟子法律。按秦以吏爲師，本條是關於吏的弟子的規定"。[66] 這個説法是可以接受的。古來師有弟子，弟子有名籍曰弟子籍，《淮南子·道應篇》："公孫龍曰：'與之弟子之籍'"。《史記·仲尼弟子列傳》，太史公曰："學者多稱七十子之徒……弟子籍出孔氏古文，近是"。秦律裏的弟子籍應是同類的東西。弟子不但隨師學習，也要供師使役，服侍業師。根據《論語》的記載，樊遲、冉有和子路都曾爲孔子駕過車。[67]《鄉黨篇》描述孔子的私生活，則爲弟子服侍左右所見的記錄。《墨子·備悌篇》説禽滑釐"事子墨子三年，手足胼胝，面目黧黑，役身給使，

---

〔64〕 《商君書·定分》，第十六。
〔65〕 睡虎地秦墓竹簡整理小組《睡虎地秦墓竹簡》（文物出版社，1978），頁131。
〔66〕 同上。
〔67〕 分見《論語》、《爲政》、《子路》和《微子》篇。

不敢問欲。"弟子服侍業師最詳細的記載見於《管子·弟子職》和《呂氏春秋·尊師篇》。《弟子職》有人認爲可能是齊國稷下學宮的學則。[68] 學則中對弟子一天從早到晚，如何侍候先生起床、進食、就寢、打掃屋室等都有詳細的描寫：

> 先生施教，弟子是則……少者之事，夜寐蚤作。既拚（維通按："拚"即"叁"之或體字，《說文》："叁，掃除也"）盥漱，汛拚正席（王筠云：汛拚者，灑掃也），執事有恪，攝衣共盥（謂供先生之盥器也）……至於食時，先生將食，弟子饌饋，攝衽盥漱，跪坐而饋，置醬錯食，陳膳毋悖……先生已食，弟子乃徹。趨走進漱，拚前斂祭（洪亮吉云：古者每食必祭，斂祭者，斂攝所祭，不使人得踐履，所以廣敬），先生有命，弟子乃食。……凡拚之道，實水于盤，攘臂袂及肘，堂上則播灑，室中握手，執箕膺揲，厥中有帚……昏將舉火，執燭隅坐……先生將息，弟子皆起，敬奉枕席……先生既息，各就其友，相切相磋，各長其儀（沫若按："儀"當爲"義"），周則復始，是謂弟子之紀。[69]

《呂氏春秋·尊師篇》（卷四）：

> 生則謹養，謹養之道，養心爲貴。死則敬祭，敬祭之術，時節爲務。此所以尊師也。治唐圃，疾灌寖，務種樹，織葩屨，結罝網，捆蒲葦，之田野，力耕耘，事五穀，如山林，入川澤，取魚鱉，求鳥獸，此所以尊師也。視輿馬，慎駕御，適衣服，務輕煖，臨飲食，必蠲絜。善調和，務甘肥，必恭敬，和顏色，審辭令，疾趨翔，必嚴肅，此所以尊師也。

從《弟子職》和《尊師篇》看來，弟子服侍業師，衣、食、住、行無不在內，實與奴僕無異。[70] 或許因爲有些老師過度使役弟子，秦律竟對役使弟子有所規定。如果使喚弟子超過法律的規定，又笞打弟子，要罰一甲；打破了皮，就要罰兩甲。老師還不可以不當地開除弟子，或對弟子作不當的保舉。如有不當，將被耐爲候。秦代弟子不但有相當的保

---

[68] 郭沫若、聞一多、許維遹《管子集校》（東豐書店），頁956。

[69] 同上，頁956~972；又戴望校《管子》卷一九《弟子職第五十九》，頁26~27，《呂氏春秋·尊師》有類似內容。

[70] 參裘錫圭《戰國時代社會性質試探》，《古代文史研究新探》（南京：江蘇古籍出版社，1992），頁402~407。

障,可能還享有徭役上的特權。秦律:"縣毋敢包卒爲弟子;尉貲二甲,免;令,二甲"。[71] 縣令和縣尉不可以將兵卒包藏爲弟子,以逃避兵役。如果這樣,縣令要罰二甲,縣尉除了罰二甲,還會丢官。漢武帝置博士弟子五十人,復其身。[72] 文翁於蜀置學官,有學官弟子,"爲除更繇"。[73] 看來漢代弟子除復之制,或即淵源於秦。

弟子學習的場所或稱之爲學室。秦律《内史雜》有一條說:

> 令敎史毋從事官府。非史子殹(也),毋敢學學室,犯令者有罪。[74]

學室大概類似學校,但不是一般的學校,因只有史之子才能入學。古代職業尚世襲,所謂"士之子恒爲士"、"農之子恒爲農",[75] "民不遷,農不移,工賈不變"。[76] 學室只有史之子才可入學,似與這個傳統有關。當然秦代爲吏不一定皆是史之子,學習的地點也不一定全爲學室。叔孫通爲秦博士,有弟子百餘人,他們的身份背景如何,如何隨叔孫通學習,可惜都難以知道了。

作吏第一步須先能識字,即學書。[77]《説文·序》引漢"尉律":"學僮十七已上,始試。諷籀書九千字,乃得爲史"。[78] 第二步才習計算和律令文書。漢吏功令裏每將"能書、會計、頗知律令"三事連爲一體。[79] 這些是作吏的基本條件。秦代吏的養成有學室,學室所授或許就是這些東西。

提到學室的秦律是《内史雜律》的一條。《漢書·百官公卿表》謂:"内史,周官,秦因之,掌治京師"。[80] 學室屬京師内史所轄,是不是意味京師才有學室呢? 或是郡、縣皆有學室? 這個問題一時還無法確實回答。不過,從前引"縣毋敢包卒爲弟子"一條看來,縣有弟子,即

---

[71] 睡虎地秦墓竹簡整理小組《睡虎地秦墓竹簡》(文物出版社,1978),頁131。

[72]《史記》卷一二一《儒林傳》。

[73]《漢書》卷八九《循吏傳》。

[74] 睡虎地秦墓竹簡整理小組《睡虎地秦墓竹簡》(文物出版社,1978),頁106~107。

[75]《國語》卷六《齊語》。

[76]《左傳》昭公二十六年。

[77] 勞榦《史記項羽本紀中學書和學劍的解釋》,《中央研究院歷史語言研究所集刊》第30本下册,1959年,頁499~510。

[78] 段玉裁《説文解字注》卷一五上,頁11下。

[79] 參注[4]。

[80] 有關秦内史的研究,可參于豪亮《雲夢秦簡所見職官述略》,《文史》第8輯,1980年,頁5~7。

可能有學室。這種制度在漢初並無蹤跡可尋。漢代學校,從中央太學以至地方學官,凡平民之俊秀皆可入學,與秦之學室不同。唯東漢建武初,任延爲武威太守"造立校官,自掾史子孫皆令詣學受業,復其徭役,章句既通,悉顯拔榮進之。"(《後漢書·循吏傳》任延條)從這一條看來,任延爲掾史子孫立校官(李賢注:"校,學也。"),實師古制遺意,不同於當時,故而特見於史傳。

雲夢秦墓裏《法律問答》簡的性質也有必要在這裏作些檢討。我們懷疑這是墓主向"主法之吏"問法的記錄。[81] 秦有所謂主法之吏《商君書·定分篇》說:"聖人爲法⋯⋯爲置法官,置主法之吏,以爲天下師,令萬民無陷於險危"。同篇還說:

> 諸官吏及民有問法令之所謂也,於主法令之吏,皆各以其故所欲問之法令明告之。各爲尺六寸之符,明書年月日時,所問法令之名,以告吏民;主法令之吏不告,及之罪,而法令之所謂也,皆以吏民所問法令之罪,各罪主法令之吏。即以左券予吏之問法令者,主法令之吏謹藏其右券木柙,以室藏之,封以法令之長印。及復有物故,以券書從事。

這一段說的很清楚,主法令的吏必須回答官吏與百姓的詢問,並將答問作成記錄。記錄像符一樣有左券、右券。左券交給詢問者,右券由主法吏保存。符長一尺六寸。雲夢竹簡《法律問答》的部分長約二十二至二十三公分,相當於秦尺一尺左右,與《定分篇》所說並不相合。又《定分篇》說"明書年月日時"、"封以法令之長印"。現在所見的竹簡,出土時已散亂,不見封印,也不見日期注記。因此,我們並不能肯定《法律問答》簡就是《定分篇》所說的左券或右券。不過《定分篇》所述可能是某一時期的定制,實際上不可能全無出入。例如前引同篇所說"損益一字以上,罪死不赦",我們很難想像這樣的規定可以完全實行。根據《定分篇》,我們相信秦代確有將法律問答作成記錄的制度,而今所見的《法律答問》簡應該就是這類東西。另一個旁證是法律答問的形式和用語,在漢代還有遺跡可尋,而漢代的法律答問就產生在法律諮詢的場合。《漢書·董仲

---

[81] 李學勤先生以爲是律説。參所著《論銀雀山守法、守令》,《文物》1989 年第 9 期,頁 9 ~ 37。

舒傳》（卷五六）謂：

> 仲舒在家，朝廷如有大議，使使者及廷尉張湯就其家
> 而問之，其對皆有明法。

所謂大議，有一大部分是指大的疑獄，故由掌獄的廷尉出面請教。仲舒通經，亦擅律令。《漢書·循吏傳》説他"通於世務，明習文法"，故"其對皆有明法"。這樣的諮詢不知有多少，但據説董仲舒編輯起來的有二百三十二事，也就是《漢書·藝文志》所載的公羊董仲舒治獄十六篇。這十六篇已佚，只有數條尚存。[82] 這幾條形式皆同，僅舉一例，以概其餘：

> 時有疑獄曰：甲無子，拾道旁棄兒乙，養之以爲子。
> 及乙長，有罪殺人，以狀語甲，甲藏匿乙。甲當何論？仲
> 舒斷曰：甲無子，振活養乙，雖非所生，誰與易之。《詩》
> 云：螟蛉有子，螺蠃負之。《春秋》之義，父爲子隱，甲宜
> 匿乙。詔：不當坐。[83]

董仲舒治獄記録（1）採取答問，（2）以甲、乙擬設案情的形式以及（3）"何論"的用語，和秦簡《法律答問》的習慣可説十分相似。所不同者，不過是他以《春秋》斷獄，引用經義而已。如果我們確定《法律答問》簡是法律諮詢的記録，接著不禁要問：這些簡是墓主詢問主法之吏的結果？還是他本人就是主法之吏，備他人諮詢而藏有這些簡？這個問題當然無法十分肯定的回答。不過，我們以爲前者的可能性爲大。《法律答問》簡的内容十分零碎，並無系統，不像是主法之吏藏有的記録，而像是墓主隨治獄需要，有疑義則隨問隨記的結果。其次，如果墓主是主法之吏，大概也不能將這樣的記録陪葬。前引《商君書·定分篇》説的很清楚，如果主法之吏"有物故，以券書從事。"這些答問的券書還要留著用，當然也就不能拿來陪葬。無論如何，這都爲秦代"欲有學法令，以吏爲師"的實況提供了消息。

秦代以吏爲師的例子見於記載的很少。《史記·賈誼傳》提到孝

---

[82] 董仲舒《春秋斷獄》有《玉函山房輯本》一卷，共輯七條。其中兩條明言董仲舒；另四條明引《董仲舒春秋決獄》，蓋確爲董氏所作。另有一條但稱《公羊》説，未明言董仲舒，果否爲《決獄》之文，無它可證。參沈家本《漢律撫遺》卷二二，頁4上~6下。

[83] 沈家本《漢律撫遺》卷二二，頁4上。

文帝時，河南守吳公治平爲天下第一，"故與李斯同邑而常學事焉，乃徵爲廷尉"。廷尉掌刑獄，可見吳公明習刑獄。他從李斯所學也應是治獄律令之事。這可以算是一個以吏爲師的例子。秦二世胡亥從中車府令趙高習"獄律令法事"，[84] 也是以吏爲師。或許以吏爲師只是當時很普遍的事，除非有特殊的原因，否則就很難在史籍中留下記録。

總之，秦代學法令，以吏爲師，並不始於李斯的建議。這是一個相沿已久的習慣。那麼，他爲什麼還要特別提出來呢？主要的原因是戰國以來，諸子並興，各逞異説以取合諸侯。諸子無論刑名、儒、墨，皆有弟子。弟子隨師仕宦，吏道爲之駁雜。按照法家的看法，法令是國家唯一的標準，也是官吏唯一應該學習和遵照的東西。《慎子》説："故有道之國，法立則私議不行，君立則賢者不尊。民一於君，事斷於法，是國之大道也"。[85] 李斯根據同一理路，認爲"今天下已定，法令出一。百姓當家則力農工，士則學習法令辟禁。今諸生不師今而學古，以非當世，惑亂黔首"。[86] 這是不能不改革的事。李斯之議在始皇三十四年，雲夢墓主喜死於始皇三十年。其墓中竹簡充分反映了李斯建議以前，思想上黑白不別，一尊未定的情況。《爲吏之道》簡編充滿儒、道兩家思想的色彩。[87] 這些簡出現在秦國小吏的墓中，不論它們是墓主教人或受訓的教材，都説明了李斯奏議的背景。於是他强調天下統一，應該以吏爲師，而所應習唯有法令辟禁而已。

（三）小　結

綜上所述，先秦法家與律令之學都是春秋戰國之際，社會、經濟變動和集權官僚政治形成過程中的產物。集權官僚制是繼封建制崩潰而起的新的政治形式，其目的在建立新的政治、社會和經濟秩序。秩序的維繫不再依賴封建宗法傳統，而是公開明文的法律。法律的對象不再是封建領民，而是國君與官僚治下的編户齊民。先秦法家是新秩序的説明和辯護者。他們也從經驗中歸納出治國理民的

---

［84］《史記》卷六《秦始皇本紀》。

［85］《慎子》逸文《太平御覽》卷六三八引。

［86］《史記》卷六《秦始皇本紀》。

［87］拙著，前引文，頁34～35。

原則，指導集權官僚政治進一步的發展。律令之學則是法制運作中的實務之學，以理訟治獄爲主要内容。依法令治民的新官僚不能不曉習律令辟禁，而曉習的途徑則在以吏爲師。

"以吏爲師"之淵源久遠，並不始於李斯的建議。秦統一天下以前，從吏學法的梗概，可據雲夢秦簡和《商君書》，依稀得之。大體而言，秦代吏的子弟有機會入學室爲弟子，從吏學書、學算、學律令文書。學習有教本，有進程，不中程有罰則。弟子以吏爲師，師並不能任意役使弟子或加笞打。由於弟子是國家未來的公務員，他們或許還享有某些徭役上的特權。秦代可能還有所謂主法令之吏。一般人有法律疑義可以向他們請教。主法吏必須回答，也必須作成記録，這可以説是一般人的"以吏爲師"。如果我們相信《爲吏之道》是一種教材，其中儒道的思想適反映了李斯議焚書以前，思想未定於一尊的情況。李斯主張"若欲學法令以吏爲師"的用意，即在企圖化律令辟禁爲士人唯一可以學習的東西。它的主張雖然没有完全成功，但是在漢代政治中卻留下了深刻的烙印。

三、漢代的律令學

（一）漢代律令學的背景

（1）刑德相養——黄老與儒家對律令刑法的看法

秦漢大一統政治組織的建立，可以説是封建舊制解體以後，戰國中央集權官僚政制更進一步的發展。這種新制的發展，不能歸因於某一人或某一派的政治學説。不過，以申、商、韓非爲代表的法家，無疑應居於主導的地位。新制的精神在於肯定君主是統治權力唯一的來源，君主的旨意以詔令法律爲形式，透過分層專責的官僚，下及於編户齊民，所謂："生法者，君也；守法者，臣也；法於法者，民也"。[88] 理論上，法是一切政治運作的依據。擁護這種制度最力的是法家。李斯以一法家的後勁，參與秦帝國的創建，使許多法家的主張都落實在現實的國家機器之中。

這樣的一部機器一旦建立，依法而治的原則即難以動搖。我們看到戰國末，當以法治爲核心的集權官僚制逐漸成熟的時候，不論是

---

〔88〕《管子》卷一五《任法第四十五》。

道家或儒家都不能不放棄反法的傳統，紛紛在自己的思想系統中爲法安排一個適當的位子。這樣作的，荀子是儒家主要的代表，而馬王堆墓所出《伊尹·九主》以及《老子》卷前古佚書，則可爲道家的代表。儒、法和道、法之調和是在戰國末到漢代，政治思想發展上一個主要的特色。單純的申、韓之學在進入漢初以後，雖然沒有戛然而止，但的確是逐漸沒落了。漢初治申、商、韓非的有賈誼、鼂錯、韓安國等人。武帝建元元年詔舉賢良方正直言極諫之士，丞相衛綰奏言："所舉賢良，或治申、商、韓非、蘇秦、張儀之言，亂國政，請皆罷"。[89] 可見到武帝初，法家之學仍傳而不絕。然而，其學被扣上"亂國政"的罪名，世變之亟，也就可見。漢代人常將申、韓之政化約爲嚴刑峻法的代名詞，並且與嚴酷的秦政相提並論。他們反秦酷政，連帶也就反對申、商、韓非。董仲舒説："至秦則不然，師申、商之法，行韓非之説，憎帝王之道，以貪狼爲俗"；[90]《鹽鐵論》謂："商鞅以重刑峭法爲秦國基，故二世而奪"；[91] 劉向説："秦孝公欲用衛鞅之言，更爲嚴刑峻法"。[92] 申、韓在漢人眼中，直如蛇蠍。揚雄以爲"申、韓之術，不仁之至矣"。[93] 故劉陶作《反韓非》，[94] 王充《論衡》有《非韓篇》，[95] 馮衍作賦，更欲"燔商鞅之法術兮，燒韓非之説論"！[96] 在這樣的空氣下，終兩漢竟少有從正面論述申、韓之學的。[97] 若干號稱好"申、韓法"、"韓非之術"或"申、韓之學"的，如樊曄、周紆、陽球，不過是一群"刻削少恩"、"（爲）政嚴猛"、"專任刑法"、"嚴苛過理"的酷吏罷了。[98]

　　漢人有鑒於秦政，諱言申、韓，但並不反對刑名法術。申、韓之説因頗託於黃、老而繼續存在。漢初黃老之學盛行，黃指黃帝，

---

〔89〕《漢書》卷六《武帝紀》。

〔90〕《漢書》卷五六《董仲舒傳》。

〔91〕《鹽鐵論校注》卷二《非鞅第七》，頁 51。

〔92〕《新序》卷九。

〔93〕《法言》卷三，頁 3 下。

〔94〕《後漢書》卷五七《劉陶傳》。

〔95〕《論衡》卷一〇《非韓篇》，頁 1 上～10 下。

〔96〕《後漢書》卷二八下《馮衍傳》。

〔97〕《漢書·藝文志》列法家十家，其中可確知爲漢代著作的僅《鼂錯》三十一篇。雜家有博士臣賢對《漢世難韓子商君》。清侯康撰《補後漢書藝文志》卷四，法家類僅有崔寔《政論》六卷和劉陶的《反韓非》。顧懷三撰《補後漢書藝文志》收録較廣，其卷八《諸子類》中亦不見漢代有關申、韓之作。

〔98〕《後漢書》卷七七《酷吏傳》。

老指老子。黃老皆言帝王治術。馬王堆所出黃老帛書即大談刑名法
術。帛書《經法篇》謂："法度者，政之至也"，〔99〕"是非有分，以
法斷之；虛靜謹聽，以法爲符"；〔100〕《稱篇》謂："案法而治則不
亂"；〔101〕又主張"循名究理"、〔102〕"審名察形"。〔103〕《稱篇》以爲法
治最高的境界在於"大（太）上無刑"；〔104〕《十大經》則説："事恒
自在（施），是我無爲"。〔105〕在這一點上，帛書所言是與《老子》合
轍。《伊尹·九主》説："主分：以無職並聽有職，主分也"，"得道
之君，邦出乎一道，制命在主"，"故法君爲官，求人，弗自求也"，
"佐者無扁（遍）職，有守分也"，"故法君之邦若無人，非無人也，
皆居亓（其）職也"。〔106〕這些話也反映出濃厚法道合流的色彩。
漢初君臣好黃老，究其實乃好有法術刑名之實，而無申韓之名的
東西。《史記·外戚世家》説："竇太后好黃帝、老子言，帝及太子、
諸竇不得不讀黃帝、老子，尊其術"。前引帛書出自漢初侯王之墓，
實非偶然。〔107〕司馬遷説："孝文帝本好刑名之言"，〔108〕應劭則説：
"文帝本修黃老之言"。〔109〕黃老與刑名一表一裏的關係，於此可見。
而太史公《史記》將老子與申、韓合傳也就不難理解。大體而言，
漢初黃老和武帝以後的儒術類似，常常只是法術刑名政治的緣飾
而已。

　　漢初黃老兼攝法家治術，繼黃老而興的儒學又如何看待法治呢？
概略的説，漢儒大多繼續荀子的態度，不再像孔子那樣反對刑法。

---

〔99〕　馬王堆漢墓帛書整理小組《長沙馬王堆漢墓出土《老子》乙本卷前古佚書釋文》，
　　　　《文物》1974 年第 10 期，頁 31。
〔100〕　同上，頁 35。
〔101〕　同上，頁 40。
〔102〕　同上，頁 35。
〔103〕　同上，頁 40。
〔104〕　同上，頁 41。
〔105〕　同上，頁 40。
〔106〕　凌襄《試論馬王堆漢墓帛書〈伊尹·九主〉》，《文物》1974 年第 11 期，頁 21～27。
　　　　關於漢初黃老與法家結合的內涵與意義，參余英時《反智論與中國政治傳統》，收
　　　　入《歷史與思想》（聯經出版事業公司，1977 年 3 版），頁 10～20。
〔107〕　前引帛書出自馬王堆三號墓。對三號墓主身份，學者間意見並不一致，但毫無疑問
　　　　是漢初的列侯或諸侯王。參傅舉有《關于長沙馬王堆三號漢墓的墓主問題》，《考
　　　　古》1983 年第 2 期，頁 165～172。
〔108〕　《史記》卷一二一《儒林傳》。
〔109〕　《風俗通義校注》卷二《正失》，頁 96。

他們雖然主張以禮樂教化爲主，但是承認刑法與禮樂各有作用，可以相輔相成，都是治國必要的工具。荀子説：

> 禮義法度者，是聖人之所生也。

> 故古者聖人以人之性惡……故爲之立君上之埶以臨之，明禮義以化之，起法正以治之，重刑罰以禁之，使天下皆出於治，合於善也。

> 治之經，禮與刑，君子以修百姓寧；明德慎罰，國家既治四海平。[110]

荀子視禮義法度皆爲聖人所生，又都是天下善治的工具。這個看法和秦、漢時期的儒者是一貫的。成書於戰國末至漢初的《禮記》説：

> 禮以道其志，樂以和其聲，政以一其行，刑以防其姦；禮樂刑政，其極一也。禮節民心，樂和民聲，政以行之，刑以防之；禮樂刑政，四達而不悖，則王道備矣。[111]

《大戴禮記》也説：[112]

> 德法者，御民之銜勒也。吏者，轡也；刑者，筴也。天子，御者；內史、太史，左右手也。古者以法爲銜勒，以官爲轡，以刑爲筴，以人爲手，故御數百年而不懈惰。

《禮記》、《大戴禮記》與荀子所説義蘊一致。又漢初賈誼對禮、法功用的認識很可以代表漢儒的通見。他説：

> 夫禮者，禁於將然之前；而法者，禁於已然之後，是故法之所用易見，而禮之所爲生難知也。若夫慶賞以勸善，刑罰以懲惡，先王執此之政，堅如金石，行此之令，信如四時，據此之公，無私如天地耳。[113]

賈誼的話爲太史公引用，也全見於《大戴禮記》。[114] 大抵而言，在漢儒眼中，刑法只有禁於已然之後的消極作用。不過用於維持社會秩序，刑法和有防範於未然之效的禮樂教化，皆有其用，缺一不可。《淮南子》説："治之所以爲本者，仁義也；所以爲末者，法度也"，"法之生

---

[110] 《荀子集解》卷下，頁72、74、84。

[111] 《禮記正義》卷三七《樂記》。

[112] 《大戴禮記》卷八《盛德六十六》，頁14上下。

[113] 《漢書》卷四八《賈誼傳》。

[114] 《大戴禮記》卷二《禮察第四十六》，頁1下~2上；《漢書》卷六二《司馬遷傳》。

也,以輔仁義"。[115] 劉向則説："教化所持以爲治也,刑法所以助治也"[116];"治國有二機,刑、德是也。王者尚其德而希其刑,霸者刑德并湊,强國先其刑而后德。夫刑、德者,化之所由興也。德者,養善而進闕者也;刑者,懲惡而禁后者也"。[117] 東漢《白虎通》繼續同樣的觀點,謂:"聖人治天下,必有刑罰何?所以佐德助治,順天之度也。故懸爵賞者,示有勸也;設刑罰者,明有所懼也"。[118] 以上都是從治術一層,承認刑法有輔助禮樂德治的作用。

漢儒更從較高的層次上,肯定刑法的地位。董仲舒以陰陽比附刑德,認爲"陽爲德,陰爲刑"。[119] 雖然他傾向德治,以爲"天之好仁而近,惡戾之變而遠,大德而小刑之意也"。[120] 但是在他"獨陰不生,獨陽不生"[121] 的思想結構裏,陰陽實相輔相成,刑德也就相互爲用,不可或缺。以陰陽比附刑德不始於董仲舒,也不僅他一人這樣説。馬王堆所出漢初帛書《十大經》已經將刑德與陰陽比附:

> 天德皇皇,非刑不行。繆(穆)繆(穆)天刑,非德必頃
>
> (傾)。刑德相養,逆順若成。刑晦而德明,刑陰而德陽,刑微
>
> 而德章。[122]

以刑德與陰陽、四時等並稱,更可以推到秦漢以前。[123] 可是董仲舒在漢代爲"儒者宗"。他的説法有絕大的勢力,也確立了刑法在漢儒政治思想體系中的地位。東漢大儒馬融即説:"臣聞立天之道曰陰與陽,立地之道曰柔與剛。夫陰陽剛柔,天地所以立也,取仁於陽,資義於陰,柔以施德,剛以行刑,各順時月,以原群生。"(《後漢紀·順帝紀》) 這可以説沿續了長期以來刑德相養的哲學。

(2) 霸、王道雜之——皇帝對律令刑法的看法

漢儒肯定刑法,漢代的皇帝也多重刑名法律。漢初君臣如劉邦、

---

〔115〕 《淮南子》卷二〇《泰族訓》。

〔116〕 《漢書》卷二二《禮樂志》。

〔117〕 《説苑》卷七《政理》。

〔118〕 《白虎通德論》卷八《五刑》。

〔119〕 《漢書》卷五六《董仲舒傳》。

〔120〕 《春秋繁露》卷一一《陽尊陰卑第四十三》。

〔121〕 同上,《順命第七十》卷一五。

〔122〕 馬王堆漢墓帛書整理小組《長沙馬王堆漢墓出土〈老子〉乙本卷前古佚書釋文》,《文物》1974 年第 10 期,頁 37~38。

〔123〕 關於刑德問題見於先秦古籍以及漢代讖緯書者,參陳槃庵《古讖緯書録解題》,《尚書》"刑德放"條,頁 109~113。

蕭何本皆秦吏。在秦代尚法治的環境下，他們所認識的治民工具就是刑法律令。劉邦入關中，第一件事即在除秦苛法，更與父老約法三章；蕭何則取"丞相御史律令圖書"。[124] 帝國甫建，蕭何又忙著擴摭秦法，作律九章。因爲他們除了知道依律令而治，並沒有其他的途徑可以因循。文、景尚黄老，好刑名，已如前述。文帝甚至請了一位治刑名之學的張歐侍太子。[125] 其後景帝"不任儒者"不是没有緣故的。武帝尊儒是中國政治史上的一件大事。然而從武帝任用張湯、桑弘羊諸人爲輔弼，出董仲舒爲江都相等事看來，武帝實際上是陽儒而陰法。[126] 武帝以後，宣帝亦以尚法著名。《漢書·蕭望之傳》謂：

> 初，宣帝不甚從儒術，任用法律，而中書宦官用事。中書令弘恭、石顯久典樞機，明習文法，亦與車騎將軍高爲表裏，論議常獨持故事，不從望之等。

蕭望之嘗薦明於經學的匡衡和張禹，宣帝皆不用。[127] 王吉批評宣帝任法不任儒，宣帝不納。王吉掛冠病免。[128] 蓋寬饒斥責宣帝時的政治是"聖道寖廢，儒術不行，以刑餘爲《周召》，以法律爲《詩》、《書》"。[129] 宣帝的好法卑儒，莫明於與太子之間的一段對話：

> 孝元皇帝，宣帝太子也……柔仁好儒。見宣帝所用多文法吏，以刑名繩下。大臣楊惲、蓋寬饒等坐刺譏辭語爲罪而誅，嘗侍燕從容言："陛下持刑太深，宜用儒生。"宣帝作色曰："漢家自有制度，本以霸、王道雜之，奈何純任德教，用周政乎！且俗儒不達時宜，好是古非今，使人眩於名實，不知所守，何足委任。"乃歎曰："亂我家者，太子也！"繇是疏太子而愛淮陽王，曰："淮陽王明察好法，宜爲吾子"。[130]

宣帝不喜好儒的太子，因其出於糟糠之妻，不忍廢。太子遂即帝位

〔124〕《史記》卷五三《蕭相國世家》。
〔125〕《漢書》卷四六《張歐傳》。
〔126〕 參《漢書》卷五八《公孫弘傳》、《兒寬傳》；《張湯傳》卷五九。
〔127〕《漢書》卷八一《匡衡傳》、《張禹傳》。
〔128〕《漢書》卷二二《禮樂志》。
〔129〕《漢書》卷七七《蓋寬饒傳》。
〔130〕《漢書》卷九《元帝紀》；另參《宣元六王傳》："憲王壯大，好經書法律，聰達有材，帝甚愛之。太子寬仁，喜儒術。上數嗟歎憲王曰：'真我子也！'"（卷八〇）

爲元帝。元帝以後，儒生逐漸抬頭。但是漢政尚法已成堅定不移的傳統。元帝時，黃門令史游作《急就》，其中有三章與治獄訴訟有關，通篇於經書大義，反無一語及之。[131] 成帝時，儒者仍然以爲時政偏於用法。劉向説成帝曰："教化所恃以爲治也，刑法所以助治也，今廢所恃而獨立其所助，非所以致太平也"。[132] 成帝本人除了好詩書，"尤善漢家法度故事"。[133] 由於成帝看重律令，因立"好文辭法律"的定陶王爲太子，也就是後來的哀帝。[134] 當時的皇帝不但好法律，當時的人甚至認爲"人君不可不學律令"。[135]

可見西漢自高祖以迄哀帝，雖然漸重儒術，大體上天子仍重法律，而成一個霸、王道雜之的局面。霸道用律，王道用經。經義與律令乃構成漢代政治的兩大準據。

東京以降，於此不能稍改。光武尚儒，明帝"遵奉建武制度，無敢違者"，但他又察察爲明，"善刑理，法令分明。日晏坐朝，幽枉必達…斷獄得情，號居前代十二。故後之言事者，莫不先建武、永平之政。"（《後漢書·明帝紀論曰》）所謂"莫不先建武、永平之政"，即可見其時理政治國，仍兼用儒法。和帝時，尚書張敏奏言：

> 伏見孔子垂經典，皋陶造法律，原其本意，皆欲禁民爲非也……夫春生秋殺，天道之常……王者承天地，順四時，法聖人，從經、律。[136]

順帝時，胡廣上疏謂：

> 漢承周、秦，兼覽殷、夏，祖德師經，參雜霸軌。[137]

從張敏和胡廣的言論可以知道兩漢治道兼雜王霸的精神是一貫的。獻帝建安十八年策曹操爲魏國公，曰："以君經緯禮、律，爲民軌儀。"[138] 從胡廣所説"祖德師經，參雜霸軌"，張敏所説"從經、

---

〔131〕《急就》篇在第二十六章提到《孝經》、《春秋》、《尚書》、《禮經》之名，但於經義一無涉及。《急就》篇內容所反映對治獄刑律的重視，可參沈元《急就篇研究》，《歷史研究》1962 年第 3 期，頁 65～66。

〔132〕《漢書》卷二二《禮樂志》。

〔133〕《風俗通義校注·正失》卷二，頁 93。

〔134〕《漢書》卷一一《哀帝紀》。

〔135〕《法言》卷九《先知》，頁 10 上。

〔136〕《漢書》卷四四《張敏傳》。

〔137〕《後漢書》卷四四《胡廣傳》。

〔138〕《後漢紀》卷三〇《獻帝紀》（周天游校注本，天津：天津古籍出版社，1987），頁 851。

律”和獻帝策説“經緯禮、律”，置“經”或“禮”於“律”之
前，對比宣帝所説漢家制度“以霸、王道雜之”，置“霸道”於
“王道”之前，即可看出不同時代的漢代君臣對德禮、律令的主輔先
後意見似乎已有微妙的變化。

（3）明習律令——仕宦的一個條件

然而兩漢君臣，不論在思想上尚黄老或崇儒術，大致都肯定律
令刑罰是治民必要的手段；在現實政治中，經術與律令亦一體並用。
如此，官吏除了明經，也不能不明律令。

漢有官有吏。吏更分文、武。文吏主治獄賦役，武吏職在禁姦
捕盗。《漢書·朱博傳》謂：“博本武吏，不更文法”，[139] 似武吏可
不通文法律令。實則武吏捕盗禁姦，如何能不知法令辟禁？或不如
文吏專精罷了。朱博能以武吏遷爲職典決疑的廷尉，就證明他並不
是真的不更文法。[140] 又從漢代殘留的功令簡看來，漢代邊塞武吏身
份的燧長、候長，幾乎沒有不是“頗知律令”的。茲舉居延簡兩條
爲例：[141]

> □□候長公乘蓬士長富中勞三歲六月五日，能書、會
> 計、治官民頗知律令，武，年卅七，長七尺六寸。（562.
> 2，圖版38葉）

> 肩水候官並山燧長公乘司馬成中勞二歲八月十四日，
> 能書、會計、治官民頗知律令，武，年卅二歲，長七尺五
> 寸，軼得成漢里家去官六百里。（13.7，圖版39葉）

這裏一位候長，一位燧長，功令註明他們是武吏，然皆“頗知律
令”。吏而不知律令，大概不太可能。熟悉不熟悉，專精不專精則容
有差别。班固在《漢書·百官公卿表》末尾，曾提到西漢某時“吏
員自佐史至丞相”的總人數是十二萬二百八十五人。我們今天已經
無法估計這十二萬吏員中有多少官，多少吏。但是我們相信官只是
金字塔尖端的少數，絕大部分乃是所謂的刀筆吏。對絕大多數的刀
筆吏而言，“頗知律令”恐怕比“通明經學”更爲實際和重要。

---

〔139〕 《漢書》卷八三《朱博傳》。
〔140〕 同上。
〔141〕 勞榦《居延漢簡·考釋之部》（《中央研究院歷史語言研究所專刊》之四十，1960
年）。

吏須通文法，官也要曉習法令。兩漢擇官，"明曉法令"一直是一個主要的條件。據衛宏《舊漢儀》，武帝元狩六年，令丞相設四科之辟，以博選異德。這四科是：[142]

> 第一科曰德行高妙，志節貞白；
>
> 二科曰學通行修，經中博士；
>
> 三科曰明曉法令，足以決疑，能案章覆問，文中御史；
>
> 四科曰剛毅多略，遭事不惑，明足以照姦，勇足以決

斷，才任三輔（劇）令。

應劭《漢官儀》載光武中興甲寅詔書："丞相故事，四科取士"[143]云云，其四科與武帝時之四科相同，故曰故事。光武重申以四科取士，可知後漢承西京之制，仍然以"明曉法令"爲任官的條件之一。這四科之中，頭兩科關乎學行；第四科遭事不惑，明足照姦，實則也非據法律以決斷不可，因此四科實爲兩類：一爲學行，一爲律令。兩者相較，明習律令更爲基本。漢吏考核只問是否"頗知律令"，不問是否頗通經術，即爲明證。

在一個依律令法制運作的官僚組織裏，任何職位必然有不少相關的法令規章。要擔任這些職位就不能不熟悉它們。這是就一般職位而言。還有一些職位，由於職務的性質，漢代更明文規定須由明律令者出任：

1. 治書侍御史　《續漢書·百官志》："治書侍御史二人，六百石。本注曰：掌選明法律者爲之。凡天下諸讞疑事，掌以法律當其是非"。

2. 廷尉正　《舊漢儀》卷上："刺史舉民有茂材，移名丞相。丞相考召取明經一科、明律令一科、能治劇一科，各一人，詔選諫大夫、議郎、博士、諸侯王傅、僕射、郎中令，取明經；選廷尉正、監、平、案章取明律令"。

3. 廷尉監　同上。

4. 廷尉平　同上。

5. 尚符璽郎中　《續漢書·百官志》："尚符璽郎中四

---

〔142〕 《漢官六種》，《漢舊儀》卷上，頁5下。

〔143〕 《漢官六種》，《漢官儀》卷上，頁4上下。可參方北辰《兩漢的四行與四科考》，《文史》第23輯，1984年，頁304~305。

人。本注曰：舊二人在中，主璽及虎符、竹符之半者"。王
先謙《補注》引《漢官》云："當得明法律郎"。

6. 雒陽市市長、丞　《漢官》："洛陽市市長一人，秩
四百石；丞一人，二百石，明法補"。
須以明律令者出補的職位必遠多於以上所舉。前引丞相設四科取士，
其三科明曉法令，即用以補"四辭八奏"。[144] 廷尉是兩漢掌平獄的
最高機構。廷尉正、監、平皆為屬官。以明法出任這些職位的實例
如：張湯為廷尉時，"廷尉府盡用文史法律之吏"；[145] 黃霸"少學律
令……持法平，召以為廷尉正"；[146] 何比干"經明行修，兼通法
律"，"武帝時為廷尉正"；[147] 丙吉"治律令，為魯獄史，積功勞，
稍遷至廷尉右監"；[148] 陳球以"明法律，拜廷尉正"；[149] 郭旻治
"律小杜……數遷敬陵園令、廷尉左平、治書侍御史"；[150] 陳咸"以
明律令為侍御史"、"廷尉監"。[151]

除了上述可考，以明法除補的職位以外，還有很多職位也非精
於律令者不足擔當。今以實例，略舉如下：

1. 廷尉　廷尉一職例由精通法律者任之，如張湯"以更定律令
為廷尉"；[152] 于定國"少學法于父"，"為獄吏、郡決曹、補廷尉史……
超為廷尉"。[153] 成帝時何壽為廷尉。何壽蓋出於明法之家，其父即
前引何比干。[154] 廷尉出於明法之家，在東漢似已成傳統。例如郭躬
自父郭弘始，世傳小杜律。《後漢書》卷四六，其傳謂："郭氏自弘
後，數世皆傳法律，子孫至公者一人，廷尉七人，……侍御史、正、
監、平者甚衆"。順帝時，廷尉吳雄明法律，"子訢、孫恭，三世廷
尉，為法名家"。[155] 又陳寵曾祖父陳咸於成、哀間以律令為尚書。

〔144〕《漢官六種》，《漢舊儀》卷上，頁5下。
〔145〕《漢書》卷五八《兒寬傳》。
〔146〕《漢書》卷八九《循吏傳》。
〔147〕《後漢書》卷四三《何敞傳》及注引《何氏家傳》。
〔148〕《漢書》卷七四《丙吉傳》。
〔149〕《後漢書》卷五六《陳球傳》，王先謙《集解》引《謝承書》。
〔150〕《丹陽太守郭旻碑》，《全後漢文》卷九九，頁6上下。
〔151〕《後漢書》卷四六《陳寵傳》，王先謙《集解》，惠棟引《謝承書》及《東觀記》。
〔152〕《漢書》卷五〇《汲黯傳》。
〔153〕《漢書》卷七一《于定國傳》。
〔154〕《漢書》卷一九下《百官公卿表》。
〔155〕《後漢書》卷四六《郭躬傳》。

遭王莽之世，壁藏律令文書於家，遂成家學。其孫陳躬於建武初爲廷尉左監。躬生寵，寵"明習家業"，於永元六年，代郭躬爲廷尉。寵子忠亦以"明習法律，遷廷尉正、尚書、尚書令"。[156] 靈帝時，楊賜"自以代非法家"，[157] 固辭廷尉。所謂法家，即傳律世家。可見東漢人以爲廷尉應由世明律令者出任。

2. 御史大夫、御史中丞、侍御史、御史　《漢書·百官公卿表》："御史大夫……有兩丞，秩千石。一曰中丞，在殿中蘭臺，掌圖籍秘書，外督部刺史，内領侍御史員十五人，受公卿奏事，舉劾按章"；《漢舊儀》卷上："元封元年，御史止不復監。後御史職與丞相參。增吏員凡三百四十一人，分爲吏、少史屬，亦從同秩補，率取文法吏"，"廷尉正、監、平物故，以御史高第補之"；又《續漢書·百官志》："侍御史十五人，六百石。本注曰：掌察舉非法，受公卿群吏奏事，有違失舉劾之"。從前引可知御史大夫及屬官所職，與法令關係密切。武帝一朝，丞相備員，御史大夫權傾一時，任御史大夫者，如韓安國、張歐、公孫弘、張湯、杜周、桑弘羊皆深明律令之輩。以"明法令，爲御史"的有鄭賓；[158] "以明習文法，詔補御史中丞"者，如薛宣；[159] 又前廷尉條引郭躬家世明法，子孫爲侍御史者甚衆。

3. 丞相　丞相常由明律令的御史大夫轉遷，如公孫弘、薛宣、翟方進。丞相要明律令，亦須知經術。公孫弘"習文法吏事，緣飾以儒術"；[160] 薛宣"其法律任廷尉有餘，經術文雅，足以謀王體，斷國論"；[161] 翟方進"兼通文法吏事，以儒雅緣飾法律，號爲通明相"；[162] 陳寵"雖傳法律，而兼通經書，奏議溫粹，號爲任職相"。[163]

4. 尚書、中書　武帝以後，丞相權漸奪，尚書、中書因皇帝親信而日漸重要。尚書、中書之選每在熟嫻法令制度。宣帝時以弘恭

---

〔156〕《後漢書》卷四六《陳寵傳》。
〔157〕《後漢書》卷五四《楊賜傳》。
〔158〕《漢書》卷七七《鄭崇傳》。
〔159〕《漢書》卷八三《薛宣傳》。
〔160〕《漢書》卷五八《公孫弘傳》。
〔161〕《漢書》卷八三《薛宣傳》。
〔162〕《漢書》卷八四《翟方進傳》。
〔163〕《後漢書》卷四六《陳寵傳》。

爲中書令，即因"恭明習法令故事，善爲請奏，能稱其職"。[164] 揚雄《法言》卷六："或曰……使子草律。曰：吾不如弘恭"。可見弘恭時以精通律令聞名。成帝時，孔光爲尚書令，須先明習漢制法令而後可："是時，博士選三科，高第爲尚書……光以高第爲尚書，觀故事品式，數歲明習漢制及法令，上甚信任之，轉爲僕射、尚書令"。[165] 東漢以後，尚書權更重，所謂"位雖三公，事歸臺閣"。[166] 章帝時，韋彪曰："天下樞要，在於尚書，尚書之選，豈可不重？而間者多從郎官超升此位，雖曉習文法，長於應付，然察察小慧，類無大能"。[167] 可見尚書之選多因明法。永初中，陳忠因"明習法律"，從廷尉正遷拜尚書；[168] 建武時，郭賀以"能明法"，累官至尚書令。[169]

從以上所舉，可見兩漢職官任用，從最高的丞相、御史大夫到掌握實權的尚書、中書令以及與刑獄有關的廷尉及其屬官，都常以明習律令爲條件。當然兩漢也有很多擔任這些職位，卻不一定俱備明律條件的。例如，東漢末，應劭就曾經批評："頃者，廷尉多牆面，而苟充茲位；治書侍御史，不復平議讞當糾紛，豈一事哉"。[170] 應劭的批評意味著不通律令而任廷尉和治書侍御史是不正常的現象。

總結以上，漢代爲吏須知律令，爲官須明經，也要曉律。如果只通經而不明律，則是宣帝所說不通世務，"不達時宜"的"俗儒"！因此，不論爲官爲吏，學習律令都是一件重要的事。

(二) 律令傳習的特色

漢人學習和傳授律令的資料極爲殘闕零碎。這可能是因爲律令傳習是太基本而平常的事，除非有特別之處，一般傳記竟都略而不提。以下勉爲勾稽，可得而言者，殆有三點：一曰以吏爲師；二曰

---

[164] 《漢書》卷九三《佞幸傳》。

[165] 《漢書》卷八一《孔光傳》。

[166] 《後漢書》卷四九《仲長統傳》，另參《後漢書》卷四六《陳忠傳》："今之三公，雖當其 名，而無其實。選舉誅賞，一由尚書，尚書見任，重於三公，陵遲已來，其漸久矣"。又《後 漢書》卷六三《李固傳》："今陛下之有尚書，猶天之有北斗也。斗爲天喉舌。尚書亦爲陛下喉舌。斗斟酌天氣，運平四時，尚書出納王命，賦政四海，權尊勢重，責之所歸"。

[167] 《後漢書》卷二六《韋彪傳》。

[168] 《後漢書》卷四六《陳忠傳》。

[169] 《後漢書》卷二六《蔡茂傳》。

[170] 《風俗通義校注·佚文》，頁586。

以律令爲家學；三曰以經、律兼修爲尚。

(1) 以吏爲師

漢人學法令，繼續長遠以來的傳統，仍然以“以吏爲師”爲主要的方式。漢初是否像秦一樣有學室和弟子之制，不可考。段玉裁在《說文解字注》裏曾認爲，漢代學僮諷籀書九千字，就是能背誦《尉律》之文和發揮《尉律》的意思。他說：[171]

> 諷籀書九千字者，諷謂能背誦《尉律》之文；籀書謂
> 能取《尉律》之義，推演發揮而繕寫至九千字之多。諷若
> 今小試之默經，籀書若今試士之時藝。

如果段說可取，則似乎漢代學僮在爲史或爲吏以前，即能背誦律文，還能推演發揮其義。段氏這樣說，主要是因爲誤解了許慎《說文·叙》。《說文·叙》云：[172]

> 《尉律》：學僮十七以上，使試。諷籀書九千字乃得爲
> 史。又以八體試之，郡移大史並課，最者以爲尚書史。書
> 或不正，輒舉劾之。

又《漢書·藝文志》謂：

> 漢興，蕭何草律，亦著其法，曰：“太史試學童，能諷
> 書九千字以上，乃得爲史。又以六體試之，課最者以爲尚
> 書御史史書令史。吏民上書，字或不正。輒舉劾”。

《藝文志》所說“亦著其法”的“法”應該和《說文·叙》引用的《尉律》是同一件事。根據這兩段文獻，我們實不能證明漢代學僮始試，諷訟的就是《尉律》之文。從六體或八體試之看來，考試的關鍵在是否能識和能書寫九千個字。賈誼《新書》謂：“胡以孝弟循順爲，善書而爲吏耳”。[173]《漢書·路溫舒傳》：

> 父爲里監門，使溫舒牧羊。溫舒取澤中蒲，截以爲牒，
> 編用寫書。稍習善，求爲獄小吏，因學律令。轉爲獄史，
> 縣中疑事皆問焉。

路溫舒截蒲爲牒，稍善書寫，即可爲吏。爲吏而後學律令。從《新書》“書而爲吏”和路溫舒的例子可知，試吏在能書識字，恐非背誦

---

[171]　段玉裁《說文解字注》卷一五上，頁12上。
[172]　同上，頁11～13上。
[173]　《新書》卷三《時變》，頁45下。

《尉律》之文。路温舒這樣辛苦學習，因家貧，實不得已。否則，漢代有所謂"閭里書師"，[174] 可從學識字書寫，能書而後爲吏。《漢書·王尊傳》說王尊"少孤，歸諸父……能史書，年十三，求爲獄小吏。"又《漢書·貢禹傳》："故俗皆曰：何以孝弟爲？財多而光榮；何以禮義爲？史書而仕宦。"這裏說的情形相同。所謂"史書"是指小史或小吏所用的書體和書法。[175] 學會了即可爲吏。

不過，從《急就》看，漢代的識字教本裏的確包含了初步的律令治獄知識。學僮一面識字，一面也對刑名司法有了起碼的認識。《急就》第二十八章至三十章謂：[176]

> 皋陶造獄法律存，誅罰詐僞劾罪人，廷尉正監承古先，
> 總領煩亂決疑文，變鬥殺傷捕伍鄰，亭長游徼共雜診，
> 盜賊繫囚榜笞臀，朋黨謀敗相引牽，欺誣詰狀還返真，
> 坐生患害不足憐，辭窮情得具獄堅，藉受證驗記問年，
> 閭里鄉縣趨辟論，鬼薪白粲鉗釱髡，不肯謹慎自令然，
> 輸屬詔作谿谷山，菰菽起居課後先，斬伐財木砍株根，
> 犯禍事危置對曹，謾訑首匿愁勿聊，縛束脫漏亡命流，
> 攻擊劫奪檻車膠，嗇夫假佐伏致牢，疾病保辜啼呼嗥，
> 乏興猥逮詗讂求，聊覺没入檄報留，受賕枉法憤怒仇。

漢代學僮從這短短三章可以大略知道，在中央與地方由哪些人擔當治獄，審理些什麼罪行，辦案問供如何進行，刑罰的種類名目，以及罪犯的處置。新近在安徽阜陽發現的漢初《蒼頡》殘簡也有"殺捕獄問諒"（簡 C 041）的殘文。[177] 據推測，這些殘簡是以秦本《蒼頡篇》爲底本的抄本。[178] 換言之，從秦以來試吏，是以能書識字爲基本條件。但學僮從學字的教本中，已能得到第一步的律令知識。這樣當然不夠。這些"書而爲吏"的，誠如勞榦先生所說，只是學徒性質，還須要跟隨在職的官吏，學習法令的内容以及其他作吏應

〔174〕《漢書》卷三〇《藝文志》。
〔175〕參勞榦《孔廟百石卒史碑考》，《勞榦學術論文集甲編》（臺北：藝文印書館，1976年），頁1106；富谷至《史書考》，《西北大學學報》1983年第1期，頁45～50。
〔176〕王應麟校《急就篇》（玉海附刻本）卷一，頁9上下。
〔177〕阜陽漢簡整理組《阜陽漢簡蒼頡篇》，《文物》1983年第2期，頁27。
〔178〕胡平生、韓自强《〈蒼頡篇〉的初步研究》，《文物》1983年第2期，頁35～40。

該知道的東西。[179] 律令關係實務，實習極爲重要。要實習，則以吏爲師可以説是最好的方式。漢代政府組織下，大部分的基層員吏可能都是這樣訓練出來的。

漢代以吏爲師的例子，現在所能知道的很少。賈誼從吳公可爲一例。《史記》卷八四《賈誼列傳》謂：

> 賈生名誼，雒陽人也。年十八，以能誦《詩》屬《書》聞於郡中。吳廷尉爲河南守，聞其秀才，召置門下，甚幸愛。孝文皇帝初立，聞河南守吳公治平爲天下第一，故與李斯同邑而常學事焉，乃徵爲廷尉。廷尉乃言賈生年少，頗通諸子百家書。文帝召以爲博士。是時賈生年二十餘，最爲少。

前文曾提到吳公嘗從李斯學，得爲廷尉。他擅長的當爲刑獄律令。他召賈誼置門下，就是收了一位隨侍左右的學徒，情形應類似公叔痤和衛鞅。弟子學習一段時間以後，可由師傅推薦爲官；公叔痤因而薦衛鞅，吳公因而薦賈誼。[180] 賈誼爲博士以後，“每詔會議下，諸老先生不能言，賈生盡爲之對”，“諸律令所更定，及列侯悉就國，其説皆自賈生發之。於是天子議以爲賈生任公卿之位。”[181] 賈誼原習《詩》、《書》百家之言，卻能議答詔令，更定律令，這應該是從吳公當學徒的結果。鼂錯習申商刑名，又從伏生受《尚書》。《後漢書》卷四三《何敞傳》謂其六世祖何比干“學《尚書》於鼂錯”，李賢注引《何氏家傳》：“六世祖父比干，字少卿，經明行修，兼通法律，爲汝陰縣決曹掾，平活數千人，後爲丹陽都尉，獄無冤囚，淮汝號曰‘何公’。”[182] 從何比干兼通法律觀之，他從鼂錯所學，除

---

[179]　勞榦《史記項羽本紀中學書和學劍的解釋》，《中央研究院歷史語言研究所集刊》第30本下册，1959年，頁902～903。

[180]　師薦弟子由來已久。《論語》中例證甚多。例如《公冶長》篇：“子使漆雕開仕”，《雍也》篇：“季康子問：‘仲由可使從政也與？’子曰：‘由也果。於從政乎何有？’曰：‘賜也可使從政也與？’曰：‘賜也達，於從政乎何有？’曰：‘求也可使從政也與？’曰：‘求也藝，於從政乎何有？’”；《先進》篇：“季子然問：‘仲由、冉求可謂大臣與？’子曰：‘……所謂大臣者，以道事君，不可則止。今由與求也，可謂具臣矣。’曰：‘然則從之者與？’子曰：‘殺父與君，亦不從也’”。《史記》卷九九《叔孫通傳》載叔孫通降漢，有弟子百餘人相從，叔孫通不薦弟子而爲弟子所怨。可見業師推薦弟子爲官是當時的習慣，也是相當悠久的傳統。

[181]　《史記》卷八四《賈生列傳》。

[182]　《後漢書》卷四三《何敞傳》。

《尚書》似還兼及律令治獄。鼂錯習《尚書》以後，歷任太子舍人、門大夫、博士、中大夫、內史、御史大夫。何比干跟隨他的時間不可考。要之，以吏爲師，無可置疑。《漢書》卷九〇《酷吏傳》謂："嚴延年字次卿，東海下邳人也，其父爲丞相掾，延年少學法律丞相府，歸爲郡吏"。嚴延年在丞相府學法律，可能是因爲父親的關係。吏之子在耳濡目染之餘，很容易走上爲吏的道路。張湯父爲長安丞。他從小習見父親治獄理案，也就學會了。據說有一次父出門，張湯看家。老鼠偷了肉，父親回來，大怒，打湯。張湯挖老鼠洞，尋得老鼠和剩下的肉。他"劾鼠掠治，傳爰書、訊鞫、論報，并取鼠與肉，具獄磔堂下。父見之，視文辭，如老獄吏，大驚，遂使書獄。"[183] 嚴延年、張湯都受到父親的影響，但都說不上是家學。家學將於下文，另例舉證。

　　從以上所能知道的事例看來，漢代的"以吏爲師"不全同於秦。秦有主法之吏，有學室弟子之制，有一定學法的進程與教本。換言之，秦的"以吏爲師"似有一套完整的制度和組織，只是我們所知道的極爲有限。漢代則不然。漢代雖然也以吏爲師，卻不見特定的教法之吏，以及相關的制度或組織。或許因爲漢承秦代酷政之後，有意避免尚法的痕跡。也可能由於秦禁私學，法律訓練不能不由政府設官辦理。漢代無私學之禁，學律可從私人，故無設置專責機構的必要。不過，漢代學律，所從之私人有很多具有吏的身份。

（2）以律令爲家學

　　漢初地方似無學校，其後地方學校似亦不授律令。欲有學法令，往往須遠赴京師。武帝時，蜀郡太守文翁曾"選郡縣小吏開敏有材者張叔等十餘人，親自飭屬，遣詣京師，受業博士，或學律令。"[184] 又秦豐"邳縣人，少學長安，受律令，歸爲縣吏"；[185] 王禁"少學法律長安，爲廷尉史"；[186] 東漢時，張浩"治律、《春秋》，遊學京師"，[187] 皆爲其例。他們如何學律？向誰學？惜無可考。西漢昭宣

---

〔183〕　《漢書》卷五九《張湯傳》。
〔184〕　《漢書》卷八九《循吏傳》。
〔185〕　《東觀漢記》卷二三，頁9上下。
〔186〕　《漢書》卷九八《元后傳》。
〔187〕　《三國志》卷四五《張翼傳》裴注引《益部耆舊傳》。

時，嚴延年因父爲丞相掾，"少學法律丞相府"。[188] 這是習律地點可考的一個例子。《續漢書·百官志》司隸校尉條屬官有孝經師、月令師和律令師，並云："孝經師主監試經，月令師主時節祠祀，律令師主平法律。"《宋書》卷三九《百官志》刺史條謂："孝經師一人，主試經；月令師一人，主時節祠祀；律令師一人，平律……漢制也。"這些"師"，除孝經師，於東漢州郡無可考。[189] 律令師不論屬司隸，或普隸於州刺史之下，所職似並不在教授法令。東漢人赴京師習律令，應不是從律令師，而是從其他的途徑。

其他的途徑之一就是從學於私人。秦時學法令須以吏爲師，大概沒有私人授受律令的。漢初，韓安國"嘗受韓子雜説鄒田生所"；[190] 鼂錯"學申商刑名於軹張恢生所，與雒陽宋孟及劉帶同師"。[191] 鼂錯與宋孟、劉帶同師張恢，是私人有學。所學名爲申、商刑名，或亦有律令在内。後來鼂錯在文、景朝任官，於"法令多所更定"，又言"法令可更定者，書凡三十篇"。[192] 鼂錯這三十篇書，《漢書·藝文志》列入法家，其實只是法令。漢代以後言申、商刑名者，可能逐漸以律令治獄之實務爲主，蓋時勢已異於先秦，不得不然。《晉書·刑法志》引《魏律》序："故集罪例以爲刑名，冠於律首"。此"刑名"義爲五刑罪例，已非先秦形（刑）名原義。[193] 名同而實異，時勢之變，於此可見。

漢初已有私人傳習律令，唯似尚無家學。漢代律令形成家學，和經學的發展有類似之處。西漢私家傳經，因章句解釋相異而成門派，律令亦因解釋比附之不同而有了武帝時的大杜律和小杜律。大

---

[188] 《漢書》卷九〇《酷吏傳》。

[189] 嚴耕望先生於郡縣學官云："漢人極重孝經，顧州有孝經師，郡職無考，然宋恩等題名石碑有孝義掾，文學孝掾，蓋即孝經師之類歟?"，《中國地方行政制度史》上編，頁255。又王莽以後，於鄉、聚立庠序，置孝經師各一人，見《漢書·平帝紀》。

[190] 《漢書》卷五二《韓安國傳》。

[191] 《漢書》卷四九《鼂錯傳》。陳直《漢書新證》："《漢舊儀》云'博士稱先生'，或簡稱爲先，如梅福傳之叔孫先、《李尋傳》之正先，本傳之鄧先是也。或簡稱爲生，如伏生、轅固生、賈生是也。此獨稱張恢生，在姓名下加以生字，尚屬創見。張恢亦疑爲秦代之博士，故《史記》稱爲"張恢先"（頁293～294）。如陳直說可取，則可見漢初傳申、商刑名者的身份。

[192] 同上，《鼂錯傳》。

[193] 《晉書》卷三〇《刑法志》。"形名"與"刑名"義，參王鳴盛《十七史商榷》卷五，刑名條，頁1上下。

杜指杜周，武帝時爲廷尉、御史大夫。他和他兩個任郡守的兒子
"治皆酷暴"[194] 唯有三子杜延年，也就是小杜，"亦明法律"，"行
寬厚"[195] 據説大將軍霍光"持刑罰嚴，延年輔之以寬"[196] 大、
小杜治獄有寬嚴，蓋因比附律令不同，所謂"罪同而論異"，"所欲
活則傅生議，所欲陷則予死比"[197] 這種比附不同的情形必因武帝
時法令增加，典者不能遍睹而趨於嚴重。律令比附解釋不同，傳習
亦呈分歧，遂有章句出現。大、小杜律可能已有章句[198] 杜周三子
是否從父學律，不可考，然而私淑者或從大杜，或從小杜，竟演成
律令之學的兩個派別。兩派律令傳習不絶。東漢時，習大杜律可考
的有馮緄、苑鎮。《馮緄碑》云："習父業，治《春秋》嚴、韓、
《詩》倉氏，兼律大杜"；[199]《苑鎮碑》云："韜律大杜，綜皋陶甫
侯之遺風"[200] 傳小杜律者，則以穎川郭氏最爲著名。《後漢書》卷
四六《郭躬傳》謂："父弘，習小杜律"。同卷，《陳寵傳》説："漢
興以來，三百二年，憲令稍增，科條無限，又律有三家，其説各
異"。三家之律唯大、小杜可考。又《晉書·刑法志》云："後人生
意，各爲章句，叔孫宣、郭令卿、馬融、鄭玄諸儒章句十有餘家，
家數十萬言"。是三家之律又可再分爲十餘家。家有章句，各數十萬
言。漢代律令學派之盛，於此可見。

　　律令傳授分家立派雖始於西漢，但世世相承的家學多見於東京
之世。西漢大、小杜的後人，仕宦頗盛：杜欽好經書，杜業以材能
聞，未見以律令著名的[201] 東海于定國"少學法于父，父死……亦
爲獄吏，郡決曹"，[202] 遷爲廷尉，御史大夫。于氏子孫也不見繼續

---

〔194〕《漢書》卷六〇《杜周傳》。
〔195〕 同上。
〔196〕 同上。
〔197〕《漢書》卷二三《刑法志》。
〔198〕《晉書·刑法志》謂："又叔孫、郭、馬、杜諸儒章句，但取鄭氏，又爲偏黨，未可
　　　承用"。叔孫指叔孫宣，郭爲郭令卿，馬爲馬融，鄭氏爲鄭玄。杜疑指大杜或小杜
　　　章句。然大、小杜章句非必成於杜周、杜延年本人。傳其學者，守師説而定章句也有
　　　可能。
〔199〕《隸釋》卷七《車騎將軍馮緄碑》，頁 13 上。
〔200〕《隸釋》卷一二《荆州從事苑鎮碑》，頁 6 下。
〔201〕《漢書》卷六〇《杜周傳》。
〔202〕《漢書》卷七一《于定國傳》。

學法。只有西漢末，王霸家"世好文法"。[203] 王霸祖父爲詔獄丞，
父爲郡決曹掾，霸少亦爲獄吏。這是西漢所見三代習法的例子。

東漢以後，以律令爲家學者，有郭、陳、吳、鍾四氏可考。潁
川郭氏習法可考者自郭弘始。《後漢書》卷四六《郭躬傳》謂：

> 父弘，習小杜律。太守寇恂以弘爲決曹掾，斷獄至三十
> 年，用法平。諸爲弘所決者，退無怨情，郡內比之東海于公。

> 躬少傳父業，講授徒衆，常數百人。……元和三年，
> 拜爲廷尉。躬家世掌法，務在寬平。

> 中子，亦明法律，至南陽太守，政有名迹。

> 弟子鎮。鎮字桓鍾，少修家業……延光中爲尚書……
> 尚書令……拜河南尹，轉廷尉。(鎮)長子賀……累遷，復
> 至廷尉。

> 鎮弟子禧，少明習家業，兼好儒學，有名譽，延熹中
> 亦爲廷尉。

> 郭氏自弘後，數世皆傳法律，子孫至公者一人，廷尉
> 七人，侯者三人，刺史、二千石、侍中、中郎將者二十餘
> 人，侍御史、正、監、平者甚衆。

又《丹陽太守郭旻碑》云郭旻治"律小杜"。[204]《後漢書》卷四六，王先
謙《補注》引惠棟曰："旻字巨公，太尉禧之子，乃知郭氏世傳小杜律矣"。
郭氏一家傳律令，從東漢初以迄靈帝，與東漢一朝幾相始終。郭氏子孫
憑律令可位至公侯、二千石，可見律令與經學同爲獵取青紫的途徑。

沛國陳氏以律令爲家學，始於西漢末，王莽之世。《後漢書》卷
四六《陳寵傳》云：

> 陳寵字昭公，沛國洨人也。曾祖父咸，成、哀間以律令爲
> 尚書。平帝時，王莽輔政，多改漢制，咸心非之。……及莽篡
> 位，召咸以爲掌寇大夫，謝並不肯應。時三子參、豐、欽皆在
> 位，乃悉令解官……其後，莽復徵咸，遂稱病篤。於是乃收斂
> 其家律令書文，皆壁藏之。咸性仁恕，常戒子孫曰："爲人議
> 法，當依於輕，雖有百金之利，慎無與人重比"。

> 建武初，欽子躬爲廷尉左監，早卒。

---

〔203〕《後漢書》卷二〇《王霸傳》。

〔204〕《全後漢文》卷九九，頁6上下。

躬生寵，明習家業，少爲州郡吏……永元六年，寵代郭躬
爲廷尉。

寵子忠。忠字伯始，永初中辟司徒府，三遷廷尉正，以才
能有聲稱。司徒劉愷舉忠明習法律，宜備機密，於是擢拜尚
書，使居三公曹。忠自以世典刑法，用心務存寬詳。

陳咸爲尚書，辭官以後，將律令文書，藏於家中，這是律令能爲家學的
重要條件。這些傳法之家，或傳子孫，或聚衆授徒，世世典帝國的法
律。法律的删修整理也往往出自他們的手中。例如陳寵、陳忠父子曾
先後鈎校律令條法。寵曾"撰《辭訟比》七卷，決事科條，皆以事類相
從。（鮑）昱奏上之，其後公府奉以爲法"。[205] 忠曾承父志，除漢法溢
於"甫刑"者，"奏上二十三條，爲決事比，以省請讞之敝"。[206]

河南吳氏世傳法律，始於順帝時的吳雄。吳雄以明法律，斷獄
平，起自孤宦，致位司徒。其子訢、孫恭，皆爲廷尉，"爲法名
家"。[207] 以上三家都是廷尉之家，世傳法律。唯一例外的是潁川鍾
氏。《後漢書》卷六二《鍾皓傳》謂：

鍾皓字季明，潁川長社人也。爲郡著姓，世善刑律。皓
少以篤行稱，公府連辟，爲二兄未仕，避隱密山，以《詩》、律教
授，門徒千餘人。

鍾家世善刑律，惜其家世不可考。鍾皓隱避不仕，以《詩》、律教授
至千餘人。這一方面反映律令傳學之盛，不下於經學；另一方面也
透露出漢人兼習經、律的風氣。

（3）以兼習經、律爲風尚

漢儒不同於後世儒生的一個特色即在兼重經、律，亦兼習經律。
（南北朝時期間亦有兼習經律者，唯風氣之盛不及兩漢。詳後。）漢
儒以爲法律造於皋陶，[208] 而將皋陶與孔子並列，所謂："孔子垂經
典，皋陶造法律"[209] 者是。皋陶代表公正、廉直。漢代故事，廷尉

---

〔205〕《後漢書》卷四六《陳寵傳》。
〔206〕同上。
〔207〕同上。
〔208〕漢儒之説本於古籍。《左傳》昭公十四年："《夏書》曰：'昏墨賊殺，皋陶之刑也'"；《竹書紀年》："帝舜三年命咎陶作刑"；《風俗通義》引《皋陶謨》曰："虞始造律"。史游《急就篇》採之，曰："皋陶造獄，法律存也"（《後漢書》卷四四《張敏傳》李賢注引）。
〔209〕《後漢書》卷四四《張敏傳》。

祀皋陶，繫獄者亦祭之。[210] 漢人碑銘讚辭每見 "膺皋陶之遺風"[211]
等語，可見皋陶的地位。漢代律令之簡與經簡皆長二尺四寸，此亦
可見律與經等量的地位。[212] 要之，漢人兼重經律而兼習。其著者，
前有董仲舒，後有馬融、鄭玄。其餘士子小儒，不勝細數。

董仲舒爲一代儒宗，又作《公羊董仲舒治獄》十六篇。[213] 以春
秋決獄，兩漢例證甚多。[214] 所謂《春秋》決獄，是以律令斷事，而以經

---

[210] 《後漢書》卷六七《黨錮傳》："溍坐繫黃門北寺獄。獄吏曰：'凡坐繫皆祭皋陶。'（《集
解》："惠棟曰：'《摯虞集記》云："故事：祀皋陶于廷尉。"'"）溍曰：'皋陶賢者，古之直
臣，知溍無罪，將理之於帝，如其有罪，祭之何益？'"《晉書》卷一九《禮志》上："故事：
祀皋陶於廷尉寺。新禮移祀於律署，以同祭先聖於太學也。"

[211] 見《全後漢文》卷一〇二《博陵太守孔彪碑》，頁 2 上；卷一〇六《荆州從事苑鎮
碑》，頁 4 上。又鮮于璜碑 "有邵伯述職之稱"，蕩陰令張遷表 "邵伯分陝，君懿于
棠"，此皆用《詩經》甘棠之典以頌地方官司法之公。

[212] 關於漢代律令簡長問題，王先謙曾在《漢書》卷六〇《杜周傳》的補注中有詳細的討論。
他相信漢代所說的三尺法，即以漢尺三尺之簡書律令，非如沈欽韓所說，以漢之二尺
四寸當周之三尺。他所依據的只有《漢書》的《杜周》與《朱博》兩傳，而未能解釋其他
文獻中二尺四寸律簡的記載。《鹽鐵論·詔聖篇》謂："二尺四寸之律，古今一也。"
《後漢書》卷三五《曹褒傳》謂曹褒修訂叔孫通《漢儀》，"撰次天子至庶人冠婚吉凶終
始制度，以爲百五十篇，寫以二尺四寸簡。"此蓋兩段律令簡長二尺四寸的記載。漢代
儒經亦書以二尺四寸簡。《論衡》卷一二《謝短》篇："二尺四寸，聖人文語。"又卷二八
《正說》篇："夫《論語》者，弟子共記孔子之言行……以八寸爲尺記之，約省懷持之便
也。以其遺非經傳文，紀識恐忘，故但以八寸尺，不二尺四寸也。"王充言下之意，一般
經書蓋二尺四寸也。如此，兩漢經、律簡應同長。
若從實物證之，武威所出《儀禮》簡，其甲、丙本經簡長皆近漢尺二尺四寸，以本爲經
傳，稍短，爲二尺一寸半，是《論衡·量知》篇所謂 "大者爲經，小者爲傳記" 之制。參
《武威漢簡·叙論》，頁 55～53。陳夢家在寫《武威漢簡·叙論》時，原主二尺四寸之
說，可是到 1963 年，寫《西漢施行詔書目錄》時，放棄原說，又主 "三尺律令爲漢制，先
漢亦當如此。"（《漢簡綴述》，頁 275）其證據是長六十七點五厘米，居延地灣出土的詔
書目錄札。按：詔書簡策長度在漢有定制。蔡邕《獨斷》載詔書之策 "長二尺，短者半
之。"武威磨咀子十八號墓所出土王杖十簡，爲制詔丞相、御史的詔書，簡長恰爲漢尺
一尺（參《武威漢簡》，頁 141）。但此十簡中一簡明書 "蘭臺令第卌三，御史令第卌
三"，是律令簡長亦僅一尺！青海大通上孫家寨有關軍事的律令木簡，長二十五厘米，
稍多於漢尺一尺。（《青海大通上孫家寨一一五號漢墓》，《文物》1981 年第 2 期，頁
18）居延新出 "甘露二年丞相御史律令" 簡長約二十三厘米，約合漢尺一尺（初仕賓《甘
露二年丞相御史律令考述》，《考古》1980 年第 2 期，頁 179～184）；同地所出之 "塞上
蓬火品約" 簡則長三十八點五厘米，合漢尺一尺六寸餘（《塞上蓬火品約釋文》，《考
古》1979 年第 4 期，頁 360～364）。這些不等的律令簡長應如何解釋？它們是因邊地
材料限制而出現的變制？或者還可作其他解釋？又可參王國維原著，胡平生、馬月華
校注《簡牘檢署考校注》（上海：上海古籍出版社，2004）；王利器《古書引經傳經說稱爲
本經考》，《王利器論學雜著》（北京：北京師範學院出版社，1990），頁541～542。

[213] 此據《漢書》卷三〇《藝文志》。

[214] 程樹德《春秋決獄考》，舉證甚備，可參。見氏著《九朝律考》（商務印書館，1927
年），頁 163～177。

義輕重之。《論衡》謂："董仲舒表《春秋》之義,稽合於律"。[215] 如此,非但須通經義,亦必明於律令。《漢書·循吏傳》謂:

> 孝武之世,外攘四夷,内改法度,民用彫敝,姦軌不禁,時少能以化治稱者。惟江都相董仲舒,内史公孫弘,兒寬居官可紀。三人皆儒者,通於世務,明習文法,以經術潤飾吏事,天子器之。

"明習文法,以經術潤飾吏事"一語,將經術與律令之用,表露無遺。知律令而不知經術,則爲刀筆俗吏;知經術而不知律令,則爲不通世務的俗儒。兩者皆爲漢人所不取。[216]

自董仲舒以後,馬融、鄭玄等大儒都有律令章句之作。《晉書·刑法志》説:

> "盗律"有賊傷之例,"賦律"有盗章之文,"興律"有上獄之法,"厩律"有逮捕之事。若此之比,錯糅無常。後人生意,各爲章句。叔孫宣、郭令卿、馬融、鄭玄諸儒章句十有餘家,家數十萬言。凡斷罪所當由用者,合二萬六千二百七十二條,七百七十三萬二千二百餘言,言數益繁,覽者益難。

除了《刑法志》提到的叔孫宣、郭令卿、馬融、鄭玄,漢儒作律章句可考的還有應劭。《後漢書》卷四八《應劭傳》説應劭"撰《具律本章句》"。章句在於顯明家法,對抗異説。[217] 有家法章句則有傳習,是馬融、鄭玄諸儒於傳經之餘或亦傳律令矣。前引鍾皓以詩、律教授,門徒千餘人;鄭玄注《周禮》、《禮記》每引漢律以明經義,[218] 皆可爲漢儒兼授經、律之證。

有兼授則有兼習者。兩漢兼習經、律者,不可勝數,略舉若干如下:

---

[215] 《論衡》卷一二《程材》,頁5上。

[216] 漢人斥俗吏但知刀筆律令,不識大體,始於賈誼。其後同調者甚多,參《漢書》卷四八《賈誼傳》;卷五〇《汲黯傳》;卷七二《王吉傳》;《論衡》卷一二《程材》、《量知》、《謝短》諸篇。斥純任德教爲不達時宜之俗儒,見本文前引宣帝詔,出《漢書·宣帝紀》。又王粲《儒吏論》以"吏服雅訓,儒通文法,故能寬猛相濟,剛柔自克也"(《全後漢文》卷九一,頁40)爲理想,此亦漢儒之理想也。

[217] 錢穆《兩漢博士家法考》,見《兩漢經學今古文平議》(1971年自印本),頁201~214。

[218] 薛允升《漢律輯存》輯鄭玄以律解經者,《禮記》注一例,《周禮》注四十一例,見是書頁64~84。

1.公孫弘"少時爲獄吏……年四十餘,乃學《春秋》雜説","習文法吏事,緣飾以儒術,上説之,一歲中至左內史"。(《漢書》卷五八,本傳)

2.何敞"六世祖比干學尚書於鼂錯,武帝時爲廷尉正,與張湯同時"。(《後漢書》卷四三《何敞傳》)

李賢注引《何氏家傳》:"六世祖父比干字少卿,經明行修,兼通法律"。

3.丙吉"治律令,爲魯獄史","吉本起獄法小吏,後學《詩》、《禮》,皆通大義"。(《漢書》卷七四,本傳)

4.于定國"少學法于父……超爲廷尉。定國乃迎師學《春秋》,身執經,北面備弟子禮,爲人謙恭,尤重經術士"。(《漢書》卷七一,本傳)

5.黃霸"少學律令,喜爲吏","繫獄當死,霸因從(夏侯)勝受《尚書》獄中,在隃冬,積三歲乃出"。(《漢書》卷八九《循吏傳》)

6.谷永薦薛宣曰:"其法律任廷尉有餘,經術文雅,足以謀王體,斷國論"。(《漢書》卷八三《薛宣傳》)

7.翟方進"失父孤學,給事太守府爲小吏……西至京師受經……受《春秋》,積十餘年,經學明習","方進知能有餘,兼通文法吏事,以儒雅緣飾法律,號爲通明相"。(《漢書》卷八四,本傳)

8.路溫舒"求爲獄小吏,因學律令","又受《春秋》,通大義"。(《漢書》卷五一,本傳)

9.張敞"其治京兆,略循趙廣漢之跡,方略耳目,發伏禁姦,不如廣漢。然敞本治《春秋》,以經術自輔。其政頗雜儒雅,往往表賢顯善,不醇用誅罰"。(《漢書》卷七六,本傳)

10.鄭弘"泰山剛人也。兄昌字次卿,亦好學,皆明經,通法律政事"。(《漢書》卷六六《鄭弘傳》)

11.孔光"經學尤明,年未二十,舉爲議郎","光以高第爲尚書,觀故事品式,數歲明習漢制及法令。上甚信任之,轉爲僕射,尚書令"。(《漢書》卷八一,本傳)

12.侯霸"從鍾寧君受律爲淮平大尹,政理有能名"。

(《東觀漢記》卷一三)"師事九江太守房元,治《穀梁春秋》,爲元都講"。(《後漢書》卷二六,本傳)

13. 張浩"治律《春秋》,遊學京師"。(《三國志》卷四五《張翼傳》裴注引《益部耆舊傳》)

14. 王渙"敦儒學,習《尚書》,讀律令,略舉大義"。(《後漢書》卷七六《循吏傳》)

15. 黃昌"會稽餘姚人也……居近學官,數見諸生修庠序之禮,因好之,遂就經學,又曉習文法"。(《後漢書》卷七七《酷吏傳》)

16. 陳球"少涉儒學,善律令"。(《後漢書》卷五六,本傳)

17. 陳寵"雖傳法律,而兼通經書,奏議溫粹,號爲任職相"。(《後漢書》卷四六,本傳)

18. 郭禧"少明習家業,兼好儒學"。(《後漢書》卷四六《郭躬傳》)

19. 馮緄"習父業,治《春秋》嚴、韓,《詩》倉氏,兼律大杜"。(《車騎將軍馮緄碑》)

20. 董昆"少遊學,師事潁川荀季卿,受《春秋》,治律令,明達法理,又才能撥煩。縣長潘松署功曹吏。刺史盧孟行部,垂念冤結。松以孟明察於法令,轉署昆爲獄史。孟到,昆斷正刑法,甚得其平。孟問昆:'本學律令? 所師爲誰?'昆對:'事荀季卿'。孟曰:'史與刺史同師'。孟又問昆:'從何職爲獄史?'松具以實對。孟歎曰:'刺史學律,猶不及昆',召之署文學"。(《太平御覽》六三八引《會稽典錄》)

以上第 20 例,董昆與盧孟同事荀季卿爲師。荀季卿兼授律令與《春秋》,董、盧亦兼習之,可爲漢儒經、律兼授兼習的最佳明證。盧孟因董昆明律,召署文學,似乎意味漢代文學一職非必明經者任之。[219] 又《續漢書》卷二,北海靜王興遷宏農太守,"分遣文學循行屬縣,理冤獄。"以文學理冤獄,是文學亦通律令。文學與律令有關,其淵源甚早。

---

[219] 陳夢家在《武威漢簡補述》(《漢簡綴述》,中華書局,1980,頁 286~290)中曾對漢代文學及文學弟子有所考述。他說:"漢代所謂'文學',乃指經學而言。它同時又是一種資歷和學官的稱謂。"(頁 286)文學乃指經學一語,不完全正確。例如,文帝時,鼂錯習申商刑名,"以文學爲太常掌故"(《史記·鼂錯傳》),此文學絕非經學。又武帝好文學,所好實指賦頌辭章,亦非經學。

據《史記·蒙恬傳》："蒙恬嘗爲秦書獄典文學。"《索隱》謂："恬嘗學獄法，遂作獄官，典文學。"瀧川龜太郎《考證》引中井積德曰："謂作獄辭文書。"中井之説蓋得之。又律令是爲吏的基本知識，僅爲地方小吏，知律令即足。如欲更上層樓，出入中央，則更須經術文雅。桓譚《新論》謂：

> 賢有五品，謹敕于家事，順悌于倫黨，鄉里之士也；作健曉惠，文史無害，縣廷之士也；信誠（官本作誡）篤行廉平，公（當有脱）理下務上者，州郡之士也；通經術，名行高，能達于從政，寬和有固守者，公輔之士也；才高卓絶，疎殊（官本作竦峙）于衆，多籌大略，能圖世建功者，天下之士也。[220]

從他分的五品可見任官除了品德，郡縣以下地方之吏所求在"文史無害"，而任職中央的公輔或天下之士則更要"通經術"。以上公孫弘、丙吉、于定國、黃霸、翟方進、路溫舒皆先習律令爲吏，而後學經。習經、律之次第於此可見。然亦有先經學而後律令者，如孔光。《急就篇》謂："宦學諷詩孝經論，春秋尚書律令文"。[221] 此處爲配合韻腳，不足以見學經、律之次第。然用以證宦學須經、律兼習，則甚顯然。第 15 黃昌例亦有可言之者。黃昌居近學官，"遂就經學，又曉習文法"，是黃昌於學官兼受經學與文法歟？兩漢郡國學官有經師，但不見有授律令之例。[222] 如果前考漢儒兼授經、律可信，則學官經師或亦可能如此。此事無確證，姑言之，以待考。

　　總結而言，由於律令與經義是漢代政治運作的兩大依據，張敏謂："法聖人，從經、律"，[223] 孔光"據經、法"對上所問，[224] 王惲等二十五人議定陶傅太后尊號，"守經、法，不阿指從邪"，[225] 律令學與經學遂同盛於兩漢。學律令主要是以吏爲師。以律令爲家學者，幾全在朝爲官。其門徒數百或上千，實亦以吏爲師也。律令家學，説各有異，竟產生出十餘家，數百萬言的律令章句。這又是兩漢經師，因兼治經、律，以治

〔220〕　《全後漢文》卷一三，頁 5 上。
〔221〕　王應麟校《急就篇》（玉海附刻本）第二十五、二十六章，頁 8 下。
〔222〕　參嚴耕望《中國地方行政制度史》（《中央研究院歷史語言研究所專刊》之四十五，1974年）上編，頁 252～256。
〔223〕　《後漢書》卷四四《張敏傳》。
〔224〕　《漢書》卷八一《孔光傳》。
〔225〕　《漢書》卷一二《平帝紀》。

經之法治律的結果。可惜各家律説不傳，程樹德所輯亦不過八條。[226]
否則，統一的律令如何能允許十餘家不同的章句解釋，倒是值得進一
步追究。

四、律令學的没落與曹魏以降律博士的出現

律博士初置，是在漢獻帝建安二十一年（216），曹操稱魏王以後。
《宋書·百官志》謂：“廷尉律博士，一人；魏武初建，魏國置。”據此，律
博士原置於魏國。漢末，權在曹氏。律博士雖初現於漢末，實際上可
以説是曹魏的制度。魏明帝立，因衛覬的建議，王國制下的律博士，又
一變而爲隸屬中央廷尉的職官。自曹魏初創，後代相沿。晉、宋、齊、
梁、陳、北魏、北齊、隋、唐和宋代，都曾設置律博士。[227] 律博士爲何至
曹魏而出現？其意義何在？此事不但關係一代政治，亦足以覘時代學
風的轉變。魏國的律博士如何，没有進一步的資料。我們可從衛覬的
奏議説起。

《三國志》卷二一《衛覬傳》云：

> 明帝即位，（覬）進封閺鄉侯，三百户。覬奏曰：“九章之
> 律，自古所傳，斷定刑罪，其意微妙。百里長吏，皆宜知律。
> 刑法者，國家之所貴重，而私議之所輕賤；獄吏者，百姓之所
> 縣命，而選用者之所卑下。王政之弊，未必不由此也。請置
> 律博士，轉相教授。”事遂施行。

《晉書·刑法志》也提到衛覬的奏議，内容相同而更簡略。《三國志》
所述遂爲魏立律博士最重要的資料。這一段資料已透露出律博士設
立的背景。第一，律令長久以來是治民的依據，治民之吏不能不通律，
所謂“百里長吏，皆宜知律”。衛覬提出這一點，是不是意味當時的官
吏已不明律令？第二，他説：“刑法者，國家所重，而爲私議所輕”。本
文前論以爲漢儒兼重經、律，是風氣至曹魏而有變乎？第三，他説百姓
懸命於獄吏，獄吏卻爲選用者之所卑下。兩漢吏治，首重治獄，所謂
“秦有十失，其一尚存，治獄之吏是也”。[228] 漢代治獄吏擢登公卿者甚
衆，是人材選用亦至曹魏而變乎？要了解律博士設立的背景，對這些

---

〔226〕 見程樹德《九朝律考》（商務印書館，1927 年）卷八，頁 18。
〔227〕 徐道鄰《中國唐宋時代與法律教育》，《東方雜誌》復刊 6 卷 4 期，1972 年，頁 30～32。
〔228〕 《漢書》卷五一《路温舒傳》。

問題都有必要作進一步的討論。

首先,世事之變,每在積漸,不在一時。曹魏建立(220)到明帝即位(227),不過短短七載。衛覬所說的情形絕非到曹魏以後才出現。曹丕父子明察好法,固可解釋"刑法者,國家之所貴重",然兩漢天子亦重法,非曹氏獨然。選用卑下獄吏,私議輕賤刑法,其端倪實已見於東漢,歷兩百年而卒成其變。

前文所說兩漢重律,選材用人每因明曉律令,是就其大勢而言,也是以與後世比較而說。若細繹之,則東京以後,漸有變化。東漢以後,經、律漸分,經學本身雖漸漸僵化貧乏,仍爲士人所標榜,律學卻漸爲士人所輕。這種變化是逐漸的,痕跡也不明顯。東漢末葉雖然仍有鄭玄、應劭兼治經、律,但這似乎已不是主流。東漢政治勢力的主流是一群標榜經學,重身份而以實務爲次的豪門世族。他們憑藉門第身份,託名經學,假言德性,漸不屑於實務。《後漢書·陳寵傳》說陳寵於建武時辟司徒府,"是時三府掾屬專尚交遊,以不肯視事爲高。寵常非之,獨勤心物務"。尚交遊,不肯視事的風氣和帝時王符所說俗士之論,"以族舉德,以位命賢"[229] 的風氣是相爲表裏的。晉初傅玄批評漢、魏"百官子弟不修經藝而務交遊,未知莅事而坐享天祿"。[230] 他批評"漢魏"的"漢",實指東漢而言。東漢貴遊子弟未知莅事而坐享天祿,一般以律令實務見長的吏反而沉淪下僚。這可從東漢孝廉的出身見之。孝廉是東漢士人由吏而官的要途。但是東漢可考的孝廉自地方長吏超拔的,只有和帝至順帝時,稍過一半,其餘絕大部分時期,都不及三分之一。[231] 官職既由世族盤據,官、吏遂分途,經、律亦兩判。世族不尚律令實務,律令之學遂衰。當然律令學衰微的原因是很複雜的,例如東漢律令日趨龐雜,足以造成學習的阻礙等等,但是律令實務漸失世族的支持,似爲其中主要的原因。律令學衰,龐雜的律令不能不有人整理,不得不有人專司教授,以培養治民不可少的明法之吏,於是有律博士的設立。

東漢經、律漸分和重經卑律風氣變化的痕跡十分隱微。大致而

---

[229] 《潛夫論》卷一《論榮》第四,頁 10 下。

[230] 《晉書》卷四七《傅玄傳》。

[231] 參拙著《東漢孝廉的身份背景》,《第二屆中國社會經濟史研討會論文集》,頁 19,表二,"屬吏出身孝廉比例表"。

言,光武、明帝之世,似尚重律令。活在光武、明、章之世的王充曾感慨
儒生的際遇不如文吏。他説:"儒者寂於空室,文吏諠於朝堂"。[232] 又
説:[233]

> 論者以儒生不曉簿書,置之於下第。法令比例,吏斷決
> 也。文吏治事必問法家。縣官事務,莫大法令。必以吏職程
> 高,是則法令之家宜最爲上。或曰:"固然。法令,漢家之經,
> 吏議決焉。事定於法,誠爲明矣"。曰:"夫五經亦漢家之所
> 立。儒生善政大義,皆出其中。董仲舒表《春秋》之義,稽合
> 於律,無乖異者。然則,《春秋》漢之經,孔子制作,垂遺於漢。
> 論者徒尊法家,不高《春秋》,是闇蔽也。

約略和王充同時的韋彪也有類似的觀感。《後漢書》卷二六《韋彪傳》
説:

> 彪以世承二帝吏化之後,多以苛刻爲能,又置官選職,不
> 必以才⋯⋯上疏諫曰:"⋯⋯天下樞要,在於尚書,尚書之選,
> 豈可不重? 而間者多從郎官超升此位,雖曉習文法,長於應
> 對,然察察小慧,類無大能"。

風氣的轉變大約在東漢中期。和帝時,樊準上言:

> 臣愚以爲宜下明詔,博求幽隱,發揚巖穴,寵進儒雅,有
> 如(趙)孝、(承)宫者,徵詣公車,以俟聖上講習之期。公卿
> 各舉明經及舊儒子孫,進其爵位,使績其業。復召郡國書佐,
> 使讀律令。如此,則延頸者日有所見,傾耳者月有所聞,伏願
> 陛下推述先帝進業之道。[234]

他顯然認爲郡國書佐小吏應習律令,而舊儒子孫則守經學。所謂舊儒
子孫即世族子弟。換言之,他不再認爲儒經與律令爲官吏一體同守,
而是各有所習。順帝時,左雄言孝廉選舉,主張"諸生試家法,文吏課
牋奏"。[235] 至此,經學與律學分別已更爲清楚。因儒生與文吏所習不
同,課試遂亦有別。漢末,世家大族更明白卑視律令。靈帝時,拜楊賜
爲尚書令,數日出爲廷尉。賜自以"代非家法",固辭,言曰:"三后成

---

[232] 《論衡》卷一二《程材》,頁3下。
[233] 同上,頁5下。
[234] 《後漢書》卷三二《樊準傳》。
[235] 《後漢書》卷六一《左雄傳》。

功,惟殷于民,皋陶不與焉,蓋吝之也(注:吝,恥也)”。[236] 弘農楊氏世
傳經學,恥爲廷尉,於此可見世族對律令實務的態度。不唯此也,皇帝
本人竟也以儒法雜糅爲非。靈帝中平五年九月己未詔:

> 頃選舉失所,多非其人,儒法雜糅,學道浸微。處士荀
> 爽、陳紀、鄭玄、韓融、李楷耽道樂古,志行高潔,清貧隱約,爲
> 衆所歸,其以爽等各補博士。[237]

兩漢治道本在兼雜王、霸。靈帝竟斥責選舉儒法雜糅。漢末風氣的轉
變,此又一徵驗。可是漢末經學空洞而不務實,也曾激起不少學者的
反動。例如崔寔、仲長統、應劭等人有鑒於經學空言,無補亂世,主張
改以嚴刑重罰。崔寔説:“刑法者,治亂之藥石也;德教者,興平之粱肉
也”。[238] 仲長統則明言“定五刑以救死亡”。[239] 曹操與曹丕父子尚法
務實,多多少少是承續這一派的反動而來。但是經學世族卑視律令刑
名終是不可挽回的大勢。和衛覬同時代的王粲曾作儒吏論,反映這種
大勢甚爲清楚:

> 古者,八歲入小學,學六甲、五方、書計之事。十五入大
> 學,學君臣朝廷王事之紀。則文法典藝,具存于此矣。至乎
> 末世,則不然矣。執法之吏,不闚先王之典,搢紳之儒,不通
> 律令之要……先王見其如此也,是以博陳其教,輔和民性,達
> 其所壅,祛其所蔽,吏服雅訓,儒通文法。故能寬猛相濟,剛
> 柔自克也。[240]

王粲所説的末世,其實就是漢末。所謂“執法之吏,不闚先王之典;搢
紳之儒,不通律令之要”,乃是兩漢以來“吏服雅訓,儒通文法”傳統的
最大轉變。

“吏服雅訓,儒通文法”是漢代官吏品質的一大特色。可是這並不
始於漢初。漢初君臣,承秦遺風,唯知刀筆,無所謂雅訓可言。賈誼
説:“俗吏之所務,在於刀筆筐篋,而不知大體。陛下又不自憂,竊爲陛
下惜之”。[241] “陛下又不自憂”一句點破漢初君主所知,與俗吏無異。

---

〔236〕 《後漢書》卷五四《楊賜傳》。
〔237〕 《後漢紀》卷二五。
〔238〕 《後漢書》卷五二《崔寔傳》。
〔239〕 《後漢書》卷四九《仲長統傳》。
〔240〕 《全後漢文》卷九一,頁4上。
〔241〕 《漢書》卷四八《賈誼傳》。

唯自武帝尚儒,以儒術緣飾法律,以古義附會律令,史謂"(張)湯由是鄉學",[242]此吏服雅訓之始也。此後,君臣議政,多引經據律,治獄亦輒衡以《春秋》,遂促成漢代兼習經、律的風氣。這種風氣經數百年而後變。順帝時,儒生與文吏課試已不相同。魏文帝黃初三年詔:"其令郡國所選,勿拘老幼,儒通經術,吏達文法,到皆試用"。[243] 課試不同反映兼習的風氣發生變化。這個變化到曹魏時完全明朗,因而王粲對"吏服雅訓,儒通文法"的傳統竟只能心嚮往之了。

曹魏設立律博士的意義不同於漢武帝置五經博士。五經博士的設置象徵儒學的興起,而律博士的設立則在挽救律令學的沒落,是律令學衰微的標示。曹魏以降,雖仍有言法之士,律令家學亦見記載,[244]然而律令刀筆毫無疑問逐漸淪爲寒門所職,已非高門貴族所屑爲。晉葛洪曾指出:"今在職之人,官無大小,悉不知法令…作官長不知法,爲下吏所欺而不知";"或有不開律令之篇卷而竊大理之位"。[245]他所說不知法令的官長大約都是因父兄得任的貴遊子弟,而知法者多出身寒素。東晉初,熊遠上疏便說:"今朝廷法吏多出於寒賤。"[246]在魏晉以後一個日益貴族化的社會裏,律令學得不到貴族的支持,便只有沒落一途。南齊崔祖思曾感慨地說:[247]

> 漢來治律有家,子孫並世其業,聚徒講授至數百人。故張、于二氏,絜譽文、宣之世;陳、郭兩族,流稱武、明之朝。決獄無冤,慶昌枝裔,槐袞相襲,蟬紫傳輝。今廷尉律生,乃令史門戶,族非咸、弘,庭缺于訓。刑之不措,抑此之由。如詳擇篤厚之士,使習律令,試簡有徵,擢爲廷尉僚屬,苟官世其家,而不美其績,鮮矣。

南齊孔稚珪也指出"尋古之名流,多有法學","今之士子,莫肯爲業。縱有習者,世議所輕"。他建議"國學置律助教,依五經例,國子生有欲

---

〔242〕 《漢書》卷五八《兒寬傳》。
〔243〕 《三國志》卷二《文帝紀》。
〔244〕 程樹德《九朝律考》卷九,頁37~38;卷一一,頁26。
〔245〕 《抱朴子》外篇卷一五《審舉》;卷三四《吳失》。又參,趙翼《廿二史劄記》(華世出版社)卷八,南朝多以寒人掌機要條,頁171~172;王利器《顏氏家訓集解》卷三《勉學》第八。
〔246〕 《晉書》卷七一《熊遠傳》。
〔247〕 《南齊書》卷二八《崔祖思傳》。

讀者,策試上過高第,即便擢用,使處法職,以勸士流"。[248] 從魏、晉至隋代,律博士始終是廷尉(晉、宋、齊、梁、陳、北魏)或大理寺(北齊、隋)的屬官,不得預國學學官之列。孔稚珪亦僅建議於國學置律助教,而非律博士,然"事竟不施行"。北朝情形稍異。北朝世族保守兩漢舊風較多。他們在胡人政權下,不能不以實學討生活。例如崔浩即"留心於制度科律及經術之言",[249] 神䴥中參與改定律令。[250] 律令家學亦不絕如縷,其中足以稱述者,則唯北齊封氏。渤海封氏歷世明法,可考者有封隆之、封繪、封述。[251] 他們參與律令修訂。南北朝律,以北齊律最優,此與律令家學一息尚存不無關係。[252] 封氏之後,即不見再有以律令名家者。律令家學既衰,雖有律博士之置,但律生出於寒門,高族不屑於刀筆,漢代律令學的盛況遂一去而不復返。

五、結　語

從先秦到秦漢,中國出現了一個龐大的中央集權的官僚組織。這個組織相沿兩千年,其影響中國社會的深遠廣大,論者已多;它如何組成,如何演變,也不乏論述。但是它到底依循什麼而運作?組織中的官吏憑藉什麼處理例行的事務? 這一類問題似乎還值得討論。據前文所述,從春秋戰國以來,隨著集權官僚組織逐漸形成,就已經有一套龐雜的"法"。法的來源是君主,所謂法出於君。君王的法令經由層層分責的官僚,下達於編户齊民。這構成戰國政制的特色。秦漢政制沿續戰國的規模,依法而治的原則也相沿未改。依秦漢的習慣,這些號令法規可統稱爲律令。依律令而治,則官吏須先明律令。

大致來説,秦漢官吏習律令,基本上是依循"以吏爲師"的形式。根據《商君書》和雲夢秦簡看來,秦代有專主法令傳授的官吏,也有專供吏的子弟學習的學室。這些學習者在當時或稱爲弟子。弟

---

[248] 《南齊書》卷四八《孔稚珪傳》。

[249] 《魏書》卷卅五《崔浩傳》。

[250] 《魏書》卷四上《世祖紀》。又參王伊同《魏書崔浩傳箋註》,《中央研究院歷史語言研究所集刊》第 45 本第 4 分,1974 年,頁 698。

[251] 《北齊書》卷二一《封隆之傳》;卷四三《封述傳》。

[252] 陳寅恪《隋唐制度淵源略論稿》,見《陳寅恪先生論集》(《中央研究院歷史語言研究所特刊》之三,1971 年),頁 67～76。

子享有某些除復徭役的特權，也有免於被過度役使的保障。他們學習有一定的進程和教本。習不中程會受處罰。所學大約以政府的法令規程爲主。以雲夢秦墓的主人爲例，他不過是地方治獄的小吏，墓中出現的律目最少就有三十多種。這些他熟知習用的法律，內容相當廣泛。不過，大部分和處罰或治獄的事有關係。秦、漢吏治重在治獄，雲夢秦簡可以說作了最適切的證明。

漢代的官吏像秦代的一樣，大部分是所謂奉律令以從事的刀筆吏。雖然漢初以來，君臣上下或崇黃、老，或尚儒術，他們幾無不承認律令刑法是治民的必要工具。漢代政府選才用人，在大部分的情況下，也都以通曉律令爲重要甚至必要的條件。因此，習律爲吏在漢代應該是很普遍的情形。一般人從閭里書師或其他途徑學書識字以後，即可試爲小吏。在《蒼頡》、《急就》等識字的教本中已包括有初步的律令知識。但這是不夠的。小吏大概一邊任事，一邊還要見習。見習所學最重要的就是法令規章。漢代基層的刀筆吏多半是這樣訓練出來的。秦、漢人學法令雖然都是以吏爲師，但有一點不同：漢代似乎沒有設置專授律令的官吏，最少我們找不到這樣的證據。

漢與秦制另一不同是漢代不禁私學，欲習律令，可從私人，非必以吏爲師。漢初傳習申、商刑名的多爲私人。他們傳習雖名爲申、商，實則多與治獄律令有關。這從鼂錯等人所習所爲即可窺見。西漢中晚期以後，由於法令日益龐雜，解釋比附不一，私人傳習不同，竟然造成章句家學。律令章句初或有三家，可考者唯武帝時的大、小杜律；東漢時演爲十餘家，家各章句數十萬言。這種情形絕不是秦代禁私學的情況下所能有。漢代律令形成章句家學的另一個原因是武帝以後，士人兼習經、律；經師以治經之法以治律。經有章句，治律遂亦如法炮製。

漢儒兼習經、律實爲漢代學風有異於秦，亦不同於後代的一大特色。秦人唯知律令，不習經；後世儒者一般而言則只守經而不習律。董仲舒通經明律，開一代學風之典型；馬融、鄭玄承其後，各有律令章句之作。造成這種學風的關鍵似在漢儒重經而不輕律以及漢代學術與政治的緊密結合。漢代政治依經據律，學而優則仕的儒生就得兼明二者。不過，律令畢竟是基本。漢吏功令但問是否"頗知律令"，不察是否通明經術。只有在仕途上想要更上層樓，經學知識才是不可少的。因此，漢代公卿每多習律在先，明經於後者。當然也有經生先通經而後習律。何種情況較多，已不易細究。總之，從秦以來，習律令已成風氣；漢初以後，私家傳授又甚普遍。漢代或竟因而不覺有設專人傳授律令的必要。此外，漢人雖然兼重經、律，但是根據漢儒的政治哲學，儒經代表德治，爲主；律令代表刑法，爲輔。五經爲主，可立博士；律令不過爲輔，豈可與爲主之五經等列？漢儒德主刑輔的思想頗減少了律令博士在漢代出現的可能。曹魏以後則不然。曹丕父子出身"法家寒族"，他們非德尚法，不同於"儒家大族"。[253] 從漢末至曹魏時代的士人，也感於流於空洞虛偽的儒家德教，不足以應付混亂的世局。德主刑輔的思想不再那麼有説服力，律令之學遂可由婢女而爲夫人。

然而曹魏律博士的出現似更植根於兩漢末以來"吏服雅訓，儒通文法"傳統的轉變。漢代士人自武帝以後兼習經、律，不但明聖人之言，也通刀筆實務，《循吏傳》中人物多爲典型。東漢以降，豪門世族勢力膨脹，政治貴族化，仕宦漸重身份而輕實務。實務所奇之律令，高門世族不屑一爲。經與律學遂漸分，儒生與文吏亦成兩概。這種分化的發展，甚爲緩慢，痕跡亦甚細微。抱經傳律的世族雖綿延至南北朝而不斷，但律令確實逐漸淪爲寒門的技藝。作爲政治勢力主流的世家大族既不屑於刀筆吏，律令學只有没落一途。曹魏以降律博士的設立，不過是律令學在没落中的挣扎罷了。

附記：本稿曾蒙陳槃庵先生、嚴歸田先生以及同儕好友杜正勝、陳鴻森、張榮芳、黃進興、劉增貴、劉淑芬諸君熱心指正，謹此誌謝。又本文寫作期間曾獲國家科學發展委員會獎助，一併誌謝。

引用書目

1. 司馬遷《史記》(宏業書局，《史記會注考證》)。

2. 班固《漢書》(藝文印書館，《補注》本)。

---

〔253〕 此處借用陳寅恪先生語。見氏著《崔浩與寇謙之》，《陳寅恪先生論文集》(三人行出版社，1974 年)，頁 587～589。

3. 范曄《後漢書》(藝文印書館,《集解》本)。

4. 陳壽《三國志》(藝文印書館,《集解》本)。

5. 袁宏《後漢記》(商務印書館《四部叢刊初編》)。

6.《東觀漢記》(中文出版社)。

7.《漢官六種》(中華書局,《四部備要》本)。

8.《國語》(里仁書局,校注本)。

9.《春秋左傳正義》(大化書局,《十三經注疏》本)。

10.《禮記正義》(大化書局,《十三經注疏》本)。

11.《尚書正義》(大化書局,《十三經注疏》本)。

12.《周禮注疏》(大化書局,《十三經注疏》本)。

13. 竹添光鴻《左傳會箋》(廣文書局)。

14. 安井衡《左傳輯釋》(廣文書局)。

15. 屈萬里《尚書釋義》(中華文化出版事業委員會,1968 年)。

16. 朱熹《四書集註》(世界書局)。

17.《逸周書》(重編本《皇清經解》,朱右曾《集訓校釋》)。

18.《韓非子》(世界書局,王先慎集解)。

19.《呂氏春秋》(中華書局,《四部備要》本)。

20.《商君書》(中華書局,高亨注譯)。

21.《管子》(東豐書店,郭沫若、聞一多、許維遹集校)。

22.《管子》(商務印書館,《國學基本叢書》)。

23.《荀子》(新興書局,謝墉集解)。

24.《淮南子》(世界書局,高誘注本)。

25. 賈誼《新書》(商務印書館,《四部叢刊》本)。

26. 董仲舒《春秋繁露》(河洛圖書出版社,蘇輿義證)。

27. 韓嬰《韓詩外傳》(商務印書館,《四部叢刊》本)。

28. 戴德《大戴禮記》(《武英殿聚珍版》)。

29. 桓寬《鹽鐵論》(世界書局,王利器校注)。

30. 應劭《風俗通義》(明文書局,王利器校注)。

31. 劉向《新序》(商務印書館,《四部叢刊》本)。

32. 王充《論衡》(商務印書館,《四部叢刊》本)。

33. 王符《潛夫論》(商務印書館,《四部叢刊》本)。

34. 揚雄《法言》(世界書局,汪榮寶義疏)。

35. 蔡邕《獨斷》(《抱經堂校定》本)。

36. 班固《白虎通德論》(商務印書館,《四部叢刊》本)。

37. 顏之推《顏氏家訓》(明文書局,王利器集解)。

38. 葛洪《抱朴子》(世界書局,孫星衍校本)。

39. 《竹書紀年》(華世出版社,方詩銘、王修齡《古本竹書紀年輯證》)。

40. 許慎《說文解字》(藝文印書館,段玉裁注)。

41. 《急就篇》(玉海附刻本,王應麟校)。

42. 魏收《魏書》(鼎文書局,新校標點本)。

43. 房玄齡《晉書》(鼎文書局,新校標點本)。

44. 蕭子顯《南齊書》(鼎文書局,新校標點本)。

45. 李百藥《北齊書》(鼎文書局,新校標點本)。

46. 洪适《隸釋》(藝文印書館,《石刻史料叢書甲編》)。

47. 嚴可均《全後漢文》(中文出版社,《全上古三代秦漢三國六朝文》)。

48. 長孫無忌《唐律疏義》(商務印書館,《國學基本叢書》)。

49. 《太平御覽》(商務印書館,《四部叢刊三編》)。

50. 趙翼《廿二史劄記》(華世出版社)。

51. 王鳴盛《十七史商榷》(藝文印書館,《百部叢書》本)。

52. 章學誠《文史通義》(華世出版社)。

53. 薛允升《漢律輯存》(鼎文書局,《中國法制史料》第 2 輯第 1 冊)。

54. 沈寄簃《漢律摭遺》(鼎文書局,《中國法制史料》第 2 輯第 1 冊)。

55. 侯康《補後漢書藝文志》(開明書店,《廿五史補編》)。

56. 顧懷三《補後漢書藝文志》(開明書店,《廿五史補編》)。

57. 程樹德《九朝律考》(商務印書館,1927 年)。

58. 錢穆《先秦諸子繫年》(香港大學出版社,1956 年增訂初版)。

59. 錢穆《兩漢經學今古文平議》(1971 年自印本)。

60. 嚴耕望《中國地方行政制度史》上編(《中央研究院歷史語言研究所專刊》之四十五,1974 年)。

61. 嚴耕望《秦漢郎吏制度考》,《中央研究院歷史語言研究所集刊》第 23 本上冊,1951 年,頁 89～143。

62. 勞榦《居延漢簡·考釋之部》(《中央研究院歷史語言研究所專刊》之四十,1960 年)。

63. 勞榦《史記項羽本紀中學書和學劍的解釋》,《中央研究院歷史語言研究所集刊》第 30 本下册,1959 年,頁 499～510。

64. 王伊同《魏書崔浩傳箋註》,《中央研究院歷史語言研究所集刊》第 45 本第 4 分,1974 年,頁 681～727。

65. 陳槃《古讖緯書錄解題》,《中央研究院歷史語言研究所集刊》第 22 本,1950 年,頁 85～120。

66. 陳槃《春秋時代的教育》,《中央研究院歷史語言研究所集刊》第 45 本第 4 分,1974 年,頁 731～812。

67. 陳槃《於歷史與民俗之間看所謂瘞錢與地券》,《中央研究院國際漢學會議論文集》,歷史考古組中册,1981 年,頁 855～905。

68. 陳槃《漢晉遺簡識小七種》(《中央研究院歷史語言研究所專刊》之六十三,1975 年)。

69. 陳寅恪《隋唐制度淵源略論稿》(《中央研究院歷史語言研究所特刊》之三,《陳寅恪先生論集》,1971 年),又《陳寅恪先生論文集》(三人行出版社,1974 年)。

70. 徐道鄰《中國唐宋時代的法律教育》,《東方雜誌》復刊 6 卷 4 期,1972 年,頁 29～32。

71. 陳夢家《卜辭綜述》(翻印本)。

72. 陳直《史記新證》(河洛圖書出版社,1980 年影印本)。

73. 陳直《漢書新證》(天津人民出版社,1979 年)。

74. 余英時《反智論與中國政治傳統》,《歷史與思想》(聯經出版事業公司,1977 年 3 版)。

75. 邢義田《雲夢秦簡簡介——附:對《爲吏之道》及墓主喜職務性質的臆測》,《食貨》9 卷 4 期,1979 年,頁 33～39。

76. 邢義田《東漢孝廉的身份背景》,《第二屆中國社會經濟史研討會論文集》,1983 年,頁 1～56。

77. Kwang－chih Chang, Shang Civilization (Yale University Press, 1980).

78. H. G. Creel, "The Fa－Chia: Legalists or Administrators",《慶祝董作賓先生六十五歲論文集》下册,1961 年,頁 607～606。

79. Kung－chuan Hsiao, "Legalism and Autocracy in Traditional China",《清華學報》4 卷 2 期,1964 年,頁 108～122。

80. 睡虎地秦墓竹簡整理小組《睡虎地秦墓竹簡》(文物出版社,1978 年)。

81. 中國科學院考古研究所甘肅省博物館《武威漢簡》(文物出版社,1964 年)。

82. 甘肅居延考古隊《居延漢代遺址的發掘和新出土的簡冊文物》,《文物》1978 年第 1 期,頁 1～11。

83. 初仕賓《居延簡冊《甘露二年丞相御史律令》考述》,《考古》1980 年第 2 期,頁 179～184。

84. 寶雞市博物館《寶雞市鏟車廠漢墓——兼談 M1 出土的行楷體朱書陶瓶》,《文物》1981 年第 3 期,頁 46～52。

85. 王光永《寶雞市漢墓發現光和與永元年間朱書陶器》,《文物》1981 年第 3 期,頁 53～63。

86. 吳榮增《鎮墓文中所見到的東漢道巫關係》,《文物》1981 年第 3 期,頁 56～63。

87. 河南省博物館《靈寶張灣漢墓》,《文物》1975 年第 11 期,頁 75～93。

88. 馬王堆漢墓帛書整理小組《長沙馬王堆漢墓出土老子乙本卷前古佚書釋文》,《文物》1974 年第 10 期,頁 30～42。

89. 甘肅居延考古隊簡冊整理小組《建武三年侯粟君所責寇恩事釋文》,《文物》1978 年第 1 期,頁 30～31。

90. 于豪亮《雲夢秦簡所見職官述略》,《文史》第 8 輯,1980,頁 5～25。

91. 胡平生、韓自強《蒼頡篇的初步研究》,《文物》1983 年第 2 期,頁 35～40。

92. 傅舉有《關于長沙馬王堆三號漢墓的墓主問題》,《考古》1983 年第 2 期,頁 165～172。

93. 凌襄《試論馬王堆漢墓帛書〈伊尹·九主〉》,《文物》1974 年第 11 期,頁 21～27。

94. 高亨《文史述林》(中華書局,1980)。

95. 富谷至《史書考》,《西北大學學報》1983 年第 1 期,頁 45～50。

96. 阜陽漢簡整理組《阜陽漢簡蒼頡篇》,《文物》1983 年第 2 期,頁 24～34。

97. 沈元《急就篇研究》,《歷史研究》1962 年第 3 期,頁 61～87。

98. 陳夢家《漢簡綴述》(中華書局,1980)。

※ 本文原載《中央研究院歷史語言研究所集刊》第 54 本第 4 分,1983 年;增修稿
收入《秦漢史論稿》,東大圖書公司,1987;2005 年 3 月又略作修訂。

※ 邢義田,美國夏威夷大學博士,中央研究院歷史語言研究所研究員。

論唐代尚書省之職權與地位

嚴耕望

約　論

漢代國家政令,丞相總其綱,而九卿分掌之;尚書乃皇帝之秘書機關,非行政機關。西漢之末,尚書已漸侵宰相之權。東漢、魏晉以下,權勢益隆,既奪宰相之權,兼分九卿之職,直接參預行政。經數百年之演變,至隋及唐初,則尚書令僕爲宰相正官,六部分曹,共行國政,故尚書省爲宰相機關兼行政機關。及神龍以後,僕射雖被擯於衡軸之外,然尚書省上承君相,下行百司,爲國家政事之總樞紐,仍不失其國家最高行政機關之地位。然自漢季以來,尚書六部雖侵九卿之權,參預行政,而九卿亦沿置不廢,與尚書皆承君相之命,分行政務,故尚書六部與九卿之職權常至重複混淆,不能析辨。唐世亦置九寺、諸監,粗觀《六典》、兩《志》*之文,其職務似幾盡與六部相重複。如司農、太府兩寺之與戶部,太常、鴻臚、光祿三寺之與禮部,太僕、衛尉兩寺之與兵部,大理寺之與刑部,少府、將作兩監之與工部,所掌皆極相類似;學者不易通曉其故,易滋疑惑而生誤解。且安史亂後,制度劇變,尚書省之地位職權大見墜落,行政體系之紊亂視魏晉南北朝猶有過之。故即中唐之世,亦唯唐制專家如蘇冕等,對於前期之行政系統,對於尚書省之本來地位,尚能具體言之,了如指掌;而一般人士則已模糊不清。不幸爲後世推重之杜佑,對於前期舊制亦無真切之認識,不免以正在劇變中百弊叢生之當時現狀,上訾開元以前之舊制。後世學者既震於杜氏《通典》之權威,又不能通曉《六典》、兩《志》之文義;於是沿誤千載,訾議百出,或謂寺監之職權重複混淆一如魏晉南北朝,或謂九寺諸監皆閒司矣。然試觀尚書六部與九寺諸監之組織:尚書都省與六部之組織

---

*　編者注:文中《唐六典》簡稱《六典》,兩《唐書·志》簡稱兩《志》,《舊唐書》簡稱《舊書》,《舊唐書·志》簡稱《舊志》,《舊唐書·紀》簡稱《舊紀》,餘類同。《唐會要》簡稱《會要》,《冊府元龜》簡稱《冊府》。《太平御覽》簡稱《御覽》。

極簡單，置官不過一百五十餘員，置吏不過一千一百餘人；而寺監官吏員額不下萬人，其組織較尚書六部遠爲複雜而龐大，其首長之品秩亦幾與尚書均等。若寺監之職果與尚書六部相類，均衡而重複，則寺監首長之權勢及其在政治上之地位不應低於尚書；乃事實上，即視尚書二十四司之郎中（五品）亦遠有遜色，何耶？若謂寺監爲閑司，姑無論何以任其組織龐大如此，而國家大政亦決非尚書省一百五十餘員之官，一千一百餘人之吏，所能集辦。由此觀之，六部與寺監之職權，似同實必不同，而寺監亦決非閑司，可斷言矣。

然則尚書六部與九寺諸監之職權所異何在？彼此間有無相連之關係歟？此則所極當解決者。

余嘗就《六典》、兩《志》叙六部與寺監職掌之文，慎思精析，發現户部與司農、太府兩寺雖皆掌財計，禮部與太常、鴻臚、光禄三寺雖皆掌禮樂，兵部與太僕、衛尉兩寺雖皆掌兵事與甲仗，刑部與大理寺雖皆掌刑法，工部與少府、將作兩監雖皆掌繕作；然作者用字遣詞卻截然不同，並時露六部與寺監間之關係。再參以朝廷制敕、唐人議論、敦煌殘卷與日本《令解》徵引之《唐令》，則尚書六部與九寺、諸監，其職掌之性質大異，而有下行上承之關係。蓋尚書六部之職是"掌政令"，以"行（君相之）制命"；而九寺諸監之職是"掌諸事"，以"行（尚書之）政令"。即尚書六部上承君相之制命，製爲政令，頒下於寺監，促其施行，而爲之節制；寺監則上承尚書六部之政令，親事執行，復以成果申於尚書六部。故尚書六部爲上級機關，主政務；寺監爲下級機關，掌事務。六部爲政務機關，故官員不必多；寺監爲事務機關，事類叢瑣，故組織常龐雜。六部長官爲政務官，故地位特崇隆；寺監長官爲事務官，故權勢自遠遜。蘇冕謂，"九寺三監各勤所守以奉職事。尚書准舊章立程度以頒之。"尚書與寺監性質地位之不同如此。蘇氏爲中唐時代研究唐制之專家，宜其有此卓識。與蘇氏同時之權德輿亦謂，大農事有"恒規"，乃"守之之才"；度支"權其輕重"，必恃"通識"。此言確切説明度支與大農性質職權之不同，亦可推而廣之，視爲六部與九寺諸監性質職權之共同差異。此與近代行政學論政務官與事務官性質職權之不同，頗相符契。前人於《六典》、兩《志》之文研讀未精，致滋疑誤耳。

九寺諸監既爲承望於尚書省之下級機關；而諸衛亦文屬於兵部，故蘇氏以與寺監並列，而屢次議革諸衛皆委兵部，亦其旁證；至於東宮官屬亦文屬於尚書省,更明見於《六典》、兩《志》;天下州府之上隸尚書省,更不待言矣。然則唐代中外各級之行政機關如九寺、諸監、諸衛、東宮官屬以及諸道州府,縱不皆直接統轄於尚書省,然在行政上皆承受於尚書省,則無疑也。故有事皆申尚書省取裁聞奏,不能逕奏君相;君相制敕亦必先下尚書省詳定,然後下行百司;迺至京師諸司之互相關移,或有符移關牒下諸道州府者,諸道州府上京師諸司者,皆由尚書都省勾檢轉致。上下左右之公事文移畢會於尚書省而勾決發遣,或奏上之,其被"會府""政樞"之稱宜矣。

尚書六部職權之性質,尚書六部與九寺、諸監、諸衛、東宮官屬、諸道州府之關係,以及上下公文之運行既如此,則尚書省在唐代全部行政機構中所居之地位自顯。大抵尚書六部上承君相之制命,而總其政令,於天下大政無所不綜,然直接由六部執行者則甚少。凡事屬地方性質者,則下地方政府執行之,尚書只處於頒令節制之地位。凡事屬中央性質者,小部分蓋亦最重要部分,由六部自己執行,如吏部、兵部之銓選、禮部之貢舉是也;大部分則符下寺監等事務機關執行之,尚書六部亦只處於頒令節制之地位,如財計、兵政、刑獄、繕作是最顯者。故尚書省上承君相,下行中外百司,爲全國行政之總樞紐,爲政令之製頒而節制之之機關,非實地執行之機關也。(作行政系統圖,見第179頁)

此所論,乃以開元時代之制度爲標準而言之。其在唐初(當溯至隋代),所異於此者,唯僕射爲宰相正官,尚書省爲行政機關兼宰相機關,故其對於寺監及其他中外百司之首長有任免之權,是即對於寺監等之控制權力視開元爲強;至於下行上承之行政關係則無異也。

唐人自稱立政作制師仿《周官》;其實唐代政府之官司組織大體與南北朝不異,"師仿《周官》"殊非事實。然若但就行政部門之機關組織而言,則稍近似。蓋寺監等雖與尚書六部並存,且極龐大,然皆事務機關,非政令所自出;政令所出,唯在六部,此正《周禮》六官之遺意矣。(此當制度演變之偶合,原非有意之模仿。)然則唐代行政制度,形式上雖承南北朝之舊慣,有六部亦有九寺諸監,然已釐革變通,加以系統化,於是舊官不廢,而體系精神煥然一新,"化臭腐爲神奇",此之謂矣。

以上所論乃唐初及盛唐時代之行政系統,與尚書省之地位,而盛唐時代尚書省之地位已遠較唐初爲低落。及安史亂後,尚書省各部之職權普遍被剝奪、分割與轉移;吏部所掌銓選之權上爲君相所侵奪,下爲諸司諸使諸道州府所分割；兵部所掌軍政之權爲禁軍中尉及諸道藩鎮所攘奪；戶部所掌財政經濟之權爲度支鹽鐵轉運等使所分割與轉移；刑工兩部之權亦見衰落。唯禮部貢舉之權崇隆不替，然其事例由閣下權知，且與宰相中書之關係至切，而與本部尚書及都省僕丞反渺不相涉；然則其事形式上雖仍在禮部，事實上，亦不啻一使職矣。各部既失其權，則尚書省徒有軀殼，其在行政系統中所居之地位自大爲墜落，不復爲全國行政之真正中樞矣。

方尚書省地位職權墜失之始也，君相尚深惜之，故代宗及德宗之初年，亂事稍平，即屢敕規復舊章，而卒無成效。其後文宗亦欲舉舊章，如恢復僕射上事儀及力謀恢復吏部銓選權，然卒亦不能行，更遑論整個尚書省之舊章矣。此其故何在？自昔一般論者，大抵皆以爲安史亂後，軍期迫促，政務紛煩，一切皆從權便，而宦官擅權，藩鎮跋扈，亦促成之。以吾觀之，宦官擅權，藩鎮跋扈，兵部軍權因而悉被剝奪，自屬莫可如何；然軍期迫促、政務紛煩之際，尚書省何竟不能因應，致使事權必爲其他機關所攘奪乎？此則所當進一步求解者。

前論唐代初年尚書省爲宰相機關兼行政機關，其時行政只尚書省與寺監百司之兩級，兩僕爲宰相正官，對於寺監百司之長官有任免進退之權，即尚書省對於寺監及其他中外百司能絕對控制，亦即無異爲直接統轄之機關，故其所頒政令之推行，既能便捷迅速，復能切實貫徹，絕無留滯之弊。及兩僕被摒於衡軸之外，尚書省之權勢大削，只爲行政機關，非復宰相機關，一切政令之製定，須上承中書門下之制命，而實際執行則仍下之於寺監及其他中外百司，而自處於節制之地位，故行政體系由二級制變爲三級制，即政事之推行多一層轉折。且寺監雖在行政上承受於尚書省，亦可謂文屬於尚書省，然究非尚書省之直屬機關，其首長之品秩與各部尚書略均，其任免進退，尚書省不能干涉，是即尚書省對於寺監及其他中外百司之控制力極爲薄弱，非復唐初之舊觀。故上下之間難免不相接，政令推行之際時或有留滯，承平之世尚可因應，軍興之後，政事既已增繁，又必期其敏速，以云開元舊制，實有周轉不靈之感。尤以戶部都領天下戶口土地財政經濟之政令，其職實當國家政事之半，軍興之後，支度浩繁十倍往昔，斷非一尚書、二侍郎及四司郎中員外郎十數人高駐京輦，指揮曠遠不相接之州府所能集辦，亦非符下非直屬機關不能指揮自如之司農、太府所能集辦。度支、鹽鐵轉運等使對上直承君相之制命,製爲政令,指令遍佈京師四方之直屬機構,爲之施行;故政令之推行,能貫徹,能迅速,其運用較戶部符下司農、太府及天下州府以施行者,自遠爲靈活,此其所以廢而復置,而戶部職權終難復舉也。至於吏部之失權,固由於君相之侵奪與諸使諸道之擅權,上侵下擅,吏部不能自振。然吏部銓選本非一合理完善之制度,實爲根本原因之所在。蓋天下士衆,權衡於數人,百寮庶職,專斷於一司,考行究能,折中於一面,簿書檢勘,必至於循資,故文宗有"選曹豈辨賢愚,但若配官"之歎(《册府》六九)。如此用人,則人不稱事,事不稱人,必矣。故唐世明智之士已多言之,不待今日贅論矣。制度既不合理,治平之世尚可因循,天下大亂,才須稱職,縱諸道州府不自擅專,吾恐吏部銓選之權亦不能長行不革矣。

以上所論乃整個尚書省職權地位之隆替與轉變。茲再就尚書省內部之轉變略贅數言。唐初僕射爲宰相正官,權重位尊,自不待言;六尚書與兩僕射同稱八座,權勢亦隆,位任尤美。兩丞、侍郎雖衣冠華選,然爲僕尚之佐貳,其權位不逮僕尚遠甚。然自唐初以來,尚書常內參相職,外事征伐。開元中,尚書之任幾皆內參相職,外領節度或充留守。宰相之職至煩,先天以前,尚以餘力治本司事,開元以後更不復視本司事矣。至於征伐四裔,動逾數月,領節度,充留守,更經常在外,本官之職亦不得不廢。而自武后之世,侍郎委任漸重,歷中、睿至玄宗,尚書之職既已漸廢,丞郎遂以佐貳代行省務;唯此時地位仍不逮僕尚遠甚。及安史之亂,僕尚位尊而無職事,故朝廷用之以酬勳績。代德之世,行之稍久,除吏部外,職事益失,而位任轉輕,常爲方鎮廻翔之地,而時人視之仍不如方鎮遠甚。此時僕尚事權既失,位任又輕,且或闕而不除;而丞郎任才望,當省務,位任驟隆,駕凌僕尚。故議政事,則舉丞郎而遺僕尚;論六官,則數侍郎而摒尚書矣,李肇云"議者以丞郎爲貴",不亦宜乎?唯整個尚書省之地位與職權既已墜落,故丞郎雖當省務,然比於前期之僕尚,其權任又不侔遠甚耳。

此篇全文甚長,故綜要作約論如此。以下分上下兩章論證之。

上、前期尚書省之職權及其在行政系統中所居之地位

(一)都省六部分職之概況

尚書省之分職,若詳述之,非數萬言不能了。然本文主旨在論證

尚書省之地位及其職掌之性質,至於分職並無詳述之必要,故僅就《六典》、兩《志》挈要錄之。唯僕射上儀及吏兵兩部之銓選與禮部之貢舉,關係尚書省地位之隆替最劇,故稍詳論之。

(1) 都　省

尚書省分六部,有都省以統之。

> 《六典》一:"尚書都省,尚書令一人,正二品,……掌總領百官,儀刑端揆。其屬有六尚書。……凡庶務皆會而決之。""尚書左丞相一人,右丞相一人,並從二品,……掌總領六官,紀綱百揆(《舊志》作庶務),以貳令之職。"左右丞相即左右僕射也。兩《志》略同。《舊志》又云:"自不置令,僕射總判省事。御史糾劾不當,兼得彈之。"《新志》同,略。按唐代前期任尚書令者唯太宗一人,故兩僕即爲都省之長官,亦即尚書省之長官也。各有丞以輔之。

唐初,兩僕爲宰相正官,綜詳朝政。貞觀二十三年九月,李勣由開府儀同三司同中書門下三品拜左僕射,其開府同三品如故,是爲僕射加同中書門下三品之始。事見《舊紀》。《唐會要》五七《左右僕射》目云:

> 尚書左右僕射,自武德至長安四年已前並是正宰相。初豆盧欽望自開府儀同三司拜左僕射,既不言同中書門下三品,不敢參議政事,數日後始有詔加知軍國重事。至景雲二年十月韋安石除左僕射、東都留守,不帶同一(三)品。自後空除僕射,不是宰相,遂爲故事。(《南部新書》甲、《大唐新語》卷一○略同)

僕射須加同中書門下三品,始爲宰相,空除僕射不是宰相,則兩僕之權自大削弱。

僕射位尊職重。《舊唐書》一六九《王璠傳》,李絳疏云:

> 左右僕射師長庶僚,開元中名之丞相。後雖去三事機務,猶總百司之權,表狀之中不署其姓,尚書已下每月合銜。

又《會要》五七述太和三年事云:

> 中書舍人李啓奏,……端揆之重師長百僚,雖在別司,皆爲統蜀。……敕旨,僕射實百僚師長,品秩至崇,儀制特異。

此俱見其爲百僚之長,雖在別司,皆爲統屬,不以尚書省爲限也,故權

勢極隆。唐初群臣至或不敢居其任。茲就拙作《唐僕尚丞郎表》所見
舉例如次：

> 貞觀十七年六月，右僕射高士廉致仕，詔以爲開府儀同
> 三司、同中書門下三品。二十二年正月，以司徒長孫無忌兼
> 檢校中書令、知尚書門下省事。二十三年六月，以無忌爲太
> 尉仍兼檢校中書令，知尚書門下省事；無忌固辭知尚書省事，
> 帝許之，仍令以太尉同中書門下三品。同年九月，李勣爲左
> 僕射、同中書門下三品。永徽元年十月，勣固求解職，詔解左
> 僕射，仍以開府儀同三司同中書門下三品。永隆二年，左僕
> 射劉仁軌以老乞骸骨。七月詔聽解左僕射，仍以太子少傅同
> 中書門下三品。

此皆唐初群臣辭僕射不敢居，而於中書門下之職，居之不疑也。
其後雖職權日落，至神龍、景雲之世被擯於衡軸之外，然在形式上仍爲
百僚之長，禮絶百僚如故。所謂禮絶百僚，觀其上事儀注最足徵知。
唐代前期，僕射上事儀注極崇，當時無異説；中葉以後，僕射有師長百
僚之名，而無其實，故朝臣常有論議。以材料牽連，茲並後期禮儀漸殺
之情形合併論之如次：

《唐國史補》下：

> 南省故事，左右僕射上，宰相皆送，監察御史捧案，員外
> 郎奉筆，殿中侍御史押門，自丞郎御史中丞皆受拜。而朝論
> 以爲臣下比肩事主，儀注太重。元和以後悉去舊儀，唯乘馬
> 入省門如故，上訖，宰相百僚會食都堂。

按此條述僕射上事儀注，前後隆殺迥異；但不甚詳悉。考《會要》五七
《左右僕射》目云：

> 元和三年四月，裴均于尚書省都堂上僕射，其送印及呈
> 孔目唱案授案皆尚書郎爲之，文武三品以上官昇階列坐，四
> 品五品郎官侍御史以次謁見，拜於廳下，然後召御史中丞、左
> 右丞、侍郎昇階，答拜。初開元中，張説爲右丞相，元宗令其
> 選日上，因制儀注，極其尊大，自非中書門下及諸三品已上，
> 是日皆坐受其禮。時人或徵其所從來，答曰：聖曆中王及善、
> 豆盧欽望同日拜文昌左右相，亦嘗用此儀。當時以説方承恩
> 寵，不敢復詰，因爲故事，非舊典也。（《舊紀》元和三年記裴

均事,與此同。下云:"雖修故事行之,議者論其太過。"《新書》一〇八本傳略同)

六年十月,御史中丞竇易直奏:臣謹案《唐禮》,諸冊拜官與百僚相見,無受拜之文。又諫議大夫至拾遺,御史中丞至殿中侍御史並爲供奉官,不合異禮。今僕射初上之日,或答拜階上,(蓋脫"或"字)合拜庭中,因循踳駁之制,每致沸騰之議。伏請下尚書太常禮院詳議,永爲定制。……於是太常卿崔邠召禮官等參議。禮官義曰:按《開元禮》有冊拜官上儀,初上者咸與卑官答拜。今左右僕射皆冊拜官也,令准此禮爲定。伏尋今之所行儀注,其非典禮之文,又無格敕爲據,斯乃越禮隨時之法,……豈待議而後革也?……議者或云,致敬之禮,或有三品拜一品、四品拜二品,如之何?致敬則先拜……非不答拜。何者?《禮記》云大夫士相見,貴賤不敵,主人敬客則先拜客,客敬主人則先拜主人,是謂致敬。又曰,非國君無不答拜者。……又曰,君于士不答拜;非其臣則答之。……今僕射不答拜,是臣其百僚,不亦重乎?……伏以左右僕射舊左右丞相也,次三公。(此處脫"三公"二字)答拜,而僕射受之,故非倫也。且約三公上儀及《開元禮》而爲儀注,庶幾等威之序,允歸至當之論。……於是修改舊儀,送都省集衆官詳議。七年二月,尚書左丞段平仲奏曰:謹按《開元禮》,應受冊官初上儀,並合與卑官答拜。又准令文,僕射班品在三公之次,三公上儀而嘗與卑僚答拜,僕射上,獨受侍郎中丞等拜,考之國典,素無明文。……太常所定儀制依據三公上儀,……事體深爲折衷,……可以施行。……制可。[1]

太和四年九月,中書門下奏……伏准僕射上儀故事,自御史中丞吏部侍郎以下羅拜階下。准元和七年雜定儀注,全無拜受之禮。當時蓋以僕射非其人,所以殺禮。臣等以爲祗

---

[1] 此處未記新儀禮數如何。同書同卷,太和三年,李啓奏云:"准元和七年二月七日敕,雖停拜禮,每至上日,臺官就僕射廳行列班送上,與尚書省官不異。"《舊紀》長慶二年四月"甲子,左僕射韓皋赴省上,中使賜酒饌,宰臣百寮送,一如近式。"是百官送上也。又據前引《國史補》及後引《會要》,則禮數略可曉。

合係官之輕重,不合爲人而昇降。受中丞侍郎拜則似太重,答郎官以下拜則似太輕。臣等商量,令諸司四品以下官及御史臺六品以下並郎官並望准故事;餘依元和七年敕處分。敕旨宜依。(《舊書》一七一《李漢傳》同。)其年十一月,中書門下奏,左右僕射上,請受四品六品丞郎以下拜,並望准元和七年以前儀注。……從之。

會昌二年正月,宰臣陳夷行、崔琪等請改僕射上日受京四品官拜儀注。臣等伏尋禮令,並無僕射上日受京四品官拜儀注。近年禮變,多傳舊例,省司四品官自左右丞六部侍郎御史中丞皆羅拜階下,以爲隔品致敬。按諸禮,致敬是先拜後拜之儀,非受拜之謂。……僕射與四品官並列朝班,比肩事主,豈宜……獨示優崇。……又按《禮記》云,大夫士非見國君,無不答拜。又曰君于士不答拜。今僕射不答拜,是臣其百僚。傳爲故事,何所取法?伏准……左右僕射……位次三公,三公答拜,而僕射受之,固非宜也。臣等上日,伏請依三公上儀,垂爲定制。……從之。

又《舊書》一六九《王璠傳》云:

寶曆元年,李絳上疏云:"左右僕射師長庶寮,開元中名之丞相。……上日,百僚列班,宰相居上,中丞御史列位於廷,禮儀之崇,中外特異。所以自武德貞觀已來,聖君賢臣布政除弊,不革此禮,謂爲合宜;苟有不安,尋亦合廢。近年緣有才不當位,恩加特拜者,遂從權便,不用舊儀;酌於群情,事實未當。今或有僕射初除,就中丞院門相看,即與欲參何殊?或中丞新授,亦無見僕射處。又參賀處,或僕射先至,中丞後來,憲度乖宜,尊卑倒置。儻人才忝位,自合別授賢良,若朝命守官,豈得有虧法制。伏望下百僚詳定事體,使永可遵行。"敕旨令兩省詳議。兩省奏曰:"元和中,伊慎忝居師長之位,太常博士韋謙削去舊儀。今李絳所奏於禮甚當。"……天子雖許行舊儀,中書竟無處分。

綜上所引,蓋自唐初以來,兩僕於都堂上事,宰相皆送,文武三品以上官昇階列坐,左右丞、各部侍郎、御史中丞及其他四品五品以下官羅拜階下,不答拜。據李絳《疏》,此儀蓋自唐初已然。《會要》云張説所定,又以武后時嘗行之。武后非尊禮大臣之主,當不始作此制,似不如李絳之言爲可信。至永貞元年伊慎爲右僕射,以人望甚輕,權削舊儀。元和三年裴均爲左僕射,復行舊儀,唯左右丞各部侍郎及御史中丞階下拜後,召昇階答拜;此禮已殺,然議者已非之。元和七年二月,復削去此儀;準三公上儀,百官列班送上,拜皆答之,然後宰相百僚會食都堂。其後雖履經討論,終以儀如三公爲折衷。蓋中葉以後,僕射雖有師長之名,而其權其位皆無師長之實,用人又非望重者,故前期隆崇禮數自難再行,群議革之,是矣。然謂僕射位在三公下故禮數不能崇過三公,此在中葉以後固然,若以非議舊儀,則殊失當。蓋三公品秩雖高,然不率衆官,僕射則百寮師長,地位固不同也。

左右丞爲左右僕射之副貳,故太宗敕云:"尚書細務屬左右丞,惟大事應奏者乃關僕射。"(《會要》五七)《六典》一述其職云:

> 左右丞掌管轄省事,糾舉憲章,以辨六官之儀制,而正百
> 僚之文法,分而視焉。(以下本注)若左闕則右兼知其事,右
> 闕則左亦如之。若御史有糾劾不當,兼得彈奏。

按《新志》:左右丞"掌辨六官之儀,糾正省內,劾御史舉不當者。吏部、户部、禮部,左丞總焉。兵部、刑部、工部,右丞總焉。"與《六典》合。而《舊志》云:

> 左丞掌管轄諸司,糾正省內,勾吏部户部禮部十二司,通
> 判都省事;若右丞闕則併行之。右丞管兵部刑部工部十二
> 司,若左丞闕,右丞兼知其事。御史有糾劾不當,兼得彈之。

是似左丞糾正省內通判省事;右丞則否。右丞劾御史舉不當者;左丞則否。此與《六典》、《新志》左右通職者殊異。考《會要》五八《左右丞》目:"會昌二年十月,左丞孫簡奏……且左丞官業至重,得彈劾八座,主省內官業及宗廟祠祭之事,御史糾劾不當,得彈奏之。"據此,左丞亦得劾御史舉不當者。則《六典》、《新志》爲近實。然此處言左丞朝班事不及右丞事,云左丞舉劾省內,不足明右丞即否。又《舊書》一六八《韋溫傳》:"遷尚書右丞。吏部員外郎張文規父弘靖,長慶初在幽州爲朱克融所囚,文規不時省赴,人士喧然罪之。溫居綱轄,首糾其事,出文規爲安州刺史。"《册府》四六九亦作右丞。《御覽》收入右丞條。又余考溫由給事中遷右丞在開成三年九月,其時崔琯尚在左丞任,則此"右"字必不誤(詳拙作《唐僕尚丞郎表》卷七、八),是右丞亦

糾劾省內也。唯溫任右丞經四年至五年始卸。據《冊府》，溫此事在四年，而自三年冬至五年，左丞無考（參看同書卷二、七），溫亦可能以右丞兼知左事。是此條仍不能證明《舊志》之必非。且《隋志》書北齊官制，兩丞分統諸曹司，左丞糾彈省內，右丞則否。隋及唐初亦可能因承齊制，故《舊志》書之如此。其後蓋有更張，左右通職，故《六典》於舉劾省內及御史事，已不分言左右矣。

兩丞分勾六部，故六部文案各送屬所之丞勾稽施行。《會要》五七《尚書省》目述茲事云：

> 建中三年正月，尚書左丞庾準奏：省內諸司文案準式並合都省發付諸司，判訖，都省勾檢稽失。近日以來舊章多廢，若不由此發勾，無以總其條流。其有引敕及例不由都省發勾者，伏望自今以後不在行用之限。庶絕姦繆，式正彝倫。從之。

按同書五八《左右丞》目：“龍朔二年，有宇文化及子孫理資蔭，所司理之。至於勾曹，右（當作左）肅機楊昉未詳案狀；訴者自以道理已成，而復疑滯，劾而逼昉。……昉遽命案，立判之曰：“父殺隋主，子訴蔭資，生者猶配遠方，死者無宜使慰。”是勾稽吏部事例也。顏魯公書《朱巨川行起居舍人告身》（《金石萃編》一〇二），其尚書省長官書銜，除左右僕射吏部尚書及侍郎外，有左丞無右丞，蓋吏部歸左丞勾稽，故書之耳。又《大唐新語》九《從善》類：“韋悰爲右丞，勾當司農木橦七十價，百姓四十價，奏其隱没。太宗切責有司，召大理卿……書司農罪。”此當是勾司農上戶部事也。

兩丞既職在勾稽舉劾，故有勾曹綱紀之目。如前引楊昉事已云勾曹。又《會要》五八《左右丞》目，永昌元年，進左右丞秩從三品。敕曰：“元閎會府，區揆實繁，都省勾曹，管轄綦重。”即其證。稱綱轄尤常見，如《會要》同目，會昌二年左丞孫簡奏云：“左丞品秩既高，又居綱轄之地。”又云：“左右丞紀綱六聯。”又白居易《庾承宣可尚書右丞制》（《全唐文》六六二）：“吾前命崔戎（一作從）持左綱，今命承宣操右轄，……必能爲我紐有條之綱，梜妄動之輪……決會政要，扶樹理本。”他不多舉。故《舊書》七四《劉洎傳》，貞觀中上疏曰：“比者綱維不舉……宜精簡四員左右丞，左右司郎中，如並得人，自然綱維略舉。”又《會要》五八：“儀鳳四年，韋仁約除尚書左丞。（仁）約奏曰：陛下……今不惜美錦，令臣製之，此陛下知臣之深矣，微臣盡命之日矣。仁約遂振舉綱目,略無留事,群曹肅然。"丞之權任乃至如此。

此外,兩丞另有兩項重要職權爲《六典》、兩《志》所未記者。其一,進退郎官之權。其二,封駁權。

考白居易《庾承宣可尚書右丞制》(《全唐文》六六二)云:

> 坐曹得出入郎官,立朝得奏彈御史。

云得出入郎官,白氏當有所據。檢《會要》五七《尚書省》目云:

> 貞元八年……先是郎官缺,左右丞舉之。……及趙憬、陸贄爲相,建議郎官不宜專於左右丞,宜令尚書及左右丞侍郎各舉本司。……從之。

按《舊紀》書此事於八年五月戊辰,又"各舉本司"作"各舉其可"。意義頗異,待考。中葉以後,兩丞雖失郎官任用之權,然仍保存否決權。例如:

> 《舊書》一六八《韋溫傳》,開成中爲右丞。"鹽鐵判官姚勖知河陰院,嘗雪冤獄,鹽鐵使崔珙奏加酬獎,乃令權知職方員外郎。制出,令勖上省,溫執奏曰:國朝已來,郎官最爲清選,不可以賞能吏。上令中使宣諭,言勖能官,且放入省。溫堅執不奉詔。乃改勖檢校禮部郎中。翌日,帝謂楊嗣復曰:韋溫不放姚勖入省,有故事否? 嗣復對曰:韋溫志在銓擇清流。然姚勖士行無玷……若人有吏能,不入清流,孰爲陛下當煩劇者,此衰晉之風也。上素重溫,亦不奪其操。"

> 《通鑑》二五二,咸通十三年,"韋保衡欲以其黨裴條爲郎官,憚左丞李璋方嚴,恐其不放上,先遣人達意。璋曰朝廷遷除,不應見問。秋七月乙未,以璋爲宣歙觀察使。"

> 《舊書》一七八《鄭畋傳》:"咸通中……劉瞻鎮北門,辟爲從事,入朝爲虞部員外郎。右丞鄭薰,令狐之黨也,摭畋舊事,覆奏不放入省。畋復出爲從事。"

> 《新書》一七七《李景讓傳》:"弟景溫……累遷尚書右丞。慮攜當國,弟隱縣博士遷本[水?]部員外郎,材下資淺,人疾其冒,無敢繩。景溫不許赴省。時故事久廢,景溫既舉職,人皆題其正。"

兩丞不放所轄諸曹郎吏上省,即是否決權也。然觀《韋溫傳》、《李景讓傳》,此權亦不常行使。至於黜退郎官,亦有實證。如《唐語林》三:

"夏侯孜……爲右丞,以職方郎中裴誠、虞部郎中韓瞻無聲績……誠改太子中允,瞻爲鳳州刺史。"《東觀奏記》卷下同。職方屬兵部,虞部屬工部,是兩丞亦得執退所轄諸曹郎吏之例也。兩丞能進退郎官,其權可謂至重。

不放新除郎官上省,已是對駁制詔;至於其他制詔之封駁可考見於《舊書》一五四《呂元膺傳》。《傳》云:

> 入爲尚書左丞。度支使潘孟陽與太府卿王遂迭相奏論,孟陽除散騎常侍,遂爲鄧州刺史,皆假以美詞。元膺封還詔書,請明示枉直。江西觀察使裴堪奏虔州刺史李將順贓狀,朝廷不覆案,遽貶將順道州司户。元膺曰,廉使奏刺史贓罪,不覆檢即謫去,縱堪之詞足信,亦不可爲天下法。又封還詔書,請發御史按問。宰臣不能奪。

按此事在元和九年正月。(詳拙作《唐僕尚丞郎表》卷七)即此一例,可見其職。

(2) 六 部

六部職掌,《六典》有扼要説明。兹簡録如次,以備下文論證之參考。

吏部 《六典》二:"吏部尚書、侍郎之職,掌天下官吏選授、勳、封、考課之政令。凡職官銓綜之典,封爵策勳之制,權衡殿最之法,悉以咨之。其屬有四,一曰吏部,二曰司封,三曰司勳,四曰考功;尚書、侍郎總其職務而奉行其制命。凡中外百司之事由於所屬皆質正焉。"《舊志》同,唯無"凡職官"至"咨之"一句,又省"奉"字而已。

户部 《六典》三:"户部尚書、侍郎之職,掌天下户口、井田之政令。凡徭賦職貢之方,經費賙給之算,藏貨贏儲之准,悉以咨之。其屬有四,一曰户部,二曰度支,三曰金部,四曰倉部;尚書、侍郎總其職務而奉行其制命。凡中外百司之事由於所屬皆質正焉。"《舊志》作"掌天下田户均輸錢穀之政令。""其屬"以下同,唯省"奉"字而已。

禮部 《六典》四:"禮部尚書、侍郎之職,掌天下禮儀、祠祭、燕饗、貢舉之政令。其屬有四,一曰禮部,二曰祠部,三曰膳部,四曰主客;尚書、侍郎總其職務,而奉行其制命。凡中外百司之事由於所

屬皆質焉。"《舊志》同,唯"祠祭燕饗"作"祭享",又省"奉"字
而已。

兵部　《六典》五:"兵部尚書、侍郎之職,掌天下軍衛、武官選授之政
令。凡軍師卒戍之籍,山川要害之圖,厩牧甲仗之數,悉以咨
之。其屬有四,一曰兵部,二曰職方,三曰駕部,四曰庫部;尚
書、侍郎總其職務而奉行其制命。凡中外百司之事由於所屬咸
質正焉。"《舊志》作:"掌天下武官選授及地圖與甲仗之政令。"
"其屬"以下同,唯省"奉"字而已。

刑部　《六典》六:"刑部尚書、侍郎之職,掌天下刑法及徒隸勾覆、關禁
之政令。其屬有四,一曰刑部,二曰都官,三曰比部,四曰司門;
尚書、侍郎總其職務而(奉)行其制命。(原脱"奉"字,據本書
例補。)凡中外百司之事由於所屬咸質正焉。"《舊志》全同,唯
省"奉"字而已。

工部　《六典》七:"工部尚書、侍郎之職,掌天下百工、屯田、山澤之政
令。其屬有四,一曰工部,二曰屯田,三曰虞部,四曰水部;尚
書、侍郎總其職務而奉行其制命。凡中外百司之事由於所屬咸
質正焉。"《舊志》全同,唯省"奉"字而已。

　　古代政府之權力最重要者爲軍權與用人權。唐代前期,中央政府
之軍權由兵部與君相共之,用人權由吏部兵部與君相共之。開元二十
四年,吏部貢舉之權分屬禮部。故吏禮兵三部關係政績與安危最重。
茲分別作進一步之論述如次。

　　(A)吏部銓選　《新書·選舉志》云:

　　　　凡選有文武,文選吏部主之,武選兵部主之,皆爲三銓,
尚書、侍郎分主之。

此言文武用人門徑各殊,最爲扼要。而文人入仕者多,自開元二十四
年,貢舉、銓選分屬吏禮兩部。文宗《罷童子科詔》(《全唐文》七三)
云:

　　　　朝廷設科取士,門目至多,有官者合詣吏曹,未仕者即歸
禮部。

此即謂入仕兩步驟,分屬兩部也。又《會要》七七《科目雜錄》目云:

　　　　大和元年十月,中書門下奏:凡未有出身、未有官,如有
文學,祇合於禮部應舉。有出身、有官方合於吏部赴科目選。

近年以來,格文差誤,多有白身及用散試官並稱鄉貢者並赴
科目選。……(《冊府》六三一同)

屬意正同,而稍詳之耳。然開元二十四年以前,則統歸吏部,説詳下
文。

前引《新書·選舉志》,吏部銓選有三銓,尚書與侍郎分主之。《六
典》二《吏部》目云:

以三銓分其選。一曰尚書銓,二曰中銓,三曰東銓。

而《會要》五八《吏部尚書》目云:

尚書、侍郎分爲三銓,尚書爲尚書銓,侍郎二人分爲東銓
西銓也。(《舊志》同)

是雖皆爲三銓,而名稱不同。按《會要》五八《吏部侍郎》目云,"吏部
侍郎本一員。總章二年四月一日加一員,以裴行儉爲之。本員爲中
銓,新加員爲東銓。永昌元年三月二十一日又加一員,以李景諶爲之,
通前三員。聖曆二年五月八日減一員。乾元二年八月二日,侍郎崔器
以中銓闕承前多貶降,遂奏改爲西銓,仍轉廳居之。"《冊府》六二九同,
略。而云"(三銓)各有印。"又《會要》七五《選部雜處置》目云:"太和
四年七月,吏部奏,當司兩銓侍郎廳。伏以……侍郎爲尚書貳職,銓庭
所宜順序,廳事固有等衰。舊以尚書廳之次爲中銓,其次爲東銓。自
乾元中侍郎崔器以當時休咎爲虞,奏改中(《冊府》有銓字)爲西銓。
以久次侍郎居左(即東銓),以新次(《冊府》作除)侍郎居右(即西銓),
因循倒置,議者非之。伏請自今以後,以久次侍郎居西銓,以新除侍郎
居東銓。敕旨依奏。"是中葉以後,制度小異;《會要》、《舊志》述乾元
以後之制,故與《六典》有異耳。[2]

至於三銓分職,《通典》二三《吏部尚書》目云:

魏晉以來……選舉皆尚書主之。自隋置侍郎,貳尚書之
事,則六品以下銓補多以歸之。大唐自貞觀以前,尚書掌五
品選事。至景龍中,尚書掌七品以上選,侍郎掌八品以下選。
至景雲元年,宋璟爲尚書,始通其選而分掌之,因爲常例。

此最分明不誤。而其他政書所記,頗有出入。茲略舉如次:

---

[2] 《通鑑》二一〇景雲元年紀云:"尚書曰中銓,侍郎曰東西銓。"尚書稱中銓,此不知何時
制。檢兵尚稱中銓,侍郎稱東西銓。豈乾元以後,吏部侍郎稱東西銓,因稱尚書銓爲
中銓如兵尚歟? 否則,《通鑑》綜合之誤耳。

《會要》七四《論選事》目："舊制,内外官皆吏部啓奏授
之,大則署置三公,小則綜覈流品。自隋已降,職事五品已上
官,中書門下訪擇奏聞,然後下制授之。唐承隋制,初則尚書
銓掌六品七品選,侍郎銓掌八品(脱九品)選。……其後尚
書、侍郎通掌六品以下選。"又同書五八《吏部尚書》目,"吏
部尚書銓掌六品七品選,侍郎銓銓掌八品九品選。至景雲元
年宋璟爲吏部尚書,始相通與侍郎分知,因爲故事。"(此條
《册府》六二九同,唯"分知"作"分職",又無"因爲故事"四
字。)

《舊書·職官志一》:"五品已上,舊制吏部尚書進用。自
隋以後,則中書門下知政事官訪擇聞奏,然後下制授之。……
自神龍之後……六品已上〔下〕,吏部選擬録奏,書旨授之。"

《新書·選舉志》:"初尚書銓掌七品以上選,侍郎銓掌八
品以下選。至是(宋璟爲尚書)通其品而掌焉。"
是既無景龍一次改變,又以隋及唐初,尚書所掌僅六品以下而已。而
《會要》五八又載蘇氏駁曰:

"貞觀二十二年二月,民部侍郎盧承慶兼檢校兵部侍郎,
仍知五品選事。承慶辭曰,五品選事,職在尚書;臣今掌之,
便是越局。太宗不許,曰朕今信卿,卿何不自信也。由此言
之,即尚書兼知五品選事明矣。"
按承慶事又見《舊書》七一、《新書》一○六本傳。足證太宗末年尚書
仍知五品選,而六品以下皆侍郎掌之。至尚書掌六品七品,侍郎掌八
品九品,乃後制耳。《通典》述事,正採蘇氏《駁議》爲注以明之。此項
改制蓋始于高宗時。(詳後論員外郎敕授事。)至景雲以後,尚書與侍
郎通掌六品以下選事,而《通典》、《會要》仍有"分掌""分知"之文,何
耶?又考《舊書》一四九《令狐峘傳》:"初大曆中,劉晏爲吏部尚書,楊
炎爲侍郎,晏用峘判吏部南曹事。峘荷晏之舉,每分闕,必擇其善者送
晏,不善者送炎。炎心不平。"既爲通掌,何云"分闕""善惡"?(云善
惡自無階品意。)又《會要》七四《掌選善惡》目:"太和二年三月,都省
奏落下吏部三銓注……六十七人。敕……尚書侍郎注擬不一,致令都
省以此興詞。鄭絪丁公著宜罰一季俸。東銓所落人數較少,楊嗣復罰
兩月俸。"《册府》六三一同。時鄭絪爲尚書,丁公著爲西銓,而東銓楊

嗣復以所落人數少,減罰一月俸,是亦分闕注擬之證。然則所謂"通掌六品以下選",又云"分知""分掌"者,謂通六品以下之闕,不論階品而三分之,各掌其一耳。

又《大唐新語》一〇《釐革》類云:

> 隋制,員外郎、監察御史亦吏部注,語詞即尚書侍郎與之。自貞觀已後,員外郎盡制授。則天朝,御史始制授。

檢《會要》七四《論選舉》目略同,亦云"貞觀以後"。而同書七五《選部雜處置》云:

> 開元四年六月十九日敕,六品以下官,令所司補授,員外郎御史並餘供奉,宜進名敕授。(《冊府》六三〇同)

按武后以御史爲耳目,其制授固宜。然貞觀二十二年,五品選事尚屬吏部(見前),不應六品之員外郎已收歸制授。考《新書·選舉志》:"中宗時,韋后及太平、安樂公主等用事,於側門降墨敕斜封授官,號斜封官,凡數千員。……當時謂之三無坐處,言宰相、御史及員外郎也。"則員外郎收歸君相制授固當在中宗以前,不始于玄宗也。或者即始于高宗之世,所謂貞觀以後,實不包括貞觀而言歟? 玄宗開元四年之敕乃重申前制,又並餘供奉官亦進名敕授耳。六品以下已非顯職,又將員外郎、御史及其他供奉官提歸君相敕授,故《新書·選舉志》於述開元事制後結云:"由是銓司之任輕矣。"〔3〕

其銓綜之程序,《會要》七四《論選舉》目述之云:

> 南曹綜覈之,廢置與奪之,銓曹注擬之,尚書僕射兼書之,門下詳覆之。覆成而後過官。

此最得其簡要。而《六典》及《冊府》述之較詳,並録如次:

---

〔3〕 法官及其他技術性官吏補授法稍異。如《六典》一八《大理寺》節:"凡吏曹補署法官,則與刑部尚書侍郎議其人可否然後注擬。"《舊志》同,唯無"與"字,非。檢《冊府》六三四,"(開元)十四年十一月二十五日敕,比來所擬法官,多不慎擇,或以資授,或未適才。宜令吏部每年先於選人內精加簡試,灼然明閑法理者留擬,其評事以上仍令大理長官相加簡擇。"是此制始於開元十四年也。其刑部參議,當亦始於開元二十五年前。又《會要》六五《太常寺》目:"建中元年正月五日(《冊府》有敕字),大理法官太常博士(《冊府》作禮官)委吏部擇才,與本司同商量注擬。"《冊府》六三〇同。是建中元年更申此制,並太常博士亦與太常商擬,以儒經刑法皆專家之學也。又《六典》二:"凡伎術之官皆本司注銓訖,吏部承之附甲焉。"(《舊志》同)本注:"謂秘書、殿中、太僕寺等伎術之官。……"是其他伎術之官,亦皆本司銓注訖,送吏部附甲而已。又流外小銓,舊委郎中專知,開元二十五年,敕尚書侍郎定留放,見《六典》二及《舊志》。此亦見侍郎選權之下移。

《六典》："凡三銓注擬訖，皆當銓團甲以過左右丞相；若中銓東銓，則亦先過尚書。訖，乃上門下省。給事中讀，黃門侍郎省，侍中審，然後進甲以聞。"

《册府》六二九："其六品以降，計資量勞而擬其官，五品以上，不試，列名上中書門下，制敕處分。凡選，始集而試，觀其書判；已（已原譌作也）試而銓，察其身言；已銓而注，詢其便利，而擬其官。已注而唱，示之，不厭者得反通其辭也。日更其官而告之如初；又不厭者，亦如之。三唱而不服，聽冬（原誤作各）集。服者以類相從，攢爲甲（原譌爲申），先簡僕射，乃上門下省。給事中讀之，黃門侍郎省之，侍中審之。不審者，皆得駁下。既審然後上門下（《新志》作"然後以聞"，則此"門下"爲"聞"之譌），主者受旨而奉行焉。各給以符而印其上，謂之告身。"（《新書·選舉志》同，略）

凡此諸程序，有一不能通過，則選人不能得官。然《六典》注云："若尚書、丞相、門下批官不當者，則改注，亦有重執而上者。"《舊志》同。如《會要》七四《掌選善惡》目："太和二年三月，都省奏落下吏部三銓注今春二月旨甲内超資官洪師敏等六十七人。敕都省所執是格，銓司所引是例，互相陳列，頗似紛紜……其三銓已受官，都省落下者，並依舊注，重與團奏。……尚書、侍郎注擬不一，致令都省以此興詞。……宜罰……俸。……時尚書左丞崔〔韋〕宏景以吏部注擬多不守文……糾案其事，落下甲敕，選人輩惜已成之官，經宰相喧訴，故特降此敕。"是都省駁下經申訴得過者。

凡此皆述銓審程序甚詳，唯略南曹廢置。考《會要》五八《吏外》目："判廢置一員，判南曹一員。南曹起於總章二年司列少常伯李敬元奏置。未置以前，銓中自勘責。"《册府》六三〇："（開元）十二年三日詔曰：文武選人，十月下解，既逼銓注，勘簡難周，不能自親，並委猾吏，恣成姦濫，爲蠹尤深。自今以後，兵吏部兩司專定員外兩人判南曹事。每年選舉，起五月一日所是文狀即預勘責關簡，判南曹官親自就覆，每包攢作簿書，對本司長官連書印記，不得委其胥吏。勘責畢，各具人數奏聞。其判南曹官，所司即進名，朕自簡擇。"又六三一："（太和）五年……六月敕，應選人未試已前南曹駁放後經廢置詳斷及准堂判卻收……""是月詔南曹簡勘，廢置詳斷，選人倘有屈事，足以往覆辨明。近年已來，不問有理無理，多經中書門下接訴，致令有司失職。"後條，

《會要》七四同。據此可見南曹廢置之職且可駁放,而選人亦可申訴也。又《六典》二:"(吏部)員外郎一人掌選院,謂之南曹,(《舊志》作"掌判南曹。")每歲選人有解狀簿書資歷考課,必由之以覈其實,乃上三銓。其三銓進甲則署焉。"《舊志》同,皆不云廢置。豈廢置爲後期制耶。

至於銓選舉行之時限,《六典》云:"凡選授之制,每歲孟冬以三旬會其人。"又云:"凡大選終季春之月。"然以前亦有若干演變。《舊書》八一《劉祥道傳》云:

> 父林甫……貞觀初再遷吏部侍郎。初隋代赴選者以十一月爲始,至春即停。選限既促,選司多不究悉。時選人漸衆,林甫奏請四時聽選,隨到注擬。當時甚以爲便。

《册府》六二九,此奏在貞觀二年正月。(《會要》五七,無月)而《會要》七五《選限》目云:

> 貞觀十九年十一月,馬周爲吏部尚書。以吏部四時持衡,略無暇休,遂奏請取所由文解十月一日赴省,三月三十日銓畢。(《册府》六二九同)[4]

是初承隋制,赴選者以十一月爲始,至春即停。貞觀二年改爲四時聽選,隨到注擬,以精選事,便選人。至貞觀十九年,復改爲十月一日始事,三月三十日銓畢。其後承之爲經制。[5]

此制似僅冬春一時。然《册府》六二九云:

> 先時五月頒格於郡縣,示人科限而集之。初皆投狀於本郡或故任所,述罷免之緣,而上尚書省。限十月至省,仍考覈資序、郡縣鄉里、名籍、父祖官名、內外族姻、年齒形貌、優劣課最,譴負刑犯,必具焉……

是五月已始事。又前引《册府》六三〇載開元十二年三月敕兵吏部定員外郎兩人判南曹詔,亦云起五月一日勘覆文狀。則銓事幾亦全年進行;唯大選注擬在冬春一時耳。

銓選本每年舉行。而《會要》七五《選限》目云:

---

[4] 《會要》此條本注:"按工部侍郎韋述《唐書》云:貞觀八年唐皎爲吏部侍郎,以選集無限,隨到補職,時漸太平,選人稍衆,請以冬初一時大集,終季春而畢,至今行之。諸史又云是馬周。未知孰是,兩存焉。

[5] 《會要》七五《選限》:"開元二十年正月二十二日,吏部尚書裴光庭奏,文武選人承前三月三十日始舉,比團甲已至夏末。自今已後並正月三十日內團甲,二月內畢。至二十一年六月二十八日,蕭嵩爲吏部選人請准舊例至三月三十日團甲畢。"《册府》六〇三同。是中間曾有小變動,僅一年仍復舊制。

　　貞元八年春,中書侍郎平章事陸贄始復令吏部每年集選
人。舊事,吏部常每年集人,其後遂三數年一置選,選人一併
至,文書多不可尋勘,真僞紛雜,吏因得大爲奸巧,選人蹉跌
或十年不得官,而官之闕者,或累幾無人。贄令吏部分內外
官爲三分,計闕集人,歲以爲常。其弊十去七八,天下稱之。
(《册府》六三〇同,唯"三分計闕"作"新分計闕",蓋誤。)
蓋肅、代之世,吏部失權,遂三數年一置選,雖經陸贄奏議仍復舊制,然
不能挽吏部選權之墮落。

　　京師銓選之外,又常置東都選及南選。東都選始於貞觀元年,其
後屢有舉行,皆以權知吏部侍郎行之。南選始於高宗上元三年以前,
每"四年一度差强明清正五品已上官充使選補,仍令御史同往注擬。"
安史亂後,幾每年遣使。選補使或駐廣州,或移桂州,且有駐洪州者,
而黔中福建亦時別遣使職。此詳《會要》七五《東都選》及《南選》兩
目,而《六典》二:"其嶺南、黔中,三年一置選補使,號爲南選。"《舊志》
同。蓋開元初制,三年一置使耳。

　　(B)禮部貢舉　　禮部之所以見重,在其掌貢舉。貢舉之制始于
隋,而唐承之。《摭言》一五述唐之始事云:

　　　　高祖武德四年四月十一日(同書卷一作"一日")敕諸州
　　　學士及白丁,有明經及秀才俊士,明於理體,爲鄉曲所稱者,
　　　委本縣考試,州長重覆,取上等人,每年十月隨物入貢。至五
　　　年十月,諸州貢明經一百四十三人,秀才六人,俊士三十九
　　　人,進士三十人。十一月引見,敕付尚書省考試。十二月,吏
　　　部奏付考功員外郎申世寧考試。秀才一人,俊士十四人,所
　　　試並通,敕放選爲理人官。其下第人,各賜絹五疋充歸糧,各
　　　勤修業。自是考功之試,永爲常式。至開元二十四年,以員
　　　外郎李昂與舉人矛盾失禮,因以禮部侍郎專知。
是其事本在吏部,[6]至開元二十四年始移歸禮部也。移禮部事,政書
多述之。如《會要》五九《禮部侍郎》目云:

　　　　開元二十四年三月十二日,以考功員外郎李昂爲舉人所

────────────────

〔6〕 據《摭言》,似自始即由吏部員外郎專知。然《通典》一五:"武德舊制,以考功郎中監
　　試貢舉;貞觀以後,則考功員外郎專掌之。"與《摭言》不同。考《會要》五八:"考功員
　　外郎,貞觀已後知貢舉。"則《通典》爲可信,《摭言》後出,蓋通言之耳。

訟,乃下詔曰:每歲舉人,頃年以來惟考功郎所職,位輕務重,
名實不倫。欲盡委長官,又銓選委積。但(《冊府》作且)六
官之列,體國是同,況宗伯掌禮,宜主賓薦。自今以後,每年
諸色舉人及齋郎等簡試並於禮部集。既衆務煩雜,仍委侍郎
專知。(《冊府》六三九同)[7]
貢舉既歸禮部,禮部之權遂重。然明年有宰相詳覆之制,禮部貢舉之
權不無所撓。唯此制亦時廢時復,茲簡錄數條材料如次:

　　《新書·選舉志》:"初開元中,禮部考試畢,送中書門下
詳覆。其後中廢。是歲(當是長慶元年),[8]侍郎錢徽所舉
送,覆試多不中選,是由貶官。而舉人雜文復送中書門下。長
慶三年,侍郎王起言:故事,禮部已放榜,而中書門下始詳覆;今
請先詳覆而後放榜。議者以爲起雖避嫌,然失貢職矣。"

　　《會要》七五:"(開元)二十五年二月(《冊府》作正月)
敕……其應試進士等唱第訖,具所試雜文及策送中書門下詳
覆。"本注:"此詔因侍郎姚奕奏。"(《冊府》六三九同)

　　《會要》七六:"長慶元年(《冊府》有"三月")敕:今年禮
部侍郎錢徽下進士鄭朗等一十四人,宜令中書舍人王起、主
客郎中知制誥白居易重試。覆落十三人。三月丁未(《冊府》
作四月)詔……今後禮部舉人,宜准開元二十五年敕,及第人
所試雜文先送中書門下詳覆。"(《冊府》六四〇,同)

　　《冊府》又云:"(長慶)三年,禮部侍郎王起掌貢舉。先
是貢舉猥濫,勢門子弟交相酬酢,寒門俊造十棄六七。及元
稹、李紳在翰林,深怒其事,故有覆試之科。及起考貢士,奏
曰:伏以禮部放榜,已是成名;中書重覆,尚未及第。若重覆
之中,萬一不(本作'不一',據《會要》改)定,則放榜之後,遠
近誤傳,其於事理,實爲非便。請今年進士堪及第者,本司考
試訖,其詩賦先送中書門下詳覆,候敕卻下本司,然後准例大
字放榜。從之。"《會要》七六有"奏曰"以下一段,云在正月。

---

[7]　《摭言》一《進士歸禮部》目述《李昂》爲舉人詆訶甚詳,可參看。
[8]　此段前一年代爲元和十三年。云:"十三年,權知禮部侍郎庚承宣奏復考功別頭試。"
　　下接云"初開元中",則此"是歲"似爲元和十三年。然庚承宣宜知貢舉,放十三、十四兩
　　春榜,李建知貢舉,放十五年春榜,錢徽以十五年冬知貢舉,放長慶元年春榜。故此當
　　爲長慶元年,非元和十三年。

《舊書》一六四《王起傳》與《册府》同,略。又云:"議者以爲
　起雖避是非,失貢職也。"

是開元二十五年始有宰相詳覆之制,然于及第後舉行,且事實上似行
之未久,故於掌貢舉之權無所撓奪。長慶元年,令中書舍人重試及第
舉人;乃復申禮部放榜後宰相詳覆之詔。三年正月如貢舉王起奏請先
經宰相詳覆然後放榜。於是禮部貢舉之權乃真見削弱。其後,貢舉之
權又復卻歸禮部。茲就年代,列數事如次:

　　《新書·選舉志》:"大和……八年,宰相王涯以爲禮部取
士乃先以牓示中書,非至公之道。自今一委有司。"《會要》七
六:"(大和)八月正月,中書門下奏:進士放榜,舊例,禮部侍
郎皆將及第人名先呈宰相,然後放榜。伏以委任有司,故當
精慎;宰相先知取舍,事匪至公。今年以後,請便令放榜,不
用先呈人名。"(《册府》六四一,同)

　　《册府》六四一:"會昌三年正月……宰臣李德裕等奏:舊
例進士未放榜前……禮部侍郎遍到宰相私第先呈及第人名,
謂之呈榜。此聞多有改換,頗致流言。宰相稍有寄情,有司
固無畏忌,取士之濫,莫不繇斯。將務責成,在於不撓,既無
取舍,豈必預知。臣等商量,今年便任有司放榜,更不得先呈
臣等,仍向後便爲定例。如有固違,御史糾舉奏者。其時有
敕重試進士,因栖靈塔災且止。"(《會要》無)

　　《會要》七六:"(會昌)四年二月,權知貢舉左僕射太常
卿王起放及第二十五人。續奏五人堪放及第,楊質至、竇緘、
楊嚴、鄭朴、源重。奉敕祇放楊嚴及第,餘並落下。"(《册府》
六四一,同)

　　又:"五年二月,諫議大夫權知貢舉陳商放及第三十七
人。其年三月,敕戶部侍郎翰林學士白敏中重試,覆落七
人。"(《册府》無)

　　又:"大中元年正月,禮部侍郎魏扶放及第二十三人,續
奏堪放及第三人……其父皆在重任,不敢選取,其所試詩賦
封進奏進止。令翰林學士戶部侍郎知制誥韋琮等考,盡合程
度,……並付所司放及第。有司考試祇合在公,如涉徇私,自
有典刑。從今已後,但依常例取舍,不得別有聞奏。"(《册

府》六四一,同)

是太和末至會昌年間,經宰相王涯、李德裕先後奏廢榜前呈榜之舊例。
其後雖亦數行重試,多有覆落;至大中元年,終全廢覆試之制。綜而觀
之,覆試黜落及宰相詳覆之事實非恒制,且或偶爾舉行,對於一代掌貢
舉之權,實無所撓奪。中葉以後,貢舉之任尤重,其權任逾於吏部銓選
遠甚。蓋吏部銓選之權日奪,而進士科舉爲士林所重,一登貢榜,身價
十倍。此種風氣,愈後愈熾。士人藉此建立其在政治社會上之地位,
朝廷藉此凝聚四方對於中央之向心力,上下交重其事,而掌貢舉者與
登貢榜者,又有座主門生之關係,互相結納,互植聲華,即無異爲政治
上一種勢力。故文柄之任,最爲重選。《摭言》一四蕭倣《蘄州刺史謝
上兼知貢舉敗闕表》云:

> 伏以朝廷所大者莫過文柄,士林所重者無先辭科。

此二語道當時情事最悉。又《語林》七《李衛公條》云:

> (李)宗閔在位,衛公爲兵部尚書,次當大用。……京兆
> 尹杜悰即宗閔黨,一日見宗閔曰,何慼慼也……非大戎乎?
> 曰是也,何以相救? ……杜曰大戎有詞學而不由科第,至今
> 怏怏;令知貢舉,必喜。宗閔默然,曰更思其次。曰,與御史
> 大夫,亦可平治慊恨。宗閔曰此亦得。悰再三與約,遂詣衛
> 公……言亞相之拜。衛公驚喜。

按姑不論此故事之真實性如何,然掌貢舉之被重視由此可見。唯中葉
以後,多由閣下(中書舍人)權知,然後正拜禮侍。《摭言》一四蕭倣
《與浙東鄭商綽大夫雪門生薛扶狀》云:

> 伏以近年貢務,皆由閣下權知。某叨歷清崇,不掌綸誥;
> 去冬遽因銓衡,叨主文柄,珥貂載筆,忝幸實多。

按:此在咸通初。是閣下權知似末葉事。實則開元末韋陟由中舍遷,
天寶年間達奚珣、李暐、陽浚皆以中書舍人權知,是其例即始於移貢舉
於禮部後不久也。其後姚子彥(乾元三)、蕭昕(廣德元)、薛邕(大曆
元)、常袞(九)、令狐峘(一四)、趙贊(建中二)、張濛(貞元五)、高郢
(一四)、權德輿(一七)畢由中書舍人權知。自元和以後,類由中舍權
知一榜然後正拜,不由中舍者蓋極少。是閣下權知,肇於玄宗,盛於中
葉元和以後也。具詳拙作《唐僕尚丞郎表》卷三及卷一六。事由閣下
權知,又有呈榜過堂之制,則貢舉之職與宰相關係至切,而與本部尚

書、本省僕射反渺不相涉，是知貢舉亦不啻一使職矣。

貢舉本在京師舉行，武后居神都，故嘗兩都舉行。《登科記》，載初元年"進士，神都十二人，西京四人。"（徐松《登科記考》卷三）是爲兩都貢舉之最早見者。一般謂始於永泰元年，非也。安史之亂，道路阻塞。至德元年春，蜀中、鳳翔、江淮、江東四地同時舉行。分由裴士淹、薛邕、崔渙、李希言掌貢舉，詳《唐僕尚丞郎表》卷三及卷一六。至廣德二年秋，以時艱歲歉，遂分兩都試舉人。大曆十年復歸西京。《册府》六四〇述其事云：

> 永泰元年始置兩都貢舉，禮部侍郎官號皆以知兩都爲名，每歲兩地別放及第。

> （大曆）十年五月，詔今年諸色舉人，並赴上都集。先是，禮部侍郎賈至以時艱歲歉，舉人赴省者衆，權奏兩都分理。時禮部侍郎常袞以貢舉人合謁見，異於選人，並合上都集，舉舊章也。是後，不置東都貢舉。（參看《舊書》一九〇中《賈至傳》、《新書·選舉志》及《唐會要》七六）[9]

是兩都分別舉行僅十年耳。《册府》六四一又云：

> 文宗太和元年七月敕、今年權於東都置舉，其明經進士任使東都赴集。其上都國子監舉人，合在上都試。（《會要》七六同。）八月，禮都貢院奏東都置舉條件：其上都國子監宗正寺鴻臚寺舉人，並請東都考試畢，卻迴就上都考試。從之。十月，京兆府鄉貢明經孫延嗣等三百人進狀，舉大曆六年七年例，請同國子監生上都考試。許之。

是雖權在東都置舉，然僅分兩地考試而已，同在西京過堂，侍郎亦爲一人。《摭言》三："太和二年，崔郾侍郎東都放榜、西都過堂。杜牧有詩曰：'東都放榜未花開，三十三人走馬迴，秦地少年多釀酒，卻將春色入關來。'"正謂此也。

貢舉每年舉行一次。唯開元以前考功掌貢舉時期，常停一兩年，如貞觀二、十六、永徽三、四、龍朔三、總章二、咸亨二、三、儀鳳二、三、

---

[9]《會要》"五月"下有"十九日"，足補《册府》。又"元年"下有"七月"。按：兩都置舉之議與制置在廣德二年秋，而實施在年冬，至永泰元年春發榜，故稱兩都舉人始於永泰元年可也。若有"七月"，則三年春始放東西榜矣，此誤也。停東都舉之詔在大曆十年五月，則是年仍東西榜，明年始僅西京一榜，故《摭言》一、《册府》六三九又稱十一年停東都舉，並不爲誤。

調露元、延載元、景龍三諸年春貢舉皆停。其後僅咸通十一年、天復二、三年春停貢舉。並詳徐松《登科記考》。例以九月十月始事，明年春二月或正月放榜，間有三月放榜者，夏榜不過一兩次。詳《唐僕尚丞郎表》卷三及十六。[10] 故冬春季節最爲忙劇。

（C）兵部軍政　據前引《六典》，前期兵部實掌兵馬軍政。就中尤可注意者：

其一，内外兵籍之調補　《六典》五，述衛士隸兵部，兵部定其番第甚詳，不具引。《會要》七二《府兵》目："凡府兵以衛士一千二百人爲上府，一千人爲中府，八百人爲下府。……每歲十一月以衛士帳上於兵部，以俟徵發。"又《京城諸軍》目："貞元四年八月，敕左右羽林軍飛騎等，兵部召補，格敕甚明，軍司不合擅有違越。自今以後，不得輒自召補。"此格敕蓋天寶以前之舊章也。《新志》："凡發兵，降敕尚書，尚書下文符。放十人，發十馬，軍器出十，畢不待敕。"以兵籍在兵部也。

其二，武官之銓選與貢舉　《六典》五云：

"兵部……選授之制，每歲孟冬以三旬會其人……以三銓領其事。一曰尚書銓，二曰東銓，三曰西銓。（本注云"尚書爲中銓，兩侍郎爲東西銓。"）……五品已上皆奏聞而制授焉。六品已下則量資注擬。其在軍鎮要籍不得赴選，委節度使銓試，具等第以申焉。……凡官階注擬團甲進甲皆如吏部之制。凡大選終於季春之月。"（《舊志》同）

又《新書·選舉志》：

"韋氏敗，始以宋璟爲吏部尚書，李乂、盧從愿爲侍郎，姚元之爲兵部尚書，陸象先、盧懷慎爲侍郎，悉奏罷斜封官。……初尚書銓掌七品以上選，侍郎銓掌八品以下選。至是通其品而掌焉。"

是其制與吏部銓選相同，故《冊府》六二九述吏部銓選之制云："兵部武

---

[10] 州縣貢舉人與方物同時送集上都，故例在十月。據《表》，中葉以後，中舍權知貢舉例在九、十月。在七月十一月者則甚少。放榜例在明年春，月日則無定。其春榜日月之可考者多在正二月，如建中元年二月十九日稍前，元和七年二月十三日稍前，十一年二月九日，十五年閏正月十五日，長慶元年二月十七日，會昌四年二月，五年二月，大中元年正月二十五日，咸通四年二月十三日稍前，乾寧二年二月十九日稍前，天祐三年二月二十一日。而《摭言》一："光宅元年閏七月二十四日劉廷奇重試下十六人。"《徐考》引作閏五月，是。又光啓二年六月放榜，亦詳《唐僕尚丞郎表》卷一六。夏榜僅此兩見，而光啓事以天子播越，自是不得已耳。

選亦然。"唯兵部典選事,史傳並不常見,[11] 蓋輕武事耳。

兵部貢舉始置於長安二年正月,亦以孟冬之月隨計赴省,由兵部員外郎考試之。開元二十六年十一月始委侍郎專知。貞元十四年九月敕停武舉。元和三年五月復故。並見《會要》五九《兵部侍郎》目。(參《冊府》六三九、六四〇)其制亦與禮部貢舉同。唯社會不重視武事,而武官出身又另有他途,不以武舉爲重。《冊府》六四〇云:"(應)武舉者每歲不過十數人。"故《新書·選舉志》:"武舉……選用之法不足道,故不復書。"

　　其三,三衛及其他武官制度之釐革　《會要》五九《兵侍》目:"元和六年八月,中書門下奏:得兵部侍郎許孟容等狀,當司准六月二日減省官員及釐革三衛等。應管京官及外官共三千三百二十九員。京官七百六員……在中書門下兩省御史臺左右神策及諸軍諸使挾敕驅使,員闕至少,難議停省,並請仍舊。外官二十(當作千)六萬(當作百)二十三員,所管諸府,自折衝以下,總無料錢,例多闕乏,空有府額。其鎮戍官等或有任者,不過數員,……伏請存舊例。六番三衛都四千九百六十三人,縱使分番當上配役處多,移牒勘會須得詳,請續商量聞奏。"同目,太和五年亦載兵部釐革三衛事。則三衛鎮戍折衝府等等官員釐革諸事皆屬之。

　　其四,練兵與講武　玄宗《練兵詔》(《全唐文》二六):"戰兵別簡爲隊伍,專令教練,不得輒有使役,仍令兵部侍郎裴灌大常少卿姜晈住軍州計會,便簡支配;有見集後軍兵,宜令兵部侍郎韋抗紫微舍人王琎即簡擇以聞。"是練兵屬之也。《唐開元禮》八五"皇帝講武"條:"仲冬之月,講武於都外。前期十有一日,所司奏請講武,兵部承詔,遂命將帥,簡軍士,有司先芟除地爲場,方一千二百步,四出爲和門,又於其內埒地爲步騎六軍營域處所。……前一日,講武將帥及士卒集於埒所,……大將以下,各有統帥如常式。……鑾駕至埒所,兵部尚書介冑乘馬奉引至講武所,入自都埒之北,……"是兵部實主講武也。《舊紀》開元元年十一月"癸卯,講武於驪山,兵部尚書代國公郭元振坐虧失軍

---

[11]　兵部典選事,史傳不常見。《舊書》一〇〇《裴灌傳》:"轉兵部侍郎,以銓叙平允,特授一子爲太子通事舍人。"是開元初也。《舊書》一五九《衛次公傳》:"徵爲兵部侍郎,選人李勘徐有功之孫……"是元和中也。《舊書》一七七《崔瑤傳》:"以本官(左丞)權判兵部西銓、吏部東銓事。"時開成二年也。銓別唯此一見。

容，配流新州。"（詳本傳）尤其證。又《唐開元禮》八五《皇帝田狩》：
"仲冬田狩之禮，前期十日，兵部徵衆庶循田法。……前狩二日，本司
建旗於所田之後，隨地之宜。前一日未明，諸將各帥士徒集於旗下。
質明，……兵部分申田令，遂圍田。"是田狩亦兵部主之也。

其五，出兵之統取與節度使之統轄　《新志》云："節度使掌總軍
旅，顓誅殺。初授，具帑抹兵仗，詣兵部辭見。觀察使亦如之。"《舊書》
一七二《令狐楚傳》，大和九年甘露之變後，"奏：諸道新授方鎮節度使
等具帑抹帶器仗，就尚書省兵部參辭。伏以軍國異容，古今定制……
如須參謝，即具公服。從之。"是此儀文，至文宗時始廢也。節度使始
於開元，即出征將帥之別種；料將兵出征，當亦内統於兵部。《唐開元
禮》八四"遣使勞軍將"條："前一日，執事者預設使者次於營南門之外
道右南向，……使者將到，兵部預集大將以下於南門之外……"兵部率
大將迎勞使，亦兵部統征將之旁證也。又《會要》五四："露布，謂諸軍
破賊申尚書兵部而聞奏焉。"《開元禮》八四"平蕩寇賊露布"條，述其
儀甚詳。此又出征將帥内統於兵部之一證。

綜合觀之，大約除軍令由君相外，凡軍政之權威屬兵部，故職務甚
煩。蘇頲《韋抗神道碑》（《全唐文》二五八）："遷兵部尚書（侍郎之
譌），戎政孔殷，夏司多僻，作姦犯科者莫忌，接利乘便者皆是。公凡易
四年，濯然一變，發其狙詐，成我鷹揚。"即其證。事煩則權重。故《册
府》六二九："開元以前，兵吏尚書權位尤美，則宰相多所兼領。"又《舊
書》九六《姚崇傳》："長安四年……拜相王府長史……又令元之兼知
夏官尚書事、同鳳閣鸞臺三品。元之上言：臣事相王，知兵馬，不便。
臣非惜死，恐不益相王。則天深然其言，改爲春官尚書……知政事如
故。"名臣至不敢居其任，兵部權勢，由此可見。

（二）尚書省在行政系統中所居之地位

上節所述乃都省六部分職之概況；而尚書省在行政系統中所居之
地位，尚書省與中外百司如九寺、諸監、諸衛、東宮官屬以及天下州府
之關係究竟若何，尚未論及。此爲數百年來學者所致疑困惑誤解之問
題，亦即本文之主題，請於此節論證之。

唐初尚書令僕爲宰相正官，故尚書省爲宰相機關兼行政機關，自
爲國家政事之總樞，故太宗謂："尚書省天下綱維，百司所稟。"（《舊
書》七〇《戴胄傳》及《會要》五八《左右丞》目）貞觀中劉洎疏曰："尚

書萬機,實爲政本。"(《舊書》七四本傳及《會要》五八)龍朔三年,高宗
曰:"中臺政本,衆務所歸。"(《會要》五七《尚書省》目)永昌中武后敕
亦曰:"元閣會府區揆實繁。"(《會要》五八《左右丞》目)凡此皆足徵
知。神龍以後,僕射雖被摒於衡軸之外,然尚書省爲天下行政之總樞
如故。故開元五年敕仍云:"尚書省天下政本。"(《會要》五八《左右司
員外郎》目)又郭子儀《讓加尚書令表》(《全唐文》三三二):"臣聞王
政之本繫於中臺,天下所宗,謂之會府。"此則安史之亂以後矣,蓋舊彰
然也。

　　然其與中外百司之關係及其總會國政而推行之方式究竟如何,政
書未有明文;有之,亦不具體。而叙六部與寺監之職又往往似有相類
處,如户部之與司農太府,禮部之與太常鴻臚,兵部之與太僕衛尉,刑
部之與大理,工部之與少府將作,所掌幾若相類。故古今學者不無困
惑致疑,有所誤解。有以爲六部與寺監之職權多有相同重複混淆者;
且有謂寺監爲閑司,研究唐制可不具論者。[12] 實皆不然。何者?《六
典》載尚書及九寺諸監之官吏員數,(《舊志》、《新志》略同,無大出
入。)都省及六部,官僅一百五十七員,吏僅一千一百二十一人;而寺監
官吏之員額皆數倍於尚書省,總共不啻萬人。即就一般人所謂職掌相
類之部與監而言,則寺監官吏員額恒爲職掌相類之部之數倍乃至十餘
倍不等。如户部四司,自尚書以下,官僅二十五員,吏一百九十八人;
而掌倉儲之司農寺轄四署數監,官吏多至六百數十人;掌財貨之太府
寺轄八署,官吏亦近三百人。兵部四司,自尚書以下,官亦二十五員,
吏二百二十三人;而掌廄牧車輿之太僕寺轄四署數牧監,官吏多至二
千四百人以上;掌兵械之衛尉寺亦轄三署,官吏數百人。(手頭所用
《六典》有脱文,而兩《志》吏數大異。)禮部四司,自尚書以下,官十八
員,吏七十二人;而掌禮之太常寺轄八署,官吏多至一千五百以上;光
禄、鴻臚、國子官吏亦千百數。工部四司,自尚書以下,官十九員,吏一
百零六人;而掌工程之將作、少府兩監官吏亦八九百人。唯刑部自尚
書以下官二十四員,吏一百六十七人;而大理寺官三十七員,吏二百四
十八人,不及刑部之兩倍,斯爲相關諸部寺中官吏員數最相近者矣。
是則尚書六部之組織極簡單,而九寺、諸監之組織極龐大也。

---

[12]　最早在唐代中葉以後即有此議,蓋其時尚書省之職權已失墜,其與寺監之關係,其與
　　　寺監性質之差異,皆已模糊不明顯故也,如杜佑即最著者,詳本節之末。

寺監之組織既視諸部遠爲龐大，而寺卿諸監之品秩固與尚書略均（尚書正三品，卿監從三品），若謂寺監與部之職掌性質相同，爲並行之施政機關，則卿監之權勢及其在當時政治上之重要性至少不應低於尚書，然事實上，不但不及各部尚書及侍郎，即比之各司郎中（五品）亦有遜色，何耶？若謂九寺諸監皆爲閑司，姑無論何以任其組織龐大如此，而國家大政亦決非尚書省一百五十七員之官，一千一百餘人之吏所能集辦。由此觀之，六部與寺監之職權似同實必不同，而寺監亦非閑司，可斷言矣。

然則尚書六部與九寺諸監之職權所異何在？彼此間亦有相聯之關係否？此則所當申論者。

按：漢代國家政令，丞相總其綱，而九卿分掌之。尚書乃皇帝之秘書機關，非直接行政機關。漢季、魏晉以下，尚書漸奪九卿之職權，直接參預行政，然九卿沿置不廢，與尚書皆承君相之命，推行政務，故職權常至重複混淆，不能析辨。前賢及近人謂六部九卿之職權多有重複，唯此時爲然。經過三百餘年之釐革調整，至唐（隋或已然），雖寺監與六部並存，然其性質職權及其在行政系統中所居之地位已大有區別。今存唐代政書對於此種區別雖未具體明言，然朝廷詔敕、唐人議論、敦煌殘卷及《日本令集解》中則頗有流露，復參以《六典》、兩《志》叙述六部寺監職權之文，諦審詳思，則六部與寺監諸衛之性質不同，且其間有下行上承之關係，非平行之關係也。

唐代前期尚書省之地位及其六部職權之性質皆與寺監諸衛東宮官屬迥異，當世之人蓋知之甚審；唯習於其事，以爲當然，故少言之耳。及中唐之世，尚書職廢，諸使繁興，朝野君臣有惜舊章之墜落者，始發於議論，見於制敕。其論職權性質之不同者，以蘇冕之言最爲具體且極扼要。《會要》七八《諸使雜錄》目引蘇氏《駁議》曰：

> “九寺、三監、東宮三寺、十二衛及京兆河南府是王者之
> 有司，各勤所守，以奉職事。尚書准舊章立程度以頒之。”

此誠一語中綮。執此以衡《六典》、《舊志》叙六部九寺諸監之文，則知《六典》、《舊志》雖未具體説明六部職權之性質與寺監不同，然其記述官職之行文遣詞則大有區別，而職權性質之不同，即隱寓其中；唯前人疏忽，未深思耳。

前論尚書六部之職權所引《六典》、《舊志》之文，皆採同一之方式

云:

> "某某尚書、侍郎之職掌天下某某……之政令。其屬有
> 四,一曰某,二曰某,三曰某,四曰某,尚書、侍郎總其職務而
> 奉行其制命。凡中外百司之事由於所屬皆質正焉。"

而叙九寺諸監職權之方式則迥異。兹據《六典》、《舊志》(《新志》多簡
略)詳列於下:

太常寺 《六典》一四:"太常卿之職,掌邦國禮樂郊廟社稷之事,以八
署分而理焉,一曰郊社,二曰太廟,三曰諸陵,四曰太樂,五曰鼓
吹,六曰太醫,七曰太卜,八曰廩犧,總其官屬,行其政令。"(《御
覽》二二八引《六典》同。《舊志》亦同。)

光禄寺 《六典》一五:"光禄卿之職,掌邦國酒醴膳羞之事,總太官、珍
羞、良醖、掌醢四署之官屬,修其儲備,謹其出納。"(《御覽》二二
九引《六典》同。《舊志》亦同。)

衛尉寺 《六典》一六:"衛尉卿之職,掌邦國器械文物之政令,總武庫、
武器、守宮三署之官屬,……凡天下兵器入京師者,皆籍其名數而
藏之。"("政令",《御覽》二三〇引《六典》作"事"。《舊志》同。)

宗正寺 《六典》一六:"宗正卿之職,掌皇九族六親之屬籍,以別昭穆
之序,紀親疏之列,並領崇元(玄)署。"(《御覽》二三〇引《六典》
同。《舊志》亦同。)

太僕寺 《六典》一七:"太僕卿之職,掌邦國厩牧車輿之政令,總乘黄、
典厩(《舊志》脱此二字)、典牧、車府四署,及諸監牧之官屬。"
(《御覽》二三〇引六典同。《舊志》亦同。)

大理寺 《六典》一八:"大理卿之職,掌邦國折獄詳刑之事。"(《御覽》
二三一引《六典》同。《舊志》亦同。)

鴻臚寺 《六典》一八:"鴻臚卿之職,掌賓客及凶儀之事,領典客、司儀
二署,以率其官屬而供其職務。"(《御覽》二三二引《六典》同。
《舊志》亦同。)

司農寺 《六典》一九:"司農卿之職,掌邦國倉儲委積之政令,總上林、
太倉、鈎盾、導官四署與諸監之官屬,謹其出納,而修其職務。"
("政令",《御覽》二三二引作"事"。《舊志》亦同。)

太府寺 《六典》二〇:"太府卿之職,掌邦國財貨之政令,總京都四市、
平準、左右藏,常平八署之官屬,舉其綱目,修其職務。"("政令",

《御覽》二三二引《六典》作"事"。）

國子監　《六典》二一："國子祭酒司業之職,掌邦國儒學訓導之政令。
　　有六學焉,一曰國子,二曰太學,三曰四門,四曰律學,五曰書學,
　　六曰筭學。"（《御覽》二三六引《六典》同。《舊志》亦同。）

少府監　《六典》二二："少府監之職,掌百工伎巧之政令,總中尚、左
　　尚、右尚、織染、掌冶五署之官屬,庀其工徒,謹其繕作。"（《御覽》
　　二三六引《六典》同。《舊志》,"政令"作"事"。）

將作監　《六典》二三："將作大匠之職,掌供邦國修建土木工匠之政
　　令,總四署三監百工之官屬以供其職事。"（《御覽》二三六引《六
　　典》同,《舊書》志亦同。）

都水監　《六典》二三："都水使者掌川澤津梁之政令,總舟檝河渠二署
　　之官屬。"（《舊志》同。）《舊志》又云："凡虞衡之採捕,渠堰陂池之
　　壞決,水田斗門灌溉,皆行其政令。"

據此則叙寺監之用字遣詞不一。就九寺言:今本《六典》之衛尉、太僕、
司農、太府四寺作"掌某某之政令";太常、光祿、大理、鴻臚四寺作"掌
某某之事";宗正寺則作"掌某某之屬籍",是亦"事"也。《御覽》引《六
典》,衛尉、太府兩寺亦作"之事",唯太僕、司農兩寺作"之政令",宗正
寺與今本同。是絕大多數作"之事"。《舊志》實據《六典》者,唯太僕
一寺作"政令"。則大體言之,九寺之職是掌某某之事也。就四監言,
則作"之政令"者居多。然監之地位,又次於九寺,且其職掌均極具體,
是掌事務,非掌政令也。且九寺、四監除宗正、大理、鴻臚三寺及國子
一監外,其餘六寺三監皆云有某事則供某物,或云"以供其職事"。陸
長源《上宰相書》（《全唐文》五一〇）論官曹職廢云,"光祿不供酒,衛
尉不供幕。"亦以寺監之職在供事物也。益徵作"掌某某之事"爲正確;
古本《六典》與《舊志》,是也。復按:六部所統二十四司之職多在審度
勾稽,頒節制,辨名數;云"掌某某之事"者僅戶、倉、祠、膳、虞及主客六
司而已,然其事之性質亦審勾辨節之類,仍非實地掌管也。而九寺諸
監所統諸署,十之八九皆云"掌某某之事",間有云掌某某之法,之儀,
之物,之屬,皆具體之事物,與二十四司職在審勾辨節者迥異;是亦寺
監爲掌事機關之明證也。又最首太常寺之職云"掌某某之事,以八署
分而理焉,……總其官屬,行其政令。"最末都水監,《舊志》亦云"行其
政令"。是叙寺卿之職之形式或亦與六部略同,唯易"之政令"爲"之

事"，易"奉行其制命"爲"行其政令"，又無"凡中外百司之事由於所屬皆質正焉"之類之語句耳。然則尚書六部之職是"奉行制命"，以"掌政令"，而頒其節制，"凡中外百司之事由於所屬皆質正焉"；九寺諸監之職則"行政令"以"掌諸事"，上有所需，則供之。此正與蘇冕所謂尚書"立程度以頒之"，寺監"勤所守以奉職事"相應矣。

以上皆就《六典》、兩《志》總叙六部與寺監職掌之文，推其性質之不同如此。參以蘇氏之言，已可想見尚書六部與寺監有下行上承之關係，非平行之關係也。又《册府》六〇云："（高宗）上元三年閏三月，詔曰：制敕施行，既爲永式，比用白紙，多有蟲蠹。自今已後，尚書省頒下諸司、諸州，及州下縣，宜並用黄紙。"諸司即指寺監等中央行政機關而言。是寺監爲承受於尚書省之下級機關—如州府，非平行機關也。今更就《六典》、兩《志》及《會要》各卷，偶露此等關係處臚列而觀之。

《六典》一六，宗正寺："凡太皇太后、皇太后、皇后之親，分五等，皆先定於司封，宗正受而統焉。"（《會要》六五同。新志同，略）又："凡大祭祀及册命朝會之禮，皇親諸親應陪位豫會者則爲之簿書，以申司封。若皇親爲王公子孫應襲封者，亦如之。"（《舊志》同，《新志》同，略）

《六典》二，吏部員外郎，本注："舊齋郎隸太常，則禮部簡試。開元二十五年隸宗正，其太廟齋郎，則十月下旬，宗正申吏部應試。"（《會要》五九略同）

《新志》：宗正寺崇玄署："僧尼道士女冠，……每三歲，州縣爲籍，一以留縣，一以留州。僧尼一以上祠部，道士女冠一以上宗正，一以上司封。"按：此制行時，僧尼屬祠部，道士女冠屬宗正。屬宗正者必上籍於司封，屬祠部者不必副籍於太常或鴻臚，正見尚書爲上級機關，寺監爲下級機關也。

——以上顯示吏部與宗正寺之關係

《六典》三，户部："倉部郎中、員外郎，掌判天下倉儲受納租税出給禄廩之事。"（兩《志》同）又云："乃置木契一百枚，以與出給之司相合，（《舊志》同，《新志》略同）以決（《南宋本》作次）行用，隨符牒內（《南宋本》無內字）而給之。"本注："倉部置木契一百隻，三十隻與司農寺合，十隻與太原倉監合，十隻與永豐倉監合，二十隻與東都司農寺合，二十隻行從倉部與京倉部合,十隻與行從司農寺合。"

——以上顯示戶部之倉部與司農寺之關係

《六典》三,戶部:"金部郎中、員外郎,掌庫藏出納之節,金寶財貨之用,權衡度量之制,皆總其文籍而頒其節制。……凡庫藏出納皆行文傍季終而會之,若承命出給則於中書省覆而行之,百司應請月俸則符牒到所由皆遞覆而行之。乃置木契與應出物之司相合,以次行用,隨符牒而合之,以明出納之慎。"(《舊志》同,略)注:"金部置木契一百一十隻,二十隻與太府寺合,十隻與東都合,十隻與九成宮合,十隻與行從太府寺合,十隻行從京(金)部與京金部合,十隻行從金部與東都合,二十隻與東都太府寺合,二十隻東都金部與京金部合。"

《新志》,太府寺:"凡在署爲簿,在寺爲帳,三月一報金部。"

《六典》二〇,太府寺:"丞掌判寺事,凡左右藏庫帳……請受輸納人名物數皆著於簿書,每月以摹印紙四張爲之簿……月終留一本於署,每季錄奏,兼申所司。"

——以上顯示戶部之金部與司農寺之關係

《會要》五七《尚書省》目:"會昌五年六月敕……比事深關禮法,群情有疑者,令本司申尚書省下禮官參議。"按禮官謂太常。

《六典》一四,太常寺:"太樂署……凡習樂,立師以教,每歲考其師之業課爲上中下三等,申禮部。"(《舊志》同)

《會要》五九《太廟齋郎》曰:"開元二十四年三月十二日,敕齋郎簡試並於禮部集。至二十五年正月七日,敕諸陵廟並宜隸宗正寺,其齋郎遞司封補奏。至天寶十二載五月十一日,陵廟依舊隸太常寺,齋郎遞屬禮部。至大曆二年八月二十五日,敕陵廟宜令宗正寺檢校,其齋郎又司封收補聞奏。至貞元三年九月二十六日,禮部尚書蕭昕奏,太廟齋郎准式禮部補,大曆三年後被司封官稱管陵廟,便補奏齋郎,亦無格敕文。准建中元年正月五日制,每事並歸有司,其前件齋郎合於禮部補奏。敕旨依,付所司准格式處分。至今禮部員外郎補。"

——以上顯示禮部與太常寺之關係,兼示吏部司封與宗正寺之關係

《六典》一八,鴻臚寺:"凡二王之後及夷狄君長之子襲官爵者,皆辨其嫡庶,詳其可否,以上尚書。"

又:"凡天下寺觀三綱及京都大德,皆取其道德高妙爲衆所推者補充,上尚書祠部。"(《舊志》同)

《新志》:"海外諸蕃朝賀,……凡客還,鴻臚籍衣齎賜物多少,以報主客,給過所。"

——以上顯示禮部主客祠部與鴻臚寺之關係

《六典》二一,國子監:"承掌判監事。凡六學生每歲有業成上于監者,以其業與司業祭酒試之。……登第者,白祭酒上于尚書禮部。"(《舊志》同;《新志》同,略)

《會要》六六,國子監:"長慶二年閏十月,祭酒韋乾度奏:當監四館學生每年有及第闕員,其四方有請補學生人並不曾先於監司陳狀,便自投名禮部,計會補署。監司因循日久,官吏都不檢舉,但准禮部關牒收管,有乖大學引進之路。臣忝守官,請起今已後,應四館有闕,其每年請補學生者,須先經監司陳狀請替某人闕,監司則先考試通畢,然後具姓名申禮部,仍稱堪充學生。如無監司解申,請不在收管之限。……敕旨宜依。"

——以上顯示禮部與國子監之關係

《六典》一六,衛尉寺:"丞掌判寺事,凡器械出納之數,大事則承制敕,小事則由省司。"《新志》作"小事則聽於尚書省。"

——以上顯示兵部之庫部與衛尉寺之關係

《六典》一七,太僕寺:"凡監牧所通羊馬籍帳則受而會之,以上於尚書駕部,以議其官吏之考課。"(《舊志》同;《新志》同,略)

——以上顯示兵部之駕部與太僕寺之關係

《六典》一八,大理寺:"凡諸司百官所送犯……詳而質之,以上刑部,仍於中書門下詳覆。"(兩《志》同)

《新志》:"刑部郎中、員外郎,掌律法,按覆大理及天下奏

讞,爲尚書侍郎之貳。"

《會要》三九《定格令》目:"貞觀二(元之譌)年七月二十三日,刑部侍郎韓洄奏:刑部掌律令定刑名,按覆大理及諸州應奏之事。

《會要》六六《大理寺》目:"開元八年敕,内外官犯贓賄及私自侵漁入己至解免已上,有訴合雪及減罪者,並令大理審詳犯狀,申刑部詳覆,如實冤濫,仍録名送中書門下。其有遠年斷雪近請除罪,亦准此。"

又:"元和四年九月,敕刑部大理覆斷繫囚,過爲淹滯,是長奸倖。自今以後,大理寺檢斷不得過二十日,刑部覆下不得過十日。如刑部覆有異同,寺司重斷不得過十五日,省司重覆不得過七日。"

又五七《尚書省》目:"會昌五年六月敕……比事深關(略)刑獄,亦先令法官詳議,然後申刑部參覆。"

又一四《獻俘》目:"元和十二年……李愬平淮西,擒逆賊吳元濟……獻于太廟。……攝刑部尚書王播奏請付所司,制曰可。大理卿受之以出,斬于子城之西南隅。"

——以上顯示刑部與大理寺之關係

《六典》七,工部郎中、員外郎條:"凡興建修築材木工匠,則下少府將作以供其事。"《舊志》云:"凡京師東都有營繕,則下少府將作以供其事。"(《新志》同)

《六典》二二,少府監:"丞掌判監事,凡五署所修之物須金石齒革羽毛竹木而成者(《舊志》無"須"字以下),則上尚書省,尚書省下所由司以供給焉(以上《舊志》同,略)。凡五署之所入于庫物,各以名數並其州土所生以籍之,季終則上于所由,其副留于監。"

同書二三,將作監:"丞掌判監事,凡内外繕造百司供給,大事則聽制敕,小事則俟省符(《新志》同,略),以諸大匠而下於署監以供其職。"又云:"凡營造修理土木瓦石不出於所司者,總料其數上於尚書省。"

——以上顯示工部與少府監將作監之關係

據政書此類條文,則尚書之於寺監曰下,曰頒;寺監之於尚書曰申,曰上，曰報，曰受，曰聽；此乃下行上承之關係，決非平行之關係之明證也。且寺監之於尚書省非籠統之關係，而爲分別之關係。最顯者，如司農寺承受於户部之倉部司，太府寺承受於户部之金部司，衛尉寺承受於兵部之庫部司，太僕寺承受於兵部之駕部司，大理寺承受於刑部，少府監、將作監承受於工部，太常寺、鴻臚寺、國子監承受於禮部；他如宗正寺亦幾承受於吏部；唯光禄寺不言所承，推其性質，蓋亦承受於禮部者。此種承受關係皆已見前引材料。而《會要》五九《太廟齋郎》一條記太廟隸屬，前後五易，始隸太常寺，開元二十四年改隸宗正寺，天寶十二載復隸太常寺，大曆二年又改隸宗正寺，貞元三年復隸太常寺。其隸太常，則齋郎由禮部奏補，其隸宗正，則齋郎由吏部司封奏補，更足證某寺之與某部本有固定之承受關係矣。

尚書六部與寺監之關係如此，故尚書省亦以符下於寺監，且以"符到奉行"命之。何以知之？按《會要》二六《牋表例》目：

> 舊制，上所及下，其制有六"本注："天子曰制曰敕曰册；
> 皇太子曰令；親王公主曰教；尚書省下州，州下縣，縣下鄉，皆
> 曰符也。

《六典》一及《舊志》同。皆不言尚書省以符下寺。而敦煌發現經卷紙背《開元公式令殘卷》之《符式》如次：

> 尚書省　　　　　爲某事
> 某寺主者云云，案主姓名，符到奉行……
> 右尚書省下符式，凡應爲解上者，上官向下皆爲符，首判之官
> 署位……（轉引自《唐令拾遺》頁五五八）

又《日本公式令符式條集》解云：

> 釋云……《唐令符式》云：尚書省下諸寺……（同上頁五
> 五九）

則"上官向下皆爲符"；尚書省行諸寺文書亦曰符，且以"奉行"命之，一如下諸州矣。前引《六典》二三，將作監之職云："凡内外繕造百司供給，大事則聽制敕，小事則俟省符。"《新志》同。政書中唯存此一條足資參證。

前論六部與寺監職掌之性質迥異，尚書六部"奉行制命"以"掌政令"，九寺諸監"行政令"以"掌諸事"。今考六部與寺監下行上承之關係如此，則所謂"行政令"者，即奉行尚書省之政令耳。陸贄《論裴延齡

姦蠹書》(《全唐文》四六六)云:

> "總制邦用,度支是司;出納貨財,太府攸職。凡是太府
> 出納,皆稟度支文符,太府依符以奉行,度支憑按以勘覆,互
> 相關鍵,用絕姦欺。其出納之數,每月中旬申聞,其見在之
> 數,則每月計奏,皆經度支勾覆。"

此段論度支與太府寺之關係及其職權之分別,最的顯豁。又權德與
《論度支疏》(《全唐文》四八六)云:

> 判度支裴延齡……往者貳大農之卿,長司太倉之出納,
> 號爲稱職;蓋有恒規。陛下……切於賞善,權委邦賦。……
> 度支所務,天下至重,量入爲出,從古所難,……調其盈虛,制
> 其損益,苟非全才通識,則有所壅。權其輕重(此云度支),固
> 與守之之才(此云大農)不同。

此段論度支與大農寺之關係及其職權之分別亦極顯豁。此處度支雖
指判度支使而言,然判度支即判戶部之度支司兼及倉部金部者,足證
戶部與太府大農兩寺之關係本如此也。陸、權此論確切說明戶部與司
農、太府兩寺之性質絕異,而有下行上承之密切關係,尤爲政書強有力
之旁證。又按《六典》六,大理寺有獄,而刑部則無獄,此亦刑部掌刑律
政令而非執行機關,其執行則在大理寺之強證也。

綜上以觀,尚書六部與九寺諸監之性質、職權及其在行政系統中
所居之地位釐然有別。蓋尚書六部二十四司上承君相之制命,製爲政
令,下於寺監,促其執行,而爲之節制;寺監則上承尚書六部之政令,親
事執行,復以成果申於六部。故六部爲上級機關,主政務;寺監爲下級
機關,掌事務;六部爲政務機關,寺監爲事務機關;六部長官爲政務官,
寺監長官爲事務官。權德與謂:大農事有"恒規",乃"守之之才";度
支"權其輕重",必恃"通識"。此雖僅論戶部與大農性質職權之不同,
亦可推而廣之,視爲六部與九寺諸監性質職權之共同差異。此論較蘇
冕之言更爲具體明確,且與現代行政學論政務官與事務官性質職權之
不同合如符契矣。尚書六部既爲政務機關,掌政令,故官員不必多,而
地位權勢特隆;九寺諸監爲事務機關,故地位權勢不甚隆,而組織常龐
雜;前設之疑可渙然冰釋矣。

或者曰:尚書六部與九寺諸監之性質不同而有下行上承之關係如
此,則寺監縱不直轄於尚書省,至少亦文屬焉;何以《六典》、兩《志》不

具體明言歟？應之曰：古代記載官制之書特注意其職掌及其本機關之組織，至於上隸下轄例多忽略，習以爲常，讀者心知其義亦不致疑。如《漢書·百官公卿表》叙丞相不云統九卿，叙九卿不云隸丞相，然其上下統隸之關係，固無人致疑也。《六典》、兩《志》叙尚書令僕則云"綱紀百揆"，"禮絶百僚"，"天下大事不決者皆上尚書"；叙六部則云"凡中外百司之事由於所屬皆質正焉"。諸如此類語句，比之其他史書職官志已較能顯豁尚書省之地位。所以啓後人之疑者，乃唐制掌政掌事分爲兩橛，此其特點，爲前代所未嘗有，爲學者所不習見，故或疑其參差雷同，或疑九卿諸監爲閑司無職耳。

唐代行政機關除尚書省外，唯九寺、諸監、諸衛及東宮官屬以及諸道州府耳。尚書六部與九寺諸監之性質不同而有下行上承之關係，已詳考如上。其諸衛亦文屬兵部，凡有興革則兵部主之，亦見前考。至於東宮官屬，則《六典》二六云：

> 太子詹事之職統東宮三寺十率府之政令（以上《新志》同），舉其綱紀而修其職務……凡天子六官之典制皆視其事而承受焉。"（《舊志》同，略）"凡敕令及尚書省二坊符牒下於東宮諸司者，皆發之。（以上《新志》同）若東宮諸司之申上者，亦如之。

同書二七又云：

> 太子家令寺……主簿……凡寺署之出入財物，役使工徒，則刺詹事上於尚書。

按：所謂六官即六部也。又唐制，上之迫下，其制有六，曰制、敕、册、令、教、符。此稱尚書省符，又云上於尚書，則東宮官屬爲承望尚書省之下級機關必矣。以及諸州府，前引《會要》、《六典》、《舊志》，上之迫下其制有六，尚書省下州，州下縣，縣下鄉，皆爲符，則州府上承尚書省自不待言。又《六典》三〇："京兆、河南、太原牧及都督、刺史，掌清肅邦畿，考覈官吏……皆附於考課以爲褒貶，若善惡殊尤者隨即奏聞，若獄訟之枉疑，甲兵之徵遣，興造之便宜，符瑞之尤異，亦以上聞。其常則申於尚書省也。"《舊志》同。亦其證。此自昔無人致疑者。

綜上所考，則唐代各種行政機關如九寺、諸監、諸衛、東宮官屬及諸道州府，縱不皆直接統轄於尚書省，然在行政上皆承受於尚書省，則無疑也。按唐代東宮官屬即朝廷全部機構之縮型，有左右春坊以擬門下中書二省,有三寺以擬九寺諸監,有十率府以擬諸衞,其詹事府則擬尚書省者。《六典》、兩《志》皆云:太子詹事府詹事少詹事"掌統東宮三寺十率府之政令。"而於尚書省則未具體明言其統九寺、諸監、諸衞,致啓後人之疑。然《六典》、《舊志》叙各部職掌皆云:"凡中外百司之事由於所屬皆質正焉";《新志》總叙尚書省亦云"天下大事不決者皆上尚書省";又政書皆云尚書省爲政事會府,僕射師長百僚;諸如此類語句,亦足徵尚書省總統內外矣。今所詳考,唯在更明確説明:就職權性質言,尚書六部與寺、監、諸衞、東宮官屬、天下州府截然不同,就行政統系言,則有下行上承之密切關係,以釋古今之疑耳。

代宗時代,感尚書舊章之墜廢,屢申復舉舊章之詔,故時時涉及舊章之體制。如《會要》五七《尚書省》目云:

> "永泰二年四月十五日制……朕纂承丕緒,遭遇多難,典
> 章故事久未克舉。其尚書宜申明令式,一依故事,諸司、諸使
> 及天下州府有事准令式各(合)申省者,先申省司取裁;並所
> 奏請,敕到省,有不便於事者,省司詳定聞奏,然後施行。"

諸司即指九寺、諸監、諸衞及東宮官屬等而言。是開元以前之舊制,中央諸司、諸使及天下州府有事皆先申尚書省取裁。蓋九寺、諸監、諸衞及東宮官屬以及諸道州府既均爲承受於尚書省之下級機關,故有事皆申尚書省取裁聞奏,不能逕奏君相也。又《册府》六四云:

> (大曆)十四年正月(《會要》五七作六月)敕書(《會要》
> 作敕)……諸使(《會要》作天下諸使)及州府有須改革處置
> 事,一切先申尚書省,委僕射以下商量聞奏,外使及州府(《會
> 要》無此五字)不得輒自奏請。

此僅就外使及州府而言。按前永泰之制申明中外百司有事皆申尚書省取裁一如舊式。然時異世易,事實上已行不通,故思其次,但期外官使司有事必申尚書省耳。自此中央行政系統已大紊矣。

不但中外各級公文之上行須先經尚書省也,即君相制敕亦必先下尚書省,然後下行中外百司。故《六典》一:"凡制敕施行……必由於都省以遣之。"前引《册府》六〇,高宗上元三年詔云:"制敕施行既爲永式,比用白紙,多有蟲蠹。自今已後,尚書省頒下諸司諸州,及州下縣,宜並用黃紙。"尤足與《六典》相印證。又前引《會要》五七《尚書省》目,永泰二年四月制,已明言"敕到省有不便於事者,省司詳定聞奏,然

後施行。"同目又云：

> （開元）十九年四月二十六日敕，尚書省諸司有敕後起請
> 及敕付所司商量事，並錄所請及商量狀送門下及中書省，各
> 連於元敕後。所申仍於元敕年月前云起請及商量如後。

是制敕不但必經尚書省，且經其定詳也。《會要‧尚書省》目："神龍二年九月一日敕，門下及都省宜日別錄制敕，每三月一進。"蓋亦以制敕由中書下行後必經之機關唯門下與尚書省耳。

復檢《會要》五七《尚書省》目云：

> 故事，內外百司所受之事，尚書省皆印其發日，爲立程
> 限，京府（《六典》、《舊志》作京師）諸司有符移關牒下諸州
> 府，必由都省以遣之。

《六典》一及《舊志》同。敦煌發現經卷紙背《開元公式令符式》云：

> 上官向下皆爲符。……其出符者，皆須案成並案送都省
> 檢勾，（若事當計會者仍別錄會同與符俱送都省。）其餘公文
> 及內外諸司應出文書者，皆准此。（轉引自《唐令拾遺》，頁
> 558）

據此則京師諸司如九寺、諸監等有符移關牒下諸州者，亦必送都省勾檢然後下行也。推此而言，則州府之上京師諸司及諸司之相互關移當亦由都省轉致矣。上下左右之公事文移畢會於尚書省而勾決發遣或奏上之，其被"會府"、"政樞"之稱不亦宜乎？

關於尚書六部職權之性質，尚書六部與九寺、諸監、諸衛、東宮官屬、諸道州府之關係，以及上下公文之運行，既已考論如上。則尚書省在唐代全部行政機構中所居之地位自顯。大抵尚書六部上承君相之制命，而總其政令，於天下大政無所不綜，然直接由六部執行者則甚少。凡事屬地方性質者，則下地方政府執行之，尚書只處於頒令節制之地位。凡事屬中央性質者，小部分蓋亦最重要部分，由六部自己執行，如吏部兵部之銓選與禮部之貢舉是也；大部分則下寺監等事務機關執行之，尚書亦只處於頒令節制之地位，如財計、兵政、刑獄、繕作是最顯者。故尚書省上承君相，下行中外百司，爲全國行政之總樞紐，爲政令之製頒而節制之之機關，而非實地執行之機關。今作行政系統圖如次：

此圖乃玄宗開元時代之制度。唐初與此略同，唯無"道"。又其時尚無

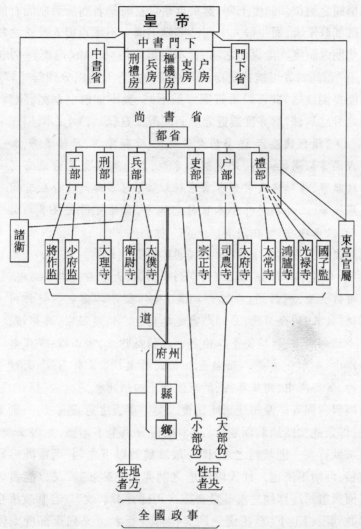

"中書門下"之機關,而僕射爲宰相正官,尚書省爲宰相機關兼行政機關,故其時尚書省實兼有此圖"中書門下"與"尚書省"之地位,權任更隆矣。及安史亂後,使司繁興,既奪六部之權,且侵寺監之職。《會要》五七《尚書省》目,大曆五年詔政歸尚書,有云:"省、寺之務多有所分,簡而無事,曠而不接。"即統言尚書省與九寺職權爲諸使所分奪也。具詳下篇。於是尚書之職權與地位遂見墜落,上表所示之行政體系因而破壞,諸使固直承君相之制命,推行政務,寺監百司有事亦不一定先上尚書,故代宗特詔諸事先上尚書以矯之,是尚書省徒具軀殼,已失其行政總樞紐之地位。制度丕變,體系自紊。當時學者對於舊制固有能深切瞭解如蘇冕者,而一般人士則已模糊不清。不幸爲後人推重之杜佑對於前期之制度亦無真切之認識,不免雷同俗見。如《通典》一九《職官》一:"蓋尚書省以統會衆務,舉持繩目,九寺五監以分理群司。"(此亦可能爲劉秩語)此言尚書省與寺監不同,雖不如前引蘇冕、陸贄、權德輿之言之具體,然亦庶幾近之。而同書二五《職官》七《本注》云:

> "隋代復廢六官,多依北齊之制,官職重設,庶務煩滯,加六尚書似周之六卿,又更別立寺監,則户部與太府分地官司徒職事,禮部與太常分春官宗伯職事,刑部與大理分秋官司寇職事,工部與將作分冬官司空職事,自餘百司之任多類於斯,欲求理要,實在簡省。"

是以尚書省與寺監爲重設矣。又《通典》四〇《職官》二二云:

> "昔皐繇作士,正五刑;今刑部尚書、大理卿是二皐繇也。垂作共工,利器用;今工部尚書、將作監是二垂也。契作司徒,敷五教;今司徒、户部尚書是二契也。伯夷秩宗,典邦禮;今禮部尚書、禮儀使是二伯夷也。伯益作虞,掌山澤;今虞部郎中、都水使者是二伯益也。伯同作太僕,掌車馬;今太僕卿、駕部郎中、尚輦奉御、閑廄使者是四伯同也。"

是以尚書省與寺監及司徒諸使爲重設矣。重設之意義有二:一則上下之重,即余此文所論前期制度,政事推行分爲上下兩橛,尚書掌政令,寺監掌執行。一則並列之重,即一般論魏晉以下之制,尚書與寺監並掌政務,混淆不清也。杜氏以隋唐之制與南北朝並論,又以尚書寺監之重與尚書司徒諸使之重等量齊觀,(司徒實不掌政事,若掌政事自與户部並列不相上下,至禮儀使則與禮部並行者。)又列駕部於太僕之下,則其命意皆並列之重,非余所謂上下之重也。范祖禹《唐鑑》二云:"官名之紊莫甚於唐,且既有太尉、司徒、司空,又有尚書省,是政出於二也。既有尚書省,而又有九寺,是政出於三也。"是即承杜氏之言而推衍者。杜佑,唐人,且爲權威學者,宜乎千餘年相承云然,未有非議者。然杜氏此論實未精審。蓋杜氏對於尚書、寺監與諸使三者之性質,不能別其異同也。其所以不明尚書、寺監、諸使三者性質之有別,亦自有故。蓋尚書掌政令,寺監掌諸事,其間有下行上承之關係,乃開元以前之制。安史亂後,尚書省之地位墜落,職權已廢。魏晉南北朝唯諸寺與尚書並承君相之命推行政務，至此時則尚書寺監之外又有諸使並行政事矣，制度之弊蓋有過於南北朝，杜氏就時制爲言，以爲並行重設，固不謬也；唯其意似以爲自唐初以來即如此，則大謬耳。大抵杜氏對於唐代前期尚書省之制度並無深切之認識，自亦不能辨時制與舊制之差異，故其對於官制所發之議論往往即據正在劇變中百弊叢生之當時現狀，上訾開元以前之制耳。此觀其議僕射尤爲明徵。按：唐初尚書令僕爲宰相正官，統率百僚，侍中中書令雖處機密，不能比也。三公雖品秩爲崇，亦不能比也。其時唯太宗以開國元勳兼爲親王，故得居尚書令之位；其後人臣均不敢居。太宗爲人外寬宏而内忌刻，即僕射亦常不除任，末更缺人數歲，親如長孫無忌亦只居太尉知中書門下二省事，不敢知尚書省僕射事，以避嫌疑。高宗即位，元勳如李勣，亦只居司空同中書門下三品之位，不敢居僕射之任。凡此皆僕射在政治上之地位遠非三公及侍中中書令可比之強證。是以師長百僚，固應爲僕射，非三公侍中中書令也。其後僕射既被摒於衡軸之外，又失其行政總匯之地位，殺其禮儀，事固應然。而《通典》二二《職官》四，議僕射事，以爲僕射品秩尊崇不如三公，統宰國政不如侍中中書令，因而非毀舊儀。是亦以時事論舊制也。議時事則是，訾舊制則謬矣。其所以致誤之由，亦與論尚書寺監爲並列重複者，如出一轍矣。杜氏論職官不但不明時制與舊制已異，而出言亦殊輕率。"契作司徒"下，照杜氏意旨當云："今户部尚書、司農、太府、度支使、鹽鐵轉運使，是五契也。"乃言不出此，而云："今司徒、户部尚書，是二契也。"夫太尉、司徒、司空本爲閑官，毫無職事，謂應省廢，可也。而以毫無職事之司徒與户部尚書並論，以爲重設亂政，豈不大謬。蓋因"契作司徒"，唐有司徒之官，故率爾言之耳，不自知其謬也。論證輕率如此，則其議論非真知灼見，從可知矣。行文至此，吾有一設想。杜氏《通典》既本自劉秩《政典》而擴充之，成書又在居高位當權柄之時，蓋集衆學士之力而成，非杜氏一人工力所至也。然則杜氏本人之學力究竟如何，實大有問題。陸贄權德輿皆與杜氏同時之碩學名相，當時宗仰過於杜氏，其識力決不在杜氏之下，且其所論之事極具體實指，非泛泛言之，尤爲可信。至於蘇冕，官低職卑，毫無憑藉，唯以藏書博學馳譽朝野；尤精唐制，起武德至貞元撰《會要》四十卷，爲《會要》體裁之始。蘇氏既爲唐制專家，又能創作體裁，其對於唐代制度之認識必在杜氏《通典》之上。《國史補》

下云："大曆已後專學者……地理則賈僕射，兵賦則杜太保，故事則蘇冕、蔣乂……"按杜氏一生經歷皆掌財賦，故《通典》亦以《食貨》爲首，謂其精於兵賦是也；其於一般制度不如蘇冕之專長，可斷言矣。但後人震於杜氏《通典》之權威，又不精究《六典》、兩《志》之文，遂致困惑，貽誤千載矣。今觀蘇氏論尚書與寺監性質職權之不同，參以代宗敕文，與陸、權二氏之説，以釋《六典》、兩《志》之文，無不盡合；徵之敦煌殘卷《開元公式令》與《日本令集解》所引《唐令》，亦無不圓通；故吾據此諸證以發千載之覆，杜氏訾議可不攻自破矣。

下、後期尚書省地位職權之轉變與墜落

唐代後期，尚書省之地位與職權發生極大變化。就整個尚書省而言，都省六部之職權漸失，致地位墜落；而尚書省之内部亦起變化，即殘餘之職權由兩僕與尚書轉歸兩丞與侍郎，丞郎當務，僕尚反不與焉。今分爲兩節考述如次：

（一）僕尚丞郎地位職權之消長

李肇《國史補》下云：

> 國初至天寶常重尚書；……兵興之後，官爵寖輕，八座用之酬勳不暇，故今議者以丞郎爲貴。

按肇自序云，"予自開元至長慶，撰《國史補》。"則此"今議"當指元和、長慶中。此語極正確，兹略疏論之。

唐代初葉，兩僕爲宰相正官，師長百僚，其地位極爲崇重，前已論之。即尚書之任，亦位尊職重，居其任者什九爲當世名臣。《通鑑》一九八，貞觀二十一年六月，"以司農卿李緯爲户部尚書。時房玄齡留守京師，有自京師來者，上問玄齡何言。對曰，玄齡聞李緯拜尚書，但云李緯美髭鬚。帝遽改除緯洛州刺史。"即此一事足見不輕授矣。又《大唐新語》七，"牛仙客爲涼州都督……軍儲所集萬計……玄宗大悦，將拜爲尚書。張九齡諫曰：不可。尚書古之納言，有唐以來多用舊相居之；不然，歷踐内外清貴之地、妙行德望者充之。"（《新書》一二六《張九齡傳》及《通鑑》二一四略同）此已開元末年，仍不輕授如此！《册府》六二九："開元以前，兵吏尚書權位尤美，則宰相多所兼領。"即其他尚書亦多以宰相兼領，或用舊相，參看拙作《唐僕尚丞郎表》。

僕射、尚書既位尊職重，故朝廷多藉其威望，内參相職，外事征伐。

開元中,兵部尚書非領宰相即兼節度,且有兩兼者;戶、禮亦多此例;刑、工兩尚書幾恒充兩都留守;唯吏尚僅有平章事者,無兼領外職者;具詳拙作《唐僕尚丞郎表》。吏兵尚書因參政事而廢本職,見後引《冊府》六二九。而《舊書》一〇六《楊國忠傳》:

> 先天已前,諸司官知政事,午後歸本司決事。開元已後,宰相數少,始崇其任,不歸本司。

按《新書》二〇六本傳略同,最後一句作“不復視本司事”。是諸司官知政事者皆然,不獨吏兵兩尚書也。至於征伐四裔,動逾歲月,領節度,充留守,更經常在外矣。在此種情形下,本官之職亦不得不廢。安史亂後,八座用以酬勳,故職事益失,而位任轉輕矣。肅宗《加李輔國兵部尚書詔》(《全唐文》四三)云:

> 元從、開府儀同三司、判元帥行軍司馬、充閑厩五坊宮院營田栽接總監等使、兼隴右群牧使、京畿鑄錢使、長春宮使、勾當內作少府監及殿中都使、上柱國、郕國公李輔國。……豈有業構經綸,任兼軍國,尚居散列,獨謝崇班?宜膺喉舌之寵。……加兵部尚書,餘如故。

以輔國判使之重,仍謂“獨謝崇班”,不如尚書之榮,足見此時尚書仍極尊重。然亦八座酬勳之較早顯例矣。

代、德以後,唯吏部尚書尚稍有職事。《舊書》一七二《蕭俛傳》云,長慶元年,罷相為吏部尚書。俛“以選曹簿書煩雜,非攝生之道,乞換散秩。其年十月改兵部尚書。”即其證。而兵部已為閑司矣。其時亦唯吏部尚書仍用舊德居之,此檢拙作《唐僕尚丞郎表》卷三吏尚行自瞭。白居易《鄭絪可吏部尚書制》(《全唐文》六六三)云:“天官太宰……自昔迄今,冠諸卿首,非位望崇盛者不可以處之。而朕即位以來,凡命故相領者三矣,迨此而四,可不重乎。”亦其證。至於僕射人選則已輕。李絳《論僕射中丞相見儀制疏》(《全唐文》六四五):“左右僕射師長庶僚……近年緣有才不當位,恩加特拜者。”又《舊書》一五八《鄭餘慶傳》:“(元和)十三年拜尚書左僕射。自兵興以來,處左右端揆之位者,多非其人;及餘慶以名臣居之,人情美洽。”觀此二事,可見一斑。又白居易《論嚴綬狀》(《全唐文》六六八)云:

> 嚴綬在太原之事,聖聰備聞,天下之人以為談柄。陛下罷其節制,追赴朝廷,至今人情以為至當。今忽再用(為荆

南），又替宗儒，臣恐制書下後，無不驚歎。

按，綬由太原入爲右僕，出爲荆南；觀此狀，可知時人視僕射遠不如方
鎮。其他以僕射爲方鎮廻翔之例甚多，具詳《唐僕尚丞郎表》。觀該
表，各部尚書亦多供方鎮之廻翔。而《舊書》一六五《殷侑傳》云：

> 大和四年加檢校工部尚書滄齊德觀察使。……六年（正
> 月）入爲刑部尚書。尋（二月）復檢校吏部尚書（略）充天平
> 軍節度（略）等使。……九年，御史大夫溫造劾侑……（正
> 月）授侑刑部尚書。八月，檢校右僕射，復爲天平軍節度使，
> 上以溫造所奏深文故也。開成元年，復召爲刑部尚書。……
> 其年七月檢校左僕射，出爲襄州刺史山南東道節度使。

此尤尚書爲方鎮廻翔之佳例矣。至末葉，僕尚之官雖亦多宰相兼領，
然唐初兩僕固爲宰相正官，其以尚書參政事、同三品、同平章事者，尚
書亦即底官，非序位也。至唐末葉，宰相底官什九爲中書侍郎、門下侍
郎，而以兼六尚書、兩僕射爲序進之次。通常由兼工禮遷兼刑户，遷兼
兵吏，進兼右僕左僕，而後三公。（具詳《唐僕尚丞郎表》）是六尚書、
兩僕射爲宰相序位之官，與唐初以位尊職重故兼領宰相者，殊不侔矣。

僕射、尚書既職事閒散，或供宰相序位，或供方鎮廻翔，故無其人
則缺而不補。《會要》五七《左右僕射》目：“大中三年正月三日敕節
文，三公僕射，不常除官。”是也。尚書缺任，雖無明文，然觀《唐僕尚丞
郎表》，亦可想見其梗概。

丞郎之職本僕尚之亞，僕尚既失其職，丞郎位任自隆。僕尚失職
既不始於軍興，丞郎得權自亦有漸。蓋高宗之末，武后竊權，不任大
臣，故侍郎委任漸重。如《舊紀》永淳元年條云：

> 四月……丁亥，黄門侍郎郭待舉、兵部侍郎岑長倩、中書
> 侍郎郭正一、吏部侍郎魏玄同並同中書門下同承受進止平章
> 事。上謂參知政事崔知温曰：待舉等歷任尚淺，且令預聞政
> 事，未可即與卿等同名稱。自是外司四品已下知政事者，遂
> 以平章爲名。

考此前未嘗以侍郎爲相，此次任命，自有提高侍郎地位之作用。此就
一般而言也。若就吏兵兩部之銓選而言，委任侍郎，其事尤早。如貞
觀二十二年，太宗命兵部侍郎盧承慶知五品選事，即其例。又《會要》
七四《掌選善惡》目，列貞觀中六人，尚書及侍郎各三；高、武、中、睿凡

十人,皆爲侍郎,無一尚書;是亦銓選權漸移侍郎之證。[13]　開元天寶時代,吏兵兩尚書多兼宰相,銓選職事悉委侍郎。《通鑑》二一六,天寶十一載紀亦云:"故事,兵吏部尚書知政事者,選事悉委侍郎以下。"是也。《册府》六二九詳之云:

> 開元以前兵吏尚書[14]權位尤美,則宰相多所兼領;而從容衡軸,不自銓綜;其選試之任皆侍郎專之,尚書通署而已。

故《會要》七四《論選事》云,天寶中劉廼獻議于知銓舍人宋昱曰:"近代主司獨委一二小冢宰。"銓事獨委侍郎,故吏侍之勢最重。《册府》六二九云:

> 吏部侍郎掌選補流内六品以下官,是爲銓衡之任,凡初仕進者無不仰屬,選集之際,勢傾天下,列曹之中資位尤重。

此殆實録矣。選權既在侍郎,不在尚書,故行政責任亦由侍郎獨負。《舊書》一一三《苗晉卿傳》云:

> (開元)二十九年拜吏部侍郎。……時天下承平,每年赴選常萬餘人。李林甫爲尚書,專任廟堂,銓事唯委晉卿及同列侍郎宋遙舉之。……天寶一〔二〕載春,御史中丞張倚男奭參選,……分甲乙丙科,奭在其首。……玄宗……親試,……奭……竟日不下一字。……上怒,晉卿貶爲安康太守,遙爲武當太守。"

此其顯例。又開元四年,帝以銓注縣令非才,貶侍郎盧從愿李朝隱。(《舊書》一〇〇本傳)檢其時尚書爲盧懷慎兼黄門監,是亦尚書兼宰相,選事委侍郎專負其行政責任之例也。

至於其他侍郎,如《通鑑》二一四,開元二十五年《紀》,《考異》引《實録》,十月丙午以京城困少,制"刑部侍郎鄭少微等各賜中上考。"是刑部亦由侍郎負責也。若論禮部侍郎,自貢舉權由吏部移來後,地

---

〔13〕《會要》七四《論選舉》:"上元元年劉嶢上疏曰……今國家以吏部爲銓衡,以侍郎爲藻鑒。"按此條置於開耀元年、垂拱元年之後,開元三年、天寶十載之前,不知究爲高宗之上元抑肅宗之上元,次序必誤無疑。檢《通典》一七、《通鑑》二〇三,皆以爲高宗之上元,然劉嶢論事兼及貢舉,云:"國家以禮部爲孝秀之門,考文章於甲乙……"(《通典》、《通鑑》皆作禮部)按高宗時貢舉尚在吏部,不在禮部,若非禮部爲吏之誤,則當爲肅宗之上元、誤編爲高宗之上元也。今檢御史精舍碑、郎官石柱及登科記考均不見劉嶢之名,其人其事究在高宗時抑肅宗時,今不可確知。以意度之,《通典》、《通鑑》編次或不誤,唯誤吏爲禮耳。若此推論不誤,則高宗時吏部選權已移於侍郎矣。

〔14〕刊本作"兵部尚書",明鈔本作"兵吏尚書"。按本卷常見"兵吏尚書",又據此處叙事,當兼吏部而言,且上引《通鑑》亦作"兵吏",故從鈔本。

位日高,寖駕諸部尚書及侍郎矣。

安史亂後,八座既爲勳臣叙位之官,益失其職。故代德二世,議政事則舉丞郎,而遺僕尚。如《舊書》一九〇中《賈至傳》云:

> 寶應二年,爲尚書左丞。時禮部侍郎楊綰上疏,請依古制……舉孝廉。……詔令左右丞、諸司侍郎、大夫、中丞、給、舍等參議。

此舉丞郎不及僕尚,大可注意。此猶可謂偶然。復考歐陽詹《唐天文述》(《全唐文》五九八)云:

> 皇唐百七十有一載,皇帝御宇之十四祀(實十三祀)也。歲在辛未,實貞元七年。……是歲也,扶風竇公參、河中董公晉輔政之三年,趙郡李公紓爲天官之四年,范陽盧公徵爲地官之元年,范陽張公濛爲春官之三年,昌黎韓公洄爲夏官之三年,吳郡陸公贄同爲夏官之二年,京兆杜公黄裳爲秋官之二年,清河張公或爲冬官之五年。夫太宰六官,於天子之爲理,棻澄派而清洪流者,故列於斯志之末。

檢此所列六官皆爲侍郎,無一尚書,(詳拙作《唐僕尚丞郎表》)足爲侍郎當權尚書失職之最强有力證據矣。復考《册府》四五七:

> 長慶四年十月,以韋顗爲御史中丞兼户部侍郎,以御史中丞鄭覃爲權知工部侍郎,以刑部侍郎韋弘景爲吏部侍郎,以權知禮部侍郎李宗閔爲權知兵部侍郎,以工部侍郎于敖爲刑部侍郎,以中書舍人楊嗣復權知今年貢舉。是日(二十七日)尚書六曹無不更換,人情異之。

云六曹無不更換,而皆爲侍郎,無一尚書。亦足徵侍郎負行政責任,尚書則否也。

《大唐新語》一一:

> 賀知章自太常少卿遷禮部侍郎兼集賢殿學士,一日併謝二恩。時源乾曜與張説同秉政,乾曜問説曰……學士與侍郎何者爲美?説對曰:侍郎自皇朝已來爲衣冠之華選,自非望實具美,無以居之。

則開元以前,侍郎已爲士林所重如此。蓋自唐代前朝,丞郎已爲衣冠之華選;今既駕凌僕尚,代當省務,《國史補》云:“議者以丞郎爲貴”,固宜。

丞郎之地位既日高,故任職之節儀亦漸隆。兹列數事如次:

《會要》二六《冊讓》:"景雲九〔元〕年八月十四日敕:左右丞相、侍中、中書令、六尚書已上,欲讓者聽;餘並不頒〔須〕。至開元中,宰相李林甫奏,兩省侍郎及南省諸司侍郎、左右丞,雖是四品,職在清要,亦望聽讓。"

《舊紀》,寶曆元年"四月甲戌,……宣中書,以諫議大夫劉栖楚爲刑部侍郎。丞郎宣授自栖楚始也。"(《舊書》五四本傳、《會要》五九同)

《舊紀》,大和九年三月"庚午,左丞庾敬休卒,廢朝一日。詔曰,官至丞郎,朕所親委,不幸云亡者,宜爲之廢朝。自今丞郎宜準諸司三品官例,罷朝一日。"

按此數事雖僅節儀,然亦爲丞郎地位職權日隆之旁證。且正可與僕射上事儀注之降殺對比觀之矣。

(二)尚書省地位職權之墜落

安史之亂以前,尚書省之地位與職權本已有逐漸降落之勢。蓋唐初左右僕射爲宰相正官,則尚書省爲宰相機關兼行政機關。及兩僕被摒於衡軸之外,則尚書省僅爲行政機關,非復宰相機關,此對於尚書省之地位自爲一嚴重打擊。又如五品以下文武官員之任用權,本在尚書吏兵兩部,高武以後,君相既收五品選授權,又收六品清要如郎官御史之選授權,吏兵兩部僅能選用下級官吏,對於中級官員,絲毫不能干與;此種轉變自亦削弱尚書省之地位。而僕尚失職,丞郎代行政務,以其品位較低,對於尚書省之地位自亦有不良之影響。凡此諸端並詳前論。

及安史之亂,戎機逼促,不得從容,政事推行,率從權便。故中書以功狀除官,隨宜遣調,而吏兵之職廢矣。軍需孔急,國計艱難,權置使額,以集時務,而戶部之職廢矣。至於刑工之職亦不克舉。諸部之中,所職未廢者唯禮部貢舉;然事實上亦一使職耳。《會要》五七《尚書省》目,大曆五年,詔歸政尚書省,有云:"省、寺之務,多有所分,簡而無事,曠而不接。"斯實錄也。于邵《爲趙侍郎陳情表》(《文苑英華》六〇一)[15]云:

臣……始自給事,驟遷侍郎,贊貳冬官,典司邦教。屬師旅之後,庶政從權,會府舊章多所曠廢。惟禮部、兵部、度支職務尚存,顧同往昔;餘曹空閒,案牘全稀,一飯而歸,竟日無

---

[15] 《全唐文》四二五收于邵此文,作"趙侍御",誤。

事,此臣所以……俯仰增慚。

按此《表》在大曆二年。(詳《唐僕尚丞郎表》卷二二)大抵軍旅始興,吏部失職最甚,刑工次之。軍事期間兵部尚有若干權職,財計諸使亦未完全脫離户部之控制,故于邵尚謂"惟禮部、兵部、度支職務尚存"也。而陸長源《上宰相書》(《全唐文》五一〇)云:

> 尚書六司,天下之理本,兵部無戎帳,户部無版圖,虞、水
> 不管山川,金、倉不司錢穀,光禄不供酒,衛尉不供幕,秘書不
> 校勘,著作不修撰,官曹虛設,禄俸枉請。

按此貞元中事。上距前表不過二十年,而兵户兩部亦失其職。蓋方鎮跋扈於外,宦官擅兵於內,兵部遂失其權。同時財政諸使位權日重,形成所謂三司制度,户部之權亦奪。六部失職,故多閑暇。白居易《祭崔相公〔群〕文》(同上六八〇)云:"太和之初,連徵歸朝,公長夏司,愚貳秋曹……南宮多暇,屢接遊遨。"是也。《會要》五七《尚書省》目貞元二年條[16]云:

> 自至德以來,諸司或以事簡,或以餐錢不充,有間日視事
> 者。尚書省皆以間日。……宰相張延賞欲事歸省司,恐致稽
> 擁,准故事,令每日視事。無何,延賞薨,復間日矣。

按天寶以前,尚書省爲最繁劇機關。至此蓋除冬春之際禮部貢舉外,全若閑曹,故可間日辦公,致居之者多遊遨之暇矣。此與前期情形可作顯明對照。

代宗大曆中及德宗初年,君相深惜舊章之墜失,屢敕規復舊章,重建尚書省之地位與職權:如大曆元年,敕諸司諸使及天下州府有事准令式申尚書省取裁;五年,敕廢度支使及西路鹽運等使;十四年,敕諸使州府須有改革處置事申尚書省商量聞奏,不得自請;建中元年,廢鹽鐵轉運等使,天下錢穀復歸金部倉部;三年重申都省兩丞發付勾稽之舊章;貞元二年,廢度支諸道江淮轉運使,併職尚書本司,其天下兩税錢物仍委觀察刺史部送上都;又以宰臣分判六部,以加强尚書省之職權;三年,欲事歸省司,故敕省司每日視事。茲簡録此諸史事材料如次:

> 《會要》五七《尚書省》目:"永泰二年(大曆元)四月十五
> 日制:周有六卿分掌國柄,……今之尚書省即六官之位也,古

---

〔16〕 二年當作三年。蓋貞元元年張延賞曾拜相,但未到職即罷爲左僕射。三年正月復相,七月薨。則二年不在相位。

稱會府,實曰政源,庶務所歸,比於喉舌,猶天之有北斗也。朕纂承丕緒,遭遇多難,典章故事久未克舉。其尚書宜申明令式,一依故事。諸司、諸使及天下州府有事准令式各(合之謁)申省者,先申省司取裁。並所奏請,敕到省有不便於事者,省司詳定聞奏,然後施行。自今……六行之內,眾務畢舉,事無巨細,皆中職司,酌于故實,遵我時憲。”

《唐大詔令集》九九《復尚書省故事制》(大曆五年三月):“……西漢以二府分理,東京以三公總務,至於領錄天下之綱,綜覈萬事之要,邦國善否,出納之由,莫不處正於會府也。令僕以綜詳朝政,丞郎以彌綸國典,法天地而分四序,配星辰而統五行,元元本本於是乎在。九卿之職亦中臺之輔助,小大之政多所關決。自王室多難,一紀于茲,東征西伐,略無寧歲,內外薦費,徵求調發,皆迫於國計,切於軍期,率以權便裁之,新書從事,且救當時之急,殊非致治之道。今外虞既平,罔不率俾……宜昭畫一之法,未(《舊紀》、《會要》作“大”是)布維新之令,甄陶化源,去末歸本。魏晉有度支尚書,校計軍國之用,國朝但以郎官署領,辨集有餘;時艱之後,力立使額,參佐既眾,簿書轉煩,終無弘益,又失事體。其度支使及關內河東山南西道劍南東川西川(《舊紀》無“東川”二字,《會要》五七“關內”以下作“諸道”)轉運常平鹽鐵等使宜停。……又省事(《會要》作“省寺”)之務外有所分,簡而無事,曠而不接。今大舉綱目,重頒憲章,並宜詳校所掌,明徵典故。”《會要》、《舊紀》略同。《舊紀》云:“於是悉以度支之務委於宰相。”是仍未廢使職也。按:此次為將貶第五琦而發。

《會要》五七:“(大曆)十四年六月敕,天下諸使及州府須有改革處置事,一切先申尚書省,委僕射以下商量聞奏,不得輒自奏請。”

《舊紀》,建中元年正月“甲午,詔東都、河南、江淮、山南東道等轉運租庸青苗鹽鐵等使,尚書左僕射劉晏,頃以兵車未息,權立使名,久勤元老,集我庶務,悉心瘁力,垂二十年。朕以徵稅多門,鄉邑凋耗,聽於群議,思有變更。將置時和之理,宜復有司之制。晏所領使宜停,天下錢穀委金部倉部,中書門下揀兩司郎官准格式調掌。……三月……癸巳,以諫議大夫韓洄爲戶部侍郎判度支。時將貶劉晏,罷使名歸尚書省本司,今又命洄判度支,令金部郎中杜佑權勾當江淮水陸運使,一如劉晏韓滉之則,蓋楊炎之排晏也。"《會要》八七略同,云:"晏既罷黜,天下錢穀歸尚書省;既而出納無所統,仍復置使領之。"

《會要》五七:"建中三年正月,尚書左丞庾準奏,省內諸司文案準式並合都省發付諸司,判訖,都省勾檢稽失。近日以來,舊章多廢,若不由此發勾,無以總其條流。其有引敕及例不由都省發勾者,伏望自今以後不在行用之限,庶絕舛繆,式正彝倫。從之。"

《舊書》一三〇《崔造傳》:"拜吏部郎中,給事中。貞元二年正月,與中書舍人齊映各守本官同平章事。……造久從事江外,嫉錢穀諸使罔上之弊,乃奏天下兩稅錢物委本道觀察使本州刺史選官典部送上都。諸道水陸運使及度支巡院江淮轉運使等並停。其度支鹽鐵委尚書省本司判。其尚書省六職令宰臣分判。乃以戶部侍郎元琇判諸道鹽鐵榷酒等事,戶部侍郎吉中孚判度支及諸道兩稅事,宰臣齊映判兵部承旨及雜事,宰臣李勉判刑部,宰臣劉滋判吏部禮部,造判戶部工部。……造與元琇素厚,罷使之後,以鹽鐵之任委之。而韓滉方司轉運,朝廷仰給其漕發。滉以司務久行,不可遽改,德宗復以滉爲江淮轉運使,餘如造所條奏。……其年秋初、江淮漕米大至京師,德宗嘉其(滉)功,以滉專領度支諸道鹽鐵轉運等使。造所條奏皆改。物議亦以造所奏雖舉舊典,然凶荒之歲,難爲集事,乃罷造知政事。"(《舊紀》略同)

《會要》五七《尚書省》目貞元二年條,敕尚書每日視事。已見前引。凡此屢次改革,欲舉舊章,然卒不能矯。推其原因,雖有僅屬人事之調處,本無規復舊章之誠意,(大曆五年及建中元年)然就事實而論,欲言規復,殊亦難能。何者?前論尚書省總領要重,而組織甚簡,職在奉行君相之制命,製爲政令;至於實際執行則下之寺監諸衛與天下州府,而自處於節制之地位。此種政務官與事務官分爲兩橛之制度,就行政系統之理論而言,固甚理想。然寺監首長之品秩與尚書略均,其任免進退,尚書不能干與,是即尚書省對於寺監之控制力極爲薄弱,故上下之間難免不相接,政令推行之際,時或有留滯,承平之世尚可因應,軍興之後,政事既已增繁,(見《李泌傳》)又必期其敏速,以云舊制,實有周轉不靈之感。尤以户部都領天下户口土地財政經濟之政令,其職實當國家政事之半,軍興之後,支度浩繁,十倍往昔,斷非一尚書二侍郎及四司郎中員外郎十數人高駐京師指揮曠遠不相接之州府所能集辦。(觀前引《崔造傳》即可知)度支、鹽鐵轉運諸使對上直承君相之命,製爲政令,指令自己直轄遍佈京師四方之判官判院爲之施行,故政令之推行能貫徹,能迅速,其運用較户部符下司農太府及天下州府爲之施行者自遠爲靈活,此其所以廢而復置,而户部舊章終難舉復也。至於方鎮跋扈,宦官擅兵,愈演愈烈,"尺籍符伍,不校省司,"故兵部舊章遂永無復舉之望。在上相權日伸,而諸使節鎮之判職吏員率由奏請,故吏部之權雖不盡墜,然亦日見削弱,無力自振。推此而言,刑部失權,蓋亦由此。整個行政系統既已紊亂,工部於六官中位最低,權最少,雖無掣肘,亦欲振乏力矣。唯禮部貢舉爲朝野所重,四方士子藉此以自樹聲華,朝廷藉此以凝聚四方之向心力,故中葉以後反權勢日隆,位任尤美。唯貢舉之任,例於貢舉舉行之前夕命中舍權知,榜放然後正拜侍郎,此已有君相收權之跡象。又尚書省制,凡有職事,在形式上須經尚書及都省通署然後上達君相。今觀貢舉放榜,與本部尚書及都省僕丞並無若何儀式顯示其關係。(禮部尚書雖有大座主之稱,但亦與貢舉事渺不相干涉。)而於宰相,則放榜之前,知貢舉侍郎以榜名送呈宰相定予奪,謂之呈榜,已見前論禮侍職掌時引《册府》六四一會昌三年李德裕奏事。又《摭言》三"過堂"條云:

> 其日,先於光範門裏東廊供帳備酒食,同年於此候宰相
> 上堂後參見。於時,主司亦召知聞三兩人會於他處。……宰
> 相既集,堂吏來請名紙,生徒隨座主過中書。宰相橫行,在都
> 堂門裏叙立。堂吏通云,禮部某姓侍郎領新及第進士見相
> 公。俄有一吏抗聲屈。主司乃登階,長揖而退,立於門側,東
> 向;然後狀元已下叙立於階上。狀元出行,致詞云,今月日禮
> 部放榜,某等幸忝成名,獲在相公陶鑄之下,不任感懼。言訖
> 退揖,乃自狀元已下一一自稱姓名。稱訖,堂吏云無客。主

> 司復長揖,領生徒退,詣舍人院。主司欄簡,舍人公服靴鞋,
> 延接主司。然舍人禮貌謹敬有加,隨事叙杯酒,列於階前,鋪
> 席褥,請舍人登席,諸生皆拜,舍人答拜,狀元出行致詞。又
> 拜,答拜如初,便出於廊下,候主司出,一揖而已。當時詣宅
> 謝恩,便致飲席。

觀此榜後過堂之禮儀,亦足徵貢舉之事與宰相中書之關係至深。然則貢舉之任,在形式上雖仍在禮部,事實上亦不啻一使職矣。

綜上以觀:自武后前後,丞郎地位漸高,漸代僕尚行使職權;開元天寶中,此種發展更爲明顯。軍興以後,僕尚失職,位任轉替;丞郎當務,位任尤美。即與此種趨勢同時,整個尚書省之地位與職權亦有逐漸低落之勢。中葉元和長慶以後,尚書省之職事益殺,即丞郎之位任益閑,唯其官清班崇,故漸以爲翰林學士資深者之底官。據丁氏《翰學壁記》,貞元中以侍郎充學士者僅陸贄(兵)、王叔文(户)二人,元和中亦僅衛次公(兵)、王涯(工)、杜元穎(户)三人,大和開成間凡八人,其數漸多(另有工尚數人),大中以後人數乃衆。岑仲勉《補僖昭哀三朝翰林學士記》(《中央研究院歷史語言研究所集刊》第 11 本)張策條云:"中唐以後,禮侍知舉,宰相、翰學無帶禮侍者;吏部主選,帶吏侍者亦甚少;大率初授工侍,次轉户,轉兵,其慣例可以《翰學壁記》見之。"此言是也,但工侍後當脱刑侍,蓋大中以後,翰林學士遷官至中書舍人者,例遷工、刑侍郎,歷户、兵侍郎,仍居翰院也。復考元稹《授楊嗣復權知尚書兵部郎中制》(《全唐文》六四九):

> 兵部郎中二員,一在侍從,不居外省;旁求其一,頗甚難
> 之。

此制當行於元和末或長慶元年。侍從謂翰學也。則元和中以某官充學士即不知本官事矣,侍郎充翰學自不例外。故此時僕射、尚書既爲宰相序位之兼官,與方鎮之廻翔;六部侍郎除吏禮外亦多充翰學,爲翰院序位之官,否則爲宰相資淺者及充度支諸使者之底官;(兩丞此種情形較少,詳《唐僕尚丞郎表》)皆有劇職,不理本司,則尚書省益空虛無職事可知矣。

禮部貢舉職事未失,唯性質頗變,已詳前論。刑工兩部職事失墜,觀前列論證亦足以明,其他材料較少,不再論列。户部職權轉移於三司,其事最顯,無待贅言。今僅就吏部職權之日削與兵部職權之失墜

更稍詳析論之。

(1)吏部銓選權之日削　前論前期吏部銓選權之範圍,由五品以下,削爲六品以下,終至郎官御史及其他供奉官,雖是六品,亦歸中書門下,則吏部之權日削甚明。又《會要》七五《雜處置》目:

> (天寶)九載三月十三日敕……自今以後,簡縣令但才堪政理,方圓取人,不得限以書判及循資格注擬。諸畿望緊上中每等爲一甲,委中書門下察問選擇堪者,然後奏授。(《冊府》六三〇同)

是軍興前夕,又已收重要七品地方官員之銓選權由宰相奏授,不由吏部矣。軍興以後,宰相侵權益甚。《冊府》六三〇云:

> 肅宗至德二年二月詔,其刺史上佐、錄事參軍(此官高者從七品上,低者從八品上)、縣令,委中書門下速於諸色人中精加訪擇補擬。判司、丞以下,宜令所縣先於兩京潛藏不事逆賊及故託疾病官中,簡擇考資深才堪者銓注。

於是州縣重要職官皆歸宰相,吏部銓選唯州判司及縣丞簿而已。

《大唐新語》一〇《釐革》:"肅宗於靈武即大位,以强寇在郊,始令中書以功狀除官,非舊制也。"《會要》七四《論選舉》同。中書以功狀除官,品資官別毫無限制,吏部無可如何。《舊書》一一八《元載傳》云:

> 初(大曆)六年,載條奏,應緣別敕授文武六品以下,敕出後,望令吏部兵部便附甲團奏,(《冊府》止此,文小異。)不得檢勘。從之。時功狀奏擬結銜多謬,載欲權歸於己,慮有司駁正。(《冊府》六三〇云"六年七月十四日")

宰相下侵吏部兵部之銓選權至此達最高潮。貞元初年,政局稍定,乃有復歸吏部兵部銓選之敕如次:

> 《會要》七四《吏曹條例》:"貞元二年三月,吏部奏:伏准今年二月十三日敕,除臺省常參官,餘六品已下,並准舊例都付本司處分者。……又立功狀奏請,要有褒揚等令,並委本司注擬,即不同常格選人。……"(《冊府》六三〇同,本注:"二月敕,《實錄》不載。")《冊府》六三〇:"(貞元)五年十二月十六日敕,除嘗參官及諸使判官等,餘並附所司申,其兵部選人亦准此。"

此兩敕,意在恢復舊章。然《册府》六三〇云:

"(貞元)十一年五月,左降官于邵劉剔等並量移授官。
故事,量移六品以下官皆吏部旨授,至是始特制授之。"

是則不數年,君相又復侵吏部之權。

又《會要》五七《尚書省》目云:

"(貞元)十一年十月,罷吏部司封司勳寫急書告身官九
十一員。自天寶以來征伐多事,每年以軍功授官十萬數,皆
有司寫官告送本道。兵部因置寫官告官六十員,給糧,經五
年後酬以官。無何,吏部司封司勳兵部各置十員。大曆已
後,諸道多自寫官告,急書官無事,但爲諸曹役使,故宰臣請
罷之。"(同書七四《吏曹條例》目:"(貞元)十一年十月,罷吏
部兵部司封司勳寫急獲告身凡九十員。"有"兵部"無"一"
字,是也。)

是功狀授官,一方面由宰相直除,另方面又付諸道自授,兵吏兩部但寫
官告而已。大曆以後,諸道率性自寫官告,吏兵兩部更無所事於銓選
矣。其後諸道節鎮日強,離心力日甚,奏授官員者更日衆,而中央諸司
諸使奏官判案之風亦熾,《會要》、《册府》載歷年制敕與論奏甚多,頗
足徵其梗概。《會要》多所缺載,故以《册府》爲主,節錄如次:

《會要》七五《雜處置》目:"(元和)七年十二月,魏博奏:
管內州縣官二百五十三員內,一百六十三員見差假攝,九十
員請有司注擬。從之。"

《册府》六三一:"(元和)十四年三月,吏部奏請用鄆曹
濮等一十二州州縣官員闕。先是淄青不申闕,至是叛將李師
道誅,始用闕焉。"

又:"(敬宗寶曆)二年……十一月,詔(《會要》作"敕
旨")京百司應(《會要》作"應合")帶職(《會要》作"職事")
奏正員官者,自今已後宜於諸司及府縣見在(《會要》無在
字)任官中選擇,便以本官充職。如見任無相當者,即任於當
(《會要》作"其")年選人中奏用,便據資序(《會要》作"歷")
與官,不要更待銓試,仍永爲常式。"《會要》七五同。

又:"是月(十二月)吏部又奏:伏以吏部每年(略)注擬,
皆約闕員。近者入仕歲增,由(《會要》作"申"是)闕日少,實

由諸道州府所奏悉行,致令選司士子無闕。貧弱者凍餒滋甚,留滯者喧訴益繁,至有待選十餘年,裹糧千餘里,累駁之後方敢望官,注擬之時別遇敕授。私惠行於外府,怨謗歸於有司。特望明立節文,令自今以後諸使天下州府選限內不得奏六品以下官。敕旨依奏。"《會要》七四同。

又:"文宗太和元年……九月,中書門下奏:諸道應奏州縣官御散試官及無出身人幕府遷授致仕官,諸京司奏流外,諸道進奏官等,兩畿及諸道奏長馬(長史司馬、縣令、錄事參軍、簿、尉等。兩京及諸道州府六品以下官,除初〔敕〕授外,並合是吏部注擬。近日優勞資蔭,入仕轉多,每年選集,無闕可授。若容濫請,是啓倖門,遂使平人,不無受屈。今請並停。准("唯"之誤)山南三川硤內及諸道比遠,雖吏部注擬不情願赴任者,及元不注擬者;其縣令參軍,長吏倚賴,義不容私,如有才術優長,假攝勞效,特許前資見任及有出身人中奏請,每道不得過三五人。如諸道縣令、錄事參軍,政事異能決疑,及緝理殘破,若須旌賞者,許所在奏論;然須指事而言,在選限內,亦請准寶曆二年十二月七日敕處分。京諸司流外官,並每年繫部闕員,今並不許奏請。……又諸道進奏官,舊例皆不奏正官。近既奏請,仍於別道占請有俸祿處,頗乖典制。今請並奏當道官……。從之。近歲倖門雜啓,……時宰相方貞百度,故次第矯革焉。"

又:"(二年)六月敕,應諸軍使及諸道軍將兼特授正官。如聞內外官曹悉皆充滿,上自要重,下至卑散,班行府縣,更無闕員,或未經考,便須更替,相沿薦請,為弊滋深。況設官有定額,不可增加,列職無常數,難兼命秩。又文武各分,授受各殊。其諸道將較(校)等自今後宜依注例,除舊有正官外,並不得兼授正官。"

《會要》七九《諸使雜錄》:"太和二年六月,中書門下奏,諸道觀察等使奏請供奉官及見任郎官御史充幕府。貞元長慶已有敕文,近見因循,多不遵守。然酌時議制,事在變通,如或統帥專征,特恩開幕,戎府初建,軍幄籍才,事關殊私,別聽進止。此外一切請准前後敕文處分。敕旨宜依。"(《冊

府》無）

《册府》六三一：“（大和）四年五月，中書門下奏：准太和元年九月十九日（《會要》無“十九日”敕釐革兩畿及諸道奏請（《會要》無“道奏請”）州縣官。唯山劍三川硤內及諸道（《會要》作“州”）比遠，許奏縣令錄事參軍，其餘並停。自敕下以來，諸道累（《會要》作“並”）有奏請。如滄景德棣，敕後已與（《會要》作“三”）數員。伏以敕令頒行，不合違越；苟有便宜，則須改張。自今已後，山劍三川硤內及諸道比遠州縣官，有出身及前資正員官人中每道除（《會要》有“令”字）錄事外望各許奏三數員。如河北諸道滄景德棣之類經破傷（《會要》作“蕩”）之後，及靈夏邠寧麟坊涇原振武豐州（涇原下，《會要》作“等州”）全無俸科，有出身人（《會要》無人字）及正員官悉不肯去，吏部從前多不注擬。如假攝有勞，望許於諸色人中量事奏三數員。其餘勒約及期限並依太和元年十九日敕處分。可（《會要》作“從”之。”（《會要》七四同）

又：“開成元年……十月，中書門下奏：兩畿及兩京奏六品以下官除敕授外並吏部注擬。准太和五年五月（《會要》作“正月”）二十六日敕，中書門下奏，近敕隔絕諸司奏六品已下寬（《會要》作“官寬”。按作“官”是，寬字一誤一衍。）免占吏部闕員，亦稍絕邪濫。其兩府司錄及尉知捕賊（《會要》有盜字）皆藉幹能，用差專任，吏部所注或慮與事稍乖。自今已後，京兆府及河南府司錄及知捕賊滿（《會要》作盜）據官員合入者充，其餘並准太和元年九月敕及大和五年五月四日敕處分。”《會要》七五同。

又：“（開成三年）十二月，詔曰：應諸道奏請軍將兼巡內州別駕、長史、判司等。近日諸色入流人多，官途隘窄。諸道軍將自有衣糧，優厚之處仍兼月俸，若更占州縣員闕，則文吏無所容身。……起今已後，諸道節度團練防禦等使不得更奏大將充巡內上佐等官。……應京有司有專知別當及諸色職掌等，近日諸司奏請州縣官及六品已下官充本司職掌。援引舊例，色目漸多，致使勾留，溢於舊額。起今已後，各於本司見任官僚之中揀擇差署，不得別更奏官；如是敕額職名，當司無官員相當者,即任准舊例奏請。"

《册府》六三二:"武宗會昌元年五月,中書奏:州縣攝官,假官求食,常懷苟且,不卹疲人。其州縣闕少官員,今後望委本州刺史於當州諸縣官中量賢劇分配公事勾當。如官員數少,力實不遠處,即於前資官選擇清謹有能者差攝;不得取散試官充。"又:"二年四月制(《會要》作"赦文"),准太和九年(《全唐》文同,《會要》作"元年")十二月十八日敕,進士初合格竝令授諸州府參軍及緊縣尉,未經兩考,不許奏職。蓋以科第之人必宏理化,黎元之弊,欲使諳詳。近者州府長吏漸不遵承,雖注縣官(《會要》作"寮"),多靡使職,苟從知己,不念蒸人,流例寖成,供費不少。況去年選格更改新條,許本郡奏官,便當府充職。一人從事,兩請料錢,虛名(《會要》作占)吏曹正員,不親本任公事。其進士宜至合選年,許諸道依資奏授試官充職,如(《會要》同,《全唐文》無以上七字)奏授諸縣官,即不在兼職之限。"《會要》七五、《全唐文》七八《加尊號赦文》同。

又:"六年五月制:縣令員數至廣,朝廷難悉諳知,吏部三銓,秖憑資考,訪於近日,多不得人。委觀察使於前資攝官內增加選擇,當具薦論。如從犯贓,連坐所舉人及判官重加懲責。"

又:"宣宗大中六年正月,中書門下奏,應天下令、錄、簿、掾有闕,及見任見者(?)改正,委長吏舉其能者代之。如舉之不當,請准前後敕,殿其舉主。從之。"

又:"懿宗咸通十二年七月,中書門下奏:准今年六月十二日敕釐革諸道及在京諸司奏官並請章服事者。其諸道奏州縣官司錄錄事參軍,或見任公事敗闕不理,切要替換,及前任實有勞效且見有闕員,即任務舉所知。每道奏請仍不得過兩人。其河東潞府邠寧涇原靈武鹽夏振武天德鄜坊滄德易定三川等道觀察防禦等使及嶺南五管,每道每年除令錄外,許量簿尉及中下州判司及縣丞共三人,偏州不在奏州縣官限。其黔中所奏州縣官及大將,管內即任准舊例處分。在京諸司及諸道帶職奏官或非時充替,考限未滿,並卻與本資官。諸道節度及都團練防禦使下將較〔校〕奏轉試官及憲御等,令

諸節度使每年量計五人，都團練防禦量許三人爲定，不得更
於其外奏請。其御史中丞已下，即准敕文條流，須有軍功方
可授任。自今後如顯立戰伐功勞者，任具事績申奏，如簡勘
不虛，當別具商量處分。以外輒不得更有奏請。其幽鎮魏三
道望且准承前舊例處分。敕旨從之。

上列歷次詔敕奏論所言之事，大體不外限制諸司諸使諸道州府奏授官
闕，所以擇要詳列者，足徵詔敕並不能發生實際效用也。唐自開元以
來，使職繁興，漸奪品官之權。中葉以役，官與差職截然不同：設官有
定額，重在品秩，多無事權；差職無常員，隨事設置，無秩命而實掌事
權，如中央宰相即是使職，此下有翰林學士、判度支、鹽鐵轉運等使，地
方則節度觀察以下諸使名目尤多，諸使之屬員有判官、推官、巡官、掌
書記、進奏官等亦皆差職，非官也。其職雖劇重，然仍藉兼帶品官以序
班位。今綜合《册府》、《會要》所載詔敕奏論，可識中葉以後六品以下
官與諸使佐職（使職之長自由君相敕授）之授任方式數事：（一）凡諸
使佐職皆由使職之長奏請敕授，（參看前段引《册府》六三〇貞元五年
十二月敕）與吏部不相涉。（二）六品以下官本由吏部三銓注擬，然任
使職者多越權奏請以佐職兼帶。（三）諸道州府錄事參軍及長史、司馬
與縣令、丞、簿、尉本當由吏部注擬，而地方長官亦多逕奏請敕授，否則
即多自差人假攝，不申官闕。（四）第二三種情形對於吏部銓選權之影
響日益嚴重，至文宗即位之初（寶曆二年二月），吏部以"諸道州府所奏
悉行"，"申闕日少"，"致令選司士子無闕"，"至有待選十餘年……方
敢望官，注擬之時，別遇敕授，私惠行於外府，怨謗歸於有司。"特請"自
今以後諸司使天下州府選限内不得奏六品以下官。"敕旨依奏。嗣後
太和開成間屢申禁約，或不得已在某種情形下允予例外，然皆不見有
若何效果。至武宗時乃更採放任政策，始則"許本郡奏官，便當府充
職。"繼則制觀察使於攝官内選薦縣令。至大中，天下令、錄、簿、掾
有闕即委長吏舉代矣。懿宗雖限制諸道奏請員額，恐亦具文。（五）河
北諸道呈獨立狀態，根本不向朝廷申闕，請注官員。靈夏邠寧涇原振
武諸鎮州縣官全無俸料，選人都不去，吏部亦不注官。——綜觀此五
事，中葉以後既職爲重，官爲輕，職既不由吏部，是吏部之選權已大削
弱，而官又爲諸司諸使諸道州府之長官所擅占，或自奏請敕授，或自差
人假攝，吏部所能注擬者蓋甚少。況河北諸道早已不申官闕，西北諸

州全無俸料,非選人所欲往,吏部銓注之權可謂微矣。回想天寶以前吏部掌天下銓衡之任,"凡初仕進者無不仰屬,選集之際,勢傾天下。"(《册府》六二九)以與中葉以後相況,誠不可同日而語矣。及黃巢亂起,已呈分崩離析之局,吏部銓選權更不必問。《册府》六三二云:

> (天祐)三年四月吏部奏:比者格式申送員闕,選人多有重疊,皆是兩人同到本道,致使磨勘之際各有爭論。蓋是選人指闕之時,妄稱事故,銓司無因得知,具狀須與注擬,如到任替闕參差,請准舊條殿選。除此外,如是格式申送員闕,仰且穩便去處請官,不得更妄指射(略)者。詔曰:比者吏部注官,只憑格式送闕,近以諸州不申闕解,且從權指揮,選人指射之時既不詳審,銓司注唱之際,遂使交加,頗屬弊訛,頻起論訟,所司釐革,合議允從。

此蓋唐末經常現象,非此一年。諸道州府更不申闕,吏部無可注擬,但憑選人指射,此誠莫可奈何矣。《册府》六三二又載天祐二年三月詔云:

> 銓衡既任於吏曹,除授寧煩於宰執?……應天下州府令錄並委吏部三銓注擬,中書門下自天祐二年四月十日已後並不除授。或諸道薦守量留,據狀詳度可否施行。(參《舊紀》及《會要》七四)

是詔宰相以令錄除授之權卻歸吏部,而諸道奏薦如故。蓋其時君相亦已失權,爲方鎮之最大者朱全忠所控制所奴役,此詔雖行,於吏部之權,實無絲毫增益矣。

《册府》六三二又載"後唐同光間事三"條云:

> 後唐莊宗同光二年三月,中書門下奏:糾轄之任,時謂外臺,宰字之官,古稱列爵,如非朝命,是廢國章。近日諸道多是各例〔列〕官御〔銜〕便指州縣,請朝廷之正授,樹藩鎮之私恩,頗亂規程,宜加條制……。"同月"中書門下奏……其州縣官任三考滿,即具闕申送吏部格式候敕除銓注,本道不得擅差攝官輒替正授者。從之。
>
> 四年二月,左拾遺李慎儀吏部員外王松上表云:諸道州縣皆是攝官,誅剝生靈,漸不存濟。

則此時情形至少不比唐末爲佳。蓋五代繼統,方鎮割據之局如故,即離心力之發展未遏,地方官員非出奏請正授即是權宜差攝矣。

以上所論,乃君相收權與地方擅權致吏部銓選大爲削弱底於式微也。此外,唐中葉又有中央常參官及地方長官薦舉令錄制度,雖爲一良好可行之制,但對於吏部銓選自亦有影響,茲續述之。

蓋縣令親民之官,最關吏治;錄事參軍糾察屬縣,寅爲州府綱紀;故自開元以來君相即常下干令錄之選任。貞元以後,覺專任吏部或宰相皆有偏固之弊,乃敕中央常參官及地方長官公開薦舉令錄。《册府》六三〇、六三一載其事云:

貞元元年三月敕:宜令清資嘗〔常〕參官每年於吏部選人中各舉一人堪任縣令錄事參軍者,所司依資注擬,便於甲歷具所舉官名銜,仍牒報御史臺,如到任政理尤異及無贓犯……所司錄舉官姓名聞奏,當議褒貶;仍長名後二十日內舉畢,仍永爲嘗〔常〕式。

九年……十一月,制以冬薦官,其令諸司尚書左右丞本司侍郎引於都堂訪以理術,兼試時務狀,……定爲二等,並舉姓名錄奏,仍令御史臺一人監試。如授官有課效尤著及犯贓不任者,仍委御史臺一人監試。如授官有課效尤著及犯贓不任者,仍委御史臺及觀察使聞奏,以殿最舉使。

憲宗元和二年正月制曰:江淮大縣,每歲據闕委三省御史臺諸司長官節度觀察使各舉堪任縣令,不限選數,並許赴集……如有能否,與元舉人同賞罰。

四年正月,中書門下奏……中外所舉縣令依表狀十月三十到省,省司精加磨勘,依平選人例分入三銓注擬。……時集望停。從之。令長親人之吏也,比以資按,多才不稱官,故令庶僚舉也。上才或不屑就,受薦者多不出其類,徒以未涉資序,遂起踐優,論者以爲啓倖門,故稍復舊制焉。

十三年六月,停每年舉薦縣令。

(大和)七年五月,中書門下奏:國之根本繫於生靈,……親人之切,無如縣令;……又錄事參軍糾察屬縣,課責下僚,一郡紀綱,藉其提舉。若曰令吏曹注擬,無由得盡人才,真僞難知,貪廉莫辨。……去年吏部舉(?)請令郎官御史等舉薦勘(堪)爲縣令錄事參軍者,雖有保任之言,殊非責成之道。臺省官……既非得於任官,未必究其事實,豈若考績效於理

所,聽善惡於盯謠。……臣等商量,望令京兆河南尹及天下
刺史各於本府本道嘗(常)選人中揀堪爲縣令司録録事參軍
人,各具課績才能聞薦。其諸州先申牒觀察使,都加考覈,申
送至吏部。至選集日,不要就選場更試書判,吏部尚書侍郎
引詣銓曹試時務狀一道,訪以理人之術,……取其理識優長
者以爲等第,便於大縣及難理處注擬,仍取税五萬貫以下縣
注授;即免盡占嘗〔常〕選人闕員。其刺史所舉縣令録事參
軍,如並有人得上下考(略)者,便優與改進;……如所舉縣令
録事參軍犯贓一百貫已下者,刺史量削階秩,一百貫已上者
移僻遠小郡,觀察使望委中書門下奏聽進止。……可之。

攄此諸條,貞元元年敕清資常參官每年各舉選人堪任令録者一人,吏
部依資注擬;課績殿最,舉者負連帶責任。九年乃令諸尚書左右丞及
吏部侍郎會同試問;不全任吏部。元和二年又詔委臺省長官節度觀察
各舉堪任江淮大縣令者,蓋得隨時集注。五年乃詔仍分人三銓注擬。
使内外官薦舉,本是善政,然不免謬舉多僥倖者,故十三年詔停薦舉。
至大和七年蓋又深感令録之重,吏部注授多不得才,諸道奏請敕除亦
長僥倖;乃令天下諸道州府每年於本道州府常選人中舉堪任令録者具
課績聞奏,仍付吏部試問時務理人之術,優與注擬;視政績優劣,獎懲
舉主。按:此種方法頗類漢代郡國察舉制度,既可對常選人之行政經
驗與才幹能有較深刻之認識,以免吏部全權注擬之病,而諸道州府所
薦並非即補本道州府之官闕,亦免自擅一方任用私人包庇廻護之弊。
若在盛隆之世,當能成爲經制。唯其時地方勢力已強大難馭,朝廷雖
屢次詔敕禁約諸道不得隨意奏授官闕,但其效未宏,已詳前論。則此
詔雖行,亦未能使諸道各饜所欲,暫息奏請也,惜哉。

綜上考論,唐初吏部銓選之權極重,其後稍漸削弱,軍興之後遂一
蹶不可復振,底於式微。此其故雖由君相侵權,與諸司諸使諸道州府
之奏請敕授,上收下擅,吏部不能自振。然吏部銓選制度之本身亦極
有可議之處。夫"選曹以檢勘爲公道,以書判爲得人。"(劉嶢語)循資
觀文,以定留放,至於德行政事無以審鑒,欲得良才,實所難能。故自
高武開元之世,有識之士已多論議,而魏元同張九齡言之尤切。《會
要》七四《論選事》目載其事云:

　　垂拱元年七月,鸞臺侍郎兼天官侍郎魏元同以吏部選舉

不得其人,上表曰:漢諸侯得自置吏四百石以下,其傅相大官則漢爲之置,州郡掾史督郵從事悉任之牧守。爰自魏晉,始歸吏部。遞相祖襲,以迄於今。用刀筆以量才,案簿書而察行,法令之弊由來久矣。……今選司所行者非上皇之令典,乃近代之權道,所宜遷革,實爲至要。且天下之大,士人之衆,而可委之數人之手乎?假如平如權衡,明如水鏡,力有所極,照有所窮,銓綜既多,紊失斯廣。……加以厚貌深衷,險如溪壑,擇言觀行,猶懼不勝。今使考行究能,折衷於一面,百寮庶職專斷於一司,不亦難乎?……裴子野有言曰:官人之難先王言之尚矣,居家觀其孝友,鄉黨取其誠信,出入觀其志義,憂難觀其知謀,煩之以事,以觀其能,臨之以義,以察其度,始於鄉校,掄於州里,告諸六事,而後貢之於王庭。其在漢家,尚猶然矣,州郡積其功能,而爲五府所辟,五府舉其掾屬而昇於朝廷……一人之身所關者衆,一賢之進,其課也詳,故能官得其人,鮮有敗事。晉魏反是,所失宏多。子野所論區區之宋耳,猶謂不勝其弊,而況於當今乎!今不待州縣之舉,直取於書判,恐非先德行而後言語之意也。……今國家不建長久之策,爲無窮之根,盡得賢取士之術,而但顧望魏晉之遺風,留意周隋之末事,臣竊惑之。伏願依周漢之規,以分吏部之選,即望所用精詳,鮮於差失。

開元三年,左拾遺張九齡上疏曰……臣以爲吏部始造簿書以備人之遺忘。今反求精於案牘,不急於人才,……可爲傷心。凡有稱吏部之能者,則曰從縣尉於主簿,從主簿於縣丞,斯選曹執文而善知官次者也。唯論合與不合,不論賢與不賢,大略如此,豈不謬哉!……夫以一詩一判定其是非,適使賢人君子從此遺逸,斯亦明代之闕政,有識者之所歎息也。

安史亂後,明智之士亦有議革,要不出元同、九齡此論之範圍矣。自肅代至元和,雖諸道州府奏請日滋,而朝廷於重舉舊章並未採取積極態度,且令臺省常參官及節度觀察舉堪任令錄者委吏部注授,良有以也。寶曆以後,蓋鑒於地方離心力日強,將至不可控制,故屢下詔敕,期復吏部選權;然於煩劇之任亦不能不承認"吏部所注或慮與事稍乖",特許地方長官例外奏授矣。至大和七年,乃折衷吏部注擬與諸道奏授之利弊,更詔令諸道州府於本道州府常選人中舉堪任令錄者,付吏部注擬於他地任官,則亦庶幾漢代郡國察舉之制矣。若在盛唐,當有益吏治,行之能久;惜乎此時內則宦官干政,外則方鎮擅權,政府不能自振,雖有良法美意,終不勝方鎮之奏授矣。夫天下大小官吏盡歸中央除授,此制之唯一作用與優長在能收中央集權之效,而其弊害乃不可勝言。方國家盛時,此制有害吏治,而無所用其優長;及安史之亂,政局突變,一兩年間大一統之國家一變而呈分崩割據之局,此制之所優長亦不能有以發揮。故此制本身非一優良制度,又遇政局突變,其日見削弱底於式微,宜矣。

(2)兵部職權之失墜　唐代前期,兵部實掌兵馬軍政,諸凡六品以下武官之選授,兵馬甲仗之簿籍,與夫內而三衛,外而將帥節度鎮戍諸府(折衝府),皆總領之,故權隆而職煩。此並已詳前論。軍興之初,雖選權大削,然舊日規模尚略見存,此觀于邵之言(見前引)足可知之。大曆以後,其權漸爲宦官所移奪。蓋其時府兵彍騎之制早廢,代之者在中央則有禁軍,在地方則爲方鎮兵。自至德至代宗初年,李輔國程元振皆以宦者相繼判元帥行軍司馬,專掌禁兵,魚朝恩繼之爲天下觀軍容宣慰處置使,亦專典神策軍,(參看《舊書》一八四《宦官傳》)彼輩皆干專朝政,威動一時,自然擅領兵籍,不樂下屬於兵部。《會要》七二《京城諸軍》目云:

> 貞元四年八月敕,左右羽林軍飛騎等,兵部召補,格敕甚明,軍司不合擅自違越。自今以後不得輒自召補。

> 開成三年九月敕,左右神策軍所奏將吏改轉,比多行牒中書門下,使覆奏處置。今後令軍司先具聞奏,狀到中書,然後檢勘進覆。

是軍司自擅軍籍,自調將吏,不關兵部之明徵也。又《舊書》一三五《王叔文傳》云:

> 謀奪內官兵柄,乃以故將范希朝統京西北諸鎮行營兵馬使,韓泰副之。初中人尚未悟,會邊上諸將各以狀辭中尉,且言方屬希朝,中人始悟兵柄爲叔文所奪,中尉乃止諸鎮無以兵馬入。希朝韓泰已至奉天,諸將不至。

此又禁軍全歸宦官調度,不關兵部之實例矣。至於方鎮多自割據一方。否則亦出禁軍指授,故《舊書·宦官傳》云:"自貞元之後,威權日熾,……藩方戎帥必以賄成。"又《舊書》一六二《高瑀傳》云:

> 自大曆已來,節制之除拜多出禁軍中尉。凡命一帥,必

　　廣輸重賂,禁軍將校當爲帥者,自無家財,必取資於人,得鎮
　　之後,則膏血疲民以償之。及瑀之拜(太和初拜忠武),以內
　　外公議,搢紳相慶曰,韋公作相,債帥鮮矣。

此條堪爲《宦官傳》之注足。此猶可謂宦官操縱,然形式上或仍歸兵部
也。復考《册府》六三一,長慶二年三月詔曰:

　　又有諸道薦送大將,或隨節使歸朝,自今以後,宜令神策
　　六軍使及内衙嘗(常)參武官,具由歷並前後功績,牒送中書
　　門下。若勳伐素高、人才特異者,量加獎擢。

方鎮内繫中尉,見於明詔如此,則即形式上亦不歸兵部矣。《舊書》一
九○下《劉蕡傳》,對策曰:

　　今則不然,夏官不知兵籍,止於奉朝請,六軍不主兵事,
　　止於養勳階,軍容合中官之政,戎律附内臣之職。

此論最明切昭著。唯在大和二年,時代較後。復考《舊書》一二三《班
宏傳》云:

　　遷刑部侍郎,兼(京)官考使,時右僕射崔寧考兵部侍郎
　　劉廼上下。宏駁曰,夷荒靖難,專在節制,尺籍伍符,不校省
　　司。夫上行宣美之名,則下開趨競之路。……因削去之。

時在建中三四年[17],已云"尺籍伍符不校省司",則"夏官不知兵籍"
也,久矣。

　　復考《舊書》一三○《崔造傳》云:

　　貞元二年正月……守本官(給事中)同平章事……乃
　　奏……請……尚書省六職令宰臣分判。……宰臣齊映判兵
　　部承旨及雜事,宰臣李勉判刑部,宰臣劉滋判吏部、禮部,造
　　判户部、工部。(《會要》五七同)

按此次造請改制,盡廢度支、鹽鐵使,歸職於户部,且以宰臣兼判六部,
欲以加重尚書省之職權,以期恢復舊章。宰臣分判六部,而兵部下特
標"承旨及雜事"數字,乍觀此文,令人不解,詳審思之,實亦有故。蓋
各部舊章職權皆可恢復,唯兵部之權爲宦官所移奪,雖宰相亦莫之何,
只好任之,故齊映判兵部,實際只能判"承旨及雜事"耳。然《會要》五
九《兵部侍郎》目云:

―――――――――――

[17] 《會要》八一《考》目上作貞元八年,誤也。詳《唐僕尚丞郎表》卷一八。

> (元和)六年八月，中書門下奏：得兵部侍郎許孟容等狀，
> 當司准六月二日減省官員及釐革三衛等。應管京官及外官
> 共三千三百二十九員，京官七百六員……又在中書門下兩
> 省、御史臺、左右神策及諸軍諸使挾敕驅使，員闕至少，難議
> 停省，並請仍舊。外官二十(當作千)六萬(當作百)二十三
> 員，所管諸府自折衝以下總無料錢，例多闕乏，空有府額。其
> 鎮戍官等或有任者，不過數員，……伏請存舊例。六番三衛
> 都四千九百六十三人，縱使分番當上配役處多，移牒勘會，須
> 得詳，請續商量聞奏。敕旨依奏。

此條似可證兵部尚統領內外武官。然恐亦承前期以來之形式，且其時
天下內外武官當不下十萬，兵部所管不過三千餘員，而三衛鎮戍折衝
府均已有名無實。則此條仍不能證兵部之能保存權職也。

兵部失權如此，故最爲閑曹。《舊紀》，會昌三年七月，宰臣奏
請遣使河北三鎮，云：“兵部侍郎鄭涯……雖無詞辯，言事分明，官
重事閑，最似相稱。”(《冊府》一三六同)“官重事閑”最足形容當
時兵侍之實況，故晚唐多以兵侍充翰學、判使職，亦有同平章事者，
並詳拙作《唐僕尚丞郎表》。

※ 本文原載《中央研究院歷史語言研究所集刊》第 24 本，1953 年；1968 年再稿，
刊于《唐史研究叢稿》；1980 年又進行增補校訂。后收入《嚴耕望史學論文選
集》，臺北：聯經出版事業公司，1991 年。
※ 嚴耕望(已故)，畢業於武漢大學歷史系，中央研究院院士。

唐代的文官考課制度

黃清連

一、前　言

在古代政權或現代國家中，考課制度是官僚政治構成的一項要素。透過定期評定官吏考績等措施，考課旨在達到賢者在位、能者在職的目標。唐代的考課制，在內容上有詳盡規定，對官僚政治也有影響，是討論唐代文官制度時不可忽視的一環。

關於唐代考課制的史料，可說極其詳贍，相關的研究也不在少數，[1] 但其與官僚政治的關係，仍有待深入探討。本文的目的在於對唐代的考課制度作稍微完整的重建，作為日後解析唐代政治系統的基礎。基於這些考慮，本文準備討論的範圍包括以下三方面：

一、考課的內容：唐代的考課官是哪些？考課的對象、審核程序如何？考簿如何作成？考績如何評定？

二、考課的實際運作：考課官的權力界限如何？考績評定是否可能公平、客觀？

三、考課和官僚政治的關係：考績對唐代官僚的影響如何？在官僚組織的演變過程中，考課制度發生了哪些因應的變化？

---

[1] 有關唐代考課制度的史料，在正史（如新、舊《唐書》）、政書（如《唐六典》、《通典》、《唐會要》）、《通鑑》、《冊府元龜》及唐人文集中，數量甚夥。相對而言，近人著作（尤其是西文論著）在質和量上，稍顯貧乏。若干中、日學者對於唐代考課制的研究雖有貢獻，卻多半是片面的制度內容描述，甚少把考課制放在官僚體制的架構中來討論，討論內容也稍嫌偏狹。本文主要參考有關中日文是類著作，包括以下專書與論文：曾一民《唐代考課制度研究》（臺北：商務印書館，1978）；任育才《唐代銓選制度述論》，收入氏著《唐史研究論集》（臺北：鼎文書局，1975），頁 87～157；章群《唐代考選制度考》（臺北：中央文物供應社，1954），頁 72；蔡麗雪《唐代文官考選制度》（未刊碩士論文，臺灣大學，1970），頁 194；根本誠《唐代の勤務評定と人事管理》，《早稻田大學大學院文學研究科紀要》11（1965），頁 97～111。另外，在一些一般政治史著作中，也偶而可以看到零散的討論，如：築山治三郎《唐代政治制度の研究》（大阪：創元社，1967）頁 584；楊樹藩《唐代政制史》（臺北：正中書局，1969）頁 446；呂思勉《隋唐五代史》（臺北：九思出版社，1977 重印），頁 1412 等等。

　　本文的討論對象,除非特別指明是武官等非文職官員,皆爲唐代文官。由於史料性質的限制,本文並未依照政務官、事務官等分類,來區別唐代文官。更由於史料多寡有別,流內官的討論比流外官多。

　　唐代的考課制及若干政府制度,源遠流長,本文無法一一加以討論。不過,有若干前代史實與唐代考課有關的,必需略加説明:

　　第一,"三考"一詞常常出現於唐代史料中;在很多場合中,唐人也多加援引。據《尚書》所載,"三考"在傳説中是舜時考校官吏的主要方法。但是三考只對官吏的能力加以考定,並非決定他們的昇遷,因此只稱作"小考",三個小考加起來(也就是九年的考績)才是決定昇遷的依據,是爲"大考"。[2] 唐代對"三考"(或者確切地説是"考數")的規定屢有變更,但是這個名詞在唐代考課論議中,常被提及。

　　第二,戰國(前 475～前 222)、秦(前 221～前 206)、漢(前 206～220)時期,由地方首長呈給中央政府的"計"或"計簿"之制,到唐時還存在,但唐時是項規定則比前代複雜。[3] 地方事務如賦稅、盜賊、司法、選士、農桑、災害、戶口、漕運等都是計簿登載的主要內容。呈獻計簿的時間,通常是在年底由地方首長或使者送至中央,或者是皇帝親巡地方時向地方政府索閱。就這點來説,秦漢之制與唐制並不兩異。但是唐令詳細規定人丁增加與耕地增闢,視爲地方官重要考績,似較前代加詳。

　　第三,中央政府對於考課與銓選制度是否能有效執行,必須視爲中央集權是否有效的重要指標。在理論上説,有效率的中央集權政府當能對於帝國境內各個角落的官僚行政績效,加以考核。在地方分權色彩極爲濃厚的魏晉南北朝時期(221～580),考課之制未臻完美,並不意外。反之,唐代日趨完備的考課制,則可視爲是中央集權制較能

〔2〕 "三考"一詞,見《尚書·虞書》"舜典":"三載考績,三考黜陟幽明,庶績咸熙。"有關英譯及注釋,參見 James Legge, The Book of Historical Documents, in Chinese Classics (London: Oxford University Press), vol. III, pt. II, bk. 1, ch. V, 27, p. 50。"大考"與"小考"二詞,見《通典》(上海:商務印書館,1935;臺灣:新興書局重印,《十通》本)卷一五,頁86。

〔3〕 關於上古、秦漢時期的考課制,參看陶天翼《考績源起初探——東周迄秦》,《中央研究院歷史語言研究所集刊》54.2(1983),頁113～127;大庭脩《漢代における功次による昇進》,《東洋史研究》12.3(1953),頁14～28;鐮田重雄《漢代郡國の上計について》,《史潮》12.3～4(1943)。另外,馬端臨《文獻通考》(上海:商務印書館,1935;臺灣:新興書局重印,《十通》本)卷三九,頁370,也有一些漢代考課制的資料。

有效推行的反映。魏晉南北朝時期，多次改革考課、銓選弊端所作的努力，都沒有獲得徹底的成功。例如：魏明帝（227～239 在位）時所定七十二條"都官考課之法"、晉武帝（265～274 在位）及北魏孝文帝（471～499 在位）對考課制的更張，都歸於失敗。以孝文帝的改革來說，他所推動的大規模"漢化"運動，在國史上頗引人矚目。孝文帝嘗致力於建立漢人的官僚體系，對考課制尤其注意。但是他所努力的銓選士人、黜陟百官之制，並未收到預期效果，主要的原因是此時鮮卑貴族及代表地方大族勢力的州郡中正官仍然左右朝廷用官、任免之權。[4]

第四，北魏（386～534）的政府制度，尤其是考課與銓選之制，影響及於北齊（551～577）（請注意：並非同時并立的北周〔557～580〕政權）及隋（581～618），至爲深遠。唐因其遺緒，始能建立中央集權的政府。以州郡辟署僚佐一事而論，地方長官自置掾屬，漢、魏以來，已甚普遍。中央與州郡對於地方人事權力的爭奪，歷代多有所聞。就中國政治史的演進過程看，漢魏以來的中央集權與地方分權相互衝突現象，殊堪留意。各種不同政府制度在北方異姓王朝間的因襲承繼，更是討論隋唐制度淵源的重要線索。根據陳寅恪先生的研究，他認爲北周刺史可以自署僚佐，但是後魏（534～550）、北齊的州郡僚佐已多爲吏部所授，到了隋代一切用人之權，都歸於中央政府。唐承隋制，再加以普遍化，遂成就其光彩燦爛的中央集權統治。[5] 這是中國政治史中央集權演進過程一項巨大變革，所謂"大小之官悉由吏部，纖介之跡

---

〔4〕 有關曹魏的考課資料，參閱《通典》卷一五，頁86；《文獻通考》卷三九，頁370～371；西晉的考課資料，參閱《通典》卷一五，頁86；《文獻通考》卷三九，頁371；有關北魏孝文帝時期的考課及政治改革資料，見魏收《魏書》（北京：中華書局，1974）卷二一，頁548～550；《通典》卷一五，頁86；《文獻通考》卷三九，頁371；另外又見《通典》卷一四，頁79；《文獻通考》卷三六，頁343。近人著作中，有不少討論孝文帝的改革，參閱孫同勳《拓跋氏的漢化》（《臺灣大學文史叢刊》，1962）；逯耀東《從平城到洛陽》（臺北：聯經出版公司，1979）；Le Kang（康樂），*An Empire for a City: Cultural Reforms of the Hsiao-wen Emperor*（A. D. 471～499）（Unpublished Ph. D. dissertation, Yale University, 1983）。康樂在上文（p. 107）中認爲：由於孝文帝無意分化自己的權力，因此他親自推動、督導許多改革計劃及考校官吏。

〔5〕 陳寅恪《隋唐制度淵源略論稿》，收入《陳寅恪先生論文集》（臺北：九思出版社，1977），頁76～81；嚴耕望《中國地方行政制度史》卷上《秦漢地方行政制度》，（臺北：中央研究院歷史語言研究所，1961，1974）第十章、十二章；Patricia Ebrey, "Patron-client relations in the Later Han," *Journal of the American Oriental Society*, 103. 3（1983），pp. 533～542，esp. p. 535。

皆屬考功"，[6]因而確立。

二、考課的内容

唐代的考課内容，主要包括幾點：（一）考課官與考課對象，唐政府有明確規定。按照官階的高低，有的官吏由皇帝親考，有的由吏部考功司的主管考核。原則上，四品以下官，都由吏部考核；但州刺史則例外，前期由皇帝所派特使考核，中葉以後則由皇帝親考。（二）爲了審慎處理全國各機構呈送的考績，唐代有繁複的監校程序。從整個核校過程中，不難發現唐代政治系統中的制衡與分工精神。（三）考簿的呈送核校，有一完的時間與程序。考牒的頒發與考錢的課取，也都有所規定。（四）考第的評定，以流内文官説，分作上上、上中……到下下，共九等，主要是依據所謂四善、二十七最作爲評定其德與行的標準。流外文官則分作上、中、下、下下四等考第。從考第的評定，可以考察唐政府對官僚的品德、能力的要求標準。以上幾點，是本節討論的重點。

唐考課之法，是每年一小考，累積各年考績後，才行一大考。大考也就是決定官僚昇遷或黜降的關鍵時刻。但是幾年才行一次大考（即考數的問題），則因爲與官僚組織的演變有關，前後規定屢有變更。同時因爲要適當因應官僚組織的膨脹、解決職少官多的問題，官僚的昇遷，除了要靠優良的考績外，還必須再衡以年資。年資問題在公元660年代被裴行儉（619～682）、李敬玄（615～682）提出，到公元730年繼由裴光庭（675～732）推行所謂"循資格"之制，於是年資成爲影響官僚昇遷的另一因素。考績與年資是官僚昇遷的重要憑藉，但是泛階、超遷等破格録用，卻使得官僚的昇遷速度大大增加。因此，考數、年資、泛階、超遷等問題，必須從官僚政治的演進過程觀察，才具有意義。本文準備把這些問題與考課對官僚的懲罰及其他有關刑罰規定，留待第四節，再作通盤處理。

爲使本文以下各節、各項討論清楚，此處先簡單説明唐代官制中的一些問題。唐有職事官與散官之分，職事官指的是有職位的官僚而言；散官則是官僚獲得出身以後所得到的階，通常是官僚銓叙

---

[6] 魏徵等《隋書》（臺北:鼎文書局,1975）卷七五《儒林傳》、《劉炫傳》,頁1721。

和考課、給禄米（此與俸料錢有別，參本文注〔75〕）的標準，不一定是真正的官職。有官階的職事官分作九品，每品各有正、從的分別，由一品到三品，每品中只有正、從，共爲六階；但在正四品以下，又分作上、下，如正四品上、正四品下，至從九品下，共二十四階。因此，職事官的官階總共三十階。散官則只有二十九階，由從一品至從九品下。但是文官、武官的散階，都有特定的稱呼，如文散官從一品是開府儀同三司、從九品下是將仕郎，武散宮從一品是驃騎大將軍，從九品下是陪戎副尉。職事官即今人所謂官職或職位，散官略等於職級。在職事官中，又有有官階與無官階之分，前者叫流內官，後者叫流外官。按照職事官服務地區分類，又有京官與外官之別。下文所要討論的考課，其影響官僚的昇遷或黜降，主要是官僚的散官，但因爲考課的對象是官僚的道德與行政能力，故所考的對象是職事官，所銓叙或給禄米的標準則是散官。

1. 考課官與考課對象

唐代的文武百官都要經過考課，才能昇遷。這是常規，但也有例外。掌管全國文武官僚考課，是由吏部（屬尚書省）負責。吏部又分四司：吏部司、司勳司、司封司、考功司。考功司即是負責唐代官僚組織中考課事宜的主要機構。[7]

負責考功司行政業務的職事官，包括考功郎中一人（從五品上）、員外郎一人（從六品上）、都事一人（從七品上）、主事三人（從九品上）。此外還有一些負責文書簿籍抄錄、整理的流外官，即沒有官階的吏，包括：十五個令史、三十個書令史和四個掌固。令史和書令史主要負責抄寫的文書工作，掌固則負責管理維護的事。[8] 考功司的政策擬定主要是由上述六名職事官擔任，其餘大約五十名的流外官是充任文書掌管、謄寫、登記的胥吏。

---

〔7〕 吏部四司的組織及職事官的職掌，見《唐六典》（近衛家熙考訂本，臺北：文海出版社影印，1974年，4版）卷二；《舊唐書》（臺北：鼎文書局，重印標點本，1979）卷四三，頁1818～1824；《新唐書》（臺北：鼎文書局，重印標點本，1979）卷四六，頁1186～1192；參閱 Robert des Rotours, *Traité des Fonctionnaires et Traité de L'Armée*（Leyde：E. J. Brill, 1947；以下簡作 "*Fonctionnaires*"），p. 34。

〔8〕 《唐六典》卷二，頁2b，卷二，頁14b；《新唐書》卷四六，頁1185～1188；《舊唐書》卷四三，頁1816～1823，必須注意，吏的人數常有變化。另外，《舊唐書》稱主事官階爲從八品上，與《唐六典》、《新唐書》所作從九品上不同。參閱 Robert des Rotours, "*Fonctionnaire*," p. 29 ff。

在理論上，考功郎中掌理內外文武官吏的考課，但因考功司僅爲吏部四司之一，考功郎中自然需要向他的吏部上級主管負責。這些上級主管包括：吏部尚書（一人，正三品上）、吏部侍郎（二人，正四品上）和吏部郎中（二人，從五品上）。由於吏部尚書和吏部侍郎也同時負責銓選、任官事宜，從行政組織的立場看，考課與銓選在人事行政上有密切的關係。[9]

在實際上，考功郎中並不掌理"全部"內外文武官吏的考課，因爲從三品以上高官是由皇帝親考，而且唐代的考課還有監校程序。事實上，有更多的官員及其所代表的機構，與唐代的考課有關。吏部，或者確切地說是考功司，只負責唐代官僚體系中"部分"的考課作業，雖然這一"部分"是很重要的。

官員的官階或官職是決定他接受何人或何機構銓選、考課及享受特權的重要決定因素。以銓選而言，我們可以劃分唐代有品的流內官爲三個官階群，各群中的官僚爲了獲得再予授任的機會，必須參加三種不同的銓試：（1）中銓——官階在八、九品內的官員必須參加由吏部侍郎主持的銓試；（2）尚書銓——官階在六、七品內的官員必須參加由吏部尚書主持的銓試；（3）官階在五品以上的官員則由其行政主管提名，再由皇帝認可。[10] 如果從官僚所享受的特權來說，另外三個官階群更具有決定性：即（1）從一品至從三品；（2）正四品上至從五品下；及（3）正六品上以下。官階在從三品以上的官僚，傳統上被視爲是"卿"，官階在四、五品者是"大夫"。卿與大夫所屬的這二個官階群享有較多的蔭、賦稅蠲免的特權。從銓選和特權的享有二事而論，在官階從五品下與正六品上中間的一條界線是相當明顯的。[11]

從考課制所劃分的官階群，與上述略有不同。一般說，官階從三品與正四品上之間的界線是重要分水嶺。按照唐《考課令》，三品以上官（請注意：是京官而非外官）及同中書門下平章事的考課，

〔9〕 參閱拙文："*Struggling for Advancement: the Recruitment*"（A chapter of my unfinished and unpublished dissertation, entitling, "Civil Service in T'ang China: the Reruitment and Assessment, A. D. 618~907"）。
〔10〕 *Ibid*, p. 23.
〔11〕 池田温《律令官制の形成》，《岩波講座世界歷史》（東京：岩波書店，1970），vol. 5，頁304~305。

必須奏請皇帝裁注。[12] 這是因爲從三品以上的官僚，都是高品的
"清望官"，其考課並不經由尚書省的吏部，而是由皇帝親考，因此
或稱"内考"，或稱"内校"。[13] 此外，五大都督亦由皇帝親考。皇
帝親考的對象既然是那些品、位俱隆的大官，則在安史亂後，當各
地節度使逐漸地、穩固地掌領地方大權後，他們也自然成爲皇帝親
考的對象。貞元七年（791）十二月校外官考使奏："今緣諸州觀察、
刺史、大都督府長史、及上、中、下都督、都護等，有帶節度使者，
方鎮既崇，名禮當異，每歲考績，亦請奏裁。其非節度、觀察等州、
府長官，有帶臺省官者，請不在此限。"[14] 從考課制的角度來説，
此事反映出節度使的勢力在安史亂後迅速擴張，他們之所以成爲皇
帝親考對象，顯示出最少在行政法規上唐代君主有意"節制"這些
桀驁不馴的節度使。

所有官階正四品上以下的官僚，都由他的本司（指中央政府的
分支機構）或本州（指地方政府的州）長官來評定其考績。[15] 他們
可分爲二類：京官與外官。京官是由構成中央政府的臺、省、寺、
監的本司長官考核，外官則由州、縣政府首長負責。根據開元七年
（719）及開元二十五年（737）的《考課令》，如果州、縣政府首長
懸缺，則由次一級的長官負責考課。同時，縣令以下和關、鎮、戍
官、嶽瀆令，都由州政府考核，津（渡口）如果不屬於中央的都水
監管轄的話，也由州考。[16]

此外，還有若干關於刺史考課的其他規定。前文提到貞元七年
（791）以後，凡刺史兼節度使職者，其考第需由皇帝親自評定。但從唐
初到貞元七年，有關刺史的考課，也和其他大官的考課，略有差別。例

---

〔12〕《新唐書》卷四六，頁 1191；仁井田陞《唐令拾遺》（東京：東方文化學院東京研究所，
　　　1944），頁 345~346；王溥《唐會要》（北京：中華書局，1955；臺北：世界書局影印，1982，
　　　四版）卷八一，頁 1505；王欽若等《册府元龜》（北京：中華書局影 1642 明刊本；臺北：中
　　　華書局，1967，重印）卷六三六，頁 3b；王溥《五代會要》（臺北：九思出版社，1978，重
　　　印）卷一五，頁 245；又《册府元龜》卷六三六，頁 14a。
〔13〕《唐會要》卷八一，頁 1507；《新唐書》卷一一八，頁 4284；關於"清望官"的討
　　　論，參拙文 *Struggling for Advancement: the Recruitment*。
〔14〕《唐會要》卷八一，頁 1505。
〔15〕《唐六典》卷二，頁 45a；《册府元龜》卷六三六，頁 13b；《唐令拾遺》，頁 327~
　　　382、346；《五代會要》卷一五，頁 245。
〔16〕《册府元龜》卷六三六，頁 13b~14a；《五代會要》卷一五，頁 245；《唐令拾遺》，
　　　頁 327。

如：開元三年(715)玄宗下敕規定以五等，而非九等，來評定刺史考績。
其第一等考第又稱爲"最"；最後一等，則稱"殿"。刺史的考簿，通常
是由按察使(多由尚書省六部的郎官及御史臺的御史組成)巡按各地
後，攜帶回京。在考簿集中後，定日由監、校考使與尚書左丞(正四品
上)、右丞(正四品下)及户部長官詳細檢覆審查，並須在考限內録奏，
以作爲昇黜的憑據。[17] 刺史考績由這些中央高品官詳覆、評定，原因
可能有二：第一，刺史的品階甚高(上州從三品，中州正四品上，下州正
四品下)，故尚書左右丞亦與監、校考使同加審查。第二，刺史的主要
行政責任在監掌地方農桑、户口及社會秩序，其有關農桑、户口之事，
自須徵詢户部意見，故户部長官亦列席參與刺史考績的評定。事實
上，開元二十五年(737)所頒佈的《考課令》中有一條規定説："諸每年
尚書省諸司(尚書有六部，每部有四司，共二十四司)，得州牧刺史、縣
令政，有殊功異行，及祥端、災蝗、户口賦役增減、當界豐儉、盜賊多少，
並録送考司(考功司)。"[18] 這樣看來，考功司主要仍是負責蒐集地方
官吏的政績資料，以作爲上述各級高品官審理刺史考績的憑據。

　必需注意，從初唐開始，許多不同名稱的皇帝特使就經常奉命至
各州，考察地方政治。例如，貞觀八年(634)發黜陟使十三人至各道，
巡察四方，黜陟官吏。此後，在貞觀二十年(646)、開元二十九年
(741)、天寶五載(746)、至德三載(758)和建中元年(780)，同一名稱
的特使也被派遣至地方，主持考課官吏的事。[19] 事實上，貞觀八年

〔17〕《唐會要》卷八一，頁1501；《册府元龜》卷六三五，頁22b～23a。
〔18〕《五代會要》卷一五，頁246；《册府元龜》卷六三六，頁14a；《唐令拾遺》，頁348。
〔19〕《唐會要》卷七八，頁1419～1420；《舊唐書》卷三，頁43；《資治通鑑》卷一九四，頁
　　6105。按：《唐會要》稱"貞觀八年將發十六道黜陟大使……"，《資治通鑑》但作"上欲
　　分遣大臣爲諸道黜陟大使"，《通鑑考異》更對此事作一詳考，曰："《實録》、《舊〔唐
　　書〕》本紀但云：'遣蕭瑀等巡省天下。'按時止有十道，而《會要》、《統紀》皆云'發十六
　　道黜陟大使'，據姓名止十三人，皆所未詳，故但云諸道。"然《通鑑》於同條下又云：
　　"乃命(李)靖與太常卿蕭瑀等凡十三人分行天下。"本文據此而云十三人。又按：《唐
　　會要》卷七八，頁1419云："(貞觀)二十年(646)正月，遣大理卿孫伏伽等，以'六條'
　　巡察四方，黜陟官吏。"此條記載，又見於同書，卷七七，頁1412。按漢代刺史以所謂
　　"六條"察二千石能否，馬端臨《文獻通考》(光緒二十七年，上海圖書集成局據武英殿
　　聚珍本校印)卷三九，頁4b～5a，謂："漢法，刺史以六條察二千石，歲終奏事，舉殿最。"
　　原注云："六條：一條，强宗豪右，田宅踰制，以强凌弱，以衆暴寡。二條，二千石不奉詔
　　書，遵承典制，倍公向私，旁詔守利，侵漁百姓，聚斂爲姦。三條，二千石不恤疑獄，風
　　厲殺人，怒則任刑，喜則淫賞，炊擾刻暴，剥截黎元，爲百姓所疾，山崩石裂，妖訛訛言。
　　四條，二千石選署不平，苟阿所好，蔽賢寵頑。五條，二千石子弟，恃怙榮勢，請託所
　　監。六條，二千石違公下比，阿附豪强，通行貨賂，割損正令也。"

(634）太宗也同時派遣十三個觀風俗使至各地，"觀風俗之得失，察政刑之苛弊"。但貞觀八年以後，就不再派遣類似的觀風俗使了。[20]

此外，還有許多任務不一（如考察地方農耕、貶黜官吏、存撫賑濟、整頓吏治等等）、名目不同（如巡察使、按察使、巡撫使、九道大使、江南安撫使、十道存撫使、十道安撫使、宣慰安撫使等等）的特使，被分派到地方考察吏治。從貞觀十八年（644）到元和十四年（819）一百六十多年間，這一類特使經常可見。[21] 在安史之亂前後不久，又有一種皇帝特使叫"採訪處置使"（有時稱"十道採訪處置使"、"諸道採訪處置使"，有時但稱某道採訪處置使，如"河南道採訪處置使"等），他們在開元二十二年（734）、二十六年（738）、二十九年（741）、天寶九載（750）、十二載（753）、乾元元年（758）、大曆十二年（777），頻頻被遣派至全國各地。他們或者是考課官人善績，或者是恤隱求瘼。對於地方政治常加干涉，與地方官之間遂有許多緊張關係存在。中央雖屢屢告誡採訪使"不須干及"地方政治，事實上"開元末置諸採訪使，許其專停刺史務，廢置由己"。[22] 唐代由中央派遣至地方考察政治的特使，資料極多，特使名目也混亂不堪。他們與地方政治的各種關係，實在值得進一步研究。[23] 簡單說，當唐朝中央政府力量強大，可以派遣特使干預地方政治的時候，正好是中央集權政治達到高峰的時期。在各種負

---

[20] 《唐會要》卷七七，頁 1411～1412。

[21] 參閱《唐會要》卷七七，頁 1412～1417，"巡察、按察、巡撫等使"部分。

[22] 《唐會要》卷七八，頁 1420～1421；築山治三郎《唐代政治制度の研究》，頁 538～540。不過，築山治三郎謂州縣僚佐的考課不由州縣長官，而由中央所派諸使。事實上，諸使主要的任務在考察地方吏治、並考課州縣長官（尤其是刺史），決定黜陟。築山治三郎雖曾舉出一例，稱武后垂拱三年（687）李嶠（643～712）上疏說："竊見垂拱二年，諸道巡察使所奏科目，凡四十四件……而巡察使卒是三月已後出都，十一月終奏事，時限迫促，簿書填委，晝夜奔走，遂以赴限期。而每道所察文武官，多至二千餘人，少者一千已下，皆須品量才行，褒貶得失，欲令曲盡行能也。"李嶠疏中所說察文武官千餘至二千餘人，當是一種檢核工作如監、校外官考使所爲，不是如當司長官必須考第所屬，作成單名或挾名。否則巡察使不可能作出公正而適當的考第。築山氏所論，似乎必需予以澄清。

[23] 《唐會要》卷七七～七九，頁 1411～1455，"諸使"一項，此類資料，頗爲詳贍。他如《兩唐書》、《冊府元龜》等亦有豐富史料。日本學者松島才次郎有二篇討論唐代諸使的短文，亦可資參考《唐代における"使"の頻用について》，《信州大學教育學部紀要》18（1967），頁 37～43；《唐代における"使"の本官について》，同上，19（1968），頁 53～68。但松島氏對唐代中央所派諸使與地方政治關係，並未深入討論。

有政治目的的特使顯著減少，並且逼使唐室只能派遣肩負經濟、財政任務的特使（如鹽鐵使、度支使等等）到地方的時候，也正好是中、晚唐中央集權政治轉弱的時期。因此，貞元七年（791）當地方的刺史考第轉由皇帝親考以後，就無異透露出唐朝地方分權的消息。因爲各種政治特使已經無法再與強悍的地方長官（尤其是手握軍經政大權的節度使）抗衡，如此則皇帝親考刺史，也只能代表李唐政權維繫中央集權的努力而已。事實上，當中、晚唐時期，藩鎮囂張，割地稱雄，辟置僚佐，貢賦不常，唐朝中央政府對地方行使銓選、考課的權力，是有一定程度的限制的。

2. 監校程序

爲了防止任何可能的成見或偏執介入考課，自貞觀初年以後，唐政府就指派四名監校官來督導全國的考課（特指正四品以下的官僚）。其中二人負責京官考課的監、校督導，稱監京官考使和校京官考使。另外二人負責外官考課，稱監外官考使和校外官考使。[24] 校京官或外官考使，通常由刑部或吏部的尚書、侍郎，及御史臺的御史大夫擔任。很明顯的，這是因爲他們原來的工作性質是司法、人事和監察，這些和核校考課的校考使，在工作性質以及業務聯繫上，關係較爲直接、密切。至於監京官或外官考使，通常是委派門下省的給事中和中書省的中書舍人來擔任。監督考課的工作，與門下省及中書省所掌的封駁、出令的工作性質，也比較接近。[25]

給事中與中書舍人介入考課的監督工作，是唐代精心設計的政治體制中，制衡精神的一項具體反映。在中國政治制度中，唐中央政府的三省制度所表現的權力制衡與功能分工，具有重要意義。[26]按唐制，中書省承旨出命，參議表章；門下省掌封駁之任。是則中書主出命，門下主審查，政令決定由兩省負責，兩省屬官具有政務性質。至於尚書省，則負責實際行政工作的進行。這種權力制衡與功能分工，説明了唐代三省制的複雜性與合作性。就考課制的行政業務與監校工作的劃分看，尚書省主要負責考課的行政工作，中書

---

〔24〕 《唐六典》卷二，頁 45b～46a；《新唐書》卷四六，頁 1192；《唐令拾遺》，頁 347。

〔25〕 《唐六典》卷二，頁 45b～46a；《新唐書》卷四六，頁 1192；《唐令拾遺》，頁 347；《唐會要》卷八一，頁 1504。

〔26〕 孫國棟《唐代三省制之發展研究》，《新亞學報》3.1（1957），頁 17～121。

舍人與給事中參與監督，也具體說明了一部分唐代政治體制的精神。

中書舍人的主要職責是"掌侍奉、進奏、參議表章"，所預都是軍國大事，其中包括"凡有司奏議、文武考課"。[27] 給事中的主要職掌是"掌侍奉左右，分判省事。凡百司奏抄，侍中審定，則先讀而署之，以駁正違失"。他們所參預的軍國大事也包括"凡文武六品已下授職，所司奏擬，則校其仕歷深淺，功狀殿最，訪其德行，量其材藝。若官非其人，理失其事，則白侍中而退量焉"。[28] 給事中所掌實際上包括唐人所謂"過官"[29] 及考課的監督。因此，討論唐代的考課與銓選制度，對於政治體系所表現的制衡現象，必須給予相當程度的注意。

在實際的監校事例中，可以看出以上的規定，大概自貞觀初年即付諸行動；到了開元後，監校制度更趨成熟。根據《唐會要》的記載，有許多事例顯示出法規與實際間的一致性。[30] 例如：開元十四年（726）御史大夫崔隱甫（736 卒?）充任校外官考使，他召集天下朝集使，一日校考完畢，時人伏其敏斷。[31] 又如開元十七年（729）前，刑部尚書盧從愿（約635～737）頻年充校京官考使，當時御史中丞宇文融（729 卒）承恩用事，因其檢括戶口之功，宇文融的本司給他的考績是第三等（上下），從愿抑不與之，融頗以為恨，遂在玄宗前密奏中傷，謂其廣占良田，至有百頃。玄宗當時正在選擇宰相，有薦從愿者，以此遂寢。[32]

監校考課之制，在安史亂後不久，似曾一度中止。建中二年（781）六月，門下侍郎平章事盧杞（785 卒?），援引《六典》稱"中書舍人、給事中充監中外官考使"的規定，奏請復置，至次年（782）閏正月，遂再置監考使。此事原因不詳，疑與刑部介入地方

---

〔27〕 《唐六典》卷九，頁 15a～b。

〔28〕 《唐六典》卷八，頁 14a～b。

〔29〕 參拙文 "Struggling for Advancement: the Recruitment"。

〔30〕 《新唐書》卷四六，頁 1192 謂："貞觀初，歲定京官望高者二人，分校京官、外官考。給事中、中書舍人各一人涖之，號監中外官考使。"此與《唐會要》卷八一所載，多處相合。並詳下文。

〔31〕 《唐會要》卷八一，頁 1502；《舊唐書》卷一八五，頁 4821；《新唐書》卷一三〇，頁 4497～4498。

〔32〕 《唐會要》卷八一，頁 1502；《舊唐書》卷一〇〇，頁 3124；參閱《新唐書》卷一二九，頁 4478～4479。《宇文融傳》，見《舊唐書》卷一〇五，頁 3217～3222；《新唐書》卷一三四，頁 4557～4560。

官的考課有關。因爲在大曆十三年（778）正月有一道詔敕説：“捉獲造僞及光大强盜等賊，合上考者，本州府當申刑部。”盧杞所奏在《唐會要》中即列於是條之下，兩者當有關聯。[33] 無論如何，刑部負責審理地方重大司法案件，而地方官的捉獲重要盜賊也是他們的重要課績之一。

貞元八年（792），四名中央政府高級官員被任命爲監、校考使。從這份名單中四人原來官職看，與上文所述，頗相符合。是年十月，以刑部尚書劉滋（729～794）爲校外官考使，吏部侍郎杜黄裳（738～808）爲校京官考使，給事中李巽（739～809）爲監京官考使，中書舍人鄭珣瑜（738～805）爲監外官考使。[34]

這裏應該指出：唐代三省間的合作，隨著歲月，變化不小。尤其安史之亂以後，地方勢方抬頭，中央的官僚結構，也起了變動。早在開元之時，宰執合議的政事堂已漸趨於獨立，不過三者權力相互制衡的原則，大體仍被維持。自天寶以後，權相李林甫、楊國忠先後擅政，三省制衡的體制，漸漸破壞。安史之亂後，從肅宗、代宗至德宗時期，權臣、宦官破壞相職，掌握兵權。中書、門下兩省組織隳墜，宰臣無所憑行，庶政任免，都出於君主權幸的私意，尚書省也淪爲中央政府的執行機構，尚書省長官無法執行與中書、門下長官議政的權力。

安史之亂以前（尤其是武后末期以後），尚書省的地位與職權本已有逐漸降落之勢。安史亂後，尚書省各部的職權更普遍地被剥奪、分割與轉移。譬如：吏部所掌的銓選、考課之權，上爲君主、權相所侵奪，下爲諸司、諸使、諸道州府所分割；兵部所掌的軍政之權被强悍的禁軍將領與節度使攘奪；户部所掌的財政經濟大權也被度支、鹽鐵、轉運等使分化、轉移。不過，當尚書省地位職權墜失之初，唐代君相還很惋惜，代宗及德宗初年，亂事稍平，屢次想要恢復舊章，但無成效。後來文宗也想興舊章，力謀恢復吏部銓選、考課之權，也不能行。[35]

---

[33] 《唐會要》卷八一，頁 1504。

[34] 《唐會要》卷八一，頁 1505。

[35] 嚴耕望《論唐代尚書省之職權與地位》，收入氏著《唐史研究叢稿》（香港：新亞研究所，1969），頁 1～101，尤其是頁 5～6；Denis Twitchett, "Introduction" to the *Cambridge History of China*, vol. III (Cambridge University Press, 1979), p. 15.

雖然如此，考課制度本身並沒有受到破壞。考課效率也似乎一直維持到九世紀中葉。前文所列貞元八年四名監校考使的名單，在年代上既與上述的三省職權墜失、體制破壞相合，似可反證出考課制度本身並未受到波及，所可注意的只是考課之權如何被剝奪、濫用而已。

在監校程序中，除了以上所述委派在京位望高者四人分別擔任監、校考使外，另外委派六部中的郎中判京官考、員外郎判外官考。此二判職，係與監、校考使共同執行實際的檢覆手續，多半係由考功郎中及考功員外郎擔任。[36]

3. 考簿、考牒與考錢

唐代官僚的功過行能是考課的主要內容。考課的結果都記載在"考簿"、"考狀"或"考解"之中。[37] 考課的登記必須公開宣佈，和銓選過程中所謂"三注"、"三唱"類似。[38] 地方官的考簿是由刺史或其主要次官擔任的"朝集使"解送至京，呈尚書省吏部。解送限期在每年年底（通常在十月二十五日以前）。由於朝集使除了呈納地方貢、賦以外，還攜帶考解，他們也被叫做"考使"。[39]

考解呈送期限的擬定，主要是根據各呈送機關（不論在首都或地方）與京師的里程距離。以在京各司而言，其公開宣佈過的考簿必須在九月三十日以前校定、編次完成，至於地方政府，則其與京師的距離，被慎重考慮：凡距京 1 500 里內，需在八月三十日以前校定；3 000 里內，在七月三十日以前校定；5 000 里內，五月三十日以前校定；7 000 里內，三月三十日以前校定；10 000 里內，正月三十日以前校定。由地方的各州政府或中央的各機構校定完畢的考簿，最後集中於吏部考功司。送簿的時間，也有期限：京官須在十月一

---

[36] 《唐六典》卷二，頁45b～46a，但云："郎中判京官考，員外郎判外官考。"《新唐書》卷四六，頁1192謂："考功郎中判京官考，〔考功〕員外郎判外官考。"

[37] "考簿"一詞，見《五代會要》卷一五，頁245；《册府元龜》卷六三六，頁14a；《唐令拾遺》，頁345。"考狀"一詞，見《唐會要》卷八一，頁1507。"考解"一詞見《唐會要》卷八二，頁1510，所謂"考解"與"選解"類似，是地方政府所寫的正式公文書，必須解送吏部核定的。詳下。

[38] 參拙文 "Struggling for Advancement: the Recruitment"。

[39] 司馬光《資治通鑑》（北京：中華書局，1956；臺北：世界書局，1962重印）卷一九七，頁6205。注意：《通鑑》此條記載繫在643年，即唐初。參閱《唐六典》卷三，頁42a～b；卷二，頁45b；卷三○，頁22a並有朝集使之有關資料。

日以前送達吏部（即京官考簿編纂完成期限的第二天），地方的考解，則由朝集使在十月二十五日前呈送。[40]

擬定送簿時間的理由，非常明顯。因爲考績與每一官僚昇遷有關，關係重大。如果具録一年功過的考簿，不能如期送京審查，自然影響各個官僚的權益。同時，功過若發生在編纂期限以後的同一年，也必須併入來年考績，一起計算。不過，唐政府有意迅速處理重大刑案及鼓勵有功人員，因此在《考課令》中特別規定："若本司考訖以後，尚書省未校以前，犯罪斷訖，准狀合解（謂解官）及貶降者，仍即附校。有功應進者，亦准此。"[41] 這個規定有快賞速罰的意義在。

從各機關送來的考簿，最後集中在吏部。接著，考功司的官員及胥吏就開始進行審查、核對的文書工作。他們通常把這些充棟的文件按照京官、外官及不同官階的官僚分成三類。每一類用一本簿子登録各官的功過。據此，考功司編成一種初奏本，叫做"單名"[42]；及一種複奏本，叫"挾名"[43]。以作爲監、校官或者甚至是皇帝考核、批示處理之用。京官的單名，必須在次年一月三十日以前送給監京官考使及校京官考使核定。一個月以後（即二月三十日以前），京官的挾名必須再送這二名監、校考使核定一次。很明顯的，"挾名"的擬定，是把經過監校考使批改、修正過後的初審"單名"，作修改、重録後，所覆定的。至於地方官的"單名"，則須在次年二月三十日以前送監、校外官考使核定；地方官的挾名審定，則在三月三十日。這種重覆審定，旨在慎重考課百官。但是，爲了減少作業上的麻煩，一道天寶八載（749）詔敕命令把初審和覆審合而爲一，只規定進呈挾名。挾名在經過必要的審查、認可的作業後，最後再予公開宣佈。每一位應考的官僚，都發給一種依照挾名製定的證明文件，稱爲"牒"或"考牒"，作爲將來昇遷、黜降的主要依據。[44]

開元二十五年（737）頒佈的一道《考課令》中，規定了考簿

---

〔40〕 《唐六典》卷二，頁45a～b，卷三，頁42a～b；《唐令拾遺》，頁327。

〔41〕 《册府元龜》卷六三六，頁13a～14a；《五代會要》卷一五，頁245；《唐令拾遺》，頁327。

〔42〕 《唐會要》卷八一，頁1505；《册府元龜》卷六三六，頁3b；《五代會要》卷一五，頁245；《册府元龜》卷六三一，頁14a；《唐令拾遺》，頁345～346。

〔43〕 《唐會要》卷八一，頁1503。

〔44〕 《唐會要》卷八一，頁1503；《册府元龜》卷六三六，頁16b～17a。

的登載内容與篇幅。它要求凡是官僚的行爲、功過應該附在考簿上的，都必須詳實登錄。如果在前一任官職上犯私罪而未經舉發或判罪，後來經過確定並斷在現任，則以現任之職爲考。如果應該一併記載前任考績，也要功過並附。考狀的篇幅不能超過兩紙；如果是州縣長官，則因必須記載戶口田地之事，必要時可以酌增一紙。這項考簿上，都要清楚記載考正之最。[45]

在唐代考課制中，有關考牒與考錢的規定，值得一提。唐代每一位接受考第的官僚，都可以獲得一份文件，上面記載該一官僚的考績等第。這份文件，稱之爲 "考牒"。[46] 考牒須經吏部正式認可，一如授官任職時發給告身者然。[47] 若干資料更指出唐代官僚需要支付一定數額的現錢作爲付給考牒的費用，叫做 "考錢"。不過，納考錢者，似有一定對象。

根據《唐會要》和《册府元龜》的記載，貞元元年（785）德宗敕，凡是被考官僚官品在六品以下，由本州申報中上考者，必須納錢一千文，作爲購買筆、墨、朱膠等文具之費用。這些費用原由政府基金（當時稱作 "公廨本錢" 或 "食利本錢"，詳下）作爲本金，以（每月?）五分利息生利。由於吏部奏稱本利頗有餘裕，請求停止課收外官和京官的考錢，德宗准其所奏。[48]

事實上，課收考錢之事，似在晚唐再度實施。大中六年（852）吏部考功司上奏疏一件，與考牒、考錢極有關係，疏曰：

> 從前以來，應得考之人，並給考牒，以爲憑據。近年考使容易，給牒不一，或一人考牒，數處請給；或數年之後，方使請來。自今以後，校考敕下後，其得 "殊考" 及上考人，省司便據人數一時與修寫考牒。請准吏部告身及禮部春關牒，每人各出錢收贖。其得殊考者，出一千文；上考者，出五百文。其錢便充寫考牒紙筆雜用。[49]

[45] 《唐會要》卷八二，頁 1509；《五代會要》卷一五，頁 2466；《册府元龜》卷三六，頁 14b；《唐令拾遺》，頁 330～331。
[46] 《唐會要》卷八二，頁 1510～1511。"考牒" 當是正式名稱，語意明確。《唐會要》卷八二，頁 1510 又有作 "符牒" 者，則語義不確，僅能自上下文推得其意。
[47] 參拙文 "Struggling for Advancement: the Recruitment"。
[48] 《唐會要》卷八一，頁 1504；《册府元龜》卷六三六，頁 1b.
[49] 《唐會要》卷八二，頁 1510～1511；《册府元龜》卷六三六，頁 12a～b.

這個奏疏透過正規議事章程，由中書門下兩省完成立法程序，並公佈施行。奏疏所說，有三點值得注意：第一，所謂"殊考"者，似乎專指州府官吏可以覆驗冤獄，並且平反有功的官僚而言。[50] 第二，考牒是一種正式憑據。據《唐會要》及《冊府元龜》，考牒上的等第文字（即上、中、下三個字的組合）通常是以朱筆書寫。咸通十四年（873）考功員外郎王徽指出由於僚吏因緣爲姦，常常揩改朱書，奏請用墨書抄寫等第，從之。[51] 第三，唐政府素以善於處理公債著稱，這種從考牒收受者課來的考錢，或者其他由富商巨賈擔任的捉錢户周轉過來的現錢，都集中到政府基金中，也就是"公廨本錢"或"食利本錢"。這些政府基金又提出舉債生息，並以所得極高的利息收入作爲官衙的行政費用，或者是官僚薪資的一部分。政府基金的舉債生息，通常由捉錢户擔任的捉錢令史來經手。唐代公債利息的利率雖然有變動，一般説來，都在五分高利以上。唐初（618～650）的利率是每月 8%，650～728 年間月息是 7%，728 年以迄唐末約爲月息 5%。[52] 前述貞元元年（785）敕令納考錢，並以之舉五分息一事，在時間上與這裏所説唐代利率的變動一致。

4. 考課等第

按照官職的性質，唐代官僚的考績，劃分爲不同的等第。流内文官的考第定爲上上、上中、上下……下下九等；流外官則定爲上、中、下、下下四等；武官，尤其是三衛（親衛、勳衛、翊衛），則定爲上、中、下三等。[53]

上述三類官僚的考第評定，與其所屬機構性質，有密切關係。一般説，流内官的考第含有較濃厚的道德判斷色彩，但也同時着重官僚處理公事的行政能力。流外官的考第，則比較注意實際工作表

---

[50] 《唐會要》卷八二，頁 1509。

[51] 《唐會要》卷八二，頁 1511；《冊府元龜》卷六三六，頁 13a。

[52] Lien-sheng Yang（楊聯陞），*Money and Credit in China：A Short History*（Harvard University Press, 1952, 1971），pp. 95～96. Denis C. Twitchett, *Financial Administration Under the T'ang Dynasty*（Cambridge University Press, 1963），pp. 66～83。

[53] 流内文官的考第等級，見《唐六典》卷二，頁 45a；《舊唐書》卷四三，頁 1822；《新唐書》卷四六，頁 1190；《唐令拾遺》327。流外官的考第等級，見《唐六典》卷二，頁 49a；《新唐書》卷四六，頁 1192；《五代會要》卷一五，頁 249；《冊府元龜》卷六三六，頁 18a。武官（尤其是三衛）的考第等級，見《唐六典》卷二，頁 49b；《新唐書》卷四六，頁 1191；《唐令拾遺》，頁 349。

現。武官的考第，則偏重在軍事方面的成就。

　　唐代流内文官的考第，主要是根據所謂的"四善"和"二十七最"。四善較爲偏重個人的道德，二十七最較爲注意個人的行政能力。由於唐代流内文官，是官僚組織中的領導多數，[54] 其考第内容也當爲多數士大夫所關切。其偏重道德與能力的表現，也可以追溯其歷史淵源。[55] "善"與"最"，各有所偏，只是相對而言，但前者偏重道德，後者偏重行政能力，則多少可由實際的善、最分類與九等考第的評定推知。所謂"四善"，包括：1. 德義有聞，2. 清慎明著，3. 公平可稱，4. 恪勤匪懈。[56] 所謂"最"，是指官僚執行公務的能力。由於官僚組織龐大，各種不同的"最"也有其特定的意涵。"二十七最"是指二十七種不同類別的官僚，在其所屬機構中，執行公務的"最佳"表現。根據開元七年（719）的《考課令》，二十七最的内容如下：[57]

1. 獻可替否，拾遺補闕，爲近侍之最。
2. 詮衡人物，擢盡才良，爲選司之最。
3. 揚清激濁，褒貶必當，爲考校之最。
4. 禮制儀式，動合經典，爲禮官之最。
5. 音律克諧，不失節奏，爲樂官之最。
6. 決斷不滯，與奪合理，爲判事之最。
7. 部統有方，警守無失，爲宿衛之最。
8. 兵士調集，戎裝充備，爲督領之最。[58]
9. 推鞫得情，處斷平允，爲法官之最。

---

〔54〕　參拙文 "*Struggling for Advancement: the Recruitment*"。

〔55〕　關於道德觀念影響中國的官僚考第的一般討論，參閱：James T. C. Liu（劉子健）"Some Classifications of Bureaucrats in Chinese Historiography," in（David S. Nivison & Arthur F. Wright, eds.）*Confucianism in Action*（Stanford University Press, 1959），pp. 178～180。又，參閱毛漢光《中國中古賢能觀念之研究——任官標準之觀察》，《中央研究院歷史語言研究所集刊》第48本第3分，1977年，頁333～373。

〔56〕　《新唐書》卷四六，頁1190；《唐六典》卷二，頁46a；《通典》卷一五，頁87；《唐令拾遺》，頁332。

〔57〕　《唐六典》卷二，頁46a～47b；《新唐書》卷四六，頁1190；《唐令拾遺》，頁333～335；《舊唐書》卷四三，頁1823。

〔58〕　此處所引從《唐六典》（卷二，頁46b）及《唐令拾遺》（頁333），新舊《唐書》所載略有不同，謂"兵士調習……"。見《舊唐書》卷四三，頁1823；《新唐書》卷四六，頁1190。

10. 讎校精審，明於刊定，爲校（校書郎）正（正字郎）之最。

11. 承旨敷奏，吐納明敏，爲宣納之最。

12. 訓導有方，生徒充業，爲學官之最。

13. 賞罰嚴明，攻戰必勝，爲將帥之最。

14. 禮義興行，肅清所部，爲政教（地方長官）之最。

15. 詳錄典正，詞理兼舉，爲文史之最。

16. 訪察精審，彈舉必當，爲糾正（御史）之最。

17. 明於勘覆，稽失無隱，爲句檢之最。

18. 職事修理，供承強濟，爲監掌之最。

19. 功課皆充，丁匠無怨，爲役使之最。

20. 耕耨以時，收穫剩課，爲屯官之最。

21. 謹於蓋藏，明於出納，爲倉庫之最。

22. 推步盈虛，究理精密，爲曆官之最。

23. 占候醫卜，效驗居多，爲方術之最。

24. 譏察有方，行旅無壅，爲關津之最。

25. 市廛不擾，姦濫不行，爲市司之最。

26. 牧養肥碩，蕃息孳多，爲牧官之最。

27. 邊境肅清，城隍修理，爲鎭防之最。

以上這二十七最所考對象，涵蓋唐代中央與地方、軍職與文職的重要官僚組織。二十七最內容的擬定，也是按照各類官職的不同性質而設。二十七最所考官僚，雖然不是"全部"官僚，卻是最重要的部分。同時，由於措詞較具彈性，每一"最"所考的官僚，涵蓋面也很廣。例如：所謂"糾正"，是指御史臺中，各種不同官銜的御史；"政教"是泛指州縣政府的主要長官，尤指刺史、縣令。可以說，這二十七最是一種"按職設目"的安排，《通典》說得很清楚："大唐考課之法……自近侍至於鎭防，並據職事目爲之最，凡二十七焉。"[59]

二十七最是根據二十七類職事而設目，日本學者根本誠（Nemoto Makoto）在一篇討論唐代考績評定和人事管理的論文中，指出他

---

[59] 《通典》卷一五，頁87。

們是二十七種類似職能的一般化概念。他進一步把這種概念，劃分
爲五種抽象的類別，以評估官僚的行政能力，即：對人能力、指導
能力、判斷能力、管理能力和計算能力。[60] 從上引二十七最內容
看，這五種抽象化的能力，似乎只能說是今人的解釋，其是否符合
唐人概念，殊難得知。事實上，二十七最的每一項標準的意義，如
果從傳統的道德倫理與唐人的政治理念推求，或許較爲近似。可以
說，"四善"所考偏於"德行"，"二十七最"所考則偏重於"行政
能力"。

"四善"、"二十七最"，是考績評定的主要標準。根據開元七年
（719）及二十五年（737）的《考課令》規定，官僚的道德與行政
表現的評定，第一等至第五等是"一最以上"與善的幾種不同組合，
第六等以下則不含善或最，第八等和第九等甚至還牽涉到對於失職
或犯罪流內官的懲罰。依照唐令，流內官的九等考第，可製成下
表。[61]

表一　　　唐代流內官的九等考第

等第	資　格
1. 上上	一最以上 +4 善
2. 上中	一最以上 +3 善；或，無最 +4 善
3. 上下	一最以上 +2 善；或，無最 +3 善
4. 中上	一最以上 +1 善；或，無最 +2 善
5. 中中	一最以上；或，無最 +1 善
6. 中下	職事粗理，善最弗聞。
7. 下上	愛憎任情，處斷乖理。
8. 下中	背公向私，職事廢闕。
9. 下下	居官詔詐，貪濁有狀。

從上表，約略可以看出善與最在考第中所佔的地位。由於"一
最以上"可以包括某一個別官僚的本職與兼職，其是否具有"一最
以上"或"無最"，對等第高下的影響，似較"善"爲小。流內官

---

[60]　根本誠《唐代の勤務評定と人事管理》，《早稻田大學大學院文學研究科紀要》11，
　　　1965 年，頁 97 ~ 111。

[61]　《唐六典》卷二，頁 47b ~ 48a；《五代會要》卷一五，頁 246；《通典》卷一五，頁
　　　87；《册府元龜》卷六三六，頁 14b；《唐令拾遺》，頁 336 ~ 337。

所擁有"善"的多寡，影響考第較大。"一最以上"到底指多少"最"，與官僚兼職多少有關，故需視個別情況而定。但是"四善"的評定，卻使考官有權在這方面作出公正或不公正的處理。本文第三節第一項所引盧承慶（595～670）考核官吏事例，可以具體說明。

唐政府對州縣官的考課規定，可以補充說明上引二十七最中第十四條所說"禮義興行，肅清所部，爲政教之最"。根據一條開元二十五年（737）所頒《考課令》，如果州縣官能夠增益戶口、豐殖農田，則其考第可以按照法定標準而增加。它說：

> 諸州縣官人，撫育有方，戶口增益者，各准見在戶，爲十分論。加一分，刺史縣令，各進考一等；每加一分進一等（加戶口，謂增課丁，率一丁，同一戶法。增不課口者，每五口同一丁例，其有破除者，得相折）。其州戶不滿五千，縣戶不滿五百者，各准五千、五百法爲分。若撫養乖方，戶口減損，各准增戶法，亦減一分降一等；每減一分降一等（課及不課，並准上文）。其有勸課田農，能使豐殖者，亦准見地，爲十分論。加二分，各進考一等；每加二分，進一等（此爲永業、口分之外，別能墾起公私荒田者）。其有不加勸課，以致減損者，損一分降考一等；每損一分降一等（謂永業、口分之外，有荒廢者）。若數處有功，並應進考者，亦聽累加。[62]

除了州縣官以外，唐政府對其他二十六種流內官的最，也可能有若干具體規定，但因史料限制，無法窺知。不過，從上引州縣官考課的內容看，其屬於偏重行政能力的最，或可無疑。前文說"善"偏重道德，"最"偏重行政能力，也可用此條史料支持。

流外官的考績等第也由他們服務機構的長官評定，並依照他們的行政能力與表現，分爲四等。列表如下：[63]

---

〔62〕《通典》卷一五，頁87；《冊府元龜》卷六三五，頁20b～21a；《唐令拾遺》，頁339～342。《通典》與《冊府元龜》記載，略有出入，本條所引從仁井田陞在《唐令拾遺》中之考訂。

〔63〕《唐六典》卷二，頁49a～b；《五代會要》卷一五，頁249；《冊府元龜》卷六三六，頁18a；《新唐書》卷四六，頁1192；《唐令拾遺》，頁349，又參閱《舊唐書》卷四三，頁1824。《舊唐書》僅說分爲四等，但無具體內容。

表二　唐代流外官的四等考第

等　第	資　格
1. 上	清謹勤公，勘當明審。
2. 中	居官不怠，執事無私。
3. 下	不勤其職，數有愆犯。
4. 下下	背公向私，貪濁有狀。

如以表二與表一比較，則前者在內容上較爲簡單，也較偏重個人的能力與公務表現。流外官的下下等考第，事實上即流內官下中、下下兩等的混合。

唐代以三等來考第武官。按照所屬機構性質的不同，武官又被分作三類來評定考績：（1）十六衛親軍中的左右衛所屬的三衛（親衛、勳衛、翊衛）；（2）諸衛主帥，包括三衛以外的十六衛親軍、太子、諸王親軍，與府兵所駐守的地方軍事單位——折衝府；（3）左右監門衛的二種高級長官——校尉與直長。[64] 每一類中的武官考第都分作三等，但其資格各有不同，列表如下：[65]

表三　唐代武官的三等考第

等第	資　　格		
	三　　衛	諸衛主帥	監門校尉、直長
1. 上	專勤謹慎，宿衛如法，便習弓馬。	統領有方，部伍整肅。清平謹恪，武藝可稱。	正色當官，明於按察。監當之處，能肅察姦非。
2. 中	番期不違，職掌無失。雖解弓馬，非是灼然。	居官無犯，統領得濟。雖有武藝，不是優長。	居官不怠，檢校無失。至於監察，未是灼然。
3. 下	番期不上，數有犯失。好請私假，不習弓馬。	在公不勤，數有愆失。至於用武，復無可紀。	不勤其職，數有愆違。檢校之所，事多踈漏。

武官不屬文官系統，其理甚明。但是必須注意，唐代文武官職可以互轉。同時，兵部所屬與上述親軍、諸衛，在體系上也不同。前文所列二十七最中的“將帥”（第十三項）當係尚書省的兵部所

---

〔64〕 有關唐代的軍事組織與三衛，參考谷霽光《府兵制度考釋》（上海，1962）頁 128 ~ 197；另參考 Swee - fo Lai, *The Wei - Kuan system; elite guards and official recruitment in the T'ang dynasty*（Unpublished term paper, Princeton University, 1982）。

〔65〕 《唐六典》卷二，頁 49b ~ 50b；《唐令拾遺》，頁 349。

轄，"鎮防"（第二七項）當係地方的都督府、都護府所轄，與此處
三類武官性質不同。

另外，值得注意的是：唐代考績的計算，有上下等相互抵消的
辦法，稱作"覆"。這是按照考績、年勞作成昇遷、黜降的決定時，
具體採用的步驟。《新唐書·百官志》説："計當進'昇遷'而參有
下考者，以一中上（第四等）覆一中下（第六等），以一上下（第
三等）覆二中下（第六等）。上中（第二等）以上，雖有下考，從
上第。有下下考（第九等）者，解任。"[66] 實際上，第九等考績已
經牽涉到罪刑。根木誠氏曾經設計五種算法，計算唐代的九等考第，
其説雖誤，但仍可供間接瞭解唐人考第之助，已作成附錄，載於本
文之後。

三、考課的實際運作

由於考第直接影響到官員的禄米、昇遷和黜降，無論中央或地
方官員對考第都極爲注意，也常有爭議，許多政治衝突甚至因考第
而引起。如果説"善"是相對的"客觀標準"，"最"是較爲具體的
"客觀標準"，則最少"善"的評定，就必須接受考官的"主觀判
斷"的挑戰。如上節第四項所述，"善"的多寡，影響考第極大，故
而考官也多可有權秉公處理或上下其手。如以一般中國官僚行爲的
特色考察，[67] 則考第評定有時會因個人利益而淪爲政治工具。本節
的討論，旨在探討唐代考課官的權限及考績評定的一般現象。

1. 考課官的權限

如上所述，唐代的考課官包括各被考官僚的本司長官、考功司
及吏部主要官員，以及監、校、判考使。他們都直接影響到考第的
評定。官僚考績視其本身官品的高低，決定是否由上述大部分官員
或者甚至是皇帝來裁決。不論如何，某一官僚所服務的機關，應該
是最具有決定性的，因爲所謂"當司長官"可以決定送審名單。當
然這絕非暗示吏部或監校考使無權否決送審名單。剛剛相反，開元

---

〔66〕《新唐書》卷四六，頁1192。

〔67〕 參考 C. K. Yang（楊慶堃），"*Some Characteristics of Chinese Bureaucratic Behavior*," in
（David S. Nivison & Arthur F. Wright. eds）*Confucianism in Action*（Stanford University
Press, 1959），pp. 134～164。楊氏此文主要探討清代的官僚行爲與官場風氣，但對
我們瞭解唐代官僚仍有幫助，又參看 James T. C. Liu, *op. cit*。

七年（719）及二十五年（737）頒佈的《考課令》，賦予吏部考課官一種可以作關鍵性決定的"臨時量定"之權。他們有權認可或否決送審名單，也可以根據法律條文，對於"善最之外，別有可嘉尚，及罪雖成殿，而情狀可矜，或雖不成殿，而情狀可責者"，在校考之日，臨時作出決定。[68] 如果吏部考課官認爲送審名單中，有考績超過某一官僚所應得到的等第，有權加以削減，謂之"貶考"。[69]

若干具體事例，可以說明考課官的權力。有一則670年代晚期的逸史説到一個開明而仁慈的吏部尚書，正確地行使考課權力：

> 盧承慶（595～670）爲吏部尚書，總章（668～669）
> 初，校内外官考。有一官督運，遭風失米，承慶爲之考曰：
> "監運損糧，考中下。"其人容止自若，無一言而退。承慶
> 重其雅量，改注曰："非力所及，考中中。"既無喜容，亦
> 無愧詞，又改曰："寵辱不驚，考中上。"衆推承慶之弘恕。

這則故事，首見於公元九世紀初的《大唐新語》（元和二年〔807〕序），[70] 再爲九世紀中期的《劉賓客嘉話録》（大中十年〔856〕序）[71] 所録。此事之真實性，似爲唐宋士大夫所接受，《新唐書》與《資治通鑑》都轉引這則故事，只作若干文字潤飾而已。[72]

從這則故事，唐代考課官大權在握，似無疑義。吏部尚書盧承慶可以全權審查與改變考第。在唐代，也的確有許多考課官公平、明鑒、敏捷、核實，被後世所稱羨。例如：建中三年（782）刑部侍郎（正四品下）班宏（720～792）爲校京官考使，當時尚書右僕射崔寧（723～783）署兵部侍郎（正四品下）劉迺（約725～784）爲上下考，班宏反對説："夷荒靖難，專在節制，尺籍伍符，不校有司。夫上行宣美之名，則下開趨競之路；上行阿容，下必朋黨。"因

---

〔68〕《唐六典》卷二，頁48a；《通典》卷一五，頁87；《五代會要》卷一五，頁246；《册府元龜》卷六三六，頁14b；《唐令拾遺》，頁337。

〔69〕《册府元龜》卷六三六，頁2a。

〔70〕劉肅《大唐新語》（《稗海》本）卷七，頁9b. 本文所引，即據此本。

〔71〕韋絢《劉賓客嘉話録》（《學海類編》本），頁24a～b.

〔72〕《新唐書》卷一〇六，頁4087；《資治通鑑》卷二〇一，頁6358。《通鑑》繫此事於總章二年（669）。南宋人卞圜在乾道癸巳（1173）所作《劉賓客嘉話録跋》説："韋絢所録《劉賓客嘉話》，《新唐書》採用多矣。"《新唐書》編者歐陽修（1007～1072）與《通鑑》作者司馬光（1019～1086）素負精審之名，盧承慶考課事，似乎不應僅視爲秘談或雜聞。

削去之，逈知此事，向宏謝曰："逈雖不敏，敢掠一美以徼二罪乎?"[73] 這種事有時可以構成激烈的政治衝突，因爲崔寧是班宏的上司，劉逈的官品與班宏一樣，並握有兵權。如果崔或劉攻評班宏，也許會產生一場不大不小的政治風暴。此事因劉逈有雅量而告平息，班宏也因正直，尋除吏部侍郎。這不能不説是唐代考課理性的一面。

我們當然還可舉出更多的例子來説明唐代考課官正直可稱之處，並如元人朱禮在《漢唐事箋》所謂："考績之法，唐、虞至於成、周未嘗一日廢也。秦、漢之興，此法亡矣。京房區區欲舉行之，卒不見效，而身死讒口。魏晉而下，未有能得其餘緒者。唯唐興，獨有成法，是以始終行之，似有可稱者。"[74] 朱禮所論唐、虞至成、周，秦、漢以迄魏晉一段，雖有可議之處，實非本文所欲探討。在這裏，我們寧願從另一角度來追問一個問題：所謂"主觀判斷"是否影響到唐代考課的實際運作？從上舉二例看，盧承慶與班宏被賦以"臨時量定"之權，可以全權處置考第的審核、貶考事宜，實在明顯。他們可以自由地（雖然盧、班二人都是公平地）決定被考官僚的考第。這表示如果考課官在性格上有偏見，在政治取向上有野心，則"臨時量定"之權，就可以被誤用，或者甚至是濫用。

2. 考績評定的一般現象

第四等考第（中中）是決定官祿增加或減少的主要關鍵。官祿的增加，即表示散階的昇進；反之亦然。唐政府規定：如果食祿之官的考第在第四等（中上）以上，則其官祿與考第成正比例增加，即每進一等考第，加祿一季。同樣原則應用到考第第六等（中下）以下，即考第中下以下，每退一等，奪祿一季。但是，考第第八、九兩等，事實上表示該官僚觸犯刑章，定罪訖讞。按唐律區分罪名爲二：私罪與公罪。如果官僚觸犯私罪，考第在第八等（下中）以下，或者觸犯公罪，考第在第九等，則要解除現任職位，奪回當年官祿，追回擔任官職的正式證明文件（即告身）。過一年以後，才准

---

[73] 此事見兩《唐書·班宏傳》，《舊唐書》卷一二三，頁 3518~3519；《新唐書》卷一四九，頁 4802。《崔寧傳》見《舊唐書》卷一一七，頁 3397~3403；《新唐書》卷一四四，頁 4704~4708。

[74] 朱禮《漢唐事箋》（1341 序；《粵雅堂叢書》本），《後集》卷二，頁 10b。又同書卷二，頁 11b~12b，朱禮蒐集《兩唐書》資料舉出蘇逷、班宏、趙憬、盧承慶、崔隱甫、趙宗儒等著名唐代考課官，謂唐考課之法，大有可以稱贊之處。

依照官僚的本品（官僚的散階，非官職的品階）銓叙，但是他必須依照唐代任官的出身法，再求甄試（主要是吏部試）、任職（有所謂三唱、三注、過官等程序）[75]。（關於考課與昇遷及法律處分與行政懲罰之關係〔亦即除免等〕，下文第四節將予討論）既然奪禄與法律或行政處分爲官僚所不齒與不爲，那麼第四等（中上）以上的考第，自然是每一位官僚（此處當然是指流内官而言）所積極追求的目標。事實證明，第四等考第在唐代是最普遍的考第。這種現象，尤其是在政治局勢不穩或吏治不清的時候，更爲明顯。從唐代若干大臣的疏奏中，可以觀察出這種趨勢。

　　貞觀六年（632），監察御史馬周（601～648）上疏太宗，指出：第四等考第在唐初似乎成爲考績的上限，這可能是由於政府珍惜名器，不肯隨便考上第，這樣自然很難做到懲惡勸善，也大失九等考第的本意。馬周説得很激動，也很清楚：

　　　　臣竊見流内九品已上，令有等第。而自比年，入多者不過中上，未有得上下以上考者。臣謂令設九等，正考當今之官，必不施之於異代也。縱朝廷實無好人，猶應於見在之内，比校其尤善者，以爲上第。豈容皇朝之士，遂無堪上下考者？朝廷獨知貶一惡人可以懲惡，不知襃一善人

〔75〕《唐六典》卷二，頁49a。按：《六典》原文謂：“諸食禄之官，考在中上已上，每進一等，加禄一季，中下已下，每退一等，奪禄一季。若私罪，下中已下；公罪，下下；並解見任，奪當年禄，追告身。同年聽依本品叙。”本文此處對原典稍加詮釋，其中有關銓叙、任官部分，參拙文 *Struggling for Advancement*：*the Recruitment*。其有關法律罪名方面的解釋，見本文第四節。又按：唐代官僚，從政府取得的經濟來源，主要有職分田、永業田、禄米和俸料錢四項。有時又加上課及賜兩項。職分田、永業田的給與，係依職事官的品階爲準。至於俸料錢，在乾封元年（666）以前，可能是依其散階；是年以後，始依職事官品。（參《唐會要》卷九一，頁1652）官禄因係以米發給，有時又稱禄米。官禄，課及賜，通常是依散階而給。本文對散官與考第的關係，已屢有論述，觀上引《六典》之文，也可發現考第、官禄與散階之關係。一般往往誤以唐代官僚俸給，當以職事官爲據，實則並不盡然。鄙意以爲討論唐代官僚的俸給，雖事涉多端，仍需自職事官與散官的性格着眼，詳加討論。此事與唐代文官制度中殊堪注意之階職分立現象，極有關聯；他日有暇，當撰一專文論之。有關唐代官僚俸給制的初步討論，可參看陳寅恪《元微之遣悲懷詩之原題及其次序》，《陳寅恪先生論文集》，頁1157～1168；及陳氏另文《元白詩中俸料錢問題》，同上，頁409～419；橫山裕男《唐代月俸制の成立について——唐官僚俸禄考の一》，《東洋史研究》27.3（1968），頁1～25；閻守誠《唐代官僚的俸料錢》，《晉陽學刊》1982.2，頁23～30；築山治三郎《唐代政治制度の研究》，頁546～580。

足以勸善。臣謂宜每年選天下政術尤最者一、二人爲上上，其次爲上中，其次爲上下，次爲中上。則中人以上，可以自勸。[76]

從肅宗至德元年（756）到德宗貞元七年（791）的三十五年內，唐代政治秩序屢爲內戰、悍臣所侵擾。第四等考第，在這段期間似已成爲普遍的現象。貞元七年八月，吏部考功司上疏説：

> 准《考課令》，諸司官皆據每年功過行能，定其考第。又准開元、天寶以前敕，朝官每司有中上考，亦有中中考。自三十年來，諸司並一例申中上考。且課績之義，不合雷同，事久因循，恐廢朝典。自今以後，諸司朝官，皆須據每年功過行能，仍比類格文，定其昇降，以書考第，不得一例申中上考。應諸司長官書考不當，三品以上，具銜牒中書門下。四品以下，依格、令各准所失輕重降考。[77]

爲了徹底檢覆考第，懲其弊端，考功司在同一月又奏請審查考績，視官僚之能否，以定昇降。整頓考課，似乎在這段時間曾經一陣雷厲風行。從諫議大夫、給事中、郎官以下，有許多人都只得到中中的考第。當時，尚書左丞趙憬奏請降果州刺史韋誕的考第，因爲誕犯坐贓之罪。校考使吏部尚書劉滋（729～794）以憬能言其過，奏中上考。[78] 但是，致送被考官僚第四等考第的習慣，似已成爲當時考課官的普遍風氣（當時有所謂"送路考"的習慣，詳見本文結

<hr/>

[76] 本段引摘自：《唐會要》卷八一，頁1500；《册府元龜》卷六三五，頁20a。按馬周（601～648），清河茌平人，少孤貧，出身不高，但卒能以一介草茅而言天下大事，與太宗相見恨晚。歷監察御史、侍御史、中書侍郎、中書令兼太子右庶子等官。卒時，太宗親爲之舉哀。馬周屢有建言，大抵皆爲太宗所深納，甚至撫疏稱善久之。馬周對於任官擇人，頗爲留意，曾上疏曰："致化之道，在於求賢得官，爲政之基，在於揚清激濁。孔子曰：'唯名與器，不以假人。'是言慎舉之爲重也。"又嘗論京官、外官輕重不一，上疏乞重外選。詳見兩《唐書》本傳（《舊唐書》卷七四，頁2612～2619；《新唐書》卷九八，頁2895～2902），並參吳兢《貞觀政要》卷二，臺北：河洛圖書出版社，1975年，頁75～76。

[77] 《唐會要》卷八一，頁1504；《册府元龜》卷六三六，頁26～3b。

[78] 《唐會要》卷八一，頁1504～1505；《册府元龜》卷六三六，頁2b～3b，又，《新唐書》卷一五一《趙宗儒傳》，頁4826亦謂"貞元六年（790），〔宗儒〕領考功事。自至德後，考績失實，內外悉考中上，殿最混淆。至宗儒，黜陟詳當，無所回憚，右司郎中獨孤良器、殿中侍御史杜倫，以過黜考，左丞裴郁、御史中丞盧佋降考中中，凡入中上者，纔五十人。帝聲善之，進考功郎中，累遷給事中。"《趙宗儒傳》所述，與《會要》、《册府》之記載所述頗相符合。

論），唐政府並不能有效扼止。此類事實的史料雖不多見，且零星記載多在晚唐（850 年代）[79]，但是由於唐代的官職與入仕人數、尋求轉任官僚的人數相較，官缺一直顯得“求”過於“供”，頗有僧多粥少的現象，因此投機者尋求非法的考績，也一直普遍存在。

四、考課和官僚政治的關係

考簿上面所記載的考績，直接影響到唐代官僚的昇遷與貶降。雖然唐代有關考課的法令規定比前代加詳，外在的政治環境也大體可以讓考課制度維持運作，但是唐代官僚人數的擴充、待選官吏的增加，卻直接地促使考課制度本身起了因應的變化。唐代政府經常對考課內容加以修改，尤其是關於考數、年資等，以解決官僚機構所面臨的迫切問題。過去的研究較少注意到這一方面的探討，本文以下擬略加討論。

1. 官僚的昇遷與考課制的變化

從唐代官僚政治的實際情況，可以觀察年資與考數的意義。雖然唐代的官僚人數不斷增加，但尋求出身、入仕的人數也不斷地增加。入仕機會對幸運的初仕者來說，大約只有一與八或一與十之比。[80] 從七世紀中葉至十世紀初，這個嚴重的問題，一直存在著。公元 650 至 660 年代，可視爲是考課與銓選問題轉趨嚴重的濫觴時期。顯慶二年（657），劉祥道（596～666）曾經估計每年獲得出身

---

[79] 《唐會要》卷八二，頁 1510；《册府元龜》卷六三六，頁 11a～b，載有多項吏部考功奏疏，指出考課弊端在晚唐存在情形。從這些資料，略略可以看出唐政府在 790 年代至 850 年代之間，雖然曾對考課之制加以整頓，卻仍有許多弊病。大中六年（852）考功奏曰：“近日諸州府所申奏錄課績，至兩考、三考以後，皆重具從前功課申（尚書）省，以冀褒昇。省司或檢勘不精，便有僥幸。自今以後，不得輒更具從前功績申上。”僥幸、投機者尋求高等考第，當然也會造成考解記載失實的情形。同年，考功又上奏說：“又近日諸州府所申考解，皆不指善、最，或漫稱考秩，或廣說門資，既乖令文，實爲繁弊。自今以後，如有此色，並請准令降其考第。又准《考課令》，在中上以上，每進一等，加祿一季。中者守本祿，中下以上（當作‘下’，見注〔75〕），每退一等，奪祿一季。准令以此勸懲，事在必行。近年以來，與奪幾廢，或有申請之處，則申省隨近有處支給，又無者，聽以稅物及和糴、屯收等物充，《令》、《式》昭然，不合隳廢。自今以後，每省司校考畢，符牒到州後，仰當時便具昇降與奪事由申請。如違《令》、《式》，不舉明者，其所由官，請奪俸祿一季，其已去任官，追奪祿事，並請准《令》、《式》處分。”

[80] 參拙文 “Struggling for Advancement: the Recruitment”, pp. 73～74。

的人數，大約是官職空缺的三倍。[81] 不數年之間，更多與考課有關的問題，相繼出現。

首先，是一種皇帝賜與內外流內官的一種加階的恩典，稱作"泛階"出現了。這種泛階，促使唐代官僚的昇遷程序、考課制度起了一定程度的變化。所謂"泛階"，始見於乾封元年（666）正月十日的敕令。它規定凡是"內外官九品以下，加一階，七品以上，宜加一階，八品以下更加勳官一轉"。[82] 泛階的賜與是一種恩典，通常是在國家有慶典或大赦時，賞賜百官。它不是一種常態，但因唐代大赦甚爲頻繁（詳下），而且得到泛階的官僚人數衆多，自然影響到官僚組織內部的人事問題。泛階的賞賜也與考數相關，並影響到官僚的昇遷速度。就考數説，弘道元年（683）十二年四月敕文規定："見任內外官五品以上經四考，及守五品經三考，六品以上計滿三考，政有清勤，狀無私犯者，各加一階。"[83] 就昇遷速度説，有人因此得以超遷。簡單説，乾封元年以後，非正規的"泛階"成爲一種新的因素，直接影響到官僚的昇遷。

其次，是 660 年代末期有關考課與銓選制的改革問題。總章二年（669）左右，史稱"參選（指參加吏部銓選者）者歲有萬人。"[84] 爲了有效處理日益繁重的選務及考課工作，（必須注意：從唐初至開元二十四年〔736〕共一百一十多年間，知貢舉是由吏部考功員外郎主持，是年後至唐末，才改由禮部主持。吏部各司的工作，在 736 以前頗爲繁重）總章二年，增置吏部侍郎（武后當時改是官名爲司列少常伯）一人。此後，吏部侍郎一直維持二人，以迄唐亡。當時，李敬玄（615~682）和裴行儉（619~682）二人即擔任吏部侍郎一職。除了爲親守喪三月外，李敬玄自總章二年（669）至上元二年（675）擔任吏部侍郎前後共六年，此後再昇爲吏部尚書（675~676）及中書令。[85] 裴行儉擔任吏部侍郎一職更長，從總章二年至調

---

[81] 參拙文 *"Struggling for Advancement: the Recruitment"*, p. 100, note 83。

[82] 關於"泛階"，見《唐會要》卷八一，頁 1493~1494；《資治通鑑》卷二〇一，頁 6346。本段引文引自《會要》。又，唐人蘇冕及宋人司馬光皆認爲泛階始於乾封元年。

[83] 《唐會要》卷八一，頁 1493。

[84] 《唐會要》卷七四，頁 1344。

[85] 參看：嚴耕望《唐僕尚丞郎表》（臺北：中央研究院歷史語言研究所，1956），頁 93~95。

露元年（679）共十年。[86] 裴、李二人就是這段期間，主持考課、銓選改革工作的主要推動者。更重要的是，裴行儉的改革計劃並由他的兒子裴光庭（675～732）在開元十八年（730）繼續推行。

這個改革計劃最主要的建樹，是設置一種全國官吏的檔案或名單，當時叫做"長名榜"或"姓歷"。這二個名稱有時合併為一，被稱為"長名姓歷榜"，有時則簡稱"長名"或"長榜"。

有關這項改革的史料，頗相矛盾。據《唐會要》和《新唐書》的說法，長名榜是由裴行儉依照銓選和任官條例（時稱"銓注期限等法"）首先倡設的，他更定出不同的州縣等級（共八級）和官資（即年資或年勞）高下，作為銓叙的主要標準。各職官在三京（長安、洛陽、太原）、五府、都護府、都督府等，都有一定昇調秩序，並依照官資深淺而授官任職。[87]，裴行儉並為之撰譜十卷。[88] 其後（同年，即669）吏部侍郎李敬玄又委託幹練的吏部員外郎張仁禕（約669卒）依照吏部所藏的官狀和考狀而修改姓歷。張竟以工作過勞，死於斯事。[89] 但是，《舊唐書》[90] 和《資治通鑑》[91] 則稱是裴行儉個人，或裴與張二人合力，設置新的長名姓歷榜。《舊唐書》對長名榜作者記載，前後頗抵觸。[92] 比較之下，《唐會要》與《新唐書》對此事的記載，似較可信。

長名姓歷榜設立之後，其執行情形如何？《資治通鑑》說："其後遂為永制，無能革之者。"[93] 如果作一些修正，這個說法可以接受。在開

---

[86] 參看：嚴耕望《唐僕尚丞郎表》，頁93～96。

[87] 《唐會要》卷七四，頁1347；《新唐書》卷四五，頁1175；又見《新唐書》卷一○八，頁4086，《裴行儉傳》。關於《新唐書》卷四五《選舉志》的一些譯文、解釋，參 Robert des Rotours, *Le Traité des Examens* (Paris: Librairie Ernest Leroux, 1932), pp. 243～245。

[88] 《唐會要》卷七四，頁1347。

[89] 《唐會要》卷七四，頁1348；《新唐書》卷四五，頁1175；《新唐書》卷一○六，頁4052，《李敬玄傳》；《舊唐書·李敬玄傳》對此事記載與上述資料同，見《舊唐書》卷八一，頁2754～2755。張仁禕在兩《唐書》中皆無傳。清人勞格與趙鉞所編《唐尚書省郎官石柱題名考》（《月河精舍》，1886）卷四，頁5b～6a，有張仁禕小傳，取材自兩《唐書·李敬玄傳》。關於"本長名"與"長榜"，並參封演《封氏聞見記》（《學海類編》本）卷三，頁6a。

[90] 《舊唐書》卷八四，頁2802《裴行儉傳》。

[91] 《資治通鑑》卷二○一，頁6362。

[92] 比較《舊唐書》卷八一，頁2754～2755《李敬玄傳》與《舊唐書》卷八四，頁2802《裴行儉傳》。

[93] 同注[91]。

元十八年(730)以前,吏部選司注官,偏重個人的能力(尤其是學術方面的素養)。重要官職,多由這類能力較強的人擔任。武后、中宗、睿宗時期,大肆授與士人以員外、斜封等官,其所根據的標準,不僅是個人能力,也包括了人事關係、賄賂以及皇帝個人恩典。官僚在公職中服務的年限或年資,不被重視。既仕官僚"或不次超遷,或老於下位,有出身二十餘年不得禄者。又,州縣亦無等級,或自大入小,或初久(近)後遠,皆無定制"。[94] 換句話說,長名姓歷榜所設置的主要目的——按照官資及州縣等級來授官任職,在 670~730 年間並沒有有效推行,其是否真爲"永制",很可懷疑。但到了開元十八年,裴行儉之子裴光庭繼續推行"循資格"之制後,所謂"資格"在考課評定與銓注方面,漸漸成爲定制,終唐之世,"無能革之者"。前文謂《通鑑》的説法如果作一些修正,可以接受,就是指這一點而言。

開元十八年(730),官僚人數膨脹(官與吏人數約爲隋的兩倍,流內官人數約比隋及顯慶二年(657)多出三分之一),[95] 玄宗也有意改革官僚政治的一些弊端,遂以宰相裴光庭兼吏部尚書,進行銓選與考課的改革計劃。裴光庭以其父在六十年以前推行的長名姓歷榜爲藍圖,定下所謂"循資格"之制。這個辦法以官吏的年資爲主要衡量標準,凡是官吏在某一官職任滿(稱罷官)離職之後,必須等待一定的期限(謂之待選。所待之選,就是吏部的銓選,所待的期間以"選數"來計算)以後,再集於吏部,參加再任的銓試。官品高的選數少,官品卑的選數多。"無問能否,選滿即注,限年躐級,毋得逾越"。除非犯罪負譴,都是"有昇無降"。甚至流外官也必需遵照這個辦法,並須通過門下省負責審核銓叙的"過官"手續。州縣官更必須依照不同的州縣等級,按級昇遷。明顯的,這個辦法特別強調官僚的年資,並不重視個人的能力。此一辦法,大受個人能力不佳的"庸愚"之人,以及久沉下僚的"沉滯者"的歡迎,謂之"聖書"。[96] 辦法公佈之後,備受各方攻擊,

---

〔94〕《資治通鑑》卷二一三,頁 6789;Denis C. Twitchett, "*Hsüan-tsung*," in the *Cambridge History of China*, vol. III, p. 393。

〔95〕 參拙文"*Struggling for Advancement: the Recruitment*", p. 73。

〔96〕《唐會要》卷七四,頁 1348;《舊唐書》卷八四,頁 2807;《新唐書》卷一○八,頁 4090;《冊府元龜》卷六三○,頁 6b;《資治通鑑》卷二一三,頁 6789;洪邁《容齋四筆》(《四部叢刊》本)卷一○,頁 5a~b;Denis C. Twitchett, "*Hsüan-tsung*," in the *Cambridge History of China*, vol. III, p. 393。

但所有抗議皆屬無效。[97] 此後,在唐的考課與銓選制中,年資成爲一項重要的標準,對於考績的評定與再任官職資格的獲得,有直接的影響。真正地一如《通鑑》所謂"其後遂爲永制,無能革之者"。

上述總章二年 (669) 與開元十八年 (730) 兩次改革,表面上看來與銓選關係較爲密切, 實際上其注重年資一點, 與考課制中的年勞實爲一事。因爲任何官僚的年資, 實際上都是經過若干考之後而獲得。當某一官僚任滿離職, 並持有考牒證明其考績及官資, 他也正好就是"待選"的官吏。就這一點來説, 唐代官僚政治中的銓選與考課制, 是關係密切, 很難孤立討論的。

除上述之外, 中、晚時期官僚政治中的許多變化, 也影響到考課與銓選制。頭緒紛雜, 將另文討論。

考績與年資是唐代官僚尋求轉任或加禄時, 兩種重要的資格。前文討論過善、最是決定考績的主要標準。當考績決定之後, 官僚的昇遷與黜降也因而決定。事實上, 由於唐代官僚人數不斷地擴充, 有限的官職, 勢必不能滿足每年數千, 甚至上萬, 尋求"出身"的"新"待選人, 以及尋求轉任昇遷的"老"官僚。唐政府爲解決這個問題, 不得不從選數、考數, 或者年資上來對官僚昇遷加以規範。根據貞觀十一年 (637) 太宗所下敕令規定, 凡入仕官僚官品在六品以下者, 其遷代以"四考"(時間約四年, 即每年一考, 但因考數的計算, 還有其他規定, 事實上可能只有三年或三年多) 爲限。如果四考的考績都是第五等 (中中), 則進"年勞"(即年資) 一階, 每一個第二等 (上中) 的考績可以再進年勞一階; 第一等 (上上) 的考績, 則進年勞二階。五品以上的官僚, 則必需獲得皇帝所賜的"特恩", 才有機會轉任或昇遷。但全國爲數超過三百以上的刺史, 雖然官品在從三品至正四品下之間, 卻不遵循上述這種"遷代"的"進階之令"。[98]

這道敕令規定, 有幾點需要加以解釋。首先, 此處所謂的官品是指"散官"、"散位"或"散階"而言, 不是依官職而定的"職事

---

[97] 同上。值得注意的是開元二十一年(733)裴光庭死後, 朝廷中對於裴氏的諡號有一番激烈的爭論, 顯示裴光庭推行的"循資格"之制影響過大, 以致正反雙方, 仍各執一詞, 餘波蕩漾。

[98] 《唐會要》卷八一, 頁1501;《册府元龜》卷六三五, 頁20b~21a。

官"的官品。所謂"散官"是一個官僚的"本階",它並未賦予"散官"擁有者真正的官職,不過它賦予官僚一種出身、資格,並有權利參加吏部的甄試,並獲得再任的機會。[99] 貞觀十一年的敕令也清楚規定:"散位一切以門蔭結品,然後依勞進叙。"[100] 雖然,散位的獲得,還有封爵、親戚、勳庸、秀孝、資蔭等其他途徑,但勞考與散位之間是有一定程度的關係的。許多事例顯示,唐代官僚在昇遷時,並不依循二十九個散階的秩序,往往可以越級"超遷",但必須注意的是他們超遷、越級的都是散官,而不是職事官。[101]

其次,此處所謂的"四考",事實上只是一般性的、偶發性的原則而已。終唐一代,年資與考數的規定,常有變遷。這些變遷,與唐代官僚組織的實際情況有密切關係,本節以下將續作討論。

第三,貞觀十一年的規定,遷代以四考爲限,僅適用於散階在正六品以下的官僚,他們的考績與銓叙(指遷代以後的再任而言)都需要經過吏部的審核與認可。至於散階五品以上(刺史包括在內),則其銓叙必需經由皇帝裁可,散階從三品以上的大官甚至還必需由皇帝本人親考。

從上面所述,可以看出考數與官僚昇遷,有直接關係。考數的多寡,相當於擔任某一官職的年資。在理論上說,考數增加即表示昇遷速度減慢。當官僚組織內的官職無法滿足過多的謀職者時,相對的也將增加考數的要求,以減緩官職之間的相互填遞。明顯的,這是要把某一官僚"冷凍"至一段相當長的時間,才開始"解凍",以解決"冰箱"(此處指官僚組職)過度飽和的問題。否則,頻頻調動,勢將增加許多官僚組織內部作業的麻煩。從唐代的考數規定看,時間越早,考數越少,時間越晚,考數越多。

上文所論只是一般性的通則,實際上有許多例外存在。例如:上引貞觀十一年(637)敕謂散位六品以下官僚,遷代以四考爲限。

---

〔99〕 參拙文 *"Struggling for Advancement: the Recruitment"*。

〔100〕 《唐會要》卷八一,頁1501;《册府元龜》卷六三五,頁20b~21a,《舊唐書》卷四二,頁1715,略有不同,謂:"散位……然後勞考進叙。"

〔101〕 唐代散官與職事官,常易被混爲一談,不加區別。例如:薩孟武在批評唐之考課制時說唐進階之法太過呆板,並謂"唐之官階凡三十等,縱令孜孜慎修,九品之吏亦難昇爲三品以上之官"。見氏著《中國社會政治史》第三册(臺北:三民書局,1975),頁362。事實上,唐之職事官分三十階,散官則只有二十九階(文、武散官都沒有正一品),此處顯然混職事官與散官爲一談。

但是開元二十五（737）、二十七年（739）玄宗屢申“考課官人善績，三年一奏，永爲嘗式”又引《書經》所謂“三載考績，黜陟幽明”的理想，説三考較適合當時官僚體制。[102] 但一年之後（開元二十八年，740），規定又改變了。又如：開元初，一般京官或外官都由吏部預先推薦一個“替人”（或稱“守闕”）來遞補他轉任後所留下的空缺，此制在開元初曾經推行，雖然開元三年（715）曾一度下令禁止，[103] 事實上，“替人”在“待替”者，大有人在。開元二十八年（740）三月二日玄宗所下敕令，清楚地説明這個現象：“先是，内外六品應補授官四考滿待替爲滿。是日制，令以歲爲滿，不待替。縣令、知倉庫、供奉、伎術及充綱領等，不在此限。”“至其年（740）十二月十六日敕，内外六品已下官，依舊待替。其無替者，五考滿後停。”[104] 如此，則如果六品以下官無法先由吏部尋得替人來遞補其空缺，其昇遷就可能減慢一年，即從四年變爲五年了。

中唐時期，有關考數的問題，經常被提出討論。例如：寶應元年（762）五月敕州縣官三考一替，但到同年十月吏部上奏，請有條件改爲四考。吏部奏説：“准今年五月敕，州縣官自今已後，宜令三考一替者，今數州申解，疑三考後爲復（資），待替到爲復，便勒停請處分者。今望令已校三考官，待替到。如替人不到，請校四考後停。”[105] 這是説州縣官原則上准三年一替，但如果他們昇遷或轉任時，吏部尚未推薦適當人選（稱替人）時，則需延後一年昇遷或轉任。到了貞元四年（788）正月德宗又下敕説：“九品已上正員，及額内官（指正常名額以内之官，唐代的員外官，或兼、知、權、判等官都非額内官）得替者，委諸長吏聞薦，見任者三考勒停。”[106] 可見考數多寡，反反復復，貞元六年（790）德宗制曰：“守宰之任，弊在數更。自今刺史、縣令以四考爲限。”[107] 似乎德宗有意固定考數，減少待遷官僚的困擾。但是不到三年，貞元九年（793）七月又

[102] 《册府元龜》卷六三五，頁25b～26a。
[103] 《唐會要》卷八一，頁1501；《册府元龜》卷六三五，頁22b。
[104] 《唐會要》卷八一，頁1502；《册府元龜》卷六三五，頁26a。
[105] 《唐會要》卷八一，頁1503；《册府元龜》卷六三五，頁28a。
[106] 《唐會要》卷八一，頁1504；《册府元龜》卷六三六，頁2a。
[107] 《册府元龜》卷六三六，頁2b。

制稱："縣令以四考爲限，無替者宜至五考。"[108]　次年（794）刑部奏請依舊例諸州府五品已上正員及額內佐，宜四考停。[109]

元和二年（807）五月，中書、門下上言，提出各官僚機搆成員的考數與轉任的建議。這個建議，提供了有關昇遷速度與官僚機構的性質之間的重要資料。轉引如下：

> 國家故事，於中書置具員簿，以序內外庶官。爰自近年，因循遂廢。清源正本，莫急於斯。今請京常參官五品以上，前資見任，起元和二年，量定考數，置具員簿。應諸州刺史、次赤府少尹，次赤令、諸陵令、五府司馬，及東宮官除左右庶子、王府官四品已下，並請五考。其臺官先定月數，今請侍御史滿十三月，殿中侍御史滿十八月，監察侍御史依前二十五個月，與轉。三省官並三考外，餘官並四考外，其文武官四品已下，並五考商量與改。尚書省四品已上，餘文武官三品已上，緣品秩已崇，不可限以此例；須有進改，並臨時奏聽進止。其權知官須至兩考，然與正授；未經正授，不得用權知官資改轉。其中緣官闕要人，及緣事須有移者，即不在常格敘遷之限。諸道及諸司副使、行軍司馬、判官、參謀、掌書記、支使、推官、巡官等，有敕充職掌，帶檢校五品已上官，及臺省官，三考與改轉，餘官四考與改轉。[110]

這個建議清楚地指出：考數與各官僚機構的性質關係極爲密切，不但中央政府中的尚書、中書、門下與御史臺有別，京官與外宮也有昇遷快慢之分。即使同一機構中的官僚，也因官品的高低不同，而有考數的差異。大體而言，京官的昇遷速度較外官快，御史臺官僚

---

〔108〕《唐會要》卷八一，頁1505；《册府元龜》卷六三六，頁4a。

〔109〕《唐會要》卷八一，頁1505~1506；《册府元龜》卷六三六，頁4a~b。

〔110〕《唐會要》卷八一，頁1506。又，宋人洪邁（1123~1202）在《容齋四筆》（《四部叢刊》本）卷一一，頁8a~b，云："唐御史遷轉定限"條謂："唐元和中，御史中丞王播奏：監察御史舊例在任二十五月轉，準具員不加，今請仍舊。其殿中侍御史舊十二月轉，具員加至十八月，今請轉至十五月。侍御史舊十月轉，加至十三月，今請減至十二月，從之。案：唐世臺官，雖職在抨彈，然進退從違，皆出宰相，不若今之雄緊，觀其遷敘定限可知矣。"所述臺官改轉月數與本文所引《會要》略有出入。另見《新唐書》卷四五，頁1179~1180，謂宰相李吉甫定考遷之格，定各種不同機構官僚之考數，所述較《會要》簡略。

的昇遷較三省官或其他京官快，權知、檢校之官也在二、三年間即可正式甄除。

直到晚唐，考數的規定與轉任的機會，仍極具彈性。文宗太和六年（832）甚至有敕規定諸州五品長史、司馬、權知等官，需六考後才准予改轉。[111] 但是考數的規定，似乎沒有嚴格執行。文宗開成四年（839）六月河陽節度使李執方「奏管內縣令有讒經一考已替者，失考績黜陟之義，請無犯者留至三考，從之。」[112] 上古理想的三載考績問題，也一再被提出，譬如宣宗大中元年（847）正月制曰：「守宰親人，職當撫字，三載考績，著在格言。貞元之中，頻有明詔，縣令五考方待改移。近者因循，都不遵守。諸州或得三考，畿府罕及二年。以此字人，若為成政，道途郡吏有迎送之勞，鄉里庶民無蘇息之望。自今須滿三十六個月，永為嘗式。」[113] 必須注意，三十六個月理應即為三考，事實上卻有出入（詳下）。到了懿宗咸通四年（863）大赦節文中又規定地方郡守之官，必須三考滿才准改遷。[114] 此後四十年間至唐亡，有關考數問題，不見於史料。

唐代內外文武官吏原則上是一年一考，是為「小考」；經考滿後才准昇遷、轉任，是為「大考」。因此，所謂兩考、三考、乃至六考，是指考滿並在該一官職歷經二年、三年，乃至六年。不過，這個原則對「新任」官員（不論是新近進入官僚組織者，或自某一職位轉任至另一職位者）並不適用。這裏牽涉到所謂「成考」與「破考」的問題。關於前者，最初在開元四年（716）規定，準許初任官吏任滿百日，許其成考。其原因可在該年玄宗所下敕文清楚看出：「選人既多，比銓注過謝了，皆不及考，遂使每一年選人，即虛破一年闕，在於公私，俱不利便。自今已後，官人初上年，宜聽年終以來滿一百日，許其成考。仍准遷考例，至來年考時併校，永為常式。」[115] 案：唐代銓注時限，前後規定，屢有不同。一般說，參加吏部選試者，都在每年五月看到通知（中央須「格」於州縣），十月會集於京師，吏部試或其他各種銓試（如：歲舉或常選，即進士、

---

[111] 《唐會要》卷八一，頁1507；《冊府元龜》卷六三六，頁8a。
[112] 《冊府元龜》卷六三六，頁9b。
[113] 《冊府元龜》卷六三六，頁9b～10a。
[114] 《冊府元龜》卷六三六，頁12b～13a。
[115] 《唐會要》卷八一，頁1501；《冊府元龜》卷六三五，頁23b～24a。

明經等考試；制舉，稱諸科或制科等）通常在是年冬（十一月）至來年春（四月或三月）畢，真正的銓注工作是在各種考試放榜，三省有關人員審查完畢，并經過三唱、三注等手續後，始告完成，時間通常在三月底或四月初。雖然規定如此，往往因爲選人太多，無法如期完成銓注、過官、任命等手續。[116] 因此有初任官不及參加是年考績的情形。上引開元四年敕規定初任官許百日成考，就是針對這個現象，所作的權宜措施。這個權宜措施並且修正成爲具體的條文，開元七年（719）、二十五（737）所頒佈的《考課令》中，就正式規定："諸流內、流外、長上官，考前釐事不滿二百日者，不合成考。"[117] 所謂"不合成考"，就是"破考"。破考包括的對象不僅是初任官員，也可能牽涉到請假或"留職留薪"（按照唐人的説法應該是請俸禄停務之官）的官員，但計算的標準都是以任滿二百天才算成考。這些規定，可以從天寶二年（743）八月五日吏部考功司所奏看出：

> 準《考課令》（見上引 719、737 年令文）考前釐事，
> 不滿二百日，不合成考者。釐事謂都論在任日，至考時有
> 二百日，即成考。請假、停務，並不合破日。比來多不會
> 令文，以爲不入曹局，即爲不釐事，因此破考。臣等參量，
> 但請俸禄，即同釐事，請假不滿百日，停務不至解免，事
> 須卻上其考，並合不破。若有停務逾年，不可更請禄料，
> 兼與成考。[118]

此事後經玄宗"敕旨，從之。"

應該指出：負責考課的唐代諸司長官並不一定嫻熟當時的行政法規，因此產生對"釐事與否"有違背《令》文規定的解釋，也因此牽引出成考、破考的問題。這個問題的癥結在於"考前釐事"一事，容易和請假、停務、解免官員的認定，混淆不清。[119]

如上所論，討論唐代的考數，乃至昇遷速度，必須注意到成考、

---

[116] 有關唐代銓注與各種銓試時間，見《新唐書》卷四五，頁 1171、頁 1174～1175，并參拙文 "Struggling for Advancement: the Recruitment," pp. 27～28。

[117] 《唐六典》卷二，頁 45b；《唐會要》卷八一，頁 1502；《册府元龜》卷六三五，頁 26a～b；《唐令拾遺》，頁 345。

[118] 《唐會要》卷八一，頁 1502；《册府元龜》卷六三五，頁 26a～b。

[119] 同上。

破考問題。三考並不一定即爲任滿三年，這是必需特別指出的。

前文提到，官僚的考績如果良好，可以昇遷其散階。乾封元年（666）所開始實行的賞賜"泛階"之制，事實上也是"散階"的一種額外昇遷。就這一點來説，當討論唐代官僚的昇遷問題時，泛階、超遷（詳下）與考績或考數，是必須一併考慮的。

永淳元年（682）有一條詔令指出：官僚的考績初上中央，往往被擱置，但是再上時，則隨例必昇。這當然是官場惡習，有失考績之義。是年正月詔曰："比來文武'官計'[120] 至三品（因爲三品以上官，例由皇帝親考，詳二節），一計至者，多未甄擢，再計至者，隨例必昇。賢愚一貫，深乖獎勸。今後一計至已上，有在官清慎，材堪應務者，所司具狀録奏，當與進階。若公正無聞，循默自守，及未經任州縣官，雖再經計至，亦不在加階之限。"[121] 這是要求所司一定要公平處理考績，詳細登録，然後再審核，作爲昇遷散階的依據。然而武后在位最初十年（684～695），每年逢赦或其他恩典，必賜百官泛階。唐代著名史家劉知幾（661～721）即曾在證聖元年（695）（時劉氏爲懷州獲嘉縣尉）嚴厲批評："臣聞君不虛授，臣無虛授……今皇家始自文明（684），迄於證聖（695），其間不過十餘年耳。海内具寮，九品以上，每歲逢赦，必賜階勳。無功獲賞，徼倖實深。其釐務當官，尸素尤衆。每論説官途，規求仕進，不希考第取達，唯擬遭遇便遷……望自今後，稍節私恩。使士林載清，人倫有叙。"[122] 然而，這種"虛授"的恩典此後不但沒有中止，反成廣大官僚尋求僥倖的良機。唐政府甚至縝密規定泛階的賞賜，要符合被賜官僚的考數。萬歲通天元年（696）七月四日武后制曰：

> 文武官加階應入五品者，並取出身，歷十三考已上無私犯；進階之時，見居六品及七品已上清官者。應入三品，取出身，二十五考已上，亦無私犯；進階之時，見居四品者。自外，縱計階應入，並不在進階限。其奇才異行，別效殊功者，不拘此例。[123]

---

〔120〕 "官計"即官吏功過之計簿，此襲《周禮·天官大宰》之名。但需注意的是：官計並非考解，當是吏部送監校考使的考簿。

〔121〕 《唐會要》卷八一，頁1494。

〔122〕 《唐會要》卷八一，頁1494～1495。

〔123〕 《唐會要》卷八一，頁1494。

明顯地，這是一條有關昇遷速度的規定。如果某一官僚沒有任何越級"超遷"的記錄，並且每次考滿都是服滿頭一年（即不是上文所謂初仕者，准二百日成考），則一個散階五品之官至少要服滿十三年，三品官是二十五年。但事實不然，並且容許例外。第一，唐代官僚往往可以超遷，也可以得到泛階。同時每次考績是否皆爲整年服務成績，頗成問題。第二，有關昇遷速度以考數計算的規定，並非一成不變。開元十一年（723）二月五日玄宗下敕規定："自今以後，泛階應入五品，以十六考爲定。及三品，以三十考爲定。其名賢宿德，及異跡殊狀，雖不逢泛階，或應遷改之次，年考與節限同者，亦以名聞，仍永爲常式。"[124] 這個規定，無異又把昇遷的資格更加嚴密規範，提高昇遷的服務年限。貞元六年（790）吏部再奏請准開元十一年的規定（已變爲正式行政法規，即"格"）處理應入泛階者所限定的考數。[125] 從法令規定説：開元以後的昇遷速度比武后時要緩慢。官吏昇遷機會，似乎越來越困難了。

唐代州縣官昇遷時，所必需經過的階梯數，超越前代。這表示唐代地方官吏的昇遷機會，比前代減少。[126] 例如：唐代三百五十餘州，一千五百餘縣，各有七個不同的等級，[127] 約爲漢代的二至三倍。[128] 前述開元十八年（730）裴光庭所設"循資格"，甚至更早的總章二年（669）所定長名姓歷牓，都規定州縣等級。凡州縣官昇遷，必須限年躡級，毋得踰越。中唐時，著名的政治家陸贄（754～805）也曾比較漢、唐州縣級數，並批評唐政府增列州縣等級，減緩州縣官昇遷速度；使得唐代官僚的昇遷較前代困難。（有關陸贄的批評，見本文"結論"。）

討論唐代官僚的昇遷速度，除了上述泛階、考數、州縣等級的問題，需要注意以外，"超遷"也必須予以考慮。事實上，"超遷"的存在，使得唐代官僚昇遷速度的通則，難以建立。在理論上，唐代官僚的散階，就是他的"本階"；"本階"或"散階"應該符合其"職事官"的官品。但在實際上，當"浩蕩"的皇恩幾乎二、三年必有一施，泛階以及皇帝個人對某一官僚的恩寵頻繁的時候，官僚們的本階或散階，往往高於其

---

〔124〕《唐會要》卷八一，頁 1494。

〔125〕《唐會要》卷八一，頁 1946。

〔126〕錢穆《中國歷代政治得失》（香港，1952），頁 34。

〔127〕薛作雲《唐代地方行政制度研究》（臺北：商務印書館，1974），頁 17、26。

〔128〕錢穆《前揭書》。

職事官的官階。貞元六年（790）六月吏部奏泛階之弊稱：自從建中元年（780）以來，"有司因循，以例破格，應試官叙階，並不限官品。其中或官是九品，階稱朝議郎；或官是六品，階稱正議大夫。加一泛階，并入三品、五品。"[129] 按：朝議郎是正六品上散階、正議大夫是正四品上散階。如果上文"官是九品"指的是正九品上的職事官，則其散階比官階高十二階。如果"官是六品"指的是正六品上的職事官，則其散階比官階高八階。官僚品級之制，因泛階而破壞既存的秩序，灼然可見。

"超遷"之弊，與"泛階"類似。超遷通常是皇帝個人對某一官僚的表現特別滿意，所賜與的個別恩典，就這一點説，它與逢大赦或節慶時，"普遍"賜與百寮的"泛階"不同。但就"超遷"破壞"限年躡級"的年資或其他因功擢昇的體制而言，則與"泛階"殊無二致。例如：澧州刺史崔瓘（八世紀中）因爲轄境"風化大行，流亡襁負而至，增户數萬。有司以聞，優詔特加五階"。[130] 高宗龍朔二、三年（662～663）間，大將軍劉仁軌因爲敗日本、百濟軍有功，高宗特予"超遷"散階六階。[131] 李義琛（622進士，七世紀中）因捕獲盜文成公主貢物之賊有功，太宗特予"超遷"散階七階。[132] 由此可見，"超遷"與"泛階"的存在，對於正常的唐代官僚昇遷速度的運作，大有影響。

近人孫國棟先生曾對唐代"中央重要文官"（指清望官及臺省清官，共101種文官）的昇遷、轉任途徑研究，作出一定貢獻。他指出：經由吏部任命的六品以下官，每一職位的任期，在唐初四年，安史之亂以後是三年。[133] 這個説法，事實上只是一般原則，玄宗及以後各代有許多例外存在。尤其是五品以上官通常要經過門下省的"過官"手續，更因其職位不同、所處時代差異而有變動。

孫氏認爲政府法令規定與實際情況頗有距離。要瞭解唐代官僚遷轉年限、任數的真相，只有從兩《唐書》列傳中各人的官歷中去探尋。但因各人遷官情況不同，昇遷途徑有别，列傳中各人資料也詳略不一，因此昇遷模式極難重建。孫氏遂只好從198名唐代官僚中，作出不完

[129]《唐會要》卷八一，頁1496。
[130]《舊唐書》卷一一五，頁3375《崔瓘傳》；《新唐書》卷一四一，頁4656《崔瓘傳》。
[131]《舊唐書》卷八四，頁2792《劉仁軌傳》；《新唐書》卷一○八，頁4083《劉仁軌傳》；參閲《資治通鑑》卷二○一，頁6336。
[132]《新唐書》卷一○五，頁4034。
[133] 孫國棟《唐代中央重要文官遷轉途徑研究》（香港：龍門書店，1978），頁4～6、229。

全的統計。這 198 名官僚的昇遷,是透過唐人"最通常的遷官途徑",即由拾遺、補闕或各級御史昇入員外郎、郎中、中書舍人、給事中,再遷丞郎,轉吏部侍郎、左丞,再進爲尚書或宰相。根據這項研究,孫氏獲得若干結論,如初仕至從五品的郎中,平均約十五年,歷六或七任等等。但其説法只能當作一種趨勢觀察,無法具採。[134]

2. 考課與官僚的懲罰

考績對一個唐代官僚來説, 有其有利與不利的影響。優良的考

---

[134] 孫國棟《唐代中央重要文官遷轉途徑研究》第四章,頁 229~239,尤其是頁 238~239,孫氏統計結果,獲得若干結論如下:

一、由初仕至從五品的郎中,平均約十五年,歷六或七任;至正三品的尚書,平均約二十五年,歷十三任。

二、由初仕至宰相平均約二十五年,歷十一任。

三、由初仕至員外郎平均約十四年餘,歷四至五任;至中書舍人、給事中,平均約十八年餘,歷七至八任;至丞郎平均約二十三年餘,歷九至十任;至左丞、吏侍平均約二十四年,歷十至十一任。

四、每任官的任期在昇入員外郎以前每任平均約三年,自昇入郎中以後,每任平均約二年半。

五、遷入各重要文官的年數長短,任數多寡,以及每任任期長短在三百年間變遷頗多。就年數言,初唐前期最短,晚唐次之,初唐後期及中唐時期則較長。就任數言,初唐擢遷的級數距離最大,所經歷的任數最少;愈近晚唐,擢遷的級數距離愈小,所歷經的任數愈多。就每任任期長短言,初唐最長,愈近晚唐,每任的任期愈短。

必需注意,上述論點,有其限制。孫氏承認這個統計"是一個不完整的統計。但是作爲觀察一種趨勢,依然極有價值,如果把這數字,配合制度條文,確可以看出唐代遷轉年期任數的輪廓"。(孫著,頁232)他更承認這項統計的缺點,主要在以下幾點:(一)只選出 198 人作抽樣統計,稍嫌不夠充足。(二)每一官歷,或有有一二欄記載不明、資料太少,失去統計價值。(三)宰相資歷深淺不一,因此宰相遷轉年限、任數有很大距離。(四)計算遷轉年數,只能以年表示,不能計算月數,因此不能絕對精確。(五)198 人大部分雖循"最通常的遷官途徑"昇遷,但有例外。孫氏僅就有準確資料者列入統計,所以統計數字並不全面。(六)198 人中間有擔任"最通常的遷官途徑"以外的官職的,但在統計中無法列入。(孫著,頁232)的確,孫氏這項統計並不完全,除了以上的缺點外,可能還包括:(一)由於只有"最通常的遷官途徑"中的官職,才被列入統計,因此凡是外出擔任地方官(如刺史)或使職等,則被忽略。在唐代官僚政治中,中唐以前,京官重,外官輕,可以不論。但代宗以後,使職愈重,正官愈輕,使職又經常設置。(孫著,頁246)因此,孫氏統計似僅能代表"中央重要文官"中,循"最通常的遷官途徑"昇遷的 198 人中的大部分。不能代表上述"最通常的遷官途徑"以外的官僚,尤其是曾出任外官或使職的官僚。這種情形,當以唐代後半期爲普遍。(二)如本文上述,考數的變遷,"泛階"、"超遷"的存在,都負面或正面地影響到官僚的昇遷速度。在討論官僚的遷轉年限與任數時,這些因素都應列入考慮。孫氏所論,毋寧僅指若干中央的清望官和清官而言,這些官僚固然是"重要文官",但只是整個官僚組織中的一部分而已。(三)孫氏統計中,最低品的職官於從六品上的員外郎,其他職官品位更高,他們可以説都是見於兩《唐書》列傳中的成功官僚。事實上,久沉下寮,或者出身多年尚不得俸祿的官僚、士人,爲數更夥。因此,孫氏的統計似乎只代表成功官僚中最有成就的一小部分。

績，使得官僚得以昇遷、加禄，是有利的部分。低劣的考績，使得官僚因而減禄、貶官、除名、免官、免所居官，是不利的部分。不利的部分，實即對官僚的懲罰。由於這些懲罰，有時僅屬行政處分，有時更牽涉到刑法的處罰，因此下文所論各項，比前述昇遷部分，涉及稍廣。

唐律與唐令中，都有關於懲罰官僚的規定。就資料數量説，唐律比唐令超出甚多。開元七年（719）、二十五年（737）頒佈的《考課令》中，只有一條這類規定。它説：

> 諸官人，犯罪負、殿者，私坐（即私罪）計贖銅一斤爲一負，公罪二斤爲一負，各十負爲一殿。校考之日，負殿皆悉附狀（即考狀）。當上上考（第一等）者，雖有殿不降（此謂非私罪），自上中（第二等）已下，率一殿降一等。即公坐殿失應降，若當年勞劇，有異於常者，聽減一殿。[135]

明顯地，官僚若犯私罪或公罪，都以贖銅多少來計算其負、殿。負、殿是屬於刑事處罰，它一旦被記入考狀，並據而評定考績，再依法奪禄，或解免，則屬於行政處分。應該注意，唐代考績的上下等互相抵消辦法，在考績評定上，與這項規定，在立法精神上頗有相通之處。此即：《考課令》規定，有第一等考績者，雖有公罪的殿，但並不降其考第；在考績抵消辦法中也規定“上中（第二等）以上，雖有下考，從上第。有下下考（第九等）者，解任”。（詳二節四項）其理由當是因爲第一等考績必須是“一最以上，有四善”，第二等考績必須是“一最以上有三善，或無最而有四善”，一、二等考績當是最有德行、行政能力者，法令規定亦即加以保護，用表獎勵。至於第九等考第，實即已是“居官諂詐，貪濁有狀”（參表一），牽涉到本節下文所討論的除免等懲罰。

唐律關於官僚懲罰的規定，比上述《考課令》詳盡。本節以下的討論，大部分援引唐律的規定，以作説明。

討論官僚懲罰的規定，需先解明二事：公罪與私罪的界限爲何？唐代官僚是否受到法律的保護？以前者言，唐律有清楚規定，《律

---

[135]《唐六典》卷二，頁48b，又長孫無忌等《唐律疏議》（《四部叢刊》本），《職制律》卷九，頁3b，“貢舉非其人”條，疏引《考課令》。參《唐六典》卷六，頁25b；《唐令拾遺》，頁343～344。

疏》謂"私罪"是"私自犯，及對制詐不以實，受請枉法之類"。
《律議》解釋説："私罪，謂不緣公事，私自犯者；雖緣公事，意涉
阿曲，亦同私罪。對制詐不以實者，對制雖緣公事，方便不實情，
心挾隱欺，故同私罪。受請枉法之類者，謂受人囑請，屈法伸情，
縱不得財，亦爲枉法"。[136] 所謂公罪，《律疏》謂係"緣公事致罪，
而無私曲者。"《律議》申釋爲："私曲相須，公事與奪。情無私曲，
雖違法式，是爲公坐。"[137]

　　唐代官僚享有若干減免刑罰的特權，也需要略加説明。唐律重視身
份與罪刑的關係，因此唐律因罪犯的身份區別，而有個別化的刑罰。官僚
在刑罰上，享受殊遇，並及於親屬。根據唐律，所謂議、請、減、贖和官當，是
官僚在刑罰上，可以享受的特權。議、請、減主要是指刑罰的免除或減輕，
贖是真刑的易科。官當也是易刑，並且有從刑(行政懲戒)的性質。[138] 唐

[136] 此處所引疏、議，見《唐律疏議》卷二，頁15b～16a，《名例律》第十七條《以官
　　　當徒》。參考：Wallace Johnson, *The T'ang Code*, vol. I. *General Principles* (Princeton U-
　　　niversity Press, 1979. 以下簡作 "*T'ang Code*"), pp. 112～113. Johnson 氏在書中注
　　　91.92 博引載於唐律中之其他實例，對"私罪"一義，詳加解釋。
[137] 此處所引《疏議》，見《唐律疏議》卷二，頁16a～b，《名例律》第十七條，《以官
　　　當徒》。參考 Wallace Johnson, *T'ang Code*, 3. p. 11。
[138] 所謂"議"，在唐律中指"八議"，《唐律疏議》卷一《名例律》第七條，"八議"(卷一，頁
　　　35b～38a) 稱：八議指："一曰議親(疏：'謂皇帝祖免以上親，及太皇太后，皇太后緦麻
　　　以上親，皇后小功以上親')，二曰議故(疏：'謂故舊。')，三曰議賢(疏：'謂有大德
　　　行')，四曰議能(疏：'謂有大才業')，五曰議功(疏：'謂有大功勳。')，六曰議貴(疏：
　　　'謂職事官三品以上，散官二品以上，及爵一品者。')，七曰議勤(疏：'謂有大勤勞')，
　　　八曰議賓(疏：'謂承先代之後，爲國賓者。'"《唐律疏議》卷二《名例律》第八條，"八議
　　　者"條(卷二，頁1a～1b)，對"八議"得減刑罰，有所説明："諸八議者，犯死罪，皆所坐
　　　及應議之狀，先奏請議，議定，奏裁。流罪以下，減一等。其犯十惡者，不用此律。"所
　　　謂"請"，其內容及對象，《唐律·名例律》第九條《皇太子妃》(見《唐律疏議》卷二，頁
　　　1b～3a)，有這樣的規定："諸皇太子妃大功以上親，應議者期以上親及孫，若官爵五品
　　　以上，上請。流罪以下，減一等。其犯十惡，反逆緣生，殺人，監守內姦、盜、略人，受財
　　　枉法者，不用此律。"所謂"請"，其內容及適用對象，《唐律·名例律》第十條《七品以
　　　上之官》(見《唐律疏議》卷二，頁3a～b)，有這樣的規定："諸七品以上之官，及官爵得
　　　請者之祖父母、父母、兄弟姊妹、妻、子孫，犯流罪以下，各從減一等之例。"所謂"贖"，
　　　其內容較爲複雜，適用對象也甚多，《唐律·名例律》第十一條"應議請減"、第十二條
　　　"婦人官品邑號"、第十三條"五品以上妾有犯"、第十四條"一人有議請減"、第十五條
　　　"以理去官"、第十六條"無官犯罪"等各條，對"贖"都有規定。見《唐律疏議》卷二，
　　　頁3b～15b。"贖"的適用對象很多，例如"諸應議、請、減及九品以上之官，若官品得
　　　減者之祖父母、父母、妻子孫，犯流罪以下，聽贖。"(11 條)、又如婦人有官品及邑號
　　　(12 條)、五品以上妾(13 條)、假版官(15 條)等等，此處無法具引。至於"官當"，本節
　　　下文將予討論。關於唐代官僚及其親屬的殊遇，尤其是在議、請、減、贖方面的討論，
　　　參考戴炎輝《唐律通論》(臺北：國立編譯館，1964,1977)第三章《議請減贖——官人官
　　　親之殊遇》，頁216～240。

代官僚(有時及於親屬)透過以上的殊遇,在法律上得到保護。其最重要的一點,是免除身體的刑罰(體罰,謂免受奴辱及笞恥)。其理由,當是古來所謂"禮不下庶人,刑不上大夫"[139]的具體化。但是,唐代官僚在法律上享受特權,不能曲解作單向的特殊待遇。事實上,任何官僚的身份、地位不能保證他們可以免於接受行政處分。如果他們犯了"十惡"之罪(詳下),也是法所不容。行政處分對官僚來說,其刑責比一般百姓爲重。因此,所謂議、請、減是免除或減輕官僚的刑罰,但贖只是真刑的易科罰金(唐以銅納贖),使官僚在消極方面免於奴辱、笞恥;"官當"則是用法律配合行政法規加以處分,遂有積極的作用。[140]

唐代官僚懲罰的二大原則是:一、原則上不科以真刑(即上述議、請、減、贖、官當),二是予以除免。所謂除免,主要是指除名、免官、免所居官。三者各有特定的內容與適用對象,但他們在刑律上的性質是從刑,從行政法規而言,則與官當一樣,屬於懲戒處分。

所謂"除名"的適用對象,包括:(1)該當五流之犯罪(五流即加役流、反逆緣坐流、子孫犯過失流、不孝流及會赦猶流);[141](2)犯十惡、

---

[139] 《禮記·曲禮》英譯,見 James Legge, tr., *Li Ki*(*in Sacred Books of the East*)(F. Müller ed.,1885),vol. 27, p. 90。"大夫"一詞一般解作官品甚高的官僚,但根據 H. G. Creel 的說法,所謂"大夫"在周代時即已可指品位不崇的一般官僚,參見:Herrlee Glessner Creel, "Legal institutions and procedures during the Chou dynasty," (Jerome A. Cohen, et. al.) *Essays on China's Legal Tradition* (Princeton University Press, 1980),p. 39。又參閱:Wallace Johson, *T'ang Code*, p. 11. note 33。

[140] Wallace Johnson, *T'ang Code*, pp. 25~28;戴炎輝《唐律通論》,頁 220。

[141] "除名"的內容,見《唐律·名例律》第二十一條"除名者"(見《唐律疏議》卷三,頁 4b~5b);參閱 Wallace Johnson, *T'ang Code*, pp. 94~96;戴炎輝《唐律通論》,頁 254;戴炎輝《唐律における除免當贖法》,《法制史研究》13(1962),頁 64(以下簡作"前揭文"),戴炎輝氏"前揭文"現已并入其所著《唐律通論》一書,並經過修改。按:所謂"五流",參《唐律·名例律》第十一條"應議請減"(《唐律疏議》卷二,頁 4b~6a),《律議》解釋"加役流"說:"加役流者,舊是死刑。武德年中,改爲斷趾。……貞觀六年(632)奉制改爲加役流。""反逆緣坐流",《律議》說是:"謂緣坐反逆得流罪者。""子孫犯過失流",《律議》說是指:"謂耳目所不及,思慮所不到之類,而殺祖父母、父母者",換句話說,即是意外殺祖父母、父母者,非故殺。"不孝流",《律議》說:"不孝流者,謂聞父母喪,匿不舉哀,流。告祖父母、父母者,絞;從者流。咒詛祖父母、父母者,流。厭魅求愛媚者,流。""會赦猶流",《律議》說:"案《賊盜律》云:造畜蠱毒,雖會赦,并同居家口及教令人,亦流三千里。……此等並是會赦猶流。"律文對以上"五流"說是"各不得減贖,除名配流如法",易言之,犯五流之罪者,在行政處分上科以"除名"之罪,在刑法上則必須執行流配之真刑。按:唐律規定的五刑,是指笞刑、杖刑、徒刑、流刑和死刑。所謂"流刑"有三等:二千里(贖銅八十斤)、二千五百里(贖銅九十斤)、三千里(贖銅一百斤)。見《唐律疏議》卷一,頁 21b;Wallace Johnson, *T'ang Code*, p. 59。三等流刑,唐人亦謂之"三流"。"三流"與"五流"所指不同,不可混爲一談。

故殺人、反逆緣坐者。[142] 十惡即謀反、謀大逆、謀叛、惡逆、不道、大不敬、不孝、不睦、不義、內亂;[143] (3) 監臨主守,於所監守內犯姦、盜、略人,若受財而枉法者;[144] (4) 雜犯死罪,即在禁身死,若免死別配,及背死逃亡者;[145] (5) 私鑄錢者。[146]

所謂"免官"的適用對象,包括:(1) 監守內犯姦、盜、略人,若受財枉法而會降〔赦〕者;[147] (2) 犯姦、盜、略人,及受財而不枉法者;[148] (3) 犯流徒,獄成逃走者;[149] (4) 祖父母、父母犯死罪被囚禁而作樂及婚娶者。[150]

---

〔142〕《唐律·名例律》第十一條"應議請減",有"反逆緣坐流",屬"五流"之一,《律議》說是"謂緣坐反逆得流罪者",見注〔141〕。《唐律·名例律》第十八條"十惡反逆緣坐"見《唐律疏議》卷二,頁 20a~b,《律議》謂:"反逆緣坐者,謂緣謀反,大逆人得流罪以上者"。同條,律文又說:"獄成者,雖會赦猶除名",本處即據"十惡反逆緣坐"條引。又參:Wallace Johnson, *T'ang Code*, pp. 119~120。

〔143〕《唐律·名例律》第六條"十惡"(見《唐律疏議》卷一,頁 23b~35b),對十惡內容,疏、議各有說明,議的解釋尤詳。此處姑引疏及注文對十惡的說明,以見一斑。"謀反"疏謂謀危社稷;"謀大逆"疏謂謀毀宗廟、山陵及宮闕;"謀叛"注謂:謀背國從偽;"惡逆"注云:謂毆及謀殺祖父母、父母、殺伯叔父母、姑兄姊、外祖父母,夫之祖父母、父母者;"不道",疏謂:殺一家非死罪三人,及支解人,造畜、蠱毒、厭魅;"大不敬",疏謂:謂盜大祀神御之物乘、輿服、御物;盜及偽造御寶;合和御藥,誤不如本方,及封題誤;若造御膳,誤犯食禁;御幸舟船,誤不牢固;指斥乘輿,情理切害,及對、捍制使而無人臣之禮;"不孝",疏云:謂告言、詛詈祖父母、父母;及祖父母、父母在,別籍異財;若供養有闕,居父母喪,身自嫁娶,若作樂、釋服、從吉;聞祖父母、父母喪,匿不舉哀;詐稱祖父母、父母死;"不睦",疏云:謂謀殺,及賣緦麻以上親,毆告夫及大功以上尊長、小功尊屬;"不義",疏云:謂殺本屬府主、刺史、縣令、見受業師、吏卒殺本部五品以上官長;及聞夫喪,匿不舉哀;若作樂、釋服、從吉及改嫁;"內亂",疏云:謂姦小功以上親,父母妾,及與和者。參閱 Wallace Johnson, *T'ang Code*, pp. 61~83;戴炎輝《唐律通論》,頁 254~255,及戴氏"前揭文",頁 64~66。

〔144〕見《唐律疏議》卷二,頁 21a~23a,《名例律》"十惡反逆緣坐"條;參 Wallace Johnson, *T'ang Code*, pp. 121~123;戴炎輝《唐律通論》,頁 255~256,及戴氏"前揭文",頁 65~66。

〔145〕見《唐律疏議》卷二,頁 23a~b,《名例律》"十惡反逆緣坐"條;參:Wallace Johnson, *T'ang Code*, 頁 123~4;戴炎輝《唐律通論》,頁 256,及戴氏"前揭文",頁 66~67。

〔146〕戴炎輝《唐律通論》,頁 257、326~327,按此係神龍元年(705)散頒格。

〔147〕見《唐律疏議》卷二,頁 21a~b,《名例律》"十惡反逆緣坐"條;參:Wallace Johnson, *T'ang Code*, p. 121;戴炎輝《唐律通論》,頁 257,及戴氏"前揭文",頁 67~68。

〔148〕見《唐律疏議》卷三,頁 1a,《名例律》第十九條"姦盜略人受財"。按所謂"受財而不枉法",律議解釋說:"謂雖即因事受財,於法無曲。"參 Wallace Johnson, *T'ang Code*, pp 127~128。戴炎輝《唐律通論》,頁 257,及戴氏"前揭文",頁 68。

〔149〕見《唐律疏議》卷三,頁 1a~b,《名例律》第十九條"姦盜略人受財"。參 Wallace Johnson, *T'ang Code*, pp. 127~128;戴炎輝《唐律通論》,頁 257;及戴氏"前揭文",頁 68。

〔150〕見《唐律疏議》卷三,頁 1b~2b,《名例律》第十九條"姦盜略人受財"。參:Wallace Johnson, *T'ang Code*, pp. 128~129;戴炎輝《唐律通論》,頁 257~258,及戴氏"前揭文",頁 68~69。

所謂"免所居官"的適用對象,包括:(1)監守内犯姦、盜、略人,若受財枉法,獄成而會赦者;[151](2)府號、官稱犯父祖名而冒榮居之;[152](3)祖父母、父母老疾無侍,委親之官;[153](4)在父母喪,生子及娶妾;[154](5)居父母喪,兄弟別籍異財,冒哀求仕;[155](6)姦監臨内雜户、官户、部曲妻及婢。[156]

"除名"在以上三種懲戒處分中,是最嚴厲的一種。被除名者,其官職、爵號都被剥奪,即《律議》謂"出身以來,官爵悉除"。除名需滿六年,才可以再加銓叙。銓叙時,必須再依"出身法",尋求出身。再叙時,依《選舉令》,其散階可能被降低十五階之多。其中文武三品以上,必需奏聞,得到皇帝許可。正四品(上、下)於從七品下叙(此實即降14階或15階),從四品於正八品上叙(此實即降13階或14階)、正五品於正八品下叙(此實即降12階或13階)、從五品於從八品上叙(此實即降11階或12階),六品、七品於從九品上叙(如果是正六品上,即降14階;如果是從七品下,即降7階)、八品、九品並於從九品

---

〔151〕 參注〔147〕,又參戴炎輝《唐律通論》,頁257~58,及戴氏"前揭文",頁69。

〔152〕 見《唐律疏議·名例律》第二十條"府號官稱",3:2b。此處正文所引是律文;《律議》對此點有詳盡説明,云:"府號者,謂省、臺、府、寺之類,官稱者謂尚書、將軍、卿監之類。假有人父、祖名常,不得任太常之官;父、祖名卿,亦不合任卿職。若有受此任者,是謂冒榮居之。選司唯責三代,官名若犯高祖名者,非。"參 Wallace Johnson, *T'ang Code*, pp. 129~130;戴炎輝《唐律通論》,頁258,及戴氏"前揭文",頁69,按:唐律,"職制律","府號官稱犯名"條(見《唐律疏議》卷10,頁9a~10b)謂此罪亦合徒一年。

〔153〕 見《唐律疏議·名例律》第二十條"府號官稱",卷三,頁2b~3a。《律議》解釋説:"老謂八十以上,疾謂篤疾。"此即祖父母、父母若年在八十以上或有篤疾者,委棄之而爲官之謂。參 Wallace Johnson, *T'ang Code*, p. 130;戴炎輝《唐律通論》,頁258,及戴氏"前揭文",頁69。按:此罪亦合徒一年。見唐律"職制律""府號官稱犯名"條,見《唐律疏議》卷一〇,頁9a~10b。

〔154〕 見《唐律疏議·名例律》第二十條"府號官稱",卷三,頁3b,參 Wallace Johnson, *T'ang Code*, pp. 130~131;戴炎輝《唐律通論》,頁258~259,及戴氏"前揭文",頁69~70。居父母喪生子亦合徒一年,見唐律《户婚律》"居父母喪生子"條,見《唐律疏議》卷一二,頁8a~b。

〔155〕 見《唐律疏議·名例律》第二十條"府號官稱",卷三,頁3b~4a;參 Wallace Johnson, *T'ang Code*, p. 131;戴炎輝《唐律通論》,頁259,及戴氏"前揭文",頁70,此罪亦合徒一年。見《唐律》"户婚律","居父母喪生子"條,見《唐律疏議》卷一二,頁8a~b。

〔156〕 見《唐律疏議·名例律》第二十條"府號官稱",卷三,頁4a~5a,《律議》對於雜户、官户、部曲妻、婢,有進一步説明:云:"雜户者,謂前代以來,配隸諸司職掌,課役不同百姓;依令:老免、進丁、受田,依百姓例,各於本司上下。官户者,亦謂前代以來,配隸相生,或有今朝配没,州縣無貫,唯屬本司。部曲妻者,通娶良人女爲之。及婢者,官私婢亦同。"參 Wallace Johnson, *T'ang Code*, pp. 131~133;戴炎輝《唐律通論》,頁259,及戴氏"前揭文",頁70。

下叙（如果是正八品上，即降 7 階）。[157] 同時，除名者在賦稅、徭役方面，必須是"課役從本色"。《律議》解釋說："從本色者，無蔭同庶人，有蔭從蔭例。……又依令除名未叙人，免役輸庸，並不在雜徭及征防之限。"[158] 如果本犯不至免官，只予除名，其銓叙之法同免官例。

"免官"較除名的懲罰爲輕，是指職事官、勳官及散官之剥奪，但其爵號仍可保留。如果被免官者有二個官職，則"聽依所降品叙"，亦即再叙時從高品者叙。通常，免官者在三年之後，降先品二等叙。比除名再叙的規定輕了很多。免官者也可免除賦役及雜徭，同時他們的"朝參"之權也被取消。[159]

"免所居官"在以上三種懲罰中最輕，並與"免官"僅略有不同。"免所居官"是指免除所居的一類官。唐律將官分作二類：職事官、散官與衛官爲一類，勳官爲另一類。"免所居官"即免除這二類官的其中之一，並不是指職事官中的職位之一（如本官、兼、校、領、守等職）。[160] 免所居官的再叙，是"期年之後，降先品一等叙"，懲罰比免官也輕了不少。於賦役、雜徭的免除、與朝參權之剥奪，則與免官的待遇一樣。[161]

除了以上三種懲戒處分（除名、免官、免所居官）外，"官當"也是重要的一種法律規定。在性質上，它是一種與"贖"一樣的易科，但贖以銅來納，官當則以官職來抵當。在處分的輕重程度上，它又比免官、除名、免所居官要輕出許多。《唐律·名例律》第十七條"以官當徒"有詳細的規定：

---

〔157〕 《唐六典》卷二，頁 20b～21a，謂"有除免而復叙者，皆循法以申之，無或枉冒"。注文中並有犯"除名"應叙之例，但未註明所據何法。按《律議》稱此係依《選舉令》，見《唐律疏議》卷三，頁 5a～7a，《唐令拾遺》，頁 299～300，參考 Wallace Johnson, *T'ang Code*, pp. 27、133～134；戴炎輝《唐律通論》，頁 259～260，及戴氏"前揭文"，頁 71。

〔158〕 《唐律疏議》卷三，頁 5a；參 Wallace Johnson, *T'ang Code*, p. 133；戴炎輝《唐律通論》，頁 261，及戴氏"前揭文"，頁 71。按：《唐令拾遺》"賦役令"，頁 689 謂："諸除者未叙人，免役輸庸，並不在雜徭，及點防之限。"

〔159〕 《唐律疏議》卷三，頁 7b，卷三，頁 8b～9a，參戴炎輝《唐律通論》，頁 261～262；及戴氏"前揭文"，頁 72～74。

〔160〕 關於"免所居官"與"免官"的區別，見《唐律疏議》卷二，頁 17a、卷三，頁 2a；參 Wallace Johnson, *T'ang Code*, p. 129。"免所居官"的再叙規定，見《唐律疏議》卷三，頁 7b～8a。

〔161〕 參戴炎輝《唐律通論》，頁 262～263；及戴氏"前揭文"，頁 74～75。

諸犯私罪，以官當徒者，五品以上，一官當徒二年；
九品以上，一官當徒一年。若犯公罪者，各加一年當。以
官當流者，三流同比徒四年。其有二官（《律疏》：謂職事
官、散官同爲一官，勳官爲一官），先以高者當，次以勳官
當。行守者各以本品當，仍各解見任。若有餘罪及更犯者，
聽以歷任之官當。其流內官而任流外職犯罪，以流內官當，
及贖徒一年者，各解流外任。[162]

本條規定，有幾點值得指出：第一，公罪與私罪的區別，對官
當的執行説，是一項先決條件。事實上，凡是連坐、同職犯公
坐[163]、公事失錯[164]、遷官、免官[165]、考績評定等之執行，都需要
對公、私罪先加以認定。第二，初犯與再犯〔唐律稱作更犯〕，其懲
罰之執行，各有不同。本條規定説："若有餘罪及更犯，聽以歷任之
官當。"《律疏》解釋"歷任，謂降所不至者"。實際上即指見任官
以外，以及降至以外，所歷任之官。[166] 《名例律》第二十一條"除
名者"也有類似規定："即免官、免所居官及官當，斷訖更犯，餘有
歷任官者，各依當免法。仍累降之；所降雖多，各不得過四等"。[167]
必須注意：此處所降之官階，是因再犯而累降，並且是屬於懲罰較
輕的免官、免所居官和官當。若以前述之除名而言，則初犯即可一
次被降階多至十五階。

第三，如果官職的品位高低與數量多寡，和罪刑判定輕重，不
相符合時，則用官職來"抵當"罪刑的"交易"，如何"成交"？
《名例律》第二十二條"以官當徒不盡"，有詳細補充規定："諸以

---

〔162〕 《唐律疏議》卷二，頁 15b～20a；參 Wallace Johnson, *T'ang Code*, pp. 112～118。
〔163〕 此見於《唐律·名例律》第四十條"同職犯公坐"，見《唐律疏議》卷五，頁 176～196；參
Wallace Johnson, *T'ang Code*, pp. 216～222。
〔164〕 此見於《唐律·名例律》第四十一條"公事失錯"，見《唐律疏議》卷五，頁 176～196；參
Wallace Johnson, *T'ang Code*, pp. 222～225。
〔165〕 此見於《唐律·名例律》第十六條"無官犯罪"，見《唐律疏議》卷二，頁 13b～
14a；見 Wallace Johnson *T'ang Code*, p. 110。
〔166〕 "降至"與"降所不至"之區別，詳見戴炎輝《唐律通論》，頁 274，注 6。簡單説：
"降至"是指有罪官僚，其官品依例須降之官職，通常是見任官。"降所不至"，通
常指"降至"以外之官。
〔167〕 《唐律疏議》卷三，頁 8a～b；參：Wallace Johnson, *T'ang Code*, p. 138。戴炎
輝氏謂更犯時之官當爲"再斷官當"，見氏著《唐律通論》，頁 268～270，及"前揭文"
頁 81～84。

官當徒者，罪輕不盡其官，留官收贖。官少不盡其罪，餘罪收贖。"[168] 舉例説，如果有一個五品以上官，犯了私罪，被判徒刑二年。按照《名例律》第十七條"以官當徒"的規定，他可以用"一官當徒二年"。可是按照《名例律》第十條"七品以上文官"的減章規定，他享有依律在犯流罪以下（包括笞、杖、徒等刑）各從減一等的特權，[169] 換言之，其應得之罪不必用一官來抵當，故他可以"留官、收贖"。易言之，即依照有關贖章以銅來易科，而不必用官職來抵當。上面這個例子是指"罪輕不盡其官，留官收贖"。至於"官少不盡其罪，餘罪收贖"，也可用一例説明：如果一個八品官，犯了私罪，被判一年半徒刑，假使按照贖章（《名例律》第十一條，"應議請減"）他享有贖的特權。不過贖章有一款但書，即"若應以官當者，自從官當法"。現假設此官被判官當，但是按照上引"以官當徒"條的規定，"九品以上，一官當徒一年"。換言之，此官還有半年的"餘罪"。按照"以官當徒不盡"條的規定，這半年的"餘罪"，他可以用銅納贖。也就是説，官當與納贖有時可以同時並存在同一案例中。

以上所論除名、免官、免所居官和官當四項，在性質來説是一種"丟官"，並未迫使有罪官僚必須非離開其居住地，千里迢迢趕赴罪謫之所不可。事實上，流罪與貶官的執行，在唐代官僚中，頗爲常見。他們往往被貶謫至蠻荒之地，老死異鄉；或者在逐放生活中，留下不朽著作；或者與當地人民，共同致力地方建設。但是有一點似乎可以肯定，被逐者多少總希冀皇帝開恩，使他們能够重返京師，或者拾回過去的身份、地位。這些問題，與以下所要討論的"量移"問題有關。

根據一項對於唐代官僚貶官問題的研究，唐代史料所提供的官僚貶官原因，主要是政治上的權力鬥爭，失敗者往往以"坐與某親善"、"坐與某交通"、"坐朋黨"等理由，被逐出中央官僚機構。他如坐贓、選舉不正、漏泄禁中語、戰敗、職務上的不法行爲被御史臺糾彈、責任連坐、故殺府吏、侵毀鄉人墓田、逗留不至官、不避嫌、緣坐等，也都是在史料中所習見的。[170] 事實上，我們"不必

---

[168] 《唐律疏議》卷三，頁 12a；參 Wallace Johnson, *T'ang Code*, pp. 141～142。

[169] 《唐律疏議》卷二，頁 3a～b。

[170] 八重津洋平（Yaezu Yōhei）《唐代官人の貶をめぐる二三の問題》，《法と政治》18.2（1967），頁 97～134。

要"、也"不可能"對"所有"唐代官僚的被貶原因作出有系統的歸納。個案的處理，當能更深入探討問題的癥結。此處所關心的是唐代官僚被貶逐後，是否有機會從放逐地重回中央官僚組織的情形。唐律及唐代詔敕，提供許多資料。

根據唐律的規定，如果官僚犯流罪，但又無法援引議、請、減、贖或官當的規定加以避免，就是"應配之人"。官僚若被判三流定讞，執行時俱役一年，妻妾從之；父祖子孫欲隨者，聽之。役滿時，即在配所，從戶口例，課役同百姓。應還者，需滿六年。故令云：流人至配所，六載以後聽仕。但是反逆緣坐流及因反逆免死配流，因爲罪刑重大，不在此例。[171]

唐律規定流罪有三等，即流配二千里、二千五百里、三千里。[172] 但實際執行流配時，可能"不限以里數，量配邊要之州"。[173] 不論流配之所與京師的距離，是否確如律的規定，流人總是被發配到荒涼的邊區。他們衷心不願前往，藉故延宕，企圖逃避等現象，是可以理解的。唐政府對這些貶降官或流人的啓程、至任遂有強制規定。譬如：長壽三年（694）武后敕："貶降官並令於朝堂謝，仍容三、五日裝束。至任日，不得別攝餘州縣官，亦不得通計前後勞考。"[174] 唐公式令對於各種行程的速度都有規定（譬如：馬程一日七十里；步及驢程一日五十里；車程一日三十里；水程最複雜、有重船、空船、江水、河水、遡流、順流之分，各有不同里程）[175]，對於左降官行程及押領人員，也有規定，不許遲誤。天寶五載（746）玄宗所下敕書說得很清楚："應流貶之人，皆負譴罪，如聞在路多作逗留，郡縣阿容，許其停滯。自今以後，左降官量情狀稍重者；日馳十驛以上赴任，流人押領，綱典畫時，遞相分付。如更因循，所由官當別有處分。"[176]

〔171〕　見《唐律‧名例律》第二十四條"犯流應配"（《唐律疏議》卷三，頁 16a～17b），律本文及注、疏、議，參 Wallace Johnson, *T'ang Code*, pp. 147～149，又《唐會要》卷四一，頁 734，貞觀十五年(641)敕："犯反逆免死配流人，六歲之後，仍不聽仕。"

〔172〕　《唐律疏議》卷一，頁 21b～22a。

〔173〕　此爲貞觀十四年（640）正月二十三日制的規定；見《唐會要》卷四一，頁 734。

〔174〕　《唐會要》卷四一，頁 734。

〔175〕　《唐六典》卷三，頁 44a～b；《唐律疏議》卷三，頁 18b《名例律》"流配人在道"，《律議》引公式令；《唐令拾遺》，頁 602～604。

〔176〕　《唐會要》卷四一，頁 735。

　　由於貶降官或流配人，都希望藉故延宕，以求在延宕期間內（包括啓程前的裝束及前往流配道上）適逢唐代大約平均三年一度的大赦，[177] 並因而得以赦免或減刑。所以唐律特別規定，如果他們在道途上恰好有恩赦頒下，但若行程超過一定期限，則不得赦原；若在程限內到達配所，則可以得赦；若有病患死亡之類，不用此律。譬如：有左降官需配流二千里，準步程合四十日，如果未滿四十日，即在途中而遇赦，則可以赦原。但若行程違背《公式令》的規定，即不在赦限。[178]

　　實際上，唐代的左降或流配官僚，都熱切期待大赦，主要的原因是大赦文告中通常都有赦原和量移的恩典，准許他們減免罪刑，或者從流配所在地遷移到距離京師更近的地方。"量移"一事，最早似由玄宗於開元二十年（732）所宣佈。[179] "量移"是有限"量"的遷"移"，在德宗貞元十年（794）以前，一般左降官准赦量移，都不超過三五百里。按：是年陸贄上言説："郊禮赦下已近半年，而竄謫者尚未霑恩。"乃爲三狀擬進。上使謂之曰："故事：左降官准赦量移，不過三五百里，今所擬稍似超越，又多近兵馬及當路州縣，事恐非便。"[180] 但陸贄不服，又愷切上言。此後量移是否超過五百里，待考。"量移"所允許的遷移里程雖然只有三五百里，但對唐代左降官及流配人來説，已經是莫大恩典。白居易（772～846）貶江州司馬，再遷忠州刺史，有詩云："流落多年應是命，量移遠郡未成官。"韓愈（768～824）自潮州刺史量移袁州，有"遇赦移官罪未除"之句。[181] 唐代詔敕中，有關量移的史料極多，值得進一步研究。[182]

〔177〕　根本誠《唐代の大赦について》，《早稻田大學文學院文學研究科紀要》6（1960），頁 241～259，並列表統計唐代大赦平均每三年卽頒佈一次。

〔178〕　此爲《唐律·名例律》第二十五條"流配人在道"，律正文及議。見《唐律疏議》卷三，頁 18b～19a，參 Wallace Johnson, *T'ang Code*, pp. 150～151。

〔179〕　此從顧炎武之説，見《日知錄》（臺北：明倫出版社，1975）卷三二，頁 940，"量移"條。顧氏并謂："唐朝人得罪貶竄遠方，遇赦改近地，謂之量移。……今人乃稱遷職爲量移，誤矣。"是條注並云："用以自謙，如謂居官爲待罪之意，似無不可。"

〔180〕　此處所引據《資治通鑑》卷二三四，頁 7554，德宗貞元十年（794）五月條。按：陸贄所上三狀，即《論左降官准赦合量移事三狀》，收入《唐陸宣公翰苑集》（《四部叢刊》本）卷二〇，頁 12a～16b；或《陸宣公集》（《四部備要》本）卷二〇，頁 6b～9a。

〔181〕　白居易、韓愈事引自顧炎武《日知錄》，見注〔179〕。

〔182〕　"量移"的記載，如：《唐會要》卷四一，頁 736～740，"左降官及流人"項；宋敏求編《唐大詔令集》（北京：商務印書館，1959；臺北：鼎文書局，1978）卷二至卷五，卷九至卷一〇，等。參閱 Denis C. Twitchett, "Lu Chih（754～805）: Imperial Advisor and Court Official," in（A. F. Wright & D. C. Twitchett, eds.）*Confucian Personalities*（Stanford University Press, 1962），p. 99。陸贄在建中四年（783）所撰大赦詔亦列有量移等恩赦。

　　總結本節所論,並參照前文叙述,可試作圖説明犯罪官僚之行爲,與考績、除免、官當、奪禄、降等和量移等之關係如下:

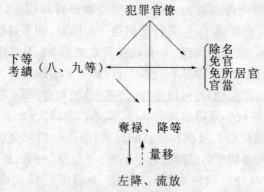

　　本圖所示僅其間的大致關係,至於其詳細内容,就必須視個別情況,分別討論。從本文各節的叙述,大體可以找到相關的資料。

五、結　　論

　　考課制度是否能有效執行,是中央集權政治有效與否的一項重要指標,也是官僚政治是否完善的一項主要關鍵。以前者説,唐代日趨完備的考課制,似乎説明中央政府確能一掃魏晉南北朝的積弊,從地方大族手中奪回考課與銓選的人事權力,構成中國中央集權演進過程中的一項巨大變革。但以唐代中央政府對地方考課權力的轉變來看,唐代中央集權政治實非一成不變。中唐以前,各種不同名義的考使四出,説明中央確實具有集權的能力。中唐以後,考使罕再遣赴地方,節度使以"辟召"等壟斷地方用人之權,中央雖以皇帝親考來加强對於刺史、節度使的考課工作,實際上無疑爲中央集權制實行的有心無力作一脚注。以後者言,唐代的考課制已觸及到官僚政治中人事行政的主要環節。舉凡考課官與考課對象、監校程序、考簿與考狀、考第的評定、考績與昇遷、黜降等,唐代法令都有詳細的規定。這些似可説明唐代官僚政治在行政法規的制定過程中,實已積極邁向"理性"的目標。但是在考課的實際運作上,卻也發現不少"非理性"的現象,諸如考官濫用權力、被考官僚四處奔走請托,而唐政府難以有效扼止。評述唐代官僚政治是否完善,必須再配合官僚組織的結構、權力關係、官僚的人格和社會關係……等研究,加以考察。本文無意遽執一端,妄下論斷。本文的目的,僅在於透過考課制的系統研究或重建,來觀察唐代

官僚組織的人事管理；並企圖用制度史的研究，來討論若干官僚政治
所面臨的問題。以下略將前文作一總結，並指出考課制本身及官僚政
治面臨的難題。

唐代的文武官僚，不論流內或流外官，都受到考課制相當程度
的規範。每位官僚都要照官品的高低，通過由其機構主管及吏部官
員、監校考使或皇帝，所主持的考課。考課的結果，就是考第或考
績，必須記載在考簿之上。全國各機構的考簿，最後都集中到吏部
保管，吏部並用以作爲官僚的昇遷或降黜的重要依據。

有唐一代，考課制度本身經歷不少變遷。變遷的原因，多少與
官僚政治的發展過程有關。譬如：當公元第七世紀下半期時，官職
與選人的均衡狀態破裂，仕子不但在銓選方面有激烈的競爭，官僚
在尋求優良考績時也四處奔走。爲了緩和這種競爭，總章二年
（669）和開元十八年（730）的行政改革，遂以“年資”作爲官僚
昇遷的主要標準。此後，唐代的考課制即以年資和考績爲二大要素，
與現代官僚政治在人事行政方面頗有相通之處。

由於考績直接影響官僚的昇遷，一般官僚都熱切追求第四等
（中上）以上的考績。更由於考數的規定，直接影響到昇遷速度，考
課之制無疑是唐代官僚關切的問題。唐代政府也透過縝密的法規，
來界限、評定官僚的政治績效或制裁非法行爲。其中，對於官僚非
法行爲的制裁，更是緊密地結合了司法和行政的種種努力。

唐代的考課制度，雖然是精心設計的結果，並且在考績評定方面，
有其理性與客觀的地方。但它絕非像根本誠所曾主張，用科學的方法
可以尋找出考績計算的程式（詳本文附錄）。反過來說，它在實際運作
上，雖然也存有若干失實、不公之處，但也絕非是“形同具文”。[183] 唐
代的考官雖被賦予至大的權力，並有濫權瀆職的情形，事實上這個

---

[183] 任育才《唐代銓選制度述論》，頁106。任氏說：“唐代考課制度，雖然精密，但並未適
當而嚴格地執行。初唐自太宗貞觀以來，即‘未有得上下以上考者’，加以天寶之亂以
後，天下潰亂，考績制度，難以施行，故‘自至德以來，考績之司，事多失實，常參官及諸
州刺史未嘗分其善惡，悉以中上考褒之。’德宗時，雖稍加整飭，但終難挽回，考績制度
遂形同具文。”細察這段文字，任氏謂整個唐代的考課制度，並未適當而嚴格地執行，
大體可以接受，因爲任何一項制度要“適當”、“嚴格”地執行，似乎並不太可能。（“適
當”、“嚴格”與否，牽涉到執行“程度”的問題，如果沒有既定標準來衡量，很難討論。）
但若說晚唐（既德宗以後），考績制度“形同具文”，恐須再加斟酌。晚唐考課制度也曾
經歷憲宗、文宗時期各種改革的努力，並非只是一紙空文而已。

問題應該從官僚政治的行政效率或行爲或社會關係來觀察，不應僅只歸咎制度的內容。唐代考課制度中監校程序，可以反映出"權力均衡"的政治技巧，幾乎可說是唐代政治體系中三省相互制衡的縮影。

當然，我們無意否認唐代考課制度存有不少的難題。唐人對考課與銓選的議論，經常批評唐代官僚政治的危機和緊張，是由於主事者不能適當執行法令規定。但是不要忘記，在討論實際的政治弊端時，官僚的因循與鑽營習氣，要先列入考慮，晚唐劉肅所作《大唐新語》（807年序），提到所謂的"送路考"，可供參考：

> 裴景昇爲尉氏尉，以無異效，不居最課。考滿，刺史皇甫亮曰："裴尉苦節若是，豈可使無上考，選司何以甄錄也？俗號考終爲'送路考'。省校無一成者，然敢竭愚思，仰申清德，當冀中也。"爲之詞曰："考秩已終，言歸有日，千里無代步之馬，三月乏聚糧之資。食唯半菽，室如懸磬，苦心清節，從此可知。不旌此人，無以激勸。"時人咸稱亮之推賢，景昇之考，省知左最，官至青刺。[184]

唐人議論考課與銓選之制，往往反映出問題的癥結所在。姑以唐代名相陸贄（754～805）二篇議論，説明如下。陸贄是保守型儒家學者的代表，也是敏銳的思想家與博學通儒。[185] 貞元八年（792）至十年（794）之間出任宰相，輔弼專斷的德宗。贄爲相期間所推行的政策，往往都能高瞻遠矚，廣爲後人推崇。此一期間的撰述，也多半與國家政策有關。[186] 貞元八年四月，陸贄爲相不久即奏陳二件疏狀，指出官僚政治的當務之急，在於選拔、任命和考核有能力的士人與官僚。

在《請許臺省長官舉薦屬吏狀》[187] 中，陸贄指出當時"諸司所舉，皆有情故，兼受賄賂，不得實才"。任官、銓選的最後大權，往

---

[184] 劉肅《大唐新語》（稗海本）卷六，頁12a～b。
[185] Denis Twitchett, "*Lu Chih* (754～805): *Imperial Advisor and Court Official*," p. 84。
[186] 同上，頁105～106。
[187] 《唐陸宣公翰苑集》（《四部叢刊》本）卷一七，頁1a～11a；《陸宣公集》（《四部備要》本）卷一七，頁1a～6a，《請許臺省長官薦舉屬吏狀》。此狀部分見於《舊唐書》卷一三九，頁3801～3803，《陸贄傳》。若干主要論點，亦爲《通鑑》所摘錄，見《資治通鑑》卷二三四，頁7531～7532。Denis Twitchett 也討論一些與此狀有關的問題。見 "Lu Chih: Imperial Advisor and Court Official," p. 105。

往集中到宰臣手中。解決的辦法，只有准許臺省長官薦舉屬吏。同時爲了達到朝中無曠職、海內無遺士的目標，官僚組織必須重視求才與考課。其原則是："求才貴廣，考課貴精。求廣在於各舉所知，長吏之薦擇是也。考精在於責實，宰臣之序進是也。"

在《論朝官闕員及刺史等改轉倫叙狀》[188] 中，陸氏廣引前代史實，以評考課之失。他認爲當時議者多以爲"内外庶官久於其任"、"官無人則闕之"，都是老生常談、不推時變的論調。他説"久任"要看時勢需要與否，倒是遷轉等級過密，會使得官僚昇遷途徑閉塞，造成"高位者常苦於乏人，下寮每嗟於白首"的現象。他説漢代官秩六百石的部刺史昇到相國，只歷三、四轉，但是"近代建官漸多，列級愈密。今縣邑有七等之異，州府有九等之差。……悉有當資，各須循守。他又批評代宗（763～779）以來，權臣用事，除授之際，類多循情。"有一月屢遷，有積年不轉"。

陸贄的批評與建議，雖未全爲德宗採納，卻頗值得與本文所述的考課弊端，一並提出反省。主事者類多循情，並受賄賂，以致考課、銓選不公等現象，似乎只是單純的行政行爲，事實上如果以"行政生態學"（ecology of administration）角度看，必須再從公共行政與其環境的關係，或者説社會背景，去加以瞭解。[189] 根據近人研究，中國社會關係的基本性質有四，第一，自我中心，即"社會關係是個人經由與他人直接或間接互動所建立含有特定相互的權利與義務之聯繫，每個人所擁有的全部社會關係即構成他的社會網絡"。第二，差序，即"每個人的社會網絡包含許多與他有不同親密程度社會關係的人"。第三，多線與多向，即"每一個社會網絡的成長，非只是單一性質的關係之量的增加，而是多面向的增加，前者提供相同性質社會牽絡的增加，後者則在於不同性質社會牽絡的增加"。第四，互惠，即"社會關係的維持，需賴雙方主動而繼續的對等反

---

〔188〕 《唐陸宣公翰苑集》（《四部叢刊》本）卷二一，頁 20a～31b；《陸宣公集》（《四部備要》本）卷二一，頁 10b～16b《論朝官闕員及刺史等改轉倫叙狀》。

〔189〕 F. W. Riggs, *The Ecology of Public Administration*（New Delhi：The Indian Institute of Public Administration，1961）pp. 1～55。並參雷格斯（Fred W. Riggs）作，金耀基編譯《行政生態學》（臺北：商務印書館，1967，1971 二版），頁 2、9～28。

應而來"。[190] 如果考慮社會關係在唐代考課制度上運作的特色，則
考官或被考官僚的社會關係之直接或間接互動，似乎反映出上述四
個特性。在唐代官僚的社會關係中，"自我中心"的特質使得官僚枉
法、自利；"差序"的特質影響考課的循情、不公；不公利益的獲
得，是視其關係的親密程度而定，如親屬或座主門生的關係；"多線
與多向"的特質，使得各種鑽營百態雜陳；"互惠"的特性，說明鑽
營、賄賂所扮演的角色。因此，以現代西方行政學的標準來衡量唐
代的考課制度，其嚴密、理性的程度，未遑多讓。但從其運作所呈
現的弊端來看，顯然"非制度性因素"的作用，不可小視。這是中
國歷代行政管理上的最大問題，值得深思。

　　總而言之，唐代的考課制，在法令規定上雖然曾經作過慎密的
設計與安排，並且曾經因應官僚政治的變遷，作過適度的修正與改
善，仍有許多弊端存在。凡此，與唐代官僚體系、官僚行政行為和
中國社會關係的特質，都有密切關係，值得進一步探討。

---

[190] 黃應貴《農業機械化——一個臺灣中部農村的人類學研究》，《中央研究院民族學研
究所集刊》46 期，頁 31～78，尤其是頁 67～75。本文是以臺灣中部的富貴村為對
象所作的人類學研究。黃氏在討論富貴村的社會經濟背景、共同經營的實驗，農業
機械的接受過程等問題之後，歸納出中國社會關係的四種基本性質，即：自我中
心、差序、多線與多向及互惠。此為黃氏綜合前人研究的結果。譬如：費孝通在
《鄉土中國》（1948；臺北：文俠出版社重印，1973）中，早已提出自我中心主義與
差序格局是中國社會結構的基本特性。楊聯陞所提"報"的觀念是中國社會關係的
基礎之一，是"互惠"特性的最好注解。（見 Liensheng Yang, "The Concept of Pao
as a Basis for Social Relation in China," in (John K. Fairbank, ed.) *Chinese Thought and
Institutions* (Chicago: University of Chicago Press, 1957), pp. 291～309。) 另外，Bar-
bara E. Ward 所提的多線關係（mutiplex‐stranded relationship）則與多線與多向特性
接近。此外，黃氏尚綜合他人研究成果，並據以檢討瞿同祖的《清代地方政府》一
書（*Local Government in China Under the Ch'ing*, Cambridge: Harvard Univ. Press,
1962），蕭公權的《中國鄉村》一書（*Rural China: Imperial Control in the 19th Centu-
ry*, Seattle: Univ. of Washington Press, 1960）及余英時的《漢代的貿易與拓展》一
書（*Trade and Expansion in Han China: A Study in the Structure of Sino‐Barbarian Eco-
nomic Relations*, Chicago: Univ. of Chicago Press, 1957）。

附錄：評根本誠氏對唐代考績的算法

截至目前爲止，根本誠的討論是唯一用算術方法計算唐代考績的一篇論文。[191] 根本誠以唐流內官九等考第爲基礎（參本文表一），推出五種算法。雖然他的最後結論是唐代考績評定無法用“科學方法”來計算，但是他的五種算法中，卻有許多疏漏、誤導之處。以下即一一檢討，間接作爲瞭解唐代考績評定之助。

1. 第一種算法：

根本氏假定“一最以上”的值是 a，1 善的值是 b，則唐代流內官考第中第一等（上上）至第五等（中中）可以得出算式 A 如下：

$$a + 4b \quad\cdots\cdots\cdots\cdots\quad 上上 \quad\cdots\cdots\cdots\quad (1)$$
$$a + 3b = 0 + 4b \quad\cdots\quad 上中 \quad\cdots\cdots\cdots\quad (2)$$
$$a + 2b = 0 + 3b \quad\cdots\quad 上下 \quad\cdots\cdots\cdots\quad (3)$$
$$a + b = 0 + 2b \quad\cdots\cdots\quad 中上 \quad\cdots\cdots\cdots\quad (4)$$
$$a + 0 = 0 + b \quad\cdots\cdots\cdots\quad 中中 \quad\cdots\cdots\cdots\quad (5)$$

據此，a 的值等於 b，而且各等之間的考第呈第差級數的關係，因此根本氏假定第六（中下）至第九（下下）等的考第，也應該是依等差級數而遞減。如此則一至九等間的考第可由算式 B 到 E 得出，如下：

等 第	算	式		
	B	C	D	E
1. 上上	$5a$	5	10	100
2. 上中	$4a$	4	9	90
3. 上下	$3a$	3	8	80
4. 中上	$2a$	2	7	70
5. 中中	$1a$	1	6	60
6. 中下	0	0	5	50
7. 下上	$-1a$	-1	4	40
8. 下中	$-2a$	-2	3	30
9. 下下	$-3a$	-3	2	20

附注：算式 B 假定各等的差別是等差級數；算式 C 假定 a 的值是 1；算式 D 在 C 的各等的值上加 5；算式 E 在 D 的各等值上乘 10。

[191] 根本誠《唐代の勤務評定と人事管理》，《早稻田大學大學院研究科紀要》11 (1965)，頁 97~111。

這個算法，有幾個地方顯然是錯誤：（1）a 的值無法確知，因爲本文表一所述僅是 "一最以上"，它可以是一最、二最或其再多一些（當然極不可能超過五最，即使某一官僚有權、知、判、使等兼任職務），但無論如何，所謂 "以上" 無法求出其值。（2）$a = b$ 的假設容易引起誤解，如果這個等式成立，那就表示偏重道德的 b（善）等於偏重行政能力的 a（最），根本氏忽略此點。（3）算式 B、C 是假定各等的差別呈等差級數，算式 D、E 則各加 5 和乘 10，按本文表一所列，第六等（中下）至第九等（下下）只有抽象觀念，沒有具體數字，各等之間的差別是否真爲等差級數，本甚可疑。根本氏隨意加、乘，所得結果，難以信服。

　　2. 第二種算法：

　　根本誠假定 $1a = 1b$，又某一特定官僚可以同時擁有 "四善"、"二十七最"。因此，他計算各等考第的值如下：

等第	各　　等　　的　　值
1	$27a + 4b = 27b + 4a = 31a$
2	1 最以上 $+ 3b =$ 1 善以上 $+ 3a =$ 4 最以上，或 $0 + 4b = 0 + 4a = 4a$
	（評者按：如果 4 最以上 $=$ 4 最，則 "以上" 的值，被忽略。）
3	$1a + 2a = 0 + 3a = 3a$
4	$1a + 1a = 0 + 2a = 2a$
5	$ab + 0 = 0 + 1a = 1a$
6	0
7	$-2a$
8	$-2a$
9	$-3a$

這個算法是完全沒有意義的數學遊戲。一個唐代官僚如何可以一次獲得二十七最？同時，我們也不知第七等與第八等的值如何是一樣（沒有呈等差級數的差別）？根本氏似誤以表示某種行政能力的 "最" 是一項普遍的資格，可用到唐代官僚組織的各個成員。

　　3. 第三種算法：

　　根本誠假定如果 "最" 的值是 a，"善" 的值是 b，同時二十七最與四善的總值是 108 點（此值接近 100 滿點，而且二十七最、四善各得 54 點），如此，則：

$27a + 4b = 108$ $27a = 54$ $\therefore a = 2$； $4b = 54$ $\therefore b = 13.5$

如果第一等是 $27 + 4b = 108$（注：按照根本氏的假定，此式應作 $27a + 4b = 108$）

第二等是 $1a + 3b = 1a$ 以上 $+ 40.5$，或 $0 + 4b = 0 + 54$

因此 $1a$ 以上 $= 13.5$；"以上"的值是 6.75。則九等的值可以表示如下：

等第	點　　　　　　　　數
1	$27a + 4b = 54 + 54 = 108$
2	$1a$ 以上 $+ 3b = 1a$ 以上 $+ 40.5 = 13.5 + 40 = 54$，或 $0 + 4b = 54 = 0 + 54 = 54$
3	$13.5 + 27 = 40.5$，或 $0 + 40.5 = 40.5$
4	$13.5 + 13.5 = 27$　$0 + 27 = 27$
5	$13.0 + 0 = 13.5$ 或 $0 + 13.5 = 13.5$（注：據根本氏的算法，第一算式 13.0 當作 13.5）
6	-0
7	-13.5
8	-27
9	-40.5

在這個算法中，根本誠認爲第六等以下呈等差級數變化，各等以 13.5 點依次遞減。這個算法，仍然不合理，因爲二十七最＝四善的假定，無法令人接受。根本氏求出"以上"的值爲 6.75，也無意義。

4. 第四種算法：

根本誠瞭解到"一最以上"不能以二十七最來計算，因此如果"一最以上"算作 1 最，并假定 $a \neq b$，則 a、b 的值如下：

第一等　$a + 3b$（注：按照根本氏的算法，應該作 $a + 4b$）

第二等　$\left.\begin{array}{l} a + 3b \\ 0 + 4b \end{array}\right\}$ $a + 3b = 0 + 4b$　$\therefore a = b$　但此與 $a \neq b$ 的假定不合，

故 $a = b$ 事實上成立。

所以，根本誠仍然認爲 $a=b$，并求出各等的值如下：

等第	各 等 的 值
1	$a+4b=5a$
2	$a+3b$ 或 $0+4b=4a$
3	$a+2b$ 或 $0+3b=3a$
4	$a+b$ 或 $0+2b=2b$*
5	$a+0$ 或 $0+2b=1b$
6	0
7	$-2b$
8	$-2b$
9	$-3b$

（注意：此處突然由 a 變爲 b，但是根本氏既假設 $a=b$，則似與他自己的規則並不矛盾。只是符號表示，未免取舍由心則已。）

（注：根本誠認定第一等至第五等間呈等差變化，故第六等以下，可由遞減 a，b 的值而得。）

根本誠看出這種算法與 $a \neq b$ 的假設之間的矛盾，并説如果 $a=b$，則這個算法與第一種算法無異。他相信這個算法應該是唐代考第的實際計算方式。但他附加一項按語：如果 $a=b$，就表示道德（b 的值）是被忽略了。但因二十七最既與四善相當，就是表示唐代的考課着重個人的能力（a 的值）。

雖然，這個算法與第 1 種算法略有不同，但有幾點還是相當奇怪：（1）根本誠没有説明爲何一～三等的值用 a 表示，在四等以下則用 b 表示？（2）據他自己的算法，第五等的值應爲 $a+0$ 或 $0+b=1b$，第七等的值應 $-1b$，（3）據他自己的解釋，b 的值高於 a。如此則暗示唐代考課比較强調代表行政能力的“最”。a、b 的值怎樣評定高下，根本氏没有提出説明。這個説法，没有説服力。

5. **第五種算法：**

根本誠假設：如果選定任一數值代表“1 最以上”（即 a），可能符合唐代考第的實際運作。譬如以 3 爲基數，套入第 1 種算法，其結果爲：

等第	各　等　的　值		
1	$3a+4b$		
2	$\left.\begin{array}{l}3a+3b\\0+4b\end{array}\right\}$	$3a+3b=4b$	$\therefore 3a=b$

或者，可以算式 A 表示如下：

等第	各　等　的　值		$\left(\dfrac{1}{3}\right)$	$(+5)$	$(\times 10)$
1	$3a+4b=4a+12a=15a$		5	10	100
2	$3a+3b=3a+9a=12a$		4	9	90
3	$\left.\begin{array}{l}3a+2b\\3a+3b\end{array}\right\}$	$3a+6a=9a$	3	8	80
4	$\left.\begin{array}{l}3a+b\\0+2b\end{array}\right\}$	$3a+3b=6a$	2	7	70
5	$\left.\begin{array}{l}3a+0\\0+b\end{array}\right\}$	$3a+0=3a$	1	6	60
6	0		0	5	50
7	$-3a$		-1	4	40
8	$-6a$		-2	3	30
9	$-9a$		-3	2	20

*注:根本誠認爲第六等以下呈等差變化,據本文表一,則六～九等的值可以求出。

在這個算式中,根本誠以 100 滿點表示第一等,并以基數 3 表"1 最以上"(a),這似乎暗示唐代官僚的考第,很少超過三最以上的。根本誠認爲這個算式是如此乾净、漂亮,"可能"是實際的唐代考第計算方法。

　　據此,根本氏又推出另一種算式 B,以 3 組(上、中、下)乘 3 等,得出 $3\times3=9$ 的九等等差級數,找到他的"理想算法"如下:
算式 B:

等第	各　等　的　值				
	(-0.5)	(-2)	(-5)	$(\times a)$	$(\times5)$
1	5	10	5	$5a$	100
2	4.5	9	4	$4a$	90
3	4	8	3	$3a$	80
4	3.5	7	2	$2a$	70

5	3	6	1	a	60
6	2.5	5	0	0	50
7	2	4	-1	$-a$	40
8	1.5	3	-2	$-2a$	30
9	1	2	-3	$-3a$	20
⋮	⋮	⋮	⋮	⋮	⋮
(1)	(2)	(3)	(4)	(5)	

根本誠原注:計算過程(1)至(5)全部以第一算法爲基礎,以等差級數求出。過程(5)是以 100 點爲滿點計算。由於此一算式較易計算,似乎比較接近實際。

這種算法是根本誠作出的五種算法中最複雜的一種，也是他感到最滿意的一種。但是，我們仍需指出其中若干疑點：（1）在算式 A 中，根本誠認爲 $a \neq b$，隨意除3，加5，乘10，其所代表意義何在，他並未解釋。他的目的很可能在於得出 100 滿點作爲第一等的值。（2）在算式 B 中，爲何在計算過程（1）裏減 0.5，根本誠也沒有提出說明。如果按照他的計算方法，那麼計算過程（2）應該作（×2），計算過程（5）應作（×10）（即以 10 乘上計算過程（2）的結果）。（3）所謂"相關的總和" $3 \times 3 = 9$ 在計算過程中，實在沒有意義可言，所謂3組與3等，也非唐代考第的實際採用方式。

我們不憚其煩，對根本誠所設計的五種算法，逐一檢查，主要是基於以下四點理由：

第一，第一眼看到根本誠的論文時，我們實在詫異於唐人的考第可以用"科學方法"考察得出。果如是，則唐人考第計算方法將可以用刻板的算術方法求出，對瞭解唐代考課，將有助益。因此，我們急於確知這種計算方法是否可以成立。經過仔細檢查，期望成爲失望。因爲根本誠所作的假設有時和常識抵觸（如 $a = b$，即表示行政能力的"最"，等於表示道德水平的"善"），他使用的計算方法有時又不合計算程式，加減乘除隨心所欲。明顯地，這五種計算方法不是唐人考第的實際運作。根據根本氏自己評估，第一、四、五種計算方法以 100 滿點作爲第一等考績，似乎較合唐的實際考第。事實上，從上面對各項計算方法的檢討看來，各種計算方法的假設與計算過程都有疑問。如此，其結果如非不可靠，也是似是實非。

第二，我們檢討這五種計算方法，不是只要顯示它們的可信度甚低，而且也要指明高度抽象的觀念是很難用算術方法表達的。如前所述，所謂最、善的内容既然深受傳統意識形態的影響，各等考第很難由一種設定的點數來表示。

第三，唐代的考第可能有它的客觀標準，但是這樣説並不表示它可以避免主觀的判斷。根本誠努力要建立客觀標準的企圖是失敗了，至於主觀的判斷如何，這是本文關心的問題，本文第三節有較多的討論。

第四，在同篇論文中，根本誠企圖將屬於法律懲罰的刑杖（如200，150，30，10杖等）與他所建立的"客觀標準"聯繫起來，但他最後不得不承認"法禁益煩，姦偽滋熾"[192]，兩者之間根本毫無關係（如果有的話，也是屬於本文第四節第二項所討論的考第與除免的範疇以内，與"考績點數"的計算無涉）。基於這項考慮，根本氏最後放棄用算術方法建立考第評定的法則的努力，并從其他現存唐代史料中尋找證據。雖然這個説法可以被接受，但它實在是基於多項的錯誤而提出。

簡單説，根本誠並沒有忽視唐代考課制度中的歷史事實，只是他挖空心思設計五種計算方法，實在毫無必要。這件事提供我們一項有趣的反面例證：正確的結論也可以由錯誤的前提得出。對於錯誤的前提，我們有理由反對。

※ 本文原載《中央研究院歷史語言研究所集刊》第 55 本第 1 分，1984 年。
※ 黄清連，美國普林斯頓大學博士，玄奘大學通識中心教授。

---

[192] 此句引文，根本誠摘自洪邁《容齋四筆》（《四部叢刊》本）卷一三，頁 1a。

論唐律上身份與罪刑之關係

戴炎輝

例　言

　　一、本著引用唐律條文時，編名簡稱爲：名（名例）、衛（衛禁）、職（職制）、戶（戶婚）、厩（厩庫）、擅（擅興）、賊（賊盜）、鬥（鬥訟）、詐（詐僞）、雜（雜律）、捕（捕亡）、斷（斷獄）。其條項則如名一一・一，係名例十一條一項之簡稱。

　　二、本著引用參考書之簡稱如次：

　　講義：拙著《唐律總論》（法學院油印本）。此分爲總論編及名例編。

　　滋賀著：滋賀秀三著《譯註唐律疏議》（日本，國家學會雜誌）。

　　仁井田《身份法史》：仁井田陞著《支那身份法史》（昭和十七年）。

　　拙著《身份法史》：《中國身份法史》（1960 年）。

　　拙著《法制史概要》：《中國法制史概要》（1960 年）。

　　《拾遺》：仁井田陞著《唐令拾遺》（昭和八年）。

第一節　總　說

一、概　說

　　唐律常以行爲人有一定身份爲犯罪之構成要件，此爲真正身份犯。反面以之爲"人的處罰阻卻事由"（參閱講義《總論編》五章二節三）。又常以一定身份而加減其刑，此爲不真正身份犯。身份不但爲犯罪之主體及客體，且爲情況，對犯罪之成否及刑之加減，亦有所影響[1]。再如處斷上，又顧慮其身份或其處境（屬性）。以律之富於道

---

[1]　如父祖在，子孫別籍異財（戶六），居父母喪，生子及兄弟別籍異財（戶七），居喪嫁娶或爲主婚（戶三〇，三二），父祖被囚禁而嫁娶（戶三一），親屬爲人所殺而私和（賊一三）等。

德、人倫的色彩,如此措施,寧是當然。身份在廣義,包括人在刑事法上一切特殊地位。此時有統體的身份關係(親屬、夫妻妾、良賤、主賤、官人)及其他特別身份(如男女、老小疾病、單丁、八議者、道冠僧尼、特殊職業等)。狹義之身份關係,指統體的身份關係。此統體的身份,與罪刑有極大關係,故於次節以下,分別詳述其相犯、共犯及處罰上特殊(包括特別刑罰方法)。唯其他之特別身份,雖無相犯之加減,但其犯罪仍因身份而刑有加減,且處罰上亦有其特例。本節擬述其他特別身份人之處罰上特例,尤其特別刑罰方法;而附帶略述統體的身份人之處罰上特例(其詳讓諸次節以下)。又各統體的身份人之相犯加減之態樣,於次節以下,個別的詳述之;但於本節,擬先述其一般的加減之態樣,且檢討其原因。

二、特別身份人處罰之特例(包括刑罰之個別化)

(一)刑罰之個別化 廣義處罰之特例,可分爲狹義處罰之特例與特別刑罰方法。(a)狹義處罰之特例,係因身份或其他屬性,於處罰上與通例不同之處斷,如議請減(官遇、蔭遇,參閱名七至一六,講義《名例編》三章),緣坐及連坐(參閱講義《總論編》四章一節二),相容隱(名四六,參閱講義《名例編》十五章)等。(b)特別處罰方法(刑罰之個別化),指因罪人之身份或其他屬性,其刑罰方法(種類),與凡人不同而言。具體言之,乃對罪人應得之本刑,有時處以易刑;又有時,除主刑外,再處以從刑。刑罰之個別化,宜以身份爲準述之。其中最顯著者,爲官人、親屬(包恬夫妻)、賤人。關於此等人之特別處罰方法,於次節以下分別詳之,茲略舉其主要者於次。①官人及官親:官人之除免(從刑,即懲戒處分,參閱名一八至二二,講義《名例編》四章)、官當(兼具有懲戒處分與贖刑性質,參閱名一七、二二,講義《名例編》四章),贖銅(參閱名一一,講義《名例編》三章),官親之贖銅(參閱名一一至一四,講義《名例編》三章)。②親屬之易刑、緩配(名二六、二七)及流配之特例(名二四、二八)。③賤人之易刑(參閱名二八、四七,講義《名例編》六、一六章)。須附言者,於個別的犯罪,因身份而予處罰或不罰,及加減其刑者,即是身份犯問題。此亦可謂爲廣義之特別身份人處罰之特例,於次節以下述之。故以下,只述其他特別身份或其他屬性者之處罰特例。

(二)婦女之處罰特例 (a)特別刑罰方法。①婦人之犯流者,易以"留住、決杖、役三年";但造畜蠱毒應流者,配流如法(名二八·三)。婦人殺人應死而會赦免者,不予移鄉(賊一八·二)。賊四·二疏曰:"(妻子流二千里)若唯有妻及子年十五以下,合贖(名三〇·一)。婦人不可獨流,須依留住之法,加杖居作。"②反之,夫子犯流配者,聽隨之至配所,免居作(名二四·二,二八·三);夫須移鄉者,妻妾亦隨之(名二四·二)。在此情形,妻妾須隨夫流配或移鄉。若婦人與其子(年十六以上),同因緣坐而合流者,賊四·二疏曰:"若子年十六以上,依式流配,其母至配所免居作(名二八·三)。"此因婦女(妻妾或母)從屬於夫子,故須隨夫子流移。(b)婦人之減免。①免緣坐。子因父之犯罪而緣坐時,女子原則上免之(名五二·五注,曰:"緣坐者,女不同");但謀反、大逆,則女亦緣坐(參閱賊一·一)。造畜蠱毒者之同居婦人,亦同(賊一五,名五二·五疏,二八·三注)。於謀反、大逆,婦女亦緣坐,但此時仍限於母女、妻妾、子之妻妾,而不及於祖母、孫女、伯叔母、兄弟之女子(祖父、孫、伯叔父、兄弟之子,則須緣坐);且上述須緣坐之婦女,若年六十及廢疾者,則免之(男夫須年八十及篤疾,始免之)。[2] ②家人共犯,若尊長係婦女時,亦不坐女尊長,而獨坐男夫(名四二·二注)。③違律爲婚,在室之女不坐,獨坐主婚(戶四六·四)。④同伍保內,在家有犯,知而不糾者,予以處罰;但其家唯有婦女及男年十五以下者,勿論(鬥六〇·二)。⑤父祖被囚禁而婦女嫁者,則不免官(名一九疏)。⑥婦人夜無故入人家者,係非侵犯(賊二二·二疏)。⑦婦女與私賤相姦,部曲、奴婢處絞,婦女減一等(雜二六·二)。(c)婦人之蔭。婦人享受其所親之蔭,但不得將其蔭,再蔭其親屬;若不因夫子,別加邑號者,同封爵之例(名一二)。婦人犯除名者,不依降叙之例,年滿之後,夫子見在有官爵者,聽依式叙(名二一·一注)。(d)婦人懷孕者之緩決死刑(斷二六)。

　　(三)其他特別身份人之處罰特例　(a)道冠僧尼。適用還俗、苦使之閏刑(參閱名二三·二疏);但犯姦者,加凡姦二等(雜二八·二)。道冠僧尼時犯姦,還俗後事發,亦依犯時加罪,仍同白丁配役,不得以告牒當之(名五七·一疏)。道士、女冠盜毀天尊像,僧尼盜毀佛像者,加役流;真人、菩薩,各減一等(賊二九)。道冠犯姦盜者,於法最

---

〔2〕　婦人犯反逆,止坐其身(賊二·四),其親屬(如夫、子等)不緣坐。故於緣坐,婦女亦係從屬的地位。婦人殺人應死,會赦免者,不在移鄉之限(賊一八·二)。

重,科以真刑(名五七·三疏)。道冠既是出家入道,與俗家之親屬關係,法律上宜解爲仍繼續存在,但於緣坐一事,其所親犯反逆時,道冠不緣坐;道冠犯反逆時,止坐其身,其所親不緣坐(賊二·三、四)。道冠相互間,及其與觀寺之部曲、奴婢之關係,參閱講義《名例編》二十六章。(b)老小疾病。關於此等人之處罰上特例,詳於講義《名例編》八章。(c)特別職業。習天文、給使、散使,犯流者,各加杖二百;流徒者,準無兼丁例,亦易以加杖(名二八·二)。習天文業已成者,雖殺人應死而會赦免者,亦不移鄉(賊一八·二)。

三、身份犯刑加減之態樣

(一)概説　統體的身份人相犯,依身份如何而加減。於真正身份犯,並無凡人犯,故不準凡人犯而加減;於不真正身份犯,則準凡人犯而加減。在後一情形,適用於身份犯之規定,稱爲"本法";反之,以凡人(常人)爲對象之規定,則謂之"凡人法"或"常律"。關於"本法"之語義,參閱講義《名例編》二十二章一(四)。此身份犯之加減,從各種觀點,有三種分類法。

(二)單向加減及雙向加減　(a)單向加減,只向一邊加減,通常以最下級犯上級者爲基準,節級(按序)加重其刑,故可稱爲向上加刑,官人相犯屬之。何以官人相犯只向上加?此宜解爲:官人相犯之加重,由於敬上,而上官對下官(及於庶人、官賤)又無處分權(支配權)。在此,各級之人,只其官品、官職(包括無官品、無官職)有高低。(b)雙向加減,係向雙邊加減,即下犯上加重,上犯下減輕,至極端,則下犯上始坐,而上犯下不罰。親屬、夫妻妾、良賤及主賤之相犯屬之。其中親屬相犯,最可爲典型而且複雜。其餘相犯,則稍修正親屬相犯之法,而且比較單純。何以在此採取雙向加減?此宜解爲:因上級對下級有處分權(支配服從關係);而良賤乃因階級相異。親屬相犯中,又以相毆傷殺爲最具典型性。在此,引起刑加減之基準有數種。一爲尊卑,二爲長幼,三爲親疏,四爲主客體,五爲行爲(毆、傷及殺)。尊長犯卑幼減免,卑幼犯尊長則加重或始罰之。此爲最根本原理;但又以親疏而差之。其親屬關係愈親,刑之加減等數之幅度(擬稱爲刑幅)愈大。例外情形,有雙面同加(兄妻與夫之弟妹之相毆,鬥三一·一)。

(三)規則加減、半規則加減、不規則加減　(a)規則加減者,自下至上,或自上至下,其每一級加減等數相等之謂。易言之,乃節級遞加減之等數相等者。(b)半規則加減者,若干級之加減等數相等,其餘則不等之謂。(c)不規則加減者,各級之加減等數全部不等之謂。此三種方法,不但於單向加刑,即於雙向加減亦有之。有官品者相毆,係規則加等之一例。夫妻妾相毆,乃不規則加減。親屬相毆,係半規則加減。規則加減,表示各級之差等,並無突出者;半規則加減,即至某級以上或以下,有特異者;不規則加減,乃因各級者之地位,互相懸殊之故。

(四)相應加減及非相應加減 (a)相應加減者,以凡人犯之刑爲界限(凡人犯凡人之刑),如上級犯下級減凡人一等時,下犯上則加凡人一等,即所加所減之等數相對應之謂。(b)非相應加減者,所加所減之等數不等之謂。例如自緦麻至期親,尊長毆卑幼(不分卑與幼),遞減凡人一等,而卑屬(須注意者,非卑幼)犯尊屬,比幼犯長者各加一等。如緦麻長犯幼,減凡人一等;緦麻幼犯長,加凡人一等。此爲相應加減。反之,緦麻尊屬犯卑屬,減凡人一等;緦麻卑屬犯尊屬,加凡人二等。此爲非相應加減。

第二節 親屬與罪刑

一、總 説

(一)親屬之種類及範圍 廣義之親屬,可分爲狹義親屬、夫妻妾及同居親屬(家屬)。茲先述狹義親屬(附説家屬)在刑事法上效果。須注意者,親屬關係,於道冠僧尼與其師,及其與觀寺之部曲、奴婢,亦準用之(名五七·二、三)。

(1)親屬之種類 親屬分爲内親及外親。[3]我國古來重視男系,同姓男系親屬稱爲内親,包括嫁入之婦女(母、妻、子孫婦等)。外親指母族、妻族及女系血族,古來疏外之。唯所謂五服親,包括内外親。須附言者,婚姻及收養違律,有時須離正之〔即無效,參閱講義《總論編》五章三節一(三)〕。[4]

(2)親屬之範圍 唐律於職五三·三注,抽象的限定親屬之範圍,云:"親屬,謂緦麻以上,及大功以上婚姻之家。餘條親屬,準此。"〔疏〕曰:"謂一部律内,稱親屬處,悉據本服内外緦麻以上,及大功以上共爲婚姻之家,故云:準此。"如名一二·一,職四五·二,五八注,户三

---

〔3〕 仁井田《身份法史》,243頁,拙著《身份法史》,14頁。
〔4〕 拙著《身份法史》,56頁。

七·一,擅五·一,賊五二·一,鬥五七·三,斷三·一,一〇·一等。唯各本條,不從此通例者甚多,即當條具體的限定親屬之範圍(參閱下文)。[5]

(二)五服親　(a)內外親屬,視其親疏而有所謂五服親。[6] 此本來係服制,即斬衰(三年)、期衰(三年、杖期、不杖期、五月、三月)、大功(九月)、小功(五月)、緦麻(三月)五等。再疏一等者,稱爲袒免親。斬衰,係爲父或母,及妻妾爲夫之服。齊衰之三年、杖期、五月、三月,係爲直系尊親屬及妻之服,律上最主要者爲旁系親之不杖期,簡稱爲期。喪服於律上最有效用者,乃旁系血親。蓋律內,父母不分,祖父母及曾高祖父母,原則上與父母同(名五二·一、二),不從喪服。而夫妻則別言爲夫妻,不以服稱之。旁系血親則分爲期、大功、小功及緦麻四等,父系親屬爲期,祖父系爲大功,曾祖系爲小功,高祖系爲緦麻。在律上,亦採喪服等數爲親屬之等數。其中,期親有正服與加服之分。即兄弟係正服期親,伯叔父母及兄弟之子(侄)乃加服者(本是大功)。兩旁系親之服等,悉依其距同源祖先之世代而定,不問其係同輩與否。律疏主以同輩兄弟爲準,示例如次:①袒免親有五:高祖之兄弟、曾祖之從父兄弟、祖之再從兄弟、父之三從兄弟,身之四從兄弟。②緦麻親有四:曾祖之兄弟、祖之從父兄弟、父之再從兄弟,身之三從兄弟。③小功親有三:祖之兄弟、父之從父兄弟、身之再從兄弟。(以上,名七·一疏。)④大功親:本應有二,父之兄弟、身之從父兄弟;但如上述,父之兄弟(己之伯叔父)加服爲期親,故止有身之從父兄弟爲大功親(參閱名六·八注疏)。以上各同輩兄弟之直系尊屬(非己之直系尊屬)與己身之各服等,從各同輩兄弟與己身之服等。⑤期親:本只有身之兄弟,但伯叔父(父之兄弟)、侄(兄弟之子),亦加服爲期親。而夫爲妻,父爲子亦服期(夫妻相互間,直系血親相互間之服制,採取不平等主義)。(b)在室女與本族之服制,與男子同。出嫁者,則降一等,謂之出降。婦女與夫宗之服制,其於卑屬,與夫同;其於尊屬,降夫一等(參閱鬥三三及疏)。故尊屬之婦與卑屬之婦相互間,悉降本宗之服一等。妻於夫同輩之男,無服;其於夫同輩之女,降二等。[7] 律雖以服制爲基礎,

---

〔5〕　仁井田《身份法史》,261 頁以下,拙著《身份法史》,16 頁。
〔6〕　中田《法制史論集》第一卷,23 頁以下,仁井田《身份法史》275 頁以下,滋賀著,72 卷10 號,45 頁以下,拙著《身份法史》,18 頁。
〔7〕　滋賀著,72 卷 10 號,46 頁。

但法律自有其特殊性,故另設規定。關於此點,參閱講義《名例編》二十一章四。

(三)親屬在刑法上效果 親屬之相犯及共犯,雖處罰原理不同,但均與凡人犯區別之;再只因有親屬關係,處罰上亦有其特例。①相犯者,係甲親屬侵犯乙親屬,即侵害個人法益之犯罪。此時視其係侵身與侵財,其處罰原理互異。侵身犯,尊長犯卑幼,勿論或減輕;卑幼犯尊長,則坐或加重。侵財犯,則不罰或減輕,又不論尊長與卑幼,但仍視其親疏而節級減罪。②共犯者,係親屬之共同犯罪,分爲必要共犯(相婚、相姦等)與任意共犯。必要共犯,兩親屬原則上同其處罰,其保護法益係社會公益。任意共犯,即親屬共同侵害他人,其保護法益分爲二種。一爲國家法益,原則上只坐尊長;二爲個人法益,原則上仍分首從罰之。③親屬身份,除科五刑外,於從刑、易刑及其他特別處分,亦有所影響(參閱下文四)。其詳述之於後。茲先述其原則於次。

(1)親屬關係愈親,其刑法上效果愈重,尤其親屬處罰上特例,至爲顯著。茲舉其代表的效果如次:(a)蔭親。此係爲親屬利益之制(名七至一一),官品最低者,只蔭及祖父母、父母、妻、子孫(直系内親及妻);較高者,再及於兄弟姊妹(正服期親);更高者,復及於伯叔父母、姑、兄弟之子(加服期親);以上按序,及於大功(皇太子妃)、小功(皇后)、緦麻(太皇太后、皇太后)、袒免親(皇帝)。[8] 從一方面言,地位愈高者,其所蔭親屬之範圍愈廣;但從他方面言,視其地位之高低,其親屬亦視親疏而節級享受蔭遇。(b)緣坐。此係爲親屬不利之制,妻子常緣坐;較重者,父母亦緣坐;最重者,及於祖孫、兄弟、姊妹、伯叔父、兄弟之子。而於反逆緣坐,緣坐親屬最廣,但其應緣坐之刑,亦視緣坐者親屬關係之親疏而有區別。詳言之,父子絞,母女、妻妾、子之妻妾、祖孫、兄弟姊妹並没官,伯叔父、兄弟之子則流三千里而已(以上參閱講義《總論編》四章一節二)。

(2)尊長優越卑幼,而親屬關係愈親者,其優越性愈強。(a)尊長之優越性,由於其對卑幼有教令權。就一般言,①家人共犯,止坐尊長(名四二·二)。②違律爲婚,男女被逼,若男年十八以下,及在室之

---

[8] 議親之範圍,太皇太后、皇太后蔭及於其緦麻以上親,而皇后及於其小功以上親,名七·一注疏曰:"降姑之義。"而皇太子妃只蔭及於其大功以上親,名九·一注疏曰:"尊卑降殺也。"

女,亦主婚獨坐(戶四六・四)。③尊長和同相賣卑幼,若其係至親,被賣之人,不合加罪,為其卑幼合受處分故也;其賣餘親,各從凡人和略法,既同凡人為法,不合止坐家長(賊四七・二又問答)。④卑幼將他人盜己家財物,若他人殺傷尊長,縱卑幼不知情,仍從本殺傷坐之(連坐);而尊長則否(賊四一・一注)。(b)尊長權於父祖最強,而期尊次之(如戶四六)。(c)唯尊長侵卑幼之身體及財物,自理訴者聽(鬥四五・五,須注意者,除外父祖)。

(3)親屬關係愈親,尊長卑幼相犯之加減等數之差度愈懸殊。加減至極端,則尊長犯卑幼不坐,而卑幼犯尊長始坐。前一情形,於下文詳之[二(一)(甲)]。在後一情形,再分二種情形,一是從較疏之尊長卑幼相犯之加減起,而至於尊長犯卑幼不坐者。二是某服等以上之尊卑相犯(通常係父祖子孫),尊犯卑者不坐,而卑犯尊者始坐。第一情形於下文述之[二(一)(甲)]。茲述第二情形之尊卑相犯。此為真正身份犯。①子孫詈祖父母、父母者,絞(鬥二八・一)。妻妾詈夫之祖父母、父母者,徒三年(鬥二九・一)。②子孫違犯教令,及供養有闕者,徒二年(鬥四七)。③祖父母、父母在,子孫別籍異財者,徒三年(戶六)。④於祖父母、父母,直求愛媚而厭咒者,流二千里(賊一七・三)。又自①至④,均入不孝(名六・七)⑤祖父母、父母被囚禁而嫁娶者,亦予處罰(戶三一),且處以免官(名一九)。⑥卑幼在外定婚者,仍不得違背期以上尊長為卑幼之定婚(戶三九)。⑦府號官稱,犯祖、父名而冒榮居之,委親之官,冒哀求仕,父祖及夫被囚禁而作樂等,均予處罰(職三一),且免所居官或免官(名二〇,一九)。⑧居父母喪,生子及兄弟別籍異財者,徒一年(戶七),且免所居官(名二〇)。須附言者,居父母或夫喪而通姦者,加凡姦二等(雜二八・二)。反面,誣告子孫、外孫、子孫之婦妾及己之妾者,不坐(鬥四六・二)。再者,卑屬犯尊屬至親時,如其罪重者,皆斬(不分首從,名四三・二;參閱賊六、八,鬥二七至二九)。

二、親屬相犯

(一)相侵身犯　就個別犯罪,親屬相犯有時節級加減,又有時坐罪或不坐。此分為侵身與侵財,其中以侵身犯為比較重要。此係相侵害生命、身體及名譽之犯罪。凡是身份人相侵犯,其引起罪之成否及刑加減之因素,約有二種:一為主客體(但主客體乃正反關係)。身份關係即是主客體之屬性(在親屬相犯,係親疏、尊卑長幼)。二爲行爲之種類。親屬相犯,從其行爲之形態言,約有直接侵身與間接侵身二種。(甲)直接侵身犯,大率係不真正身份犯,即加減凡人犯之刑者,再分爲毆傷殺與謀殺。(1)毆傷殺罪輕,謀殺罪重。相毆傷殺加減等數之刑幅大,加減之因素較多,因而加減法較爲複雜。此以普通毆傷殺爲其典型,尚有特殊毆傷殺。(2)謀殺罪本係毆殺之加重形態(因蓄意殺人),不但卑犯尊,即尊犯卑,亦從毆殺罪上加重,故其加減等數之刑幅小,加減之因素較少,因而加減法亦較爲單純。此以普通謀殺爲其典型。尚有特殊謀殺。(乙)間接侵身犯,本質上係真正身份犯,再分爲服喪違法及相告言。(1)服喪違法,係真正身份犯,非加減凡人犯。尚有特殊服喪違法。(2)相告言,亦係真正身份犯;但誣告重者,乃加減凡人犯。尚有特殊相告言。以下分述之。

（甲）直接侵身犯

（1） 親屬相毆殺（門二六至二八）

親屬	主客	罵	毆	傷	傷　　重	致　　死	過失殺傷
緦麻兄姊	主體	×	×	×	折傷始坐減凡一等	從父兄弟之子,流三千里;餘者絞	依通例(門三八)
	客體	×	杖一百	杖一百	加凡一等	斬	同
小功兄姊	主體	×	×	×	折傷始坐減凡二等	從父兄弟之孫,流三千里;餘者絞	同
	客體	×	徒一年(加一等)	徒一年(加一等)	加凡二等	斬	同
大功兄姊	主體	×	×	×	折傷始坐減凡三等	從父弟妹,流三千里;餘者絞	同
	客體	×	徒一年半(加二等)	徒一年半(加二等)	加凡三等	斬	同
期親兄姊	主體	×	×	×	折傷不坐	毆殺徒三年,刃殺及故殺流二千里	勿論
	客體	杖一百	徒二年半(加四等)	徒三年(加五等)	折傷流三千里(加凡七等)刃傷以上絞	皆斬	減本殺傷罪二等
祖父母父母	主體	×	×	×	×	毆殺徒一年半刃殺徒二年半故殺各加一等	勿論
	客體	絞	斬(加十等)	皆斬	皆斬	皆斬	過失殺流三千里,過失傷徒三年

　　須注意以下各點。（a）親屬關係（亦即主客體）:（一）就親疏言，分爲直系、期親、大功、小功、緦麻五級。①直系（父祖子孫）特異，尊卑加減等數最懸殊，其於鬥及過失殺傷尤甚。祖父母服制雖係期尊，刑名即同父母，此爲通例。嫡繼慈母及養父母爲客體時，與親生者同，此爲通例（名五二·四）；其爲主體時，則加親生者一等。②期親殊異於大功以下親，尤其鬥期親尊長亦予處罰，過失殺傷減本殺傷罪二等（不准贖）；其犯卑幼則勿論。外祖父母、外孫，服制雖係小功，而刑名乃同期親尊卑，此與通例相符。③大功、小功及緦麻，只遞加減一等（毆傷），此可謂爲通例；但毆從父弟妹（大功）或其子孫（小功、緦麻）至死者，則與其他同親等之親屬不同，蓋較親故也。大功以下尊卑相鬥不坐，過失殺傷則依通例准贖。（二）就尊長卑幼言。通例不分尊與長，又不分卑與幼。即尊長犯卑幼，並同減凡人犯；卑幼犯尊長，則並同加凡人犯。反之，在相毆傷殺，尊長爲主體時不分，而卑幼犯尊長則予區別（卑犯尊，加幼犯長一等）（b）犯罪行爲：就一般言，尊卑長幼相犯，節級加減，相毆傷殺亦同。唯於此，因其行爲不同，再分爲三種，其加減等數互異。（一）相毆傷重，最可爲典型。具體言之，①尊長犯卑幼，緦麻減凡一等，小功、大功遞減一等；期親尊長以上，不坐。②幼犯長，緦麻加凡一等，小功、大功遞加一等。〔犯從父兄姊即大功長，加入死；其他則罪止流三千里，參閱上文（a）（一）③。〕期幼犯期長至折傷，加凡七等；刃傷以上則處絞。（二）毆傷（非傷重），尊長犯卑幼不坐；卑幼犯尊長，亦節級加重（不分手足、他物及故、鬥）。又鬥期長杖一百，期尊加一等，父祖則絞。要之，比傷重者爲輕之行爲，其刑加減之幅度極大，在不坐與處罰之間；尤其父祖子孫相鬥，係不坐與絞之差。（三）傷重致死，其刑加減之刑幅較小。具體言之，自緦麻至大功，尊長卑幼相毆致死，原則上只是斬與絞之差；即從父兄弟姊妹及從兄弟子孫，尊卑相毆殺，亦不如鬥及毆傷之相懸殊。（c）加減態樣：在此，係雙向加減（包括不坐與坐罪）。就全體言，係半規則加減，非相應加減。單就緦麻至大功之相毆傷（包括傷重）言，係規則加減，而長幼相犯係相應加減，尊卑相犯則非相應加減。至期親以上，乃不規則加減、非相應加減。

　　附（1）　繼父子相毆傷殺（鬥三二）

　　繼父子關係，與內親不同，其相毆傷殺自亦有異。（a）繼父爲主體時：同居者（期親），毆傷繼子減凡人二等，死者絞。不同居者（齊三月），毆傷繼子減凡人一等，死者絞。（b）繼子爲主體時：同居者，毆傷繼父加凡鬥三等（加緦麻尊一等），死者斬。不同居者，毆傷繼父加凡鬥二等（與緦麻尊同）。未嘗同居者，同凡人法。

須注意者，①繼父子相毆傷殺，亦雙向加減。②同居者雖服期，但律上則不同期親尊卑之例，卑犯尊止加緦麻尊一等，尊犯卑止減凡人二等（不入期親卑屬）。不同居者，雖服齊三月，但律上亦不同期親尊卑之例，卑犯尊同緦麻尊親，尊犯卑減凡人一等。故其加減等數之刑幅甚小，係非相應加減。

附（2）　殘害死尸（賊一九）

殘害死尸，各減鬥殺罪一等；犯卑幼者即同此例，而犯緦麻以上尊長乃不減。棄而不失及髠髮若傷者，各又減一等；犯卑幼者即同此例，而犯父祖以外尊長，減本鬥殺罪一等。（犯父祖者，同本鬥殺罪。）

須注意者，①父祖特異於期以下尊長。②期以下尊長不再區別。③尊長與卑幼，在殘害死尸，其加減等數各比相鬥殺多一等（因尊長犯卑幼，減鬥殺一等）。④加減態樣，係雙向加減，不規則加減，非相應加減。

附（3）　穿地得死人不更埋（賊二〇）

穿地得死人不更埋，及於冢墓燻狐狸而燒棺槨，凡人徒二年；燒尸者，徒三年。犯緦麻以上至期親尊長，各遞加凡人一等；犯卑幼，各依凡人遞減一等。子孫犯父祖，於冢墓燻狐狸，徒二年；燒棺槨者，流三千里；燒尸者，絞。父祖犯子孫者，宜解爲同期親卑幼。

須注意者，①父祖特異於期以下尊長，子孫即同期親卑幼。②期親以下，各親等遞加減一等，期親亦只加減大功一等。此點，與相毆傷殺及殘害死尸不同。且因加罪不加入死（名五六·三），故燒期親尊長尸，實際上止加三等。（結果，與燒大功尊長尸同，只流三千里。）③在此，外祖父母、外孫、夫、夫之父祖，各依服制科之。④尊長爲客體時，不分爲尊與長。⑤加減之態樣，係雙向加減；除父祖子孫相犯係非相應加減外，其餘親屬尊卑相犯，乃規則加減，且是相應加減。

附（4）　發冢（賊三〇）

發冢者，加役流；已開棺槨者，絞；發而未徹者，徒三年。問答內略云：若發尊長之冢，同凡人（因凡人罪已甚重）。反之，發卑幼之冢，減本殺罪一等（於凡人發冢，減殺罪一等，故發卑幼之冢亦比附之）；已開棺槨者，依本殺罪（因開棺槨者絞，即同已殺之坐）；發而未徹，減本殺

罪二等(因發而未徹係徒三年,乃減死罪二等,故發卑幼之冢未徹,亦
比附之)。

附(5) 子孫及妻不得與尊長及夫爲戲(鬥三七·三)

通常戲殺傷人,減鬥殺傷二等;危險戲殺傷人,則只減一等。於期
親尊長、外祖父母、夫、夫之祖父母,戲殺傷者,各從鬥殺傷法。其餘親
屬,仍依凡人之例,於本鬥殺傷罪上減二等或一等。

須注意者,①犯期親尊長以上(父母亦包括在內),完全同本鬥殺
傷法。故父祖特異,期親尊長亦殊異。其尊長卑幼相犯之加減等數,
比本鬥殺傷更多(因犯卑幼減一、二等之故)。②外祖父母、夫、夫之祖
父母,亦同期親尊長。③在此,係雙向加減;於大功、小功、緦麻相犯之
加減等數,仍是規則加減,但非相應加減。

附(6) 死罪囚辭窮竟而囚之親屬殺者(斷三)

死罪囚辭窮竟,而囚之親故,爲囚所遣殺之者,依本殺罪減二等;
不爲囚所遣或辭未窮竟而殺,以鬥殺傷論;至死者,加役流。辭雖窮
竟,而子孫被父祖所遣殺之者,以故殺罪論。

須注意者,①父祖獨異,其他親屬,則依本殺罪減二等或以鬥殺傷
論(但至死者加役流)。各親屬犯者,仍從上例,視其親屬關係而科之。
②加減態樣,仍如相毆傷殺之法。

(2) 親屬謀殺(賊六)

客　　體	謀殺	已傷	已殺	備　　考
期尊長、外祖父母、夫、夫之祖父母父母	皆斬	皆斬	皆斬	祖父母、父母亦同
緦麻以上尊長	流三千里	絞	皆斬	
子孫(直系卑屬)	徒一年	徒一年半	徒二年	手足、他物殺,徒二年;用刃殺,各加一等。嫡繼慈養,又加一等。
弟妹(期)兄弟之子孫(期、小功)、外孫(小功)	徒二年半	徒三年	流二千里	參閱鬥二七一四
大功以下卑幼	徒三年	流三千里	絞	須除外兄弟之孫及外孫

須注意以下各點。(a)親屬關係:(一)就親疏言,分爲三級,蓋謀
殺罪重。但實際上,因謀殺父祖,亦與期尊等同,皆斬,故尊長爲客體
時,只分爲二級。①父祖子孫相犯,其加減等數之刑幅亦最大。②嫡

繼慈養,亦與上文(1)之例相同。③期親尊長、外祖父母,殊異於大功以下尊長。夫、夫之父祖,亦同期親尊長之例(相毆傷殺,律另立文,參閱上文(1)(a))。此係通例。④外祖父母、外孫,亦同期親之例。(二)就尊長卑幼言,亦與通例同,不分尊與長,又不分卑與幼。(b)犯罪行爲,因謀殺罪重,尊長卑幼相犯,其加減等數之刑幅較小;且依行爲階段(謀殺之預備、已傷及已殺)之等差,亦不甚懸殊。(d)加減態樣:亦係雙向加減,但屬於不規則加減、非相應加減。

附(1) 以毒藥藥人(賊一六問答)

以毒藥藥人,本質上係謀殺。依此條問答,尊長卑幼相犯,藥死者,依謀殺已殺論;藥而不死者,並同謀殺已傷之法。

附(2) 憎惡而造厭魅(賊一七)

憎惡而造厭魅,欲殺父祖者,以本謀殺論;欲疾苦者,亦同;直求愛媚者,亦流二千里。犯期親尊長、外祖父母、夫、夫之父祖,欲殺者,亦以本謀殺論;欲疾苦者,減謀殺二等。犯其餘親屬(不論尊長卑幼),欲殺者,減本謀罪二等;欲疾苦者,減謀殺四等(此與凡人法同)。

須注意次述五點。①父祖特異。②期親尊長殊異於大功以下尊長。此與上文(1)同。③外祖父母、夫、夫之父祖,亦同期親尊長之例。凡上三項,均與通例相符。④以故致死者,各依本殺法(謀殺)。⑤加減態樣,其加減等數之刑幅,比本謀殺爲大,蓋期親以上尊長犯卑幼(欲殺及欲疾苦),仍依凡人之法,得減二等或四等;卑幼犯父祖者各不減,犯期親尊長,於欲殺者不減二等,於欲疾苦者只減二等。

(乙)間接侵身犯

(1) **服喪違法**(職三〇)

客 體	匿喪不舉哀	釋服從吉	忘喪作樂	雜 戲	遇樂而聽參預吉席
父母及夫	流二千里	徒三年	徒三年	徒一年	杖一百
期親尊長	徒一年 (減五等)	杖一百 (減五等)	杖八十 (不應爲重)	×	×
大功尊長	杖九十 (減七等)	杖八十 (減七等)	答四十 (不應爲輕)	×	×
小功尊長	杖七十 (減九等)	杖六十 (減九等)	同右	×	×
緦麻尊長	答五十 (減十一等)	答四十 (減十一等)	同右	×	×

須注意次述各點。（a）親屬關係：（一）親屬分爲五級，即父母（斬衰，夫亦同）、期親、大功、小功、總麻，大率與服制一致。①父母（及夫）特異，期親以下，各級遞加減之等數相等（參閱下文（b）（c））。②祖父母入期尊，不同父母，此與通例不同；但嫡孫承祖者（斬衰）即同父母，曾高祖亦同期尊。③外祖父母亦依本服（小功尊），與通例之同期尊者不同。④夫之父母（期）、祖父母（小功），亦依本服，此乃與通例不同。⑤妾犯妻，同期尊。夫犯妻同期幼。（二）尊長與卑幼相差一等，不分尊與長，亦不分卑與幼。（b）行爲：以匿喪不舉哀、釋服從吉爲重，忘喪作樂次之（於父母及夫，仍同釋服從吉之罪，此表示其特異性；期親坐不應爲重，大功以下坐不應爲輕，但總麻不得重於釋服從吉之刑笞三十）。至雜戲、遇樂而聽或參預吉席，只以父母及夫爲客體時始坐。（c）加減態樣：此罪係真正身份犯，無凡人犯。此係無凡人犯之雙向加減，只卑幼恒差尊長一等而已。於匿喪不舉哀及釋服從吉，除父母子女及夫妻特異外，期親以下，規則的節級減二等。在此，無所謂相應加減，因無凡人犯故也。

附（1）居喪嫁娶（户三〇）

居喪嫁娶，本質上係服喪違法，只因其刑法不同，故另予規定。居父母及及夫喪而嫁娶者，徒三年；妾（娶及嫁）減三等。居期親尊長喪而嫁娶者，杖一百；居卑幼喪者，減二等；妾不坐。

須注意次述各點。（a）親屬關係：①大功以下，不成立罪。②父母及夫特異③祖父母依本服（期尊）。④尊長與卑幼，於期親差二等；於父母子女，父母犯者，宜解爲亦坐。（b）加減態樣：係雙向加減，但無所謂相應、非相應加減。

附（2）親屬被殺而私和及不告（賊一三）

此犯罪亦係真正身份犯，亦可謂爲相犯之一種。因於親屬被殺後，間接侵其身（不盡親誼，任加害人逍遙法外；而私和得財者，則又貪利而忘親），故與服喪違法，同其本質。父祖及夫爲人所殺而私和，流二千里；知被殺而不告，減二等。於期親，私和徒二年半；不告則減二等。大功以下私和。遞減期親一等；不告者則不坐。

須注意者：①父祖及夫特異。②祖父母同父母，與通例同。③期親殊異於大功以下親，即知被殺而不告，亦予處罰。④除祖父母外，從服制。⑤不分尊與長，亦不分卑與幼；子孫宜解爲同期幼。
⑥尊長與卑幼相犯，不予區別，此與直接侵身犯之視尊長卑幼而加
減等數者不同，又與服喪違法之卑幼差尊長一等者不同。此點，宜
解爲：私和及不告，與國家公益有關，縱尊長亦不可輕罰。

(2) 親屬相告及誣告 (門四四至四六)

親屬	主客體	告	告事重	誣告重
總麻小功尊長	主體	杖八十 （凡人不罰）	同上	以凡人論
	客體	徒一年	減所告罪三等	加所誣告罪一等
大功尊長	主體	杖七十 （減一等）	同上	減所誣告罪一等
	客體	徒一年半 （加一等）	減所告罪二等 （加一等）	加所誣告罪一等
期親尊長	主體	杖六十 （減二等）	同上	減所誣告罪二等
	客體	徒二年 （加二等）	減所告罪一等 （加二等）	加所誣告罪三等
祖父母及父母	主體	×	×	×
	客體	絞	絞	絞

須注意次述各點。(a) 親屬關係：（一）親疏分爲四級，即總
麻與小功、大功、期親、直系。此與通例之分五級者不同。①父祖
特異，子孫告之者即絞，父祖誣告子孫亦不坐。②祖父母（曾高亦
同）同父母之例，此與通例相符。③嫡繼慈養，固亦與親生同（通
例，名五二‧四）；但若其殺親生，並聽告。④外祖父母、夫、夫之
父祖，同期尊之例（通例）。⑤外孫、子孫之妻妾、己妾，則同子孫
之例。⑥尊長卑幼相告，亦予加減，但不分尊與長，又不分卑與幼。
(b) 行爲：相告罪係真正身份犯，誣告乃不真正身份犯。(c) 加減
態樣：①告罪，除父祖子孫外（見上文），係無凡人犯之雙向加減。
於總麻、小功親相犯，尊長與卑幼相差三等，大功及期親相犯，遞
加減一等（大功尊長卑幼相差五等，期親尊長卑幼相差七等），故係
規則加減；但若包括父祖子孫相犯而言，乃屬於半規則加減。唯告
事重者，尊長犯卑幼，仍只依告罪科之；反之，卑幼犯尊長，以親
者爲標準時，規則的向疏遞減所告罪一等（反言之，以疏者爲標準

時，告大功尊長，加緦麻、小功尊長一等，期親則加二等）。故就告事重言，向上規則的遞加一等（單向加）。②誣告重，其加減法特殊，尤其緦麻、小功尊長誣告卑幼者，以凡人論，此於其他親屬相犯所無者。在誣告重，亦可謂爲雙向加減。各級親屬之加減，係不規則加減。又只於大功尊長卑幼相犯，係相應加減；其餘尊卑相犯，則非相應加減。（d）相侵犯，自理訴者聽（除外子孫告父祖）。又謀叛以上，亦聽告。

附：投匿名書告人罪（門五〇）

投匿名書告人罪者，在凡人流二千里。此既不同誣告罪，又異於親屬相告罪，乃欲禁止匿名告人罪。唯〔疏〕曰：“投匿告祖父母者，科絞；告期親卑幼，減凡人二等；大功減一等；小功以下，以凡人論。”此乃從誣告之法（門四四·一，四六·一；但告父祖即絞，故誣告亦同）；即投匿告子孫等，宜解爲不坐（參閱門四六·二）。

（二）相侵財犯　相侵財犯係親屬互侵財物之犯罪，此比侵身犯至爲單純。分爲家屬與非家屬之侵財犯。（a）家屬。①同居卑幼，私輒用財者，不以竊盜論（參閱賊四〇），只科以輕刑，即罪止杖一百（戶一三·一）；其同居應分，不平均者，計所侵，坐贓論（雜一·一）減三等，罪止徒一年半（戶一三·二）。蓋因同居親屬係共財故也。②同居卑幼，將人盜己家財物者，以私輒用財物論加二等（賊四一·一）。③卑幼將人強盜己家財物，止依強者加二等之例，亦不爲強盜（賊四一問答，職五二·一及注）。（b）親屬。①盜緦麻、小功財物者，減凡人一等，大功減二等，期親減三等（賊四〇·一），〔疏〕曰：“緦麻以上相盜，皆據別居。”唯卑幼於尊長家強盜，則不減罪（疏，參閱下文③）。②略和誘所親之奴婢，既以強、竊盜論（賊四六·一），亦復與上相同。至部曲，亦同奴婢之法（賊四五·四疏）。③緦麻以上，自相恐喝者，犯尊長，以凡人論；犯卑幼，各依本法（賊三八·二）。所謂依本法者，乃依親屬相盜法（賊四〇·一）。賊三八·二注云：“強盜，亦準此。”故強盜及恐喝，尊長犯卑幼，仍依減例；卑幼犯尊長，則依凡人法。④殺緦麻以上親之馬牛者，與主自殺同；殺餘畜者，坐贓論，罪止杖一百（廄一〇·一、二）。此乃減凡人犯（參閱廄八·一）。

親屬相侵財，原則上減凡人犯，且不分尊長與卑幼（恐喝及強盜則分別之）。蓋與人倫無關，而現在或過去共財之故。親屬相侵身，加減凡人罪,而相侵財,則各減凡人犯;反之,良賤相侵身,加減凡人罪,而相侵財,則各以凡人論。於相侵財,親屬相犯與主賤相犯之處罰法殊異,似由於共財(或原共財)與異財之故。

三、親屬共犯

親屬共犯,分爲必要共犯與任意共犯。親屬共犯非交惡,乃共同犯罪,故處罰原理與相侵犯不同。

(1)必要共犯。爲維持道德,縱經雙方合意,亦成立罪;且原則上同其處罰。其典型爲親屬相婚(及於同姓)及相姦。(a)親屬相婚(戶三三,三四):律重視内親(不問有無服),及於嘗爲袒免親以上之妻。同姓亦視同内親,而外姻限於有服而尊卑失序者,始予處罰。其處罰仍視親疏而異,各離之(無效婚)。其詳參閱上引條文。(b)親屬相姦(雜二三至二五):律亦重視内親及其妻妾,唯無服而情深者亦加凡姦罪,至外姻則否。居父母及夫喪而姦者,加凡姦二等;但非居喪之相姦人,則以凡姦論(雜二八)。(c)異姓相養(戶八):此與上文相婚相反,以異姓相養爲構成要件。

(2)任意共犯。此與人倫無關係,再分爲侵害國家法益與個人法益者兩種。(a)侵害國家法益者,家人共犯,止坐尊長(名四二·二),〔疏〕曰:“祖、父、伯叔、子孫、弟侄共犯,惟同居尊長獨坐,卑幼無罪。”有時不言家人共犯,僅規定處罰戶長,如田疇荒蕪(戶二一·二),不充課物(戶二五·二)。(b)侵害個人法益者,以凡人首從論(名四二·二)。關於此點,參閱講義《名例編》十二章二(三)。

四、親屬之處罰上特例

親屬之對外關係,可謂爲係一體,於處罰例上有各種特例。其要點在於:與個別犯罪之是否成立,及刑之加減,並無直接關係;乃因有親屬關係之故,一般的另設處罰之特例。以唐律之重視道德、名分,此制寧是當然。在此,仍依其親屬關係如何而有差異。分述如次。

(1)親屬侵身犯之特例。(a)十惡内之惡逆、不孝、不睦及不義。其特例於下文(講義《名例編》二章)詳之。(b)五流内之不孝流及子孫犯過失。其特例於下文[講義《名例編》三章二(三)(1)]詳之。(c)除免。親屬相犯,對有官品之人,尤爲重要,即依狀而予除免(參閱講義《名例編》四章)。(d)不得蔭贖(名一五·四、五)。

(2)緣坐。因與正犯有一定親屬關係之故,雖不參加犯罪,亦從屬於正犯而緣坐[參閱講義《總論編》四章一節二(二);名三〇·一注疏:逆人至親,義同休戚]。

(3)減免。(a)相容隱(名四六):同居若大功以上親等,有罪相爲隱,並不坐(免刑);小功以下,則減凡人三等(參閱講義《名例編》十五章)。(b)相容隱者得爲罪人首罪及相告言:此時,聽如罪人自首法(名三七·三,參閱講義《名例編》十一章一節);但原則上不得捕首(名三八又問答)。(c)相容隱者,爲所親捕得罪人,則同身自捕得罪人,亦予除罪(捕五·二)。(d)父祖被毆,子孫對攻擊人加以反擊者,亦不坐罪(鬥三四·一)。(e)緦麻以上親及外祖父母者,聽身不格,亦不坐(賊一一)。(f)官人之一定親屬,得享受議、請、減、贖之殊遇(名七至一六,參閱講義《名例編》三章)。

(4)易刑及緩配。(a)父祖老疾應侍,家無期親成丁,犯死罪非十惡者,上請;犯流罪者,權留養親(名二六,參閱講義《名例編》六章)。(b)犯徒應役,家無兼丁者,易以加杖(名二七,參閱講義《名例編》六章。

(5)流配。夫流配、移鄉,妻妾從之;父祖子孫欲隨者,聽之(名二四·二、三,二八·三)。殺人應死會赦免者,若死家無期以上親時,則不須移鄉千里外[賊一八·二,參閱講義《總論編》五章三節一(一)]。

(6)訴訟。親屬(家人)得代告官(參閱鬥五九·一,斷一〇·一),亦得相爲"邀車駕訴事"(鬥五七)。獄結竟(定刑),呼囚及其家屬,具告罪名(斷二二)。官吏與訴訟人內有親屬關係時,應由該案件迴避,稱爲換推(獄官令三四 =《拾遺》七八六頁)。[9]

第三節　夫妻妾與罪刑

一、總説

(一)概説　夫妻妾之身份,一方面,相互間於罪刑上有其本法;他方面,其一方與他方親屬相互間,亦有其本法。夫妻妾之身份,以夫妻爲中心,至妾及媵,係附隨的地位而已,尤其媵大率從妾之法(鬥二五·五),僅於夫妻媵妾相毆傷殺,律始予規定。婢與其夫之關係,仍從主賤之法,律上僅姦父祖婢,加重凡姦而已(雜二五·二,名六·一〇)。

---

〔9〕拙著《身份法史》,21 頁。須附言者,換推係自聲請迴避,拙著《法制史概要》,182 頁,以爲當然迴避錯矣。

（二）夫妻妾身份之發生及消滅　夫妻係以義合者，夫妻有三月廟見、未廟見之分，再有就婚夫妻（贅壻與家女）。律上夫妻身份之成立，不須經廟見，縱未廟見亦是夫妻；只剋吉日及定婚者，未成夫妻（名六・四問答）。[10] 夫死妻守寡夫家者，則仍保持其身份。[11] 反之，被出（戶四〇）、義絕、兩願離（戶四一），其身份關係消滅。[12]

（三）夫妻妾之地位　[13]（1）夫妻在服制上，與父子同。妻爲夫，服斬衰三年；而夫爲妻，只服期而已。即妻亦以夫爲天，[14] 妻須服從夫。[15] 禮制雖有夫妻齊體或一體之言，但此一體觀念，非等主義、別體主義（Seperate existence Scheme），乃妻之人格爲夫之人格所吸收，妻本身並無獨立地位之一體（Coverture Scheme）。[16] 如此相反之思想，影響於唐律，名六・八注之〔疏〕曰：“依禮：夫者婦之天；又云：妻者齊也。恐不同尊長，故別言夫。”在理念上，夫妻比諸兄妹；但實際上，大率類同父子。職三〇・二疏曰：“其妻既非尊長，又殊卑幼，在禮及詩，比爲兄弟，即是妻同於卑幼。”[17] 此疏，對夫爲妻服而發。其所謂妻比之卑幼，即是夫妻同尊卑（父子）。又鬥四六・一問答：“其妻雖非卑幼，義與期親卑幼同。”此問答，對夫誣告妻而發，亦將妻比諸期親卑幼（但不同父祖誣告子孫，參閱鬥四六・二）。其夫妻相犯，於夫妻特有之相犯，大致上夫犯妻從輕，妻犯夫從重。非夫妻特有之相犯，則大致

---

〔10〕　但依賊二・三，許嫁女歸其夫，不從本宗緣坐；聘而未成婚之妻，亦不追坐（不從夫宗緣坐）。

〔11〕　例如：於妻妾服夫喪違法（職三〇・一），居夫喪嫁娶（戶三〇・一），乃從夫妻之法。尤其寡妻妾與夫宗之相犯，仍保持原來身份（參閱下文（三））。

〔12〕　賊四七問答：“妻服期是期親，不可同之卑幼，故諸條之內，每別稱夫。……本犯非應義絕，或準期幼之親；若其賣妻爲婢，原情即合離異。夫自嫁者，依律兩離（戶三八）；賣之充賤，何宜更合？此條賣期親卑幼，妻固不在其中，只可同彼餘親，從凡人和略之法。其於毆殺，還同凡人之罪（鬥二四・一）。故知：賣妻爲婢，不入期幼之科。”婚姻無效時，亦同；至婚姻非無效，則否。參閱拙著《身份法史》，56 頁以下，下文五章三節一（三）。

〔13〕　仁井田《身份法史》，652 頁以下，拙著《身份法史》，58 頁以下。

〔14〕　《儀禮・喪服》：“父者子之天也，夫者妻之天也。”名六・八注疏；“依禮：夫者婦之天。”職三〇・一疏：“婦人以夫爲天，哀類父母。”戶三〇・一疏：“夫爲婦天，尚無再醮。”

〔15〕　《白虎通》：“妻者齊也，與夫齊體。”《儀禮・喪服》：“夫妻一體也，夫妻胖合也。”名六・八注疏：“又云：據禮，妻者齊也。”戶二九・一疏：“妻者齊也，秦晉爲匹。”鬥二四・一疏：“妻之言齊，與夫齊體，義同於幼。”

〔16〕　拙著《身份法史》，60 頁。

〔17〕　《詩經・谷風》：“宴爾新昏，如兄如弟。”

上將夫妻,視同父祖子孫。於相毆傷,則例外的同於長幼。鬥二四·一疏曰:"妻之言齊,與夫齊體,故得減凡人二等。"唯律無文者(如賊二○之穿地得死人),從律之精神言,應依期親長幼之法。

(2)妾(媵)係副次的夫妻關係。妾爲夫服制,與妻同;但夫於妾無服。所謂夫妻齊體,不包括妾及媵。[18] 妾稱妻爲女君,爲妻服期。[19] 在唐律,原則上,妾犯夫,同妻犯;夫犯妾,同無服卑幼。即妾犯妻,亦同犯夫。妾犯夫宗,亦同妻犯;夫宗卑幼犯妾,同凡人;尊長犯之,則同無服卑幼。[20] 妾不爲共財親,故不爲賤之主(賊七·一疏)。不過,妾與其子,律上仍爲母子。而妾有子者,若其子爲家主,於家賤,依主之例;若子不爲主,則止同主之期親(鬥二一問答,雜二六疏)。至客女及女婢,雖有子息,仍同賤隸(鬥二一問答);但婢有子,及經放爲良者,聽爲妾(户二九·四)。妾及婢有子者,其地位提高,即子之地位反照於母身(再參閱雜二五·一注)。

(四)夫宗及外姻 (1)此等親屬關係之成立及消滅,固從夫妻關係之成立及消滅。唯須注意者,(a)母子無絶道,母雖被出或改嫁,律上仍適用母子之法(名一五·六疏,鬥三○及四四各問答)。於外祖父母(尤其母之親父母),亦復相同(參閱名六·四問答)。(b)於謀殺及毆傷殺,律特設"舊舅姑子孫婦"關係(賊八·一,鬥三○·一)。夫死(稱之故夫),而妻改嫁者,其故夫之父母、祖父母,稱爲舊舅姑;子孫之妻妾,則謂之子孫舊妻妾,其相犯仍準舅姑子孫婦相犯。子孫舊妻妾謀殺舊舅姑,單向加凡人犯(但減殺舅姑);舊舅姑、子孫之妻妾相毆傷殺,則雙向加減(但其加減等數之刑幅,比舅姑、子孫婦之相犯者爲小)。(c)於親屬相婚,嘗爲祖免親以上之妻妾,或嘗爲舅甥之妻妾,而嫁娶者,亦予處罰(户三四)。唯該妻妾若是被放出或改適他人,即於前夫,服義並絶,姦者,依律止是凡姦。若其更娶,亦同凡姦之法(疏)。(d)母親,即外祖父母(小功)、舅及姨(小功)及其子(舅姨表兄弟姊

---

[18] 户二九·一疏曰:"妻者齊也,秦晉爲匹。妾通買賣,等數相懸。婢乃賤類,本非儔類。"其問答内曰:"妻者傳家事,承祭祀,既具六禮,取則二儀。婢雖經放爲良,豈堪承嫡之重?"

[19] 職三○·二疏:"期親尊長,謂祖父母……,妾爲女君。"鬥四六問答:"女君於妾,依禮無服。"參閱《儀禮·喪服期親》:"妾爲女君。傳曰:何以期也? 妾之事女君,與婦之事舅姑等。〔注〕女君,君適妻也"。

[20] 此係概言,至其詳,待後述之。

妹,緦麻),亦均有服。律上外祖父母、外孫,大率依期親尊卑之例[參閱講義《名例編》二十一章二(一)(3)]。

(2)夫妻之一方與他方之親屬間,雖亦發親屬關係,但妻與夫宗,妻大率從夫;而夫與妻之親,稱爲外姻,其爲妻之父母服緦麻而已。夫與妻親之相犯,律無特設明文規定,自從服制科之。妻爲夫宗之服,大致上,爲夫之尊屬,降夫一等;爲夫之卑屬,與夫相同;爲夫之兄弟姊妹服小功(夫則期),爲夫之從父姊妹服緦麻(夫之從父兄弟無服)。[21]妻與夫之同輩內親及其妻(娣姒)之相毆傷殺,不從服制(待後述之)。妻與夫之尊卑屬相犯,大率從服制,妻犯夫之緦麻以上尊長,降夫一等;妻犯夫之卑屬,與夫毆同(鬥三三)。至夫之尊長(除外夫之祖父母父母)毆傷卑幼之妻,一律減凡人一等(鬥三三‧四);夫之卑屬毆尊長之妻,與毆其尊長(即被毆者之夫)同。就相毆傷殺,若無特別明文規定,宜從夫爲尊長卑幼,各從服制科之。

二、夫妻妾相犯

(一)概説 (1)夫妻妾與罪刑之關係,其原則有二。(a)夫之地位優越(教令權),妻妾地位低劣(服從義務);但妻之地位,對妾而言,仍相對的優越於妾。此點於相侵身,尤爲顯著。(b)夫之地位獨立,妻妾只附屬於夫。妻妾之服制,原則上從夫;從夫緣坐,夫蔭及於妻。

(2)夫妻妾身份與罪刑之關係,固亦應分爲相犯、共犯及處罰上特例。唯夫妻固有之共犯,律上只有犯義絕而不願離(不作爲犯,户四一‧一),[疏]曰:"以造意爲首,隨從者爲從。"其他任意共犯,則與親屬共犯相同(參閱上節三)。夫妻妾於處罰上特例,亦上已述之(上節四)。故以下只述夫妻妾相犯。

(二)夫妻妾相犯 夫妻妾相犯中,相侵財犯,只據同居,並無異居相侵財。而同居親屬(家屬)之侵財犯,以夫爲尊長,妻爲卑幼,可適用一般家屬相侵財之法[參閱上節二(二)(a)],茲不多贅。至夫妻妾相侵身,律上有專條者,乃相毆傷殺;其他相犯,則併入親屬相侵身條內。夫妻妾相侵身犯,有依父祖子孫之法者,又有從期親尊長卑幼之法者。而相毆傷殺,係夫妻妾相侵身犯之典型,以下詳予敘述。至其他侵身犯,則概述之即足。茲爲便於參照起見,仍依親屬相侵犯之次序述之。

---

[21] 本族服、外姻服、妻服,參閱滋賀著,72卷10號,44頁以下。

須附言者,如上所述,因夫妻妾地位之相懸殊,致有妻妾犯夫始坐者,如夫犯死罪被囚禁,而妻妾作樂(職三一·二);居夫喪,與應嫁娶人主婚(戶三二疏);妻妾擅去(戶四一·三)。反面,夫利用其優越地位,處分妻妾,則就夫成立犯罪。如夫略賣和賣妻妾爲奴婢(賊四七及問答,妻同凡人,妾同無服卑幼);夫將妻妾嫁與他人(戶三八,妾減妻二等)。又如:以妻爲妾,以婢爲妻者,徒二年;以妾及客女爲妻,以婢爲妾者,徒一年半(戶二九)。

　　(甲)直接侵身犯

　　(1)夫妻妾相毆傷殺(門二四,二五)(見下頁橫表)

　　須注意以下各點。(a)夫爲主客體。①夫爲主體時,妻媵妾只分爲妻、媵妾二級。夫毆傷妻始坐,即減凡二等;毆媵妾折傷始坐,即減凡四等。此與尊長爲主體者比較,就夫犯妻言,大致上可與小功尊長相比。夫毆殺妻,便以凡論;媵妾則減妻二等。②夫爲客體,妻媵妾亦分爲妻、媵妾二級,妻大致上相當於大功卑幼;媵妾加妻一等。但毆殺因情重,已不分爲妻、媵妾,各斬。詈夫,限於媵妾始坐,妻則不坐。過失殺傷夫,妻媵妾各減殺傷二等(反之,夫過失殺傷妻媵妾,各勿論)。於夫妻妾(包括媵)相毆傷,係雙向加減,規則加減,但非相應加減。(b)妻爲主客體。妻爲主客體而與夫相犯,於(a)已述之。故茲僅述妻與媵妾之相犯。①妻爲主體,妻之地位,與夫相同。故對媵妾而言,妻與夫係齊體。②妻爲客體,妾犯妻,同妾犯夫(但詈妻不坐);媵犯者,減妾犯者一等。在妻媵妾相犯,媵高妾一級。但毆殺者,各斬。妻與媵妾相犯,妻爲主體時,犯媵及妾不分;而妻爲客體,媵及妾犯之者,則區別媵妾。此點,與夫爲客體時不分者不同。在此,其相毆傷,係雙向加減,規則加減,但非相應加減。(c)媵妾相犯。媵爲主體,犯妾者以凡人論。媵爲客體,妾犯之者,加凡人一等;死者,斬。於媵妻相毆傷,係單向加刑。

　　附説:從相毆傷殺之法者。①殘害死尸,各減鬥殺罪一等,但緦麻以上尊長不減(賊一九·一);夫係尊長,故妻妾犯夫者不減。棄而不失及髡髮者,又減一等;妻妾犯夫者,與子孫犯父祖不減者不同(賊一九·二)。②穿地得死人(賊二〇),尊長卑幼相犯亦加減。在夫妻妾相犯,宜解爲:妻妾犯夫,或妾犯妻,同期親尊長;夫或妻犯妾,同期親卑幼。在此,夫妻妾相犯,不同父祖子孫相犯。③發冢(賊三〇),宜解

第一表

罪＼客體 主體＼	毆 夫	毆 妻	毆 媵	毆 妾	傷 夫	傷 妻	傷 媵	傷 妾	殺 夫	殺 妻	殺 媵	殺 妾
夫	＼	徒一年	×	×	＼	減凡二等但傷即坐	×	×	＼	以凡論鬥殺絞故殺斬	減凡二等	同左
妻	減妾犯一等，徒一年半	＼	×	×	傷重者加凡三等	＼	×	×	斬	＼	同夫犯（同上）	同左
媵	加妻犯一等，徒一年半	與夫行同×	＼	無文，宜減凡一等	加妻犯一等（加凡四等）	同夫犯妻減二等但傷即坐	＼	無文，宜減凡一等	斬	同夫犯（同上）	＼	無文，宜減凡二等
妾	同媵犯（同上）	同媵犯，徒一年半	加凡一等	＼	同上	同夫犯妻減傷三等	加凡一等	＼	斬	同左	加凡一等	＼

第二表

罪＼客體 主體＼	詈 夫	詈 妻	詈 媵	詈 妾	過失傷 夫	過失傷 妻	過失傷 媵	過失傷 妾	過失殺 夫	過失殺 妻	過失殺 媵	過失殺 妾
夫	＼	×	×	×	＼	減傷二等	×	×	＼	減殺二等	×	×
妻	×	＼	×	×	與夫行同×	＼	×	×	與夫行同×	＼	×	×
媵	杖八十	×	＼	×	減傷二等	減妾犯二等（減傷三等）	＼	無文，宜減凡一等	減殺二等	減妾犯二等（減殺三等）	＼	無文，宜減凡一等
妾	杖八十	×	×	＼	減傷二等	同犯夫減傷二等	加凡一等	＼	減殺二等	同犯夫減殺二等	加凡一等	＼

爲妻妾犯夫,或妾犯妻,同凡人;夫犯妻,或夫、妻犯妾,則同尊長犯卑
幼之法。④妻妾戲殺傷夫,從鬥殺傷法,不得減二等(鬥三七)。妾犯
妻者,亦同(蓋妻係期親尊長)。在此,夫妻相互間,及妻妾相互間,各
同期親尊長卑幼(但父祖子孫相犯,亦同期親尊卑)。⑤死罪囚辭窮
竟,子孫雇倩人殺父祖(囚)者,以故殺罪論;妻妾犯夫者,不同此例,仍
與凡人犯同,依本殺罪減二等(夫犯妻妾者亦同,斷三)。

(2) **夫妻妾相謀殺**(賊六·一)

在謀殺,妻妾犯夫,同期尊(但子孫犯父祖亦同);但犯姦而姦
人殺其夫,所姦妻妾,雖不知情,亦與同罪。夫犯妻妾,或妻犯妾,
則依尊長犯卑幼之法。

附說:從謀殺法者。①毒殺(賊一六及問答)。②憎惡而造厭魅(賊
一七)。在此,妻妾犯夫,原則上與期卑犯期尊同,不同子孫犯父祖。

(乙)間接侵身犯

(1) **服喪違法**(職三〇)。在此,妻妾對夫有犯,與子孫犯父
母者同;蓋直接與服制有關,故悉依服制等數科之。須注意者,夫
及妻爲妾無服,故對妾不成立此罪。

附說:①居喪嫁娶(戶三〇),妻於夫犯之,與子於父母犯者
同;但寡妻妾再嫁爲妾,即減三等。夫於妻犯之,同期親;對妾犯
之,則不坐(因無服)。②親屬被殺而私和(賊一三),妻妾犯夫,
同子孫犯父祖;夫犯妻,同期親;夫犯妾,不坐(因無服)。

(2) **親屬相告及誣告**(鬥四五,四六)。在此,與子孫犯父祖
者(鬥四五)不同。夫犯妻,同期親之法;夫犯妾,則不坐。

附說:投匿名書告人罪(鬥五〇),妻妾犯夫,宜解爲亦不加
(因此罪之刑重,但誣告重者不在此限)。夫犯妻,依問答,減凡人
二等;至夫犯妾,宜解爲不坐(參閱四六·二,因此罪,依問答之
意,從誣告之法)。

三、妻妾與夫宗相犯

(一)妻妾與夫之父祖相犯 妻妾與夫宗相犯,除律有明文者外,
應從服制,依尊長卑幼相犯之法。唯須述及者,乃直接侵身犯。妻妾
與夫之父母、祖父母相犯,如妻妾犯者,大率同犯期尊及夫。關於此
點,參閱講義《名例編》二十一章二(一)(3)所述者。夫之父祖犯者,
比犯期親卑幼爲重,即毆子孫妻,令廢疾者,杖一百;令篤疾者,加一等

（犯期親卑幼不坐）；致死者，徒三年；故殺者，流二千里（與犯期親卑幼相同）。毆子孫妾，各減二等（以上鬥二九）。又有所謂舊舅姑、子孫舊妻妾相犯之特例〔參閱三節一（四）（一）〕。

（二）妻妾與夫之期親以下尊長卑幼相犯　（a）妻毆詈尊長，各減夫犯一等；但因減罪結果，比凡人犯爲輕，則加凡鬥傷一等。妾犯者，不減（與夫犯同，蓋賤之也）。致死者，各斬。（以上，鬥三三·一·三）。蓋在此，服制上降夫一等故也（疏）。（b）妻妾毆傷卑屬，與夫毆同。死者，絞；但毆殺夫之兄弟子者流三千里，而故殺者仍絞。妾犯者，各從凡鬥法（蓋賤之也）。（以上，鬥三三·二）（c）尊長毆傷卑幼之婦，減凡人一等；犯妾又減一等。死者，絞。（以上，鬥三三·四）在此，不分期、大功、小功及緦麻尊長，毆傷卑幼之妻或妾，各只減一等或二等而已。蓋妻於夫宗，情義疏遠故也。因此，毆殺者，不問被毆人爲妻爲妾，並絞。

（三）妻妾與夫之弟妹相犯　妻毆夫之弟妹，及夫之弟妹毆兄之妻，各加凡人一等（鬥三一·一）。〔疏〕曰：“嫂叔不許通問，所以遠別嫌疑。毆兄之妻及毆夫之弟妹者，禮敬頓乖，故各加凡人一等。”此在親屬相犯，具有特色（雙面同加）。從一般原則觀之，兄之妻對夫之弟妹，不得主張尊長權。此宜解爲：因服制上，爲兄嫂止服小功，爲夫弟妹亦服小功。至弟之妻毆夫之兄，夫之兄毆弟之妻，宜從上文（二）之例。娣姒之相犯，律及疏均不言及。

（四）妾與他妾子或妻子相犯　妾毆夫之他妾之子，減凡人二等；毆妻之子，以凡人論。妻之子毆傷父妾，加凡人一等；妾子毆傷父妾，又加二等。（以上，鬥三一·二、三）易言之，①妾與他妾之子相犯，妾爲主體，減凡人二等；反之，他妾之子爲主體，加凡人三等。此係雙向加減，但非相應加減。②妾與妻子相犯，妾爲主體，以凡人論；妻子爲主體，加凡人一等。此係單向加刑（向上加刑）。

第四節　賤人與罪刑

一、賤人之種類

（一）總說　唐代賤人，分爲官賤與私賤二種。[22] 官賤雖個別

---

〔22〕　關於賤人之由來，參閱仁井田《身份法史》，859 頁以下，玉井是博《支那社會經濟史研究》，147 頁以下。

的直接受官署之支配，而私賤則受主之支配；但全體的間接對一般
良人，各自成一階級，且於官賤及私賤內，再分爲二以上等級。律
上用“色”字，表示階級之意，故有當色爲婚或相養、本色等語。
官私賤於法律上受特別規制，就刑法言，於犯罪及處罰上，殊異於
良人。良人有時亦稱爲百姓、凡人、常人、白丁（此爲與官人區別
而稱之）。

（二）官賤　官賤有官奴婢、官户、雜户、工樂、太常音聲人五
種。[23] 其由來，官奴婢，除代代相承外，大率係因反逆緣坐而没正
犯之親屬、部曲及奴婢者（參閱賊一·一）。官户，除没官外，再有
因恩赦而免官奴婢爲官户。官户亦稱爲番户或公廨户（賊五·一
注）。雜户乃因赦免，將官户或官奴婢免爲雜户。[24] 工樂户，即由
官户及官奴婢中選充。太常音聲人，元與樂户無異，於隋末或唐初，
將其籍由太常寺改移州縣者。[25]

官奴婢、官户、工樂等，州縣無籍，隸屬官司（司農寺、少府
監、太常寺等），各有簿帳。反之，雜户、太常音聲人附籍州縣。官
奴婢係長役，官户（番户）一年三番（一番皆一月），雜户二年五
番。[26] 工樂亦準官户之例，一年三番（參閱《唐六典》卷六，都

[23]　關於官户，見於疏議者：①前代以來，配隸相生，或有今朝配没，州縣無貫，唯屬
　　本司（名二〇）。②隸屬司農，州縣元無户貫（名四七）。③亦是配隸没官，唯屬諸
　　司，州縣無貫。（户一〇）。④亦隸屬諸司，不屬州縣，亦當色婚嫁，不得輒娶良人
　　（户四三）。
　　關於雜户，見於疏議者：①前代以來，配隸諸司，職掌課役，不同百姓，依令，老
　　免、進丁、受田，依百姓例。各於本司上下（名二〇）。②前代犯罪没官，散配諸
　　司驅使，亦附州縣户貫，賦役不同白丁（户一〇）。③配隸諸司，不與良人同類，
　　止可當色相娶，不合與良人爲婚（户四三）。④散屬諸司上下（名二八）。再參閱注
　　〔27〕。
　　關於工樂，見於疏議者：①工屬少府，樂屬太常，並不貫州縣（名二八）。②不屬
　　縣貫，唯隸本司（賊五）。
　　關於太常音聲人，見於疏議者：太常音聲人，謂在太常作樂者，元與工樂不殊，俱
　　是配隸之色，不屬州縣，唯屬太常，義寧（隋末年號）以來，得於州縣附貫，依舊
　　太常上下，別名太常音聲人（名二八·一疏）。再參閱注〔27〕。
[24]　《唐六典》卷六《刑部·都官》：一免爲番户，再免爲雜户，三免爲良人，皆因赦有
　　所及，則免之。（凡免皆因恩言之，得降一等、二等，或直入良人。）
[25]　詐一五·一疏：“官户奴婢，各有簿帳，……去者，謂去其名簿。”
[26]　《唐六典》卷六《刑部·都官》：“凡配官曹長輪，其作番户、雜户，則分爲番。
　　（番户一年三番，雜户二年五番，番皆一月。十六已上，當番請納資者，亦聽之。
　　其官奴婢，長役無番也。）關於番户，《唐六典》（同上）云：“諸律令格，或有官
　　户者，是番户之總號，非謂別有一色。”

官）。太常音聲人，亦分番上下（參閱《唐六典》卷一四《太常寺太樂署》）。官賤中，官奴婢及官户，就大體言，同私賤之奴婢、部曲，爲官賤内階級較低者；工樂、雜户及太常音聲人爲較高者，尤其雜户及太常音聲人，於州縣附貫（户籍），與良人相接近。[27] 故官賤逃亡，分爲二等。官奴婢、官户亡者，一日杖六十，三日加一等（依名五六·三，罪止流三千里）。工樂、雜户、太常音聲人亡者，一日笞三十，十日加一等，罪止徒三年。（以上，參閱捕一三，一一。）又詐除、去、死、免官户、奴婢，及私相博易者，徒二年；即博易贓重者，從貿易官物法（詐一五·一，參閱賊四三·一）。詐去工樂、雜户、太常音聲人名者，徒二年（詐一九·一）。各官賤地位之高低，自最低依次至最高者如次：官奴婢、官户（公廨户、番户）、工樂、雜户、太常音聲人。

（三）私賤　私賤者，私家所有之賤人（名四七·一疏曰：部曲謂私家所有），與官賤相對。私賤分爲二等，即奴婢（男奴女婢）及部曲。部曲，廣義包括男部曲與女部曲，狹義則指男部曲。女部曲有部曲妻（有原爲部曲女、婢或良女）及客女（部曲女）。[28] 其外，有隨身。隨身，依釋文（卷二〇）："二面斷約年月，賃人指使爲隨身。"律上，隨身同部曲。[29] 私賤本對其主而言，但因其隸屬主家之故，一般私賤對一般良人，亦分階級。兹爲予以區别，私賤對其主關係，謂之家賤；對一般良人言，則謂之私賤。家賤與主之關係，

---

〔27〕 雜户及太常音聲人，較近良人（百姓），賊二問答内云："雜户及太常音聲人，各附縣貫，受田、進丁、老免，與百姓同。其有反逆及應緣坐，與百姓無别。若工樂、官户，不附州縣貫者，與部曲例同，止坐其身，更無緣坐。"又賊一八·一疏曰："工樂及官户奴，並謂不屬縣貫。其雜户、太常音聲人有縣貫，仍各於本司上下，不從州縣賦役者。"

〔28〕 名四七·一注云："稱部曲者，部曲妻及客女，亦同。"其疏曰："其（部曲）妻，通娶良人、客女、奴婢爲之（參閱名二〇疏，四七·一疏，雜一三·一疏，捕一三·一疏）。"客女，謂部曲之女，或有於他處轉得，或放婢爲之（户二九·二疏）。客女及部曲妻，同部曲之法，如壓部曲、奴婢爲賤（户一一疏），反逆没官（賊一疏），部曲毆或被毆（鬥一九疏），部曲、奴婢謀殺主（賊七疏），於主家墓燻狐狸等（賊二〇·三疏），略和誘部曲（賊四五·四疏）妄認（詐一四疏）錯認（雜一三疏），逃亡（捕一三·一疏）。部曲妻，縱原係良女，仍同部曲之例（雜一三·一疏，捕一三·一疏）。

〔29〕 於主家墓燻狐狸等，隨身、客女同奴婢、部曲之例（賊二〇·三疏。於妄認有如次問答（詐一四）。〔問曰〕妄認良人爲隨身，妄認隨身爲部曲，合得何罪？〔答曰〕依别格：隨身與他人相犯，並同部曲法，即是妄認良人爲部曲之法。其妄認隨身爲部曲者，隨身之與部曲，色目略同，亦同妄認部曲之罪。

稱爲主賤；私賤與良人關係，則稱爲良賤。良賤關係較爲單純；反之，主賤關係則較爲複雜。以下述主賤關係。

(1) 現主賤關係。家賤之主，須係同籍良口以上，合有財分者；其媵及妾，在戶令不合分財（戶令二七 =《拾遺》245 頁），並非奴婢之主（賊七疏）。唯子爲家主時，因母（妾）法不降於兒，並依主例；若子不爲家主，於奴婢止同主之期親；客女及婢，雖有子息，仍同賤隸（鬥二一問答）。[30] 妾子見爲家主，其母（妾）亦與子不殊，雖出亦同（雜二六·二疏）。

(2) 舊主賤關係。舊主，謂主放爲良者（賊八·二注）；〔疏〕曰："舊主，謂經放爲良，及自贖免賤者（參閱戶令四二、四三 =《拾遺》，261 頁）。若轉賣及自理訴得脫（參閱鬥四八·二），即同凡人。"[31] 舊主賤關係，係主賤關係之延長。於謀殺，舊家賤謀殺舊主者，加凡人謀殺罪（賊八·二）；舊主謀殺者，亦依減例（部曲減凡人二等，奴婢又減二等）。[32] 相毆傷殺，舊主爲主體時加現主罪（但仍減凡人），舊主爲客體時減現主罪（但仍加凡人，鬥三六）。唯舊主故殺舊家賤，仍該當除名之故殺（名一八·一疏）。舊主賤相犯之加減，宜解爲限於侵身犯（參閱下文）；至侵財犯，則依凡人法。[33] 舊主賤關係之效力，不擴及於舊主之親屬。舊主賤相侵身，仍加減凡人犯之理由，由於"顧有宿恩"；因此，轉賣及自理得脫者，即同凡人（上文）。[34]

(3) 家賤與主親屬之關係。主賤關係之效力，擴及於家賤與主之親屬之關係。所謂主，上文已詳之。主之親屬，指非家口之親屬。至所謂家長之同籍共財之親屬，均爲家賤之主；而各主（包括妻）

---

〔30〕 唯婢有子，及經放爲良者，聽爲妾（戶二九·四），則又當別論。
〔31〕 蓋義已絕故也，參閱《明律集解》（謀殺故夫父母條纂注）："若奴婢轉賣與人，其義已離，故同凡人也。
〔32〕 同注〔31〕。
〔33〕 鬥三六·二又問答：〔問曰〕有人謀殺舊部曲、奴婢，或於舊部曲、奴婢家強盜有殺傷者，合減罪以否？〔答曰〕毆舊部曲、奴婢，得減凡人，爰至於死，亦依減例。明：謀殺及諸雜犯，合依減法。唯盜財物，特異常犯，止依凡人之法，不合減科。其所謂"減法"，宜解爲從鬥三六·二之例，部曲減凡人二等，奴婢又減二等。
〔34〕 鬥三六·二問答：〔問曰〕部曲、奴婢毆舊主期以下親，或舊主親屬毆傷所親舊部曲、奴婢，得減凡人以否？〔答曰〕五服尊卑，各有血屬，故毆尊長，節級加之。至如奴婢、部曲，唯繫於主，爲經主放，顧有宿恩，其有毆詈，所以加罪。非主之外，雖是親姻，所有相犯，並依凡人之法。

之親屬（包括內外親），亦均爲主之親屬。家賤與主之親屬相犯之加減等數，比主賤相犯爲少；而視親疏，其加減等數亦有差。［其詳參閱下文（四）（五）］。

（4）寺觀之私賤。此稍與家賤不同，參閱名五七·三。

（5）家賤亦係家口，附籍主家。漏口罪，部曲、奴婢亦同（户一·三注）；冒度罪，家人不限良賤，但一家之人相冒，則減凡人罪（衛二六·一疏）。部曲、奴婢爲主隱（但主不爲部曲、奴婢隱，名四六·一），爲主自首（名三七·三）。主賤相犯，例同父祖子孫（參閱下文），但主爲人所毆擊，則不同（鬥三四問答）。造畜蠱毒者同居家口而應緣坐流之人，若是八十以上，十歲以下，無家口同流者，放免（賊一五·三注）；此時，部曲及奴婢，非同流家口（同上又問答）。

（6）支配服從關係。部曲、奴婢既隸屬家主，無居住自由，悉由家主指定。部曲、奴婢逃亡者處罰（捕一三·一及注）。家主得自由使役、處分、懲罰之。此支配權，律疏稱爲："由主處分"（户四三·四疏，賊五〇·四問答）。奴婢係主之財物，類似畜產，既可出賣，又可用以質債；部曲則主得轉配事與他人［參閱下文二（一）（1）］。

二、賤人之刑法上性質及特例

（一）賤人之刑法上性質　賤人之刑法上性質，律常就私賤中奴婢，言其同資財，又比諸畜產；但有時則同良人。故學者以爲：奴婢係半人半物。唯部曲有時亦被視爲物，即官奴婢及官户，有時亦視同物。大體上言之，一般賤人爲犯罪主體而有責任能力；其爲犯罪客體，官私奴婢視同資財（物），官户及部曲有時亦視同物，至官賤中，工樂、雜户及太常音聲人則爲人。關於其責任能力，名四七·一規定："官户、部曲、官私奴婢有犯，本條無正文者，各准良人。"此條僅言及下級官賤及私賤，蓋上級官賤，律內並無視同物之條，其有責任能力，固不待言（講義《名例編》十六章詳之）。茲僅述賤人之"人"及"物"之兩面性質。

（1）"物"的性質。（a）私奴婢，最具有此性質。①奴婢賤隸，唯於被盜之家稱人（賊三四·一注），自外諸條殺傷，不同良人之限（名三〇·二又問答）。②其奴婢同於資財，不從緣坐免法（名三二·四疏）。③奴婢賤人，律比畜產，相殺雖合償死，主求免者，聽減

（名四七·四疏）。④奴婢既同資財，即合由主處分，輒將其女私嫁
與人，準盜論（戶四三·四疏）。⑤婢乃賤流，本非儔類（戶二九·
一疏）。⑥奴婢同資財，故不別言（物之没官，賊一·一疏）。⑦奴
婢比之資財，諸條多不同良人，即非同流家口之例（賊一五·三又
問答）。⑧妄認奴婢，準盜論減一等（與財物同，詐一四·三）。錯
認奴婢，亦同財物（雜一三·二）。⑨買賣奴婢，與畜産同，亦立市
券（雜三四·一）。⑩奴婢可以質債（雜一二之反面解釋）。⑪略和
誘奴婢，以强、竊盜論（賊四六·一）。⑫誘導官私奴婢亡者，準盜
論（捕一三·三）。（b）官奴婢，則如：①以私財物、奴婢、畜産
之類，貿易官物者，計其等準盜論，計所利以盜論（賊四三·一）。
〔注〕云：“餘條不別言奴婢者，與畜産、財物同。”故〔疏〕曰：
“若驗奴婢不實者，亦同驗畜産之法（廐二·一）。”此指官奴婢而
言。②監主私自借官奴婢及畜産，其處罰相同（廐一三·一）。③
故縱及誘導官奴婢亡，準盜論（捕一三·二、三）。（c）部曲，比
私奴婢高一級，其對良人關係，處處與奴婢不同。如①部曲通娶客
女、奴婢及良人女（名二〇疏，四七·一疏）；奴則不得娶客女及良
人女。②妄認部曲，以略人論減一等〔詐一四，參照（a）⑧〕。錯
認部曲爲奴，杖一百〔雜一三·一，參照（a）⑧〕。③略和誘部
曲，減良人一等〔賊四五·四，參照（a）⑪〕。唯部曲亦稍具有
“物”的性質。戶令四五（《拾遺》262頁）：“轉易部曲事人，聽量
酬衣食之直”，於略部曲，若得一匹以上，準贓即同奴婢，亦予除名
（名一八·二問答）。戶令二七）（《拾遺》246頁）云：“部曲、奴
婢皆應分人均分。”喪葬令二一（《拾遺》835頁）再云：“部曲、
客女、奴婢、店宅、資財，並令近親轉易貨賣。”部曲之處分，稱爲
“轉事人而得衣食之直”；但實際上，與奴婢之“出賣而得身價”相
差無幾。[35]何況，反逆緣坐，部曲亦予没官（賊一·一）。（d）官

---

〔35〕 賊一五又問答：“部曲既許轉事，奴婢比之資財。”賊一八·一注：“部曲及奴，出
賣及轉配事千里外人。”詐一五問答：〔問曰〕有人將私部曲，博換官奴，得以轉事
衣食之直，準折官奴價否？〔答曰〕奴婢有價，部曲轉事無估，故盜誘部曲，並不
計贓。今以部曲替奴，乃是壓爲賤色。取官奴入己者，自從盜論。以部曲替奴，理
依壓部曲爲奴之法。須爲二罪，各從重科。唯賊四五·四疏曰：“其略和誘緦麻以
上親部曲、客女者，律雖無文，令有轉事量衣食之直，不可同於凡人，亦須依盜法
而減（賊四〇）。”

户，則如詐除、去、死、免官户者，與官奴婢同（詐一五·一）。
(e) 工樂、雜户、太常音聲人，則僅與良人稍異而已。

（2）"人"的性質。（a）所有財産能力：賤人亦有權利能力，從而有行爲能力。官賤無庸懷疑，即家賤亦得爲財産主體。此與奴婢係主之資財，並不相抵觸。查律條，①被略誘良人、部曲，別齎財物，略誘之人，不取入己者，良人、部曲合有資財，不在坐限（賊四六·一疏）。②官户、部曲、官私奴婢，應徵正贓及贖，無財者，准銅二斤，各杖十；決訖，付官主。若老小廢疾，不合加杖，無財者放免（名四七·三）。③家賤得自贖免賤〔參閱上文一（三）（2）〕。[36] 故其財産權亦受法律保護，良人侵其財者，從凡人法〔參閱下文四（四）（3）〕。（b）生命、身體之保護：賤人雖無居住之自由，但其生命、身體仍受法律保護。不過侵身犯，視官賤、私賤、家賤（包括主之親屬與家賤之關係），再依賤人之階級而不同。其爲主體，侵犯上級者加凡人罪，其爲客體，上級侵之者減凡人犯（參閱下文四）。損傷人者，不在自首之限（名三七·六）。此時，損傷部曲、奴婢，亦同良人之例（疏）。（c）結婚、收養能力：賤人之子，相承爲賤人（户令四四＝《拾遺》261頁：部曲所生子孫，相承爲部曲）。唯賤人之親屬閧係（包括夫妻關係），亦爲法律所承認（非事實關係）。結婚及收養，原則上須當色内爲之〔參閱下文三（二）、（三）〕，但亦成立夫妻及親子關係。奴婢、部曲親屬自相殺者，主不得求免減（名四七·四注）。工樂、雜户當色相養者，亦準良人之例（名三六疏）。雜户、官户當色自相養者，同百姓養子之法（户一〇疏）。良人姦賤人，亦予處罰（雜二二）；但家賤被主姦者，各不坐（疏）。（d）訴訟能力：賤人既有所有財産能力，被侵害時自得理訴。其已被放爲良人，或奴婢被放爲部曲（不論主自願與家賤自贖），仍被壓爲賤者，主受處罰（户一一），私賤得理訴。律僅處罰家賤妄稱主壓者而已（鬥四八·二）。

要之，除上文（1）所述者外，一般賤人仍有人格，不過視其階級，處罰及其他處分，不同良人法。就大體言，官私奴婢係半人半

---

〔36〕 廄牧令八（《拾遺》704頁）："官畜在牧而亡失者，……估價徵納。……若户奴無財者，準銅依加杖例。"私賤亦自有其賤人（重馱、重口），參閱仁井田《身份法史》，918頁。

物，官戶、部曲稍具有"物"的性質；至工樂、雜戶、太常音聲人，仍與良人相差無幾（名二八·一疏曰：若是賤人，自依官戶及奴法。此由反面言，工樂、雜戶、太常音聲人，非賤人）。其與良人如何不同，於下文詳之〔參閱（二）〕。至同類之規制，則大體上與凡人同。如殺一家非死罪三人，仍同凡人法（賊二一問答，名六·五）。

（二）賤人之特例　茲所謂特例，指除直接與犯罪及其處罰（罪名）有關係者外，其餘之處分及易刑而言。賤人與罪名之關係，於下文（三）述之。特例之主要者如次。

（1）十惡。（a）不道：殺一家非死罪三人及支解人（賊一二），係加重殺罪，其〔注〕云："奴婢、部曲非。"即其被殺，不構成此罪。因此，亦不入不道（名六·五）。名一八·二問答內云："據殺一家非死罪三人，乃入不道；奴婢、部曲不同良人之例。"（b）不義：吏卒殺本部五品以上官長，入十惡中"不義"（名六·九注）。工樂及公廨戶（官戶）、奴婢，與吏卒同；餘條準此（賊五·一注）。故工樂以下犯之，則入不義。

（2）除免。（a）故殺人，獄成者，雖會赦猶除名（名一八·一）。〔疏〕曰："其部曲、奴婢者，非。（但舊部曲、奴婢，則同良人）"（b）監守內姦加一等，限於姦良人（雜二八·一）；予以除名（名一八·二及注）。而姦監臨內雜戶、官戶、部曲妻及婢者，則只免所居官而已（名二〇，參閱雜二二）。（c）監守內略人，則不論良人、部曲及奴婢，均予除名（名一八·二及問答）。

（3）相容隱及為罪人首罪。部曲、奴婢為主隱（但主不為家賤隱），此與同居或親屬之相為隱，及報隱者不同（名四六·一）。從而家賤得為主首罪，而主則不為家賤首罪（名三七·三）。

（4）易刑。（a）工樂、雜戶、太常音聲人，犯流者，決杖，留住，役三年；習業已成者，加杖二百。犯徒者，加杖（名二八·一）。（b）官戶、部曲、官私奴婢，犯流徒，加杖，免居作（名四七·二）。又應徵正贓及贖，無財者，亦易以加杖；老小及廢疾，則放免之（名四七·三）。

（5）移鄉。（a）殺人應死，會赦免者，移鄉千里外；此時，工樂、雜戶、官戶、官奴、太常音聲人，亦移鄉，各從本色；部曲及私奴，則出賣及轉配事千里外人。（b）殺他人部曲、奴婢，及部曲、奴婢自相殺者，並不在移限（以上，賊一八）。

（6）緣坐。（a）家賤之主犯反逆，家賤沒官（賊一·一）；部曲、奴婢（依疏,不限官私奴婢）犯反逆者,止坐其身,並無緣坐（賊二·四）。
自餘賤人,則同良人之例。

（7）決死刑不待時。奴婢、部曲殺主者,決死刑不待時（斷二八疏,
獄官令九乙＝《拾遺》765頁）。決死刑前,唯一覆奏（獄官令六＝《拾
遺》761頁）。

（8）會赦不原。部曲、奴婢毆、謀殺及强姦主者,不得以赦原（斷二
一·一）。

三、良賤共犯

（一）總説 良人與賤人（再分爲官賤及私賤,各復分爲二以上階
級）,既分階級,而子孫又相承,自應予以維持,不得以人爲淆亂之,即
禁止異色相養及相婚。在此,各階級係就整個階級而言,並非對官或
對主關係。且異階級之共犯（對立犯）,原則上同其處罰。此點與相侵
犯（下文）不同。良賤相姦,則分良賤與主賤（包括主親屬與家賤）。

（二）良賤相養（户一〇） 良賤各當色相養,違者處罰。據此條,
（a）良人養雜户男,徒一年半（養女,杖一百）。（b）良人養官户男,徒
二年（養女,徒一年）。（c）良人養部曲及奴,杖一百（養客女及婢,從
不應爲輕）。通上三項,與者之處罰,各同養者,又各還正之（參閲名三
六）；但養無主部曲、奴婢,及主自養家賤者,聽從良。須注意者,①養
女減養男罪。②良人養官奴婢,宜從養官户之法（名五〇·二）。③雜
户與官户相養,各從不應爲（男從重,女從輕,參閲雜六二）。④部曲、
奴婢與官户、雜户相養,準良人與官户、雜户相養科罪。⑤工樂、太常
音聲人,律疏均不提,但宜解爲：良人與工樂相養,科以違令罪（雜六
一,參閲户令三九＝《拾遺》258頁）；太常音聲人,則不坐[因太常音聲
人得與良人相婚,參閲下文（三）]。

（三）良賤相婚（户四二,四三） 良賤各當色爲婚,太常音聲人,
婚同百姓（參閲户一〇,四三各疏,再參閲户令三九、四〇＝《拾遺》
258、259頁）。違者處罰。（a）雜户與良人爲婚,杖一百。（b）官户娶
良女,杖一百；良人娶官户女,加二等。（c）奴娶良女,徒一年半；女家
減一等。若妄以奴婢爲良人,而與良人爲夫妻者,徒二年（奴婢自妄
者,亦同）。奴婢私嫁女,與良人爲妻妾者,準盜論；知情娶者,與同罪。
通上各項,各還正之（參閲名三六）。須注意者,①太常音聲人,既婚同
百姓（良人）,若與其他階級爲婚,則太常音聲人同良人。②良人與工

樂爲婚,無文無疏,宜解爲科違令罪(雜六一)。③部曲、奴婢與雜户、官户爲婚,並同良人共官户爲婚之法。④部曲得通娶良女、客女及婢(名二○,四七各疏)。奴娶客女爲妻,比附奴娶良女。⑥工樂、雜户、官户、異色相娶,科違令罪。

(四)良賤相姦(雜二二,二六·一)　(a)部曲、雜户、官户,姦良女,徒二年;有夫者,徒二年半(加凡姦一等)。(b)良人姦他人部曲妻、雜户、官户婦女,杖一百(減凡姦二或三等);姦官私婢,杖九十(減凡姦三等或四等)。(c)奴(不分官私)姦良女,徒二年半(不分無夫有夫,加凡姦二等或一等)。(d)奴姦婢,杖九十(減凡姦三等或四等)。須注意者,①强者,各加一等。奴强姦良女,流。②和姦婦女,與姦男罪同(蓋相姦人共同侵犯其所屬階級全體);强者,婦女不坐(雜二七)。③工樂、太常音聲人,關於犯姦,無文無疏。宜解爲同凡姦。即此等人與良人相姦,與官私奴婢相姦,均依凡姦法。④部曲、雜户、官户男女相姦,宜解爲各同凡姦之法。⑤下級男姦上級女者,加凡姦罪;上級男姦下級女者,減凡姦罪。大體言之,犯姦分爲四級。一爲良人,二爲工樂、太常音聲人,三爲部曲、雜户、官户,四爲官私奴婢。因此,犯姦雖係共犯,仍同相犯之例。

(五)主賤相姦(雜二六·二、三)　此分爲主賤相姦,及主之親屬與家賤姦。(a)部曲、奴姦主、主之期親或主期親之妻,絞;婦女減一等。强者,斬(婦女不坐)。反之,主姦其部曲妻、客女及婢,各不坐(期親亦同,參閱雜二二·四疏)。(b)部曲、奴姦主之緦麻以上親或緦麻以上親之妻,流;婦女,流二千里。强者,絞(婦女不坐)。主之緦麻以上親(除外期親),姦所親之部曲妻、客女及婢,宜解爲從姦他人部曲妻、客女及婢之法〔參閱上文(四)〕。於主賤相姦,主(男)姦賤不坐,賤(男)姦主(女)則斬,其刑之懸殊太甚。蓋主(女)被賤姦污,爲主之莫大恥辱,賤(男)敢與主(女、妻)姦,則罪大惡極。主(男)姦賤(女),則不足輕重,家賤之婦女,任主(男)姦淫,不爲法律所保護。

四、良賤相犯

(一)總説　良賤相犯(廣義),分爲良賤相犯(狹義)、官人官賤相犯、主賤相犯(包括主之親屬與所親之家賤相犯)。在此,與共犯不同(共犯者同罪),原則上,上犯下減輕或不坐,下犯上加重或成立罪。又此三種相犯,因其關係不同,加減之刑等互異,而且比較複雜。唯此限於侵身犯,至侵財犯,則各同凡人法。

(二)良賤相犯　良賤相犯,係就各階級全體而言。此乃以賤人隸屬於官及主爲楔機,而引起整個階級之貴賤者。分爲侵身犯與侵財犯。侵身犯,良人優越賤人;反之,侵財犯則否。何以作如此區別? 蓋生命、身體、名譽,係整個人格之表現,賤人之人格既賤,良人侵害時,自應予減輕;賤人侵犯良人,則予加重。至財産則與人格無關,自應從凡人法。

(1)侵身犯。侵身犯之典型爲相毆傷殺(鬥一九)。於此,官賤中僅官戶及官奴婢,各與私賤之部曲及私奴婢相同。至工樂、雜戶、太常音聲人,無文又無疏。宜解爲:上與良人相犯,下與官戶、部曲、官私奴婢相犯,各同凡人法(不加減凡人法)。良人爲第一級,官戶及部曲爲第二級,官私奴婢爲第三級。(a)、①良人毆傷殺部曲、官戶,減凡人一等;故殺者,絞(此係修正的減一等,易言之,不從名五六·二之"二死三流各同爲一減"之例;參閱鬥五·一:故殺人者斬)。②良人毆傷殺官私奴婢,減凡人二等;故殺者,流三千里(此係修正的減二等,亦不從上例)。(b)、①部曲、官戶毆良人,加凡人一等(加入於死);致死者,斬(參閱名五六·三及注)。②官私奴婢毆良人,加凡人二等;折跌支體或瞎一目者,絞(加凡人四等,參閱鬥四·一);致死者,斬。(c)部曲、官戶與官私奴婢相毆傷殺,各依部曲、官戶與良人相毆傷殺法〔參閱上文(a)①及(b)①〕。須注意者,此係雙向加減,規則加減,且相應加減。

此條〔注〕云:"餘條良人、部曲、奴婢相犯,本條無正文者,並準此。"其意,上文三級加減制,於其他侵身犯,亦準用之。依此條疏議,謀殺人(賊九),穿地得死人不更埋(賊二〇)之類屬之。其他,如以物置人耳鼻中(賊一四),以毒藥藥人(賊一六),憎惡造厭魅(賊一七),殘害死尸(賊一九),發冢(賊三〇)等,亦同。

(2)侵財犯。文云:相侵財物者,不用此律(鬥一九·一四)。〔疏〕曰:"相侵財物者,各依凡人相侵盜之法。"所謂侵財,乃相侵犯財産之意。故除竊盜、強盜外,詐欺取財(詐一二),恐喝取財(賊三八),故殺官私馬牛(廐八),受寄物費用(雜九)等是。強盜殺傷,奴婢與良人同(賊三四·一注)。主侵家賤財物者,宜解爲亦同凡人之法。

(3)誣告及匿告。誣告本來亦間接侵身,但同時侵害國家法益,故鬥四八條不規定良賤相誣告,各依凡人之法。投匿名書告人罪(鬥五〇・一),〔疏〕曰:"匿名書告他人部曲、奴,依凡人法,是良賤(原作大功,恐係良賤之誤)不合減一等、二等。"

(三)官賤犯本部官人 此與良賤相犯不同,只隸屬官司之官賤(工樂、官户、官奴婢),毆傷殺本部官長、佐職時,單向的加凡人罪;而官長、佐職毆傷殺所部官賤,則從良人毆傷殺賤人而減一、二等(鬥一九)。至毆非本部官,則依鬥一五條;即雜户及太常音聲人毆本部官長,宜解爲亦依鬥一五條之例。毆傷殺分爲謀殺及毆傷鬥殺。謀殺限於謀殺本部五品以上官長,始加凡人罪(賊五,尤其注)。毆、傷、鬥殺官長及佐職,工樂、官户及官奴婢,準吏卒之法,此爲官職犯之一情形,其詳於下文第五節述之。

(四)主賤相犯 主賤相犯,比良賤相犯較爲複雜。主之優越性,擴及於主之親屬,又主之優越性,繼續至放良以後。

(1)主及家賤之定名。從家之部曲、奴婢言,其主須係同籍良口以上,合有財分者;其媵及妾,在令不合分財,並非奴婢之主(賊七・一疏)。就一般言,部曲比奴婢高一級,隨身、部曲妻(不論原爲良女、客女及婢)及客女,與部曲同(參閱上文一(三));但主賤相犯,大率不分部曲與奴婢。家主與家賤相犯,大致上與父祖子孫相犯同其處罰。若舊主賤相毆傷殺(包括謀殺),大致上與舊舅姑子孫婦相犯同(參閱賊八,鬥三〇・二,三六)。

(2)侵身犯。相侵身以相毆傷殺爲其典型。相毆傷殺且及於放良後。(a)主與家賤相毆傷殺:①部曲、奴婢過失殺主者,絞;過失傷主及詈者,各流;毆傷以上,皆斬(鬥二二・一、二)。②主殺奴婢,若奴婢有罪,主不請官司而殺者,杖一百;無罪而殺者,徒一年(鬥二〇・一、二)。主毆部曲至死者,徒一年;故殺者,加一等(鬥二一・一)。其有愆犯,決罰致死及過失殺者,各勿論(鬥二一・二)。若將此與父祖子孫相犯比較,家賤爲主體時,詈者較輕(詈父祖者絞);過失殺傷較重(過失殺父祖流三千里,過失傷者徒三年)。家賤爲客體時,比子孫爲客體者較輕(父祖子孫相犯,參閱鬥二八)。若是舊主賤相毆,比現主賤相毆者,其加減刑幅較小(參閱鬥三六)。(b)主與家賤相謀殺:①部曲、奴婢謀殺主,皆斬(不問始謀、已傷及殺訖,與子孫謀殺罪同,賊七・一)。②主謀殺家賤,無文又無疏,宜解爲仍依上文(a)②之例。

若是謀殺舊主,流二千里;已傷者,絞;已殺者,皆斬(賊八·二,與妻妾謀殺故夫之父祖罪同。)(c)其他:主被殺,家賤受財私和及不告官府,得罪同子孫(賊一三及問答);家賤憎惡主而造厭魅,亦與子孫同,不予減罪(賊一七·二注),直求愛媚而厭咒者,亦同(賊一七·三)。殘害主死尸,亦同子孫之例,各不減(賊一九·三);家賤於主家墓,燻狐狸等,得罪亦同子孫之例(賊二〇·三);告主之罪,亦同告父祖之罪(鬥四八·一,參閱鬥四四·一);主辭窮竟而家賤殺之者,亦同子孫殺者之罪(斷三·三)。主誣告部曲、奴婢者不坐,亦與誣告子孫同(鬥四八·二疏)。匿名告,亦同(參閱鬥五〇疏)。部曲、奴婢殺主者,決死刑不待時(斷二八疏);毆、謀殺及強姦主者,不得以赦原(斷二一·一),此並同子孫之例。

(3)侵財犯。關於此點,無文又無疏,如上文(四(二)(2))所述,宜從凡人法。

(五)家賤與主之親屬相犯 此爲主賤關係之擴大形態,其相侵身而加減凡人罪,宜解爲以有明文規定及疏義有解釋者爲限。至侵財犯,應從凡人法,固不待言。相侵身,仍以相毆傷殺爲其典型(下文)。

(1)相毆傷殺(鬥二二·二,二三)

親屬	主客	詈	毆	傷	殺	過失殺	過失傷	備 注
期親及外祖父母	主體	×	×	×	杖一百無故,徒一年	×	×	同主犯者
	客體	徒二年	絞	皆斬	皆斬	徒三年(減毆二等)	徒二年半(減毆三等)	不同主被犯者
大功	主體	×	×	折傷以上,減凡四等	同左欄	×	×	左欄以部曲爲標準,奴婢又減一等。
	客體	×	徒二年	傷重,加凡三等	皆斬			過失殺傷無文,宜解爲准贖。
小功	主體	×	×	折傷以上,減凡三等	同左欄	×	×	同上
	客體	×	徒一年半	傷重,加凡二等	皆斬			過失殺傷無文,宜解爲准贖。
緦麻	主體	×	×	折傷以上,減凡三等	同左欄	×	×	同上
	客體	×	徒一年	傷重,加凡一等	皆斬			過失殺傷無文,宜解爲准贖。

須注意者,①家賤爲主體時,不分部曲與奴婢;爲客體時則分

之。②主之期親及外祖父母，爲主體時，與主同；爲客體時，則與主不同。③主之緦麻、小功爲主體時，處罰相同。④主妾與家賤相毆傷殺，比附姜子與父妾相犯（鬥二一問答，參閱鬥三一）。④雙向加減。⑤主之期親及外祖父母殊異，關於傷害，大功以下，大致上規則加減（例外爲上文③）。⑥非相應加減。

（2）告及誣告（鬥四八）。（3）家賤（不分部曲與奴婢）告主之期親、外祖父母者流，大功以下親徒一年。誣告重者，期親流（參閱名五六·三），大功加凡人三等，小功加凡人二等，緦麻加凡人一等。誣告死罪者，仍絞（鬥四一·一）。（b）主之親屬告家賤，不坐。誣告者，既無明文，疏議又無言及（參閱鬥四八疏，僅言：主誣告者不坐），自須依凡人法（依鬥四一·一注，誣告部曲、奴婢反坐者，仍依部曲、奴婢之加杖法＝名四七·二）。須注意者，①主之期親及外祖父母，殊異於大功以下親。即誣告引虛，亦不減一等（鬥四三·二注）。②此係單向加罪（告主親即成立罪，誣告者，加凡人罪），即誣告主大功以下親，自疏至親，遞加一等。

（3）投匿名書告人罪（鬥五〇疏）。（a）匿告主之親屬者，流（參閱鬥五〇·一）。（b）匿告所親之部曲、奴婢者，即依減法（鬥五〇·一疏）。宜解釋爲：以鬥五〇條凡人犯之流二千里爲基準，依毆傷之法（鬥二〇，二三），期親不坐，大功減一等，小功、緦麻減二等。

（4）其他。（a）相殘害死尸，既各減鬥殺罪一等（賊一九），亦同（1）之相鬥殺罪之例加減之。（b）死罪囚辭窮竟而殺者，各依本殺罪減二等，或以鬥殺傷論（斷三），故亦復相同。

第五節　官人與罪刑

一、總　說

官人身份，於刑法上分爲官職及官品。官品與官職有密切關係，一定官職須有一定官品；但有官品之人，未必有職守。關於官品及官職，參閱講義《名例編》三章三，四章一（四）。職事官分爲監臨主守與非監臨，於罪刑有其作用，故名例律置定義的規定（名五四，參閱講義《名例編》二十三章）。整個官人身份，於刑法上最重要者，乃官人處罰之雙面性。一方面，官人原則上不科以真刑（刑不上大夫），與以各種殊遇（且及於其親屬），議請減贖及官當是矣。
他方面，處以懲戒處分（從刑），除免官當法是矣（有犯以禮責
之）。此於講義《名例編》三章及四章述之。官品於官人相犯及處
罰，有其用處。官職則於官人特有之犯罪〔行政犯即公罪，參閱講
義《名例編》四章三（二）〕，瀆職罪，官人相犯、共犯及處罰，均
有其意義。本節只論官人相犯、共犯，而及於處罰上之其他特例
（即除外議請減贖之殊遇及除免官當）。

二、官人相犯

（一）概説　官人相犯分爲官職與官品。在此，以官職爲重，行
爲主體及於庶人，其客體及於職官之一定親屬，且官職又視其官品
而其刑有異。官人相犯比較單純，限於詈毆傷及殺。以下分述之。
又雖謂官人相犯，已如上述，係卑官（包括庶人）犯高官（及於其
親屬）者，加凡人犯。故可謂爲是卑官犯高官之加重（向上加刑）。

（二）卑職犯高職　此有謀殺及毆傷殺。

（1）謀殺（賊五）。（a）謀殺制使、本屬府主、刺史、縣令，
吏卒（工樂、官戶、官奴婢亦同）謀殺本部五品以上官長，謀者流
二千里，已傷者絞，已殺者斬。關於行爲之主客體，參閱名六·六
及六·九各疏。即其主體及於百姓（犯制使、刺史、縣令）。吏卒及
官賤（除外雜戶及太常音聲人）犯者，其本部五品以上官長，亦同
制使等長官。謀殺制使，有時該當“對捍制使而無人臣之禮”，入大
不敬（名六·六）；謀殺其餘之人，則入不義（名六·九）。（b）謀
殺皇帝，乃謀反罪；謀殺三后及皇太子，宜解爲謀大逆。各入十惡
（謀反、謀大逆，參閱名六·一、二，五一）。謀反及大逆，亦有緣
坐（賊一·一）。謀殺皇帝之其他親屬，律無明文。

（2）毆傷殺。（a）毆官長、佐職（鬥一一，一二）。“（一）毆
制使、本屬府主、刺史、縣令，徒三年；傷者，流二千里，折傷者，
絞；詈者，減毆罪三等。在此，行爲主體，庶人（毆刺史、縣令）
亦在其內。其客體爲長官。此條係單向加刑（向上加刑）。（二）吏
卒毆官長及佐職。①吏卒毆殺本部五品以上官長，與毆制使等同。
②吏卒毆六品以下官長，各減毆五品以上官長罪三等。但減罪輕者，
加凡鬥一等。致死者，各斬；詈者，各減毆罪三等（①、②各同）。
③吏卒毆佐職者，徒一年；傷重者，加凡鬥傷一等；死者，斬。

（三）佐職及所統屬官，毆傷官長者，各減吏卒毆傷官長二等；減罪輕者，加凡鬥一等；死者，斬。"據上，官職分爲吏卒、佐職、官長三級，上犯下並不減，下犯上則節級加重。吏卒毆傷長官及佐職，各予加重。若以毆爲標準，則五品以上，加凡毆十一等；六品以下，加凡毆八等；佐職則加凡毆七等。佐職及所統屬官毆傷者，各減吏卒毆傷官長二等。以表示之如次：

$$吏卒 \rightarrow 佐職（加凡七等）\nearrow 六品以下官長（加凡八等）\searrow 五品以上官長（加凡十一等）$$

$$佐職 \nearrow 六品以下官長（加凡六等）\searrow 五品以上官長（加凡九等）$$

因此，①吏卒與佐職以上，有"質的差異"，固不待言。②佐職以上爲行爲客體時，佐職比六品以上官長減一等，比五品以上官長減四等。故於官長，五品以上與六品以下，亦有"質的差異"。③佐職爲行爲主體時，各減吏卒罪二等；故其與長官，亦有"質的差異"。

（b）毆本屬府主、刺史、縣令之祖父母、父母及妻子者，徒一年；傷重者，加凡鬥傷一等（鬥一三）。此犯罪之主體，包括佐職、吏卒及庶人。其加重等數，與吏卒毆佐職罪相同；但毆致死時，在此只絞（名五六·三；吏卒毆佐職致死則斬）。本屬府生、刺史、縣令之尊，及於其父祖妻子。（c）毆皇家袒免親者，徒一年，傷者徒二年，傷重者加凡鬥二等。緦麻以上，各遞加一等。死者，斬（鬥一四）。即毆皇家袒免親者，於毆與府主等之父祖妻子相等；但毆傷及傷重者，則多加一等。緦麻以上，又各遞加一等。

（三）卑品毆傷高品（鬥一五至一七）

（1）流外官以下毆者：（a）毆議貴（參閱名七·六注），徒二年；傷者，徒三年；折傷者，流二千里。（b）毆傷五品以上（通貴，參閱名一三疏），減二等。（c）毆傷九品以上，加凡鬥傷二等。

（2）流內九品以上毆者：（a）毆議貴，徒一年。（b）毆五品以上，加凡鬥傷二等。

（3）五品以上毆議貴：加凡鬥傷二等。

須注意者，①官人依其官品，分爲議貴、通貴、六品以下、流外官以下（包括勳品以下，及於庶人）四級。詳言之，卑品犯高品，將官品簡化爲四級，在同一級內之各品相等（自相毆傷者，并同凡鬥法），不同級者，每一級原則上差二等。卑品犯高品者，節級遞加二等。以表示其毆罪如次：

流外→六品以下(加凡二等)→通貴(加凡七等)→議貴(加凡九等)

六品以下→通貴(加凡二等)→議貴(加凡七等)

通貴→議貴(加凡二等)

②高品毆傷卑品，各不減輕。故此係向上加刑。③監臨官司毆所統屬官，及所部之人有高官者，並同凡鬥法。蓋爲其所管故也。④高品且爲職官，則累加之（參閱鬥一二疏）。

三、官人共犯

共監臨主守爲犯，仍以監主爲首，凡人以常從論（名四二・三，參閱講義《名例編》十二章一節二（四））。同職犯公坐，長官以下四等官連坐（名四〇，參閱講義《名例編》十一章四節）。官人故縱或知而聽行，原則上與罪人同罪〔參閱講義《名例編》十二章一（二）（3）〕。

四、官人之處罰上特例

官人於公罪，不覺或不知情（過失犯），仍予處罰（散見於各編）。唯犯公罪自覺舉，亦原其罪（名四一），已離原職時，公罪流以下，各勿論（名一六・二）。須附言者，官人之家人有犯，亦從官人所犯罪上減等科之（職五六）；官人爲其親屬，娶所監臨女爲妾，或枉法爲其親屬娶他人之妻妾及女者，各同自娶科之（户三七）。

※ 本文原載臺灣大學法學院《社會科學論叢》第 11 期，1961 年。
※ 戴炎輝（已故），日本東京大學博士，前臺灣大學法律系教授。

説遼朝契丹人的世選制度

姚從吾

一、引　言

　　《遼史》卷二〇《興宗本紀》三，重熙十六年（1047）二月辛酉，遼興宗曾下了一道富有哲理的詔令。原文説："世選之官，從各部耆舊，擇材能者用之。"這是《遼史》中對於契丹"世選制度"比較具體的説明，頗符合選賢與能的理想，對於契丹族在文化史的貢獻，實有重大的影響；值得加以注意。這當然不是詔書的原文，而只是原詔書的重要旨趣。意思是説：凡是可以由世選制度任命的各部首長，必須從各部族，或各部門的耆舊中，選擇有材能的人，加以任用。世官或世襲，原是古代各民族常有的老習慣；如士之子恒爲士，工之子恒爲工之類。但契丹族對於世官的制度或官吏世襲的習慣，卻發明了一套很理智的運用方法：就是不採用傳嫡立長的辦法，而採用一種有限度的選賢習慣，名之曰世選。這就與僅行世官或世襲的意義大不相同了。這種"世選習慣"，或者説"世選制度"，已實行到何種程度？世選的方法如何？契丹人與當時的社會對於"世選"的認識如何？實有加以精密考察的必要。由於"世選"具有若干新穎的創見，所以很早即引起清代歷史學家趙翼的注意。趙翼在他的《廿二史劄記》卷二七"遼官世選之例"條説："遼初功臣無世襲，而有世選之例。蓋世襲則聽其子孫，自爲承襲。世選則於其子孫內，量材授之。興宗詔'世選之官，從各部耆舊，擇材能者用之'是也。"趙翼曾就遼代世選問題，加以分析。最後説"由此可見，遼代世選官之制，功大者世選大官；功小者世選小官；褒功而兼量才也。"[1]抗戰期間，陳述先生曾作《契丹世選考》，（載 1939 年出版的

〔1〕　趙翼（1727～1814），江蘇陽湖（今武進）人，字耘松（一稱雲松），乾隆二十六年（1761）
　　　進士及第（探花），《清史稿》卷四九《文苑傳》二有傳。清乾嘉時（1736～1820）著名史
　　　學家，著作甚多，就中以《廿二史劄記》三十六卷最爲通行。《劄記》中第二十七、二十
　　　八兩卷，討論遼金二史，論遼者約得十二條。《遼官世選之例》在第二十七卷內，全文
　　　約三百二十字；後附按語約九十字。文中列舉《遼史》中有關世選的史料，計有十條。

《中央研究院歷史語言研究所集刊》第8本第2分)；對此問題，重加整理，也有很重要的補充。[2] 著者年來研究第十世紀與十三世紀契丹人與蒙古人的立君問題。曾將《遼史》中所載有關契丹世選的史料，加

〔1〕 **(續前注)**(即是1、《遼史》卷二〇《興宗本紀》第三，2、卷六七《外戚表序》，3、卷一《太祖本紀》上，4、卷八五《蕭塔剌(應爲列)葛傳》，5、卷七八《蕭思温傳》，6、同卷《蕭護思傳》，7、卷二三《道宗紀》第三大康三年二月條，8、同上七月條，9、卷八五《耶律諧理傳》，10、卷一〇一《蕭胡篤傳》。)據著者所知，我國舊日學者最早注意契丹族有世選制度的，當推趙翼先生。他所求得的結論如下："可見遼代世選官之制、功大者，世選大官；功小者，世選小官。褒功而兼量才也。"稱贊世選是褒功而兼量才，極有卓見。至於所説，"功大者，世選大官；功小者，世選小官"。似尚有若干誤解。據著者所得結論，遼代契丹人所行的世選制度，可歸納爲數個原則。例如(一)各部落的首長，(如北南府宰相、夷離堇等)皆由世選。(二)專業官吏(如太醫、决獄官等)，皆由世選。(三)軍職武官(如樞密使、節度使等)皆由世選。而世選只是契丹人(特别是高級的貴族)的一種特權，並非各官均是世選。所以"功大者世選大官；功小者，世選小官"，二語顯有語病。又趙先生於《劄記》本文後面，又加一段按語，把契丹世選與蒙古選宰相作比，也甚有卓見。原文説："按遼之世選官，與元時四怯薛相同。如木華黎之子孫，安童，哈喇哈孫等，累世皆爲宰相。阿魯圖亦自言：'我博爾朮後裔，豈以丞相爲難得耶！'是元時丞相多取於四怯薛之家，與遼之世選宰相，大略相同也。"著者甚願接受趙先生這一條的啓示，擬就元代蒙古人宰相制度，加以統計，看是如何。但很相信趙先生的這一假設(即是"元時丞相人選，多取於四怯薛之家，與遼之世選宰相，大略相同")，是可以從《遼史》、《元朝秘史》、《元史》中得到證明的。

〔2〕 陳述先生的《契丹世選考》，載《中央研究院歷史語言研究所集刊》第8本第2分，文長約五千餘字。全文共分四章。一、緒言。二、官吏之世選。三、官吏世選與推舉大王。四、餘説。第二章專討論契丹官吏的世選，對著者目下所提出討論的問題，極有關係。這一章共約二千五百字，幾占全文的一半。内容又分甲、乙、丙三項，如下。甲、"南北面"；旨則討論北面官與南面官的性質。陳先生認爲契丹是"軍國之制，自以北面爲主"。而"南面官不過爲粉飾門面，敷衍漢人之具"。乙、"北面官世選"。這一項又分爲一、南北院樞密使。二、北府宰相。三、南府宰相。四、夷離堇。五、節度使，諸目。分别討論上述五種官吏世選的概况。就中(一)北南院樞密使項下，曾舉二例。(一、《遼史》卷四五《百官志》。二、卷二三《道宗紀》。)(二)北府宰相下，僅舉六例。(即是：一、《遼史》卷四五《百官志》北府宰相條。二、卷一《太祖紀》上，蕭敵魯條。三、同上蕭阿古只條。四、卷六《穆宗紀》命蕭海璆爲北府宰相條。五、卷七八《蕭思温傳》。六、卷八五《蕭塔列葛傳》。)(三)南府宰相下，只舉一例，即卷四五《百官志》。(另一條《太祖紀》卷二)，神册六年(921)命皇弟蘇爲南府宰相云云。就本文説，並看不到有世選的痕跡。)(四)夷離堇項下，甚簡略，也没有舉例。(五)節度使項下，舉一例(即《遼史》卷八五《耶律諧理傳》)。其他關於世選者尚有三例。(即一、《遼史》卷七二蕭敵魯的五世祖胡母里。二、卷七六《耶律解里傳》。三、卷七八《蕭護思傳》。)丙、世選官之寵遇。此章也甚短，只舉五例。(即一、《遼史》卷一七《聖宗紀》。二、卷一九《興宗紀》。三、卷二一《道宗紀》。四、卷六九《部族表》，但與上例卷二一重複。五、卷四五《百官志》北面著帳官條)合計共得十八條，内一條重複，尚餘十七條。上列十七條中，陳氏因夾叙夾議，往往只舉要點，未列全文。陳先生的論文，似尚是初步的研究。史語所集刊目下在臺灣得睹全部已非易事。第八本第二分尤不常見。(臺灣大學研究室圖書館，即無此一册)著者得讀全文也是輾轉借得的。謹撮述要點如上，以便參考。

以比較廣泛的蒐輯,認爲尚有從新提出討論的必要。第一、世選制度是第十世紀契丹漁獵文化的優點之一。它不但是一種比較合理的任官制度,而且更可以由這種制度中,窺見契丹人對於政治哲理的認識。第二、契丹世選習慣實與遼朝初期(聖宗即位〔乾亨四年九月,982〕以前)的立君制度互相表裏。遼朝自太祖阿保機建國,改元神册以後,太宗耶律德光(927~947)與世宗耶律兀欲(947~951)的繼立,都是依照世選習慣,由各部推選完成的。《遼史》中對於契丹選汗也有比較詳明的記載。現在將世選制度與選汗制度比較合觀,以期對於第十世紀契丹族在文化史中的貢獻與地位,有更深一層的瞭解。文化與制度的産生,不是突然的,偶發的;而是漸進的,培養的。它們的産生都需要一種比較高級的、卓越的信仰與哲理,作爲啓發與指導。簡單説,契丹人既能實行一種官吏世選與選汗的制度,這可以説即是一種有限度的選賢與能的制度;我們就不能不承認他們對於"選賢與能"與"天下爲公"的哲理,已有一種明析的理解與正確的認識。這與東北遊牧民族現存唯一的歷史書,《元朝秘史》(葉德輝原刻與《四部叢刊》三編漢字蒙文譯音本)卷七乃蠻太陽汗所説:"天上止有一箇光明,日與月;地上如何有兩箇主人!"同樣重要。這兩句話,雖和《孟子》所説,"天無二日,民無二王"若合符節,但都是一種創見,一種政治哲學;不相因襲,而可先後媲美,[3]由這兩種名言中,可以使我們認識東北遊牧民族因

---

〔3〕 十三世紀蒙古乃蠻部也有"天無二日,民無二王"的見解,但似不是轉引《孟子》。原文見葉德輝光緒三十四年戊申(1908)所刻《元朝秘史》足本(即漢譯與漢字蒙文譯音合刻本)卷七,頁11與頁13。乃蠻太陽汗的談話,漢譯原文如下:"再後太陽汗説:'這東邊有些達達(蒙文譯音作忙豁侖,即蒙古。此指成吉思汗),看來他們敢要做皇帝! 天上,止有一個日,一個月,地上如何有兩個主人!'……"(頁13,漢文譯本)。李文田先生作《元朝秘史》注,在卷八"地上如何有兩個主人"的後面,加了一個按語。説:"天無二日,民無二王,漠北亦有此語。"但是這一句話是不是輾轉因襲《孟子》(《萬章篇》上)"天無二日,民無二王"呢? 著者曾經事推究,據《元朝秘史》蒙文漢字譯音的本文,判定兩者是沒有因襲關係的。就是説,這一崇高的觀念,也是十三世紀的蒙古人(或者説乃蠻)所自有的。而且與孟子的話並非完全相同。(至於是否曾受畏兀兒(回紇)的影響,那是另一問題)這一句話,《元朝秘史》蒙文漢字譯音的原文如下(原書卷七,頁11):

騰格里	迭額列	納闌	撒剌	豁牙兒	格列田	格格延
天	上	日	月	兩個	光明的	明
孛勒禿孩	客延	納闌	撒剌	豁牙兒	備者	合札兒
做者	麽道	日	月	兩個	有也者	地
迭額列	豁牙兒	罕惕(多數)	客兒	孛勒忽		
上	兩個	皇帝	怎生	做		

此同樣值得我們的探討與注意。

除上述兩點外，本論文的主旨，尚有下列三項。第一、欲從《遼史》所有直接關涉契丹世選的史料中，統計分析，藉以認識遼朝契丹人所行世選制度的性質與概況。第二、欲從遼代歷朝所任北府宰相中統計比較，藉以部分的，舉例的，確定契丹世選制度實施的程度與真象。第三、欲利用《遼史》所記世選材料與選汗材料，比較研究，以說明世選制度與選汗制度的關係。官吏的首長由各部族中世選，統治全國的大可汗，(第十世紀以前契丹稱爲"八部大人"，阿保機建國〔916〕以後，稱"天皇王"，耶律德光國號大遼，改元大同以後，自稱"嗣聖皇帝"或"天某皇帝")，由各部的大人推選。這兩種有限度的選舉制度，均發源於契丹人的政治哲學，並且都是契丹人在傳統上所世代確信並遵守的。兩者同是一種重要的，已見諸實行的制度，也都是一種具有遠見的文化。綜合研究，加以說明，期望對於我國東北邊疆民族的歷史與文化的認識有所補助。

二、遼朝契丹官吏世選制度的概觀

（1）世官、世選與世襲　　遼初契丹各部族對於酬勳强豪與封賞功臣，所行的官爵制度，原則上乃是一種世選的承襲制，而不是立嫡或立長的世襲制。世襲與世選，這一點契丹人與中原漢人的看法，區別甚大。世襲，是聽有權位或有功勳者的子孫，依嫡長制按

---

〔3〕（續前注）這兩句話直譯成漢文，則爲下邊的語氣。"天上止有兩個發光輝的日與月，日與月有兩個尚可以。地上有兩個皇帝怎麼行！"所以明初火源潔們，即直譯成"天上止有一日一月，地上如何有兩個主人！"因此 1940 年（1948 年第二版）德國漢學家海尼士教授（Prof, Dr´ Erich Haenisch）依據葉德輝刊本，第一次翻譯《元朝秘史》爲德文，（原名《蒙古秘史》，*Die geheime Geschichte der Mongolen*），即將這兩句話譯成下邊的兩句德文：

> Moegen an Himmel auch zwei glaenzende Licht sein; Somne und Mond, die
> beiden moegen ja sein. Wie koennen aber auf Erden zwei Koenige sein! （1948
> 年，德譯《元朝秘史》第二版，頁 76）

的政治智慧；上邊的德文，譯成漢語，也即是："天上止有兩個發光的日與月（即一日一月），日與月兩個尚可以。地上有兩個皇帝怎能行！"這裏我們可以看出，十三世紀乃蠻人所說的，是天上發光的止有一日一月。意指可汗（皇帝）與可敦（皇后）共治人民。地上怎麼可以有兩個皇帝！就內容說，這兩句話與《孟子·萬章篇》（上）所引孔子的話："天無二日，民無二王。"是不相同的。這可以證明乃蠻太陽汗所說的話，似乎不是抄襲《孟子》。

輩次承襲。世選，則是於部長或功臣的子孫內，量才授與。世襲，是以嫡、以長爲限；非嫡長而承襲，則爲法所不許。世選，則是專以材能爲主，而沒有嫡長的限制。世襲，是依代次第相傳；無嫡子，可以傳嫡長孫。世選，則襃功不廢量才；父子相繼，兄終弟及，叔姪承襲，均有可能。世官可以專業，應當是人類古代社會的一般現象。我國東北遊牧民族，如匈奴、東胡（烏桓、鮮卑）、五胡、拓跋魏、突厥、契丹、蒙古等均有世官專業的習慣。即中原漢族，古時也有"世守天官"和士之子恒爲士的傳統。但這裏值得注意的不是世官與專業的有無，而是各民族對於世官與專業制度的如何運用，與如何使它成爲一種通行與持久的制度。大體上説，中原漢族對世官專業的習慣，秦漢以後，除若干特殊技能以外，已逐漸淘汰。東北遊牧社會則因生活艱難，與世族（貴族）制度的存在，則長期保持；直到轉入農業社會，接受中原漢化以後，方逐漸轉變或消失。契丹族的選汗制度，聖宗以後漸漸轉爲立嫡立長。而世選官如北南院樞密使，夷離堇等，道宗大康（元年爲 1075）以後的逐漸冗濫，如大康三年（1077）命"魏王耶律乙辛同母兄弟大奴、阿思世預北南院樞密使之選，異母諸弟世預夷離堇之選"，（見《遼史》卷二三《道宗紀》及下節一覽表第八）等，都是很顯明的例子。此外還有一點，遼朝契丹族的世選制度，又似與唐宋以後的蔭子制度不同。蔭子，是出自君上的恩典。國家每遇新君即位、郊天、皇子生、祝壽等大慶典時，依定例將若干比較低微的職位，分別賜給在朝或退職大臣的子孫，以示皇恩的廣被。契丹人的世選制度，則是得自先人的功勳與可汗（皇帝）封賞的一種特權。世族獲得世選特權的人，則由國家就若干重要的職位（如樞密使，北府宰相等）與專業的職位（如太醫，決獄官等）內，依特許、按世次，從他們的子孫中，選擇才能，繼續任職。恩蔭所得的是些不同等的、較小的官位。世選所得的是同一的、世守的官位。兩者性質各別，不應相混。而且《遼史》卷四七、四八《百官志》南面官下，曾分述（一）南面朝官（服務中央汗庭的官吏）；（二）南面宮官（服務各宮帳的官吏）；（三）南面京官（服務五京的官吏）；　（四）方州官（地方官）；（五）南面分司官（臨時派遣如決獄官，財賦官等）；（六）南面軍

官；而没有提到蔭子的制度。《契丹國志》（卷二三）雖説到：“若
夫任子之命，不論文武，並奏蔭亦有員數”。但《國志》晚出，不是
同時人的記載，只是南宋人一種想當然的推測，不甚可靠。依作者
的研究，遼朝任用漢人，主要的仍是世選與考試制度，即有恩蔭，
也是不重要的。

（2）《遼史》中所載契丹官吏世選史料的統計　　《遼史》一
百一十六卷，著者曾將講到官吏世選的記事，加以統計，得知：本
紀三十卷中，説到世選或與世選有關係者九次，志中説到世選者五
次，表中有三次，列傳中計有十二次。共約二十九次。除重複者五
次外，尚有二十四次。現在依紀、志、表、傳、先後的次序，彙舉
如下。此外《遼史》與《通鑑》中所載，可資研究遼朝契丹官吏世
選參考的，也附列表後。[4]

遼史紀志表傳所記官吏世選史料一覽表

第一、《遼史》卷一《太祖紀》上：“四年（910）秋七月戊子朔，以（述
律）后兄蕭敵魯爲北府宰相（世其官）。后族爲相自此始。”

按此事也見於《遼史》卷七三《蕭敵魯傳》。傳文説：“蕭敵魯
字敵輦。其母爲德祖女弟，而淳欽皇后（即述律皇后）又其女兄也。
（這裏與上文‘后兄蕭敵魯’不符）遥輦氏時世爲決獄官，……既
（太祖）即位（907）敵魯與弟阿古只、耶律釋魯（二人《遼史》卷
七三有傳）偕總宿衛。拜敵魯北府宰相世其官”。由本傳，知《太祖
紀》北府宰相下，脱“世其官”三字。世其官，應解作“世預北府
宰相之選”，也就是每世皆有出任北府宰相的機會或特權。（參看下

---

〔4〕《遼史》中直接有關世選制度的史料，依紀、志、表、傳，約略統計，列如上下表，
共得二十九條。就中重複者五條，尚餘二十四條。這個數目也只是一個比較完備的
一次統計，不能説毫無遺漏。日本若城久次郎先生著的《遼史索引》（1937，昭和
十二年初版），爲體例所限，關於“世選”者，僅有五條。（見原書頁80）。即是本
表中的第二、第三、第四、第十、第十一，五條。除“世選”二字相連者外，如
“世預某某之選”，“世預其選”等，均未收入。趙翼氏《遼官世選之例》中，曾列
舉十條，不及上表的一半。陳述先生《契丹世選考》列舉十七條，較上表也僅有三
分之二。因此一方面使我感覺到，替大部頭的古史，如我國“廿四史”中的朝代史
等，作索引，也不是一件容易的工作。我們應當聯合日本的學者與國際間研究漢學
的機關，建立“中國斷代史研究所”，用德奧學者編纂 *Monumenta Germaniae Historica*
與日本學者編纂《大正藏經》的方法，去整理我國的“廿四史”。我相信也只有這
樣作，纔可以有比較完備的結果。

面第十九條，蕭敵魯下的説明)

第二、同上《太祖紀》上："神册三年（918）十二月庚子朔，辛丑（二日），北府宰相蕭敵魯薨。戊午（十九日）以蕭阿古只（敵魯之弟）爲北府宰相（世其職）。"

這裏參看《遼史》卷七三《蕭阿古只傳》。傳中説："三年（918）以功拜北府宰相，世其職。"也即是"世預北府宰相之選"（詳下第二十條）。《遼史》中蕭阿古只的後人選任爲北府宰相者最多，有蕭孝穆等十餘人（見下《遼史》中歷朝北府宰相一覽表）。

第三、《遼史》卷六《穆宗紀》（一）："應曆五年（955）夏四月癸丑（十四日），命郎君蕭海璃世爲北府宰相。"

這一條也見於《遼史》卷七八《蕭海璃傳》。詳下面第二十二條。大意:海璃娶明王安端女藹因翁主。應曆初（951）察割作亂，（察割是耶律安端的兒子，弑世宗，事詳《遼史》卷一一二《逆臣傳》）藹因翁主連坐，繼娶嘲瑰公主（太宗的第二女）。上（穆宗）以近戚，命預北府宰相選。

第四、《遼史》卷一七《聖宗紀》（八）："太平八年（1028）十二月，丁丑，詔:'庶孽，雖已爲良，不得預世選'"。

《遼史》同卷同月丁亥，詔:"兩國舅及南北王府,乃國之貴族,賤庶不得任本部官。"由這一條，我們可以知道契丹人很重視他們部族中領導分子的出身。這些領導分子(貴族)也就是世族。庶孽所受限制之一,是不得參預世選,也就是賤庶不得出任本部的長官。

第五、《遼史》卷一九《興宗紀》（二）："重熙十二年（1043）六月,丙午,詔:'世選宰相,節度使族屬及身爲節度使之家,許葬用銀器;仍禁殺牲以祭'"。

第六、同上卷二〇《興宗紀》（三）"重熙十六年（1047）二月辛酉,詔:'世選之官,從各部耆舊,擇材能者用之。'"

第七、同上卷二一《道宗紀》（一）："清寧二年（1056）正月己巳,詔:'二女古部與世預宰相節度使之選者，免皮室軍。'"

參看下面第十七《部族表》道宗清寧二年（1056）條。《部族表》作"免皮室軍役",文意較佳。

第八、同上卷二三《道宗紀》（三）："大康三年（1077）二月甲申（三日）詔:'北院樞密使魏王耶律乙辛同母兄大奴，同母弟阿思世預北南院樞密之選。其異母諸弟，世預夷離堇之選。'"

第九、同上卷二三《道宗紀》（三）："大康三年（1077）秋七月，辛亥，護衛太保查剌（百衲本誤作查次），加鎮國大將軍，預突呂不部節度使之選。"（以上本紀）

第十、《遼史》卷四五《百官志》。"北宰相府掌佐理軍國之大政，'皇族四帳'，世預其選。"

按此條與本文第四章"從歷朝北府宰相看契丹世選制度實行的概況"所求得的結果不合。遼代各朝所任命的北府宰相，約計共得四十八人。就其中外戚"國舅五帳"（計拔里氏二帳，曰大父房，少父房；乙室已亦二帳，曰大翁房，小翁房；述律氏一帳，合爲五帳）蕭氏占三十八人。非蕭氏九人，其中皇族只有耶律兀里一人，而且世系不明。由是知這一條"皇族四帳"四字，應是下條"國舅五帳"的錯簡。[5]

第十一、同上卷四五《百官志》："南宰相府掌佐理軍國之大政，'國舅五帳'，世預其選。"

按此條中"國舅五帳"四字，應爲"皇族四帳"。當是與上項第十條的錯簡。[6]

第十二、《遼史》卷四五《百官志》（百衲本，頁13）："北面著帳官。著帳郎君院，遙輦痕德菫可汗（阿保機的前任可汗）以蕭古只等三族害于越（遼貴官，如漢唐的三公，無所職，位居北南院大王上）（耶律）釋魯家屬，沒入瓦里。（《遼史》卷一一六《國語解》：'瓦里，官府名，各宮帳（斡魯朵）皆設之。凡皇室，外戚大臣犯罪者家屬沒入於此。'）應天皇太后知國政，析出之，以爲著帳郎君與娘子，每加矜恤。世宗悉免之。其後內族（皇族）外戚及'世官之家'犯罪者，皆沒入瓦里，人戶益衆，因復故名。"

---

[5] 這一條恰與《遼史》中所載、歷朝北府宰相四分之三皆是外戚蕭氏，而非皇族四帳相反。詳見本文第四章"從歷朝北府宰相看契丹人世選制度實行的概況"。所以文中"皇族四帳"四字，應是"國舅五帳"四字的錯簡。馮家昇《遼史初校》，頁122～123；陳述《契丹世選考》北府宰相與南府宰相條、也都有同樣的看法。

[6] 這一條中"國舅五帳"四字，應是"皇族四帳"四字。理由見上注〔5〕。著者曾將《遼史》中所有"南府宰相"與"南宰相"約略加以統計，共得五十七人。就中皇族四帳占三十二人（賜姓的耶律儼尚不在內），漢人占十六人，渤海一人，外戚蕭氏占九人。而蕭孝穆爲南府宰相，本傳（《遼史》卷八七）不載。計耶律氏約占五分之三，外戚蕭氏尚不及六分之一。可知原則上南府宰相是以皇族爲主要候選人的。（說詳本文《北府宰相與世選制度的關係》）

《國語解》著帳下說的更明白。"凡'世官之家'及諸色人，因事籍没者爲著帳户。官有著帳郎君"。這兩處所說的"世官之家"，應當即是世選之家。

第十三、《遼史》卷六一《刑法志》上："聖宗統和二十九年（1011）以舊法宰相，節度使世選之家，子孫犯罪，徒杖如齊民；唯免黥面。詔：'自今但犯罪當黥，即准法同科。'"

這裏照字面的解説，應當是"今後但凡犯罪當黥的人，即准法同科"。似是取消了免黥面的優待。

第十四、同上卷六二《刑法志》下："興宗重熙二年（1033）有司奏：元年：詔曰'犯重罪徒終身者，加以捶楚，而又黥面，是一罪而具三刑。宜免黥，其職事官及宰相，節度使世選之家，子孫犯姦罪至徒者，未審黥否？'上諭曰：'犯罪而悔過自新者，亦有可用之人。一黥其面，終身爲辱。朕甚憫焉。'後犯終身徒者止刺頸。奴婢犯逃，若盗其主物，主無得擅黥其面。刺臂及頸者聽。犯竊盗者，初刺右臂，再刺左，三刺頸之右，四刺左。至於五，則處死。"

第十五、《遼史》卷六九《外戚表》：（序）"大同元年（947）太宗自汴將還，留外戚小漢（蕭翰）爲汴州節度使，賜姓名曰蕭翰，以從中國之俗。由是拔里、乙室已，述律三族，皆爲蕭姓。三族世預北宰相之選。自太祖神册二年（917）命阿骨只始也。"

第十六、同上，《外戚表》"國舅别部不知世次"下："北府宰相只魯八世孫，世選北府宰相塔列葛。"（此條也見下面第二十七條）

第十七、《遼史》卷六九《部族表》（七）："道宗清寧二年（1056）詔：'二女古部與世預宰相，節度使之選者，免皮室軍役。'"（百衲本軍作庫，當誤）（以上志與表）

按二女古部《遼史》中凡三見。一見於本紀卷二一《道宗紀》，二即本條。三見於卷四六《百官志》（二），四部族部（頁32）。二女古部似是一個邊疆的部族，何故得免軍役？待考。

第十八、《遼史》卷七三《蕭敵魯傳》："蕭敵魯五世祖曰胡母里，遥輦氏時嘗使唐，唐留之幽州。一夕折關遁歸；由是世爲決獄官。"

這裏並没有明言胡母里被任爲決獄官的原因。或者因爲他有合適的家世關係？也可能是因爲他久留唐朝，明習法理的緣故。

第十九、同上《蕭敵魯傳》："母爲德祖（阿保機之父）女弟，而淳欽皇后（述律皇后）又其女兄也。……敵魯性寬厚，膂力絕人，習軍旅。事太祖潛藩，日侍左右。凡征討必與行陣。既即位，敵魯與弟阿古只，耶律釋魯，耶律曷魯偕總宿衞。拜敵魯北府宰相世其官。"（參看上文本表第一條）

由是知蕭敵魯是阿保機的姑表兄弟兼内弟。他的初任北府宰相，在太祖爲八部大人之第四年（910），改元神册之前。依《遼史》（一）《太祖紀》："后族爲相自此始。"這裏的世其官，應當即是指世選説的。

第二十、同上卷七三《蕭阿古只傳》："蕭敵魯弟。驍勇善射，臨敵敢前。太祖即位，與敵魯總腹心部。神册三年（918）以功拜北府宰相，世其職。"（參看上文第二條）

按世其職，也就是每世有被選爲北府宰相的資格。

第二十一、《遼史》卷七六《耶律解里（百衲本里誤作皇）傳》："突呂不部人，世爲小吏。會同九年（946）隨（太宗）伐晉，與降將張彦澤率三千騎入汴。彦澤恣殺掠，不能禁。太宗斬彦澤，解里亦獲罪。尋以有功釋之。穆宗應曆初（951）置本部令穩，以解里世其職。"

第二十二、同上七十八《蕭海璃傳》。已見上文第三條。傳文如下："其先遙輦氏時，爲本部夷離菫。貌魁偉，膂力過人。天禄間（947～951）娶明王（耶律）安端女藹因翁主。應曆初（元年爲951）察割作亂，藹因連坐。繼娶嘲瑰公主（太宗的第二女），上以近戚（穆宗的姐姐），嘉其勤篤，命預北府宰相選。"（以上本傳兼參用卷六五公主表）

第二十三、同上同卷《蕭護思傳》："護思字延寧，世爲北院吏，累遷御史中丞，總典群牧部籍。應曆初（951）遷左客省使，拜御史中丞。時諸王多坐事繫獄，上（穆宗）以護思有才幹，詔窮治。稱旨，改北院樞密使，仍令世預宰相選。護思辭曰：'臣子孫賢否未可知。得客省使足矣。'從之。"

第二十四、同上同卷《蕭思温傳》："宰相敵魯族弟忽没里之子，應曆十九年（969）帝（穆宗）醉還宫，爲庖人等所弑，思温等立景宗。保寧初（969）爲北院樞密使，兼北府宰相，仍命世預其選。"

第二十五、《遼史》卷八〇《耶律八哥傳》："五院（蕭祖後人，遼宗室較遠支的貴族，橫帳三父房爲近支的貴族）部人。幼聰慧，書一覽輒成誦。統和(983~1011)中以世業爲本部吏。"

第二十六、同上卷八五《耶律諧理傳》:"突舉部人,統和五年(987)宋將楊繼業來攻山西。諧里從耶律斜軫擊之,常有功。又伐宋,宋人拒於滹沱河,諧里率精騎便道先濟,獲其將康保威,以功詔世預節度使選。"

第二十七、同上卷八五《蕭塔列葛傳》:"五院部人(蕭祖後人)八世祖只魯,遙輦氏時嘗爲虞人。唐安禄山(玄宗天寶以後)來攻,只魯戰於黑山之陽,敗之。以功爲北府宰相,世預其選。塔列葛仕(聖宗)開泰間(1012~1060)累遷西南面招討使。興宗重熙十二年(1043)遷右夷離堇,同知南京(幽州)留守。……以世選爲北府宰相,卒。"

按此條也見於《遼史》六十七《外戚表》。

第二十八、《遼史》卷一〇一《蕭阿息保傳》:"五院部人,祖時徙居西北部,世爲招討司吏。"

第二十九、《遼史》卷一〇一《蕭胡篤傳》:"(道宗)太和宮分人,曾祖敵魯明醫。人有疾,觀其形色,即知病所在。統和(983~1011)中宰相韓德讓(後賜姓耶律名隆運)貴寵,敵魯希旨言:'德讓宜賜國姓,籍橫帳。'由是世預太醫選。子孫因之,入官者衆。"

蕭敵魯雖是因希旨進諛言,得世預太醫選。但他明白醫理,可以參與太醫世選,自是事實。

上列《遼史》中直接記述有關契丹世選的史料,共得二十九條,大致略備。閱者持與趙翼《廿二史劄記》(卷二七),與陳述《契丹世選考》所舉各條對照,詳略自可瞭然。此外就作者所知,尚有若干條可證明契丹人重視官吏世選,並可作爲旁證的,也列舉如下。(一)《遼史》七十四《韓延徽傳》:"(穆宗)應曆九年(959)卒,年七十八。贈尚書令,葬幽州之魯郭,'世爲崇文令公。'"(二)《遼史》八十六《杜防傳》:"重熙十二年(1043)拜南府宰相。……子公謂終南府宰相。"這些應都是漢臣有功,子孫也可獲得世選原官的證據。(三)《遼史》六十九《部族表》:"聖宗統和二年(984)劃離部人請:今後'詳穩'(《遼史國語解》:'諸官府監治長官',)只於當部選授。上(聖宗)以諸部官長唯在得人,詔不允"。(卷四六《百官志》略同)可知契丹選授官吏,沿襲舊習,應當是不能隨便請求更改的。(四)契丹人認爲若干單位的官吏,(如部長,節度使之類)應由世選,這是當然的。除實行於本國以外,也想向中原稱臣的晉朝,遇機推行,使晉朝也採行契丹人的世選制度。司馬光在所著的《資治通鑑》卷二八二説:"初義武節度使王處直子威,避王都之難,(921)亡在契丹。至是義武缺帥;契丹主(耶律德光)遣使來(晉)言:'請使威襲父土地,如我朝(契丹)之法。'"(應是指世官與世選法説的)帝(石敬塘)辭以中國之法,必自刺史,團練,防禦,依序陞遷,乃至節度使。請遣威至此,漸加進用。契丹主怒,復遣使來言曰:'爾(指石敬塘)自節度使爲天子,亦有階級耶?'帝恐其滋蔓不已,厚賂之,契丹主怒稍解。"這些都可以直接間接看出,遼朝的契丹人把節度使須由世選,當成選任各單位首長的一種制度。這種制度行之已久,認爲是理所當然。總之,他們把世官看作是當然的;世選,則是這種世官制度的一個合理的運用。

三、遼史中所見契丹世選史料的分析

《遼史》中保留有關遼朝契丹世選制度的史料,就上章所列者,略加統計,共有二十九條。除重複的五條外(一、第一與第十九;二、第二與二十;三、第三與第二十二;四、第七與第十七;五、第十六與第二十六重複;一事兩述,可以除外),尚有二十四條。就中談到契丹世選制度的原則與理論的,計有五條(即上文第六、第十、第十一、第十三、第十四等條)。談到世選者的優待與限制的,計有五條(即上文第四、第五、第七、第十二、第十四等條。第十七與第七重複,不計在內)。談到契丹世選制的實例,或者説世選已經見諸實行,可以引作例證的,計有十五條(即上文第一、第二、第三、第八、第九、第十六、第十八、第二十二、第二十三、第二十四、第二十五、第二十六、第二十七、第二十八、第二十九等條。第十九與第一、第二與第二十、第三與第二十二重複,不計在內)。《遼史》在我國的"二十四史"中號稱簡略;但在這一部簡略的邊疆朝代史中,竟有二十四條説到遼朝契丹人的世選制度;自屬難能可貴。現在將這二十四條有關契丹世選制度的史料,加以分析,以期對於遼朝契丹人所行世選制度的真象,和它在遼朝制度中應有的地位,獲得一個比較明確的認識。

(1)契丹世選制度的優點　　遼朝契丹人的世選制度具有以下幾

個優點,確實值得讚揚。第一、契丹人的世選制度是一種"褒功不廢量材","世及而能傳賢"的好習慣。《遼史》卷二〇《興宗紀》所說,"世選之官,從各部耆舊中擇材能者用之。"(見上表第六條)任官知道選擇材能,並且明令定爲選擇的標準;而詔令又是出自遊牧社會的可汗,自然值得稱讚。我們對於這一原則的瞭解如下:(甲)北府宰相、樞密使、夷離堇、節度使等等,每一單位中具有世選資格的世家,各按世代,就他們中的子弟們,選人繼任。沒有子弟,或有子弟而非材能的,不得入選。(乙)專業及次一等的世選官,候選人多的時候,即從各部候選人們的耆舊中,擇材能者用之。首長一類的世選官,從衆多的候選人中,選擇材能。專業的官吏,則從候選人的多數耆舊中選擇材能。就褒功不廢量材的觀點說,這一制度即是有限度的選舉制度,確是一個優點。即以當年阿保機選立耶律德光一事(詳下節)而論,的確業已做到比較理想的境界。不立嫡長,而能避免唐初玄武門李建成、李世民、李元吉三兄弟互相殘殺的悲劇。保護落選者,而能作到"依法隱退,不爲衆所害"。難能可貴,事無逾此。《遼史·逆臣傳》(卷一一二、一一三)中雖有耶律轄底(阿保機的堂叔),耶律剌葛(阿保機的兄弟)因與阿保機爭位,被囚不知悔改,終於被殺。耶律察割(安端子,阿保機的侄子)因弒世宗;耶律重元(興宗弟)曾突襲道宗兵敗北逃自殺;但究與唐初李世民兄弟,在父親面前互相殘殺的悲劇不同。且能保全若干爭位失敗後不再積極謀亂者的生命,如耶律安端、耶律迭剌(二人均阿保機的兄弟)等等(均見《遼史》卷六四《皇子表》)。這些都是遼朝契丹世選制度值得稱道的地方。第二、官吏世選是契丹族的舊制度,沿襲日久,不自遼太祖始。這是趙翼在他的《廿二史劄記》(卷二七)中特別指出的。他首先指出《遼史》卷八五蕭塔列葛的第八世祖,蕭只魯在遙輦氏的時候,嘗爲虞人;曾參加抵抗唐安禄山的來攻,戰於黑山之陽,把安禄山打敗了;因功拜爲北府宰相。並獲得特權,世預北府宰相之選。據《遼史》卷六三《世表》,安禄山攻擊契丹,遠在唐玄宗天寶四年(745)左右,距阿保機稱天皇王(916)已有一百七十餘年,可證明官吏須由世選,實在是契丹族的舊制度(見上表第二十七條)。再證以蕭敵魯的五世祖胡母里,遙輦氏時嘗使唐,從唐逃歸後,世爲決獄官(見上表第十八條)。《蕭阿息保傳》:"祖時徙居西北部,世爲招討司吏"。

（見上表第二十八條）契丹人的世選制度，由來已久，可無疑義。

（2）凡契丹各單位的首長均由世選　　契丹各部族的部長與各部門的首長，如北南府宰相、北南院樞密使、夷離堇、節度使等，皆可作爲一種特權，由俱備或已獲得世選特權的"世選之家"，就他們的子孫中，依照世次，選擇材能卓越的人，承繼上述的職位。（甲）北府宰相。見於上表的實例凡七處。契丹人任北府宰相者，十分之七八皆由世選。（乙）北南院樞密使。上表諸例中，講到北南院樞密使的只有兩條都是世選。一是道宗大康三年（1077）"詔耶律乙辛的同母兄大奴，弟阿思世預北南院樞密使之選"（見上表第八）一是上表第二十四所説的蕭思温，因爲他是承天皇后的父親，爲北院樞密使兼北府宰相，世預其選。（丙）夷離堇。契丹通稱各部的部長曰夷離堇。"夷離堇得行再生禮"（《遼史》卷一一二《轄底傳》）《國語解》也説他是"統軍馬的大官"（《遼史》卷一一六），漢語曰大人，實在即是頭領或頭目（舊日酋長）的意思。契丹兼統燕雲以後，部族中的單位日多，各單位的首長，均可稱夷離堇。地位可大可小，均由世選，例證甚多。《遼史》卷二三《道宗紀》大康三年詔"魏王耶律乙辛同母兄弟世預北南院樞密使之選，其異母諸弟世預夷離堇之選"（見上表第八）。這裏不是明説夷離堇尚不如北南院的樞密使嗎？關於此點我們的説明是這樣的：契丹自耶律德光以後，兼統夷夏，勢力強大，因有北院大王，南院大王的區分。北南院的大王，實即等於拓跋魏時代的左部大人和右部大人。他們是高一級的部長，普通的夷離堇，是小部族或普通的部長。那麼上邊所引《道宗紀》中的夷離堇，自然就變成普通的部長，應該列在北南院樞密使以下了。（丁）節度使。契丹人任節度使的，大部分都是由於世選。（一）《遼史》八十五《耶律諧理傳》；"聖宗統和五年（987），宋將楊繼業攻山西，諧理從耶律斜軫擊之，有功。是歲伐宋，戰于滹沱河，諧理又率精騎先濟，以功詔世預節度使選。"（見上第二十六）（二）《遼史》卷二三《道宗紀》大康三年（1077）七月、加太保查剌鎮國大將軍，預突吕不部節度使之選（見上表第九）。此外如上表第五、第七、第十三、第十四等，均明言世選宰相，節度使族屬，或世預宰相，節度使之選者，或宰相、節度使世選之家，可得某種優待，某種特權。由此可知遼朝契丹宰相與節度使，都是可以允許功臣世選之家世預其選的。

（3）契丹凡專業官吏均由世選　　（甲）太醫。蕭敵魯（蕭胡篤的曾祖，非述律皇后之弟）明醫，人有疾，觀其形色，即知病之所在。由是世預太醫選（見上表第二十九）。（乙）決獄官。蕭胡母里遥輦氏時使唐，後歸，世爲決獄官（見上表第十八）。（丙）院部司吏。這一類的實例頗多，凡四見，應當是一種專門世守的職業。（一）蕭護思，世爲北院吏。總典群牧部籍。他或者即是通曉群牧事務的專家（見上第二十三）。（二）耶律八哥，以世業爲本部吏（見上第二十五）。（三）蕭阿息保居西北部，世爲招討司吏。天慶初（1111）年阿骨打築城境上，天祚帝派他出使女真國。因爲他熟悉邊情，曾提出種種質問；當然也與他世代任職招討司有關係（見上第二十八）。（四）耶律解里，世爲小吏，應當也是一種專業。

（4）世選者的優待與限制　　（甲）世選者所享受的優待。①葬用銀器。《興宗紀》重熙十二年（1043）六月丙午詔：“世選宰相，節度使族屬，及身爲節度使之家，許葬用銀器。”（見上表第五）②得免皮室軍役。道宗清寧二年（1056）詔：“二女古部與世預宰相節度使之選者，得免皮室軍役。”（見上表第七）③得免黥面。聖宗統和二十九年（1011）明言舊法宰相節度使世選之家，子孫犯罪，徒杖如齊民，唯免黥面。可知契丹聖宗統和二十九年以前，世選者的子孫，依法可以享受免去黥面的優待。這種優待一度“準法同科”，似是曾被取消，但到了興宗時代，又被恢復。《遼史》卷六二《刑法志》下載有一段討論世選者的子孫，犯罪時應否黥面的記事。經過情形，約如下述。有司奏聞：“職事官及宰相，節度使世選之家，子孫犯姦罪，未審黥面否？”上諭之曰：“犯罪而悔過自新者，亦有可用之人。一黥其面，終身爲辱。朕甚憫焉。”後犯罪者，止用刺頸等刑法（見上表第十三、十四）。（乙）世選者所受的限制。除上述的幾種優待以外，他們也受有若干明顯的限制。①《遼史》卷一九，重熙十二年（1043），詔世選宰相節度使及其族屬“許葬用銀器”；但緊接著說：“仍禁殺牲以祭。”這是世選者不准殺牲祭祀了（見上表第五）②《遼史》十七《聖宗紀》又說：“庶孽雖已爲良，不得預世選。”這自然是限制庶孽，不得享受世選待遇了（見上表第四）。

四、從歷朝北府宰相看契丹世選制度實行的概況

從上列二十四條史料中，我們可以推定契丹各部首長，如北府宰相、宰相、樞密使、夷離菫、節度使等，原則上都是世選官。這幾項人數最多，應分別加以分析，以便確定契丹世選制度在遼朝已經實行的情形。由此可以進一步確定《遼史》中所有的北府宰相、樞密使等等，是不是都是由於世選？假設是的話，有沒有若干的例外？假設不是，世選在整個官吏的數目中，或我們所已經知道的數目中，佔據何種地位？比例如何？這些問題確定後，我們纔可以明瞭契丹人的世選，是一種習慣呢？或者是一種特權呢？或者兩者兼而有之呢？因此遼朝宰相、樞密使、夷離菫等職位與世選實施的真況，確有特別提出研究的必要。我們曾一再表示，《遼史》的記載是簡略而不完全的。這種研究與討論自然也只是一種初步的嘗試。不過歸納的研究，總比舉一事以例全體，正確真實些。茲先以北宰相爲例，敘述如下。[7]

第一、北府宰相與世選制度的關係　　上列二十四條中，專說到北府宰相的計有七條，說到宰相的也有一條。遼朝北府宰相的建立，據《遼史》所載，自太祖充當八部大人以後（神册二年，917）任命蕭敵魯與蕭阿古只兄弟始。由此遼朝外戚蕭氏多半被任爲北府宰相，且多爲世選。我們從這七條中，即可以看出北府宰相與世選制度的密切關係。（一）《遼史》卷六九《外戚表》：「大同元年（947）太宗自汴將還，留外戚小漢（即蕭翰，述律皇后弟蕭敵魯之子，《遼史》卷一○三《逆臣傳》中有傳）爲汴州節度使。賜姓名爲蕭翰，以從中國之俗。由是述律氏，拔里氏，乙室己氏三族，皆爲蕭姓。三族世預北宰相之選，則自太祖神册二年（917）命蕭阿古只始。」（見上表第十三）（二）《遼史》卷七三《阿古只傳》也說：

---

〔7〕《遼史》不但簡略，且多複文。傅樂煥先生曾兩度專文討論此事。一爲《論天祚紀與史愿亡遼録》，見《中央研究院歷史語言研究所集刊》第 10 本《遼四時捺鉢考》。一爲《遼史複文舉例》，見《中央研究院歷史語言研究所集刊》第 16 本，頁 285 ~ 308。著者也有同感。因此常欲將《遼史》中已有的官名，如「北府宰相」（北宰相同）、「南府宰相」（南宰相同）、「北院樞密使」、「節度使」、「夷離菫」等官名，各作一詳表，歸納研究，以確定他們的性質。茲先試作一「北府宰相表」，以測驗這個方法的是否合用，並希望得到同好師友的批評。至於南府宰相、北南院樞密使、夷離菫等與世選的關係，容另文討論。

"阿古只，蕭敵魯弟，驍勇善射。太祖時與敵魯總宿衛。神册三年
（918）以功拜北府宰相，世其職。"（見上表第十八）這是一種説
法。但（三）《遼史》卷一《太祖紀》則説："四年（即阿保機爲八
部大人的第四年。《遼史》自907年以後書元年，又九年（916）始
書改元神册）秋七月戊子朔，以后兄蕭敵魯爲北府宰相。后族爲相
自此始。"《遼史》卷七三《蕭敵魯傳》也説："敵魯事太祖潛藩，
征討必與行陣，總宿衛，拜北府宰相世其官。"（見上表第十七）這
是第二種説法。蕭敵魯爲北府宰相，早於他的弟弟阿古只七年，自
應以第二説爲準。這是外戚蕭氏世爲北府宰相，或世預北府宰相之
選的依據，異常重要。唯此條顯然與《遼史》卷四五《百官志》
"北府宰相掌佐理軍國之大政，皇族四帳世預其選。"不相符合。説
詳上文及附註（注〔5〕、注〔6〕）（四）《蕭海璃傳》（《遼史》卷
七八）：貌魁偉，臂力過人。先尚阿保機的兄弟明王耶律安端的女兒
薭因翁主。後因安端之子察割弑世宗（951）翁主連坐。繼尚嘲瑰公
主（太宗第二女）。穆宗嘉其勤篤，命預北府宰相選（見上表第十
六）。（五）《蕭思温傳》（《遼史》卷七八），説他因"擁立景宗，
得爲北院樞密使兼北府宰相，仍命世預其選"（見上表第十八）。
（六）《蕭塔列葛傳》（《遼史》卷八五），五院部人，興宗重熙十二
年（1043）遷右夷離畢，同知南京（北平）留守，轉東京（遼陽）
留守，以世選爲北府宰相（見上表第二十一）（七）《蕭護思傳》
（《遼史》卷七八），穆宗時爲御史大夫，治獄稱旨，"改北院樞密
使，仍命世預宰相選"（見上表第十七）這裏雖未明言是北府宰相，
但因與北院樞密使連接，應當即是指北府宰相説的。由上舉諸例，
可知契丹的世選官，北府宰相實爲主要的一種。它應當是外戚蕭氏
特有的一種權利。

第二、《遼史》歷朝"北府宰相"的統計　　遼代契丹的世選官，北
府宰相既是主要的一種，自可就歷朝北府宰相加以統計與分析，以期
由此窺知契丹世選制度已經實行的真象。現在不避煩瑣，將遼朝自阿
保機起，至天祚帝止，九朝所任命的北府宰相，按他們任職的先後，分
爲"姓氏與皇室淵源"、"任職北府宰相時期"與"出身與世選的關係"
三項，列一詳表，作爲研究與分析的舉例。

《遼史》中歷朝所任北府宰相一覽表(北宰相附見)

姓氏與皇室淵源	任職北府宰相時期	出身與世選的關係
甲　太祖(耶律阿保機)時期(907~926)。		
1. 蕭敵魯 述律皇后弟,(一說爲后之兄)其母爲德祖(阿保機父)女弟。	北府宰相(910~918) 太祖四年(910)七月拜北府宰相,神册三年(918)十二月薨。(清萬斯同《遼大臣年表》同)	(1)后族。《遼史》(卷七三)本傳:"太祖即位與耶律釋魯偕總宿衛,拜北府宰相,世其官。"(2)"后族爲相,自此始。"(本紀一)
2. 蕭阿古只 敵魯弟,述律后弟。世宗懷節皇后之父(本傳及后妃傳)。	北府宰相(918~922) 神册三年(918)十二月繼兄敵魯爲北府宰相。"天顯元年(926)征渤海,前北府宰相爲先鋒。"(本紀二)可知征渤海前已離職。(《大臣年表》同)	(1)后族。(2)《遼史》(卷七三)本傳:"太祖即位,與兄敵魯總腹心"。"驍勇善射,臨敵敢前。""以功拜北府宰相,世其職。"(3)"國舅三族世預北府宰相選,自太祖神册三年命阿古只始。"
3. 蕭痕篤 以才能早年隸太祖帳下。	北府宰相(916) 太祖踐祚,除北府宰相。(《大臣年表》缺)	(1)帳下親信。"其先遙輦氏,以才能自任,早隸太祖帳下。"似非由后族世選。(2)《遼史》卷七四有傳。
4. 蕭霞的 (世系不詳)	北府宰相(922~923) 天贊元年(922)十月甲子,以蕭霞的爲北府宰相。(本紀二)(《大臣年表》同)	事蹟出身不詳。
乙　太宗(耶律德光)時期(927~947)。(缺)		
丙　世宗(耶律兀欲)時期(947~951)。(不足五年)(缺)		
丁　穆宗(耶律述律)時期(951~969)。		
5. 蕭幹 述律皇后的侄兒。	北府宰相(967~969)。 應曆末以伐烏古部,遷北府宰相。《大臣年表》:十六年六月以後,至景宗保寧元年(969)。	(1)后族。"北府宰相敵魯之子。"有世選資格。(2)"拜群牧都林牙,以功遷北府宰相"。(卷八四本傳)
6. 蕭海璃 太宗婿,穆宗姐丈。	北府宰相(955~967) 應曆五年(955)四月命郎君蕭海璃世爲北府宰相。十七年(967)五月北府宰相蕭海璃薨。(《大臣年表》同)	(1)駙馬。應曆初繼尚嘲瑰公主(太宗女,穆宗姊)。(2)因功命世預北府宰相選。卒時穆宗輟朝二日,罷重午宴。(本傳卷七八)子蕭圖玉尚公主,但本傳(卷九三)未言曾爲北府宰相。

7. 耶律兀里	北府宰相(約在太宗時?)	見《遼史》卷八五《耶律題子傳》。事蹟無考。

戊　景宗(耶律賢)時期(969～983)。

8. 蕭思溫 景宗承天皇后的父親。	北府宰相(969～970) 保寧元年(969)以蕭思溫兼北府宰相。二年五月爲盜所殺。(《大臣年表》同,惟言爲盜所殺事)	后族。保寧元年(969)三月丙戌以蕭思溫爲北院樞密使,甲午(九日以後)兼北府宰相。仍命世預其選(七十八本傳)。他是宰相敵魯族弟忽没里之子,尚燕國公主(太宗長女);承天皇后之父。
9. 室昉 漢人,南京(北平)人。對宋問題的顧問,出入禁闥十餘年,甚見親信。(本傳)	北府宰相(975～994) 景宗保寧七年(975)兼北府宰相至統和十二年(994)卒。(《大臣年表》同)(據《大臣年表》統和四年至十八年間常有兩位或三位北府宰相)	(1)本傳(七十九):會同初進士。昉有理劇才,景宗問治亂得失,奏對稱旨,拜樞密使,兼北府宰相。(2)《遼史》卷八二《耶律隆運傳》:統和四年(986)隆運與北府宰相室昉共執國政至十二年止,則知994年室昉猶爲北府宰相。

己、聖宗(耶律隆緒)時期(983～1031)。

10. 蕭繼先 蕭思溫之侄,命爲子。(七十八本傳)	北府宰相(986～1013) 統和四年(986)拜北府宰相,二十八年(1010)卒,年五十八歲。(《大臣年表》同)。(《遼史》卷六三《外戚表》:"重熙中薨",與年五十八及尚主之年均不合)	后族。本傳:"幼穎悟,叔思溫命爲子,承天皇后尤愛之。乾亨初(元年979)尚(景宗長女)齊國公主"。(若卒於統和二十八年,尚主時年二十七;若卒於重熙中(元年1032),尚主時年僅五歲,自不可信)
11. 耶律隆運 漢人,即韓德讓,幽州大族,通契丹語,景宗與承天皇后的謀臣。	北府宰相(994～1000) 統和十二年(994)代室昉爲北府宰相。十九年(1001)陞爲大丞相。(《大臣年表》同)	(1)《遼史》卷八二有傳。本名韓德讓,事景宗以謹飭聞。聖宗立與耶律斜軫同受顧命,總宿衛事。與室昉共執國政。統和二十二年(1004)與宋和議成,賜姓耶律,二十八年(1010)復賜名隆運。(2)本傳說他"重厚有智略,明治體,喜建功立事,位兼將相,克敵制勝,功業茂矣"!
12. 蕭排押 國舅少父房之後,尚景宗與承天皇后的第二女衛國公主。(《遼史》六十五《公主表》)	北府宰相(1005～1013) 統和二十三年(1005)宋和議成,爲北府宰相。開泰二年(1013)出爲西南面招討使。(《大臣年表》同)	(1)駙馬。多智能,善騎射。統和十三年(995)條上時政得失及賦役法,加政事令。(2)二十二年(1004)蕭撻凛卒專任南面事。宋和議成,以功爲北府宰相。太平三年(1023)薨。(《遼史》卷八八本傳)(《公主表》:開泰六年[1017]死,誤)

13. 劉慎行 漢人，河間大族，當即劉晟〔8〕二子俱尚主。	北府宰相（1018） 開泰七年（1018）以北府宰相任爲彰武軍節度使。（《大臣年表》以劉慎行開泰五年〔1016〕任北府宰，至七年止）	燕山四大姓（韓趙劉馬）之一。見《遼史》卷八六《劉六符傳》。六符的父親，子六人均有名當時。
14. 蕭孝穆 聖宗欽哀皇后之弟，興宗仁懿皇后之父。	北府宰相（1014~1023） 開泰三年（1014）四月以西北路招討都監蕭孝穆爲北府宰相。太平三年（1023）十一月以北府宰相蕭孝穆爲南京留守（《遼史》卷一五、一六《聖宗紀》）。（《大臣年表》同）	（1）后族。他是述律皇后阿古只五世孫，具有世選資格。（卷八七有傳）。（2）父陶瑰爲國舅詳穩。子阿剌清寧元年（1055）拜北府宰相。（卷九〇有傳）。他這一支被選任北府宰相者最多，共有十二人。
15. 蕭朴 字延寧，聖宗詩友。（本傳）	北府宰相 太平四年（1024）拜北府宰相。（本傳）（《大臣年表》列入五年六月）	（1）國舅少父房之族。以才能見親信。（2）朴博學多智。帝問以政，朴陳百姓疾苦，國用豐耗，帝悅，……任以官（《遼史》卷八〇本傳）。
16. 蕭普吉	北府宰相（1025） 太平五年（1025）十二月以北府宰相蕭普古爲北院樞密使。（《聖宗紀》）（《大臣年表》同）	《遼史》無傳。見《遼史》卷一七《聖宗紀》。事蹟無考。

〔8〕 劉慎行與劉晟應爲一人，故不另列。萬斯同《遼大臣年表》聖宗開泰二年（1013）以後，至開泰七年（1018），北府宰相下連列劉晟實屬失考。又於開泰五年、六年、七年下劉晟與劉慎行並列，更覺不合。劉慎行即是劉晟，傅樂煥先生在《遼史複文舉例》中，曾舉出下列三證，說明原委。如下：（一）《遼史》卷一六《聖宗紀》：開泰七年（1018）"十一月壬戌，以劉晟爲霸州節度使，北府宰相劉慎行爲彰武軍節度使"。按二人同日受命，一爲霸州節度使，一爲彰武軍節度使，晟與慎行應爲二人。然考《遼史·地理志》（卷三九）："興中府，本霸州彰武軍節度。"是彰武乃霸州軍號。霸州節度使與彰武軍節度使實爲一職。聖宗不應同日以一職任命二人。因知劉慎行，實即劉晟。（二）《遼史》卷八六《劉六符傳》："父慎行，累遷至北府宰相，監修國史。……爲都統，伐高麗，以失軍期，下吏議責（原作貴）。乃免，出爲彰武軍節度使。"考《遼史》卷一一五《高麗傳》，開泰四年（1015）劉慎行與耶律世良同伐高麗。慎行因挈家邊上，致緩師期。是劉慎行的誤失軍期，乃因携家同行所致。再考《遼史》卷一五《聖宗紀》開泰四年（1015）"五月命北府宰相劉晟爲都統，樞密使耶律世良爲副，伐高麗。晟先携家置邊郡，致緩師期。"由此更可知劉慎行實在即是劉晟。（三）劉晟蓋字慎行。至於何故一事兩書？則因《遼史》曾於遼道宗與金章宗時期，由耶律儼與陳大任兩次纂修。儼所初修者爲遼實錄，陳大任所纂修者爲《遼史》。金太宗吳乞買漢名晟，金人避諱甚謹。由是知《劉六符傳》稱慎行者，係元人依據金時陳大任所修的《遼史》。本紀中作劉晟者，實依據耶律儼所纂的遼實錄。元人修《遼史》，既兼採儼與大任二書，倉猝間似未能考查究竟，致有此失。（以上選用傅文大意）其說甚確，今從之。

17. 蕭孝先 欽哀皇后之弟，興宗之舅。	北府宰相(1030～1034) 約在聖宗太平十年(1030)至興宗重熙初年。(《大臣年表》自太平十年到重熙三年〔1034〕)	(1)后族。蕭阿古只五世孫，蕭孝穆之弟，世選北府宰相。(《遼史》卷八七有傳)。(2)太平十一年(1031)六月聖宗崩，興宗即位，七月謁大行御容，因詔寫北府宰相蕭孝先像於御容殿。
18. 蕭孝忠 欽哀皇后之弟，興宗之舅。	北府宰相(1027～1043) 太平中(七年)(1027)擢北府宰相。重熙七年(1038)爲東京留守。重熙十二年(1043)北府宰相蕭孝忠爲北院樞密使封楚王。(《聖宗興宗紀》)(《大臣年表》重熙十三年不載)	(1)后族。蕭阿古只五世孫，世選北府宰相。(2)蕭孝穆、蕭孝先、蕭孝友的兄弟。
19. 蕭涅卜	北府宰相(1031) 興宗初即位時(1031)任職。(《大臣年表》列入太平十年，十一年)	見《遼史》卷七一《后妃傳》，仁德皇后與欽哀皇后傳。"護衛馮家奴等希旨誣告北府宰相蕭涅卜謀逆，詔令鞫治。"
庚、興宗(耶律宗真)時期(1031～1055)。		
20. 蕭惠 欽哀皇后之(堂)弟，道宗宣懿皇后之父。	北府宰相(1043) 重熙十二年(1043)春正月以蕭惠爲北府宰相，十月遷北院樞密使。(《大臣年表》同)	(1)后族。蕭阿古只五世孫，世選北府宰相。(2)蕭孝穆、孝忠、孝先、孝友的堂弟。
21. 蕭革 國舅遠房，以警悟多知見親信。	北府宰相(1044～1046) 《遼史》卷一一三本傳:重熙十二年(1043)下即說明年(1044)拜北府宰相，十五年(1046)十一月改同知北院樞密使。(《大臣年表》晚一年)	(1)重熙十二年(1043)革爲北院樞密副使，興宗謂革曰:"朕知卿才，故自拔擢。卿宜勉力!"明年拜北府宰相。可知非世選。(2)《遼史》卷一一三有傳，興宗重熙十四年(1045)十一月以同知北院宣徽使蕭阿剌爲北府宰相。與蕭革傳任北府宰相時期重複。可知北府宰相，實分左右二人。
22. 蕭阿剌 興宗仁懿皇后之弟。	北府宰相(1045～1055) 重熙十四年(1045)十一月以同知北院宣徽使蕭阿剌爲北府宰相。清寧元年(1055)遺詔命西北路招討使西平郡王蕭阿剌爲北府宰相。(《大臣年表》同)	(1)后族。蕭阿古只六世孫，世選北府宰相。(2)蕭孝穆之子，《遼》卷九〇有傳。
23. 蕭孝友 欽哀皇后之弟，興宗之舅。	北府宰相(1046～1050) 重熙十五年(1046)十一月以南院樞密使蕭孝友爲北府宰相。十九年(1050)十二月北府宰相蕭孝友出爲東京留守。(《大臣年表》同)	(1)后族。阿古只五世孫，世選北府宰相。(2)蕭孝穆之弟。(《遼史》卷八七有傳)。

24. 蕭塔列葛 一作蕭塔烈葛。世族。	北府宰相(1050~1052) 重熙十九年(1050)十二月以東京留守蕭塔列葛爲北府宰相。二十一年(1052)十二月爲南京統軍使。(《大臣年表》同)	世選。八世祖只魯，戰敗安禄山有功，爲北府宰相，世預其選。蕭塔列葛仕至東京留守，因係世選之家，故爲北府宰相。
25. 蕭虛烈 欽哀皇后族弟。	北府宰相(1052~1055) 重熙二十一年(1052)十二月以鄭王虛烈爲北府宰相，二十四年(1055)道宗即位，八月以遺詔命北府宰相蕭虛烈爲武定軍節度使。(《大臣年表》同)	(1)后族。《遼史》無傳。(《遼史》卷九三《蕭惠傳》説："武定軍節度使蕭虛列，蕭惠之弟。"疑虛列應即虛烈)
辛、道宗(耶律洪基)時期(1055~1101)。		
26. 陳留 漢人，事蹟無考。	北府宰相(1056) 道宗清寧二年(1056)。(《大臣年表》缺)	見《遼史》卷二一《道宗紀》，清寧二年十二月戊申朔，以宿國王陳留爲北府宰相。《遼史》無傳。
27. 蕭阿速 蕭孝忠子。	北府宰相(1060~1064) 道宗清寧五年(1059)六月，以南院樞密使蕭阿速爲北府宰相。(《大臣年表》同)	后族。阿古只後人，具有世選資格。蕭孝忠之子。見《遼史》卷二一《道宗紀》。
28. 姚景行 漢人，隸漢人宫分。	北府宰相(1055~1064) 清寧元年爲北府宰相，九年(1063)告歸。(《大臣年表》説自四年到十年)	重熙五年(1036)進士。"博學廉直，人望歸之。"官至參知政事。道宗即位(1055)爲北府宰相，九年秋告歸。(《遼史》卷九六本傳)
29. 蕭九哥	北府宰相(1064) 清寧九年(1063)十一月，以南院宣徽使蕭九哥爲北府宰相。(《大臣年表》同)	后族。見《遼史》卷二二《道宗紀》。
30. 蕭尤者 興宗皇后之侄。	北府宰相(1066) 咸雍二年(1066)秋七月，癸丑朔，以西北路招討使蕭尤者爲北府宰相。(《大臣年表》同)	(1)后族。阿古只後人，世選北府宰相。(2)蕭孝穆弟高九之子，《遼史》卷九一有傳，作蕭尤哲。此見本紀卷二二《道宗紀》。
31. 蕭兀古匿 道宗皇后之侄。	北府宰相(1067) 咸雍三年(1067)閏三月，以蕭兀古匿爲北府宰相。(《大臣年表》同)	后族。蕭惠子。《遼史》卷一〇六《卓行傳》蕭蒲離不的祖父。

32. 楊績 漢人，良鄉人，以勤王功受知道宗。	北府宰相(1071～1072) 咸雍八年(1072)六月封北府宰相楊績爲趙王。(《遼史》卷二三《道宗紀》)。(《大臣年表》同)	《遼史》卷九七有傳。太平十一年(1031)進士。清寧九年(1063)皇太叔重元作亂，績以勤王功得知中興府(承德)。封趙王。爲北府宰相事，本傳不載。
33. 耶律孝傑 漢人，建州人。原名張孝傑。	北府宰相(1072～1080) 咸雍八年(1072)爲北府宰相。(見《遼史》卷一一〇本傳)(《大臣年表》列在太康四年〔1078〕以後，至六年〔1080〕。)	(1) 幼家貧好學。重熙二十四年(1055)，進士第一。(2) 大康元年(1075)賜國姓。漢人貴幸，莫能與比。(以上《遼史》卷一一〇《姦臣傳》)
34. 蕭余里也 興宗皇后之侄。	北府宰相(1077) 大康三年(1077)五月，以西北路招討使遼西郡王蕭余里也爲北府宰相，兼知契丹行宮都部署事(《道宗紀》三)。(《大臣年表》同)	(1) 后族。蕭孝穆之孫。(阿剌次子) (2) 耶律乙辛之黨。《遼史》卷一一一《姦臣傳》有傳。(爲北府宰相事本傳不載)
35. 蕭撻不也 駙馬都尉。	北府宰相(1080～1085～1096) 大康六年(1080)十二月以蕭撻不也爲北府宰相。壽昌(原誤隆)三年(1097)十二月以蕭撻不也爲北府宰相。(《遼史》卷二四、二六《道宗紀》)。(《大臣年表》同)	后族。《遼史》卷九九有傳。阿古只後人，蕭孝穆弟高九之孫。傳中未言曾爲北府宰相者疑是另一人。(按《遼史》紀傳所載，名蕭撻不也者應有三人。一爲耶律乙辛所害，一爲副元帥，薨於天慶八年(1118)。一降金。蕭兀納亦名撻不也尚不在內)
36. 楊遵勖 漢人，涿州人。	北府宰相(1085 左右) 大康初(元年1075)參知政事，拜南府宰相，尋拜北府宰相。大安中卒。(《大臣年表》缺)	《遼史》卷一〇五《能吏傳》有傳。
37. 蕭袍里	北府宰相(1085) 大安元年(1085)十一月，以南女真詳穩蕭袍里爲北府宰相(《大臣年表》同)。	見《遼史》卷二四《道宗紀》。事蹟無考。
38. 蕭兀納 以忠誠受知於道宗，爲天祚帝的師傅。	北府宰相(1095～1101) 道宗壽昌(原誤隆)元年(1095)拜北府宰相(本傳)。乾統元年(1101)二月，出爲遼興軍節度使。(見《遼史》卷二七《天祚紀》一)。	《遼史》卷九八本傳，六院部人，因輔導皇孫，見寵信，拜北府宰相。天祚立以有定策勳，言事切直，雖見優容，終不能用。以疾卒，年七十歲。

壬、天祚帝(耶律延禧)時期(1101~1125)。		
39. 蕭常哥 天祚帝德妃之父。	北府宰相(1105~1111) 乾統五年(1105)正月以遼興軍節度使蕭常哥爲北府宰相。天慶元年(1111)致仕(《天祚紀》一)。(《大臣年表》同)	后族。以女爲帝妃拜永興宮使……北府宰相。(《遼史》卷八二本傳)
40. 蕭乙薛 世族兼功臣	北府宰相(1117~1120) 天慶七年(1117)十二月,以西京留守蕭乙薛爲北府宰相。十年(1120)六月出爲上京留守。(《天祚紀》二)(《大臣年表》同)	功臣。本傳(《遼史》卷一〇一):國舅少父房之後,以討賊功爲北府宰相,加左僕射兼東北路都統。
41. 蕭德恭	北府宰相(1121) 保大元年(1121)正月,耶律余覩叛入金,命北府宰相蕭德恭、四軍太師蕭幹追之。(《天祚紀》三)(《大臣年表》同)	《遼史》卷一〇三《耶律余覩傳》作北宰相,出身不詳。

《遼史》中的北宰相

北府宰相亦曰北宰相,《遼史》卷六七《外戚表》序"國舅三族世預北宰相之選"可證。

姓氏與皇室源淵	任北府宰相時期	出身與世選的關係
42. 蕭轄刺 《遼史》無傳。	北宰相(907) 太祖阿保機元年(907,爲八部大人之年)爲北宰相。	《遼史》卷一《太祖紀》上,元年(907)春正月,庚寅命有司設壇,燔柴告天,即皇帝位。北宰相蕭轄刺,南宰相耶律歐里思率群臣上尊號曰:天皇帝,后曰地皇后。
43. 蕭廸里古 功臣,《遼史》無傳。	北宰相(913) 太祖七年任北宰相(《太祖紀》上。(《遼大臣年表》不載)	《遼史》卷一《太祖紀》上:七年(913)皇弟剌葛爭位來犯,命北宰相廸里古爲先鋒擊之。剌葛迎戰,廸里古以輕兵薄之,剌葛奔潰。又《太祖紀》上(頁7)"乙室府人廸里古以從逆誅"。乙室,卷一一六國語解:"國舅帳名"。此廸里古應與北宰相廸里古爲一人,且知爲蕭氏。
44. 廸輦 世系不明。廸輦曾爲惕隱,(卷三《太宗紀》上,頁6,卷四《太宗紀》下頁3),似爲耶律氏。	北宰相(913) 七年(913)五月任北宰相(《太祖紀》上)。(《遼大臣年表》不載)	《遼史》卷一《太祖記》上(頁6上):七年(913)五月癸丑遣北宰相廸輦率驍騎先渡札堵河。甲寅(次日)奏擒耶律剌葛等於榆河。

45. 蕭實魯 爲皇室至親。	北宰相(909~910) 太祖七年（913）以前。 （《遼大臣年表》：三年己巳 （909）北府宰相爲蕭實魯， 至四年庚午（910）六月 止）。	《遼史》卷一《太祖紀》上，七年五月奏 擒剌葛（阿保機的二弟），前北宰相蕭 實魯，寅底石（阿保機的四弟）。自 到，不殊。實魯妻餘盧覩姑“於國爲至 親”（卷一，頁8）。可知實魯爲北宰相 在七年以前。
46. 蕭繼遠 駙馬都尉。	北宰相(988) 聖宗統和六年（988）任北 宰相。（《遼史》卷一三《聖 宗紀》）（《年表》同時任北 宰相者尚有室昉、蕭繼先）	《遼史》卷一二統和元年（983）十二 月，聖宗遣北宰相蕭繼遠等往覘安平 （今河北縣）侍衛馬軍司。
47. 蕭　寧 駙馬都尉。	北宰相(1022) 聖宗開泰元年（1012）三 月，任北宰相（《遼史》卷一 五《聖宗紀》）（《遼大臣年 表》同）	《遼史》卷一五《聖宗紀》：開泰元年 （1012）三月詔卜日行拜山大射柳之 禮，命北宰相駙馬蘭陵郡王蕭寧，樞密 使司空邢抱質督有司具儀物。
48. 蕭八撒	北宰相(1036~1037) 興宗重熙六年（1037）任北 宰相。七年（1038）十二月 遷東京留守。（《遼史·興 宗紀》）（《大臣年表》自五 年到七年，早一年）	《遼史》卷一八重熙六年（1037）六月， 壬申朔，上（興宗）酒酣，賦詩。吳國 王蕭孝穆，北宰相蕭八撒等皆屬和，夜 中乃罷。（《興宗紀》）

附記：（一）上表所列《遼史》中的“北府宰相”與“北宰相”合計共得四十八人。（内北府宰相四十一人，北宰相七人）就中蕭氏占三十八人，漢人占八人，一人（廸輦）世系不明，耶律氏僅有一人，而且事蹟無考。可證北府宰相原則上是由外戚世襲（即用世選的方法承襲），非蕭氏者實爲例外。此表以北府宰相爲主。北宰相僅有七人，故自爲一部，列在北府宰相的後面。

（二）上表全以百衲本《遼史》爲依據。清初萬斯同氏（1638~1702）曾著《遼大臣年表》（見開明書店《二十五史補編》第六册，頁8045~8068），因爲工作性質相同，且屬難得，本文成稿後，曾互相對照，遇有異同，附注括弧内，以資比較。（原書也有錯誤，評文另見，兹從略）

（三）現存《遼史》，即以百衲本而言，複文、錯簡、譌誤，甚多；非加考證，難資憑信。複文最顯著者，如卷二七至卷三〇《天祚紀》。（詳見傅樂煥先生《遼四時捺鉢考》）錯簡如卷四五《百官志》北南宰相府條；譌誤如遼道宗最後七年（1095~1101）年號壽昌，誤爲壽隆等；均係不可思議，出人意外。理應依照實在證據及歸納研究的結果，加以改正，以免這些譌誤的繼續流傳。這裏的“遼代歷朝北府宰相一覽表”即是欲用歸納方法，求知北府宰相任職者，究竟蕭氏或耶律氏何族爲多？蕭氏與耶律氏以外，有無他族？現在依據上表知遼代北府宰相四十八人中，蕭氏實占三十八人。約占總數五分之四猶强。由此即可斷定《遼史》卷四五（頁4背面）《百官志》北宰相府條，“皇族四帳，世預其選"；"皇族四帳"四字，實與下面南宰相府條"國舅五帳"四字，彼此錯簡。經此表證明以後，《遼史》再版時，應即鄭重改正，以清糾紛。

第三、上列北府宰相與世選關係的推論　《遼史》中各朝所任北府宰相，據上表所列約得四十八人。計外戚蕭氏占三十八人，非蕭氏占十人。蕭氏約占總數五分之四。非外戚蕭氏的十人，僅居五分之一。這是第一點。又查外戚三十八人中，明言是后族，而有世預北府宰相之選的特權的，得二十三人，約占四十八人中的半數。而述律皇后的弟兄蕭敵魯、蕭阿古只的後人，即占十六人（阿古只系占十二人）。而有世選特權的后族，實占絕對的優勢。這是第二點。非外戚的十人中，耶律氏名爲三人。除了兩位漢人，即耶律隆運爲韓德讓，耶律孝傑爲張孝傑外，實際上只有耶律兀里一人；而且身世不明，事蹟無考。另一人迪輦，事蹟無考外，且姓氏不明。這樣可以説，習慣上北府宰相一職，皇族四帳是不參加的。即或偶然參加，實爲莫大的例外。這是第三點。非外戚的十人中，漢人實占八人；且盡爲燕雲十六州的世家大族。除了張孝傑（即耶律孝傑）、楊遵勗、楊績外，出任佐理國政的北府宰相，大都在景宗、聖宗、興宗時代。這一個時期，對宋交涉異常吃緊，安內攘外，需要通才。室昉與韓德讓、劉慎行的久任北府宰相，自然深受政治、外交的影響，而是例外中的例外了。這是第四點。上表中太宗、世宗時代，《遼史》中對於北府宰相的任命記述缺略，文獻無徵，頗爲可惜。不過太宗時期對唐，晉用兵，無暇詳及內政。《遼史》又號稱缺略，"北府宰相"事蹟少見，亦在意中。世宗僅有五年，不言北府宰相，更無足異。但就各朝代的比例説，太宗、世宗時期若有記載，仍將是外戚蕭氏占大多數，當無可疑。這是第五點。據上表蕭革（第二十一）與蕭阿剌（第二十二）同在興宗重熙十四年（1045）得任北府宰相。又據萬斯同《遼大臣年表》，同時任北府宰相的，統和四年到十一年有室昉、蕭繼先二人；統和十二年有室昉、韓德讓、蕭繼先三人；統和二十三到二十七年有蕭繼先、蕭排押二人。因是知北府宰相同時可由兩人以上擔任。有時候漢人即有二人。則知漢人任北府宰相者，實爲借職，與世選無關。契丹人似尚無三人同時任北府宰相者。那就是《遼史》卷四五《百官志》（百衲本，頁4下）所説：北宰相府下面的"北府左宰相，北府右宰相"了。這是第六點。除外戚蕭氏獲有世選特權者外，以才能識見深結主知，因而被任爲北府宰相的，合計蕭姓與漢人不下十餘人。蕭氏中，明言由才智得任北府宰相者四人。（一）蕭朴（第15）。本傳（八〇）說他"博學多智，嘗對聖宗陳說百姓疾苦，國用豐耗。帝悅，任以官"。（二）蕭革（第21）。以"警悟多智，受知興宗，得獲高位"。（三）蕭兀納（第38）。以"忠誠感悟道宗，輔導皇孫，官至北府宰相"。（四）蕭乙薛（第40），"以討賊功爲北府宰相"。（乙）漢人八人，可以說全部是由才智起家。得任北府宰相實係適應契丹建國的需要。他們獲得外族可汗的優遇，實不容易。由是可知：契丹世選，雖爲外戚貴族們的一種特權，但並非完全獨占某官某職。他們只是因功得爲世選之家，皇帝任命某官某職時，他們有一份儘先被考慮的特權而已。皇帝自可另選特殊人材，適應一時國策的需要，（如景宗、聖宗、興宗、道宗的選用漢人）出任某職，不必盡出自"世選之家"。這是第七點。總括上文，可得結論如下。遼朝契丹人的世選制度，原初本是皇族、外戚、功勳舊家的一種世官的特權；在若干官職內，如北南府宰相，北南院樞密使，夷離堇等，准許由他們中選材能的人，繼續擔任。北府宰相特准國舅五帳世預其選，外戚蕭氏所以實占大多數。《遼史》卷六七《外戚表》所說，"遼朝外戚述律氏、拔里氏、乙室已三族，世預北（府）宰相之選"，這條記事是對的。北府宰相一職，既指定由外戚述律、拔里、乙室已三族世選，則皇族耶律氏在原則上並不參加。縱有耶律氏與出身燕雲大族如韓德讓、室昉、劉慎行、張孝傑的參加，也是一種例外；而是受了政治、外交與皇室偏愛的特別關係。《遼史》中所載四十八位北府宰相，既然大多數是外戚，並且皇族耶律氏原則上並不參加。（僅有耶律兀里一人，見上表第七，而且世系與出身俱模糊不明）那麼《遼史》卷四五《百官志》所說："北宰相掌佐理軍國之大政，皇族四帳，世預其選"，自然是與歷史事實不合了。

五、世選制度與契丹人的推選可汗

契丹族在政治制度方面的另一貢獻，就是大可汗的推選。這一行動，自然是從世選的習慣推演出來的。簡單說，契丹人在遊牧時代，以戰爭與田獵爲主。他們立君的目的是對內主持祭祀，對外領導掠奪。爲適應客觀環境的需要，所以很自然的必須推舉强豪，方能稱霸一時，爲所欲爲。這與中原農業社會的立君，除初期創業者外，大都重在奉行成法，習慣上注重立嫡立長，（嫡子中的長子）同爲適應環境的需要；就原則説也殊途同歸，並無差別。先秦以前的古書中（如《孟子》）也有説到堯舜禪讓的。但似乎只是一種理想，或一種故事，並没有見諸實際行動，演成一種久行的制度。例如"訟獄者不之堯之子，而之舜"之類。即很難使人相信，這些理想或故事曾經見諸實行。不過，《遼史》和北宋人中所記述契丹族的推選可汗，則是證據充分，昭然可信的。還有一點，契丹在第十世紀中的選汗，也與歐洲中古世紀的世族（貴族）建立"國會"，推選皇帝，有些相類。契丹推選"八部大人"的八部酋長，實有些類似當年日耳曼人的"選侯"（Kurfuest）。（此點可參看最近重版的《辜鴻銘筆記》卷下，頁30～31，"西洋議院考略"條）他日若能比較研究，或比從先秦古書中找印證的材料，更有收穫。契丹人立君的主旨，既是推舉强豪，久而久之自然即形成了一種不成文法的選汗習慣或制度。契丹選汗制度的性質與實際情形，現在依據《遼史》與北宋人的記載，分述如下。

（1）契丹族的遊牧社會，是由許多部落組織而成。每一部落各有分地，也各有自己依世選習慣所推戴的部長，（漢語曰酋長或部長，即所謂强豪或大人）契丹話稱爲夷離菫。當時中國文稱做某部大人。唐末契丹逐漸强盛，部落日益衆多，不但不止八部，也不止十部或二十部。就如947年耶律德光占領汴京後，有一次曾向漢方大臣公開宣佈説："吾國廣大，地方數萬里，有君長二十七人。"（《通鑑》卷二八六）。可知契丹部落的數量衆多，擁有君長的大部落即有二十七個單位。所謂八部，應當是這些衆多部落中高一等的豪强，依四面八方的區域爲便於統率各部族推舉出來的。他們有推選大可汗，所謂"八部大人"的義務，也有被推選的資格。上文説他們類似歐洲中古日耳曼人的"選侯"（Kurfuest），就是這個道理。

（2）契丹選汗的習慣，是由各部落每三年舉行一次的大聚會辦理的。大聚會時，若大可汗死亡，即由較强大的八個部長中，具有世選資格的人，推選一人作爲全國的大可汗（八部大人）。三年一次的大聚會，儼如今日的"國會"，目的在商討對內對外的國是，同時決定大可汗（八部大人）的去留。大聚會不是專爲選汗；但可以討論或決定大汗的地位，與推選新的大汗。這樣的大聚會，現存的《元朝秘史》（漢字蒙文譯音本）中叫做"忽哩勒塔"，（意思即是大聚會），尚可作爲有力的旁證。關於選汗的事實，《遼史》中保存有很明確的實例；但沒有說明這種制度的性質與推選時具體的活動。比較上記述選汗情形詳實而又可靠的，當推北宋歸明人趙志忠的《虜廷雜記》。（引見司馬光《通鑑考異》卷二八）《雜記》說："契丹凡立王，則衆部酋長皆集會，議其有德行功業者立之。或災害不生，群牧孳盛，人民安堵，則王（大可汗）更不替代。苟不然，其諸酋會衆部，別選一名爲王；故王依番法亦甘心退焉，不爲衆所害。"（以上也引見通行的司馬光《資治通鑑》卷二六六，五月"初契丹有八部"下面的注文）這一段記事，經我們與現存《遼史》中本紀、列傳所記有關的史料，比較研究，認爲大體上是可信的。

（3）八部大人被推選的條件，約可歸爲三點。第一、他必須是八部中比較強大一部的大人，或這一部中具備世選資格的部長候選人。（阿保機以迭剌部部長得選爲八部大人，耶律德光以元帥太子得選爲天皇王，即是實例）第二、新被推選的大可汗（八部大人），必須獲得前任可汗的推薦或遺命。《遼史》說阿保機的即位，是遵從痕德菫可汗的遺言；耶律德光的被選立，是由於述律太后的傳述太祖（阿保機）的遺命；（見《遼史》卷七三《耶律曷魯傳》與卷七七《耶律屋質傳》）可以作證。第三、須經過大聚會時群衆的推舉或擁戴。就《遼史》所記，阿保機的當選八部大人，耶律德光的當選爲天皇王，（契丹自阿保機兼統漢人以後，將八部大人改稱爲天皇王）耶律兀欲（世宗），耶律述律（穆宗），耶律賢（景宗）的被擁立，都是如此（此節參看拙著《契丹君位繼承問題的分析》，《臺大文史哲學報》第 2 期，頁 81～111）。就是耶律德光與耶律兀欲的被選立，《遼史》中所記，比較上更爲完備。前後事蹟完整，可以證明我們在這一章所說世選制度與選汗制度配合的推論。現在就說明契丹世選制度的觀點，綜合《遼史》所記：（一）太宗（耶律德光）與世宗（耶律兀欲）二人的略史；（二）二人被父母與各部將帥選擇作爲嗣君的盡心；與他們二人被選立的經過，簡單報告如下，作爲研究"契丹世選制度與選汗關係"的示例。

（一）阿保機三個兒子的略史　遼太祖阿保機與述律（淳欽）皇后（《遼史》卷七一有傳）共有三個兒子。長子名耶律倍，契丹名突欲（一作圖欲），《遼史》卷七二有傳。次子耶律德光，即是後來的遼太宗。第三子耶律李胡，《遼史》卷七二有傳。按照中原漢俗，三子中應當是由長子耶律倍繼立的。但阿保機卻遵從契丹族世選的習慣，選立了文武兼資的次子耶律德光。這就是契丹世選制度與中原立君習慣的不同點。茲略述三人事蹟，以助說明。（1）阿保機長子（大太子）突欲的事略。《遼史》說他"工遼漢文字，知音律，精醫學"。"嘗市書萬卷，藏於醫巫閭山的望海堂"。文名物望，見稱當時。神册元年（916）阿保機不受代，自立爲天皇王，建元神册。當時爲鋪張聲勢，且表示與漢人合作，曾宣問侍臣曰："受命之君，當事天敬神。有大功者，朕欲祀之。何先？"侍臣皆以佛對。太祖曰："佛非中國教！"倍曰："孔子大聖，萬世所尊，宜先。"太祖大悅。即建孔子廟，春秋釋奠焉。926 年阿保機接見後唐使臣姚坤，表示後唐明宗不應自立。突欲在側，也引述《左傳》牽牛蹊田的故事與姚坤爭辯（《通鑑》卷二七五）。他大概是一位愛好文藝兼通漢學的文治派；似不能領導習於戰鬥的遊牧國家；故阿保機滅渤海後，即改渤海爲東丹國，封他爲東丹王，使他從事安撫新的地區。東丹事定，阿保機東歸，突欲陛辭別父。太祖即明白對他說："得汝治東土，吾復何憂！"耶律倍因號泣而出（以上《遼史》卷七二《義宗倍傳》）。由此可知阿保機是不想使文治派的大太子繼任契丹的大可汗（天皇王）。（2）耶律德光的事略。德光契丹名堯骨，阿保機的第二太子，唐昭宗天復二年（902）生。《遼史》本紀說他"及長，貌嚴重而性寬仁；軍國之務，多所取決"。"年二十（天贊元年，922）授天下兵馬大元帥，統大軍南徇漢地"，是爲掌握兵權之始。又從太祖下平州，掠鎮定，敗幽州大將符存審。定黨項，下山西，取回鶻，平渤海。"東西萬里，所向有功"。（以上《遼史》卷二《太宗紀》）。就當時的國際局勢，與他的才能而論，他確切是一位理想的繼任大汗。（3）阿保機的第三位兒子李胡。《遼史》卷七二有傳，可惜敘述簡略，只說他少"勇悍多力，性殘酷；小怒輒黥人面，或投人於水火中"。因爲他是少子，所以述律皇后也很喜歡他。他與兩位哥哥相比，自然是更差一等了。

（二）阿保機選擇嗣君的盡心　　就上述三人的材幹行爲說，長子人皇王是文治派，次子耶律德光是一位戰將，有統率軍隊的材能；第三子李胡生性殘暴，自不宜主持國事。契丹既有世選的習慣，故阿保機對於他的三個兒子，平日也費盡考核和觀察的苦心。《遼史》是著名簡略的，但對阿保機選擇三子的事情，則不厭其詳，記述竟有四次之多。因爲難得，詳舉如下：(1)《遼史》卷七二《李胡傳》說：“太祖（阿保機）嘗觀諸子寢。李胡縮項臥內。（太祖）曰：‘是必在諸子下’。”(2)同上《李胡傳》又說：“又嘗大寒，命三子採薪。太宗（耶律德光）不擇而取，最先至。人皇王（耶律突欲）取其乾者，束而歸；後至。李胡取少而棄多；既至，袖手而立。太祖曰‘長巧，而次成；少不及矣！’”(3)《遼史》卷七一《述律皇后傳》也說：“初太祖嘗謂：‘太宗必興我家！’后（乃）欲令皇太子倍避之，後太祖因册倍爲東丹王。太祖崩，太宗立，東丹王避之唐。”(4)《遼史》卷七七《耶律屋質傳》：“世宗與述律太后始相見，怨言交讓，殊無和意。屋質進曰：‘太后與大王若能釋怨，臣乃敢進説。’太后曰：‘汝第言之。’屋質謂太后曰：‘昔人皇王（突欲）在，何故立嗣聖（太宗）？’太后曰：‘立嗣聖者，太祖遺旨！’”就上列四事，詳加分析，可得以下的結論。第一、阿保機因注重世選，平日即很留心三個兒子的行動。從睡覺的姿態上，判斷少子李胡，‘是必在諸子（之）下！’”第二、是從處理一件事情上，判斷三個兒子才能的優劣；並且這一次的判斷，是很公正，很得中，恰如其人應得的分寸的。‘長巧’，即是說，長子倍是文治派，學識卓越，處事見巧。但是巧不及成，不適合遊牧社會的需要。‘次成’，就是說耶律德光的‘雄傑有大志’與‘所向有功’；可以完成他的志願，把契丹弄好。‘少不及矣’，就是說，李胡粗率，沒有辦法，不及兩個哥哥多了。第三、是說明阿保機從三子中選立了耶律德光，不但經過了自己的深思熟慮，並且也是常常和他的太太（述律皇后）共同商議過的。共同商量的結果，終因次子‘必興我家’，因是纔決定選立。然後方有一套善後辦法的運用，因而使長子避位‘册爲東丹王。’並且對他說：“得汝治東土，吾復何憂。”於是長子倍也只有聞命之下號泣而出了。第四、述律太后說：“立嗣聖者，太祖遺旨！”這應當是第三項所說阿保機與述律皇后夫婦間深思熟慮的結果，決非述律皇后的假託，也決不是一種推辭。以上是《遼史》中保存下來阿保機、述律皇后生長在世選制度下面，虛心從三子內選立嗣君的一段史實。在著名簡略的《遼史》中，對於契丹世選制度竟有這樣詳細的、具體的記載；價值高貴，自無疑義。我們既發現這些有關契丹世選制度的寶貴史料，還不值得重視麼？

（三）**耶律德光被選的情況**　耶律德光於天顯二年（927）十一月壬戌即位。當時他如何被眾人推選？《遼史》中沒有明文。《遼史》卷七七《耶律屋質傳》也僅有"立嗣聖者，太祖遺旨"的一句話。至於《遼史·太宗紀》所說："冬十一月壬戌，人皇王率群臣請於太后曰：'皇子大元帥，勳望中外攸屬，宜承大統。'太后從之，是日即皇帝位。"與卷七二《人皇王義宗倍傳》所說，"乃與群臣請於太后而讓位焉"。兩處所記請於太后云云，輕描淡寫，似乎都是在大事經過後的追述，顯然是一種飾辭；不是耶律德光即位的實在情形。且"讓國"的說法，與整個契丹人的習慣不合，自不可信。（詳拙著《契丹君位繼承問題的分析》第四、第五章）但耶律德光是遼朝的"太宗"，就我國的朝代史說，建國立制，歷朝皆唯"太宗"是賴；他自然不可能是一個例外。他的地位太重要了。他的被選立，又是契丹開國期間的一件大事，不容沒有明白的記載。果然，事實歷久自明；宋人記遼事中，對於契丹如何選立耶律德光一事，即有很理想的補充。並且這個補充，就在我們所喜歡讀的《資治通鑑》第二七五卷裏頭。《通鑑》說：

　　　契丹述律后愛中子德光，欲立之。至西樓（原注，契丹上都也。今地即熱河省的林東縣）命與突欲俱乘馬立帳前。謂諸酋長曰："二子吾皆愛之，莫知所立。汝曹擇可立者執其轡！"

　　　諸酋長知其意，爭執德光轡；讙躍曰："願事元帥太子！"后曰："眾之所欲，吾安敢違！"遂立之為天皇王。突欲慍，帥數百騎欲奔唐，為邏者所遏。述律后不罪，遣歸東丹。

這一段雖是宋人記遼事，但除年月與《遼史》之《太祖紀》、《太宗紀》稍有不合以外，情節特殊親切，很可相信。第一、令二子"俱乘馬立帳前"。這一點無意中即與契丹遊牧社會的情形十分切合；應當是陳述實情。漢人立君一向没有類似這樣的情形，所以不是假造。第二、"謂諸酋長曰"云云，可證參加人數的衆多。這與前說八部或二十七部的大聚會，都不衝突。這裏的"諸"字，與下邊的衆之所欲的"衆"字，最關緊要；符合當時實情，所以可信。第三、長子"突欲愠"，可見非讓。第四、突欲既逃而被獲，述律后，德光不以爲罪，遣歸東丹。也與前邊所引趙志忠的話，競選失敗"前王不爲衆所害，"恰相符合。並且突欲的兒子，耶律兀欲（遼世宗）仍然可以拿親王的資格，隨著叔父耶律德光帶兵南侵。既到叔父暴死，也仍然可以被諸將推選爲遼朝第三位的可汗。一切的一切，都是中原歷朝易代之際所罕見的。總之，耶律德光的被選立，可歸納爲以下的幾個原因：（一）契丹原是我國東北草原社會中一個遊牧戰鬥的國家，客觀上需要一個長於軍事的領袖主持國事。（二）因此契丹人習慣上所採行的官吏世選制度，八部大人的承襲習慣，也由諸部推選，略與十三世紀的蒙古王朝（元朝初期）的情形相同。即是（甲）繼任的大汗須由前任大汗的選定，並須有遺命或遺詔。（乙）被選人是一個握有兵權的部長，或英武善戰具有世選資格的"太子"。（丙）須經過各部首長在大會上的推選，表示全體擁戴。當時契丹國勢方盛，耶律德光的被選立，實在係依照傳統的習慣。父母的偏愛，哥哥的退讓，僅爲助因。就《遼史》所說，不但耶律德光的被選立，是依照契丹世選的舊制度；即是當年遼太祖阿保機的被推戴；遼世宗耶律兀欲在軍中被擁立，也是依照這些傳統的舊制度辦理的。即是十三世紀蒙古成吉思汗的先人，俺把孩可汗的繼位，成吉思汗本人被十一部族的擁戴，與元太宗（窩闊台）的被選立，也均有類似的情形。這類推選可汗的經過，詳見於東北遊牧族留下來的唯一的文字記載"蒙文譯音《元朝秘史》"，就中《元朝秘史》詳記窩闊台先由他的父親（成吉思汗）在西征花剌子模以前，用四子各言爾志的方式選爲嗣君；父死後 1229 年又經過宗親大會的推選，然後纔得即位。（參看《元史》卷一四六《耶律楚材傳》，多桑《蒙古史》第二卷第一章等）經過程序，尤與耶律德光的一再被選，始得即位；兩相比較，情節實同。

（四）**南征諸將的推選遼世宗** 《遼史》卷七七耶律洼、耶律吼等的列傳中，尚保留一段，947 年契丹南征諸將推選世宗兀欲的史實；從這段史實中，我們更可以窺見契丹人推選可汗與契丹世選實行時的認真情形。事實經過，撮述如下。

大同元年（947）四月，耶律德光從汴京班師北歸，擬到夏捺鉢（涼陘）避暑。不幸中途得病，死於欒城（今河北縣）。大軍在外，事出倉猝。兩河新得地區既紛紛叛亂；太宗復沒有指定繼承人，主持軍事。人心惶惶，混亂不可名狀。幸而契丹這一次是舉國南征，二十七位有實力的部長大概都在軍中。情勢緊迫，只有遵循舊日世選習慣，立刻推選新可汗，方可號令諸部，全師北返。依照契丹舊日世選的習慣，當時具被推選資格的共有三人。第一位是太弟李胡。他是阿保機的第三個兒子，大行可汗耶律德光的親兄弟。第二個人是壽安王耶律述律。他是先可汗的長子。第三位是永康王耶律兀欲。他是人皇王的長子，耶律德光的侄兒。但是當時（947）壽安王年歲尚小，僅有十六歲，而且不在軍中。李胡素性殘暴，不得人心。二人又均遠在上京（今熱河林東縣）。當日北南兩院大王臨時召集會議，共立嗣君；結果選擇了永康王。李胡不服，統率留守軍隊迎戰於潢水的橫橋，因兵少大敗。後經宗室大臣耶律屋質的苦心調解，獲得述律太后的同意，新選的永康王兀欲方得正式即位，就是後來的遼世宗。這一幕叔侄爭位與軍中推選可汗，《遼史》卷七七也留有詳細的記錄。現在選述如下，以便與《通鑑》所說執轡推選耶律德光的情形，作一比較。

（1）《遼史》卷七七《耶律吼傳》：“吼，六院部夷離堇（部長）。會同六年（943）為南院大王。……帝（耶律德光）親征（晉國），以所部兵從。……及帝崩於欒城，無遺詔（即是沒有指定繼任的可汗），軍中憂懼，不知所屬。吼詣北院大王耶律注議曰：‘天位不可一日曠。若請於太后，則必屬李胡。李胡暴戾殘忍，詎能子人民！必欲厭人望，則當立永康王。’注然之。會耶律安摶（永康王兀欲的侍衛長）來，意與吼合，遂定議立永康王，是為世宗。”

（2）同上《耶律安摶傳》述說南征諸將推選世宗時的商談情形，更為詳細。“太宗伐晉，還至欒城，崩，諸將欲立世宗，以李胡及壽安王在朝，猶預未決。時安摶直宿衛，世宗密召問計。安摶曰‘大王聰明寬恕，人皇王之嫡長。

先帝雖有壽安，但天下屬意，多在大王。今若不斷，後悔無及。' 會有自京師（上京，今林東縣）來者，安摶詐以李胡死，傳報軍中：皆以爲信。於是安摶詣北南二大王計之。北院大王洼聞而遽起。曰：'吾二人方議此事。先帝嘗欲以永康王爲儲貳，今日之事，有我輩在，孰敢不從。但恐不白太后而立，爲國家啓釁！' 安摶對曰：'大王既知先帝欲以永康王爲儲貳；況永康王賢明，人心樂附。今天下肯定，稍緩，則大事去矣！若白太后，必立李胡。且李胡殘暴，行路共知。果嗣位，如社稷何？' 南院大王吼曰：'此言是也。吾計決矣！' 乃整軍召諸將，奉世宗即位於太宗柩前。"

（3）北院大王《耶律洼傳》（《遼史》卷七七）對軍中推選時的情形，更有寶貴的補充。"耶律洼隨國王釋魯孫。會同中（937～946）遷北院大王。……太宗崩於欒城，南方州郡多叛，士馬困乏；軍中不知所爲。洼與耶律吼定策，立世宗。乃令諸將曰：'大行上賓，神器無主。永康王人皇王之嫡長，天人所屬，當立。有不從者，以軍法從事！' 諸將皆曰：'諾！'"

上舉三條，叙述 947 年契丹南征諸將推選可汗的情形，親切生動，自可相信。北院大王，南院大王約等於鮮卑與拓跋魏時代的左部大人，右部大人；是衆多部長中比較更有實力、更有地位的領導者。從這裏所説，"召諸將下令推選"，與上面《通鑑》所述"諸將執馬鬐式的推選"，均可以使我們推知，契丹諸部當日選汗，實遵循下列的方式。（一）由八部大人就他們中間具有世選資格的强豪，推選一人。（二）衷心擁戴，如諸將群執馬鬐式的推選耶律德光。（三）由北南大王就各部所欲立的人，召集諸將，下令推選。並且説："有不從者，以軍法從事。"這一段對於契丹世選習慣尚透露一個消息，也極其重要。就是諸將的擁戴永康王，也即是《遼史興宗紀》所説的擇材能者任之。李胡殘暴，壽安王年少，均落選，自是由於選擇淘汰的結果了。（關於契丹選汗問題，可參看：〔一〕陳述《論契丹選汗大會與君位繼承》，北平研究院《史學集刊》第 5 期，1947 年出版。〔二〕姚從吾《契丹君位繼承問題的分析》，《臺大文史哲學報》第 2 期，1951 年出版）

六、結　論

總括上所論述，我們對於第十至第十二世紀初葉遼朝契丹人所已實行的世選制度，可求得以下的幾個結果。

第一，遼朝契丹人的世選制度，是我國北方與東北方中古遊牧民族所行世官習慣中，比較進步的一種承襲制度。它是就許多承襲人或許多具有承襲資格的人當中，選擇耆舊與有材能的人，繼承職位。褒功之中，不廢量才；世承先業，而能傳賢。簡單說，世選制度不是單純的父子世襲，而是有條件的世襲。最主要的條件，就是國家在世襲習慣中，仍保留選擇的機會；可以從許多人中，選擇一個比較理想的人，繼承特定的同一職位。因此世選制度，可以說是一種有限度的選舉制度。這就與"天下爲公"、"選賢與能"的哲理有些接頭了。從這裏我們也可以略略窺見契丹人對於政治制度的見解與智慧。

第二，世官是遊牧民族中相當普遍的一種習慣，而世選制度則是這種習慣實行時的一種比較合理的方法。職位與職業的世守或世襲，是基於實際的需要。但如何世守？如何世襲？方法的運用，則可以表現各民族的智慧與能力。方法好者，不但已有的職位或職業，可以守而勿失；並且可以發揚光大，推廣制度的效能。若以遼朝初年契丹太祖耶律阿保機選立次子耶律德光一事作例，實已盡善盡美，發揮了選賢與能的精神。第十世紀契丹族的強盛繁榮與所建遼朝的規模宏遠，應該都不是偶然的。第十三世紀元朝初期，成吉思汗的選立窩闊台汗爲繼任大汗，也是如此。世選制度實在是促成契丹、蒙古建國稱霸與獲得偉大成功的一個原因。

第三，契丹人的世選制度，是契丹皇室與外戚，兩大貴族集團中，一種分工傳統執政的習慣，但也是開國時期，這些貴族與功臣們的一種特權。這種特權大部分是積自貴族與功臣們的世婚與勳業；但有時也出自皇帝的寵愛與特許。就上表所列關於世選的史料說，皇族四帳，國舅五帳世預某官之選。而國舅五帳中如蕭阿古只一族，世與皇室婚姻；所以世選的機會特別的多。這些是習慣，也是特權。但如道宗的優待耶律乙辛等，則大部分是出於皇帝個人一時的寵愛與特許。

第四，契丹世選制度雖相當普遍，但重點所在，也有原則可尋。（一）凡各部族各單位的首長，如北南院大王，北南府宰相，夷離堇等，都是由於世選。（二）重要軍職，如北南院樞密使，節度使，邊區招討司的官吏等，皆由世選。（三）專業官吏，如太醫、決獄官等，皆由世選。

第五，因爲各部族有傳統的世選習慣，因而建國初期的大可汗（八部大人，天皇王），也經由前可汗的選擇與指定，而再由各部首長們公開推選。遼太祖阿保機與述律皇后選擇嗣子的盡心，與處理落選長子突欲的周密；以及長子的兒子兀欲仍可隨叔父帶兵南征，仍可充當第三任大可汗的候選人。當選了，即就職執政；不當選，退而不爲衆所迫害。種種事實，都與近代實行選舉制的社會習慣相符合。因此我們說，九百年以前契丹人實行的世選制度，實在是一種有限度的"選賢與能"的制度。

至於說到推選可汗，欲由此作到選賢與能，自然更不是一件容易的事情。阿保機選立耶律德光，成吉思汗選立窩闊台，值得注意的理由，即在於此。著者也因此願談談中原漢唐系文化以往採取"世及嫡長制"的經過情形，作爲研究遼朝契丹人世選制度與選汗制度初步的一個比較。世界文化史中的東亞文化，無異議的是以漢、唐、宋、明的中原文化爲主體的。它是這個區域中的主流文化；東夷如肅慎、渤海、女真、滿洲，是這一區域內的第一支流；北狄如匈奴、東胡、拓跋魏、突厥、契丹、蒙古，是這個區域內的第二支流。中原漢唐文化的歷史，二千年來也曾以立君問題爲較費周折的一個問題。但因地處溫帶，擁有廣大的平原，得以農桑立國；武功之外，偏重文治。自秦漢以後，即採行了立嫡立長的制度；沒有提到推選皇帝。古書中也只有《孟子》，曾說到類似推選天子的堯舜禪讓的故事；而沒有明白說，那樣的禪讓即是"選舉"。（選舉，在我國舊史書中，代表的是鄉舉里選。它是指考試薦舉人才、任用官吏說的）這個故事的内容，依照現存《孟子》所說是這樣的。

> 昔者堯薦舜於天。二十有八載，堯崩。三年之喪畢，舜避堯之子於南河之南。天子諸侯朝覲者，不之堯之子而之舜；訟獄者，不之堯之子而之舜；謳歌者，不謳歌堯之子而謳歌舜；故曰：天也！夫然後之中國，踐天子位焉。

　　昔者舜薦禹於天。十有七年，舜崩。三年之喪畢，禹
避舜之子於陽城。天子之民從之，若堯崩之後不從堯之子
而從舜也。

　　禹薦益於天。七年，禹崩。三年之喪畢，益避禹之子
於箕山之陰。朝覲訟獄者不之益而之啓；曰：「吾君之子
也。」謳歌者不謳歌益而謳歌啓；曰：「吾君之子也。」……
（《萬章篇》上）

上邊的話，堯與舜的一幕，後人說是禪讓，也說是傳賢。禹與益的
一幕，後人說是傳子，或者說是世及。我們現在細味孟子所說的三
件事情；地點，時代，情節，都是有問題的。他似乎是述說一種故
事，不是在談說已往的歷史。譬如文中所說的"南河之南"、"夫然
後之中國"、"三年之喪"等等，在地理上，時間上，人情上，都是
欠明確的，不可憑信的。古代的天下雖小，然也決非數村數鎮；諸
侯們的朝覲，慕勢者的謳歌，不之堯與舜之子而之舜與禹；尚有可
能。訟獄者不之堯與舜之子而都之舜與禹；舜與禹都在謙避不遑的
時期，事實上可能麼？簡單說，推選皇帝的習慣，在中原古代的農
業社會，並沒有見諸實行。連燕王子噲的一度讓國於燕臣子之，也
只是一時私人的行爲。我們終於接收了禹傳啓的傳子路線。並且到
了後來，《春秋公羊傳》對於傳子認爲即是立嫡立長，爽爽快快作了
硬性的規定。《公羊傳》中魯隱公元年春，正月下說：

　　公何以不言即位？成公意也。公之意將平（治也）國而
反之桓。桓幼而貴，隱長而卑，……故凡隱之立，爲桓立也。

　　隱長又賢，何以不宜立？曰："立適（嫡）以長不以
賢；立子以貴不以長……"

"立嫡以長不以賢；立子以貴不以長"，這就是後來中原漢唐系文化，
歷史上"君位世及嫡長制"產生的根據。但很顯然的，這仍是一種
原則式的規定。實際執行起來，仍然不是一件容易的事情。公元前
180年，漢曆九月西漢文帝從代國（約有今山西東北部及河北蔚縣
一帶，治桑乾縣，今蔚縣東北）被迎接到了長安（今西安市），入承
大統。他的得立，自然是有些感到意外的。轉眼到了第二年（前
179年）的正月，有司請早建立太子。文帝因此曾一度表示態度，
贊成用選舉的方式，決定皇帝的繼承人。

詔曰：“朕既不德，上帝神明，未歆饗也；天下人民，
未有慊志。今縱不能博求天下賢聖有德之人而禪（古禪字）
天下焉。而曰：‘豫建太子’，是重吾不德也。謂天下何？
其安之！”

這一段文字翻成現在通行的話，即是：我既不德，上帝神明尚没有
致其誠敬；天下人民，也尚没有使他們心滿意足呢。現在縱然不能
遍訪天下賢聖有德的人，把天下讓給他們。反而說，要豫先建立太
子；這不是加重我的不德麽？擱一擱再說罷！

有司曰：“豫建太子，所以重宗廟社稷，不忘天下也。”

上曰：“楚王，季父也，春秋高，閱天下之義理多矣；
明於國家之體。吳王朕兄也，淮南王弟也，皆秉德以倍
（輔也）朕。豈爲不豫哉！……今不‘選舉’焉，而曰必
子；人其以朕爲忘賢有德者，而專於子；非所以愛天下也。
朕甚不取。”

有司固請。曰：“古者殷周有國，治安皆且千餘歲，有
天下者莫長焉。用此道也。立嗣必子，所從來遠矣。高帝
平天下爲太祖，子孫繼嗣，世世不絕。今擇宜建，而更選
於諸侯及宗室，非高帝之志也。更議不宜。子啓（景帝）
最長，敦厚慈仁，請建以爲太子。”上乃許之。

就實際的情形說，漢朝自景帝以後，立嫡立長，漸漸演變成中原立
君原則的一種。但是何以必需立嫡立長呢？據著者所知，似乎是到
了北宋王安石與宋神宗時代，方纔有更進一步的解說。李燾《續資
治通鑑長編》卷六七說：

呂夷簡在仁宗時，改宗室補環衛官，驟增廩給；其後費
大，而不可止。韓琦爲相，嘗議更之而不果。及上（神宗）即
位（1067）遂欲改法。於是王安石爲上具道措置之方。

上曰：“祖宗之後，擇一人爲宗。”或者曰：“若立嫡則
人不服。朝廷法制苟當於禮，豈患不服！”

曾公亮，陳升之曰：“立子可也，不必嫡庶！”

王安石曰：“今庶長得傳封爵，則嫡母私其子以害庶長
者多矣。母害其子，法之所難加，而政之所難及。若嫡子
得傳爵位，則庶長無禍。蓋於今立嫡，非但正統，亦所以

　　安庶長也。"

　　　　上曰："善。"

以上這篇對話，異常重要。王安石所説的一段話，應當是"世及嫡
長制"通行舊日中國的重要原因之一。中原農業社會地廣人衆，生
活比較容易。從歷史上看，安定乃是常態；戰亂則是一時的例外。
在比較安定的農業社會，有遠見的人，把立君制度硬性規定成立嫡
立長，應當是一種比較明智的決擇。這種制度在已往的中國，完全
符合適者生存的原則，自無疑問。所以它能延續兩千多年，直到
1911 年中華民國建立，在中國纔被正式放棄。契丹族本是自己舊有
一套推選可汗的制度與世選制度的。這種制度的產生，自然也是適
應當年西遼河（西拉木倫河）流域一帶漁獵環境與大多數遊牧民族
的實際需要。後來國土向南擴展，兼統黃河以北燕雲州郡；政治經
濟的情形，即又隨著客觀的情勢，逐漸轉變，逐漸漢化。景宗、聖
宗時代，漢化日深；又因澶淵盟好（1004）以後，宋朝每年贈送大
量的歲幣（初爲每年絹二十萬疋，銀十萬兩；興宗（1042）以後增
爲絹三十萬疋，銀二十萬兩），年增山集；社會情勢較前更見安定，
對於已往吵吵鬧鬧的選汗習慣，首先改變。因之到了聖宗（928）即
位，興宗（1031）繼立，道宗（1055）踐祚，即已經完全採行了立
嫡立長的制度。這種轉變，也是孟子所説的，不僅是人爲的力量，
而是上帝（自然需要）的安排（"非人之所能爲也，天也！"）。歷史
上一種新制度的產生與轉變，都是由於適應一種新的環境、新的時
代與新的文化的要求。這或者就是歷史的任務與使命了。

※ 本文原載《臺灣大學文史哲學報》第 6 期，1954 年。

※ 姚從吾（已故），德國柏林大學畢業，中央研究院院士、前臺灣大學歷史系
　教授。

福 建 左 翼 軍

——南宋地方軍演變的個案研究

黄寬重

一、前　　言

　　南宋政權締建後，爲了防範北方強敵女真及蒙古的侵犯，在江、淮一帶佈防重兵。相對的，福建、江西、廣東、廣西及湖南地區等非邊防要地，則守備力量顯得薄弱。這五路又屬茶、鹽產銷要地，宋廷爲增加財源，實施茶鹽專賣，茶鹽產價與銷價差異極大，易導致走私貿易。宋廷爲維護公賣利益，以公權力加以鎮壓時，每易釀成衝突，爆發變亂。變亂分子熟知嶺南險峻的地形，掌握地勢，易於發揮遊擊作戰的優勢，正規軍難以發揮戰力，遂使變亂相繼不絕，形成南宋建立後內政上的極大難題。

　　宋廷面對東南地區變亂紛陳與盜賊據險恃守的現象，爲防制地區性的變亂，避免影響財政收入及社會秩序，乃謀利用地方武力，組成地方軍隊，藉以在平時維護地方治安。一旦亂事爆發，則可以讓他們充分發揮因時、因地制宜的機動性，彌補正規軍長途跋涉及不能適應特殊地區作戰的缺失，成爲維繫地區治安的主要武力。

　　左翼軍正是宋廷面對福建地區變亂，以地方武力爲基礎所組成的軍隊。左翼軍既以當地人爲主，對突發的變亂能很快的發揮機動作戰的能力，打擊盜賊，平息亂事。在宋廷的規劃下，左翼軍指揮節制的系統，同時歸諸於中央的樞密院及福建的安撫使，此一體制的規劃，旨在發揮地方軍的戰力，卻又可避免軍隊私人化及地區化的危險。這是南宋朝廷在面臨內外環境的挑戰下，對北宋以來一直實行的"強幹弱枝"政策所進行的局部修正，這一修正，維護了非邊防要地的治安，對延長南宋的國祚，貢獻極大。

　　不過，南宋時代左翼軍的組織、建制及指揮體系，並非一成不變。一方面宋廷常利用節制指揮權，調派它參與抗金的防禦、征伐等軍事行動，另一方面爲因應地區性緊急事件的權宜處置需要，又會改變指揮體系。這一種轉變，對觀察南宋政權性格、中央與地方關係的變化，及福建地方勢力面對局勢演變時的政治抉擇，有重要的意義。這也是本文討論的重點所在。

筆者長期關注南宋地方軍、地方武力的創置、發展與演變，但由於資料零散，蒐集、整理費時，以至對整個地方軍的發展難有全面的掌握。許多資料也無法進一步的解釋，更遑論對南宋地方武力的發展以及中央與地方的關係有深入的討論，或提出解釋性的説法。不過，經由不同個案的研究、分析，希望能提供讀者，對南宋時代政治與軍事上的若干重要議題，有進一步的認識與瞭解。全文匆促草成，疏漏必多，敬請同道不吝指教。

二、左翼軍成立的背景

靖康之難之後，中原淪於女真統治，趙宋臣民於危殆中，在江南重建政權。在北有強敵虎視，政局飄搖不定之時，東南各路成爲支撐政局的重要支柱。其中福建濱臨海洋，富市舶之利，境內盛產茶、鹽，成爲宋廷的主要財源之區，因此在紹興元年（1131），李綱在上書給宰相呂頤浩時就説：“福建爲浙東屏蔽，通道二廣，朝廷今日豈可不留意於此。”[1] 它又鄰近行政中樞所在的兩浙，成爲南宋締造之後，最接近權力中心的地區之一，是南宋朝廷的後門，本地區的安全，自然引起宋廷的重視。

但是，在南宋初期，福建卻同時是變亂叢生之地。根據王世宗的研究，南宋高宗一朝福建的亂事多達四十四次，若包含與其相鄰的虔川、汀川則達六十三次，接近總數三百三十六次中的五分之一。[2] 亂事如此頻繁，與當時內外環境的變化有密切的關係。這可以從兩方面來討論。其一是政權南遷後，以半壁江山支撐國力，面對強悍的女真，需要以龐大的財力來增強國防戰力，因此，增添了經制錢、總制錢、月椿錢等税目。這些税都由地方政府徵收，福建山多田少，田賦收入難以增加，鹽茶等專賣物品成了福建地方政府所仰賴的重要財源，自然就以種種辦法來增加茶鹽價格、提高利潤。

---

〔1〕 李綱《梁谿集》卷一一四，頁21上。
〔2〕 王世宗《南宋高宗朝變亂之研究》，《臺大文史叢刊》之82，1987年6月，頁17~60。

南宋初楊時在答胡安國的信中説："閩中舊官賣鹽，每觔二十七文，今民間每觔至百二三十文，細民均被其害，而盜販所以公行也。"[3] 官鹽越貴，私販就越盛行。建州范氏兄弟就是當時走私的賣鹽集團之一，在官方以武力鎮壓下，最後演成范汝爲的叛亂活動。[4]

其二則是潰軍的湧入與官軍的需索。宋金由聯盟轉而爆發戰爭後，宋廷和戰政策不定，戰則號召勤王，於是，各處地方武力均趕赴戰場，投入抗金行列。及至和議進行，則罷勤王之師，這些勤王的軍隊頓時失去朝廷的支持，生活立即陷於困頓，爲了生存多淪爲盜賊。靖康之難以後，女真騎兵銳不可擋，宋軍潰敗之餘，向南奔竄，爲了生存，也不免淪爲盜賊。這些盜賊，隨著女真兵南侵而向南推移，由江南而華南，形成南宋締造初期內政上的重大難題。其中也有進入福建，爲禍地方的情形，廖剛在紹興元年（1131）八月向樞密使富直柔的報告中曾説："福建路民貧地狹，……他日不爲盜，而邇來相視蜂起，……初緣建州軍賊作過，既而苗傅賊黨、王瓔叛兵（指楊勍），相繼入本路，大兵又躪其後，屋廬儲積，焚蕩掠取，既盡於賊，又須供億大兵，實無從出。"[5] 盜賊蹂躪之後，民疲財盡，官兵的軍需，又加重百姓的負擔。廖剛探討福建多盜的原因時，就指出："閩中賊夥所以多者，初因一兩伙相繼作過，經涉日月，焚劫略遍，凋瘵之餘，已不勝困苦，而官兵浹至，科須百出，糧食乏絕，死亡無日，遂入相率爲盜，自是兵日益衆，盜日益多，雖痛加殺戮，終不能禁。"[6] 楊時也指出福建致亂之由説：

> 比年建、劍、臨汀、邵武四郡，爲群兇焚劫蕩盡無孑
> 遺，而將樂爲尤甚。朝廷遣兵誅討，軍期所須不一。……
> 加之飢饉，自春初至今，斗米逾千錢，人不堪命，皆昔所
> 未聞。……故細民荷戈持戟，群起而爲盜，動以萬計，皆
> 平時負耒力耕之農，所至屯聚，未有寧息之期，非有他也，
> 特爲艱食所迫，姑免死而已。[7]

〔3〕 楊時《龜山集》卷二〇《答胡康侯書》，頁13上。
〔4〕 朱維幹《福建史話》，頁288；參見《建炎以來繫年要錄》（以下簡稱《要錄》）卷三六，頁19下~20上，建炎四年八月癸巳條。
〔5〕 廖剛《高峰文集》卷一《投富樞密劄子》，頁27上、下。
〔6〕 《高峰文集》卷一《投呂相論遣使入閩撫諭劄子》，頁26下。
〔7〕 《龜山集》卷二二《與執政書》，頁10上。

上述的意見，都説明了潰軍、重賦以及官軍的需索是福建致盜的重要原因。

福建境内多山，形勢險峻，如廖剛所説："閩中四境之險，殆是天設。"[8] 這些叛亂的盜賊，正是盤踞巖險，騷擾地方，出没無常，使官軍窮於應付。而駐守境内各地的官兵"驕恣日久，前後守將多務姑息"，[9] 外地調來的軍隊，則多不熟悉福建的地理環境、不習水土，形成"官軍不習山險，多染瘴疫，難於掩捕"的現象。[10] 此外，這些從外地調來的正規軍，以防禦女真的騎兵爲主，難於適應山嶺起伏、變化不一的丘陵地區作戰，其情形誠如陳淵所説："今閩中之地，不滿千里，而山川林麓，常居五分之四，雖有長刀大劍，衝突之騎，何所用之？故異時爲賊所陷者，皆精鋭之兵，不量可否，驟進而深入之過也。"[11] 在范汝爲之變時，就暴露出官軍在陌生地區作戰的窘境。據朱熹的記載，汝爲之亂後，宋廷遣官兵平亂；官兵不熟悉當地山川道路，盜寇縱之入山，而山路險隘，騎兵不能進，疲困不已。官兵入山後，汝爲等反出平原誘官軍。官軍既出山，爭往田中跑，相繼被叛軍預先連結的稻稈所牽絆，或陷入泥濘的田中，動彈不得。賊寇四面迎擊，官軍大敗。[12]

不熟悉地理形勢之外，官軍又多無紀律。南宋初建時，盜賊潰軍遍天下，形成社會秩序的極大威脅，宋廷爲了早日安定社會秩序，以便集中力量對付強敵女真，採取剿撫並用的政策，處理境内亂事。盜賊在朝廷招安政策下，多搖身變爲官軍，但他們紀律極差，行徑與盜寇無異。讓這些軍人平亂，適足以造成另一次禍源，楊時説：

> 閩中盜賊，初嘯聚不過數百而已，其後猖獗如此，蓋
> 王師養成其禍也。賊在建安二年，無一人一騎至賊境者，
> 王師所過，民被其毒，有甚於盜賊。百姓至相謂曰：寧被
> 盜賊，不願王師入境，軍無律一至於此。[13]

此外，當女真兵發動大規模的南侵行動時，宋廷感受到威脅，常常

---

〔8〕《高峰文集》卷一，頁 32 下。
〔9〕李彌遜《筠谿集》卷二四《葉成用墓誌銘》，頁 7 下。
〔10〕《要録》卷一五三，頁 14 下，紹興十五年六月丙申條。
〔11〕陳淵《默堂集》卷一四《閩寇》，頁 21 下。
〔12〕《朱子語類》卷一三三《本朝七·盜賊》，頁 3186。
〔13〕《龜山集》卷二〇，頁 14 下。

緊急將尚未徹底剿滅盜賊的部隊，調回邊防線上，一旦新派軍隊未
能順利接替，很容易使亂勢擴大。[14] 加上朝廷撫剿政策不一致，遂
使平亂之事曠日費時。范汝爲在建炎四年（1130）八月於建州嘯聚
時不過四十人，後來逐漸擴大，到紹興元年（1131），不僅佔據建州
城，徒眾至數十萬，福建帥臣剿撫無效。最後宋廷只有派參知政事
孟庾爲宣撫使，大將韓世忠爲副使，率神武兵步騎三萬，水陸並進，
才能敉平亂事。[15] 宋廷爲此所付出的兵力、財力十分龐大。然而盜
賊不斷，中央正規軍又不能長期屯駐鎮壓，如此一來，宋廷對地方
性自衛武力的仰賴就更爲殷切了。

　　變亂的發生，不僅影響社會治安與秩序的維護，更會危害百姓
的身家性命。爲了避免生命財產受到損傷，當亂事發生時，各地鄉
民多有避難他處或築山寨自保的情況。[16] 宋金爆發衝突後，宋廷下
詔起東南兵勤王，楊時的女婿陸棠曾建請當道，利用福建地方武力
組成的槍杖手北上勤王。[17] 此後每逢地方亂起，就有地方人士自組
臨時性武力保鄉衛民。建炎初，建州士兵葉濃倡亂，攻擊龍泉縣的
松源鄉，鄰近的沐溪鄉在潘特辣的領導下，設方略，率壯健的鄉人，
在險要處立柵，堅壁禦盜，使地方不受騷擾。[18] 楊勍進犯泉州安溪
時，鄉人鄭振率鄉兵破走之。[19] 范汝爲之亂時，葉顯仁也曾募集鄉
丁保衛鄉里。[20]

　　當正規軍不能長期駐屯、維護地方治安時，地方自衛武力正可
彌補此一缺失，負擔維護社會秩序的任務。南宋雖靠正規軍來平定
大規模的亂事，卻不能常駐，當范汝爲猖亂時，陳淵就擔心正規軍
凱旋之後，失業之民再叛，特別呼籲宋廷利用當地士人與豪强來應
付危難，他說："爲今之計，不若預擇士人之有智略而熟於其事者，
付以强卒三二千，令漕司日給其費，以備緩急，仍權罷本路一歲上
供之物，聽得募士，或遇竊發，使人人得以自効，有功者賞之，庶

〔14〕《梁谿集》卷六九《乞催江東安撫大使司差那兵將會合捉殺姚達奏狀》，頁5下。
〔15〕《梁谿集》卷一四二《甌粵銘》，頁10上。
〔16〕薛季宣《浪語集》卷三三，頁32下。
〔17〕胡寅《斐然集》卷三〇《陸棠傳》，頁2下。
〔18〕蔡崇禮《北海集》卷三四《潘特辣墓誌銘》，頁15上、下。
〔19〕《泉州府志》卷七三《祥異·紀兵》，頁17上。
〔20〕真德秀《真文忠公文集》卷四六《通判和州葉氏墓誌銘》，頁715。

幾豪强者在官，樂於殺寇而憚於爲寇。"[21] 到紹興十五年（1145），福建巨寇如管天下、伍黑龍、滿山紅等人，聚集徒衆，攻劫縣鎮，當地百姓自建山寨互保。當時知福州莫將指出福建境内的漳、泉、汀、建四州與江西、廣東接壤，當地游手之徒跟隨盜賊，他們熟悉小路，帶領盜賊直衝縣鎮，如入無人之境，官兵無法應付。他請求宋廷委派四州的守臣招募强壯的游手，每州一千人爲效用。宋廷令殿前司後軍統制張淵與莫將共同措置，張淵主張各州先招五百人。[22] 這是宋廷第一次有計劃地在福建地區招募當地人士，從事維護地區性的安全工作。不過，隨後轉運司在向樞密院的奏章中，指出軍需浩瀚，這些游手分子，易聚難散，一旦盜賊平定，正規軍調回原駐地之後，這些擁有武力的地方勢力，可能是另一次暴亂的潛在因素，懷疑招用這批人能否發揮正面的效果。樞密院遂下令新任的福建安撫使薛弼與轉運司共同商議。[23] 這一命令對福建能否成立地方軍隊，具有關鍵性的意義。

三、左翼軍的創置

紹興十八年（1148）閏八月乙酉福建正式成立左翼軍。李心傳的《建炎以來繫年要錄》有一段話叙述該軍成立的經過説：

> 初福建路自刱奇兵，而虔、梅草寇不敢復入境，至是悉平。詔以巡檢陳敏所部奇兵四百及汀潭（應作"漳"）戌兵之在閩者，爲殿前司左翼軍，即以敏爲統制官，留戌其地。[24]

説明這支軍隊是納入由楊存中所統領的殿前司。《要錄》記載左翼軍的組成主力時，只約略提到陳敏所領導的四百名奇兵，以及宋廷戌守在汀漳等地的禁軍系統。實際上成立左翼軍的背後有許多複雜的因素，牽涉到的人也較多，其中關係較密切的人物有三個：除了陳敏之外，就是薛弼、劉寶。

倡議成立左翼軍的重要人物是福建安撫使兼知福州薛弼。薛弼

---

[21] 《默堂集》卷一四《閩寇》，頁20下。
[22] 《要錄》卷一五三，頁14下，紹興十五年六月丙申條。
[23] 《要錄》卷一五四，頁9下，紹興十五年九月壬申條。
[24] 《要錄》卷一五八，頁7上、下，紹興十八年八月乙酉條。

（1088～1150）字直老，永嘉人，爲南宋初期名臣薛徽言之兄，政和
二年（1112）中進士，曾任杭州教授、知桐廬縣、監左藏東庫等職。
金人進犯汴京，李綱議堅守，衆人不悦，弼同綱意，被擢爲太僕丞。
及京師圍解，遷光禄丞。南渡後，曾任湖南運判，畫策贊岳飛，討
平楊么等群寇，累遷敷文閣待制。紹興二十年（1150）卒於廣州，
年六十三。[25] 初，秦檜居永嘉，弼游其門，及飛死，弼以與檜有
舊，獨免。紹興十三年（1143）八月由主管玉隆觀再知虔州。虔州
位於江西、福建與廣東的交界處，多盜賊，弼嚴治之，被稱爲"剥
皮殿撰"，一郡安堵。十五年（1145）五月改知廣州，六月丙申，宋
廷改命弼爲集英殿修撰知福州。[26]

　　閩廣交界之虔州、梅州等地，自建炎以來即有盜賊嘯聚，巨寇
管天下、伍黑龍、滿山紅、何白旗等人，有數十百部的人馬，每部
從數十百至數千人，總數達數十萬，盤踞巖險，從泉、漳、汀、南
劍到邵武等地的百姓，都受其毒。鄉民爲了自保，多築山寨，[27] 在
這些地方自衛武力中，比較著名的有由虔州石城縣土豪陳敏及開封
人周虎臣所領的家丁數百人，他們都是驍勇善戰之輩，戰鬥力勝於
官軍，[28] 成爲維護當地治安的主要力量。這時負責在福建措置盜賊
的是殿前司後軍統制，先後受命到福建措置盜賊的統制官有張淵、
富選、成閔和劉寶，他們都直接受殿前司的節制，不受福建安撫使
指揮，而且統制官每半年即輪調一次。這些人不僅不熟悉當地地理
形勢，由於輪調頻繁，也使地方政府窮於應付。[29] 從上述情況看
來，薛弼到福建之前，當地盜賊相繼不絶，聲勢相當大，各地雖然
有民間自組的自衛武力，來捍衛自己的家園，戰鬥力也很強，但力
量分散，各不相屬，很難發揮整體戰力。實際負責剿滅盜賊的軍隊，
是由中央殿前司直接指揮的屯駐大軍，不受福建安撫使的節制。這
種中央與地方各自爲政、不相統屬、不能合作的現象，自然難以發
揮制敵效果。

〔25〕　葉適《葉適集》（河洛出版社影印點校本，1974 年 5 月臺 1 版）卷二二《故知廣州
　　　　敷文閣待制薛公墓誌銘》，頁 424～426。
〔26〕　《要録》卷一五三，頁 14 下，紹興十五年六月丙申條。
〔27〕　《浪語集》卷三三《先大夫行狀》，頁 32 上、下。
〔28〕　《要録》卷一五四，頁 10 上，紹興十五年九月，是月條。
〔29〕　《浪語集》卷三三，頁 33 下。

薛弼先前在虔州嚴懲盜賊，收到成效，因此，他由廣州到福州
視事時，所經之地，盜賊多自動避開。他抵福州後，適宋廷下令討
論福建召募游手爲效用的事。薛弼以在知廣州時，看到韓京在廣東
創推鋒軍，對維護地方治安的貢獻，建議在福建仿效實行，他説：
"廣東副總管韓京，每出必捷，正以所部多土人。今本路素無此等，
故連年受弊。"[30] 並指出他守虔州時。地方豪強周虎臣、陳敏等人
所率領的地方自衛武力，都是善戰之徒，可以以一當十，不僅保衛
鄉土，更常入閩討賊。於是辟薦虎臣爲福建路將官，敏爲汀漳巡檢，
並揀取二人的家丁，日給錢米，專責捕賊，期以必滅。乃與轉運司
共同奏請選一千人，號爲"奇兵"。宋廷詔可。從此，奇兵遂成爲維
護福建地區治安的主要武力，次第敉平各地的亂事。[31] 在薛弼經過
三年的整合與努力下，到紹興十八年（1148）閏八月乙酉，宋廷正
式命令以巡檢陳敏所領奇兵四百，以及汀漳派成福建的士兵，組成
殿前司左翼軍，而以陳敏爲統制官，留成福州。[32] 薛弼無疑是全力
推動成立左翼軍最關鍵的人物。

左翼軍的靈魂人物則是陳敏。陳敏字元功，虔州石城人。[33] 陳
氏是虔州豪族，其父陳皓在建炎末曾率鄉民破贛州賊李仁，補官至
承信郎。[34] 敏身長六尺餘，長於騎射、有韜略，御士得其懽心。[35]
虔州多盜賊，他率家丁數百人習戰禦賊，聲名遠播，時常率家丁入
閩討賊，薛弼辟爲汀漳巡檢。[36] 當時草寇跳踉山谷，敏往來龍巖、
漳浦、永春、德化間，剿蕩悉平。及薛弼創奇兵，即以他所部四百
人爲主。敏後任福建路安撫司統領官，[37] 接受殿前司統制劉寶的領
導。左翼軍成立後，劉寶改調選鋒軍統制，陳敏正式接任左翼軍統
制。爲維護福建地區的治安，他按各州縣的重要性，分別派兵扼守，

〔30〕《要錄》卷一五四，頁 9 下 ~ 10 上，紹興十五年九月，是月條。
〔31〕《要錄》卷一五四，頁 10 上。又見李心傳《建炎以來朝野雜記》甲集，卷一八，
　　　《殿前司左翼軍》，頁 16 下。
〔32〕《要錄》卷一五八，頁 7 上、下。
〔33〕《要錄》卷一五四，頁 10 上。又《宋史》卷四〇二《陳敏傳》作贛之石城人，見
　　　頁 12181。
〔34〕《宋史》卷四〇二，頁 12181。贛州在紹興二十三年改名虔州。
〔35〕《泉州府志》卷二九，頁 46。
〔36〕《要錄》卷一五四，頁 10 上；《泉州府志》作漳泉巡檢，卷二九，頁 46 上，誤。
〔37〕《泉州府志》卷二九，頁 45 下。

很快就平息盜亂。後來，陳敏也率兵參與平定贛州齊述的叛亂，紹興二十三年（1153）二月知贛州李耕奏請推賞平贛州之亂有功的九名將、官中，也包括陳敏及統領官郭蔚等人。累功授右武大夫，封武功縣男，領興州刺史。[38] 紹興三十一年（1161）任太平州駐紮、馬軍司統制。及金兵南侵，陳敏參與捍禦金兵有功，乃由右武大夫成州團練使轉爲拱衛大夫。[39] 隆興二年（1164）十月，改差知高郵軍。[40] 參與由張浚策動的北伐行動。乾道元年（1165），遷宣州觀察使，召除主管侍衛步軍司公事；[41] 三年（1167）三月，改任武鋒軍都統制兼知高郵軍；[42] 六年（1170）知楚州[43]仍兼知高郵軍。[44] 其後歷任福建路及江西路總管等官。乾道九年（1173）七月十六日，以光州觀察使致仕。[45] 後以疾卒，年不詳，贈慶遠軍承宣使。福建人感念他維護治安之功，在泉州立祠紀念。[46]

陳敏是左翼軍最重要的領航員，但左翼軍第一任統制官應該是劉寶。從現存《宋史》與《要錄》等史料，無法瞭解劉寶與左翼軍的關係，甚至也很難知道他的生平事蹟。[47]《要錄》裏出現的劉寶有二位，一位是韓世忠的部將，死於紹興十一年（1141）十月辛卯，[48] 當與左翼軍無涉。另一位是張俊的部將，當是左翼軍最初的領導者。他任過統領官，[49] 不知其出生地。[50] 紹興十五年（1145）八月，劉寶任鎮江府駐紮，御前游奕軍統制，因擅伐民木及強制平民爲軍，被奏劾，降授杲州團練使，別與差遣。[51] 這時閩廣交界的虔汀地區的山寇爲犯，侵擾到惠、潮、漳、泉等州。宋廷調劉寶率兵來福建，接替張淵，以備盜賊。他率殿前司的禁軍在福建各州剿

---

〔38〕 《宋會要》兵十八之四〇；《宋史》卷四〇二《陳敏傳》，頁12181。

〔39〕 《宋會要》兵十九之一二。

〔40〕 《宋會要》兵十九之一四。

〔41〕 《宋史》卷四〇二《陳敏傳》，頁12182；《宋會要》選舉17之11，方域9之4。

〔42〕 《宋會要》兵6之19，食貨40之47。又見《中興兩朝聖政》卷四六，頁6下、頁9上。

〔43〕 《宋會要》食貨21之9，食貨58之8。

〔44〕 《宋會要》食貨50之24。

〔45〕 《宋會要》職官76之58，儀制111之26。

〔46〕 《泉州府志》卷二九，頁46上。

〔47〕 有關於他的事蹟，主要記載見於乾隆《泉州府志》及淳熙《三山志》這二種地方志中。

〔48〕 《要錄》卷一四二，頁6下。

〔49〕 《要錄》卷二一，頁32上，建炎三年三月戊戌條。

〔50〕 《泉州府志》卷二九，頁45下。

〔51〕 《要錄》卷一五四，頁5下，紹興十五年八月戊寅條。

寇，成效頗著，泉州士民向朝廷乞留寶收討餘寇，宋廷令福建安撫司統領陳敏及汀漳二地民兵合計二千七百七十五人，改充殿前司左翼軍，聽劉寶節制。[52] 劉寶乃分柵要害，遷教場於泉州北，合諸軍教閱。及賊平，劉寶調回殿前司。他領左翼軍約僅半年，雖未見顯赫戰功，但立寨堡、設教場，爲左翼軍的發展，奠下良基。他回朝後改任殿前司選鋒軍統制，復宣州觀察使。[53] 宋廷錄平閩盜之功，他及其所領的將校軍兵義兵三千一百七十人，各遷官及減磨勘。[54] 紹興十九年（1149）六月，寶曾任主管侍衛馬軍司公事。[55]

左翼軍創置之初，宋廷就採取摧鋒軍的模式，將指揮權直接隸屬於中央的殿前司，這是南宋收地方兵權的主要步驟之一。尤其自酈瓊兵變後，宋廷裁撤都督府，而將原都督府所屬之部分軍隊改隸殿前司，使該司在紹興七年（1137）以後增爲五軍，又增置護聖、踏白等七軍，合計十二軍，後來，江海一帶盜賊爲亂，又分置諸軍以維護各地治安，因此先將成立的摧鋒軍、左翼軍和明州水軍，都隸屬於殿前司。[56] 左翼軍正是在宋廷收地方兵權的環境下，在體制上設計成隸屬於中央的正規軍之一。

關於左翼軍成立之初的組成分子，《要錄》僅説：“以巡檢陳敏所部奇兵四百，及汀潭戍兵之在閩者，並爲殿前司左翼軍”，[57] 指出左翼軍的組成，除陳敏領導的地方自衛武力外，還包括汀州，漳州等調派到福建的軍隊，但記載太略，軍隊總數並不清楚。《泉州府志》和《三山志》則有較詳細的資料，比對這些資料，知道《要錄》所説的“汀潭”，當爲“汀漳”之誤。《三山志》卷一八《兵防》“延祥寨水軍”條中，對左翼軍的組成有詳細的記載：

> 詔本路帥司統領陳敏下奇兵，并汀州駐紮瞿皋、溫立，漳州駐紮周皓、盧真下官兵改充殿前左翼軍，以陳敏爲統制，漳州駐紮盧真充統領、汀州駐紮，並權聽劉寶節制。瞿皋、周皓、溫立發赴殿前司。劉寶更住半年，俟回日，

---

[52] 《泉州府志》卷二四，頁 27 下。
[53] 《要錄》卷一五五，頁 14 上，紹興十六年八月壬寅條。
[54] 《要錄》卷一五九，頁 10 下～11 上，紹興十九年五月丁酉條。
[55] 《要錄》卷一五九，頁 14 上，紹興十九年六月丙子條。
[56] 《要錄》卷一五八，頁 7 下，紹興十八年閏八月乙酉條。
[57] 《要錄》卷一五八，頁 7 下，同上條。

專令陳敏等彈壓盜賊。時陳敏下管官兵四百人，及交割周
皓、溫立下官兵一千九十人，馬六十八匹、汀州翟皋下官
兵一千二百八十五人，馬七十匹。[58]

從這一記載可知，左翼軍成立之初，軍隊總數是將兵二千七百七十
五人，馬一百三十八匹。

左翼軍成軍時，軍隊的數量顯然偏少，因此第二年起又陸續增
撥其他軍隊納入左翼軍。《三山志》即載有紹興十九年（1149），宋
廷令安撫司於福建路系將不系將兵内揀選少壯者一千五百人，聽陳
敏使唤，二年一輪替。二十五年（1155），又令陳敏招刺吐渾一千五
百人，替回諸州將兵。[59] 顯示左翼軍成立初期，其軍隊有來自民間
自衛武力、中央調駐福建各地的軍隊，甚至有吐渾兵加入，來源相
當複雜。這種情況與廣東摧鋒軍類似。[60] 軍隊的人數達四、五千
人，但福建地方人士仍佔一定比例。

左翼軍的成員中，也有收招盜賊納入軍中的，其中最有名的就
是號稱伍黑龍的伍全。伍全是長汀縣人，狀貌雄偉，膂力過人，綽
號伍黑龍。[61] 在紹興十五年（1145）左右，擁衆爲亂於福建，攻佔
縣鎮，與管天下、滿山紅齊名。後被陳敏招降，納入軍隊，成爲左
翼軍的一分子，伍全被任爲裨將。紹興二十二年（1152）曾隨陳敏
至虔州，參與討伐齊述之亂。他率先攀緣登城，以百斤鐵戟轉戰入
城，開啓城門，大破齊述之兵。後轉隸摧鋒軍，被任爲正將，多立
邊功。[62] 朱熹於淳熙七年（1180）在與江州都統皇甫倜的書中就説
福建密邇江西，“紹興十八、九（1148、1149）年間，朝廷屢遣重
兵，卒不得志，甚者至於敗衄，狼狽不還。及後專委陳太尉敏招募
土兵而後克之，所謂左翼軍者是也。蓋此輩初無行陳部伍，憑恃險
阻，跳踉山谷之間，正得用其長技”，[63] 他在淳熙十一年（1184）
給知福州趙汝愚的幕僚林擇之的信中，也指出左翼軍和辛棄疾滅茶

〔58〕《三山志》卷一八，頁13下。
〔59〕《三山志》卷一八《兵防》，頁14上。
〔60〕黃寬重《廣東摧鋒軍——南宋地方軍演變的個案研究》，《中央研究院歷史語言研究
　　　所集刊》第65本第4分，頁957~988。
〔61〕《汀州府志》卷一四，頁23上。
〔62〕胡銓《胡澹庵集》卷二七，頁10上、下；《汀州府志》卷一四，頁23上、下。
〔63〕朱熹《晦庵集》（《四庫全書》本）卷二六，頁11上。

寇一樣，招得賊徒黨作嚮導，才能入山破賊巢穴。左翼水軍也多有
海上作過之人，這些人熟識地理環境，善於特殊地形的戰爭，因此，
多獲戰功。真德秀在嘉定十一年（1218）向樞密院申請措置泉州軍
政狀中便說：＂諸處配到左翼軍重役兵士，多是在海道行劫作過之
人＂，建議揀選其中少壯，諳會船水之人，改刺左翼軍＂充梢碇、水
手。＂[64] 可見盜賊在左翼軍中也佔有一定的分量。

除盜賊之外，也有編罪犯入左翼軍的例子。像嘉定四年
（1211），宋廷以承信郎王從龍在招安黑風峒首領時，接受賄賂，及
佯敗，處以＂脊杖二十、刺面，配泉州左翼軍，重役使喚，仍追毀
誥命＂。[65]

四、組織與財務

左翼軍從創立開始，軍隊整個的發展乃至演變過程，都和南宋
朝廷為因應內外形勢的變化有著密切的關係。這一方面是表現在兵
源組織及它的隸屬關係的變化上，另一方面也表現在財務來源的改
變。軍隊組織和財務結構，不僅是觀察左翼軍性質的重要角度，也
是掌握南宋政權特質及朝廷與地方關係變化的重要基礎。不過，由
於南宋文獻對這方面的記載，特別缺乏，無法完整地掌握其全貌，
只能從分散、零亂的資料中，加以排比、拼湊，試圖從中理出一個
粗略的面貌，期能對南宋時代左翼軍的內部組織架構、財務情況及
其演變，有概略的瞭解與認識而已。

（一）兵力與駐地

左翼軍籌備期間，可能因福建安撫使兼知福州薛弼倡議之故，
部隊的總部駐紮於福州，另一支則駐於漳州，[66] 其經費由福建轉運
司供應。[67] 成立時，共有軍隊二千七百七十五人，次年增加一千五
百人，紹興二十五年（1155）又增加一千五百人。二十六年，宋廷
又令將官鄭廣率福州延祥寨水軍的一半即一百九十三人至泉州，[68]

---

〔64〕《真文忠公集》（《四部叢刊》初編本）卷九，頁 167 下。
〔65〕《宋會要》刑法六之四九。
〔66〕《要錄》卷一八九，頁 13 上、下，紹興三十一年四月庚戌條。
〔67〕《要錄》卷一五四，頁 9 下～10 上，紹興十五年九月，是月條。
〔68〕《泉州府志》卷二四，頁 27 下。

並令左翼軍移至泉州駐紮，在東禪院等佛寺的空地上建立軍寨。[69]
這是左翼軍總部移駐泉州之始，其軍費也改由泉州支應。此時陳敏
也正式建立其分戍制度，由三位將官各自率領三百名士兵分別戍守
汀州、漳州和建州，[70] 這時候左翼軍的總人數大約近五千人。到理
宗淳祐六年（1246），左翼軍總額仍維持五千人。[71] 估計左翼軍約
維持在五千人左右。

紹興年間，左翼軍主要任務在維護福建治安，陳敏曾相度州縣
的重要性，擇定分戍十三處，[72] 其中可考的主要駐紮地是福州、泉
州、漳州、汀州和建州。發號司令的地區也由福州轉到泉州，端平
二年（1235）後，統制司一度移置建寧府（即建州）。[73] 各地駐軍
的情形，由於史料不足，無法得到完整資料，僅依相關地方志，介
紹福州、泉州、汀州三地的情況。

福州是福建安撫司所在地，也是左翼軍最早的指揮中心。紹興
十五年（1145）時福州士兵以五百人爲定額，後來相繼招募及刺配
海賊一百八十四人，十八年成軍時有二千七百七十五人。及移駐泉
州後，紹興二十六年（1156）福州只存一百二十八人，由於士兵太
少，乃增募、刺配至二百零五人。紹興二十八年（1158），再募九十
五人，以三百人爲定額。三十年六月，宋廷令移水軍之半至明州，
福州在寨兵只有一百四十九人。三十一年安撫司增招三百人，使軍
隊人數增爲四百五十九人。乾道七年（1171）有士兵六百人，後以
五百五十二人爲定制。[74]

泉州：紹興二十六年（1156）左翼軍移駐泉州時，全軍總數約
近六千人，除撥將帶兵分駐汀、建、漳州及留於福州之外，到泉州
的左翼軍約近四千人。其中水軍約爲五百五十人，在東禪院等佛寺
的空地上建立軍寨。後來由於陸續外調參戰，泉州左翼軍人數減少，

---

〔69〕《泉州府志》卷二四，頁 27 下；《三山志》卷一八，頁 13 下。

〔70〕《泉州府志》卷二四，頁 27 下，作帶兵各五百人；《三山志》卷一八，作三百人，
頁 14 上。此從《三山志》。

〔71〕《泉州府志》卷二四，頁 28 下。

〔72〕《宋史》卷四〇二《陳敏傳》，頁 12181。

〔73〕《泉州府志》卷二四，頁 28 上。府志稱淳祐六年又駐泉州，但據包恢於淳祐八年
（1248）擔任知建寧府時，尚節制左翼軍屯戍軍馬。雷宜中在咸淳三年兼知建寧府
仍節制左翼軍（見《江西墓誌》，頁 245）。

〔74〕《三山志》卷一八，頁 14 上、下。

因此統制趙渥於乾道七年（1171）一月，又招募了一千人。[75] 依乾隆《泉州府志》的記載，水軍先後分駐於水澳寨、法石、寶林。嘉定十一年（1218）以後又在圍頭立寶蓋寨，以正將衙立於法石，各寨都聽其命令。淳祐六年（1246），泉州的左翼軍共有一千八百八十二人，其中馬步軍一千三百三十一人，分成四將二十二隊，每將有副將、準備將各一員，每隊訓練官一人。水軍分屯四寨，將官各一人。[76]

汀州：南宋初，汀州變亂相繼，宋廷時遣大軍討捕，紹興十年（1140）翟皋統廣東摧鋒軍一千二百人到汀州，駐於同慶文殊寺，後奉旨創寨，改隸左翼軍額，[77] 這是構成左翼軍的主力之一。二十一年，陳敏命呼延廸招集，湊成一千人，不久，以郡內盜賊已滅，下令抽軍隊回泉州，汀州只留三百二十八人，二十八年，以州兵不足，即差官兵二百人，二十九年差撥一百三十三人至寧化縣下土寨住屯，又撥一百三十九人，使汀州左翼軍總數達六百人。[78] 三十年招回寧化縣駐兵。乾道五年（1169），遣五十名左翼軍戍建寧縣。慶元元年（1195）又令汀州本寨撥福林寺及駐縣士兵九十人至寧化駐紮，紹定年間（1228～1233）晏夢彪之亂士兵被抽回郡地，紹定六年（1233）陳韡改下土寨爲安遠寨，最多時達三百人，[79] 每年輪番更易。寶祐五年（1257）再派五十人戍守建寧。汀州左翼軍設有正、副、準備將各一員，寶祐間增統領一員。[80]

除了上述福州、泉州、汀州的左翼軍數字之外，其他駐地的數字不詳，目前僅知在端平二年（1235）時，漳州有左翼軍五百六十六人，建寧府（建州）爲一千九十六人，另南劍州北鄉寨兵一百人。[81] 此外，在乾道二年（1166）七月己酉，也曾奉朝命調泉州左

〔75〕 《宋史全文》卷二五下，頁2下；《中興兩朝聖政》卷五〇，頁3上。

〔76〕 《泉州府志》卷二四，頁28下。

〔77〕 《永樂大典》卷七八九二，引《臨汀志》作紹興十三年摧鋒軍改隸左翼軍，疑誤。左翼軍正式名號是紹興十八年才有的。

〔78〕 《永樂大典》卷七八九二，頁27下。

〔79〕 嘉靖《汀州府志》（天一閣藏本）卷六《公署》，頁18上、下；又《永樂大典》卷七八九二，頁28下。

〔80〕 《永樂大典》卷七八九二，頁27下～28上。

〔81〕 《泉州府志》卷二四，頁28下。又見《延平府志》卷六，頁3下，稱泉州分兵來鎮，職員未詳。

翼軍二千人屯許浦鎮，防守海道。[82] 紹定三年（1230），晏夢彪之
亂時，泉州的左翼軍也曾於永春縣設寨，建寧府的左翼軍則出戍浦
城縣。[83]

總之，宋廷爲維護福建的治安，在該地始終維持五、六千名的
左翼軍，從駐防地區的情況看來，左翼軍的任務也相當清楚。左翼
軍的兵源雖以當地人爲多，宋廷亦以調派的方式，將其他軍隊改隸
左翼軍，甚或招盜賊、充罪犯爲軍，使左翼軍的組成分子，顯得龐
雜，這種情形與廣東摧鋒軍一樣，是宋廷藉雜糅各種兵源以冲淡地
方勢力，强化中央領導權威的一項努力。

（二）指揮體系

左翼軍創立時，宋廷對它的隸屬關係即有清楚的界定——在制
度上隸屬於殿前司，不過，它與南宋其他駐於福建而分別隸於殿前
司或步軍司的禁軍，如威果、全捷等軍隊有所不同，那就是他們主
要駐紮在福建境内，以維護地方治安爲任務。同樣的，左翼軍因體
制上隸屬中央，也與福建地方其他廂軍、鄉兵如諸寨土軍、諸縣弓
手或壯城軍等不相同。這點從乾隆《泉州府志》的記載就能清楚地
反映出來。[84] 嚴格説來，左翼軍和摧鋒軍一樣，在體制上和其他屯
駐大軍或禁軍不同的是，屯駐大軍只受中央指揮，不受地方的帥司
節度，[85] 而左翼軍則同時受中央與福建安撫使的指揮，形成二元體
系：名義上隸屬中央的殿前司，官員也由中央政府調派，但實際上，
財務由地方政府籌措支持，接受安撫使的節度，軍隊的成員也以福
建地區爲主，又旨在維護地方治安，明顯的具有地方軍的色彩，中
央政府則藉人事任命與指揮調度的方式來操控軍隊，淡化地方的
色彩。

左翼軍成立之初，總部駐守福州，由知福州、福建安撫使調度。
後來移駐泉州，仍由安撫使調度，並不受泉州最高長官知泉州的節
制。高宗末年及孝宗初年，由於宋金戰争爆發及宋謀北伐，左翼軍
被分解爲破敵軍，調派到淮東等宋金邊防線上負責防禦重責。泉州

---

〔82〕 《宋史》卷三三《孝宗本紀》，頁635。

〔83〕 真德秀，前引書，卷一五，頁260上。

〔84〕 《泉州府志》卷二四，頁23下~28下。

〔85〕 《浪語集》卷三三，頁33上。

兵力減弱，面對地方治安，無法獨力應付。調動軍隊又須凡事向樞密院及殿前司請示，恐失先機。因此，知泉州趙必愿向孝宗反應，奏請節制左翼軍，淳熙二年（1175）二月癸亥，宋廷詔：“泉州去朝廷二千里，每事必申密院殿司，恐致失機。自今遇有盜賊竊發，一時聽安撫節制。”[86] 這個命令賦予安撫使緊急處置權，對以往雙重指揮體系稍作調整，但一方面只有在盜賊發生的緊急狀況下，左翼軍才接受福州的安撫使節制，而非直接聽命於知泉州，另一方面軍令指揮全由統制官負責，地方官無權參與，顯示宋廷在處理地方軍事時，仍對“殿司大軍不應聽外郡節制”此一理念有所堅持。淳熙十二年（1185）春天，樞密使周必大給知福州趙汝愚的書信中，對汝愚準備招募與揀汰左翼軍的請求時，表示由於左翼軍“緣隸殿司”，招軍之事“須略令勘當，即便取旨”，對揀汰士兵則說“見用三衙及御前諸軍法，恐難獨異耳”，[87] 明白反對。顯示左翼軍在體制上隸屬殿前司所受到的限制，及宋廷掌控地方軍隊事務的企圖，十分強烈。

宋廷這種讓地方軍、政互為敵體、不相統攝的政策，對地方政治運作造成相當大的困擾。乾道七年（1171）汪大猷知泉州時，就曾發生軍、政不協調的案子，如左翼軍為圖捕盜之賞，將真臘商人誣為來犯的毗舍耶人而加以逮捕，雖由大猷驗明身份及貨物，但士兵仍譊譊不已，要待大猷與其將領溝通，才無事。說明軍、政分離所造成的紛擾。[88]

這一種現象從嘉定十一年（1218）起，不斷受到知泉州真德秀的挑戰。他在“申樞密院乞節制左翼軍狀”中指出，左翼軍駐守泉南已七十年，軍中所有糧餉、賞給及出戍借請，均倚賴泉州支付，知泉州甚至也負責審驗招刺效用兵，顯示左翼軍的事務幾乎無一不與泉州相關，但知泉川與左翼軍的統制官不相統屬，互成敵體，軍中內部事務如升遷賞罰、兵籍虛實、器械優劣、教練等，知州都完全不能預聞。殿前司遠在杭州，帥司所在的福州又在數百里之外，

〔86〕《中興聖政》卷五四，頁1上；又《泉州府志》卷二九，頁17下；《宋史》卷四一三《趙必愿傳》，頁12412。

〔87〕《文忠集》卷一九一，頁17下。

〔88〕 樓鑰《攻媿集》（《四部叢刊》初編本）卷八八，頁165下。

軍政修廢，無法考察。知州雖然知道軍中弊病卻不能過問，造成軍政的敗壞。爲了避免矛盾，集中事權，請求宋廷比照殿司、步司出戍兩淮邊境的體例，令左翼軍聽泉州守臣節制，使彼此一家，緩急可以調發，不致乖違抵牾。[89] 宋樞密院只接受部分意見，准許"如遇海道盜賊竊發，許本州守臣調遣收捕"，[90] 只將淳熙二年（1175）准許在緊急狀況下安撫使可權宜節制的權力下放到由知泉州節制而已。因此真德秀在離任前，又上狀分析由泉州守臣節制之利，懇切呼籲樞密院，說："朝廷置此一軍，關係甚重，若欲軍政常常修舉，非付州郡以節制之權，終有所不可。"[91] 嘉定十四年（1221）終獲宋廷答應"令泉州守臣節制左翼軍"。[92] 左翼軍總部移駐建寧府後，從資料看來，也是由知建寧府來節制左翼軍。[93]

此外，駐守在汀州的左翼軍，置有正、副、準備將各一名，先是由安撫司奉准於摧鋒軍中留存人員就州駐紮，仍是受安撫使調度、節制。嘉定年間，江西黑風峒李元勵爲亂，由於情勢緊急，宋廷命知汀州鄒非熊節制本州屯戍軍馬，知州才有統攝左翼軍的權力。[94] 顯示宋廷在面對急要事件時，允許地方的長官有了較大的權限來節制左翼軍，這一來地方勢力與地方長官的關係就更爲密切了。

（三）組織架構

南宋各軍隊的軍官，依《宋史·兵志》所述有統制、統領、正將、副將、準備將，訓練官等六個職級。左翼軍在名義上屬於殿前司，受樞密院指揮，但長期駐防福建，負責維護地方治安、敉平盜賊的任務，接受福建安撫司的節制。早期與各地方長官不相統屬，互爲敵體，只有在亂事發生時才由地方官節制。因此，軍隊的領導，指揮和訓練上，左翼軍的統制是地方最高負責人，其餘各級軍官多

---

〔89〕 真德秀，前引書，卷八，頁165上、下。

〔90〕 真德秀，前引書，卷九，頁168下。

〔91〕 真德秀，前引書，卷九，頁170上。

〔92〕 真德秀，前引書，卷九，頁170；又《宋史全文》卷三〇，頁66上，嘉定十四年十一月癸巳條。

〔93〕 知建寧府兼節制軍馬的宋臣有袁甫、王遂、包恢、雷宜中等人，如雷宜中在咸淳三年，兼知建寧府、節制左翼軍，見陳柏泉編《江西出土墓誌選編》，頁245。其餘見《建寧府志》卷六，頁4上、5下。

〔94〕 《永樂大典》卷七八九二，頁28上。又嘉靖《汀州府志》卷一〇，頁8下；卷一二，頁4下。

與《兵志》所述相合，從現有資料可考的將領名單，表述如下：

左翼軍將領職稱表

官職	姓名	時　間	駐地	出　　處
統制	劉寶	紹興十五年(1145)	泉州	乾隆《泉州府志》卷二四
	陳敏	紹興十八年(1148)		《要錄》卷一五八 《浪語集》卷三三
	范榮	紹興？		《絜齋集》卷一五
	高溫	乾道二年(1166)前	泉州	《宋會要》職官七十一之一五
	趙渥	乾道七年(1171)	泉州	《中興聖政》卷五〇 《宋史全文》卷二五 《宋會要》職官六十三之一五
	薄處厚	嘉定十一年(1218)？		《真文忠公集》卷八
	楊俊	嘉定十一年11月起		《真文忠公集》卷八 《後村大全集》卷八二(由統領升任之)
	齊敏	紹定年間(1228～1233)		《真文忠公集》卷九、一五
統領	鄭廣	紹興十五年(1145)後	福州	《浪語集》卷三三，頁33下(水軍統領)
	盧真	紹興十八年(1148)		《三山志》卷一八，兵防
	元玘	紹興二十二年(討虔州齊述戰死)		《要錄》卷一六三，頁18下
	李彥椿	乾道二年(1166)	江陰軍	《宋會要》食貨五十之二一
	貝國珍	寶祐年間(1253～1258)	汀州	《永樂大典》卷七八九二，頁28上
	陳鑑	景定三年(1262)		《後村大全集》卷九三
	夏璟	宋末		《四如集》卷四
正將	謝宜	紹興二十八年(1158)	寧化	《永樂大典》卷三六四六
	丘全	嘉定十一年(1218)		《真文忠公集》卷八(權正將)
	貝旺			《真文忠公集》卷九(第四將正將)
	廖彥通			《真文忠公集》卷八(權准備將權清石寨正將)

續表

	謝和	景定三年(1262)		《後村大全集》卷九三
副將	周成	紹興二十二年(1152)	虔州	《要錄》卷一六三
	張福	紹興三十年(1160)	寧化	《永樂大典》卷三六四六
	劉顯祖			《真文忠公集》卷八(准備將權永寨副將)
准備將	邵俊	嘉定十一年(1218)		《真文忠公集》卷八(降充長行)
	吳寶	紹定一、二年(1228、1229)		《真文忠公集》卷九(死)
訓練官	朱勝	淳熙十二年(1185)		《宋會要》兵十九
	吳世榮	嘉定十一年(1218)		《真文忠公集》卷八(改爲權法石寶蓋寨准備將)
撥發官	陳聰	嘉定十一年(1218)		《真文忠公集》卷八(進義副尉充)
	廖庚	嘉定十一年(1218)		《真文忠公集》卷八(效用充)
	王大壽	嘉定十一年(1218)		《真文忠公集》卷八
隊將	秦淮	嘉定十一年(1218)		《真文忠公集》卷八
左翼軍將	伍全	紹興二十二年(1152)		《胡澹庵集》卷二七
	鄧起	紹定年間(1228~1233)	寧化	《宋史·王居安傳》卷四〇五

　　上列左翼軍各類將領職官名稱，由於文獻非常零散，無法得到較完整的資料，進一步分析討論，只能説左翼軍和廣東摧鋒軍在軍隊的編制與組織上相類似，但左翼軍的撥發官、隊將、軍將卻不見於摧鋒軍等其他禁軍的編制中，顯得相當特別，不過，撥發官等的職掌爲何，未見記載，無法推斷，大概均屬下級軍官。

　　(四) 財務狀況

　　從現存的南宋文獻，實在很難完整地掌握左翼軍的所有軍需、補給等財務狀況。由於資料相當零散，因此，所能重建的狀況也是局部的、孤立的。從現有的資料，很難對左翼軍的財務有全面而一貫的認識。

　　左翼軍的經費是由福建各地供應的。左翼軍的主力是由陳敏、周虎臣兩人所領導的私人武力轉化而成的，在福建安撫使薛弼組織這些私人武力成"奇兵"時，是"日給錢米"，一千人是歲費錢三萬六千餘緡、米九千石，平均每人每月約爲三緡及米七斗五升，這樣的待遇，在南宋初期僅與一般軍兵一樣，條件並不算優厚，[95] 而這些費用是由轉運司負責籌措的。[96] 在陳敏率這批武力屯駐漳州，以防虔州盜寇時，漳州通判林安宅，怕財用不足，乃以鬻賣食鹽給民間的作法來佐軍需，頗能收到維護治安之效，[97] 可見左翼軍成立以後，其所需經費逐漸轉移到由駐在地的州縣負擔。後來，左翼軍移駐泉州，漳州仍然時常賣鹽，形成漳州百姓一項長期的經濟負擔。直到紹興三十一年（1161）四月經侍御史汪澈批評之後，被宋廷接受，才停止賣鹽贍軍。[98]

左翼軍總部駐屯泉州後，軍中所有的軍需用品、錢糧都由泉州通判所供應。這種情形一度發生變化，到嘉定初，石範通判泉州時，"左翼差軍之費，復隸焉"，[99] 此後當成定制。嘉定十一年（1218），真德秀知泉州時，更指出："左翼一軍屯駐泉南垂七十載，官兵月糧衣賜，大禮賞給，及將校折酒等錢，間遇出戍借請，悉倚辦於本州。"[100] 紹定三年（1230），真德秀建議在永春縣置寨，差左翼軍百人防守，所需費用也由泉州通判廳內錢支用。[101] 而淳祐六年（1246）在泉州的一千八百八十二名駐軍，每月計支錢九千三百九十八貫、米二千七十石，此外春冬衣錢計四萬三百四十貫，[102] 形成泉州極大的財政負擔。因此當郡計窮乏之時，只有仰賴朝廷撥付，嘉定十一年（1218）十一月，真德秀向樞密院申措置沿海事宜狀時，指出創置圍頭新寨、添展舊寨、製造軍器及移徙軍人家屬，所需費用，朝廷撥付不足，乞請撥十五道度牒支用。宋廷降十五道度牒，每道作官會八百貫變賣，共計一萬二千貫，作爲創置新寨、添展舊寨等費用。[103]

---

[95] 王曾瑜《宋朝兵制初探》（1983 年，中華書局），頁 222。

[96] 《要錄》卷一五四，頁 10 上，紹興十五年九月壬申條。

[97] 陳淳《北溪大全集》卷四四，頁 5 下。

[98] 《宋會要》食貨 27 之 7。

[99] 袁燮《絜齋集》（《四庫全書》本）卷一八，頁 26 上。

[100] 真德秀，前引書，卷八，頁 165 上。

[101] 真德秀，前引書，卷一五，頁 260 上、下。

[102] 《泉州府志》卷二四，頁 28 下。

[103] 真德秀，前引書，卷八，頁 164～165。

　　左翼水軍在泉州各寨均有戰船，舊管甲乙丙三隻，其經費依
《宋會要》紹熙三年（1192）八月二十七日的詔令"殿前司行下泉
州左翼軍，將創造到海船三隻，常切愛護，毋致損壞"，[104] 造船費
用係由轉運司與泉州就管官錢內各撥一半應付。紹興二十八年
（1158）七月，宋廷令福建安撫轉運司依左翼軍現有船樣造六艘尖底
船，每艘面闊三丈，底闊三尺，約載二千料，所需經費，令福建轉
運司在上供錢糧內應副，不准科擾百姓。[105] 三艘戰船的維修，依規
定是"三年一小修，五年一大修"，船隻修繕費用撥付的程序，是由
本軍申帥府（安撫使），帥府申朝廷。獲准後，按程序支應金額。如
此一來，公文往返、官吏來回勘查，動輒經年累月，每每造成船隻
腐壞不堪使用的情況。爲革除層層報核的煩瑣程序，增進效率及加
強地方權限，真德秀請求宋廷一次撥官會二萬貫，其中五千貫造二
艘船，另一萬五千貫則設置抵當庫，由軍官經營，以其息錢支付修
船之用。此議經宋廷允諾，[106] 委由泉州通判負責。[107]

　　後來左翼軍總部移駐建寧府時，其軍餉改由建寧府通判負責供
應，[108] 顯示左翼軍總部所需糧餉、費用是由駐屯地區負擔的。

　　至於分駐各地的左翼軍，其經費則由各州縣負責支應。[109] 先前
駐漳州時，漳州通判以抑配賣鹽來支付軍需就是一例。乾道二年
（1166）九月，殿前司調左翼軍擇官兵二千人，募海船三十六艘，由
統領李彥椿率領至江陰軍彈壓海盜時，也是由江陰軍依江上人船例，
給這些左翼軍人"錢米券曆，應副食用"。[110] 被調派討伐吉州峒寇
時，宋廷也令諸司於見管錢內，應副激賞供億之費。[111] 但到晚宋，
福建船分戍許浦都統司，防備海道時，則由朝廷科降錢糧。[112]

　　上述左翼軍的費用，多由地方政府或福建路轉運司支應，或是
由上供錢中撥付。對福建路各府州而言，賣鹽的收入中，有相當比

---

〔104〕　《宋會要》食貨50之31。
〔105〕　《宋會要》食貨50之18。
〔106〕　真德秀，前引書，卷九，頁166下～167上。
〔107〕　《泉州府志》卷二四，頁24下。
〔108〕　《後村先生大全集》卷一五七《林貴州》，頁1389上。
〔109〕　《泉州府志》卷二四，頁28下。
〔110〕　《宋會要》食貨50之21。
〔111〕　陳元晉《漁墅類稿》卷四，頁17下～18上。
〔112〕　徐鹿卿《清正存稿》卷一，頁12下。

例是提供左翼軍等駐軍的軍需，如福州係省錢的用途中，有一項爲
"支縣鎮寨官兵及宗室、嶽廟、添差等官請受"。[113] 泉州屬下的永
春、德化兩縣也有"置場出賣"的現象。[114] 建寧府賣鹽所得，在支
用上除了上供、經總制錢等項外，也包括軍人衣料。

總之，左翼軍是福建地區軍隊的主力，軍隊屯駐地的地方官又須
負責支應所有費用，以鹽在福建財政收入所佔的比重而言，鬻鹽的收
入中，當有相當的比例提供左翼軍的軍需。而當地方財政艱難時，也
有以籍没田地及寺院助餉的情況，如度宗咸淳四年（1268），左翼軍乏
糧，宋臣即有將籍没田地及向寺院抽餉助之議，就是一個例子。[115]

左翼軍的費用，除了由地方支應、朝廷撥付外，朝廷的賞賜也是它
的一項收入。乾道七年（1171），汪大猷知泉州時，就發生左翼軍爲了
獲得軍賞，以毗舍耶人侵犯泉州爲名，逕自捕捉真臘商船的例子。[116]
另外，在左翼軍成立的初期，軍人的費用除一般俸額外，也以"禦寇出
戍"的名義，增給小券，因此"名爲一兵，而有二兵之費"，士兵的薪俸顯
然較爲豐厚，這也可能是早期善戰的原因之一。到淳熙年間，趙充夫
爲減低朝廷及地方的負擔，以漸進的方式，在招補闕額時，只給本俸。
這一措施，使左翼軍的收入明顯地減少。[117]

五、中央權威的展現：左翼軍的調駐與角色演變

左翼軍成立之初，雖以維護福建治安爲主，但宋廷也藉平亂、
禦侮的名義調派它參與境外的軍事行動，這是宋廷行使指揮權的表
徵，也是中央領導特質的展現。

紹興二十二年（1152）齊述據虔州叛，虔州土豪出身的陳敏即
奉詔率左翼軍至他的家鄉虔州，聯合摧鋒軍、鄂州、池州等禁軍，
一齊討伐叛亂，終在伍全等人全力猛攻下，克復虔州城。[118] 這是左

---

[113] 淳熙《三山志》卷一七，總頁7774。此條見於國泰文化事業公司影印鈔本，不見於
中華書局影印之明崇禎十一年刻本。

[114] 梁庚堯《南宋福建的鹽政》，《臺大歷史學報》17期，頁205。

[115] 文天祥《文天祥全集》（熊飛等點校，江西人民出版社，1987年8月初版）卷一一《知潮
州寺丞東岩先生洪公行狀》，頁421。

[116] 樓鑰《攻媿集》卷八八，頁165下。

[117] 《絜齋集》卷一八《運判龍圖趙公墓誌銘》，頁22下。

[118] 《要錄》卷一六三，頁18下，紹興二十二年十月一日條；卷一六八，頁12下，紹
興二十五年六月辛卯條。

翼軍被調派參與境外軍事行動的第一步。

由於左翼軍參與平亂的表現卓越，因此在紹興二十九年（1159）三月，宋廷令陳敏由福建路兵馬鈐轄、殿前司左翼軍統制改任湖北路馬步軍副總管兼知鼎州，[119] 並令他統領泉州左翼軍的官兵二千名隨行。[120] 軍隊尚未發動，宋廷隨即又調陳敏為殿前司破敵軍統制，率領這批左翼軍與家眷、器械，由海道趕赴臨安，改隸破敵軍。[121] 顯示在金兵南侵之聲甚囂塵上的時候，陳敏與左翼軍為宋廷所器重，被調至行在，擔負更重要的使命，是左翼軍第二次被調至福建境外，而且隨著陳敏的調動，不僅抽調部分左翼軍，甚至更動它的名稱。這也顯示中央政府在軍隊指揮調度的權威性。

這個時期是陳敏與左翼軍聲譽最盛的時候，從當時歸朝官李宗閔在上書給高宗的建言中，清楚地反映在宋金情勢危急時，時人對左翼軍的倚重。李宗閔指出金帝完顏亮聚兵近邊，覘視宋的虛實，戰爭將不可避免。建議宋廷實行三個策略，一是嚴守禦，二是募新軍，三是通鄰國。在募新軍的意見中，李宗閔指出三衙正規軍都是市井游手、資性疲懦之輩，不堪戰陣。反之"福建汀贛建昌四郡之民，輕剽勇悍，經涉險阻，習以為常"，如果有善於駕馭役使者，必得其死力，而"殿前司左翼軍統制陳敏，生長贛上，天資忠勇，其民亦畏而愛之，所統之兵，近出田舍，且宜占籍，遂為精兵，人人可用"，如果朝廷專門委任他招集閩贛四郡之人，一旦金人叛盟，則"攻守皆可為用"。即使與金朝維持和好的關係，也可以讓這批軍隊來填補三衙的闕額。李宗閔進一步建議，宋金倘若爆發戰爭，兩軍在江淮正面對峙。此時，應當令陳敏率領他所召募的數萬人，造戰船，從海道直赴山東，深入金朝的巢穴，與從湖北北向的李橫部隊會師，必能順利完成任務。假如朝廷認為由海道深入過於迂迴，也請求以陳敏所召的人屯駐襄陽，相信能有效阻擋金兵的侵犯。[122] 宋廷顯然很重視這一個建議，而這一來對陳敏與左翼軍未來的發展，則造成了重大的影響。

---

〔119〕《要錄》卷一八一，頁 10 下，紹興二十九年三月壬申條。

〔120〕《宋會要》兵 5 之 19。

〔121〕《要錄》卷一八一，頁 12 下，紹興二十九年四月庚寅條。

〔122〕《要錄》卷一八一，頁 17 上～20 下，紹興二十九年夏四月條。

陳敏改任破敵軍統制後，宋廷命令部分左翼軍改隸破敵軍，加上陳敏自己召募的共有二千人。宋廷爲了擴大破敵軍的陣容，下令挪移殿前司其他部隊的人馬，組成以五千人爲定額的部隊。[123] 不過，顯然這項任務還沒有完成前，陳敏就守喪辭官。到紹興三十一年（1161）三月一日，宋廷下詔起復陳敏，令他以所部破敵軍一千六百人往太平州駐紮，並將之改隸屬馬軍司。[124]

這時金朝正積極籌劃南侵大計，宋金戰爭有一觸即發之勢，宋廷在謀圖求和之餘，也進行備戰準備，對陳敏所領導的軍隊諸多期許。殿前司感於他率領的馬軍司的破敵軍闕額尚多，乃建請派將官到福建路南劍，吉、筠、建，邵武、建昌軍等地，會同守臣，召刺游手之人爲軍。[125] 在爾後宋廷調配閩浙贛諸路軍的防務時，陳敏率福建諸郡兵赴太平州駐紮，[126] 受大將劉錡節制，[127] 負責淮東防務。這是左翼軍蛻變成破敵軍後，被徵調參與宋金戰役的任務。陳敏與淮東制置司統制官劉銳在金海陵王亮死後，曾一度收復泗州。[128]

除前述李宗閔在上書中，提議宋金戰爭時，讓陳敏率軍、造艦，由海道到山東，攻金的中樞要地之外，李寶、虞允文也向高宗建議由海道出擊，[129] 這些意見在戰爭發動後，都受到宋廷的重視。因此，宋廷命令陳敏的部將馮湛，以破敵軍統領率八百人及海船二十艘，與李寶、魏勝至海州，馮湛率左翼軍、破敵軍等近二千人；擊退進犯的五千金兵。隨即率師北上，締造了著名的唐家島大捷。[130]

陳敏及其所領導由部分左翼軍改名的破敵軍，被徵調參與抗金戰爭後，在海陸戰方面均卓有功績。到紹興三十二年（1162）五月，判建康府負責措置兩淮事務、兼節制江淮軍馬的張浚，向高宗建議招募淮楚強壯北人填補軍籍時，特奏差陳敏爲神勁軍統制，[131] 並親

---

[123] 《要錄》卷一八三，頁 6 下，紹興二十九年夏七月己酉條。
[124] 《要錄》卷一八九，頁 1 上，紹興三十一年三月甲戌條。
[125] 《要錄》卷一八九，頁 13 上、下，紹興三十一年四月丁卯條。
[126] 《要錄》卷一九○，頁 12 下，紹興三十一年五月庚子條。
[127] 劉錡於紹興三十一年六月被宋廷任命爲淮南、江南、浙江制置使，節制逐路軍馬，見《要錄》卷一九○，頁 19 上，紹興三十一年六月乙卯條。
[128] 《要錄》卷一九五，頁 12 下，紹興三十一年十二月癸丑條。
[129] 《要錄》卷一九○，頁 19 下，紹興三十一年六月丙辰條；卷一八四，頁 2 上，紹興三十年正月戊子條。
[130] 《絜齋集》卷一五《馮湛行狀》，頁 12 上～13 下。
[131] 《宋史》卷四○二《陳敏傳》，頁 12182。

自訓練安撫。陳敏在收復泗州後，可能主帥不和，稱疾還姑孰。及獲張浚拔擢，十分感激，盡力從事，很快就成立神勁軍。張浚建議召募福建海船，謀由海窺東萊，由清泗窺淮陽，作爲北伐的主力。宋廷乃詔福建選募。[132] 張浚甚至有意遣陳敏隨李顯忠北伐，但他認爲當時非出兵時機，而未偕行。符離敗後，陳敏改戍高郵軍，兼知軍事。[133]

　　從上述左翼軍的變化現象，說明自宋金關係緊張到雙方爆發戰爭期間，由於左翼軍的戰力受到宋廷的肯定，而被徵調至邊境從事防務，以至在陸戰與海戰上均有傑出表現，因此，在爾後宋廷謀圖恢復的召募行動中，都注意福建民、船的積極角色，加以徵調，這正是左翼軍在這一時期的輝煌表現所間接造成的，但從宋廷徵調甚至變更左翼軍的番號中，也顯示宋廷具有主導調度軍隊的權威性。

　　除被調至邊境禦侮外，左翼軍也常被宋廷徵召到境內外，與其他軍隊合力從事敉平亂事的軍事活動。規模較小的有淳熙九年（1182）參與平定沈師之亂。[134] 嘉定四年（1211），在廣東提刑鄒非熊向朝廷請求下，左翼軍與其他軍隊分戍汀州五個佛寺，阻止了以李元勵爲首的江西黑風峒盜寇入犯汀州。[135] 嘉定十一年（1218），在左翼軍統制薄處厚的領導下，捕獲活躍於漳泉一帶的溫州海盜首領趙希郤、王子清、林添二等人，使閩粵海道暢通，海外貿易活絡。[136] 參與平定紹定元年（1228）起至三年底，以晏夢彪爲首的汀州寧化縣鹽寇之亂，[137] 以及端平元年（1234）知建寧府袁甫調派左翼軍與禁軍等，由包恢監軍，平定以龔日末爲首的唐石山寇亂。[138] 在江西安撫使陳韡指揮下，統制齊敏領導左翼軍參與敉平江西陳三槍之亂。[139] 端平三年（1236）江西峒寇又起，峒首傅元一聚集數千

〔132〕《要錄》卷一九九，頁 23 上、下，紹興三十二年五月癸亥條。
〔133〕《宋史》卷四〇二《陳敏傳》，頁 12182。
〔134〕《宋會要》兵十九之二九。
〔135〕嘉靖《汀州府志》卷一二《秩官》，頁 4 下。
〔136〕真德秀，前引書，卷八，頁 56～58。參見蔣穎賢《真德秀與泉州海外貿易》，《海交史研究》第 4 期（1982），頁 123～126。
〔137〕朱瑞熙《南宋福建晏夢彪起義》，見《宋史論集》（1983 年 6 月 1 版，中州書畫社），頁 285～312。
〔138〕《宋史》卷四〇五《袁甫傳》，頁 12240；包恢《敝帚稿略》卷六，頁 7 上、下。
〔139〕《後村先生大全集》卷一四六《陳韡神道碑》，頁 1279～1280；齊敏是左翼軍統制，見《真文忠公文集》卷一五，頁 252 下、260 上。

人，分擾各地，形成贛粵閩邊地嚴重禍患。知贛州兼江西提刑李華
乃請調淮西招信軍池司人馬，及建寧府、泉州左翼軍兵二千人，由
總管張旺指揮，至嘉熙元年（1237）初亂平。[140] 此外在開禧北伐
時，左翼軍被北調參與海道的征伐行動等，這一連串的軍事行動，
使左翼軍在維護閩粵贛境內治安乃至參與北伐行動上，都扮演一定
的角色。其中資料比較豐富的是嘉定十一年（1218）參與平定浙閩
一帶海寇入境爲禍，以及參與平定紹定年間晏夢彪之亂。分別介紹
如下：

　　溫州海寇爲禍閩粵沿海，約在開禧北伐之後，當時泉州武備空
虛，浙江溫、明海寇乘機寇掠，這些人意在"劫米船以豐其食，劫
番舶以厚其財，擄丁壯、擄舟船，以益張其勢"，[141] 不僅影響福州、
泉州等地軍民的米糧供應，也阻礙了海外貿易的進行，使舶利減少，
更危及地區治安。因此，真德秀知泉州後，爲招徠舶商，重振泉州
在海外貿易的地位，積極整治海疆，敉平海盜。[142]

　　嘉定十一年（1218）四月二十九日，溫州海寇入犯泉州，真德
秀牒請左翼軍官兵會同晉江、同安管下諸澳民船，合計兵民九百四
十人，大小船隻四十五艘，在左翼軍統制薄處厚的領導下前往圍捕，
經一番激戰後，在漳州沙淘洋擒獲盜首趙希郤、林添二等四人，盜
徒一百三十二人，救回被擄民衆十一人，加上先前幾次討捕行動，
使得泉漳一帶"盜賊屏息，番舶通行"。[143] 嘉定十一年（1218）真
德秀知泉州時，與左翼軍及民兵密切配合下，使福建沿海稍呈安穩，
到泉州的外國商船，由嘉定十一年（1218）的每年十八艘，增加至
三十六艘。[144] 泉州海外貿易再度繁盛，左翼水軍的肅清海寇是一大
因素。

　　晏夢彪之亂，約始於理宗紹定元年（1228）十二月，初期只是
以汀州寧化縣的私鹽販或鹽民而已，規模不大，福建安撫使派左翼
軍將領鄧起率兵鎮壓，但鄧起貪功，趁夜冒險，被殺，宋軍潰敗。
宋廷乃命知福州王居安專任招捕之責，然由於權攝汀州的陳孝嚴處

---

〔140〕《漁墅類稿》卷四《申省措置峒寇狀》，頁 18 下；又卷五《贛州清平堂記》，頁 11 上。
〔141〕 真德秀，前引書，卷一五《申尚書省乞措置收捕海盜》，頁 254。
〔142〕 蔣穎賢，前引文，頁 124。
〔143〕 真德秀，前引書，卷八，前引文，頁 156。
〔144〕《後村先生大全集》卷一六八，頁 1494。

置失當，亂事者拒降。於是，從紹定二年（1229）十二月起，以晏夢彪為首的鹽賊，遂以汀州寧化縣的潭飛礤為基地，揭起叛亂的旗幟，汀州及建寧府、南劍州諸郡及江西的盜徒嘯聚蜂起。[145] 此後，聲勢不斷擴大，亂勢及於江西的贛州、建昌軍等地。最盛的時候，活動地區曾達到福州以外的福建路大部分地區，並且深入江西建昌軍和撫州、贛州等地，總數達二萬人以上。[146]

陳孝嚴在汀州處置盜賊時，由贛州石城縣朱積寶兄弟所率的盜賊進入汀州寧化縣，陳孝嚴本想倚朱氏兄弟為腹心，仇視禁軍，反引起禁軍黃寶的叛亂，朱積寶等旋即聯合晏夢彪的部衆攻汀州城，幸賴時任汀州推官的李昂英調集左翼軍和地方武力守禦，與盜賊相持五日，終能守住汀州城。[147] 紹定三年（1230）二月十七日，宋廷為迅速敉平亂勢，任命魏大有為直寶章閣學士，知贛州，"措置招捕盜賊"，並起復陳韡為"直寶章閣知南劍州、福建路兵馬鈐轄、同共措置招捕盜賊"，[148] 陳韡乃奏調淮西兵五千人至福建平亂，[149] 陳韡旋被任為福建路招捕使，並於六月升任寶謨閣學士，福建路提點刑獄，仍兼知南劍州，充招捕使。在宋廷全力發動大軍討捕下，駐紮在洪、撫、江、吉、建寧等州府的左翼軍，傾巢而出，參與剿亂任務。[150] 在陳韡領導下，紹定四年（1231）二月殺晏夢彪，亂事敉平。[151]

當左翼軍受到朝廷重視，而被徵調至境外從事禦侮平亂的軍事活動，發揮了卓越的戰績時，它原來的角色卻逐漸變調了，其防衛福建地區的主要功能，也逐漸降低了。左翼軍初期在海陸防禦上均有卓越的表現，當金人南侵或孝宗謀圖恢復時，即將精銳的左翼軍北調，變成宋廷戍守淮邊的軍隊，或因參與海戰，成了隨軍令調動的調駐軍。這一來，它原來戍守閩粤贛邊界，維護地方治安的角色反而模糊了。更甚於廣東摧鋒軍的是，北調以後的軍隊，連番號及

---

〔145〕 朱瑞熙《南宋福建晏夢彪起義》，頁 290～293。

〔146〕 朱瑞熙，前引文，頁 303。

〔147〕 李昂英《文溪集》卷首《忠簡先公行狀》，及《永樂大典》卷七八九二《汀字、寺觀》。此一資料轉引自朱瑞熙，前引文，頁 311。

〔148〕 《宋史全文》卷三一《理宗》，頁 54 下，紹定三年二月庚戌條。

〔149〕 《後村先生大全集》卷一四六《忠肅陳觀文神道碑》，頁 1279。

〔150〕 包恢《敝帚稿略》卷五《書平寇錄後》，頁 18 下。

〔151〕 朱瑞熙，前引文，頁 295～296，307。

行政上的隸屬關係都改變了，成了長駐邊境的禁軍。留在福建地方
的，雖然仍輪守各地，但由於地區性的變亂規模不大，承平時多，
軍隊訓練效果不彰，以及軍隊與地方長官不相統屬的二元領導體系
等因素，使得左翼軍逐漸顯現腐敗的現象。如前述乾道八年汪大猷
知泉州時，就發生左翼軍貪功圖賞及盜庫銀的事蹟，汪大猷卻無權
干涉。淳熙十一年（1184），朱熹給林擇之的信中，提到早期左翼軍
與辛棄疾所募敢死軍是破賊巢穴的主力，但此時的左翼軍“已無復
舊人，只與諸州禁軍、土軍無異”。[152] 不過，這些人到底是地方防
衛的主力之一，朱熹就認爲趙汝愚藉此起發諸州禁軍“決是無用”，
仍建議在不得已的時候，向朝廷申請撥廣東摧鋒軍與左翼軍相犄
角。[153] 可見左翼軍戰力雖不如初期旺盛，但在對付地區性叛亂上仍
具有一定的分量，這也許導致次年知福州趙汝愚有意直接招募與揀
汰左翼軍，來增強戰力。只是這個建議遭到在中央任樞密使的周必
大的反對，而被擱置。左翼軍的體質經過多次變動後，它在防衛福
建地區的弱點逐漸顯露，雖有守令意圖改革，卻受體制的限制，無
法推動，使左翼軍的戰力漸趨不振。

　　寧宗朝，韓侂冑發動北伐時，左翼軍也曾被徵調到淮邊參與北
伐及禦敵任務。開禧北伐是一項重大的軍事行動，韓侂冑雖然沒有
預先做好周詳的規劃與準備，但一旦發動戰爭，勢須調動軍隊，於
是於開禧元年（1205）八月命湖北安撫司增招神勁軍，十一月置殿
前司神武軍五千人，屯揚州，十二月庚午，增刺馬軍司弩手，二年
四月，升四川及兩淮宣諭使爲宣撫使，又調三衙兵增戍淮東，詔郭
倪兼山東、京東招撫使，趙淳兼京西招撫使，皇甫斌副之。五月一
日，韓侂冑得知宋軍復泗州，謀下詔北伐，乃再調泉州兵赴山東路
會合，歸郭倪指揮。[154] 這裏所指的泉州兵應該就是左翼軍。嘉定十
四年（1221）真德秀在“申樞密院措置軍政狀”中，薦升左翼軍將
領廖彥通爲法石寨正將時，說彥通等“皆因開禧二年（1206）起發
山東進取，補授上項官資”，[155] 而在嘉定十一年（1218）十一月，

〔152〕《晦庵集》卷二七，頁8下。
〔153〕《晦庵集》卷二七下，頁9上。
〔154〕見佚名《續編兩朝綱目備要》（汪企和點校，中華書局，1995年7月1版）卷九，
　　　頁163。
〔155〕真德秀，前引書，卷九，頁168上、下。

他在"申樞密院措置沿海事宜狀"中也提到"國家南渡之初，盜賊屢作，上勤憂顧，置兵立戍，所以爲海道不虞之備者，至詳且密。開禧軍興之後，戍卒生還者鮮，舟楫蕩不復存，於是武備空虛，軍政廢壞，有識之士所共寒心"。[156] 說明福建左翼軍曾調赴前線，參與北伐，除海道外，亦有發赴揚州，接受郭倪指揮的。

然而，當戰事爆發後，金兵隨即反撲，宋軍先後敗於蔡州、唐州、宿州、壽州等地，郭倪所領導的馬司、池州等諸軍渡淮軍隊共有七萬，先後因敗折損，僅剩四萬。宋廷改命丘崈爲兩淮宣撫使至揚州，改採守勢，佈置十六餘萬三衙及江上軍民，分守沿淮要害之地，並由淮東安撫司招募士卒，置御前強勇軍。二年十月，金兵渡淮，圍楚州，各地告急，宋廷急詔諸路招填禁軍，以待調遣。十一月，真州陷，於是豪、梁、安豐及沿邊諸戍皆没於金，[157] 十二月郭倪棄守揚州。一直到三年二月丁卯，宋金戰事緩和，才罷江、浙、荊湖、福建等路的招軍行動。[158] 可見開禧北伐時期，宋兵不論是初期的進攻，以至後來的防守，除了原有禁軍系統外，也相繼調動、招募江南各路軍隊，左翼軍也是其中之一。左翼軍參與這場宋金戰爭，不論北伐或守禦揚州，都有所犧牲，真德秀所述"戍卒生還者鮮"，正顯示開禧北伐是左翼軍軍力減弱最重要的關鍵。

經過開禧之役，左翼軍的實力大傷，此後，再也無法擔任全國性的平亂或禦侮的任務，即便在防衛閩、粵、贛地區安全上也顯得力有不逮。自嘉定十一年（1218）以後這種情況尤其明顯。真德秀認爲是主將非其人而又缺乏監督所造成的，"是以數十年來，士卒不復如向時之精銳，舟船器械不復如向時之整備"，因此主將"得以肆其貪叨掊剋之私，士卒平時未嘗有一日温飽之適，怨氣滿腹，無所告訴，則緩急必欲其捐軀效命，難矣"，[159] 戰力既弱，遂難以獨力應付境內興起且較具規模的叛亂，因此"江閩盜起，調兵于淮"形成一種現象。[160] 像紹定年間領導左翼軍平海盜有功的正將貝旺，原隸淮西廬州強勇軍，自嘉定十一年（1218）以後在邊境屢破金兵有

〔156〕 真德秀，前引書，卷八，頁159上。
〔157〕 《續編兩朝綱目備要》卷九，頁168。
〔158〕 《續編兩朝綱目備要》卷一〇，頁177。
〔159〕 真德秀，前引書，卷九，頁169上。
〔160〕 《後村先生大全集》卷一六五《劉寶章墓誌銘》，頁1465。

功，紹定元年（1228）改充雄邊軍准備將，三年汀州晏夢彪叛，貝旺隨淮西軍到福建收捕賊盜，升爲正將，後由福建招捕司將他改調左翼軍第四將正將，[161] 就是由外地調來領導左翼軍的例子。

除了淮軍之外，也有其他人員參加左翼軍的行列。嘉定十一年（1218）在泉州捕獲海寇的泉州潛火官商佐是另一個例子。商佐的父親商榮在孝宗年間原爲知福州趙汝愚的部屬。[162] 慶元三年（1197），廣東東莞縣大奚山鹽民暴動，宋廷命知廣州錢之望以武力鎮壓。錢之望差調福州延祥寨的摧鋒水軍，由將領商榮及其子商佐、商佑將兵以往，大敗大奚山賊，商榮因功被任爲福建路總管兼延祥水軍統制，商佐授進武校尉。[163] 開禧北伐時，商氏父子奉命由海道攻海州失利，士軍喪亡甚重，開禧三年（1207）二月榮被削奪官爵，柳州安置。[164] 商佐亦遭追奪官職。及真德秀知泉州，任商佐爲部押潛火衙兵。嘉定十一年（1218），溫州海盜犯泉州，左翼軍統制薄處厚以佐熟知海道，令他隨船捕賊，立了大功。[165] 此外，端平元年（1234），唐石山龔日末猖亂時，知建寧府袁甫調動平亂的軍隊中，除了左翼軍和禁軍之外，由唐石地區所組成的一千名民間自衛武力——忠勇軍，扮演著更重要的角色。[166]

在宋廷平定晏夢彪與陳三槍叛亂的過程中，更能顯示左翼軍實力的低落。

晏夢彪崛起與猖亂區域正是左翼軍負責防衛的地區。但是，初期由於左翼將領貪功及地方長官剿撫策略運用失當，反使各股勢力興起、坐大，成爲燎原之勢。因此，到紹定三年（1230），陳韡起復爲知南劍州、提舉汀邵兵甲公事、福建路兵馬鈐轄時，"賊勢愈熾"。至此時，左翼軍已無法主導敉平亂事的能力。陳韡在批評政策失誤之餘，認爲只有"求淮西兵五千人，可圖萬全"。[167] 晏夢彪等破邵武，急攻汀州時，陳韡被任爲福建招捕使，並獲宋廷同意由淮西置

---

[161] 真德秀，前引書，卷一五《申左翼軍正將貝旺乞推賞》，頁251上。

[162] 《文忠集》卷一九一，頁14下，時爲淳熙十年。

[163] 真德秀，前引書，卷八，頁157。又參見《宋會要》兵十八之三九～四○。

[164] 《宋史》卷三八，頁743；又《宋會要》職官七十四之二四，作"追毀出身以來文字，除名勒停，送郴州安置"，與《宋史》不同。

[165] 真德秀，前引書，卷八，頁157。

[166] 《敝帚稿略》卷六，頁6上～8上。

[167] 《後村先生大全集》卷一四六，頁1279。

制使曾式中調派精銳部隊，任命將領王祖忠率領三五百名南下參與平亂，此外通判安豐軍李華也受命率淮西軍南下平賊。[168] 由於王祖忠沈勇有謀，所將士兵皆驍勇善戰，因此所向有功，吳泳在《江淮兵策問》中就説："而今一方有變，自應不給，所恃以稱雄於天下者獨江東、淮西兩軍爾。"[169] 淮西軍的加入戰局後，內外交急，人心動搖的局面才得以安定，誠如方大琮在給淮西帥曾式中的書中所説：

> 始汀邵擾，浸及其鄰，既調諸邵暨諸道兵，又調殿旅。故視之蔑如，益披猖，遂越而殘泉之永德，而某所領邑又鄰焉，炎乎殆哉。未幾連以捷告，遂成陳招使戰勝之功，問之則花帽軍也、鐵橋軍也，此西淮制垣所遣也，非獨一邑拜公賜，全閩同之。[170]

真德秀於紹定五年（1232）再度知泉州時，也承認這一事實，指出平晏夢彪之役，除當事任者適得其人之外，"調發淮師，又皆一可當百，故兇渠逆儔，相繼剪滅，閩境肅清"。[171] 左翼軍戰力之弱，也可由此得到印證。因此當陳三槍在江西稱亂，擾及閩粵邊境時，真德秀就十分擔心，他指出"泉、建雖分屯左翼，而士卒未練，紀律未修，諸郡守臣多文吏，鮮或知兵，一旦有急，未見其深可恃者"，[172] 連負責地方治安的能力，都令人擔心。陳韡敉平陳三槍之亂的過程是：先由"劉師直扼梅州、齊敏扼循州"，他自己則自提淮兵及帳下親兵"擣賊巢穴"。齊敏所統的左翼軍與李大聲的淮軍乃至摧鋒軍，在平亂時均有貢獻，[173] 但淮軍的角色顯然重於左翼軍及摧鋒軍，更充分顯示左翼軍在南宋晚期戰力低落。這也可以從次年的事件中得到證實。紹定四年（1231）五月，陳韡改知建寧府，不久浙江衢州寇汪徐、來二，相繼破常山、開化，聲勢甚盛。當時數千殿前司及步軍司的軍隊不敢戰，陳韡指揮淮將李大聲提兵七百夜擊，敉平亂事。此次征剿中，左翼軍並不能扮演更積極的角色。從創立

---

〔168〕 《漁墅類稿》卷五《汀州臥龍書院記》，頁4上。

〔169〕 吳泳《鶴林集》卷三三，頁11上。

〔170〕 方大琮《鐵庵集》卷二〇《曾大卿》，頁8下。

〔171〕 真德秀，前引書，卷一五《論閩中弭寇事宜劄子》，頁254下~255上。

〔172〕 同上，頁255上。

〔173〕 《劉後村先生大全集》卷一四六《陳韡神道碑》，頁1279~1280；摧鋒軍事蹟見黃寬重《廣東摧鋒軍——南宋地方軍演變的個案研究》，《中央研究院歷史語言研究所集刊》第65本第4分，頁957~988。

初期的威武善戰，表現卓越，後來卻變成次要角色，到景定四年漳州畲民爲亂時，左翼軍雖會合諸寨卒合力剿捕，仍勞而無功，以致要改爲招安才能平息亂事看來，左翼軍顯然連扮演維護福建地區性治安的任務都難以勝任了。

六、地方性格的顯現：左翼軍的棄宋投蒙

寧宗嘉定十一年（1218）以後，左翼軍雖然在敉平福建地區的亂事上難以發揮積極戰力，但不論就長期的歷史發展，或從晚宋内外形勢觀察，左翼軍在福建地區仍是維護治安的主要角色。紹定五年（1232），真德秀檢討晏夢彪之亂，指出泉州永春、德化兩縣無兵駐守，受害甚深，因此，當地士人要求在永春縣適當的衝要地點設置軍寨，派左翼軍百餘人駐屯，“庶可弭未然”，[174] 可見泉州人仍視左翼軍爲一股穩定秩序的力量，而請求宋廷設置軍寨。

左翼軍的軍需費用一向由福建各州縣提供，形成地方財政的極大負擔，真德秀就任知泉州後，一再向宋廷請求財務支援，足以顯示地方支應左翼軍的窘境。咸淳四年（1268），監都進奏院洪天驥指出泉州的左翼軍缺乏糧餉，情況嚴重，有生變之虞。建議以籍没民田，撥爲軍餉之助。[175] 此時，泉州左翼軍所需費用的總數，由於資料不足，無法有較全面的瞭解，但從洪天驥的討論中，可以發現糧餉與財政，是晚宋左翼軍與泉州所共同面臨的重大難題，這也説明兩者之間，有著較强的依存關係。此外，嘉定十一年（1218）真德秀知泉州時，要求由知泉州節制左翼軍，其目的即在强化地方長官對軍隊的掌控，期能在平亂禦敵上發揮更積極的效果，避免因軍、政指揮分離，引發負面作用。這一要求被宋廷接受了。從後來的發展看來，左翼軍在維護福建地方秩序上，並未能發揮如真德秀所期望的作用，卻使宋廷爲加强中央控制力，防止地方屬性較强的軍隊，因受到地方長官的領導，而造成地方勢力强化的政策改變了，反而讓地方勢力與地方官吏的利益有機會緊密結合，形成命運共同體。這種既有經濟上的依存關係，又有行政上的隸屬關係，兩相結合，

---

〔174〕 真德秀，前引書，卷一五，頁 260 上。

〔175〕 文天祥《文天祥全集》（熊飛等點校，江西人民出版社，1987 年 8 月初版）卷一一《知潮州寺丞東岩先生洪公行狀》，頁 421。

遂使泉州的地方勢力與經濟利益結合在一起，展現强烈的地方性格，一旦外在情勢有所變化，很容易影響左翼軍的發展方向。

宋蒙二國在經歷聯合滅金，短暫和好相處之後，很快的由於宋朝要收復三京的入洛之役，而以兵戎相向。不過，宋蒙戰爭爆發初期，由於宋廷强化邊防及蒙古並未傾全力攻宋等因素，雙方戰爭呈現膠著狀態。等到忽必烈即位後，改變戰略，由四川轉攻京湖，訓練水軍。經五年包圍苦戰，迫使宋襄陽守將呂文煥投降。透過呂文煥的招降，使南宋政權面臨了存亡絕續的考驗。[176]

咸淳十年（元至元十一年，1274）六月忽必烈發佈"平宋詔書"，由伯顏統率大軍進攻南宋，進展迅速，勢如破竹，加上呂文煥招降的效應浮現，沿江州縣先後降附。宋軍經歷丁家洲與焦山二次戰役的失敗，無力再戰。德祐二年（1276）一月，元軍兵臨臨安，宋廷上降表，[177] 此後，除了兩浙、四川部分地區拒不投降，或激烈抗元，以及江東、江西、荊湖地區時有反覆之外，福建、兩廣是宋流亡政權建立的基地，更成爲宋遺民抗元圖存的最後據點。

左翼軍爲維繫福建地區安全的主要軍隊，而且是代表地方勢力的重要武力，因此當元廷派董文炳等人分路進攻留在福建的宋流亡政府時，左翼軍的動向，對時局自然造成相當大的影響。

德祐二年（1276）正月初，當元兵包圍臨安時，文天祥就奏請宋廷派吉王趙昰和信王趙昺出鎮福建、廣東，以圖興復。十日，謝太皇太后下令趙昰和趙昺二王出鎮，十七日，進封昰爲益王、判福州、福建安撫大使，昺爲廣王、判泉州兼判南外宗正事。[178] 宋廷派員向伯顏獻降表時，益王趙昰和廣王趙昺、右丞相陳宜中、張世傑，蘇劉義、劉師勇等人，相繼率軍隊離開臨安。[179] 在朝臣護衛下，二王經婺州到溫州，與陸秀夫、陳宜中、張世傑等會合，朝臣推益王爲天下兵馬都元帥，廣王爲副都元帥，開府於溫州。後入海，經壺井山進入福建，由陸境到福州，[180] 五月一日，朝臣正式擁益王趙昰

---

〔176〕　胡昭曦主編《宋蒙關係史》，頁 342～343。
〔177〕　《宋史》卷四七《瀛國公》，頁 937～938。
〔178〕　《宋史》卷四七《瀛國公》，頁 937。
〔179〕　《宋史》卷四七，頁 938；胡昭曦《宋蒙關係史》，頁 425，引《錢塘遺事》及《宋季三朝政要》之《廣王本末》作一月十二日出城，疑誤，此從《宋史》。
〔180〕　胡昭曦《宋蒙關係史》，頁 427。

在福州即皇帝位，是爲宋端宗，昇福州爲福安府，改年號爲景炎，任陳宜中爲左丞相兼都督。及文天祥逃歸，乃任之爲右丞相兼樞密使。[181] 十月，元軍分道進逼福州，陳宜中、張世傑奉二王登舟入海以避敵。這時宋有正規軍十七萬，民兵三十餘萬，內有淮兵精銳一萬，是抗元的重要戰力。[182]

元政權爲了殲滅殘餘的擁宋勢力，自景炎元年（1276）九月起，分六路向華南各地展開攻擊，其中有三路是以福建爲目標。[183] 福建地區由於人心浮動，戰力不足，各地宋臣除偶有率衆抵抗者外，或降或逃，情勢相當危急。左翼軍分駐福建各要地，在元軍入侵福建的過程中，發揮了多少戰力，由於資料不足，並不清楚。不過，泉州是它最重要的主力所在，資料較充足，因此當端宗等流亡政權的臣僚抵泉州後，左翼軍對它的支持程度，對泉州的政治動向就有關鍵性的影響了。

宋君臣到泉州後，提舉市舶司蒲壽庚請求端宗駐蹕的提議，遭張世傑反對。宋廷需索軍糧之外，由於大隊人馬所用船舶不足，世傑派兵搶奪壽庚的船隻及糧食，引起壽庚的不滿，乃怒殺在泉州的宗室子、士夫夫及停留的淮兵，端宗等人轉趨潮州。[184] 至十二月八日由阿剌罕與王世強所統元軍，兵臨泉州，蒲壽庚乃與知州田眞子獻城投降。[185]

關於蒲壽庚舉泉州降元，對宋抗元勢力所造成的衝擊與影響，乃至蒲壽庚個人身份等問題，長期以來引起學者熱烈討論。經過不斷的探索與辨析，使我們對整個事件的始末有較清楚的瞭解。其中蘇基朗教授的論文使我們更清楚蒲壽庚降元與左翼軍的關係，及左翼軍在整個事件中所扮演的角色。[186]

蘇教授指出蒲壽庚雖然在景炎改元前約一年多，才任泉州市舶司，但由於他在泉州已擁有相當的勢力，因此益王在福州組織流亡

〔181〕 李天鳴《宋元戰史》，頁1379；陳世松等《宋元戰爭史》，頁332。

〔182〕 《宋季三朝政要》卷六《廣王本末》，頁66。

〔183〕 參見李天鳴《宋元戰史》，頁1390。

〔184〕 《宋史》卷四七，頁942；《宋季三朝政要》卷六，頁66。

〔185〕 《宋史》卷四七，頁942。

〔186〕 蘇基朗《論蒲壽庚降元與泉州地方勢力的關係》，收入《唐宋時代閩南泉州史地論稿》（1991年11月，商務印書館初版），頁1～35。

政權時，任他爲招撫使，是承認他既成勢力的結果。後來蒲氏與擁有節制左翼軍權力的知泉州田真子，及左翼軍統領夏璟等爲代表的泉州地方精英，在大廈將傾之際，不免以個人、家族及地方的利益爲依歸，與宗室派及抗元派爆發大衝突。由於他們控制當地的兵權，最後以剷除抗元、宗室這二股勢力而降元。這一看法扭轉了以往過於突顯蒲壽庚以一人一姓之力降元，以及異族人在宋代楚材晉用等的看法。從地方勢力重組的角度觀察問題，頗有創見。[187]

對左翼軍在宋元立場的改變，蘇教授提供最直接有力的論證。他舉出興化軍人黃仲元（1231～1312）在所撰的《夏宣武將軍墓誌銘》中説：

> 宣武諱璟，字元臣。其先自淮入閩，占籍於泉。帳前總轄隱夫之孫，閤門宣贊必勝之子。宣武舊忠訓郎殿前司左翼軍統領。智足應變，勇足御軍，功足決勝。海雲蒲平章（蒲壽庚）器愛之。河漢改色，車書共道，帥殷士而侯服，籠玄黃而臣附。是時奔走先後，捷瑞安、捷溫陵、捷三陽，宣武之力居多。[188]

指出夏璟是泉州人，及率左翼軍附元的情形。此外，蘇教授也在《寶祐登科錄》中，發現知泉州田真子是泉州晉江縣人，在寶祐四年（1256）與文天祥同榜進士。[189] 從這些事例足可説明蒲壽庚的降元，是得到包括左翼軍領導階層在內的泉州地方勢力及精英分子的支持。

這種情況，也可以從隨後在泉州爆發宋元雙方攻防戰中得到證明。第二年（即至元十四年，1277）七月，張世傑率淮軍及諸洞畬軍，回師包圍泉州，蒲壽庚、田真子也是在林純子、顏伯錄、孫勝夫、尤永賢、王與、金泳等泉州地方精英的協助下，堅守九十日，並派人至杭州向元帥唆都求援兵。[190] 加上蒲壽庚陰賂畬軍，畬軍未全力攻城，使唆都得以率元兵解泉州之圍。[191] 這一事實説明蒲壽庚

---

[187] 蘇基朗，前引文。蘇教授的論文頗有新見，但文中仍有待商榷及修正之處，如説左翼軍是全由閩人組成而從未離開福建（頁15）。在討論招撫使時，引《文獻通考》及《宋會要輯稿》都是較早的記錄，其實呂文德與呂文福兄弟曾分別於淳祐四年六月及開慶元年十一月擔任過招撫使一職，見《宋史》卷四三、四四《理宗本紀》。

[188] 黃仲元《四如集》（四庫全書本）4頁27上、下。

[189] 《寶祐登科錄》，見粵雅堂叢書本，頁2。

[190] 蘇基朗，前引文，頁17～21。

[191] 《宋季三朝政要》卷六，頁68。

與泉州地方勢力，當宋元勢力交替之際，在政局反復不定的情況下，政治態度並不猶豫。因此，元朝在至元十九年（1282）於泉州設置軍隊的建制時，除調揚州合必軍三千人鎮戍外，也成立泉州左副翼萬户府，正是以宋殿前司左翼軍改隸以及增刷當地土軍而成的。[192]

蒲壽庚與左翼軍等泉州地方勢力在降元的行動中，尚牽涉到"怒殺諸宗室及士大夫與淮兵之在泉者"一事，其中士大夫問題與左翼軍的關係較少，且蘇教授論文已有討論，此不贅述。以下擬以左翼軍爲主，進一步討論地方勢力與宗室、淮兵二者的關係。

宋室南渡，泉州在當時對外海上交通上，逐步超越廣州，成爲南宋對外交通貿易的重要港埠，[193] 市舶司初期的收入相當豐厚，[194] 除解繳朝廷之外，亦負擔寄居郡中的的宗室的供養費。從高宗起，宋廷在泉州置南外宗正司，供養宋太祖的子孫，與福州的西外宗正司所養太宗子孫成爲二處宗室重要聚集地。南外的宗子人數在紹興元年（1131）共有三百四十九人，[195] 後來人口迅速增加，據真德秀的説明，慶元中，泉州有宗室子一千七百四十餘人，紹定五年（1232）達二千三百十四人。[196] 到南宋末年，在泉州的宗室人數當在三千人以上。南外宗室的供養費，宋廷規定由泉州及轉運司各負擔一半，但自淳熙十二年（1185）轉運司負擔定額（四萬八千三百餘貫）費用，其餘均由泉州供應。由於宗室人口不斷的增加，他們的供養費形成泉州另一項重大負擔。紹定五年（1232）真德秀爲減輕泉州負擔，建議由朝廷、轉運司、泉州各負擔三分之一，朝廷負擔的部分，撥市舶司錢充付。[197] 如此一來，宗子供養費反而成爲泉州與市舶司二者共負的重擔。此外宗人又仗勢，在地方挾勢爲暴，佔役禁兵，或盜煮鹽產，破壞鹽法，胡作非爲，造成地方的禍害。[198] 這批宗室，不僅成爲泉州與市舶司財政上的極大負擔，其仗

---

[192] 乾隆《泉州府志》卷二四《元軍制》，頁28下~29上。
[193] 參見李東華《泉州與我國中古的海上交通》（學生書局，1986年1月初版）第三章第一、二部，頁131~174。
[194] 李東華，前引書，頁189，他指出初期全國收入爲二百萬緡，泉州不低於三分之一。
[195] 馬端臨《文獻通考》卷二五九《帝系十》，頁2057。
[196] 真德秀，前引書，卷一五，頁256；李東華將紹定五年列爲嘉定十一、二年，誤，見頁186~187。
[197] 真德秀，前引書，卷一五，頁258。
[198] 李東華，前引書，頁188。蘇基朗，前引書，頁22。

勢凌虐鄉民、爲禍地方，亦必與地方勢力相衝突。

當流亡政權在福州成立後,宗室爲維持目前的優勢,及藉趙宋政權以維護自身的利益,勢必堅持擁護這個政權。然而,流亡政權已處於危亡之秋,政局變動的形勢非常明顯,擁宋抗元所帶來的後果,對地方勢力及擁市舶之利的蒲氏家族,亦必非常清楚。在這種既有宿怨,又有新慮的情況下,地方勢力與宗室的利益矛盾是不言可喻的。

從軍隊結構與作戰能力看,左翼軍與淮軍也是截然不同的。南宋軍隊基於不同任務與需求,分成州郡兵（含禁軍與廂軍）、縣兵、禁衛兵、屯駐軍與民兵五種類型。[199] 泉州駐紮的軍隊包含了上述三種（除屯駐軍及民兵）,這些軍隊實際上缺乏作戰能力,這是左翼軍產生的重要因素。左翼軍是以地方武力爲基礎,納入三衙的指揮體系,轉化成政府調控的軍隊,這是在舊有類型之外,出現分隸於中央與地方,形成二元指揮體系的地方軍。這支軍隊由於作戰能力強,成爲維護地方治安,甚至被調派出境征討、防禦的重要力量,但這一來也逐漸削弱了它原來防衛福建地區的角色。後來,加入左翼軍的分子較雜、戰鬥力也較弱,以至發生如前節所述,在嘉定後期起,福建地區爆發的若干較大規模的叛亂活動,多要仰賴原駐防兩淮、防守宋金邊境的屯駐大軍（即淮兵）,才得以敉平亂事。

嘉定以後,由地方勢力爲主的左翼軍,雖然仍是福建地區的重要軍隊,但它在維護地方治安的能力顯然遜於往昔,宋廷乃藉調派的方式,讓淮軍將領滲入左翼軍中。情況改變後,外來武力與當地既存武力之間,是否引發利益衝突或能和好相處,由於史料不足徵,無法得其詳。不過,到景炎元年,隨同流亡政權到泉州的萬餘淮兵,當是元軍由淮渡江的爭戰過程中,不願歸順新朝,或在主帥領導下南下勤王的効忠部隊,他們既追隨二王等人,由福州到泉州,歷經海陸流徙的艱辛,仍不改其對宋室的忠誠。這種情形尚可從後來張世傑在至元十四年七月回師攻泉州城時有淮軍參與,[200] 及同月留在福州的淮兵,謀殺害降元的知福州王積翁,以接應張世傑,最後全爲積翁所殺,[201] 知道這批淮兵不僅是晚宋支撐政局最精銳的部隊,

〔199〕 李天鳴，前引書，頁1514～1515。

〔200〕 《宋季三朝政要》卷六，頁68。

〔201〕 《宋史》卷四七，頁943。

也是對宋室忠誠度最高的部隊。這種情況顯然與在體制上雖然仍隸屬於中央，但實際上卻是地方性格佔優勢，以維護地方利益爲前提的左翼軍，對待宋元政權交替，在政治方向的抉擇上有很大的差異。這二種截然不同的政治態度及政治利益的武力集團，共處泉州，衝突必不可免。況且這批淮兵可能是阻礙蒲壽庚與泉州左翼軍等地方勢力棄宋投元的最主要力量，當然要設法鏟除的。

因此可以說，當宋元政權交替之際，在泉州的蒲壽庚與左翼軍爲主的地方勢力，基於自身利益的考量，與抗元派士大夫、宗室以及淮兵，對新舊政權的認同有極大的差異，甚至發生衝突，遂使蒲壽庚等人須藉左翼軍等鏟除不同政治意見的集團，而投向新的蒙元王朝。

七、結　論

宋室南遷後，在江南重建政權，女眞的優勢騎兵，形成它立國的重大威脅，爲了生存與發展，在國防上採取守勢策略，重兵佈署在長江以北的邊防線上，其餘次要地區則以禁軍、鄉兵守衛。由於強鄰壓境，長期倚重兵防衛，增加財政負擔，爲了增加收入，宋廷實施茶鹽專賣，及鼓勵海外貿易。東南濱海而又產茶鹽的諸路，乃成爲國賦的重要來源地區，因此，宋廷亟欲維護此一地區的安定，以保障財政收入，鞏固政權。然而茶鹽與商舶的厚利，亦易引誘走私貿易及各種嗜利者謀取暴利，甚或引發不法，他們憑藉對地理形勢的熟悉及熟諳海性的優勢，一旦面臨武力鎮壓，極易釀成暴亂，爲禍地方。此時，精銳的屯駐大軍遠守北方邊防，調動不易，何況這些正規軍既不熟悉南方地形，其裝備又不利於丘陵起伏的東南地區，想藉之牧平亂事，並不容易。而平時負責守衛地方的軍隊，戰力脆弱，難以面對大規模的武裝暴動，因此，這類叛亂的規模，雖未必對趙宋王朝構成威脅，但對地區性的安定與國家財賦收入，影響則甚大。

從南宋建立起，福建地區相繼有范汝爲、葉濃等叛亂，其後，小規模變亂則經常發生，地方軍隊既難以發揮息亂之效，只有賴各地自發性的民間自衛武力奮力作戰，才能保家衛鄉。這些地方武力成了維護地方安寧、社會秩序的重要力量，陳敏所領導的奇兵，就是一個典型的私人武力。後來，薛弼由廣州移知福州，他目睹廣東結合地方武力成立摧鋒軍，在維護地方治安上，發揮了卓越的成效，到任後，積極推動，在他的努力下，終能結合地方武力，與不同來源的軍隊，仿照廣東摧鋒軍的例子，在福建成立了一個地方屬性較強的左翼軍。由於軍隊的主要組成分子是地方人士，又受到地方官吏的支持，由地方供應軍需費用，因此，很快地展現了因時因地制宜的機動性和優勢戰力，締造了多次平亂的優越成果，成爲維護福建地區及東南沿海治安的重要武力。

左翼軍的組織建制，與廣東摧鋒軍及以後成立的湖南飛虎軍一樣，充分反映南宋朝廷亟欲延續北宋以來"強幹弱枝"的國策。雖然軍隊的軍需財務和人員組成，多仰賴福建地區，但軍隊名義上隸屬於殿前司，由中央及福建安撫使分層負責指揮訓練與節制，軍隊駐紮地區的長官反而無權干預，形成軍、政二元化的指揮體系。這一現象，可以看出南宋朝廷在政策上，既要維護地方治安，卻又擔心地方權重，形成尾大不掉而爲害政權的苦心。但是這樣的指揮架構，既削弱地方長官的權限，也可能因地方軍、政首長不能和衷共濟、協同一致，而影響到地方的治安，甚或敉平暴亂的成效。因此，不斷有地方長官，尤其是左翼軍總部駐紮所在的知泉州，向宋廷反映軍、政分離的弊病；建議由知州節制左翼軍，以發揮更大的效果。幾經波折，到了嘉定十四年（1221），宋廷終於同意知泉州可以節制左翼軍。這一轉變，顯示宋廷到中期以後，外因蒙古南侵，金朝瀕於覆亡，北方情勢不穩，邊境日益緊張；內政上也由於朝臣對和戰及皇位繼承的意見分歧，引發政爭，使朝政日壞，加以內亂相繼，中央難以掌控一切。爲避免亂事蔓延，影響地方治安，不惜對既有的"強幹弱枝"政策，做較大的修正，試圖賦予地方長官較大的權限來調度軍隊，藉以維護社會秩序。地方長官既可以指揮軍隊，遂使左翼軍與地方勢力的依存關係，日益密切，地方性格更爲彰顯。

左翼軍成立之後，在敉平地方叛亂上，屢獲佳績，以至在高、孝之際，宋廷要徵調它北上，參與禦金甚至北伐的軍事行動。這一舉動，一方面顯示宋廷肯定左翼軍的實力不遜於在邊境上防金的精銳之師，欲藉地方軍來填補正規軍之不足，同時也表示宋廷在軍事指揮體制的規劃上，維持"強幹弱枝"基本國策的理念，並落實在實際的軍事調度上，藉以彰顯中央政府的權威性，甚或具有冲淡左

翼軍在福建地區的影響力的意味。不過，由於開禧之役，宋方失利，
受徵調北上的左翼軍，不僅士卒受損，船隻也被毀壞，使其整體戰
力大爲減弱。此後，宋廷面臨內憂外患，朝政日壞，中央無法強化
軍隊訓練，提振戰力，爲扭轉此一頹勢，在真德秀等人不斷呼籲下，
同意由知泉州節制左翼軍。然而，節度指揮權的下移，並無法改變
左翼軍戰力削弱的事實。因此，嘉定以後福建地區興起幾次較大規
模的變亂，左翼軍都難以獨力平息，甚至需要調動在邊境上防衛金
兵的精銳部隊——淮兵，才得以敉平亂事，而且在平亂過程中左翼
軍多居於次要角色。此一現象，說明軍隊調度、指揮權的轉移，未
必能有效提振戰力，但這一改變，不僅提高了地方長官的權限，更
突顯了地方上各種勢力彼此之間複雜的關係與利益的糾葛。

　　左翼軍的戰力，儘管有每況愈下的情況，但仍是福建地區平時
維護治安最重要的武裝力量。左翼軍與福建，特別是泉州有著密切
的依存關係，一方是社會秩序的守護者，另一方則是生活資源的供
應者。自從知泉州可以直接節制左翼軍以後，地方勢力與地方官吏
之間，形成一個更強而有力的互利團體，彼此依存度增高，尤其在
晚宋政權處於危急存亡之秋，爲了救亡圖存，對地方長官的任命不
再遵守慣有的避籍制度，泉州出現了由當地士人田真子出任知州的
情況以後，泉州地區各種勢力之間，彼此的關係更爲密切，地方上
的共同利益，勢將凝聚彼此的力量，形成地方優先的觀念。此一觀
念也將主導著他們爾後對政治方向的抉擇。

　　從這個線索去探索，將有助於我們理解左翼軍及泉州地方精英
在最後階段，棄宋投元行動背後的因素。蒲壽庚和田真子、夏璟等
人，在南宋晚期分別掌管泉州地區的財政、行政與軍政，他們都是
隸籍泉州的地方精英。當流亡政權抵達泉州時，既要仰賴當地的人
力，財力來支撐岌岌可危的政權，卻又要指揮一切，這種情況當然
引起泉州領導精英的不滿，他們對宗室長期在地方爲禍反感，又不
免與淮兵有所衝突。況且當新舊政權交替的時刻，擁宋與降元之間
的利弊得失至爲明顯，對掌握地方勢力的領導者而言，在地方優先
觀念的驅使下，如何抉擇以維護地方利益，必有所斟酌、折衝，乃
至爆發衝突。蒲壽庚、田真子、夏璟等人做了面對現實的選擇，最
後導致以暴力的手段，鏟除抗元的士大夫、宗室和淮兵，毅然走向

依附新的王朝。左翼軍加入了這場衝突，也選擇了新的方向，這與他們的領導者的利益考量，固然關係密切，但也頗能反映地方勢力的利益依歸。他們要殺害擁宋的這批人，顯然與宿怨和利益均有關係，而正規淮兵是當地唯一具有實力阻止依附新王朝的軍隊，對包括左翼軍在內的地方勢力而言，雖然與淮兵的利益糾葛未必深切，但威脅性卻更大，必須加以剷除。

總之，左翼軍與泉州地區的多數精英分子，面對新舊政權交替之際，為維護自身及地區利益，在理想與現實之間，經過折衝與衝突的過程，最後經由武力解決爭端，一齊走向棄宋投元的政治行列。這是南宋地方軍中採取現實的立場、面對變局的一個例子。

引用書目

李綱《梁谿先生全集》，漢華文化事業公司影印，1970 年 4 月初版。

王世宗《南宋高宗朝變亂之研究》，臺灣大學文史叢刊之 82，1987年 6 月初版。

楊時《龜山集》，文淵閣《四庫全書》本。

朱維幹《福建史話》上冊，福建教育出版社，1985 年 2 月 1 版。

廖剛《高峰文集》，文淵閣《四庫全書》本。

李彌遜《筠谿集》，文淵閣《四庫全書》本。

李心傳《建炎以來繫年要錄》，文海出版社影印《廣雅叢書》本，1967 年 1 月初版。

陳淵《默堂集》，文淵閣《四庫全書》本。

黎靖德編《朱子語類》，華世出版社影印，1987 年元月臺 1 版。

薛季宣《浪語集》，文淵閣《四庫全書》本。

胡寅《斐然集》，文淵閣《四庫全書》本。

綦崇禮《北海集》，文淵閣《四庫全書》本。

懷蔭布編，乾隆《泉州府志》，1964 年，朱商羊影印史語所傅斯年圖書館藏乾隆二十八年刊本，臺南。

真德秀《真文忠文集》，《四部叢刊》初編本。

葉適《葉適集》，河洛圖書出版社影印，1974 年 5 月臺初版。

李心傳《建炎以來朝野雜記》，文海出版社影印《適園叢書》本，1967 年 1 月初版。

脫脫等《宋史》，鼎文書局影印中華書局點校本，1978 年 9 月初版。

不著撰人《皇宋兩朝中興聖政》，文海出版社影印，1967 年 1 月初版。

徐松輯《宋會要輯稿》，新文豐出版社影印，1976 年 10 月初版。

梁克家纂《淳熙三山志》，中華書局影印明崇禎十一年刻本，1990年 5 月 1 版。又一鈔本，爲國泰文化事業公司影印，1980 年元月初版。

黃寬重《廣東摧鋒軍——南宋地方軍演變的個案研究》，《中央研究院歷史語言研究所集刊》第 65 本第 4 分，1994 年 12 月，頁 957～988。

邵有道修纂、何雲等編，嘉靖《汀州府志》，上海書店影印明天一閣藏本，收入《天一閣藏明代方志選刊續編》之 39、40 冊。

胡銓《胡澹庵文集》，中研院史語所傅斯年圖書館藏乾隆二十二年重刊本。

朱熹《晦庵集》，文淵閣《四庫全書》本。

不著撰人《宋史全文續資治通鑑》，文淵閣《四庫全書》本。

姚廣孝編《永樂大典》，中華書局影印，1986 年 6 月 1 版。

鄭慶雲、辛紹佐《延平府志》，新文豐出版公司影印天一閣藏《明代方志選刊》。

周必大《文忠集》，文淵閣《四庫全書》本。

陳柏泉編著《江西出土墓誌選編》，江西教育出版社，1991 年 4 月 1 版。

夏玉麟等纂《建寧府志》，天一閣藏《明代方志選刊》，新文豐出版公司影印。

王曾瑜《宋朝兵制初探》，中華書局出版，1983 年 8 月 1 版。

陳淳《北溪大全集》，文淵閣《四庫全書》本。

袁燮《絜齋集》，文淵閣《四庫全書》本。

劉克莊《後村先生大全集》，《四部叢刊》初編本。

陳元晉《漁墅類稿》，文淵閣《四庫全書》本。

徐鹿卿《清正存稿》，文淵閣《四庫全書》本。

梁庚堯《南宋福建的鹽政》，《臺大歷史學報》17 期，1992 年 12 月出版，頁 189～241。

文天祥《文天祥全集》，熊飛等點校，江西人民出版社，1998 年 8月初版。

朱瑞熙《南宋福建晏夢彪起義》，《宋史論集》，中州書畫社，1994年 6 月 1 版，頁 285～312。

蔣穎賢《真德秀與泉州海外貿易》,《海交史研究》4 期,1982 年,頁 123～126。

李昂英《文溪集》,文淵閣《四庫全書》本。

不著撰人《續編兩朝綱目備要》,汝企和點校,中華書局,1995 年 7 月 1 版。

吳泳《鶴林集》,文淵閣《四庫全書》本。

方大琮《鐵庵集》,文淵閣《四庫全書》本。

胡昭曦主編《宋蒙(元)關係史》,四川大學出版社,1992 年 12 月 1 版。

李天鳴《宋元戰史》,食貨出版社,1988 年 3 月初版。

陳世松等著《宋元戰争史》,四川省社會科學院出版社,1988 年 11 月 1 版。

不著撰人《宋季三朝政要》,臺灣商務印書館印,《叢書集成》簡編,1966 年 6 月臺 1 版。

蘇基朗《唐宋時代閩南泉州史地論稿》,臺灣商務印書館,1991 年 11 月初版,頁 1～35。

黃仲元《四如集》,文淵閣《四庫全書》本。

陳大方纂《寶祐登科錄》,《粵雅堂叢書》本。

李東華《泉州與我國中古的海上交通》,臺灣學生書局,1986 年 1 月初版。

馬端臨《文獻通考》,新興書局影印武英殿本,1963 年 3 月新 1 版。

※ 本文原載《中央研究院歷史語言研究所集刊》第 68 本第 2 分,1997 年。
※ 黃寬重,臺灣大學歷史研究所博士,中央研究院歷史語言研究所研究員。

元代的宿衛制度

蕭啓慶

一、引　言

在傳統中國，宿衛組織是一重要的軍事和政治設施。在專制時代，軍權原是皇權的最重要支柱，而宿衛制度則是維持中央武力的優勢，達成軍事上乃至政治上內重外輕的重要工具。

自秦漢以來，中央控制的官僚組織逐漸遍及全國，中央集權也日益成爲普遍接受的政治理想，但是政府欲求有效地控制地方，除去以天命説這一類的傳統性的合法論來加強官民的向心力，以科舉制度來造成知識分子對中央政權的倚賴與擁戴，或以行政控制來防阻地方將吏與豪族的離心行爲外，掌握足以壓制地方叛亂的武力則是另一重要手段。[1] 換句話説，武力是歷來各王朝維持其政權存在的王牌；而維持强大的中央武力則是達成中央集權的王牌。

因此，在內外軍力關係上，歷來各代都是以居重馭輕爲理想。爲國防與地方治安計，不得不屯駐適量的鎮戍部隊於邊疆及地方。[2] 但是，在正常情況下，中央政府總設法保持足以制衡地方武力的精兵歸中央，甚至宮廷直接指揮。西漢在京師設置南、北軍，而以郡國正卒輪流番上，隋唐的關中本位政策，宋代的强幹弱枝，明代的設置七十四京衛，清朝設立數目與各省駐防軍相垺的禁旅八旗和在京綠營等都是出於同樣的構想。這種直屬中央政府的"宿衛"或"禁軍"，是帝王保存其權威的主要保障。尤其自宋代開始，爲伸張君權，壓抑地方，禁軍更空前地擴大。國軍的禁軍化是宋代以後地方分離與篡奪皇權次數減少的主要原因之一，也是中國史上君主

---

[1] 據朱堅章氏的統計，自秦到明末間，101 起篡弑案中，41.6％ 的篡弑者爲方鎮，佔各種篡弑者之首位。而武力則爲這些方鎮奪取權勢的必要條件。（《歷代篡弑之研究》，臺北，1964 年，頁 57 ~ 69）帝王欲防阻方鎮之篡奪，控制足够兵力於已手，乃屬必要。

[2] 蕭啓慶《元代的鎮戍制度》，《姚師從吾先生紀念論文集》，臺北，1971 年，頁 145 ~ 164。

達成高度專制和中央集權的重要手段。

禁軍一方面是帝王權力的保障,另一方面也足以構成對帝王的直接威脅。由於禁軍是京畿地區的主要武力,而且地近禁闥,如控制不善,便會有反噬之虞。陳寅恪氏曾指出:唐代在"'關中本位政策'即內重外輕之情形未變易以前,其政治革命惟有在中央發動者可以成功。"[3]換句話說,在唐代的初制未破壞以前,唯有操縱禁軍,政變始有成功的可能。唐代如此,其他各代何嘗不然?這正如在羅馬帝國時代,皇帝的親衛軍 Praetorian Cohorts 是意大利境內主要的武力,因而也成爲廢立帝王的主要工具一樣。由於禁軍足以反噬,中國歷來之帝王不得不採取預防反側之道。主要的辦法是將禁軍分爲兩個以上的單位,不僅統屬各異,且以不同來源的分子構成,使之相互牽制。西漢時,禁軍主要分爲南軍和北軍。南軍是由郡縣的役男所組成,屬衛尉,防守宮城。北軍是由三輔役男所組成,屬中尉,防守京師宮城以外的部分。另有郎中令管轄的郎官,多爲高官子弟,負責宮殿內的警衛和行幸遊獵的扈從,是君主的真正親兵。[4]唐代的南軍衛兵是由上番府兵擔任,北衛禁軍則是由職業士兵擔任。[5]而宋太祖在以禁軍統帥發動政變成功後,爲防阻類似事件的重演,所採取的重要軍事改革之一便是把殿前都檢點的禁軍統帥權分置於侍衛親軍和殿前馬步軍司之下。[6]綜而言之,歷代禁軍的分立,不僅代表各單位功能的分化,而且是使之相互牽制,以策安全。

除去扈衛帝王、壓抑地方這一主要軍事功能外,歷代禁軍尚帶有一政治功能,即爲安置功臣子孫。一方面藉以牢籠功臣,另一方面則藉禁軍以磨煉來自較爲可靠家庭的子弟,使之成爲未來的政治和軍事幹部。西漢郎中令所轄的郎官多爲二千石以上官員的子弟;他們憑藉在宮廷的磨煉和經歷然後登用於仕途。多能躋身高位。武帝以後,郎中令改名光祿勳,擴大組織,吸收六郡良家子爲期門、羽林,帶有天子的侍從私兵的性質,西漢後期的名將多出身於

---

〔3〕 陳寅恪《唐代政治史述論稿》,臺北,1956 年,頁 38～39。

〔4〕 濱口重國《秦漢隋唐史的研究》上卷,東京,1966 年,頁 251～266。賀昌群《漢初的南北軍》,《中國社會經濟史集刊》5:1(1937),頁 75～84。

〔5〕 濱口重國前揭書,頁 6～8。

〔6〕 羅球慶《北宋兵制研究》,《新亞學報》3:1(1957),頁 169～270。

此。[7] 唐代南軍衛率內，防衛京師的十二衛和六率府的宿衛官（即所謂親衛、勳衛和翊衛）多是由高官子弟擔任；而擔任掌管宮廷門禁與侍從天子、太子的四衛四率府（即左右監門衛、左右千牛衛、左右監門率府、左右內率府）也多以三、四品官子孫蔭任。[8] 在秦漢已以官僚爲政府官員主要構成分子以後，這種以高官子弟充任親軍中的親軍，並進一步拔擢之爲政府的官員的措施，可說是家產制度（patrimonialism）的遺痕。在宋代，由於官員的登用大體依理性化、普遍化的評準，這種措施似已不再存在。但在金、元、清等北亞民族所建立的征服王朝下，宿衛的組織又成爲帝王個人世襲財產的重要部分；而擔任宿衛也成爲入仕的捷徑。

北亞遊牧國家多注重宿衛的設施。《遼史》說："遼之先世，未有城郭、溝池、宮室之固。氈車爲營、硬寨爲宮，御帳之官，不得不謹。出於貴戚侍衛，著帳爲近侍，北南部族爲護衛……硬寨以嚴晨夜，法制可謂嚴密矣。"[9] 可見由於自然環境的關係，遊牧國家的統治者有加強宿衛，維護自身安全的必要。在北亞遊牧民族上古時代，即在八世紀以前，遊牧國家君長宿衛的組成，史無記載，但當時氏族組織極強，宿衛主要以統治氏族的成員所組成，自可推知。[10] 九世紀以後，氏族組織弱化，氏族的力量已不再是遊牧君長崛興唯一的憑藉。遊牧君長必須吸收其他氏族中遊離出來的豪健之士，成爲自己的私屬人，組織之爲宿衛。在跟其他氏族或部族爭霸時，不僅須倚恃自己的私屬人，而且須憑藉自己所屬的氏族或部族的力量。但當與其他氏族的爭衡結束後或勝利在望時，遊牧君長便須憑藉著私屬集團來壓抑氏族的牽羈，以達成絕對化其權力的目標，完成較爲強固的國家組織。這種私屬集團的存在，是中世遊牧國家不同于上古遊牧國家的主要原因之一，也是中世遊牧國家能進而征

---

〔7〕 濱口重國前揭書，頁 252、267～273。

〔8〕 濱口重國前揭書，頁 7～8。

〔9〕 《遼史》卷四五，頁 9 下。

〔10〕 八九世紀前後，也就是回紇時代與契丹時代之際，爲北亞上古與中世的分野，日本學人多持此說。參看村上正二《蒙古史研究的動向》，《史學雜誌》60：3（1951），頁 237～246；《征服王朝》，《筑摩書房世界の歷史》6，東京，1961 年，頁 147～185；田村實造《中國征服王朝の研究》上，京都，1964 年，頁 53～56；護雅夫《古代トルコ民族史研究》一，東京，1967 年，頁 46～49；《遊牧民族史上における征服王朝の意義》，《岩波講座・世界歷史》9，東京，1970 年，頁 12～17。

服農耕地帶組成征服王朝的基因之一。這種私屬集團常組織成宿衞
的形式，或至少帶有宿衞的性質。因此，中世時代的北亞社會中，
宿衞不僅是遊牧君長保衞自身安全的必要措施，而且是伸張其權力，
强化其國家組織的主要憑藉。即在遊牧國家乃至征服王朝的組織完
成後，這種私屬於君長個人的宿衞，仍是君權的主要支柱，在政治
上和軍事上扮演極重要的角色，同時也因帶有濃厚皇帝私屬的身份，
享受極大的特權。[11]

　　北亞遊牧民族建在中國所建的諸征服王朝的政治制度，多爲中
國和北亞兩個不同政治傳統的輻合，而不是如過去學者所主張的全
盤襲用漢地的制度。[12] 作爲整個政治結構的一部分，征服王朝下的
宿衞制度自然也是中國與北亞舊制涵化的結果。而且，由於宿衞爲
最接近權力泉源（征服帝王）的一種組織，較之一般的政治組織保
存了更多北方遊牧民族的傳統，所受中國官僚組織的影響更小。本
文所要討論的元朝的情形便是如此。

　　據《元史·兵志》説，元代整個的軍力結構是：“元制，宿衞諸軍在
內，而鎮戍諸軍在外，內外相維，以制輕重之勢。”[13] 而在宿衞之內，又
有怯薛（Kesig）[14] 與衞軍兩個不同的組織，相互制衡。從表面看來，
元代宿衞的結構與中國歷代禁軍相似。但是，實際上元代宿衞的兩

〔11〕　關于私屬的宿衞在遼國形成過程中的重要性，參看島田正郎《遼朝御帳官考》，《法
　　　律論叢》38:1（1964），頁 1～63。

〔12〕　K. A. Wittfogel and Feng Chia-sheng, *History of Chinese Society*, Liao, 903～1125 (Phila-
　　　delphia, 1949), pp. 4～16.

〔13〕　《元史》卷九九，頁 1 上。

〔14〕　怯薛是蒙文 Kesig（＜Kešig）的對音。此字爲借自突厥語 Käzik 的外來語。Käzik 意
　　　爲輪當（見 C. BrocRelmann, *Mitteltürkischer Wortschatz Mahmüd al-Kašgharis Divan
　　　Lughat at-Turk*〔Budapest-Leipzig, 1928〕, p. 106）。而在蒙文中其意爲部分，輪番，
　　　番衞等（見 A. Mostaert; *Sur quelques passages de l'Histoire Secrète des Mongols*〔Cam-
　　　bridge, Mass., 1953〕, p. 377）。在元代史料中，用以專指皇家宿衞。關於此字的語
　　　源，討論者甚多。可參看：伯希和（Paul Pelliot）《蒙古侵略時代之土耳其斯坦評
　　　註》，見馮承鈞《西域南海史地考證譯叢三編》（臺北，1962），頁 22～24。idem.,
　　　Notes on Marco Polo（3 vols., Paris, 1959～1974），Ⅱ, 851; F. W. Cleaves, "Names
　　　and Terms in the History of the Nation of Archers by the Grigor of Akanc," *Harvard Journal
　　　of Asiatic Studies* 12 (1949), pp. 400～433 (p. 437); idem., "A Chancellery Practice of
　　　the Mongols in the Thirteenth and Fourteenth Centuries," *Harvard Journal of Asiatic Studies*
　　　14 (1951), pp. 493～526 (p. 517, n. 66); G. Doerfer, *Turkishe und Mongolische Ele-
　　　ment im Neupersischen*（4 vols., Wiesbaden, 1963～1975）Ⅰ, pp. 467～480; 羽田亨
　　　《羽田博士史學論文集》（二册，京都，1957～1958）上册，頁 146～147。

個組成成分，分別代表北亞和中國宿衛組織兩個不同的傳統。衛軍是以唐代的衛率爲楷模而創立，只是皇家的衛隊和制衡地方武力的中央軍。而怯薛則是草原社會的產物，它兼有帝王的親衛，皇家的家務幹部、質子營和貴族子弟的訓練學校等性質。在蒙古帝國時代，它更是帝國的中央政府。元朝成立後，它的行政權力雖因中國行政體系的恢復而喪失不少，但不僅仍保留相當大的權力，而且超乎中國的官僚組織之上而存在，並成爲任官的終南捷徑和蒙元閥閱社會中蒙漢貴族特權階級的堡壘。它的成員——怯薛歹（Kesigdei）——始終帶有帝王私屬人的色彩，在中國史上找不出類似的組織來。所以元代的宿衛——尤其是怯薛——不僅是一種軍事組織，在元代整個政治結構中也佔有極大的重要性。

日本箭內亘博士曾企圖對元代的宿衛組織作一全面的探討，他的名作《元朝怯薛考》不僅討論了怯薛，同時也觸及衛軍。[15] 但是，箭內的大文出版於五十年前；那時，討論蒙古社會結構的劃時代巨著拉底米造夫（B. Vladimirtsov）的《蒙古社會制度史》還未出版。[16] 因而，箭內氏對怯薛與蒙古社會結構的關係未能究明。本文旨在綜合箭內所未見之史料及該文章出版後中外學者對元代宿衛各方面的研究成果，對元代宿衛制度重新作一全盤的檢討；分析怯薛與衛軍的由來及演變，元朝時代怯薛與衛軍及其他漢式機構的相互影響與調節，以及宿衛制度在整個元代政治結構中的功能和地位，希望能從對宿衛組織的分析中，尋繹出元代政治及社會結構的若干特質來。

二、蒙古帝國時代的怯薛

怯薛原是一種純粹的蒙古組成。它不僅在忽必烈 1260 年建立元朝以前已經存在，而且成立於成吉思汗統一蒙古之前。它是由蒙古氏族社會崩壞過程中產生的遊離分子，服屬於遊牧主個人的所謂"伴當"（nököd，單數 nökör）演變而來。

十二世紀初，成吉思汗崛起時，蒙古的氏族（obogh）已不僅是

---

[15] 箭內亘《元朝怯薛考》，《蒙古史研究》，東京，1930 年，頁 11～262。

[16] B. Ja. Vladimirtsov, *Obščestvennyj stroj mongolov. Mongol'skij kocevoj feodaligm* Leningrad. 1934；法譯本 Michel Carsow（tr.）, *Le régime social des Mongols*, *Le feodalisme nomade*, Paris, 1948. 下文所引皆係根據法譯本。

基於共同血緣關係的親族結合，而是包容幾個互有主從關係的異質
社會單位的組織。最上為主宰的氏族，其下為隸屬的氏族，最下為
世襲的奴隸群，這些隸屬集團都是屬於主宰氏族的全體，而非屬於
主君個人。[17] "伴當" 則與這些隸屬集團不同，係以個人為單位，且
是主君個人的財產。

關於 "伴當" 的性質和他們與主君之間的關係，自來爭議頗多。
迄無定論。俄國拉底米造夫認為伴當與主君的地位是平等的。這種
主君與伴當間的平等關係是他的 "遊牧封建制"（nomadic feudalism）
理論中最重要的環節之一。[18] 日本護雅夫氏則強調主君與伴當間所
存在的是一種主從關係，而稱這種主從關係是來自家產制度（Patri-
monialism）。[19] 美國社會學家克瑞德氏（Lawrence Krader）也持有近
似的看法。[20] 各學者對伴當的性質的解釋雖互有出入，大體上卻都
同意：伴當是以個人為單位，不以氏族為單位。大多數來自別一氏
族，而投效於一有前途之氏族或部族長。他們是主君個人的 "梯己
奴婢"（ömčü boghol），[21] 和一般隸屬集團之為全氏族或部族財產者
不同。主君有給予伴當以保護及生活資料的義務，而伴當也有為主
君擔任衛士，操作家務，或統御軍隊的責任。若一主君勢力強大、
伴當眾多時，他可能將其伴當組成一支特殊的衛隊。成吉思汗崛起
時，這是蒙古常見的現象，《元朝秘史》中有不少例證。譬如，成吉

---

[17] Vladimircov, 前揭書頁 73 ~ 109；參看 P. Pelliot et L. Hambis, *Histoire des campaignes de Gengis-Khan* (Leiden, 1951)，p. 85。

[18] 同上，頁 110；參看 J. Nemeth, "*Wanderungen des Mongolischen Wortes nökür 'Genosse'*," Acta Orientalia Ⅲ. 1. 2（1953），1 ~ 23. 村上正二《チソギス帝國成立の過程》，《歷史學研究》154（1951），頁 12 ~ 26；村上《モソゴル朝治下の封邑制の起源》，《東洋學報》44（1961），頁 305 ~ 339；及 B. Grekov et A. Iakoubovski, *La Horde d'Or et la Russie*（Paris, 1961），pp. 39 ~ 49.

[19] 護雅夫《Nökör 考序説》，《東方學》5（1952），頁 56 ~ 68；《Nökür 考——チソギスーハン國家形成期における》，《史學雜誌》61:8（1952），頁 1 ~ 27。

[20] L. Krader, "*Feudalism and the Tatar Polity of the Middle Ages*," Comparative Studies in Society and History. Ⅰ（1958），pp. 76 ~ 99.

[21] 《元朝秘史》（長沙葉德輝刊本，1908）卷四，頁 21 下 ~ 24 上，137 節，姚從吾、札奇斯欽二先生《蒙古秘史新譯並註釋》（以下簡稱《新譯》，Ⅰ，《文史哲學報》九（1960），頁 17 ~ 99；Ⅱ，《文史哲學報》十（1961），頁 185 ~ 252；Ⅲ，《文史哲學報》十一，（1962），頁 339 ~ 408。此段見Ⅰ，頁 90。參看村上正二《元朝秘史に現はおた "奄出"（ömčü）の意味について》，《和田博士還曆紀念東洋史論叢》（東京，1951），頁 703 ~ 716；村上正二《モンゴル朝治下の封邑制の起源》，《東洋學報》44:3（1962），頁 4 ~ 15。

思汗年幼時，泰亦赤兀部（Taiči'ud）的塔兒忽台·乞鄰勒秃黑（Tarqutai Kiriltugh）曾率領他的"土兒合兀的"（turgha'ud，單數爲turghagh）[22]攻擊成吉思汗家。在後來成吉思汗的制度中，"土兒合兀的"即是護衛或散班（即日衛），而此處《秘史》的旁註便是"伴當"。[23] 1203 年，怯烈部（Kereyid）的王罕（Ong Qan）也有一千 turgha'ud，《秘史》旁注則爲護衛。

成吉思汗最初組織怯薛似在 1189 年。此時成吉思汗被乞牙惕（Kiyad）諸氏族長公推爲蒙古本部的汗——實際上不過是乞牙惕諸氏族所形成的氏族同盟的共主。據《秘史》説，[24]成吉思汗在此時任命了"帶弓箭的"（qorči，即豁兒赤），厨子（ba'urči 保兀兒赤），放牧羊隻的（qoniči 即火你赤），帶刀的（üldüči-ildüči，即雲都赤），牧養馬群的（adughuči），管理修車的，掌管家内人口的（ger dotura gergen tudghar），[25] 以及所謂"遠箭"（qola-yin qo'ocagh）和"近箭"（Oyna-yin odona）兩名。[26] 另外，者勒蔑（Jelme）和孛斡兒出

---

[22] 秃魯花爲蒙文 turghagh 的對音。此字來自突厥語 Turghagh turqaq；原由動詞 tur –（站立）加字尾 – ghaq/-qaq 而成爲名詞。Turghaq/Turqaq 在十一世紀之突厥語典 *Qutadghu Bilig* 中已著録之，意爲宿衛，哨兵（W. Radloff, *Versuch eines Wörterbuches der Turkdialekte*（St. Petersburg, 1893 ~ 1911），Ⅲ，1457。《元朝秘史》中，此字屢次出現，但有不同之旁註：伴當，（§79）護衛（§170 ~ 171），散班（§191 ~ 192），而未有釋之爲質子者。Rašid al-Din 書中亦屢見之，Berezin 釋之爲戰士或留住（Berezin, op. cit., V. 280，XV. 128），伯希和《蒙古侵略時代之土耳其斯坦評注》，頁 24 ~ 26）。除《秘史》外，在蒙古語文籍中，僅見於蹈襲《元朝秘史》之《黄金史》（*Altan Tobči nova*）（*Altan Tobä: A Brief History of the Mongols by bLobzan bs Tanjin*, Cambridge, Mass, 1952, p. 155）：turghasud，爲複數形 turghaghud 之誤印。故在關於蒙古帝國時代的文籍中，未見其有直言其有質子之意者。至《元史·兵志》始曰："或取諸侯將校之子弟充軍，曰質子軍，又曰秃魯華軍"（卷九九，頁 2 下）。但無疑在成吉思汗立怯薛時，已帶有收容質子的意義，以致原義爲散班扈衛之 turghagh 轉而帶有質子之意。札奇斯欽先生之解釋與筆者不同，詳見於"説舊《元史》中的秃魯花（質子軍）與《元朝秘史》中的'土兒合黑'（散班）"，《華岡學報》4，1967 年，頁 157 ~ 189。Igor de Rachewiltz 認爲：古突厥語中，已以 turghaq 稱貴族子弟爲質者，然就筆者所知，此説並無根據（de Rachewiltz, "Personnel and Personalities in North China in the Early Mongol Period," *Journal of the Economic and Social History of the Orient* 9（1966），pp. 88 ~ 144（p. 134，n. 1）。

[23] 《元朝秘史》卷二，頁 13 上 ~ 14 下，79 節《新譯》Ⅰ，頁 53。

[24] 《元朝秘史》卷六，頁 1 上 ~ 11 上，170 ~ 171 節《新譯》Ⅱ，頁 202 ~ 205。

[25] 《元朝秘史》卷三，頁 44 下 ~ 48 上，124 節。《新譯》Ⅰ，頁 81。

[26] 遠箭與近箭，據巴爾道（W. Barthold）説，實爲汗的使者。見 Barthold, *Turkestan Down to the Mongol Invasion*（3rd ed., London, 1968），p. 383。巴氏對上述各任命，討論綦詳，但其中頗有錯誤，詳見伯希和《蒙古侵略時代之土耳其斯坦評註》，頁 21 ~ 22。

（Bo'orcu）則被任命爲這些幹部之長（aqa）。[27] 雖然《秘史》於此未提及怯薛一辭，但是上述各職位中的大多數後來都成爲怯薛執事的各部門。由於這些職務多與草原遊牧主的家事有關，所以這些職位的確立可説是成吉思汗家務組織的擴大，也象徵著他手下的伴當的專業化。

《秘史》於此雖未提及怯薛一辭，但波斯史家拉施德丁（Rašid al-Din）的《史集》（Jami al-Tavarikh）記述發生於此後不久的十三翼之戰成吉思汗方面的陣容時，卻提及他的怯薛丹（Keziktan，蒙文爲 Kesigden，ḱesigdei 即怯薛之成員），[28] 可見怯薛在此時已經初步形成。從成吉思汗在此戰中的陣容也可看出此時他的國家的性質以及他的伴當和怯薛的重要性。在此戰中，成吉思汗與其勁敵札木合（Jamugha）各形成十三個翼（Küriyen，即圈子）。成吉思汗的十三翼中，只有第一、二兩翼爲他所有，其他各翼皆爲乞牙惕各氏族長所有。第一翼係由成吉思汗之母訶額侖・額客所率領，當爲乃夫也速該的遺產。第二翼則包括：成吉思汗、諸子、諸將、伴當及怯薛丹等，當爲成吉思汗個人擁有的部衆。自此戰之後，至 1206 年大蒙古國成立以前，乞牙惕諸氏族長因與成吉思汗發生歧見，紛紛叛去。而成吉思汗始終所倚侍的則爲他個人所聚集的伴當和怯薛丹。在 1206 年成吉思汗的八十八名千戶長之中，至少有二十八名在 1189 年時已擔任他的伴當或怯薛丹，另有若干名是他們的兄弟。所以，成吉思汗在 1189 年至 1206 年之間能將乞牙惕氏族聯盟轉變成以他個人爲中心，而且包括全體蒙古人在內的國家，主要得力於他自己的伴當和怯薛丹。憑藉著他們的協助，成吉思汗對內擺脱了乞牙惕氏族長的牽羈，對外壓制其他各氏族或部族的抗爭，而完成蒙古國的建國。

---

〔27〕《元朝秘史》卷三，頁 48 下～50 上，125 節。《新譯》I，頁 82。

〔28〕 I. Berezin. "Sbornik letopisej," Trudy vostočnago otdelenija Imperatorskago Russkago Archcologiceskago Obscestva XIII (1868), 151～155.《元朝秘史》及《聖武親征録》雖皆言及十三翼戰爭，但未明言成吉思汗的第二翼中包括他的伴當和怯薛。宿衛，《元朝秘史》漢文對音爲"客卜帖兀勒"，蒙文原文爲 Kebte'ül。此字乃是由動詞 kebte- 加字尾 -gül 而成，意爲夜間之衛士（參見伯希和《蒙古侵略時代之土耳其斯坦評註》，頁 26～27）此字除《元朝秘史》外，亦見之於 Juvaini 書（J. A. Boyle, History of the World-conqueror〔Cambridge, Mass, 1958〕I，p. 273），但未見於元代史料中。

　　成吉思汗於建國完成前，又在 1203 年正式建立怯薛。當時他已是大部分蒙古的主人，自有足够數目的追隨者組成規模較大的衛隊和家事工作機構。因而，他任命八十人爲宿衛（Kebte'üd，單數 kebte'ül），七十人做散班（turgha'ud），厮殺則教在前，平時則做護衛的勇士（bag'atud）。這些衛士以及家事工作者合稱爲怯薛。[29] 1206 年，成吉思汗成爲全蒙古的可汗時，怯薛又再度擴張，宿衛增至一千人，[30] 散班增至八千人（包括一千勇士在內）。另有豁兒臣（qorčin，箭筒士）一千人，和散班同具白日護衛的功能，怯薛的實力遂增至一萬人。這一萬的數目便是後來怯薛理論上的定額。

　　怯薛之下所有的單位——宿衛、散班、豁兒臣以及其他家事工作者——都分爲四個輪值組。[31] 各單位的輪值組合成爲四個具有各種功能的輪值班，稱爲四怯薛。分由四位元勳，即四傑（dörben külü'üd）——博爾忽（Boroghul）、博兒术（Bōrǰu）、木華黎（Mu-qali）、赤老温（Čila'un）及其子孫世襲率領。[32] 四怯薛之長及其成員——怯薛歹（Kesigdei），皆按一定的干支輪值，三日一更。無論怯薛長或其部下，誤值者皆受嚴厲處分。[33]

　　怯薛歹都是當時蒙古社會中的優選分子，於 1203 年[34] 及 1206 年，[35] 從千户、百户、十户及"白身人"（düri-yin gü'ün）[36] 的子弟選拔而來。唯有"能幹、健康與漂亮"者始爲合格。1206 年徵選怯薛歹的詔旨規定：怯薛歹報到時，須依其父兄的階級，分別攜帶一個弟弟及若干數目的伴當。所需的馬匹和伴當皆需由原屬單位供給，而不須自行料理。可見怯薛是一支由全國各行政及軍事單位徵

---

〔29〕《元朝秘史》卷七，頁 18 上~20 上，191 節。《新譯》Ⅱ，頁 215。

〔30〕《元朝秘史》卷九，頁 35 下~38 上，225 節。《新譯》Ⅲ，頁 349。

〔31〕《元朝秘史》卷七，頁 20 上~22 上，192 節，《新譯》Ⅱ，頁 227~228；《元朝秘史》卷九，頁 40 下~44 上，227 節，《新譯》Ⅲ，頁 3。

〔32〕《元史》卷九九，頁 1 上，1 下~2 上。

〔33〕《元朝秘史》卷七，頁 20 上~22 上，192 節，《新譯》Ⅱ，頁 226~227；《元朝秘史》卷九，頁 40 下~44 上，227 節，《新譯》Ⅲ，350~351；及《元朝秘史續集》卷二，頁 36 下~46 下，二七八節，《新譯》Ⅲ，頁 400~403；又參見《元史》卷九九，頁 1 下~2 上。

〔34〕《元朝秘史》卷七，頁 18 上~20 上，191 節；《新譯》Ⅱ，頁 225。

〔35〕《元朝秘史》卷九，頁 30 下~35 下，224 節，《新譯》Ⅲ，頁 348~349。

〔36〕關於"白身人"的意義，參看：Vladimirtsov 前揭書，頁 154；Mostaert 前揭書，頁 252~253。

召和支持的精兵。

如此的措施可有下列數點解釋：第一、怯薛歹的父兄多爲行政軍事單位的負責人。父兄對成吉思汗的忠誠既經考驗，子弟的忠心也較可預卜。由這些可靠分子擔任衛士，成吉思汗始能安心。第二，服役怯薛也是在當時蒙古社會中騰達的捷徑。這點在下文中再予討論。因而，使貴族子弟擔任怯薛，實際上是將對貴族的恩惠延及於子孫。第三，此一措施也是一種徵取人質的辦法。

在蒙古社會中，當某人獻身於一遊牧主爲伴當時，往往自動以其子爲質。例如：札剌亦兒人（J̇alayir）古溫・兀阿（Kü'ün u'a）便曾以其二子——木華黎和不合（Buqa）——獻給成吉思汗爲 “門限内的奴婢” （bosugha-yin boghol）或 “梯己的奴婢” （ömčü bog-hol）。[37] 有時呈獻質子並非出於自動而是由對方要求的。成吉思汗即曾要求契丹人耶律阿海留質，而阿海即以其弟禿花爲質，後來禿花即擔任成吉思汗的宿衛。[38] 依成吉思汗的制度，敗降的國家，除去履行其他義務外，皆須留質，而這些人質多被留置於衛隊之中。[39]《元朝秘史》説，金主（可能爲宣宗）即曾遣一子入質擔任成吉思汗的侍衛（turghagh）。[40] 後來旭烈兀（Hüle'ü）出征西亞時也曾 “選亞美尼亞、谷兒只諸王子嗣中之青年俊傑者爲侍衛。稱爲怯薛（kēsigt'oyk'）”。[41] 由於這一措施，原意爲成吉思汗散班的禿魯花（turghagh）一詞遂又有質子之意。由此看來，成吉思汗要求軍政首領以其子弟擔任怯薛實是取質的一種方式。楊蓮生先生曾指出中國質子制度的由來與家族的發達和集體責任制有關。[42] 在氏族制尤爲發達的蒙古社會中，取子弟爲質以保證父兄的忠心是很自然的。此時成吉思汗所主宰的範圍已日益擴大，如何阻止對部下的控制因

---

[37] 《元朝秘史》卷四，頁 21 下 ~ 24 上，137 節；《新譯》I，頁 137 ~ 138，另一例，見《秘史》卷二，頁 41 上 ~ 42 上，97 節；《新譯》I，頁 63。

[38] 《元史》卷一五〇，頁 9 上。

[39] 《元高麗紀事》（國學文庫本）卷一一，頁 16；黎崱《安南志略》（樂善堂刊，1882）卷二，頁 16；參看楊蓮生先生 *"Hostages in Chinese History,"* Studies in Chinese Institutional History（Cambridge, Mass., 1963），pp. 48 ~ 49。

[40] 《元朝秘史・續集》卷一，頁 18 上 ~ 19 下，二五三節，《新譯》III，頁 371 ~ 372。

[41] R. Blake and Richard Frye, *"History of the Nation of the Archers (the Mongols) by Grigor Akanc,"* Harvard Journal of Asiatic Studies 12 (1949), pp. 369 ~ 399. (pp. 343 ~ 345).

[42] 楊蓮生先生，前揭文。

空間擴大而弱化，自是他最關心的問題。以徵募衛士的方式使取納人質系統化顯然便是一個有效的手段。

服役於怯薛固然是任質的一種方式。但這不僅是一種義務，而且是一種很大的權利。成吉思汗稱怯薛歹爲其 "梯己的護衛"（emčü kesig），[43] 爲其 "福神"（qutugh），含有極親密的意義，和一般的軍士不同。[44] 怯薛並享有許多特權。如未得成吉思汗本人的同意，各班首長不能擅自責罰怯薛歹。[45] 成吉思汗的詔旨規定：普通怯薛歹的地位比千户高，即是怯薛歹的馬夫（濶端臣 kötölčin）也比百户爲高。[46] 而且，成吉思汗並認爲在他身邊擔任怯薛是一種學習的方式。[47] 這些有緣親炙可汗的 "學員" 之有權成爲未來的統治階級，是很自然的事。

怯薛的功能甚爲廣泛。第一功能是擔任可汗的護衛，[48] 同時，也是整個蒙古國軍的核心。用成吉思汗的話説，即是他的 "大中軍"（yeke ghol）。[49] 由於怯薛歹都是由貴族家庭遴選而來，在質的方面，無疑是一支精兵。從量的方面而言，在僅有九十五個千户的蒙古國軍中，一萬之衆的怯薛自佔有相當大的比重。

其次，怯薛又掌管王室的家事工作。上文已説過，怯薛是由"伴當"制度演變而來。而在伴當的功能中，家事爲一重要項目。當成吉思汗初度爲汗時，家事工作已趨專業化。執事者如厨子、牧養騸馬者等皆經特別指定。據《元朝秘史》説，這些執事以後皆置於怯薛轄下，和其他怯薛歹一樣，擔任三日一更的輪值。[50]《元史·兵志》説："其它預怯薛之職而居禁近者，分冠服、弓矢、食飲、文史、車馬，廬帳、府庫、醫藥、卜祝之事，皆世守之。"[51] 這些執事的名稱見於《兵志》和《元

---

〔43〕 《元朝秘史》卷一〇，頁 3 下 ~4 上，231 節。《新譯》Ⅲ，頁 353。

〔44〕 參看村上正二《モンゴル朝治下の封邑制の起源》，頁 22 ~23。

〔45〕 《元朝秘史》卷九，頁 40 下 ~44 下，227 節；《新譯》Ⅲ，頁 350 ~351。

〔46〕 《元朝秘史》卷九，頁 44 下 ~45 下，228 節；《新譯》Ⅲ，頁 351。

〔47〕 《元朝秘史》卷九，頁 30 下 ~35 下，224 節；《新譯》Ⅲ，頁 348 ~349。

〔48〕 《元朝秘史》卷九，頁 38 上 ~40 下，226 節；《新譯》Ⅲ，頁 350。《元朝秘史》卷一〇，頁 1 上 ~3 上，230 節，《新譯》Ⅲ，頁 352 ~353。《元朝秘史》卷一〇，頁 6 下 ~8 上，233 節，《新譯》Ⅲ，頁 354。

〔49〕 《元朝秘史》卷九，頁 38 上 ~40 下，226 節，《新譯》Ⅲ，頁 350。

〔50〕 《元朝秘史》卷七，頁 20 上 ~22 上，192 節，《新譯》Ⅱ，頁 226 ~228，《元朝秘史》卷九，頁 45 下 ~49 上，229 節；《新譯》Ⅲ，頁 351 ~352。

〔51〕· 《元史》卷九九，頁 2 上 ~2 下。

朝秘史》,包括昔寶赤(鷹人,siba'uči)、保兒赤(厨司,ba'unči)、火你赤
(牧羊人,qoniči)、帖麥赤(牧駱駝人,temēči)……等。[52] 顯然代表一
個草原王室的家事工作幹部。

最後,怯薛也是蒙古帝國最初的中央行政機構。當 1206 年,蒙古的
行政結構形成時,唯一不屬於怯薛的中央文職爲札魯忽赤(J̌arghuči,斷
事官),由失吉・忽突忽(Sigi Qutuqu)擔任。這一職位的任務是懲治
盗賊及造謠者和註冊人口等。[53] 但是,怯薛中的宿衛(kebte'ül)卻有
權派員與忽突忽共同決斷後者管轄下的案件。[54] 顯然,怯薛在行政
上所扮演的角色不下於札魯忽赤。窩闊台合汗(Ögödei Qaghan)時,額
勒赤吉歹(Elčigidei)是"衆怯薛官人之長",[55] 宋使彭大雅稱之爲(中
書省)"相"。[56] 怯薛中掌理一般行政事務的主要機構似爲必闍赤(bi-
čeä),意即秘書。《元史》稱之爲"爲天子主文史"。[57] 雖然《元朝秘
史》未明言必闍赤與怯薛的關係,《元史・兵志》怯薛之下卻列有必
闍赤。必闍赤之屬於怯薛也可由"四環衛必闍赤","宿衛官必闍
赤"等名詞得到證明。[58] 在蒙古帝國的初期,必闍赤的功能顯然大
於秘書。耶律楚材、粘合重山和鎮海(Cingqai)皆被漢人稱作中書
省相。而宋使徐霆則説,他們的蒙文頭衘是必闍赤。[59] 據《元史・
憲宗紀》説怯烈人字羅合(Bolgha)於 1252 年時爲必闍赤,職掌
爲:"掌宣發號令、朝覲、貢獻及内外聞奏之事。"[60] 而《也先不花

---

[52] 《元史》卷九九,頁 2 下~頁 3 上。

[53] 《元朝秘史》卷八,頁 27 上~33 上,203 節;《新譯》II,頁 25。

[54] 《元朝秘史》卷一〇,頁 8 上~9 下,234 節;《新譯》III,頁 354~355。

[55] 《元朝秘史・續集》卷二,頁 36 下~46 下,278 節;《新譯》III,頁 403。

[56] 《黑韃事略》(《蒙古史料四種》本,臺北,1962)二上。

[57] 《元史》卷九九,頁 2 下。必闍赤爲蒙文 biäeä(< bici'eä < biägeä)之對音。Biäge-
ä 是由動詞 biči-(寫)加字尾-geči 而成,其意爲秘書。Kowalewski,II,1150b;
"*Biägeä*; *Scribe*, *copiste*, *secrétaire*."《華夷譯語》(《涵芬樓秘笈》四集),上,一四
下釋之爲 "吏"。關於此字之字義,參看 Pelliot,"*Les mots mongols dans le*《高麗史》
Korye ša," Journal Asiatique 217(1930)pp. 253~266(p. 257);Doerfer, op. cit.,
II,pp. 264~267)關于必闍赤的制度,參看:坂木勉《モンゴル帝國における
"必闍赤" = bitikči——憲宗メングの時代までを中心として》,《史學》42. 4
(1970),81~109;札奇斯欽先生《説元史中的"必闍赤"並兼論元初的中書令》,
《邊政研究所年報》二(1971 年),頁 19~113;真杉慶夫《元代の必闍赤につい
て》,《〈元史・刑法志〉の研究譯註》(東京:1961),頁 88~99。

[58] 《元史》卷一三五,頁 1 下;卷一四六,頁 12 下。

[59] 《黑韃事略》,頁 2 上。

[60] 《元史》卷三,頁 4 下。

傳》卻稱他爲中書右丞相。[61] 法王使臣魯伯魯克（William of Rubruck）則稱之爲朝廷的秘書長（grand secretary of the court），爲首相（chancellor）。[62] 而波斯史家术凡尼（Juvaini）則説他是衆秘書之長，且有權與其他一二大臣決定稅收和任命，並稱他爲國家的棟樑之一。[63] 從以上可看出：必闍赤原是怯薛的一支，不僅掌理文書，而且負有全國中央行政的責任。在元世祖忽必烈（Qubilai）將政府機構的功能進一步分化以前，怯薛的任務不僅在於保護皇室及處理家務，而且是具體而微的中央行政機構。

國家行政與王室家務的合一原是歷史上許多新興社會常見的現象，可説是家產制度（patrimonialism）的遺痕。瑪克斯・韋伯（Max Weber）曾詳論之，[64] 我國古代也有相似的現象。在秦漢時代，政府機構大體已爲理性化的官僚組織，許多機構卻仍可看出是源出於宮廷。如宰相是由冢宰而來，而九卿也是由皇室家庭執事演變而來。[65]

三、元代的怯薛

自忽必烈於 1260 年創立以漢地爲中心的政權——元朝——以後，大體上採用了中國傳統的政治制度，創建了許多專業化的官僚組織，並且設立了中國式的皇家衛隊——衛。怯薛，如同其他許多早期的蒙古機構，不能不有所改變，並且喪失不少權力。但是，蒙元統治者仍處心積慮地維持怯薛的組織和精神。怯薛依然是產生官吏的搖籃，而怯薛歹仍是一最受優待的特權集團。元室不欲將怯薛大事更革的原因是：第一，忽必烈及其子孫不僅是中國的皇帝，而且也是整個蒙古帝國的可汗。而怯薛爲蒙古皇家威權的象徵，不得不予以保留。第二，怯薛是維持可汗與貴族間封建關係的必要連鎖。若欲將此一關係維繫不斷，此一連鎖便不可或缺。第三，傳統的怯薛制度在維持蒙古王室和貴族的認同（identity）上，是一極爲重要

〔61〕《元史》卷一三二，頁 25 上。

〔62〕 Rockhill, *The Journey of William of Rubruck* (*London*, 1900), p. 168, 187.

〔63〕 J. A. Boyle op cit, Ⅱ, 605 而 Rašid al-Din 也稱 Bulgha 爲 "bitikä, vizers, chamberlains, and ministers" 之首長（見 J. A Boyle, 〔tr.〕, *The Successors of Genghis Khan* 〔New York, 1971〕, p. 206）。

〔64〕 Max Weber, *Theory of Social and Economic Organization* (New York, 1947), pp. 341 ~ 358.

〔65〕 錢穆《中國歷代政治得失》，香港，1966 年，頁 8 ~ 12。

的工具。

中國式的衛軍皆受最高軍事機構樞密院的統轄；而怯薛則直屬於帝室。[66] 因爲怯薛歹仍被視爲帝王的"梯己的奴婢"，而不是漢式政府的一部分。怯薛由四功臣子孫率領的原則仍然保持，但是赤老溫之家已不再率領怯薛。四怯薛三日一輪值的制度仍如舊貫。[67] 箭内亘博士曾根據若干載有怯薛執事人員姓名及輪值日期的文獻，斷言自忽必烈時代起，已不遵守原有每一怯薛皆按三地支的日期而輪值的制度。[68] 筆者曾爬梳出更多的這類文件，發現雖不無例外，但大體上這一制度仍被遵守。[69] 從此也可看出這一蒙古舊制，雖在漢制的激盪下，仍有極大的保守性。

怯薛，如箭内氏所指出，僅負責宮城的防衛，而衛軍則須防衛京師及其附近。[70] 由於元代帝王已不再像帝國擴張時代的祖先一樣地東征西討，因而怯薛作爲"大中軍"的軍事功能顯然大爲減少。在元代，僅可偶然發現以怯薛出征的記錄。如在 1288 年，曾以"怯薛衛士及漢軍五千三百人，從皇孫北征"，[71] 又曾"詔安童以本部怯薛蒙古軍三百人北征"。[72] 元代末年，元室企圖力挽敗亡的狂瀾時，又曾有派遣怯薛歹出征的記錄。[73] 大體而言，怯薛原有的"大中軍"的功能已爲人數衆多的衛軍所取代。

怯薛的行政權力與皇家家務執事的功能也較前略小。由於中央政府的中書省、樞密院和御史台的建立，怯薛失去了處理皇室事務以外的行政權力。它替皇室處理家務的權力亦由許多中國式的機構所分享。在忽必烈時代，爲應付實際需要和建立皇室的威嚴，設置了許多這類處理宮廷事務的機構。這些機構在功能上自不免與怯薛相衝突。例如：宣徽院下的尚飲局、[74] 尚食局[75]的職掌和怯薛舊有

---

[66] 《元史》卷九九，頁 3 上。

[67] 《元史》卷九九，頁 1 下 ~ 2 上。

[68] 箭内亘《元朝怯薛考》，頁 234 ~ 240。

[69] 見拙作《元代四怯薛輪值次序小考》，待刊。

[70] 箭内亘《元朝怯薛考》，頁 253。

[71] 《元史》卷一五，頁 7 上。

[72] 《元史》卷一五，頁 10 上。

[73] 《南臺備要》（《永樂大典》2610 ~ 2611）卷二，臺北，1962 年，頁 12 上。

[74] 《元史》卷八七，頁 16 上。

[75] 《元史》卷八七，頁 18 下 ~ 19 上。

的答剌赤,(darači,司酒)[76]和博兒赤(bōrči)[77]相同,侍正府[78]的職
掌與速古兒赤（sügürči）相同。[79] 太僕寺[80]與尚乘寺[81]的職掌與
烏剌赤（ulāči）[82]和莫倫赤(morinči)[83]相同；而蒙古翰林院[84]則

---

[76]　答剌赤是 daraǰi 之對音。daraǰi 係由 darasun 演變而來,削落原有字尾——sun, 而加
上 denominal noun 字尾-ǰi。Darasun 原意爲"des boissons fortes; vin ordinaire fait avec
des grains, vin jaune", （Kowalewski, Ⅲ, 1664）參看 Pelliot, "*Les mots mongols dans le
《高麗史》Korye ša*," (p. 257); Doerfer, op. cit, Ⅱ, 326 ~ 327. 蒙文 daraǰi 一字本身卻
未見於任何載籍。其意無疑爲"司酒人"。《元史》卷八一,頁1上下:"酒人,凡六十
人,主酒(原注:國語曰答剌赤)"。同上卷九九,頁2下:"掌酒者曰答剌赤。"

[77]　博兒臣(Bōrǰi < ba'ughǰi < baghurǰi),意即厨子。《元朝秘史》中僅見多數形之對音:保
兀兒臣(ba' urǰin),旁譯爲"厨子",見 Haenisch, Wörterbuch……, p. 12。札奇斯欽先生
《説〈元史〉中的'博兒赤'》,《田村博士頌壽東洋史論叢》(京都, 1968),頁 667 ~ 676。

[78]　《元史》卷八八,頁7下~8上。

[79]　Sügürǰi 是 Sügür (< sikür) 加字尾ǰi 而成。Sikür 意爲傘 (Kowalewski, Ⅲ, 1515b ~
1516a); sügürči 疑爲掌傘人之意, 但蒙文字之本身未見著録。 (F. W. Cleaves,
"The Fifteen 'Palace Poems' by K'o Chiussu", Harvard Journal of Asiatic Studies 20. 3. 4
(1957), pp. 438 ~ 440, n. 41; Pelliot, "Les mots mongols dans le《高麗史》Korye
ša," p. 262, Doerfer, op. cit., I, pp. 357 ~ 358) 而《元史·兵志》怯薛條 (卷九
九, 頁2下):"掌内府尚供衣服者曰速古兒赤";《元史》卷八○, 頁1上:"司香
二人, 掌侍香, 以王服御者 (原註: 國語曰速古兒赤) 攝之。"可見在元代怯薛中,
速古兒赤之職在掌管皇室之服御。自來學者多不能解釋何以原意爲"掌傘人"之速
古兒赤職司御。筆者認爲速古兒赤乃係 "傘子" 一詞的蒙譯。傘子爲金、元時代
宮廷儀衛的一種,《金史》卷五六, 頁3上:"宣徽院……掌朝會燕享, 凡殿庭禮儀
及監知御膳, 所隷弩手、傘子239人, 控鶴200人。"同上, 卷五六, 頁16上:"衛
尉司, 掌中宫事務……護衛三十人……傘子八人。"《元史》卷八二, 頁23上:"凡
控鶴傘子, 元貞元年, 控鶴提控, 奉旨充速古兒赤一年, 受省劄, 充御前傘子。"
可見傘子爲侍御之一種, 一如速古兒赤, 而速古兒赤可能爲傘子之譯語。不過一般
傘子不屬怯薛, 而屬怯薛之傘子——速古兒赤, 則以掌管内府衣服爲主要功能。

[80]　《元史》卷九九, 頁2上。

[81]　《元史》卷九○, 頁14上。

[82]　烏剌赤爲蒙文 Ulāči 之對音, ulāči 由名詞 ulā(< ula'a < ulagha)加字尾či 而成。Ulagha
原意爲馬, 多特指驛馬而言(Kowalewski, I, 394)《元朝秘史》中 ulāči 僅出現於複數形
ula'aǰin, (兀剌阿臣), 旁譯爲"馬夫", 由上下文看來, 乃係指驛馬馬夫而言 (§279 ~
280)。ulagha、ulaghaǰi 二字原分別由突厥語 ulagh、ulaghǰi 二字借用而來(參看 W. Ra-
dloff, I, 1679 ~ 1680; Pelliot, "Neuf notes sur des questions d'Asie Centrale," T'oung Pao 26
[1929], 220; W. Kotwicz, Contributions aux études altaiques. A. Les termes concernant le
service des relais postaux (= Collectanea Orientalic, Ⅱ, Wilno, 1932), 19 ~ 30; Doerfer, Ⅲ,
19 ~ 30)。

[83]　莫倫赤爲蒙文(Morunǰi < morinǰi)之對音, Morinǰi 是由 Mori(n)加字尾ǰi 而成。《至元
譯語》(《事林廣記》庚集, 卷一○)五八下:"牧馬人, 木里赤"(Muriǰi);《元史·兵志》
怯薛條(卷九九, 頁2下):"典車馬者, 曰:烏剌赤, 莫倫赤"。

[84]　關於蒙古翰林院的設置, 參看《元史》卷八七, 頁4下~5上; 山本隆義《中國政
治制度の研究》, 京都, 1968 年, 頁 347 ~ 387。

與舊有的必闍赤和札里赤（ǰarli〔gh〕či）相近。[85]

怯薛的執事與這些新機構之間的關係是一有趣的問題。許多怯薛執事似在中國式的機構之下執行其任務。主管侍者（侍御）的侍正府下，有四百名未明言來自怯薛的速古兒赤，另有二十四名充作奉御的速古兒赤，《元史·百官志》明言是來自怯薛。在蒙古翰林院之下，1275 年時有十一名“寫聖旨必闍赤”，1282 年又任命了四名蒙古必闍赤。這些必闍赤可能也是由怯薛派遣而來。另外，也有怯薛執事與其他機構的人員共掌某一職務的。例如：掌管城門的八剌哈赤（balaghači）[86] 便和六衛軍共同守衛大都城門。[87] 以上所說都是怯薛執事與中國式機構的職掌相混雜者。在這種情形下，怯薛未必喪失其功能。即使怯薛歹與其他機構共同執行某一功能，怯薛由於享受特權的緣故，當仍佔較爲重要的地位。值得附帶一提的是，元代由於怯薛歹處理皇家事務，故未大量任用宦官。因而，元代未有漢族王朝時代宮廷政治中宦官跋扈的現象。[88]

即使在漢制的侵蝕下，怯薛仍保有相當大的政治權力。從表面上看來，元代怯薛的政治角色，類似我國歷代的內朝，實際上不盡相同。箭內亙氏曾指出《元史》中“近侍”二字，多指怯薛而言，而怯薛每每利用其宮中的地位，或越職奏事，或擅自發佈聖旨，侵越中書省等政府機構的職權。[89] 換言之，和歷代內朝的角色相似。

---

〔85〕 札里赤爲蒙文 Jarlighči 的對音。Jarlighči 爲 Jarligh 加 či 而成。Jarligh 意爲聖旨。（Haenisch, Wörterbuch, ……, 86, Kowalewski, Ⅲ230）。故 Jarlighči 之意爲“書寫聖旨曰札里赤”（《元史·兵志》怯薛條，卷九九，頁 2 上）。

〔86〕 八剌哈赤爲蒙語 balarghači 之對音。balarghači 是由 balarghasun 一字除去 denominal suffix-sun，加 či 而成。而 Balaghasun 一字爲 balghasun 的古典形，其意爲 “ville, village” （Kowalewski, Ⅱ, 1077b） Balaghači 之複數形 balaghačin 見於《元朝秘史》，旁譯爲“管城的” （Haenisch, Wörterbuch. ……, p. 12）《元史·兵志》怯薛條：“司昏者曰八剌哈赤”（卷九九，頁 2 下）。《元史·輿服志》言及慶典時殿下執事，亦云：“右階之下，伍長凡六人……凡宿衛之人及諸門者户者皆屬焉。（原註：如怯薛歹、八剌哈赤、玉典赤（ödönči）之類是也”（卷八〇，頁 2 上）。可見八剌哈赤乃係司宮城門户者。參看白鳥庫吉《〈高麗史〉に見える蒙古語の解釋》，《東洋學報》28 （1929 年，頁 149～244）頁 171～172；Pelliot, *Les mots mongols dans le*《高麗史》*Korye ša,*" pp. 256～257.

〔87〕 《元史》卷九〇，頁 4 下～5 上。

〔88〕 《元史》卷二〇四，頁 1 上。參看勞延煊《論元代高麗奴隸與媵妾》，《慶祝李濟先生七十歲論文集》（二册，臺北，1967）二，1005～1031 （頁 1027～1031）。

〔89〕 箭內前揭文，頁 258～262。

事實上，怯薛政治權力的由來，不盡由於少數近臣或"近侍"
僭越或篡奪政府機構應有的權力，或由於某一帝王的利用，以牽制
外朝的官僚。怯薛可說是接近權力源頭——帝王，超乎政府機構之
上的一個決策團體。

怯薛的政治權力至少部分是承繼漠北時代的舊制，而保留了相
當的權力。如前文所說，漠北時代，怯薛是中央政府的主要構成部
分。怯薛有權派員與札魯忽赤決定後者職權下的政刑事務。元代札
魯忽赤的權力較前爲小，主要是在大宗正府之下，處理蒙古和色目
人等的司法案件。而怯薛一仍舊貫可派員充任札魯忽赤的職務。[90]
又如樞密院爲元代的最高軍事機構，怯薛也有權派員擔任樞密院之
高職，參與決策。[91] 對於中書省和御史台等機構也許有相同的權
力。不過限於史料，無法確證。

元代的高官，多數出身怯薛，這在下文將予討論。因此，元代
的內朝與外朝不似自來各代劃分得嚴格。出身怯薛的省、院、台官
員，仍須在怯薛輪值。《元史·刑法志》衛禁條便說："諸省部官名
隸宿衛者，晝出治事，夜入宿衛。"1311 年，"敕省部官弗託以宿衛
廢職"。[92] 1320 年又規定：各省部官"除入怯薛之外，其餘無怯薛
的，交勾當裹，早聚晚散者。"[93] 換句話說，省部官員如入怯薛輪
值，便可不至省部辦公。因此，內朝的怯薛與省部的高官實在難予
嚴格的區分。怯薛與外朝人員交織不可分辨最有力的證明是：公文
開端所載上奏時侍坐的怯薛執事官的名單，如：

> 至大二年十一月初五日，也可怯薛第一日，宸慶殿西
> 耳房內有時分。速古兒赤也兒吉尼丞相、寶兒赤脫兒赤顏
> 太師（即佤頭）、伯答沙丞相、赤因·帖木兒丞相、昔寶赤
> 玉龍·帖木兒、扎蠻平章、哈兒魯台參政、大順司徒等有
> 來。尚書省官三寶奴丞相，帖木兒丞相等奏過事內一
> 件。……[94]

---

[90] 《元史》卷八七，頁 1 下。參看田村實造《元朝札魯忽赤考》，《中國征服王朝の研
　　 究》中，京都，1971 年，頁 444～463。
[91] 《元史》卷一三，頁 12 上。
[92] 《元史》卷二四，頁 14 下～15 上。
[93] 《元典章·新集·朝綱》，一三上。
[94] 王士點、商企翁《元秘書監志》（學術叢編本）卷五，頁 13 上下。

可見出身怯薛的"丞相"、"太師"之類的高級官員,仍帶著"速古兒赤"、"寶兒赤"等怯薛執事官的頭銜,與其他怯薛人員共同輪值,隨侍帝王,參與奏聞和決策。用中國傳統的外朝官與內朝官兩名詞來指稱他們,不很確當。怯薛人員與政府高官原屬於同一貴族集團。無官職的怯薛歹固可隨時派充"外朝"的官職,而出身怯薛的高官也仍須參加怯薛的輪值,並且在帝王的身邊參與政策的決定。在蒙元各機構漢化過程中,最接近權力泉源的怯薛可說是受影響最少的一個。

怯薛組織的保守性與貴族性也可從怯薛的構成成分看出。忽必烈以後,四怯薛及執事官在原則上仍是世襲,而怯薛歹也仍由官吏子弟來充任。王惲即曾指出:"朝廷一切侍從、宿衛、怯薛丹等官員多係'功臣子孫'",[95] 這些"功臣子孫"大體仍以質子——禿魯花(turghagh)——的方式入充怯薛歹。1263 年,忽必烈詔令千戶以上統軍官員,各以子弟一名入朝充禿魯花:

> 遵太祖之制,令各官以子弟入朝,充禿魯花。其制:萬戶,禿魯花一名、馬一十四、牛二具、種田人四名。千戶、見管軍五百或五百以上者,禿魯花一名、馬六匹、牛一具、種田人二名;雖所管軍不及五百,其家富強,子弟健壯者,亦出禿魯花一名、馬四、牛具同。……馬四、牛具,除定去數目,已上後增者,聽。若有貧乏不能自備者,於本萬戶內不該充禿魯花之人,通行津濟起發,不得因而科及眾軍。[96]

這裏所謂"太祖舊制"自是指《元朝秘史》二二四節所載成吉思汗於 1206 年命令各統軍官及"白身人"以其子弟入充怯薛的規定。兩者的要求大體相同。主要的差別僅在於世祖時新添加攜帶牛具及種田人的規定。這不過是適應定都於農業地區後環境的需要。總之,1263 年規定統軍官員以子弟入朝充禿魯花即是成吉思汗時徵募怯薛歹舊制的延伸。五年以後(至元五年,1268),規定更改,萬戶以下的軍官可免送禿魯花,而"隨路總管府達魯花赤、總管及掌兵萬戶,

---

[95] 《秋澗先生大全文集》(《四部叢刊》)卷八四,頁 5 下。
[96] 《元史》卷九八,頁 5 下~6 上。

合令應當"。[97] 又據《元典章》的記載，平宋以後，江淮新附"三品以上官例取質子一名，以備隨朝使用"。[98]元制：路總管府達魯花赤、總管及萬戶皆爲三品官。可見自 1268 年以後，例須送子入朝充禿魯花的是三品以上的文、武官員。

這些禿魯花是否派充怯薛歹呢？札奇斯欽師曾表示懷疑，指出：有些稱作質子軍的單位並不駐守京師，當與怯薛無關。但他所指證不駐於大都附近的如唐兀禿魯花軍等都是一種特別的質子軍，而不是一般高官所送的禿魯花。[99] 筆者認爲高官所遣禿魯花大體上仍服役於怯薛。前引《元典章》已顯示出江淮新附官所送質子是供"隨朝使用"。《元史‧輿服志》記載皇家慶典中所用儀衛説："護尉，四十人，以質子在宿衛者攝之。質子，國語曰：圖魯花（turgh-agh）"。[100] 此外，元代史料屢次提及官員子弟以質子入宿衛的例子。[101] 可見，忽必烈以後，質子雖未必都入充怯薛，但高官子弟所遣質子多仍服役怯薛，而怯薛也仍靠來自高官家庭的子弟來補充它的行伍。換言之，怯薛的組成成分仍是貴族性的。

由於文武高官子弟入充怯薛，怯薛中自不免有漢人、南人參加。漢人、南人官員子弟的參加怯薛並不與怯薛原有的貴族精神相抵牾。自進入中原以後，蒙古統治集團逐漸已擴大爲含有蒙古人、色目人，以及漢人和南人中最與蒙古人合作分子在内的一個集團。羅意果（Igor de Rachewiltz）曾指出：蒙古人入侵華北時，凡願意合作之漢人將領與官僚，蒙古征服者皆認之爲伴當（nököd）；而賦與伴當應享有的特權。[102] 如此説成立，漢人、南人官員子弟入充怯薛歹乃是理所當然的事。

因爲怯薛歹享不少特權，各族人民自不免鑽營以取得這一身份。1303 年，鄭介夫所上《太平金鏡策》中便指出：當時怯薛歹"不限

〔97〕 《元史》卷九八，頁 8 上。
〔98〕 《元典章》卷八，頁 28 上。沈刻本《元典章》漏"江淮新附官員"及"隨朝使用"句中之"朝使用"三字，茲據陳垣《沈刻元典章校補》（臺北，1967），51 頁增。
〔99〕 札奇斯欽先生《説舊〈元史〉中的"禿魯花"（質子軍）與〈元朝秘史〉中的"土兒合黑"（散班）》，《華岡學報》四（1967），頁 157～189（頁 159～169 及頁 188）。
〔100〕 《元史》卷八〇，頁 2 上。
〔101〕 《元史》卷一六六，頁 14 下，卷一六九，頁 11 下，卷一七〇，頁 20 上。
〔102〕 Igor de Rachewiltz（op, cit. pp. 134～142）。

以員，不責以職，但挾重資、投門下，便可報名請糧，獲邀賞賜，皆名曰怯薛歹"。[103] 當時，許多"漢兒、蠻子（南人）軍、站、民、匠等"戶，以及富人，甚至"無賴"，都竄名爲怯薛歹。[104] 漢人、南人大量滲入蒙古傳統制度核心組織自爲蒙古統治者所不欲，故自 1303 年以後，禁止漢人、南人入怯薛的記載極多。1303 年便曾下令禁止"街市漢人"投入怯薛。[105] 1307 年，又命分揀漢人、南人投充怯薛歹、鷹房子以影避差徭和濫請錢糧者，"今後除正當怯薛歹蒙古、色目人外，毋得似前亂行投屬。"[106] 1309 年又詔："遵舊制：存蒙古、色目之有閥閱者，餘皆革去"。[107] 1323 年，更命"宣徽院選蒙古子男四百，入充宿衛"，[108] 可見元室力求保持怯薛爲一由蒙古和色目的貴族子弟所組的精兵。箭內博士曾指出：忽必烈時代，怯薛已有不少漢人參加，成宗鐵木兒朝以後，漢人數目減少了。[109] 事實上，箭內所説，僅可指怯薛中的高級執事官，而《元史》中有傳者而言。一般怯薛歹中漢人南人的數目當是有增無減，屢次下禁令正是由於漢族平民大量湧入怯薛，國家的戶計制度受到破壞，財稅亦因而受損，並且威脅怯薛中蒙古與色目貴族子弟的認同。即在立禁之後，似僅有漢族平民（"街市漢人"）被逐，漢族高官的子弟入質者當仍保留。且從三令五申一事看來，即便禁止漢族平民入怯薛一事也未能認真執行。[110]

通元一代，怯薛歹仍爲政治和經濟上的特權集團。在政治上，服役怯薛可説是登龍的捷徑。《經世大典·序錄》説：

> 用人之途不一。親近莫若禁衛之臣所謂怯薛者。然任使有親疏，職事有繁易，歷時有久近，門第有貴賤，才器有大小，故其得官也，或大而宰輔，或小而冗散，不可齊也。國人

〔103〕《新元史》（藝文印書館本）卷一九三，頁 24 上。
〔104〕《通制條格》（國立北平圖館刊本，1930）卷一三，頁 7 下。
〔105〕《通制條格》卷二八，頁 2 下。
〔106〕《元典章》，頁 23 下～24 上。
〔107〕《元史》卷二三，頁 4 下。
〔108〕《元史》卷二八，頁 12 下。
〔109〕箭內亙《元代社會的三階級》，《蒙古史研究》，263～360（頁 325～327）。
〔110〕《通制條格》卷二，頁 2 上；《元史》卷三四，頁 20 下及卷一〇二，頁 7 上；參看《新元史》卷一九三，頁 386。

　　　　之備宿衛者,浸長其屬,則以自貴,不以外官爲達。[111]

這一段文字顯示出:在整個元代社會中,怯薛歹爲一政治上的特權
階級,而怯薛歹之中各人所享受的特權又因門第及與帝室的親疏的
差別而有所不同,不能一概而論。

　　整個怯薛可説是存在於官僚制度之外的特殊團體。自忽必烈時
代起,元政府大體已官僚化,文武百官都已納入中國傳統的品級制
度,並給予散官以爲榮銜,無散官品級者則視爲白身人。而怯薛則
從未納入此一官僚體系。王惲曾指出怯薛歹多是以白身領宮掖之事,
古無是理。他建議應加以勳散階號,"定奪俸秩,爲一代新制,所謂
立制自貴近始"。[112] 王氏的建議顯然未蒙採納。元室實無意把這一
特權集團改從漢制,遵守嚴格的品級散階制度予以昇降。

三家子孫官階合計表									
代次 官階	I	II	III	IV	V	VI	VII	總計	百分比
總人數	4	11	15	23	17	8	6	84	100
世爵	1	3	7	7	4	4	0	26	30.9
正一品	0	3	2	5	0	1	2	13	15
從一品	0	0	2	3	1	1	0	7	8
正二品	0	1	1	1	2	0	0	5	5.9
從二品	0	0	1	1	1	0	0	3	3.5
正三品	0	2	1	1	3	2	0	9	10.7
從三品	0	0	0	1	1	0	0	2	2.3
其他	2	4	3	7	6	1	3	26	30.9

　　就中國官僚制度而言,怯薛歹都是白身人,而無任官資格。卻
每受不次之擢,任用爲政府的官吏。據姚燧説:"大凡今仕惟三塗,
一由宿衛,一由儒,一由吏。由宿衛者,言出中禁,中書奉行制敕
而已,十之一。"[113] 換言之,怯薛是進入仕途的三條大道中最重要

〔111〕　蘇天爵《國朝文類》(四部叢刊)卷四〇,頁10上。
〔112〕　《秋澗先生大全文集》卷八五,頁5下~6上。
〔113〕　《牧庵集》(叢書集成)卷四,頁53。

的一條。其任官權事實上不操於中書省之手，而在於宮廷。出身怯薛者約佔全部官員十分之一，也爲一可驚的事實，因爲一萬多的怯薛歹，在爲數約六千萬的全國人口中，僅爲極小的一部分。可見怯薛的任官是極簡單而又普遍的事實。

怯薛的任官不僅普遍，而且多驟列高位，拔置要津。元末學者葉子奇説；"仕途自木華黎等四怯薛大根脚出身，分任台省外，其餘多是吏員，至於科目取仕，只是萬分之一耳。"[114] 怯薛歹的出任官吏，其品級似無劃一的規定。最佔優勢的自爲四怯薛長的子孫，四怯薛長中，除去赤老温家，不知由於何故隱而不彰，其他三家，"錫之卷誓，慶賞延於世世，故朝廷議功選德必首三家焉"。[115] 所以子孫拔擢高位者極多。兹依《蒙兀兒史記》族表所列三家子孫官階列表於後。[116] 從下表可以看出，現在所知的三家子孫八十四人中，襲世爵（30%），及擔任三品以上官職（45.4%）幾佔總數之 75%（其中多有襲爵並兼任官職者），而擔任三品以下或未任官職，或經歷不詳者僅佔總人數的 30.9%。最值得注意的是位躋正一品者佔總人數的 15%。元代中書右丞相僅從一品，僅三公爲正一品。三家子孫不僅入仕極易，而且不少能位居極品，絕非他人所能比擬。

怯薛的執事官，如必闍赤、寶兒赤、速古兒赤等原都是世襲的職位。擔任這些職位者，往往也外調出任政府的官職。《元史·兵志》説：

> 其他預怯薛之職，而居禁近者，分冠服、弓矢，……之事。悉世守之。雖以才能受任，使服官政，貴盛之極，然一日歸之内廷，則執其事如故，至於子孫無改。非甚親信，不得預也。[117]

他們所出任的官職，雖不如四怯薛長子孫所擔任者崇高，但比來自普通官員家庭的一般怯薛歹的出處卻又高出不少。兹將《元史》中曾任必闍赤、寶兒赤和速古兒赤的初次出任官職的品階及最高品階略加統計如下表。至於曾任其他怯薛執事官者，因蒐集不易，暫時

---

[114] 《草木子》（光緒戊寅刻本）卷四下，《雜俎篇》，頁 17 下。

[115] 《國朝文類》卷二三，頁 9 下。

[116] 本表係根據《蒙兀兒史記》卷一五二，頁 17 下～18 下；卷一五三，頁 20 上～21 下；卷一五三，頁 25 下～29 上。

[117] 《元史》卷九九，頁 1 下及 2 上。

從略。[118] 故就《元史》所載出身怯薛執事的官員而言，初任官職多在三品至五品之間（十八人，佔總人數的69.2%）；最後多能躋身一至三品（二十一人，佔總人數的80.7%）。

---

[118] 本表係根據下列三表所作成。表中所列僅及於元世祖建立元朝後始初度膺任外官者。在此以前，官職未經系統化，無法比較品級，茲不列。

甲、必闍赤出任官職表

姓　　名	種族	初任官職		最高官職		資料來源
		官　名	品級	官　名	品級	
搠　思　監	怯烈	內八府宰相	正二	太　　保	正一	《元史》卷二〇五，頁33下
耶律希亮	契丹	符　寶　郎	正二	翰林承旨	從一	《元史》卷一八〇，頁3下~5上
昔　　班	畏吾	路達魯花赤	正三	中書右丞	正二	《元史》卷一三四，頁4下
立智理威	唐兀	路達魯花赤	正三	行省右丞	正二	《元史》卷一二〇，頁4下
高天錫	？	鷹房都總管	正三	兵部尚書	正三	《元史》卷一五三，頁6下
耶律驢馬	契丹	？	？	衛都指揮使	正三	《元史》卷一五〇，頁10下
斡羅思	康里	太府少監	從四	行省平章政事	從一	《元史》卷一三四，頁22上~23上
移剌元臣	契丹	千　　戶	從四	僉行樞密院事	從一	《元史》卷一四九，頁22上
阿的迷失帖木兒	？	州達魯花赤	從四	秘書太監	從三	《元史》卷一二四，頁6上
也先不花	怯烈	裕宗傅	從四	行省平章政事	從一	《元史》卷一三四，頁25下
唐　驥	畏吾	達魯花赤	？	達魯花赤	？	《元史》卷一三四，頁11上

乙、寶兒赤出任官階表

姓　　名	種族	初任官職		最高官職		資料來源
		官　名	品級	官　名	品級	
伯荅沙	蒙古	光祿少卿	從四	開府儀同三司	正一	《元史》卷一二四，頁15下
八　丹	畏吾	府達魯花赤	正四	中書右丞	正二	《元史》卷一三四，頁21上
瀾里吉思	蒙古	司農少卿	正四	行省左丞相	從一	《元史》卷一三四，頁20上
博羅普化	康里	府同知	從五	府同知	從五	《元史》卷一三四，頁22下
者燕不花	？	兵部郎中	從五	大司農丞	從三	《元史》卷一二三，頁17下
塔　海	合魯	中書直省令人	？	僉樞密院事	正三	《元史》卷一二二，頁7下
塔　出		千　　戶	從四	？	？	《元史》卷一二二，頁17下

丙、速古兒赤出任官階表

姓　　名	種族	初任官職		最高官職		資料來源
		官　名	品級	官　名	品級	
野仙溥化	蒙古	給事中	正四	中書右丞	正二	《元史》卷一三九，頁2上
自　當	蒙古	監察御史	正七	治書侍御史	從二	《元史》卷一四三，頁7下
博羅溥化	康里	翰林侍講學士	從二	府同知	從五	《元史》卷一三四，頁22下
亦力撒合	唐兀	提刑按察使	正三	行省左丞	正二	《元史》卷一二〇，頁3下
昂阿禿	唐兀	萬戶府達魯花赤	正三	萬戶府達魯花赤	正三	《元史》卷一二三，頁7下
暗　普	唐兀	千　　戶	從四	廉訪使	正三	《元史》卷一二三，頁7下
教　化	唐兀	千　　戶	從四	千　　戶	從四	《元史》卷一二三，頁17下
朴賽因不花	肅良合台	利器庫提點	從五	中書平章政事	從一	《元史》卷一九六，頁7上

必闍赤、寶兒赤、速古兒赤出任官品表

	正一	從一	正二	從二	正三	從三	正四	從四	正五	從五	其他	總數
初任官職	0	0	2	1	5	0	3	7	0	3	5	26
最高官職	2	5	5	2	5	2	0	1	1	1	2	26

　　一般的怯薛歹，如前文所述，多係高官子弟入質爲禿魯花者。元制：武職大體可世襲。因此，怯薛歹如係高級武官子弟，在擔任禿魯花之後，往往承襲父兄的官職。[119] 例如，滅里干（Mergen）初直宿衛，後襲父職爲萬戶；[120] 禿滿荅兒（Tümender），在留中宿衛之後，也襲兄職爲萬戶。[121] 文官雖不能世襲，卻可蔭一子孫入仕；而曾任怯薛歹者（"已當禿魯花"），蔭叙時，享有免儌使一年而徑受任命的特權。[122] 蔭叙的品級，雖有明確的規定，如正一品子孫叙正五品，從一品子孫叙從五品，以下類推。但如係"正蒙古人，若上位知識，根脚深重人員"，其蔭叙品級聽由皇帝自行決定，不受上列規定的限制。[123] 因此，出身蒙古權貴之門（即有大根脚）的怯薛歹，當有不少經帝王超格拔擢而進入宦途。前引姚燧所説，進入仕途的三條途徑之中，"由宿衛者，言出中禁，中書奉行制敕而已。"當即此意。

　　元代的征服社會是一個大體閉鎖的閥閱社會。怯薛歹大體出身閥閱世家，而且是帝王的"梯己奴婢"，成爲政治上的特權階級乃是很自然的事。

　　在經濟上，怯薛歹也享有特權。依成吉思汗的原制，怯薛歹是由原屬的千户、百户負責資助。忽必烈即位之初，顯然有意保存這一制度。1263 年詔令官員以子弟入質，特別規定：入質子弟須攜帶一定數額的馬、牛以及"種田人"，"若有貧乏不能自備者，於本萬戶內不該出禿魯花之人通行津濟起發"。[124] 這些入充宿衛的質子，須攜帶牛具及農夫，當仍有自行給養的義務。長期在農業地區中的

---

〔119〕關於元代武官的承襲制，看《元典章》卷八，頁 24 上～26 下，《通制條格》卷六，頁 16 上～21 下；《元史》卷九八，頁 2 上及 11 下；卷八二，頁 4 下。

〔120〕《元史》卷一五四，頁 7 下。

〔121〕《元史》卷一四九，頁 6 下。

〔122〕《元史》卷八三，頁 2 上，《通制條格》卷一三，頁 14 上。

〔123〕《通制條格》卷六，頁 11 上～13 上。

〔124〕《元史》卷九八，頁 5 下～6 上。

大都擔任宿衛，如欲求自給自足，經營農業，似爲唯一可行之法。
直至 1283 年，猶有將"權貴佔田土"，"悉以與怯薛歹等耕之"的
措施。[125] 而且，大都地區有不少人，每每推稱"俺是怯薛歹有更勾
當裏差出去了也"，而不納地稅。[126] 可見在元初，怯薛歹仍保持早
期自行給養的精神，經營農業。但是，至遲自 1281 年起，元室已開
始供給怯薛歹糧食。[127] 這可能是由於怯薛歹的農業經營並不成功，
不足以達成自給自足的目標，也可能由於在 1279 年平宋取得富庶的
南方以後，府庫較裕，元室有能力對此一倚恃甚殷的集團予以優渥
的待遇。1292 年，建立了怯薛歹的月廩制。[128] 顯然，自此以後，怯
薛歹在經濟上完全依靠政府的薪水。除去月廩之外，他們又常受到
其他的賞賜，馬可·波羅（Marco Polo）對怯薛的多彩多姿的描述
中，曾特別提及：忽必烈每年賞給一萬二千怯薛歹每人十三套奢華
長袍，以及其他"不可傳言地寶貴"的東西。[129] 怯薛歹所用的馬匹
及所需養馬的草料，也是由政府供給。[130]

對元室財政損傷最大者爲每年給予怯薛歹的額外賞賜。這種賞
賜後來成爲數額頗大的年賞（"歲賜錢"、"例鈔"）。[131] 每人所得在
20 到 80 錠之間。[132] 1311 年，賞賜怯薛共費鈔 240 205 錠。1329 年，
13 000 怯薛歹，每人得鈔 80 錠；[133] 共計則達 1 040 000 錠之巨。因
此，1342 年，主管財政的尚書省便曾請求增加紙幣及銅錢發行的數
額以應付怯薛的需要。[134] 大量平民投入怯薛及其附屬單位以避稅求
賞更損害了稅收，增加了支出。1324 年，張珪和宋文瓚在一奏議中
曾指出："一人收籍，一門蠲復。一歲所請衣馬芻糧，數十戶所徵
入，不足以給之。"[135] 總之，怯薛的優渥賞賜及其成爲逃稅的淵藪，

〔125〕《元史》卷一二，頁 15 下。
〔126〕《通制條格》卷一七，頁 1 上～1 下。
〔127〕《元史》卷一一，頁 15 上。
〔128〕《元史》卷一七，頁 3 下。
〔129〕A. C. Moule and P. Pelliot（ed. and tr.）. *Marco Polo. The Description of the World*（2 vols, London, 1935～38），I, 225～226.
〔130〕《元史》卷一七，頁 14 上；《通制條格》卷一五，頁 6 上～6 下。
〔131〕《元史》卷一三，6 下；卷一四，22 下～23 上；及卷二〇，頁 6 上。
〔132〕《元史》卷二四，頁 8 上，卷三三，頁 8 上，卷三五，頁 2 下及 27 下。
〔133〕《元史》卷三三，頁 8 下。
〔134〕《元史》卷二三，頁 15 上。
〔135〕《元史》卷一七五，頁 11 下。

使業已捉襟見肘的財政更加困難。

元代後期，怯薛歹的士氣和紀律都大形惡化。元季詩人張憲在《怯薛行》中描述一個"留守親戚尚書兒"的怯薛歹公然行劫而消遙法外的故事：

> 怯薛兒郎年十八，手中弓箭無虛發；黃昏偷出齊化門，大王莊前行劫奪。通州到城四十里，飛馬歸來門未啓；平明立在白玉墀，上直不曾誤寸晷。兩厢巡警不敢疑，留守親戚尚書兒；官軍但追馬上賊，星夜又差都指揮。都指揮，宜少止！不用移文捕新李，賊魁近在王城裏。[136]

散曲作者劉致也曾指出：

> 怯薛回家去，一個個欺凌親戚，眇視鄉里。[137]

怯薛歹又常倚恃在宮廷的地位，而任意干涉職責以外的政事。[138] 所以，元代的怯薛雖未曾像其他各朝宦官一樣構成嚴重的禍害。但是，他們所行所爲仍對國家的行政體系有所損害。怯薛的腐化，一方面是由於漢族平民的湧入，減低了它的貴族精神。另一方面是由於整個的官僚和貴族階級都日趨腐敗，而怯薛歹多是來自官僚和貴族家庭，他們的腐化乃是勢所必然的。成宗以後，不斷發生的宮廷權力鬥爭更加速了這腐化的過程。

四、漢唐式的禁衛軍——衛

忽必烈於 1260 年在中國自立爲可汗，同時也成爲中國的皇帝。此後，他採用了一系列的中國式的文武制度，衛軍便是其中的一種。衛軍的性質與帶有貴族性質並執行多種功能的怯薛全然不同。衛軍的衛士只是普通士兵；而各衛本身也不過是直屬中央政府的軍隊之一。僅在軍事方面，各衛取代了怯薛的功能。

忽必烈的建立衛軍，不僅是爲了符合中國的傳統，而且是迫於事實的需要。1259 年蒙哥汗意外地死於四川後，原有的怯薛是否歸於忽必烈麾下，已無法知曉。即使受他指揮，亦會有人數不足之感。

[136] 張憲《玉笥集》（粵雅堂叢書）卷三，頁 31 上。
[137] 楊朝英編《陽春白雪》（散曲叢刊）后，卷三，頁 9 下。
[138] 《元史》卷二二，頁 11 上、13 上；卷二三，頁 1 下；參看箭內亙《元朝怯薛考》，頁 258～260。

因爲，爲數一萬的怯薛，不足以充任中國帝王的禁軍。這種禁軍不僅需用以拱衛帝王，而且還需以平衡地方軍隊的勢力。而且，此時忽必烈正在與乃弟阿里不哥（Arigh Böke）作汗位的爭奪，仍處於戰爭狀態。蒙古軍的忠心似分裂於兩邊。漢軍各將雖支持忽必烈，但此時漢軍國家化尚未完成，他們的軍隊仍帶著私人軍隊的色彩，忽必烈自無法隨心所欲地加以運用。處於這種情勢，忽必烈不得不盡可能地從漢軍將領處抽調或徵募部分軍隊，爲他自己創立一支中央新軍。當時，忽必烈的漢人幕僚多主張中央集權，極力加以鼓吹。據姚燧說，最初提議建立衛軍者便是乃叔——自忽必烈潛邸時代已擔任其智囊的——姚樞。[139] 姚燧歸功於乃叔也許並非溢美，但是追從漢制，建立衛軍似爲忽必烈漢人顧問衆口無異辭的共同願望。[140]

衛軍的雛形於 1260 年即已形成。此年，忽必烈自各地軍隊中徵調六千五百人組成武衛。[141] 不久擴張至萬人，由史天澤舊部董文炳、李伯祐等擔任都指揮使，歸平章塔察兒統率，對抗阿里不哥，並象徵漢軍初步的國軍化。四年以後，易名爲侍衛親軍。1274 年，侍衛親軍分化爲三衛。1279 年，又吸收南宋舊軍續增二衛，形成"設五衛以象五方"的五衛。[142] 在元代後期，色目軍衛激增以前，這五衛一直是衛軍的核心，也成爲後來續置各衛的模型。忽必烈1294 年逝世時，已設立十二衛，到元末更增至三十四衛。[143]

和元代其他許多制度相似，衛軍建置上各種特色的來源甚爲龎雜。其中大多數皆稱爲衛，有兩單位稱爲率府，也有許多僅稱爲萬戶府而執行禁軍的任務，《元史·兵志》也列之於宿衛之下（爲行文方便，本文概稱之爲衛）。"衛"與"率府"兩名詞唐代同時使用，分別指皇帝及太子的衛隊而言。元代衛和率府的統帥都稱爲指揮使。[144] 唐代各衛的統帥稱將軍，而不稱都指揮使。都指揮使一名起於五代而爲宋代所襲用。所以，元代衛軍及統帥的名稱是沿襲唐宋

〔139〕 《牧庵集》（叢書集成）卷一五，頁 179。

〔140〕 參看：郝經《郝文忠集》（乾坤正氣集）卷一八，頁 15 下；胡祇遹《紫山大全集》（三怡堂叢書）卷一二，頁 6 下；卷二二，頁 31 上。

〔141〕 《元史》卷九九，頁 17 上下。

〔142〕 《元史》卷九九，頁 3 下。

〔143〕 見附錄。

〔144〕 《元史》卷九八，頁 1 下；卷九九，頁 1 上。

之舊的。但是，如果撇開這些名稱不談，則各衞的組織和唐宋衞軍的組織並無因襲關係，而和蒙古建制的萬戶的組織相同，元代各衞的下屬構成單位爲千戶、百戶和十戶，[145] 除去少數例外，各衞分別管轄八到十三千戶。[146] 都指揮使的階級爲正三品，與上萬戶相同。[147] 各衞建置下的人員也和萬戶下的相同。[148] 唐代衞與率府之下爲折衝府（領千人左右），而府之下則爲團（領三百人），隊（五十人），火（十人）。[149] 宋代的廂都指揮使下則有軍（2 500 人）、營（500 人）和都（100 人）。[150] 組織和元代的衞全然不同。所以，就組織而言，元代的衞軍不是沿襲唐宋制度，而是一般萬戶的中央化。

　　就整體而言，衞軍是一個多元種族的個體，而其中各種族的成員又能相互制衡。在元末的三十四衞中，十二衞是以色目人爲主而組成；五衞以蒙古人所組成。[151] 換言之，以非漢人（廣義的）所組成者佔三十四衞的一半。這一比例要比整個元代武裝部隊中非漢族軍所佔的分量大得多。由於元室必須屯駐大量蒙古軍於大都及南方之間的樞紐區域及其他幾個戰略上重要地區，自無法屯駐大量蒙古軍於京師。[152] 色目軍之集中於禁衞，可能半出於元室一貫的政策，半出於政局演變的結果。既無法集中蒙古於京師，代以色目軍，以之與衞軍中的漢軍單位相制衡，原是很自然的事。筆者尚未發現有以色目軍屯駐京師以外，擔任一般鎮戍工作的證據。在元代後期，色目各衞的急遽增加可由附錄二看出。色目各衞的膨脹和色目權臣如欽察族燕·鐵木兒（El Temür）、康里人哈麻等相繼當權有關。如1320 年代，燕·鐵木兒當權時，不僅欽察衞由一衞擴張至三衞，而且成立都督府，統率欽察各衞、哈剌魯（Qarlugh）以及若干蒙古軍單位。這些色目衞軍是元季政客在政爭中的資本，也是他們維持權勢的支柱，這在下面將詳加討論。把這些政治資本儘量擴張，原很自然。

---

[145]　《元史》卷八六，頁 4 上下。
[146]　見附錄。
[147]　《元典章》卷七，頁 4 上。
[148]　《元史》卷八六，頁 4 上下。
[149]　參看濱口重國《府兵制より新兵制へ》，頁 14。
[150]　《宋史》卷一九三，頁 11 上下。
[151]　見附錄。
[152]　蕭啓慶《元代的鎮戍制度》，頁 147 ~ 150。

　　各衛中的蒙古和色目軍士如何選擇而成，無法知道。漢族衛士
最初則顯然自一般軍隊中擇其精銳及物力富足者而組成。[153] 此外，
也有自平民中直接僉選的；在這種情形，僉選爲衛士者的資格，亦
較一般士兵爲高。在僉選爲衛士後，其家庭即成爲軍户，[154] 和普通
軍士並無不同。

　　衛士所負擔的義務，也和一般軍士相似。須自籌給養，和輪流
上番。漢軍衛士不僅須自 "備資裝"，而且須自籌每年夏間皇帝往上
都住夏時行軍所需用之馬及牛車。[155] 色目衛士則可能全由政府負責
補給，因爲色目軍不像漢軍户有贍軍地和貼軍户的支持。衛士上番
的時間則較一般軍士的戍期爲短。依 1283 年的規定，衛士每年分兩
批上番，各擔任九個月的宿衛工作，另有三個月可在家休息，[156] 和
一般軍士的戍期至少兩年以上者不同。這是由於衛士的主要任務不
出於大都及上都兩京區城，和一般軍士常須出戍遠地者不同。但在
衛士出戍邊區時，情形便和一般鎮戍軍一樣，常有久戍不得更代。
1315 年，仁宗出巡和林，便發現有 "衛士弊衣者，駐馬問之，對
曰：'戍守邊鎮十餘年，以故貧耳。[157]'" 總之，衛士的組成成分，
和一般軍士相似。雖然他們是軍士中的精銳，但和怯薛歹之來自一
特別的社會階級者不同。他們所負擔的義務也和一般軍士相似，不
像怯薛之享有種種特權。

　　衛軍雖不如怯薛那樣兼有多種政治的功能。但在軍事和經建方
面，也負有多重任務。第一，擔任防守兩京及其附近的地區。大多
數的衛軍皆駐守大都。而在上都，經常維持建制的則有虎賁衛。[158]
在大都與上都之間的長城線，則置有隆鎮衛，負責扼守各關口。[159]
而且，衛軍似不僅負責防守兩京本身。武衛置營於涿州，[160] 右衛置
營於永清。[161] 而在泰定四年，左、右翼蒙古侍衛都駐紮在河南省

〔153〕《元史》卷五，頁 12 下；卷一〇，頁 5 下；卷九九，頁 9 下。
〔154〕《元史》卷九九，頁 9 下～10 上。
〔155〕《元典章·新集·兵部》一上～八下；《元史》卷一七，頁 3 下。
〔156〕《元史》卷一二，頁 23 上。
〔157〕《元史》卷二六，頁 4 上。
〔158〕《元史》卷八六，頁 23 下～24 下；卷九九，頁 8 下。
〔159〕《元史》卷八六，頁 9 下～11 下；卷九九，頁 6 上～6 下。
〔160〕《道園學古錄》卷二三，頁 206。
〔161〕《通制條格》卷一九，頁 5 下～6 上。

（汴梁）直北，大概相當於冀南、豫北一帶。[162] 所以各衛軍負責防守的地區實包括腹裏接近大都的地區，即河北省及山西之大部分及上都附近，在東南與山東河北蒙古軍都萬戶府的防區相連，在西南與河南淮北蒙古軍都萬戶的防區相連，而在西方則與以奉元爲總部的陝西都萬戶府相接。北邊蒙古，亦常有衛軍屯戍。[163] 第二，各衛是元室的中央軍，對抗叛亂之宗室，或各省百姓之反叛，衛軍常出動征伐。元室對抗海都的武力便是欽察（Qimčagh）衛，[164] 征乃顔，諸衛漢軍和阿速衛都是主力。[165] 東征日本，五衛軍也曾出動。[166] 而元末討伐南方民衆的反叛，最初也是以衛軍爲武力，1351 年，御史大夫也先·帖木兒（Esen Temür）曾 "率諸衛兵十餘萬"，討伐劉福通，[167] 1354 年，右丞相脱脱（Toghtō）出師伐張士誠，雖然總率 "諸王諸省軍"，但似以阿速衛爲主力。[168] 直至各衛軍潰敗後，元室始募 "義兵" 以應難。所以，衛軍一直是元室中央的主要武力。第三，衛軍的另一功能爲屯田。屯田爲各衛之下所設屯田千戶所的主要任務。擁有一到二個屯田千戶所者共有十三個衛。每一屯田千戶所大約的有二千士兵，耕種約一千三百頃地。但在 1307 年以後，這些軍屯與民屯同趨於敗廢。[169] 第四，各衛軍是兩京地區的重要勞役單位。楊蓮生先生曾指出：我國歷代政府多以士兵從事公共工程的營繕。[170] 元代情形也是如此。武衛的主要職能便是 "掌修治城隍及京師內外工役之事"。[171] 其他各衛也常從事類似的工作。[172] 經常從事營建，難免不疏忽軍事訓練。早在忽必烈時代，胡祇遹已指出：衛士僅知做工而不知戰鬥。[173] 這種情形自然愈演愈烈。[174] 這可能也

〔162〕《元史》卷九九，頁 30 上～30 下。

〔163〕《元史》卷一六二，19 下。

〔164〕《道園學古錄》卷二三，頁 388～396。

〔165〕《元史》卷一六二，頁 8 上。

〔166〕《元史》卷一二，頁 14 上及 16 上。

〔167〕《元史》卷一三八，頁 29 上。權衡《庚申外史》（臺北，1968），二五。

〔168〕《元史》卷一三八，頁 30 上。

〔169〕《元史》卷九九，頁 6 下～29 上。

〔170〕楊蓮生先生 "Economic Aspects of Public Works in Imperial China," Excursions in Sinology（Cambridge，Mass，1969），191～248.

〔171〕《元史》卷九九，頁 4 上～4 下。

〔172〕《元史》卷一三，頁 13 下，卷一六，頁 4 下，卷二二，頁 20 下，卷六四，8 下及 17 下。

〔173〕《紫山大全集》卷二一，頁 2～1 上。

〔174〕《元史》卷一三，頁 11 上，卷三〇，頁 11 上；《國朝文類》卷一五，頁 8 上。

是必須增設新的衛軍單位的原因之一。

　　元代的衛軍，和我國歷代禁軍，以及羅馬帝國的 Praetoriae cohortes
一樣，難免不捲入宮廷政治的漩渦之中。由於衛軍是兩都地區唯有的
常備部隊，因而成爲政治野心家力圖掌握的對象。自十四世紀初，元
代政變不絕，成功者多賴衛軍爲後盾。1323 年，御史大夫鐵失(Te〔g〕
ši)發動政變，弑英宗碩德八剌和丞相拜住(Baiju)，而擁立泰定帝也
孫·鐵木兒(Yesün Temür)。鐵失這次政變成功的原因之一便是"以
所領阿速衛兵爲外應"。[175] 1328 年，泰定帝死後，武宗海山的舊臣欽察
人燕·鐵木兒(El Temür)先後擁立武宗之子和世瓎(Qušila，即後來之明
宗)和圖·帖睦爾(Tu〔gh〕Temür，即文宗)，擊敗回回人倒剌沙(Daula
Ša)所支持的泰定帝之子阿速吉八(Arigiba?)的上都派。燕·鐵木兒成
功，便是由於他"時總環衛事"，[176] 而以衛軍爲主要武力憑藉。

　　由於衛軍在政治危機中具有舉足輕重的力量，元代中後期的權
臣多極力掌握衛軍。雖然格於朝廷的大法，他們無法自爲帝王，但
一旦擁有大量衛軍在手，則退可保持權位，進可廢立帝王。1325 年，
中書參知政事塔不台便曾指出："大臣兼領軍務，前古所無，鐵失以
御史大夫，也先·帖木兒 (Esen Temür) 以知樞密院事，皆領衛兵，
如虎添翼，故成其逆謀，今軍衛之職，乞弗以大臣領之。庶勳舊之
家，得以保全。"[177] 但是，這時的泰定帝及他的繼承人已無力剝奪
權臣的統帥權。1328 到 1332 年間控制元廷的燕·鐵木兒便握有六個
衛軍，其中三衛都是以和他同種欽察人所組成。1329 年，甚至設立
"大都督府"來統率他手下的各衛，儼然與最高軍事機構樞密院分庭
抗禮。[178] 順帝初年當權的伯顏 (Bayan) 也擁有七衛的都指揮使或
達魯花赤的頭銜。[179] 繼他而起的脫脫 (Toghtō) 也統有四衛之

---

〔175〕《元史》卷二八，頁 16 下～17 上，卷二〇七，頁 2 下。
〔176〕《元史》卷一三八，頁 6 下～12 下；馮承鈞《元代的幾個南家臺》(《輔仁學志》4：2
　　　〔1934〕，1～38)一文中，認爲此次政變爲蒙元朝廷中欽察派(燕·鐵木兒所領導)與回
　　　回派(倒剌沙所領導)間的鬥爭，結果欽察人得勢。
〔177〕《元史》卷二九，頁 23 下。
〔178〕《元史》卷一三八，頁 12 下。
〔179〕楊瑀《山居新話》 (知不足齋叢書，頁 21 下～22 上。此書有傅海波 (Herbert
　　　Franke) 的德譯本，Beiträge Zur Kulturgeschichte Chinas unter der Mongolenherschaft，Das
　　　Shan-kü sin-hua des Yang Yü (Ahhandlungen für die Khunde des Morgenlandes，XXX
　　　11. 2. Wiesbaden，1956)，此段見頁 71～73。

多。[180] 這時的禁軍已是名存實亡，不過是權臣操縱朝政的工具而已。

五、結　論

宿衛制度是先近代以前諸帝國所通有的措施。元代的宿衛則代表征服王朝下的一種特殊形態。它是由兩個來源不同、性質互異的單位所組成。一是草原遊牧社會統治者所特有的怯薛；另一是中國歷代帝王所通有的衛軍。

怯薛原爲成吉思汗手創的蒙古帝國兩大支柱之一（另一爲千戶制度）。它原是由遊牧主的“伴當”演變而來。“伴當”是氏族社會衰落過程中產生出來的遊離分子，服屬於遊牧主個人，是他的“梯己奴婢”，在古來盛行氏族共產制的遊牧社會是一種新現象。如一遊牧主勢力龐大，常將其伴當組成衛隊，而與屬於全氏族的氏族軍相別。成吉思汗初度組織怯薛是在 1189 年左右被推爲蒙古本部可汗時，以後經過 1203 年一度擴大，至 1206 年蒙古帝國成立時，已擴大至一萬人。在蒙古帝國的過程中，成吉思汗的“體己奴婢”—與“怯薛”—貢獻至大，可説是成吉思汗達成霸權，和絕對化其權力的重要工具。

怯薛在蒙古帝國的政治組織中，佔有核心的地位。它不僅是皇家的衛隊，家務機構和帝國的中央軍，同時也是主要的中央行政機構，此外又兼具質子營和軍官學校的性質。1206 年成吉思汗將其以前的伴當和怯薛外任爲千戶、百戶以後，爲了阻止他們的忠心因空間距離擴大而弱化，於是有系統地從千戶、百戶等遊牧封建主索取子弟爲質，置於怯薛之中。蒙古的政體原是一種絕對專制與遊牧封建制相融合的結構。[181] 成吉思汗的能够在封建架構之上，保持絕對（或近乎）的君權，以怯薛的組織有系統地徵取質子可能是一重要因素。這些服役於怯薛的質子，以可汗的“梯己的護衛”的身份享有甚大特權，而且往往被用爲擔當方面之任。蒙古帝國原是成吉思汗家族的家產，和成吉思汗及其繼承人有私的主從關係者受到優遇和重用原是自然的事情。

忽必烈建立元朝以後，大體上恢復了中國的政治組織，政府官員

---

〔180〕 《元史》卷一三八，頁 26 下。
〔181〕 關於蒙古政體中的專制成分，參看：Lawrence Krader, op. cit., pp. 98 ~ 99。

（尤其文官）業已官僚化。蒙古舊制或被調整以求配合，或完全被漢式機構所取代；怯薛自不例外，但在所有蒙古機構中，怯薛可說是保存原來面目最多。一方面，中國式行政及軍事機構的設立無疑削弱了怯薛的若干權力——怯薛不再是正式的中央行政機構，它的"大中軍"的功能爲衛軍所取代，處理皇家家務的權力也由許多的宮廷機構式分享。但是，另一方面，怯薛卻未成爲中國式政府的一部分，而是超乎它而存在，而且從未官僚化——仍然保留相當大的政治權力，參與決策，類似中國的內朝。怯薛的組成成分，仍是貴族性的，不僅怯薛長和各執事官仍爲世襲，而一般的怯薛歹也是由三品以上官員的子弟以選充"禿魯花"的方式充任。他們雖未擁有品級和散官，從中國制度而言，是一種白身平民，但由於是可汗的"梯己奴婢"，享受種種普通官員所不能享有的特權。在經濟上，怯薛歹按例可得到甚爲優渥之賞賜，構成國家財政的沉重負擔。在政治上，怯薛長及執事官憑藉著"根脚深重"，往往驟列高官，而一般以質子進入宿衛的怯薛歹在入仕上也享有優待。總之，怯薛是一存在於元政府官僚制之上的蒙漢色目統治階層的核心組織，不受官僚制的束縛，卻有權參與甚至支配政府的運作。在元代中期以後，乃成爲各色人等鑽營的對象，大量漢族平民的滲入怯薛，無疑威脅了怯薛中蒙、漢、色目貴族子弟的認同和它的貴族精神。同時，由於整個官僚及貴族階級都日趨腐敗，怯薛的日益腐化乃是無可避免的。

衛軍則是全然不同於怯薛的另一宿衛組織。它是在忽必烈成爲中國式專制帝王以後，因襲中國中央軍事集權——"居重馭輕"——的傳統，同時爲保持專制君主尊嚴而設置的。衛軍的編制雖源於蒙古舊制的萬戶制，但其設置的構想、名稱及官職都是來自唐宋。衛軍軍士的成分及其待遇皆和普通士兵不同，而與怯薛歹之來自高官家庭，享受種種特權者亦毫不相似。衛軍的主要功能是在作爲平衡地方武力，不像怯薛之兼有多種政治功能。元代後期，政爭頻仍，原來作爲皇權干城的衛軍，已轉變爲權臣廢立帝王，操縱朝臣的工具。怯薛的衰敗象徵著蒙古統治集團的頹廢，而衛軍的變質則顯示元代帝王已無法維持中國式專制帝王的絕對權力。

元代的宿衛之由怯薛與衛軍等兩個不同成分所組成，反映了元的征服王朝的性格，一爲征服政權所原有，另一爲適應被征服社會的需要而恢復的當地傳統制度。它同時也反映了元朝的雙重性格：
一方面爲繼承唐宋帝業的絕對君主，另一方面爲蒙古帝國的共主，
黃金氏族的最高主宰。後來，明代大體上承襲了元代的衛軍制度，
甚至整個的兵制，卻未因襲怯薛制度。[182] 這無疑由於兩個政權的起
源與性質不同的緣故。

※ 本文原載《國立政治大學邊政研究所年報》第 4 期，1973 年。
※ 蕭啓慶，美國哈佛大學博士，中央研究院院士、清華大學歷史研究所講座教
　 授。

---

[182]　關於元明衛軍的因襲關係，參看：Romeyn Taylor, "Yüan Origins of the Wei-so System,"
　　　 C. Hucker (ed.), *Chinese Government in Ming Times* (New York, 1969)，頁 24～40。

附錄：元代衛軍組成表

名稱	建立年代	上司機構	主要種戌成份	組成單位 一般千戶	組成單位 屯田千戶	備考
右衛	1271	樞密院	漢人	十一	三	原由武衛軍（建於1260）分組
左衛	1271	同上	同上	十一	三	同上
中衛	1271	同上	同上	十一	三	同上
前衛	1279	同上	同上	十一	三	同上
後衛	1279	同上	同上	十一	三	同上
武衛	1289	同上	同上	七	六	
唐兀衛	1281	同上	唐兀	九	○	
貴赤衛	1287	同上	?	八	○	
哈剌魯萬戶府	1287	大都督府（1329以後）	哈剌魯	三	二	由五投下探馬赤馬總管演變而來（1292）
左都威衛	1294	儲政院	漢人	二	一	
右都威衛	1294	同上	蒙古	五	○	
西域親軍	1295	樞密院	色目	十三	○	由虎賁軍改立（1279）
虎賁親軍	1295	同上	漢人	六	○	
左翊蒙古侍衛	1303	同上	蒙古	七	○	蒙古侍衛總管府分立而來（1281）
右翊蒙古侍衛	1303	同上	蒙古	十二	○	同上
衛侯直	1307	徽政院	?	○	○	
左衛率府	1308	儲政院	漢人	十一	三	由阿速拔都達魯赤演變而來（1272）
右衛率府	1308	同上	?	五	/	同上
康禮衛	1308	樞密院	康里	?	?	

名　稱	建立年代	上司機構	主要種戍成份	組成單位		備　考
				一般千戶	屯田千戶	
左阿速衛	1309	樞密院	阿　速	十五	○	
右阿速衛	1309	同　上	阿　速	九	○	
鎮守海口侍衛	1309	同　上	漢人,康里	?	?	
隆　鎮　衛	1312	同　上	欽察,唐兀,阿速,哈剌魯,漢人	十一	○	由屯田萬戶府演變而來(1292)
忠　翊　侍　衛	1321	同　上	漢　人	二三	三	
宗　仁　衛	1322	樞密院	蒙　古	十	三	
右　欽　察　衛	1322	大都督府(自1329起)	欽　察	十八	二	自欽察衛(原設於 1286)分立而來
左　欽　察　衛	1322	同　上	同　上	十一	一	同　上
龍　翊　侍　衛	1328	同　上	同　上	九	一	
宣忠斡羅斯衛	1330	同　上	斡羅斯	?	?	
東路蒙古侍衛	1331	同　上	蒙　古	?	?	
威武阿速侍衛	1334	同　上	阿　速	?	?	
宣　鎮　侍　衛	1337	樞密院	?	?	?	
女直侍衛親軍	?	同　上	女直	?	?	
高麗女直演軍萬戶府	?	同　上	女直	?	?	
直侍衛女直演軍親軍萬戶府				?	?	

上表係根據《元史》卷九九,頁 3 下~8 下;卷八六,頁 3 下~27 上;卷八八,頁 7 上~9 上。

明代江西衛所軍役的演變

于志嘉

一、前　言

明襲元制，以世襲軍戶制度維持軍役之達成。軍役的最大功能本在維護國家免於內憂外患，如果軍役的內容發生質變，國家的安全就有可能受到影響。明代軍人分屬於廣設各地的衛所，其中江西地區因爲納入朱元璋版圖的時間甚早，江西衛所的設置早在洪武初年已規模粗具，因此江西衛軍對明初大一統的事業極具貢獻。然而，統一以後的江西受限於腹裏的位置，衛所軍役內容逐漸變質，衛軍的功能也相應起了變化。另一方面，明初軍役本是正軍的負擔，正軍戶下其餘人丁只有幫貼正軍、繼承軍役之責。其後受到衛軍逃亡故絕的影響，當衛軍人數不足以充役時，在營餘丁便成爲承擔軍役的最佳人選。而明代軍戶依規定不可分戶，亦導致同戶下餘丁往往分佈於衛所、原籍，乃至於以“寄籍”名義居住在衛所附近的州縣。他們與正軍在軍役的承擔上，分別扮演了不同的角色。筆者曾撰文討論原籍餘丁的軍役任務，[1] 本文的重點則集中在衛所，主要目的在探討明代衛所軍役的演變，兼及在衛正軍與餘丁的角色分擔，藉以明瞭明代衛所軍的功能。又因爲明代衛所軍役的內容因時因地有很大的不同，因此以江西地區爲例，以區域研究的方式作較細緻的分析。除了介紹江西軍役由簡至繁、由正軍供役擴大至餘丁亦需充役的發展過程外，對於江西衛所爲紓解軍戶負擔，企圖以一條鞭法進行改革的努力亦試作檢討。在開始此一研究之前，曾先就江西衛所的設置狀況進行瞭解，[2] 對於方志中殘留有較多資料的軍屯與漕運兩大項軍役負擔實況，則擬分別撰文加以介紹。[3]

---

〔1〕　參見于志嘉《試論族譜中所見的明代軍戶》。
〔2〕　參見于志嘉《明代江西兵制的演變》，江西衛所分佈情形參見該文頁 1003 附圖 1。
〔3〕　軍屯方面參照于志嘉《明代江西衛所的屯田》，漕運問題則擬與清代的發展一併討論。

二、明代江西衛所軍役的内容

明代江西地方共設有四衛十一千户所一百户所。其中，除九江衛係直隸前府之衛外，均屬江西都指揮使司所轄。江西都司隸前軍都督府，因地居腹裏，所轄衛所之軍役任務與邊防或海防地區之衛所宜有所不同。根據嘉靖《江西通志》及萬曆《江西省大志》的記載，江西衛軍的主要任務可大別爲三種，是即操練、屯種與漕運。各軍種的人數隨時間之不同略有變動，上引二書所載數字分見附表一與附表二。

附表一：嘉靖《江西通志》所載各衛所旗軍舍餘數及承運漕船數表

	旗軍舍餘共(D)	操練旗軍舍餘(A)	屯種旗軍舍餘(B)	運軍(C)	(A+B+C)	漕船	出　　處
九江衛	9891	3800	4448	1616	9864	156	14：21b～22a
南昌衛	4037	986	2909	2336	6231	212	4：22a
袁州衛	2906	327	790	1384	2501	120	32：23a～b
贛州衛	4787	1344	2769	674	4787	60	34：25b～26a
吉安所	2286	580	314	1152	2046	62	24：29a～b
安福所	2550	220	320	655	1195	62	24：29a～b
永新所	1569	434	282	410	1126	37	24：29a～b
會昌所	1345	586	759		1345		34：25b～26a
信豐所	1638	741	897		1638		34：25b～26a
南安所	1206	670	529		1199		36：22a
饒州所	3752	1269	800	807	2876	67	8：23b～24a
撫州所	2196	317	805	782	1904	66	18：27b～28a
建昌所	1242	331	256	530	1117	47	16：31b
廣信所	2157	503	755	504	1762	51	10：19b
鉛山所	965	687	274	504	1465	46	10：19b
都司	32028 (32636)	7995 (8995)	12359 (12459)	9733 (9738)	31192	866 (830)	1：15a～16a
總計	42527	12795	16907	11354	41056	986	

附表二:萬曆《江西省大志》所載各衛所官旗軍舍餘人數表

	食糧官 (D)	操守旗軍(A)	運糧旗軍(C)	餘丁 (E)	把關旗軍(F)	紀錄老幼(G)	屯種軍舍(B)	小計 (A+B+C+D+E+F+G)
南昌衛	46	1443	2336	195		38	4194	8252
袁州衛	38	336	812	674			790	2650
贛州衛	56	879	625	682		40	2765	5047
吉安所	16	818	1150	966		26	314	3290
安福所	10	554	655	6			550	1775
永新所	16	500	426	103		19	597	1661
會昌所	10	518		200		14	761	1503
信豐所	12	600		90		3	678	1383
南安所	12	353		203		28	553	1149
饒州所	23	446	807	78		12	800	2166
撫州所	17	389	781	103			?	1290 + ?
建昌所	20	585	530	72			356	1563
廣信所	17	773	563	81		59	756	2249
鉛山所	14	445	506	1069	36	9	730	2809
總計	307	8639	9191	4522	36	248	13844	36787 + ?

* 資料來源:萬曆《江西省大志·實書》5: 1b～5a。

附表中的數字理論上應代表成書時的實在數字,但萬曆《江西省大志》中有關衛所軍人數的記載分作兩欄,二者似乎出自不同來源。其中"屯種軍舍"一項係與有關軍屯畝數、籽粒數的記錄併作一欄,根據筆者的考證,很可能是弘治十六年江西軍屯進行大規模清丈後留下的數字。[4] 另外,附表一中的數字也很不精確,大部分衛所的A、B、C三項和並不都等於D,有些差距還非常大,這種錯誤就不能以單純的計算疏失來解釋。以鉛山所為例,A+B+C(＝1465)與D(965)的差距達500之多,而據嘉靖《鉛山縣志·城池·武備

---

[4] 參見于志嘉《明代江西衛所的屯田》,頁682。

附》，965 應爲嘉靖間"實在正幼官旗（軍）"數，附表一的 A、B、C 三項數字皆包括旗軍、舍餘，其總數自然大於正幼官旗軍數。更有甚者，如果將嘉靖《鉛山縣志》的數字與附表一詳細比對，可以發現《通志》作者在數字的選取上顯得非常隨心所欲。《鉛山縣志》所載嘉靖間鉛山所官旗軍舍餘人數詳下文，以運糧官旗舍餘爲例，相關數字爲管運千户 1 員、百户 2 員、總旗 9 名、小旗 16 名、軍人 477 名、餘丁 131 名，總計 636 員名；附表一謂嘉靖間鉛山所運軍人數爲 504 名，只計入了《鉛山縣志》所列百户、總、小旗以至軍人等項，千户與餘丁二項則被略去不計。操軍方面《鉛山縣志》載有管操千户 1 員、操練百户 6 員、總旗 15 名、小旗 56 名、軍人 250 名、舍人 70 名、餘丁 290 名，總計 688 員名，附表一僅略去管操千户 1 員未記。屯軍部分《鉛山縣志》載有管屯千户 1 員、屯田舍人 7 名與餘丁 267 名，附表一的 274 名也僅略去管屯千户 1 員未記。附表一更略去操軍、屯軍與運軍之外的其他軍種，因此其總數與嘉靖間鉛山所實際服役官軍舍餘人數 2530 的差距甚至超過 1000。由鉛山所的例子也可知道，明代江西衛所軍役實不只三種，《通志》所載缺漏極大。以下即按時代先後，列舉方志中所見江西各衛所軍役種類及人數，作爲討論之基礎。

首先是撫州所。據弘治《撫州府志》卷一六《職制·禄秩》，弘治間撫州所實在旗軍 1091 名，計分爲：1. 見操旗軍 253 名、2. 巡捕旗軍 43 名、3. 運糧旗軍 605 名、4. 守門旗軍 48 名、5. 局匠旗軍 55 名、6. 措料軍人 4 名、7. 養馬軍人 20 名、8. 解册旗軍 2 名、9. 紀録旗軍 7 名、10. 實屯旗軍 54 名等 10 項。撫州所屯田原額 805 分，[5] 弘治時實屯旗軍僅 54 名，其餘屯田應由舍餘或佃户承種。

其次是建昌所。正德《建昌府志》卷八《武備·軍政考格》内載建昌所軍職計有：1. 掌印 1 員、2. 簽書 1 員、3. 管操 1 員、4. 巡捕 1 員、5. 管運 3 員、6. 管屯 1 員；軍役則有：1. 操軍餘丁共 331 名、2. 馬軍 10 名、3. 應捕軍 10 名、餘丁 5 名、4. 運糧旗軍 530 名、5. 屯田軍舍餘丁 356 名等項。建昌所正德間屯田計有 466 分，其中 356 分由軍舍餘屯種，另有 110 分由民户承種。[6] 而馬軍亦可

---

〔5〕 參見康熙《撫州府志》卷一三《兵衛考》，頁 4a。
〔6〕 參見于志嘉《明代江西衛所的屯田》，頁 695～701。

算入操軍項下，因此正德間建昌所軍基本上分作四個軍種，分由管操、巡捕、管運、管屯官管轄。

嘉靖間的資料共有三筆。最詳盡的一筆見於嘉靖《鉛山縣志》卷一《城池·武備附》。所載鉛山所嘉靖間實在正幼官旗數爲：正千户3員、副千户5員、所鎮撫1員、百户8員、總旗25名、小旗76名、軍人833名、紀錄幼軍14名，共正幼官旗965員名。同卷《軍政考格》詳列該所軍職，計有：1. 掌印千户1員、2. 僉書千户1員、3. 管操千户1員、操練百户6員、4. 管屯千户1員、5. 管運千户1員、百户2員、6. 巡捕千户1員。軍役則有：1. 操練：計有總旗15名、小旗56名、軍人250名、舍人70名、餘丁290名、2. 屯田：舍人7名、餘丁267名、3. 運糧：總旗9名、小旗16名、軍人477名、餘丁131名、4. 巡捕：總旗1名、小旗2名、軍人22名、餘丁18名、5. 成造軍器：小旗1名、軍人46名、餘丁5名、6. 守隘：小旗3名、軍人11名、舍人22名、餘丁89名、7. 公差等項官旗533名、8. 守把門軍29名、9. 看養騎採馬匹軍人2名、10. 火藥匠軍人2名、11. 看監守造册等項軍餘19名、12. 辦料餘丁57名、13. 辦脯餘丁66名，總計2530員名。由《軍政考格》所載軍職職名可知，嘉靖間鉛山所的軍役種類雖多，但主要軍種仍爲操、運、屯、捕四項。而嘉靖《廣信府志》卷九《職官志·兵防·軍政》謂鉛山所見在官旗軍舍餘共2322員名，其下所列各軍種人數與縣志所載大致相符。由於嘉靖《鉛山縣志》所載詳列各軍種中軍、旗、舍、餘人數，最能反應當時衛所内軍役分擔的情形，這條史料的價值也就特別珍貴。各項數字透露的信息包括：

1. 鉛山所屯田原額爲229頃，以每分30畝計，應有七百六十餘分。[7] 嘉靖間參與屯田的僅有舍人7名、餘丁267名，可見屯田一役絕大部分已由佃户充任，舍餘屯種的比例僅佔全體的三分之一，正軍則完全不參與。

2. 正軍參與的軍役主要是操練、運糧、巡捕、成造軍器與守隘等項，833名中有806名即用以分充以上各役。至於公差以下各役則幾乎全由舍餘負擔。

---

[7] 參見嘉靖《廣信府志》卷五《食貨志·屯田》，頁14a。

3. 即使是操練、運糧、巡捕、成造軍器與守隘等項軍役，以舍人餘丁充任的比例也不低。顯示出明代中期衛所中舍人餘丁的角色重要，除被用於各項雜差外，亦有不少被用以擔當與正軍相同的任務。明初以正軍充役、餘丁幫貼的限制已不復存在。

第二筆資料見嘉靖《廣信府志》卷九《職官志·兵防·軍政》。所載廣信所見在官旗軍舍餘人數爲正千户 3 員、副千户 6 員、所鎮撫 1 員、百户 10 員、冠帶總旗 1 員、總旗 15 名、小旗 45 名、軍人 426 名、舍人 199 名、餘丁 1447 名。同卷《軍政考格》則謂該所軍職有掌印千户 1 員、僉書千户 1 員、管操千户 1 員、管運千户 1 員、管運百户 2 員、管軍器局千户 1 員、管馬千户 1 員、巡捕千户 1 員、管屯千户 1 員。與建昌、鉛山二所相較，多了管軍器局及管馬二職，顯示此二役在廣信所的地位似較重要。軍役則有：1. 操練官旗軍餘丁 500 員名、2. 運糧旗軍 565 員名、3. 成造軍器旗軍 50 名、4. 養馬軍人 23 名、5. 應捕軍餘 16 名、6. 屯種軍舍餘丁 756 名、7. 守把門鋪餘丁 195 名、8. 看守書辦直更軍人 19 名、9. 看守倉庫監餘丁 14 名，總計 2148 員名。由於正軍人數僅 426 名，比對鉛山所的情形，可以推斷廣信所的“屯種軍舍餘丁”，大概也全數是舍人餘丁，並無正軍在內；而操練以下各項，應也都是由軍、舍、餘分任，舍、餘的比例甚至大於正軍。可以説，到了這個時期，正軍、舍、餘的區分已沒有多大意義，“衛所軍户”內的所有人丁都是衛所役使的對象。

第三筆見於嘉靖《九江府志》卷八《職官志·兵防·軍政考格》。所載九江衛軍職爲：1. 掌印指揮 1 員、掌印千户 6 員、掌印百户舊 58 員今減三之一，2. 僉書指揮 2 員、3. 管屯指揮 1 員、管屯千百户舊 6 員今革，4. 管操指揮 1 員、5. 管造軍器指揮 1 員、6. 管運指揮 1 員、管運千百户 6 員、7. 巡捕指揮 3 員（巡湖 1、巡江 2）。軍役則有：1. 屯種軍舍餘 4488 名、2. 在場操練軍舍餘丁 1837 名、3. 造器械軍 53 名、4. 運糧軍餘 1716 名、5. 巡捕軍餘 34 名、6. 守門禁軍 100 名、7. 巡城守鋪軍餘 108 名。同《軍政考格》又謂“九江衛指揮、千户、百户、鎮撫并軍、舍、餘丁實數”爲原額 6496 員名，見在 3772 員名。後者計包括指揮使 5 員、指揮同知 2 員、指揮僉事 7 員、正千户 12 員、副千户 14 員、衛鎮撫 1 員、所鎮撫 4 員、百户 26 員、總小旗軍 2135 名、舍人 407 名及餘丁 1158 名，總計 3771 員名，誤差只有 1 員名。但上舉諸軍役中僅屯

種軍舍餘一項人數已超出此數甚多,操練軍以下各項人數和亦達 3848
之譜,略多於總小旗軍、舍人、餘丁的總數 3700 名。屯種軍舍餘一項
比照鉛山所的例子,可能是因爲屯種者絕大多數爲佃户,《軍政考格》
所列額數僅代表當時所存屯田分數,實際上由舍餘承種者極有限;這
由當時管屯千、百户俱已革除,只剩下管屯指揮一員負責徵糧事務一
點也可窺知。而 6、7 兩項本屬雜差性質,在軍餘人數較多的鉛山、廣
信二所,因有足夠人數可以充任,故可保持各司其職的形態;九江衛則
因軍餘人數過低,用以充任各項主要軍役已有不足,故採取由正役者
下班時輪充的形式,《軍政考格》雖列其額數,但實際上並不佔缺,致有
總數不符的情形。這個推測有相當程度吻合了明初衛所雜役需由正
軍輪充的規定(詳下文),唯此時負擔正役者已不限於正軍,所有舍餘
皆需應役。

上述各條經整理後可得附表三。

附表三: 明代中期江西各衛所軍役比較表

撫州所	建昌所	鉛山所	廣信所	九江衛
見操旗軍 253 名	操軍餘丁共 331 名　馬軍 10 名	操練總旗 15 名 小旗 56 名 軍人 250 名 舍人 70 名 餘丁 290 名	操練官旗軍餘丁 500 員名	在場操練軍舍餘丁 1837 名
巡捕旗軍 43 名	應捕軍 10 名 餘丁 5 名	巡捕總旗 1 名 小旗 2 名 軍人 22 名 餘丁 18 名	應捕軍餘 16 名	巡捕軍餘 34 名
運糧旗軍 605 名	運糧旗軍 530 名	運糧總旗 9 名 小旗 16 名 軍人 477 名 餘丁 131 名	運糧旗軍 565 員名	運糧軍餘 1716 名
實屯旗軍 54 名	屯田軍舍餘丁 356 名	屯田舍人 7 名 餘丁 267 名	屯種軍舍餘丁 756 名	屯種軍舍餘 4488 名
局匠旗軍 55 名		成造軍器小旗 1 名 軍人 46 名 餘丁 5 名 火藥匠軍人 2 名	成造軍器旗軍 50 名	造器械軍 53 名

養馬軍人 20 名		看養騎採馬匹軍人 2 名	養馬軍人 23 名	
		守臨小旗 3 名 軍人 11 名 舍人 22 名 餘丁 89 名		
措料軍人 4 名		辦料餘丁 57 名 辦脯餘丁 66 名		
		公差等項官旗 533 名		
守門旗軍 48 名		守把門軍 29 名	守把門鋪餘丁 195 名	守門禁軍 100 名 巡城守鋪軍餘 108 名
解册旗軍 2 名		看監守造册等項軍餘 19 名	看守書辦直更軍人 19 名 看守倉庫監餘丁 14 名	
紀錄旗軍 7 名				
實在 1091 名	合計 1242 名	總計 2530 員名	總計 2148 員名	見在 3772 員名

　　表中所列諸數字至少凸顯出以下幾個問題。第一：操、屯、運、捕等項主要軍役成立的時間先後不同，衛所軍在面臨新的軍役時如何分擔職務？第二：其他各項雜差究竟是如何產生的？第三：以舍人餘丁參與軍役始於何時？第四：參與軍役的舍人餘丁，待遇是否與正軍相同？次節即就此數點加以討論。

三、衛所軍役的增加與舍餘之參與軍役

　　明代江西地區各衛所設置情形詳見于志嘉《明代江西兵制的演變》。值得注意的是，江西衛所設置的時間雖大致分佈於兩個時段，是即乙巳年（1365）到洪武二年（1369）之間，與洪武十七年到洪武二十二年之間；但在元至正二十五年到洪武二年之間，絕大部分的衛所已經成立，或雛形粗具。可以確定成立於這個時段的衛所有

永新所（乙巳）、袁州衛、撫州衛（以上丙午）、安福所（吳元年）、
建昌衛（洪武元年置，二年改爲所）、廣信所、鉛山所（以上洪武元
年）、吉安衛（洪武二年置，洪武二十六年省）等。另外如臨江
（初設臨江所，洪武二十六年改爲吉安所）、饒州（置有饒州所）二
地，乙巳年時已派有千戶駐守；南昌衛（正德十六年併南昌前、左
二衛爲南昌衛。其中南昌左衛置於洪武八年，前衛設於洪武十九
年）、贛州衛（洪武五年置）與南安所（洪武二十二年置）亦早在
吳元年即已存在，後雖一度遭到裁撤，不久又再重設。這些衛所於
設置時吸收了不少原割據者的兵力，但也因肩負了攻城略地的任務，
兵力的流動量不小，衛所的規模並不穩定。如袁州衛，丙午年初設
時有十二所，吳元年因被派至福建征討，此後大部分衛軍即留在福
建。洪武三年時僅餘一所千人，四年，"籍兵士之餘丁義屬者爲兵"，
"閱其壯勇者二千人"，"併舊兵分爲左、右、中三千戶所"。十三年
又罷南昌衛，"以其將士置袁州衛指揮使司"，袁州衛一衛五所的體
制至此始完成。[8] 袁州衛開始屯田的時間雖甚早，但洪武間實際狀
況不明，[9] 明初江西衛所軍人仍應以操練征守爲最大任務。[10] 江西
軍屯的全面普及要等到永樂二年才得以實現。

　　屯田的目的在使衛軍能够自給自足，同時也是承平時維持大量
軍力的良法。因此除明初有些地方是以"且耕且戰"的方式屯田，
其操、屯軍劃分方法不詳外，[11] 大多數的衛所都是一開始就採用
屯、操軍各司其職的模式。江西地居腹裏，屯軍比例原則上可達十
分之八。然而受限於各地土地所有的現况，明初除九江衛及南安所

---

〔8〕　參見于志嘉《明代江西兵制的演變》，頁 997～1014。

〔9〕　正德《袁州府誌》卷一四《藝文·譚九齡·重建衛碑記》，頁 58b～61b 謂袁州衛於
設置左、右、中三所後即"立屯田"，譚九齡此記作於洪武十三年以前，故袁州衛
屯田初設時間應相當早，但要到永樂二年始全面拓展。參見于志嘉《明代江西衛所
的屯田》，頁 669。

〔10〕　洪武間以江西軍人出征調守的例子另見於《明太祖實錄》卷一七，頁 1a，乙巳年五
月辛酉條：以廣信、撫州、建昌兵規取八閩；同書卷一四三，頁 8b，洪武十五年三
月丁丑條："以雲南既平，留江西、浙江、湖廣、河南、四川都司兵守之，控制要
害。"同書卷二三八，頁 4a，洪武二十八年五月乙巳條："詔發湖廣、江西所屬衛所
馬步官軍六萬餘……赴廣西，從大軍征進龍州、奉議等處。"等都是。

〔11〕　如《明太祖實錄》卷一二，頁 1b，癸卯年二月壬申朔條謂："初上命諸將分軍於龍江等
處屯田，……且耕且戰。"同書卷一二，頁 4a～b，乙巳年七月丁朔條謂："已遣張德山
招徠山寨。……軍人小校亦令屯種。且耕且戰。"既云"分軍"，操、屯軍之間似應存在
明顯界分，但若要同時應付出戰的責任，則又有機動調整的必要。實際情況不明。

幾乎是全所屯田外，各衛所屯、守軍比例並不一致。有些衛所以有主荒地充作屯田，另一些衛所則因爲本地缺乏可分配之田，被迫撥隔省土地耕屯。屯田一經派定，屯軍即需就屯而居。江西各衛所屯田除建昌所爲每分田 25 畝外，其餘均以 30 畝爲一分。正軍一人，耕屯一分。屯田收入稱作"籽粒"，建文四年（1402）定屯田科則爲每軍田一分，納"正糧" 12 石、"餘糧" 12 石。"正糧收貯屯倉，聽本軍支用。相當於每月一石的旗軍口糧。餘糧十二石上交，供作本衛官軍俸糧。"永樂十二年，因下屯軍士多有艱難，辦納籽粒不敷，下令免餘糧一半，止納 6 石；洪熙元年（1425）定爲例。正統二年（1437），更定例免正糧上倉，止徵餘糧 6 石。[12] 此後，屯田籽粒只用來支付屯軍以外之衛所官軍俸糧，屯軍除屯田收入外，不再另支月糧。而事實上，江西地區衛所在開始漕運功能後，以"正軍"身份參與屯田的比例急遽降低，屯田很快就成爲舍人餘丁的負擔了。

江西地區衛所開始漕運的時間據王瓊《漕河圖志》卷八《漕運官軍船隻數》云：

> 洪武年間在京衛所與浙江、福建都司、南直隸衛所官軍海運。永樂年間不用福建都司官軍，只用南京并南直隸及浙江、江西、湖廣、山東四都司衛所官軍攢運，共一百一十三衛所，官軍一十二萬一千五百餘員名。船一萬一千七百七十七隻。

《明經世文編》卷六二馬文升《馬端肅公奏疏·題爲因災變思患豫防以保固南都事疏》亦云：

> 迨我太宗文皇帝遷都北平，……後令官軍漕運，以備京儲。該用官軍一十二萬，而南京并湖廣、江西沿江衛所官軍已掣其十之五六矣。

明代開始以衛軍參與河運始於永樂十二年。[13]《明太宗實錄》卷一四七，永樂十二年正月庚子條云：

> 命北京、山東、山西、河南、中都、直隸徐州等衛，不分屯、守，各選軍士，以指揮、千百戶率領，都指揮總

---

〔12〕 參見王毓銓《明代的軍屯》，頁 130～132。

〔13〕 參見星斌夫《明代漕運の研究》，頁 29。

　　率，隨軍運糧。

實錄此條不見江西，所載參與漕運的都司衛所與王瓊、馬文升所記
不同。但江西地區衛所包括九江衛在內確有不少自永樂間即受到徵
調。如康熙《撫州府志》卷一三《兵衛考》謂：

　　　　撫所軍丁有有屯、無屯之分。其有屯者原膺造運之責，
　　無屯者只任操守之事，此操軍、運軍之別也。按：自永樂
　　二年調軍八百餘名赴江南建德墾屯三萬餘畝，至末年始派
　　領運，是計田起運，屯軍承造，原自無辭。迨宸濠兵變，
　　乃以南贛餘船增入撫造。屯無增而責以增造，此波及城軍
　　之始也。

撫州所軍自永樂二年開始屯田，分軍爲屯軍與操軍二種。至永樂末再
派漕運，乃採用“計田起運”的方法，以屯軍負責造運。不過，根據方志
的記載，各衛所參與的時間似有先後，並且不是所有衛所均投入此
役。[14] 如乾隆《吉安府志》卷三四《賦役志·漕運考》即云：

　　　　永樂十三年甲午，會通河成，乃行轉運法，悉罷海運、
　　陸運。於淮安、徐州、臨清、德州設立四倉。……其江南、
　　江西、浙江、湖廣四省途次遠者，運止於淮，近者止於徐，
　　再近止於臨，更近者止於德。四倉出納，各以就近之道員
　　主之，以次轉運抵通，此自漢唐至明初，漕用民運之原委
　　也。厥後以衛所爲運弁，以屯軍爲運丁，專造漕艘，分立
　　名目，俾東南之漕長運抵北，則始於明成化。……是成化
　　以前，軍唯用以禦侮；成化而後，軍始用以運漕。

不論是永樂末或成化間，江西衛軍參與運漕的時間都在全面推廣軍
屯以後。屯、守軍既經劃分，如何決定運軍人選乃成爲必要考量的
問題。上引太宗實錄雖有“不分屯、守，各選軍士”之語，但從前
引康熙《撫州府志》也可窺知，實際運作時爲求漕運工作順利完成，
至少在江西地區有部分衛所是以屯軍爲優先考量，因而有所謂“計
田起運”的方法。唯《撫州府志》對何謂“計田起運”，並無任何
説明，我們只能從有關運軍與漕艘數額的記載，一窺其間的關係。
其例如建昌所。

---

〔14〕　有關江西地方的漕運，筆者擬另撰專文討論，本文不贅述。

建昌所漕船額數據乾隆《建昌府志》卷一一《屯運考》，"舊額船不過三十隻"。"萬曆二年，南昌、贛州兩衛運船爲流寇焚劫，當事攤派"，建昌所"爲南昌協造十艘，贛州七艘"，其總數遂增至 47 艘。[15] 建昌所屯田分數據正德十年（1515）兵備副使胡世寧的說法，"原有屯地 301 分，以後清出軍民侵佔迷失屯田一百六十五分"，[16] 共計 466 分。而江西運軍以"一旗九散"爲一船，亦即每船需旗軍共十人。[17] 建昌所舊額船三十隻，顯然是由原有屯地三百零一分決定的。萬曆初攤舡入建，也因爲建昌所當時的軍屯總數爲 466 分，故增爲 47 艘。也就是說，永樂末年分軍漕運時，由於考慮到造船、運糧爲運軍帶來的花費不小，遂以屯軍運漕，期以屯田收入作爲運軍生活的補助。漕船數額視屯田分數多寡而定，每十分派船一艘。建昌所初僅屯田 301 分，因而派額船三十隻。萬曆二年（1574）攤派南、贛二衛運船，仍舊依循此一原則，其時建昌所屯田總數包括原額及其後清出者共計 466 分，儘管其中有 110 分自弘治以來即由縣民承種，且民種屯田籽粒自弘治十六年（1503）以後即被用充隄備軍口糧，[18] 不可能有多餘糧額來補助運軍，但仍以 466分爲準，派足至 47 艘。然而，建昌所軍屯實際上只有 356 分，因此有"運艘四十七，軍屯三百五，屯不足以養軍，軍自不足以輪運"的問題發生。[19] 至於撫州所，可能在後來派運時因爲完全沒有未派的屯田可以"計田起運"，以致不得不派操軍運漕。[20] 但是這樣的作法顯然是特例，而其對撫州所軍所帶來的禍害，則更在其他衛所之上了。

---

[15] 參見乾隆《建昌府志》卷一一《屯運考》，頁 6a～b。
[16] 參見正德《建昌府志》卷八《武備》，頁 26b～27a。
[17] 乾隆《建昌府志》卷一一《屯運考》，頁 2a 謂建昌所漕船"每船旗丁一名，散伕九名"。萬曆《大明會典》卷二七《戶部·會計·漕運·凡官軍行糧賞鈔》，頁 22a 亦云："正德二年題准：江西二總，每船旗軍十名，例支行糧三十石。中途逃故者，止扣安家月糧。所遺行糧，准給與旗軍，以償雇募。"但明代各總漕船額軍人數似乎並不一致，如會典同卷，頁 22b 又云："（嘉靖八年）又議准：運軍行糧，除遮洋一總，每船額該旗軍一十二名外，其浙江等十一總衛所，每正糧三十石七斗二合，扣軍一名。查各運正糧若干，照數支與。如有數外多開者，即便革去。"詳細情形待考。
[18] 參見于志嘉《明代江西衛所的屯田》，頁 696。
[19] 參見萬曆《建昌府志》卷二《陸鍵·附乘八說·運旗說》，頁 47a～b。
[20] 據前引康熙《撫州府志·兵衛考》，撫州所代造南贛餘船在宸濠兵變之後。建昌所之代造既在萬曆初年流寇焚劫以後，二者或非一事。不詳，待考。

相對於撫州、建昌等所以屯軍兼運，九江衛雖亦有一軍二役的情形，但發展過程卻頗爲不同。《明經世文編》卷四〇，楊鼎《楊大司農奏疏·議覆巡撫漕運疏》云：

> 九江、鎮江、安慶等衛，自永樂年來，屯軍皆自耕自食。後以選征麓川，逃亡者多，乃以運糧旗軍撥補。每田三十畝，納子粒六石，身既運糧，又納子粒，每月又赴各倉支糧，誠爲不便。請各軍月糧一石，只關本色二斗、折色二斗，其六斗存積至一年，則有七石二斗，以六石抵納子粒，餘爲加耗，各都司仿此。

征麓川是正統年間事。麓川宣慰司在今雲南瑞麗縣等地區，與緬甸接境。正統二年十月，宣慰使思任發叛。五年七月，黔國公沐昂平之；十二月，思任發派使者致書雲南總兵官，表示願進貢謝罪。六年正月，明軍大舉伐麓川。調遣的軍隊包括四川、貴州、南京、湖廣並安慶等衛官軍十五萬，唯用兵一年，並無結果。此後又於正統八年五月及正統十三年三月兩征麓川，每次調用的軍士人數都在數萬至十餘萬之譜，[21] 其中自有不少原本爲漕運軍或屯田軍者。上引史料即指出九江衛屯軍因被調征麓川逃亡，所荒屯田由漕運軍頂補，而一經撥補，由於原逃屯軍並未追回，漕軍兼屯便成爲永久性的差使。九江衛運軍一軍兩役，運糧之餘，又需繳納籽粒，每月月糧還得赴倉支領，非常耗費人力。但解決的方法並不是另選軍餘頂充屯田軍役，而是使頂補屯田的漕軍少支月糧，以節省下來的月糧充作屯田籽粒。表面上漕軍兼領屯田卻不需繳納籽粒似乎減輕了負擔，實則在一軍二役又無法確保屯田收入的情況下，再被削減了月糧，運軍之重困可想而知。

局匠軍包括成造軍器軍與火藥匠軍。明代以軍衛製造軍器最早可追溯到洪武四年。[22] 洪武十五年命"自今天下衛所兵器有缺，宜

---

〔21〕 參見湯綱、南炳文《明史》上下冊，頁 210~211；《明英宗實錄》卷七五，頁 6a，正統六年正月乙卯條、同書卷一〇四，頁 5a~b，正統八年五月己巳條；卷一六四，頁 5a~6a，正統十三年三月壬寅條。

〔22〕 萬曆《大明會典》卷一九二《工部·軍器軍裝·凡弩弓》，頁 3b 云："洪武四年，以腳蹬弩弓給各邊將士，仍令天下軍衛如式製造。"又參見陳詩啓《明代官手工業的研究》，頁 83~84、88。

以軍匠付布政司，聽其置局，以民匠相參造之"[23]。二十年，令天下都司衛所均設軍器局，"軍士不堪征差者，習弓箭、穿甲等匠，免致勞民"[24]。二十二年，更令天下軍丁習匠藝。《明太祖實錄》卷一九五，洪武二十二年三月戊子條謂：

> 令天下軍丁習匠藝。先是軍衛營作多出百姓供億，上以爲勞民，命五軍都督府遣官至各都指揮使司，令所屬衛所置局。每百户内選軍丁四人并正軍之萎弱者，俾分習技藝，限一年有成。

據此，明初每千户所至少應有局匠軍 40 人，一衛則應有 200 人上下。不過，由附表三可知，明中期的情況並非如此，除建昌所未設外，九江衛局匠軍人數與其他各所相當，均在 50 名左右。九江衛共設有 6 千户所，按照明初的規定，至少應有局匠軍 240 名，可能是受到軍餘人數過低的影響，嘉靖間的造器械軍僅能維持一所的水準。不過，明代各衛所是否皆設有軍匠仍有疑問，[25] 實際情況尚有待進一步考察。

火藥匠軍似亦非各衛所均有，附表三所列一衛四所中，僅鉛山所有兩名，撫州所情況不明。

軍衛孳牧始於洪武二十三年，初僅飛熊、廣武、英武等衛。二十五年，"罷民間歲納馬草。凡軍官馬，令自養；軍士馬，令管馬官擇水草豐茂之所，屯營牧放"。"每衛指揮一員，所千百户一員，專管孳牧"[26]。《明太宗實錄》卷一八〇，永樂十四年九月己亥條云：

> 北京行太僕寺卿楊砥言：近年馬蕃息而少牧養之人。……薊州以東至山海諸衛，土地寬廣，水草豐美，其

---

[23] 參見《明太祖實錄》卷一五〇，頁 4b，洪武十五年 11 月庚午條。
[24] 參見萬曆《大明會典》卷一九二《工部·軍器軍裝·在外成造衛門》，頁 12b。
[25] 陳詩啓（1958，頁 84）引《明史·張本傳》卷一五七，頁 4289（陳書誤爲卷一七五），謂"屬於衛所的軍匠，在宣德時，共有二萬六千户"。按：《張本傳》原文爲"軍匠二萬六千人，屬二百四十五衛所"。據《明史》卷九〇《兵志二》，頁 2204，明代共有"内外衛四百九十三，守禦屯田群牧千户所三百五十九"。這些衛所在宣德時絕大多數已經成立。顯然，宣德時局匠軍已非各衛所均設。至於設有局匠軍的各衛所，其局匠軍人數比例是否符合明初的規定，亦因《張本傳》未説明 245 衛所中有多少衛、多少所，而無法正確估算。不過如果以 100 衛、145 所，每衛 200 人、每所 40 人計，總數爲 25800 人，倒是相當接近 26000 之數。局匠軍的設置與否，究竟依據何種標準，仍不詳待考。
[26] 參見萬曆《大明會典》卷一五〇《兵部·馬政》，頁 14a～15a；卷一五一，頁 1a。

屯糧軍士亦宜人養種馬一匹，歲子粒亦免其半。上曰：既
責軍士孳牧，則不可復徵子粒，其悉蠲之。

江西地區養馬軍始於何時不詳，如果在永樂二年以後，其情況或與
此相類，亦即以屯軍養馬而免其籽粒。養馬軍所養之馬在部分地區
需由馬軍自辦，[27] 因此戶下可免差役人數較步軍爲多。[28]

巡捕軍不詳始設之年。萬曆《大明會典》卷一三六《兵部·巡
捕》謂：

國初捕盜，在外無專官，惟在京設五城兵馬指揮司，
以巡邏京城內外地方爲職。其後在京添用錦衣衛官校，成
化末加撥營軍。弘治以來，在外添設捕盜通判、州判、主
簿等官。而諸法禁亦漸詳密。

同卷"凡各府州縣巡捕"條載：

弘治五年題准：通州、涿州、徐州、河間分守守備官
及武清衛捕盜官，遇該朝覲會試之年，統領附近衛所京操
下班馬軍，分班巡捕。

衛所巡捕官的任務主在捕盜。另外，明朝政府又設守隘軍於有關隘
之處，以"盤詰姦詐，擒捕盜賊"，[29] 其任務基本上與巡捕軍相同。

辦料、辦脯軍亦不詳始設之年。其所供辦之軍役內容應相當於
明代里甲正役中之"上供物料"（詳下節）。其初應以繳納實物爲
主，後或改爲納銀。

操、屯、運、捕等項軍役常設有軍政官專管，可以看做是衛所
軍戶的"正役"。"正役"本應以一軍一役爲原則，但明代因大規模
推展屯田，在屯軍比例普遍高達七、八成的情況下，任何軍役的增
加都只能從有限的人數中做調動，一軍二役的情況勢不可免。由上
舉諸例可知，明代衛所有以屯軍兼運或養馬者，其屯田籽粒或納或

---

〔27〕 如《明宣宗實錄》卷五八，頁2a~b，宣德四年九月庚戌條云："廣西總兵官都督僉
事山雲言：廣西地闊，寇發無時。遇有征哨，馬力不足。請如舊選衛所有丁力殷實
旗軍，買馬騎操，以備調用。而免其餘丁二人差役，以助正軍。……上皆從之。"
萬曆《大明會典》卷二〇《戶部·戶口·賦役》，頁17a，正統"四年，令雲南土
馬軍自備鞍馬、兵器、糧食聽征者，免本戶差役四丁。"

〔28〕 參見前注。又，《明宣宗實錄》卷六二，頁1b，宣德五年正月丙寅條亦云："上御
左順門，謂行在兵部尚書張本等曰：馬軍比之步軍尤爲勞苦，蓋自備軍裝爲難。今
後馬軍戶內再免一丁差役，以助給之。"

〔29〕 參見《明宣宗實錄》卷四六，頁7a，宣德三年八月乙未條。

不納，並没有明確一致的規定。[30] 這種現象的產生，完全歸咎於政府的缺乏規劃。《明仁宗實録》卷二下，永樂二十二年九月壬辰條云：

> 平江伯陳瑄上言七事。……七曰：專漕運。各處官軍，每歲運糧北京，運畢已財力殫乏，及歸又須修整壞船，下年再運。是終歲勞勤，有可矜憫。而該衛所於其歸，又加他役困之，及當再運，軍之困者未蘇，舟之壞者未修，公私俱妨。乞禁約各衛所運糧軍士，歸者不得另有役使。上覽奏，以付翰林臣曰：瑄言皆當，令所司速行。

同書卷四下，永樂二十二年十一月辛卯條亦云：

> 上諭户部尚書夏原吉曰：……先帝所立屯種法甚善，蓋用心亦甚至。但後來所司數以征徭擾之，既失其時，遂無其效。所在儲蓄十不及二三，有事不免勞民轉輸矣。其令天下衛所，凡屯田軍士，自今不許擅差，防其農務。違者處重法。

可見明朝政府也注意到一軍一役的重要，但是面對衛所軍役内容的不斷擴大，只得一再屈就於現實。衛軍兼役，除上舉諸項正役外還有許多雜役負擔，至於修河、築城等臨時性的工役，更是洪武以來即不時有之。[31] 臨時性工役非屬常態，本文不論，以下略述衛軍雜役的產生。

衛軍"雜役"始自洪武。《明太祖實録》卷二二九，洪武二十六年七月丙寅條有云：

> 禮部奏定武職隨從人數，一品至三品六人，四品至六品四人，七品至九品二人，俱用正軍，三日一更。

---

[30] 又如《明太宗實録》卷一〇二，頁5b，永樂八年三月癸巳條："皇太子諭後軍都督府臣曰：頗聞山西寇盜出没，其衛所守城官軍不足者，聽暫於屯田官軍内撥補。所撥軍士，除今年屯種子粒。"同書卷一一九，頁4b~5a，永樂九年九月壬午條："先有屯種軍擊登聞鼓，訴云：逾年在京操練，至秋始還。而本衛責徵子粒，實以公事妨耕，告訴不聽。上召衛官責問之曰：得何不體人情而刻薄至此？衛官言：初白之都督府，府必欲追納。遂呈上府所下檄。上召都督府經歷詰之曰：五穀必種而後有獲……且人一身，豈當有兩役？皆不能對。……遂命户部：凡屯田軍以公事妨農務，悉免徵子粒。著爲令。"

[31] 如《明太祖實録》卷二二二，頁2a，洪武二十五年十月辛酉條；同書卷二三二，頁2a，洪武二十七年三月甲辰條；同書卷二五五，頁1b~2a，洪武三十年九月癸亥條等都是。

同書卷二五二，洪武二十九年四月丙申條又云：

> 上以武官多私役軍卒，逾法制，命禮部考定其從人額
> 數。於是禮部議：指揮及同知六人；僉事及千、百户，衛、
> 所鎮撫四人，皆於正軍伍内取用，輪番更直，每三日一易。
> 下直則歸隊伍操練。凡衛所直廳六人、守門二人、守監四
> 人、守庫一人，止選老軍充役，每月一更直。上以正軍占
> 役太多，宜減其數，指揮使至僉事人四人，千户以下人三
> 人，百户以下人二人，每三日一更。餘如所議，著爲令。

洪武間衛所雜役均由正軍輪充，其内容可大別爲二類。一爲武職隨
從，亦稱作“軍伴”，武官自一品至九品軍伴人數各有不同，由正軍
三日一更直。另一類則屬衛門差使，洪武間只限直廳、守門、守監、
守庫各數人，由老軍每月一更直。明代衛所官資格自衛指揮使以下
爲指揮使正三品、指揮同知從三品、指揮僉事正四品、正千户正五
品、衛鎮撫與副千户同爲從五品、百户正六品、所鎮撫從六品。[32]
洪武二十九年禮部所定“指揮及同知六人，僉事及千百户、衛所鎮
撫四人”，完全是依循洪武二十六年的規定；即使如此，在衛所官額
員符合規定的情況下，一衛（以五所計）應有軍伴342人，一所亦
有軍伴60人。[33] 朱元璋“以正軍占役太多”爲由，删減至“指揮
使至僉事人四人，千户以下人三人，百户以下人二人”，使軍伴人數
降低爲一衛199人，一所33人。這個數字大概一直沿用到弘治十三
年才又經刑部等衛門會議後略作修正。譚綸等輯《軍政條例》卷一
“軍職占軍賣放治罪”條云：

> 弘治十三年該刑部等衛門會議：凡都指揮跟隨軍伴六
> 名，指揮四名，千百户、鎮撫二名，不管事者一名。如有
> 額外多占正軍，五名以下，問罪降一級；六名之上降二級；
> 甚至十名以上，止於降三級。其賣放軍人，包納月錢者，
> 亦照前名數，分等降級。甚者罷職，發邊衛充軍守禦。

按：明代各衛所官員額本是固定的，但因官職濫昇濫授的問題嚴重，

---

[32] 參見萬曆《大明會典》卷一一八《兵部·銓選·官制》，頁2a~b。
[33] 據萬曆《大明會典》卷一一八《兵部·銓選·官制》，頁2a~b，衛所官額員爲指
揮使一員、指揮同知二員、指揮僉事四員、衛鎮撫二員、正千户一員、副千户二
員、所鎮撫二員、百户一十員。

對於日益增加的官員只得以"帶俸差操"的名義安插，實則只領俸糧，不需管事。[34] 弘治十三年條例使不管事者亦得有軍伴一人，但正副千戶、衛所鎮撫則較原額各減一人，乃是因應帶俸差操者人數衆多，雖不管事但不免於私役軍士的現實狀況所做的考量。不過，從洪武二十九年禮部考定武官從人額數的原因也可瞭解，明初以來武官私役軍卒的情形即很嚴重，[35] 政府雖有法令禁約，但私役的問題有增無減。前引《軍政條例》卷一"在京督府占役餘丁"條云：

> 弘治十三年會議題准：[36] 南京五府管事，并在京公、
> 侯、伯、都督等官占役餘丁五名以上，問罪降一級；十名
> 以上降二級；三十以上降三級；四十名以上，奏請發落。
> 受財賣放，照前名數，分等降級。

更可見軍職役占的對象甚至及於餘丁。[37] 事實上，到了弘治年間，不論是衛所"正役"或"雜役"，役使的對象都早已是正軍、餘丁不分，衛所官役占自然更不會考慮正軍、餘丁的區別了。

以餘丁充軍伴的實例又見於萬曆《大明會典》卷一一八《兵部·銓選·陞除》"凡在外衛所官功陞項"下：

> 成化十四年……奏准：在外衛所千戶功陞指揮者，比
> 與指揮陞都指揮流官不同，俱令於該衛，原係帶俸并帶俸
> 管事者，量與軍餘四名，不許列銜公座。若考選軍政者，
> 不在此限。

> 弘治八年題准：各衛指揮使功陞都指揮僉事，注原衛
> 帶俸，照例於本衛撥餘丁六名，以爲導從。

霍冀輯《軍政事例》卷一"官軍干預書辦"條亦云：

> 各處鎮守內臣，所在精選能通書算軍餘二名，總兵官
> 并分守、監槍、守備等官各一名，令其跟隨書辦，與免征

---

[34] 參見于志嘉《從衛選簿看明代武官世襲制度》，頁46~47。

[35] 實際案例除散見於實錄外，亦見於《大誥武臣》。參見楊一凡《明大誥研究》，頁432、433、445、449、450）等都是。

[36] 譚論此書所收條例，俱按時代先後排列。此條之前爲弘治二年，之後爲弘治三年，疑此條應爲弘治三年條例。

[37] 黃彰健《明代律例彙編》卷一四《兵律二·軍政》"縱放軍人歇役"項下載有《弘治問刑條例》六款，其中一款爲："一、軍職役占餘丁至五名以上者，問罪降一級。十名以上者，降二級。二十名以上者，降三級。三十名以上者，奏請發落。若受財賣放者，仍照前項名數，分等降級。"與此條略有出入。

操。奏本公文內俱照令典僉書，以防欺弊。其餘官軍號稱
主文，干預書辦者，聽巡撫、巡按官并按察司官舉問，俱
調極邊衛所，帶俸食糧差操。

霍冀此書不列條例訂定時間，黃彰健《明代律例彙編》卷二《吏
律‧職制》"濫設官吏"項下所載《弘治問刑條例》收有此條，可
知爲弘治間的條例。這些書辦雖只分配給鎮守內臣、總兵官、分守、
監槍、守備等官，並非衛所內的編制；但就性質論，類同"雜役"
中衙門差役之屬，若在明初是不役及餘丁的，但此時已不分軍餘皆
可充任。另外，從條例中"與免征操"一語可知，這些書辦也不受
輪充制的規範，形同一種專職。是否到這個時候衛所內正役與雜役
的界分也已趨模糊？衛所軍餘參與雜役究竟是正役之餘的兼職？抑
或爲長久性專職？這個問題不妨由月糧支領的情形來加以考察。

　　另外，上節推測九江衛雜差可能是由正役軍輪充，又指出明中
期以後舍人、餘丁在衛所中的角色、地位已幾與正軍無異。此説是
否成立，亦可一併觀察。有役就應該有糧，以下要探討的問題有二。
第一：舍餘充役者是否與正軍待遇相同？第二：充雜役者是否支糧？

　　萬曆末年江西各衛所軍、餘支領月糧的情形略見於《江西賦役
全書》。是書成於萬曆三十九年，現存本缺南安、建昌、撫州三府的
資料，九江府內容不完整，其餘諸府則詳略各有差。由於相關資料
主要在説明衛所官、旗、軍的俸糧額數，因此對月糧額數不同的
"無妻新軍"、"紀錄軍人"（或稱爲"幼軍"）[38] 等項詳於記載，對
糧額相同的不同軍種有時反而疏於分類。如贛州衛下僅記載總小旗
20 名、操軍 940 名、無妻新軍 3 名、紀錄軍人 57 名、運軍 625 名。
吉安所下記操練舍健旗軍 815 名、幼軍 12 名、運軍 1150 名。饒州所
下記操、運軍共 1322 名。廣信所下記操守，運旗軍 1279 名。鉛山
所下記"總、小旗，哨、隊長，操、運軍"共 882 名等都是。[39] 這
些例子共通的現象是將旗軍分爲操、運二類，屯軍則因不支月糧且

---

[38] 正軍服役年齡原則上自 16 歲至 60 歲。若因正軍病故，需人補役，而戶內僅有 15 歲
　　以下"未出幼者"，"准其具告，保勘明白，記錄在官。候出幼之日，應役食糧差
　　操。"參見譚綸等輯《軍政條例》卷五《老疾軍匠查勘勾補》，頁 15b～16b（弘治
　　十二年）。

[39] 參見《江西賦役全書‧贛州府總》，頁 7b；同書《吉安府總》，頁 10b；《饒州府
　　總》，頁 9a；《廣信府總》，頁 8a；《鉛山縣》，頁 9b。

屯田多由餘丁、佃戶承種而被排除在外。另外如信豐、會昌二所記載的方式也很籠統，信豐所計有"總小旗、旗軍、紀錄、餘丁"共541名，歲共支銀2028.48兩。會昌所則有"總小旗、正軍、餘丁、紀錄"共714名，歲共支銀2417.28兩。[40] 值得注意的是，二所俱有餘丁支銀者，其中會昌所並明記其屯糧折算額與正軍相同，都是以每石4錢約算。這些支糧的餘丁必爲分擔軍務，實際參與軍役者。

《江西賦役全書》中資料較詳盡者有三。袁州衛下相關數據計有四項。即1. 正軍1050名、2. 銅鼓石軍人10名、3. 運糧旗軍并催運、軍伴共1269名、4. 存衛操備軍人373名。各項應支糧額爲正軍每名歲支鈔銀0.051428兩，銅鼓石軍人每名歲支行糧銀2.88兩，運糧旗軍、催運、軍伴以及存衛操備軍人每名歲支月糧銀3.84兩。[41] 由於2、3、4三項總數超過1050，而第2項又僅記錄其支領行糧銀額數，推測袁州衛正軍仍與上述各衛所相同，大別爲運軍與操軍兩項；軍伴雜役由專人應充，月糧與操、運軍同額。派往銅鼓石軍人或由操軍中輪派，輪充者於月糧外另支領行糧。而操、運、軍伴俱有由餘丁充任者，這些人的月糧與正軍同額，但沒有鈔銀。

永新所則除操正軍420名、老幼軍8名，運軍410名外，尚列有書伴、吹手16名、鎮守萬安營餘丁49名。萬安營設於嘉靖四十年，其守備奉璽書以都指揮體統行事，吉安府內"九縣民兵、三所官軍俱屬管轄"。後廬陵，永豐民兵屬兵道團操，所餘七縣民兵暨三所操軍於萬曆間不滿八百。[42] 永新所派駐萬安營的操軍僅49名，全數由餘丁充任，每年於420名"操正軍戶下挨僉精壯餘丁，輪流更撥，循環鎮守"。每名每月食米8斗，與操正軍同，但因全支屯米，每斗折銀3分，每年支銀2.88兩。操正軍則有6個月月糧支縣倉米，每斗折銀4分，另6個月月糧支屯米，每斗折銀3分，故每年支銀3.36兩，略多於鎮守餘丁。"書伴、吹手"本屬雜役，但在永新所則與操、運軍並列，有固定的名額，其月糧額與運軍同爲10個月赴使司領糧，另2個月補給屯米每月8斗，每斗折銀3分。[43]

---

〔40〕 參見《江西賦役全書·贛州府總》，頁8b。
〔41〕 參見《江西賦役全書·袁州府總》，頁9a。
〔42〕 參見于志嘉《明代江西兵制的演變》，頁1031。
〔43〕 參見《江西賦役全書·永新縣》又8b～9a、又9a～b。

諸衛所中以南昌衛的記録最爲詳盡，旗軍按所支糧額及性質之不同共分爲 11 項。是爲：1. 運旗、散軍、催運共正軍 2274 名、2. 門鋪，常操、巡捕、軍禁、催糧、看倉共正軍 464 名、3. 護印鄱湖正軍共 103 名、4. 吹手、局匠、火藥、馬軍共正軍 162 名、5. 新改收伍運乏舊旗、雜軍 13 名、6. 裁革總旗改作正軍 5 名、7. 紀録軍 14 名、8. 老疾食糧軍 18 名、9. 功陞總旗 4 名、10. 正軍兵 165 名、11. 餘丁兵 200 名。另外由 10、11 二項中，每季酌定分撥巡湖兵計正軍兵 94 名、餘丁兵 109 名。各軍種支領月糧，除第 1 項有 7 個月支府倉米，每月折銀 0.32 兩，5 個月支屯糧，每月 8 斗外，其他各項俱全支屯糧。各軍月糧額 2、3、5、6、10、11 等項爲每月 8 斗，7、8 二項每月 3 斗，4、9 二項則爲每月 1 石。分撥巡湖的正軍兵每名季加米 0.9 石，餘丁兵每名季加米 0.6 石。[44] 很顯然的，餘丁兵平時月糧與正軍兵相同，只在有附加任務時略作區別。而門鋪、軍禁、催糧、看倉、吹手等雜役均屬專職，所支月糧雖略有差，但與操、運、巡捕，局匠等原屬正役軍維持相同水準，可以説正役、雜役間的區分在南昌衛已不再存在。

《江西賦役全書》所提供的已是萬曆末年的資料，但以餘丁充役及衛所内正、雜役界分模糊化的現象，確是經過一番演變的過程。不過，從上引《江西賦役全書》中仍有不少衛所只限操、運軍支領月糧一點亦可得知，並非各衛所都有足够人數的軍餘可以專職雜役。[45] 萬曆《建昌府誌》卷七《武備·清操》記萬曆三十八年知府鄔鳴雷與推官陸鍵有關軍政的改革，更明記“存留操軍仍照練兵事例，每月分爲兩班，遇朔望更換。上班者隨操，下班者以供守城及雜差等項”。第二節推測嘉靖間九江衛雜差係由正役者下班時輪充，應爲可信。

本節最後要討論的是明代衛所以餘丁參與軍役的問題。關於軍户餘丁在衛的情形，王毓銓氏曾有如下的説明：[46]

> 每一軍户出正軍一名。每一正軍攜帶户下餘丁一名，

---

[44] 參見《江西賦役全書·南昌府總》，頁 32a～b。

[45] 萬曆末年各衛所雜役是不可能不存在的。無法以專人擔任的原因，除了衛所軍户逃絶，以致乏人應役當外，是否受經濟因素影響？尚需進一步蒐求資料。

[46] 參見王毓銓《明代的軍屯》，頁 52。又見同書頁 234～235。

在營生理，佐助正軍，供給軍裝。這個供給正軍的餘丁名曰"軍餘"，或通稱曰"餘丁"。因爲軍餘在營生理，協助正軍，所以他不當軍差，也免雜泛差役。

王氏此說未說明出典，但由其書多引萬曆《大明會典》，猜想他主要依據的是萬曆《大明會典》卷一五五《兵部·軍政·起解·凡軍裝盤纏》中宣德四年的條例：

> 令每軍一名，優免原籍户丁差役。若在營餘丁，亦免一丁差使，令其供給軍士盤纏。

會典的條文語焉不詳，此條例原出自宣德四年二月敕，見《明宣宗實錄》卷五一，宣德四年二月庚子條：

> 敕行五軍都督府及兵部：今天下軍士遇有征調，當自備衣裝，供給爲難。其原籍宜與復除一丁，在營有丁者，亦免一人差遣，使專經營以給軍。

說明初曾規定"每一正軍攜帶户下餘丁一名，在營生理"是不合常理的。[47] 不過到了宣德年間，由於在衛人丁急速擴張，爲免原籍賦役無人承當，倒是有對在衛餘丁人數做過限制。《明宣宗實錄》卷一〇〇，宣德八年三月壬午條：

> 詔減軍衛餘丁之在營者。先是，有言興州衛軍有挈其全籍丁男二十餘人在營，避免賦役。下行在禮部會官議，請如舊制，除正軍家屬外，每軍選留一丁協助，餘悉遣還有司，以供賦役。於是行在兵部右侍郎王驥亦奏：内外衛所及各王府護衛軍旗、校尉、鼓手人等餘丁在營多者，往往類此，所司略不遵行舊制遣歸，請通禁約。軍丁在營不得過二人，如有怙終不遣，及遣而不歸者，御史、按察司治其罪。皆從其言，故有是命。

---

[47] 何以說不合常理？這是因爲軍户人口的多寡，不是人力能夠控制的。對於沒有餘丁的軍户，如何强制執行上述規定？如《明太祖實錄》卷一六九，頁1b，洪武十七年十二月丁酉條云："命内外軍衛士卒無餘丁，及幼軍無父兄者，皆增給月糧一石。"《明仁宗實錄》卷三下，頁4a~b，永樂二十二年十月庚申條亦云："上諭兵部尚書李慶曰：……今遠戍者勞勤，操練者亦少暇，守衛者常不得下直。間有餘丁，亦別有差遣不得息，在營率婦女幼稚，無治生者。"其時軍士"月糧止得五斗，不足自贍"。仁宗因此下令增給"各衛總小旗軍、力士、校尉人等有家屬者各米四斗，無家屬者各斗五升"。在營軍士連家屬都無法盡有，更無論餘丁了。

所謂"舊制"，不知始於何時。不過從族譜中明初正軍赴衛的情形推斷，[48] 舊制的重點不在正軍赴衛時需不需要攜帶餘丁，而是在衛所餘丁人數過多時，每軍只能選留一丁協助，其餘餘丁則皆需遣還原籍，以供賦役。上引史料牽涉到兩個問題，其一是明朝政府對在衛餘丁態度的改變，其二則是在衛餘丁免除差使的內容。以下即就此二點分述之。

首先要列舉的是從實錄中爬梳出的幾條相關史料。爲方便討論，分別冠以甲、乙、丙等。

甲、《明太祖實錄》卷一八二，洪武二十年（1387）閏六月乙卯條：

> 上以京衛將士多山東、河南人，一人在官，則闔門皆從，鄉里田園遂致蕪廢。因詔五軍都督府核遣其疏屬還鄉，惟留其父母妻子于京師。

乙、《明太宗實錄》卷二三六，永樂十九年（1421）四月甲辰條：

> 近年營建北京，官軍悉力赴工，役及餘丁，不得生理。衣食不給，有可矜憫。宜敕軍官加意撫恤，增給月糧，寬餘丁差徭，使給其家。

丙、《明宣宗實錄》卷七九，宣德六年（1431）五月丙寅條：

> 上謂行在兵部尚書許廓曰：朕素知軍士艱難，嘗有命：凡軍士皆免餘丁一人差使，俾得生理，供給正軍。所司不遵朕言，以其餘丁赴工，已是重役，而又以其在逃，發遣充軍。人何以堪？今後在逃者止罰工一年，其有已發充軍者，皆取回。

丁、同書卷八一，宣德六年（1431）七月辛巳條：

> 四川布政司左參議彭謙言：四川成都前等衛、雅州等千戶所旗軍，自洪武間從軍，子孫多有不知鄉貫者，亦有原籍無戶名者。今但正軍、餘丁一二人在營，其餘老幼有五七人至二三十人者，各置田莊，散處他所。軍民糧差，俱不應辦。乞行四川都司及撫民官勘實，就令各於所在有司附籍，辦納糧差，聽繼軍役，庶丁糧增益，版籍清明。

---

[48] 參見于志嘉《試論族譜中所見的明代軍戶》，頁 638～640。

從之。

戊、同書卷一〇一，宣德八年（1433）四月癸卯條：

> 初行在兵部右侍郎王驥及成國公朱勇等奏：比奉敕於京師諸衞選紀錄幼軍萬人操練，今止得千餘人，宜選諸衞軍士中丁多者足之。上曰：彼既一人當軍，又選一人操練，恐難資給。命尚書、侍郎、都御史計議。覆奏：舊例諸衞軍士除正軍之外，存一丁資給，餘遣還有司供徭稅。今京師諸衞軍士在營有三丁以上至七八丁者，止一丁當軍，餘皆無役，不肯還本鄉。宜於三丁以上者選一丁，餘聽在營生理，供給軍裝，亦軍民兩便。上從之。命正軍有故，就令補伍，不得再勾。

己、同書卷一〇四，宣德八年（1433）八月乙亥條：

> 南京龍虎左、豹韜右二衞調到軍士，聞在營口衆，月糧不足養贍，致逃匿者多。請令襄城伯李隆審勘，果有不能養贍者，留正軍當房家口在營。仍留一丁協助生理，其餘願還原籍者聽。

以上數條，除甲、乙二條外，集中在宣德六年到九年間，顯示出這段時間是政府對在衞餘丁態度改變的關鍵期。其中雖無江西的例子，但從政府因應不同狀況所做的處置，足可窺知當時各地衞所餘丁發展的情形，早已超出政府現行法令所能規範。從甲逐條往下看，洪武二十年京衞軍因"一人在官，則闔門皆從"，致鄉里田園荒廢，詔以疏屬還鄉。當時獲准與正軍一體留在南京的，只有父母妻子，亦即史料己所謂的"當房家口"。這顯示洪武年間雖已有餘丁隨營居住的情形，但政府對在營餘丁的角色扮演尚未加以規劃，[49] 當餘丁在營影響到原籍產業生產時，政府要求"當房家口"以外所有餘丁回歸原籍，並未考慮以餘丁協助正軍生理一事。

---

[49] 另外，洪武間由於新的衞所不斷增置，需要大量兵源，衞軍餘丁常被用以補充兵源，如前引袁州衞的例子。又，《明太祖實錄》卷二〇七，頁3b，洪武二十四年正月甲寅條亦云："前軍都督府奏發福建汀州衞卒餘丁往涼州補伍。上以西涼去福建萬餘里，且閩人不耐寒，但令在京居住，給糧贍之。"唯此時爲求增兵，亦不時以"垛集"、"抽籍"的方式從民戶中開發兵源（參見于志嘉《明代軍戶世襲制度》，頁10～26），筆者因此認爲，洪武間以餘丁充軍的現象，與下文所論宣德以後於在營餘丁多者三丁選一充當軍役，以其餘供給軍裝的情形，不可相提並論。

永樂十九年，太宗因營建北京，役及官軍餘丁，致餘丁不得生理，敕"寬餘丁差徭，使給其家"，是有關在營餘丁免役的最早的規定。在此之前我們所能找到的相關條例見萬曆《大明會典》卷二〇《户部·户口·賦役·凡審編賦役》洪武三十一年條：

> 令各都司衛所在營軍士，除正軍并當房家小，其餘盡數當差。

即指出在營軍士户下除正軍及當房家小外，所有餘丁皆需"當差"。單就條文内容來看，這條史料既以"在營軍士"爲對象，所謂"其餘盡數當差"，也可能解釋作"在營餘丁"需盡數"在營"當差。但從史料甲所述推測，應該還是要求在營餘丁回籍應當民差、糧差。[50] 也就是説，洪、永年間基於復甦地方經濟的考量，政府對軍户餘丁採取的是"原籍主義"的態度，對在營有餘丁者，一貫是希望他們回原籍負擔民差、糧差；但若原籍賦役供應不缺，則對餘丁在營也有相當程度的容認。至永樂十九年時，在營餘丁基本上仍無任何軍役；國都北遷前後被大量用以營建北京，也屬於臨時工役的性質。所謂"寬餘丁差徭"，寬減的内容無從得知。不過，當時以餘丁赴工既屬臨時性質，有關的寬免規定就也絕非永久性的措施，相關法令一直要等到宣德以後才出現。

宣德六年五月丙寅，宣宗謂"朕……嘗有命"云云，應即指宣德四年二月的敕命："原籍宜與復除一丁，在營有丁者，亦免一人差遣，使專經營以給軍。"其後謂"所司不遵朕言，以其餘丁赴工"，其中餘丁所赴之工，應同於該衛所軍被派充之工役，與衛所在地州縣的徭役無關。[51] 又因在營餘丁本無差役負擔，因此任何工役對之

---

[50] 另外一條可以作爲佐證的史料見萬曆《大明會典》卷一五四《兵部·勾補·凡勾補軍士》，頁8a，洪武三十五年條："定垜集軍正軍、貼户造册輪流更代。貼户止一丁者免役，當軍之家免一丁差役。"此條史料雖係針對垜集軍而言，有關餘丁免役的規定是否適用於所有軍户並不清楚，但至少可以確定，一直到太宗即位初年，政府在考慮餘丁免役問題時，尚只考慮到原籍一丁免役，對在營餘丁的角色並未顧及。有關原籍軍户餘丁免役的討論參見于志嘉《試論族譜中所見的明代軍户》，頁656~658，本文不贅述。

[51] 明代衛所與州縣原屬不同系統，即使在内地許多衛所與州縣同治，州縣官皆不得與衛所事，更遑論以衛軍餘丁應州縣徭役。《明宣宗實録》卷一〇八，宣德九年正月戊辰條曰："直隸蘇州府知府況鍾言：崑山縣民有欲脱漏户口，避徭役者。往往貨賄太倉等衛官旗，妄認親屬、義男、女婿之類，追取赴衛，實不當軍。俟再造黄册，復以老幼還鄉，於別里附籍帶管。原户賦税，累類里代償。乞令各衛有如此者，許自陳改正。"崑山民户利用的，正是州縣官不能過問衛所事的盲點，以躲避差徭。

而言都是"重役"。餘丁不堪衛所重役逃亡，結果被發遣充軍，宣宗因此令在逃者只需罰工一年。這是一方面認定餘丁充役即是重役，另一方面又限於現實需要，對"以餘丁赴工"的事實加以默認。

相較於上述二條以在營餘丁充役的事例，宣德六年七月條所述四川成都前衛、雅州所等衛所的餘丁，則很巧妙地利用了餘丁的身份，創造了最有利的局面。他們因祖軍明初從軍時間很早，在衛多年以後，已繁衍了不少子孫。按照規定，除正軍當房家口以外，只許再留餘丁一名在營，其餘皆需遣返原籍當差。可是他們或已不知原籍鄉貫，或原籍並無戶名。因此有以多餘人丁"各置田莊，散處他所"者。這些人不在明初法令規範之下，雖有田莊，卻"軍、民、糧差，俱不應辦"，彭謙因"乞行四川都司及撫民官勘實，就令各於所在有司附籍"。此議經宣宗同意，於是開在衛餘丁"附籍"之例。[52]

值得注意的是，"附籍軍戶"附籍於有司，對所謂"軍、民、糧差"的責任分擔，只限於"辦納糧差，聽繼軍役"。"糧差"源自於所置田莊，繳交的對象自然是田莊在地的有司，也就是軍戶附籍之地。"軍役"的內容更簡單，只需"聽繼"，亦即在原衛所軍役出缺時，由寄籍軍戶戶下餘丁遞補。至於一般民戶所應負擔的民差，則非寄籍軍戶責任之所在。

宣德八年四月與八月的二條，分別講的是兩京衛所軍的情形。宣宗格於父命，終宣德之世以北京冠"行在"之名，但其時國本固在北不在南。[53] 北京衛所的規模已遠在南京之上。[54] 宣德八年三月壬午，方才"詔減軍衛餘丁之在營者"，但在天子腳下的北京，實際情形則是諸衛軍士戶下有多至七八丁者，除以一丁當軍，"餘皆無役，不肯還本鄉"。其時京師諸衛適有選取紀錄幼軍操練之令，因不

---

〔52〕 萬曆《大明會典》卷一五五《兵部·軍政·清理·凡清查寄籍》，頁17b～19b 所記
　　　有關寄籍或附籍的規定，最早在景泰元年。但其中弘治九年的一條卻指出似乎洪武
　　　以來即有附籍軍戶，其文如下：
　　　　　弘治九年題准：洪武以來附籍造報軍戶，迷失衛分，未經解補幫貼者，就
　　　　於附近缺軍百戶下收補。若冊有衛分，曾經查解幫貼，見在軍役不缺者，行
　　　　查明白免解。
　　　洪武間是否有關於附籍的法規不詳，但似乎已有附籍的事實。附籍軍的問題尚需
　　　進一步的研究。
〔53〕 參見黃開華《明政制上並設南京部院之特色》，頁9。
〔54〕 參見于志嘉《明代兩京建都與衛所軍戶遷徙之關係》，頁153～155。

能足數，王驥等遂請以丁多軍戶中三丁選一丁充數。被選的戶丁，既用以操練，所負擔的便是與正軍相同的"正役"；但由其後宣宗的裁示可知，這些膺選的餘丁，平時雖有操練之役，但在正軍缺伍時需即刻頂補，並不可勾取其他餘丁補役。可知當時雖已開抽餘丁爲軍之例，但基本上仍以一戶一役爲原則，與日後不分正、餘各應一役的情況仍應有所區別。不過，無論如何，經由此番抽丁當軍，在衛餘丁已成爲衛軍缺額時最佳遞補人選，明朝政府藉著每丁配與餘丁若干，聽其"在營生理，供給軍裝"，使役使餘丁充當正役一事正當化。此後，餘丁參與衛所軍役的問題就再也不成其爲問題了。

南京龍虎左與豹韜左二衛係宣德六年（1431）九月改成都右、中二護衛官軍而設者。[55] 成都右、中二護衛設於洪武十九年（1386）七月戊午，[56] 遷南京時設衛已四十五年，因此隨軍調至的丁口衆多，致"月糧不足養贍"。其時在北京已有抽餘丁充役之舉，但在南京，一方面並無大量軍役的需求，另一方面考慮到餘丁在營生活困苦，"逃匿者多"，遂以一丁協助生理，"其餘願還原籍者聽"。這與宣德八年三月壬午"詔減軍衛餘丁之在營者"時的嚴厲措辭直不可同日而語，顯示出在短短數月之間，明朝政府對在營餘丁的態度已由原先強烈要求他們回原籍應充徭役大幅轉變，對個人的意願已有相當程度的尊重。[57] 而促成此一轉變的最大因素，應即是政府對餘丁充役問題的基本態度有了改變。

---

〔55〕 參見《明宣宗實錄》卷八三，頁 4a～b。豹韜右衛應爲左衛之誤。

〔56〕 參見《明太祖實錄》卷一七八，頁 5a。

〔57〕 顧誠（《談明代的衛籍》，頁 62～63）討論到這個問題，認爲"將衛所多餘人丁發還原籍州縣"的情形，"在明初和明中期以後都有"，理由是"到明中期由於衛籍人口的膨脹，難以維持生活，經朝廷批准，將部分衛所餘丁發回祖籍州縣"。事實上明朝政府處理在營丁口問題，歷經許多階段，初時顧及原籍賦役無人辦納，只准一丁在營協助生理；其後因在衛旗軍逃亡者多，衛所軍役乏人應充，開始以餘丁應役，對餘丁在營改採寬容的態度。顧誠引《明經世文編》卷二八，王驥《計處軍士疏》，以之爲景泰間事例，其實是宣德八年的事，見本文所引史料口。其後引萬曆《大明會典》卷一九《戶部·戶口》，天順八年例，則是有關附籍的規定。其文曰："令在營官軍戶丁舍餘，不許附近寄籍。如原籍丁盡，許摘丁發回。"這時丁口在營已不成其爲問題，多餘人丁因購置田產寄籍附近有司的條例亦已行之多年，何以突然禁止寄籍，原因仍有待究明。但此條例亦並未強迫餘丁回籍，僅規定在原籍丁盡的情況下，許摘丁發回；推想其目的在確保原籍軍戶田產有人繼續承種，間接保障衛所軍役的實現（按：原籍軍戶有幫貼衛軍之責）。這與衛籍人口的膨脹雖然有關，卻不能說是因爲人口膨脹，難以維持生活的結果。其中牽扯到寄籍的問題，更使問題複雜化。筆者曾對寄籍軍戶的問題做過初步的探討，今後仍將繼續研究。

　　明初社會久歷戰火，經濟衰敗。爲了復興農村經濟，需要大量人力投入生産。在明初政府的設計中，正軍户下除充當軍役的"正身"及其"當房家口"外，其餘人丁仍皆需回原籍負擔民差。衛所軍役僅及於正軍，餘丁完全不與軍役。可是隨著時間的累積，部分衛所發現有衛軍餘丁衆多，又不肯回原籍應役的問題。大體説來，一直到宣德八年初，政府對在營餘丁的基本態度仍是希望他們回原籍負擔民差、糧差的；對年久不知鄉貫或原籍查無户名者，則採取附籍有司的方式，使供辦糧差；若原籍差役供辦不缺，則多順其自然，不加干涉。然而，也就在這個時候，衛所軍役内容漸趨多樣，衛軍逃亡人數亦不斷增多，[58] 這也迫使明朝政府不得不苦心積慮設法增加兵源，在營餘丁被用充衛所工役乃至正役的情形越來越多。以餘丁應衛所之役已超出政府原初對軍户户役的要求，因此每有寬減之議。最後並在宣德四年明令免原籍、在營各一丁差使，俾得協助正軍生理，供給資費。餘丁既在營生理，其所免自然是與衛所相關之役，與原籍軍户所需應承的徭役無關，這是衛所軍役多樣化的必然結果。[59] 而長久以來政府對軍户餘丁所堅持的"原籍主義"也不復存在的必要，正統以後的軍政條例規定補役户丁應攜妻子一同赴衛；無妻者由里老親鄉出資爲之娶妻，同解赴衛，[60] 顯示出明朝

---

〔58〕　吳晗（《明代的軍兵》，頁116）説到明代衛軍逃亡的情形，微引如下："明史兵志記從吳元年十月到洪武三年十一月，三年中軍士逃亡者四萬七千九百餘。到正統三年離開國纔七十年，這數目就突增到一百二十萬有奇，佔全國軍伍總數二分之一弱。"可見衛軍逃亡致軍役乏人應承，也是促使在營餘丁參與軍役的一大要素。

〔59〕　以上討論，其實是針對王毓銓與李龍潛二氏的説法所作的檢討。王毓銓（《明代的軍屯》，頁52）謂："軍餘在營生理，協助正軍，所以他不當軍差，也免雜泛差役。"同書頁266注1又謂："在營餘丁和原籍户下一丁所免的差役是指'里甲'、'均徭'。他如'雜泛差役'，大概不能免。"二説彼此矛盾，顯示王氏對此問題似乎並無定見。李龍潛（《明代軍户制度淺論》，頁47）謂："按照明代衛所制度規定，餘丁要供給正軍出操戍守等路費，在内地衛所，是餘丁一人供應正軍一人；在邊地衛所，如遼東是'每一軍佐以三餘丁'。這些餘丁隨營生理，承應軍差。自然，也和正軍一樣，免去他們在郡縣軍户的徭役。"則以爲在營餘丁因需承應軍差，故被免去在郡縣軍户的徭役。此説甚不可解。由上文的討論可知，以在營餘丁承應軍差，是永樂以後順應現實逐漸發展出的，但因妨礙軍户生理，因此在宣德四年敕免一丁差使，使"專一供給資費"。而明代衛軍分配的衛所有些與原籍相距極遠，明朝政府既同意餘丁在營生理，就不可能再指望他們回原籍供役。定例免在營餘丁在原籍的差徭，可以説毫無意義可言。李氏另外對原籍軍户（李氏稱之爲郡縣軍户）免役所作的討論亦有問題，參見于志嘉《試論族譜中所見的明代軍户》，頁657。

〔60〕　參見于志嘉《明代軍户世襲制度》，頁78。

政府面對此一問題在態度上已有極大的轉變。新政策的目的在使衛所軍戶"在地生根"，多餘人丁毋需遣回，爾後遂成爲補充軍役的優先人選。

江西地區衛所發展的情形亦不例外。萬曆《南昌府志》卷九《軍差》有云：

> 國初正軍歲力操守正役，餘軍止聽繼爾。嗣是遵貼正軍，又嗣是輸有司草料。然而未有徭也。

從最初的止需聽繼到幫貼正軍，在營餘丁的任務已加重了一層；其後又需輸草料於有司，最後更添"均徭"之役。輸草料一事以缺乏相關資料，情況不明，"均徭"之役詳見下節的討論。

四、一條鞭法的實施與衛所軍役的改革

明代徭役自洪武元年定"均工夫"之制後，幾經改變。均工夫役本爲營建南京城而定，實施範圍最廣時及於直隸應天等十八府及江西全域。其法初以田一頃出丁夫一人，後以"四丁共轄一夫"。均工夫役一直到宣德年間仍存在於南京附近少數地區，自始至終屬於地區性強烈的役種。[61] 相對於此，明初以來各地普遍存在的是里甲與雜泛二役。明代的里甲制創行於洪武十四年(1381)，但在此之前，由於受到元代設里正的影響，早有所謂"里甲"、"里長"之稱出現。洪武三年給民戶帖，同年，湖州府施行"小黃册圖法"，以百家爲一圖，每圖以田多者一戶爲里長，管甲首十名，"催辦稅糧、軍需"。十四年命天下郡縣編造賦役黃册，其法以一百一十戶爲一里，推里中丁糧多者十人爲長，餘百戶爲十甲，每歲役里長一人、甲首十人管攝一里之事。凡十年一周，先後則各以丁糧多寡爲次。每里編爲一册，册首總爲一圖。里中有鰥寡孤獨不任役者，則帶管於一百一十戶之外，稱作"畸零戶"。此即明代的里甲制度。

里甲制度確立以後，里甲成爲國家稅役科派及徵收的基本單位。

〔61〕 參見山根幸夫《明代徭役制度の展開》，頁 8～14、87；岩見宏《明代徭役制度の研究》，頁 7～9；唐文基《明代賦役制度史》，頁 102～108。本文有關明代徭役改革的叙述，主要即參照此三書。以下除特別與江西有關的部分外，不特別註明引用頁數。另外，梁方仲《明代江西一條鞭法推行之經過》，《地方建設》2.12(1941)（收入《梁方仲經濟史論文集》，頁 180～200）、《明代一條鞭法年表》，《嶺南學報》12.1(1952)（同上書，頁 485～576）蒐集有關江西地區實施一條鞭法的史料甚詳，亦極具參考價值。

里長、甲首之役稱作"里甲正役",其所管攝之事,包括催辦稅糧、勾攝公事(如清理軍匠、質證爭訟、根捕逃亡、挨究事由)、編造黃册及支應上供、公費等。上供物料又稱作"供億"、"土貢"、"方物"等,乃是各地方人民提供給皇室及中央政府的物資,内容包括各種副食品、服飾、器皿以及官手工業生產原料、軍需用品等。洪武間課徵種類及數量尚稱有限,永樂以後逐漸增加,成化、弘治年間又繼續成長。地方公費是指地方政府爲推動行政所必需的各種經費,依支出頻度分爲"歲辦"、"額辦"與"雜辦"三類。明初僅木鐸老人一項爲人民負擔,其餘大多原屬官錢、官糧支辦;唯因以里長負責採買,可能發生官錢遲付或扣減的情形,遂逐漸轉嫁爲里長以至人民的負擔,項目也逐漸增多。里甲正役除里長、甲首外,國初江西地方尚設有糧長以追收二稅,設老人主風俗詞訟,設總小甲以覺察非常。[62] 另有些地方則設有塘長、書手等,各役皆與里甲制的營運密切關聯。

雜泛自明初即已存在。《大明令》記有祇候、禁子、弓兵、水站人夫、鋪司、鋪兵等六種,均以稅糧多寡爲賦課基準。洪武十八年定户等制,按民之丁糧多寡、產業厚薄分户爲上、中、下三等。此後除與驛傳有關各役外,所有雜泛差役俱照所分户等由里長臨時量户點差。雜泛的項目與日俱增,里長點差又不時發生貪污受賄、放富差貧的現象,爲使雜役的僉派儘量公平,正統年間出現所謂的"均徭法"。

均徭法爲江西地方官柯暹所創。正統八年(1443),江西按察僉事夏時進柯暹所撰《教民條約》及《均徭文册》式,於賦役黃册外另造均徭文册,以之編布,按二司隸卒。均徭之役亦每十年一輪,與里甲正役相隔五年。[63] 及弘治元年(1488),均徭法通行於全國,以均徭法編僉的雜役項目也越來越多,最後更以"均徭"稱呼所以均徭法僉派的雜役。此後,明代徭役一般可區分爲里甲、均徭、驛傳、民壯等"四差",而均徭内所含的雜役則逐漸形成銀差、力差與聽差之别,最後力差與聽差也折銀輸納。

一條鞭法的創行一説始於江西。嘉靖十年(1531),贛州都御史陶

〔62〕 參見山根幸夫《明代徭役制度の展開》,頁37。

〔63〕 參見山根幸夫《明代徭役制度の展開》,頁104~106;唐文基《明代賦役制度史》,頁228~231。梁方仲《明代江西一條鞭法推行之經過》,頁181。定其事在正統元年,今從山根説。

諧行條鞭，"概算於田，總括衆役。每夏税、秋糧，計田一畝，納銀止於二分三分。民自樂于征輸，而官不勞于督理。"除已明確出現條鞭之名，並且具備了" 賦役合一"、"計畝徵銀，官爲僱募"的基本内容。[64] 嘉靖三十五年，江西巡撫蔡克廉"顧里甲歲派雜辦多，民間不盡知。且不與糧偕徵，則奸民納其急者而遺其緩，終不輸官。而有司於派時不能盡勾考，吏緣爲奸，并均徭力差募人者，執帖取諸民，其率常數倍"。爲改革里甲、均徭二役，議爲一條鞭法。其法總計各州縣税糧及差役的和以決定徭役分派的標準，廢過去十年一輪之法，改爲十年均派。發帖於户，帖上備載所應納之數。民輸銀於官，官收其直而以時給諸募人。可惜受到"吏胥及積年利包攬者"的杯葛，未能付諸實行。時江西提學副使王宗沐纂《均書》，書中即載有條鞭法。《均書》的鼓吹增加了中央政府對條鞭法的認識，而中央政府的推動又促使各地方官加意推展條鞭。嘉靖末到隆慶初各地試行一條鞭法的風潮，就在這個背景下形成。[65]

嘉靖四十二年，海瑞任興國縣知縣，其時江西各地均徭、均平（即里甲）二差已實行一條鞭法，將力役折銀交納，按丁糧派徵。但各地施行的一條鞭法所含徭役内容不盡一樣，十年一輪的編派方法也繼續存在。嘉靖四十四年，周如斗巡撫江西，知民苦差徭欲行一條鞭法，因病卒於任。隆慶元年（1567），劉光濟以右副都御史任江西巡撫，繼其後苦心經營，隆慶二年遂行條鞭法於南昌、新建二邑。翌年，更擴展至江西全域。劉光濟的改革涵蓋里甲、均徭、驛傳、民兵等四差。其法總計四差銀，如南昌每歲應徵二萬三千兩有奇，新建一萬二千兩有奇，均分於丁、糧，即"身一丁，徵一錢五分有奇；税一石，徵一錢八分有奇"。改十年一輪爲每年均役，由於各年所需負擔的額數只及過去一年的十分之一，人民易於完納。而過去最被視爲重役的庫子、斗級等力差均改爲納銀，由官募人應役。[66] 劉光濟的一條鞭法僅是役法的改革，與隆

〔64〕 參見黄冕堂《論明代的一條鞭法》，頁 424～425；梁方仲《明代江西一條鞭法推行之經過》，頁 490。

〔65〕 參見岩見宏（1986，頁 205～207、215～217）。《均書》爲王宗沐所著《七書》中的一篇，其成書過程參見于志嘉《明代江西兵制的演變》，頁 1052；岩見宏《明代徭役制度の研究》，頁 124～125。王宗沐後於隆慶間在山東、鳳陽等處推行一條鞭法，參見唐文基《明代賦役制度史》，頁 301～305。

〔66〕 參見梁方仲《明代江西一條鞭法推行之經過》，頁 183～190；岩見宏《明代徭役制度の研究》，頁 205～215；唐文基《明代賦役制度史》，頁 294～297。

慶元年浙江餘姚知縣鄧林喬併賦、役爲一條的改革不同,凸顯出江西地方長久以來困於重役的窘境。而江西地區在均徭改革上的先進地位,對江西衛所也起了相當大的影響。萬曆年間江西地區衛所軍役的改革,一部分就是承襲自這個傳統。

另一方面,有關軍衛均徭的改革,也陸陸續續地發生。由於相關研究的缺乏,我們對這一部分的瞭解極爲有限。實錄中目前所知最早的記事見《明武宗實錄》卷一九,正德元年(1506)十一月乙酉條,其文曰:

> 巡撫順天等府都御史柳應辰言:順天、永平二府并各衛所差役不均,審戶雖有三等九則之名,而上則常巧于規免;論差雖有出銀出力之異,而下戶不免於銀差。且有司均徭當出于人丁,近年兼徵地畝;軍衛均徭當出於餘丁,近年兼派正軍。奸弊難稽,民窮財盡。必須總括府衛所當用之役,而均派於所見有之丁。

順天府爲國都北京所在,府下有許多親軍衛、在京衛及直隸後府之衛。[67] 正德元年以前,順天一帶各衛所差役已實施均徭法,以餘丁當差。軍衛均徭與有司均徭一樣,有銀差、力差之別,二者均按戶等分派。江西衛所是否有銀差? 史料不載。不過,明代衛所普遍存在有所謂"賣放正軍"、"辦納月錢"的情形,是即使正役亦可藉納銀、納錢的形式免役,銀差的出現當有其背景。

實錄中再見有關軍衛均徭的事,要到隆慶六年。《明神宗實錄》卷二,隆慶六年六月庚午條云:

> 撫治鄖陽凌雲翼疏言:祖宗建置衛所,海內皆兵。其在今日,冊籍空存,所在消耗,不過故與逃耳。然物故雖多,生齒日衆,此其弊又不在故,而在逃。往清軍御史清冊籍,……一曰:清丁差。衛所軍戶餘丁,初皆報名在冊,編派差使,歷年豈無逃故者? 亦豈無成丁者? 然丁差數年不一審,其審差也,亦止按故籍了事。乃使逃故之丁,差使尚存;見在之丁,隱占莫詰。一應虛差,皆于正軍名下取辦,故正軍之累,唯丁差爲最。宜如民間均徭事例,每年清審,量其貧富強弱編派,正軍逃故者開除,成丁者收補,使丁差苦樂適均,毫不累及正

---

〔67〕　參見于志嘉《明代兩京建都與衛所軍户遷徙之關係》,頁168～174。

軍。……一曰：清科派。衛所有力差，有銀差。力差如前議，可無累。唯銀差公費，不可已者。正銀之外，加倍多科，印官利於浪費，經收利于侵漁，各軍出辦不前，至并正軍月糧而扣抵之。今宜查衛所屯田若干，每田一分，止該差銀若干，造冊送御史查刷，仍置立循環簿稽考。

凌雲翼於此疏中未提及一條鞭法之名，只説參照民間均徭事例，重點則在"每年清審"，按軍力貧富強弱編派力差。銀差方面則由衛所屯田攤派，以充公費之所需。二者皆需造冊以爲依據。翌月，更經凌雲翼題准，成爲通行天下的軍政條例。此即譚綸等輯《軍政條例》卷七"審編丁差毋得偏累"條：

> 隆慶六年七月内該巡撫鄖陽都御史凌雲翼題，本部侍郎
> 石等覆准，行令各巡撫都御史及清軍御史，遇民間審編均徭
> 之年，選委賢能有司官，會同各該衛所掌印官，將各衛所均徭
> 悉照民間事例，參以舊規、人情，酌量人丁貧富，清審編派，毋
> 得偏累正軍。中間有舊規未善，應該劑量調停者，即爲區處。
> 勿止沿襲舊套，苟且了事。如有違誤者，悉聽巡撫、清軍官指
> 名參究。

不過，從萬曆十五年（1587）陳有年所上《酌議軍餘丁差以甦疲累事疏》可知，事實上到萬曆十五年南昌衛開始推行一條鞭法爲止，鄖陽之外僅在雲南一省有過類似的措施。南昌衛從始議到實現也是幾經議論，顯示軍衛均徭的條鞭化尚在開始起步的階段，由於可資借鏡者少，特別要求慎重。陳有年此疏是目前筆者所能掌握到有關江西軍衛實施一條鞭法最詳盡的資料，爲便於檢討，因此全文照録，並附於文末，以爲附録。

南昌衛推行一條鞭法改革起因於衛官役占軍餘。這本是各地衛所普遍存在的現象，南昌衛軍餘自也不能倖免。萬曆初年南昌衛軍的人數由國初的一萬二千餘減少至三千五百餘人，有很大一部分就是因不堪役占逃亡造成的。衛官役占軍餘，法有嚴禁，但其例仍層出不窮。原因究竟何在？前引萬曆《南昌府志》卷九《軍差》云：

> 國初正軍歲力操守正役，餘軍止聽繼爾。嗣是遵貼正
> 軍，又嗣是輸有司草料。然而未有徭也。今徭之派，若重困
> 之矣。乃欣欣然如解倒懸，曷故哉？緣武職世襲不易，故軍

戶世被役占,亦勢所必至者。

可知衛官役占軍餘,乃是受到世襲制的影響。明代衛軍與武官皆為世襲,衛所武官受到世襲制度的保障,世代以衛軍為奴。他們並且以軍戶家族為單位,不分男女老幼,皆用為奴隸。不僅如此,衛軍賴以維生的屯田、糧餉亦被武官侵奪一空,過酷的役占也使得衛軍疲於奔命,連原有的生計亦無法維持。衛軍不分貧富,俱不堪役占所困,逃亡相繼的結果,終於促使地方政府不得不出面為之解決。據陳有年前引疏所載,此案原由南昌衛軍餘譚國鎮提出,當時擔任南昌府同知的為顧其志。據萬曆《南昌府志》卷一二《職官》,顧其志任南昌府同知的任期始於萬曆三年至九年。但據同治《南昌府志》卷二一《職官·郡表》,顧其志任期應為萬曆三年至五年,萬曆五年以後改為陳大章。從萬曆三年至十五年初,此案歷經前任清軍右布政使張大忠、前任按察司清軍副使王世懋,前任江西巡撫王宗載以及前任巡按御史邵陛等人的層層查議,到陳有年接手此案,已經超過了十年。此時南昌府清軍同知已更換為洪有聲,江西布政司清軍右布政使為宋應昌,按察司清軍副使為宋堯武,巡按江西監察御史為孫旬,陳有年本人則是當時的江西巡撫。另外再加上屯田水利兼分巡南昌道僉事徐待、按察司按察使戴燿、布政司督糧道左參政鄭秉厚、都司掌印署都指揮僉事楊友桂,及南昌府知府范淶等多人"會議"。[68] 終於確定在每三年清審一次的前提

---

[68] 將陳有年疏中出現人物與雍正《江西通志·秩官》卷四七,頁 5a～b、13b、23a、35b、27b、5lb～52a、62a、69a 相比對,可知此案自始議至通過歷任官有多少。今略記如下,唯"( )"內姓名不見於陳疏。

　　江西巡撫:王宗載—(曹大埜—馬文煒)—陳有年
　　巡按監察御史:邵陛—(陳世寶—賈如式—韓國禎)—孫旬
　　布政司清軍右布政使:張大忠—(楊芷—王繢之—馬大煒—蘇愚)—宋應昌
　　布政司督糧道左參政:鄭秉厚(卷四七;頁 35b 作右參政)
　　按察司按察使:戴燿
　　按察司清軍副使:王世懋—(黃恩近—胡同文—林梓—孫代—金應徵—楊惟喬—
　　　　　　　　　　　王懋德—沈伯龍—林喬相—鄒學柱—沈應文—唐本堯—施夢
　　　　　　　　　　　龍)—清軍驛傳道副使宋堯武
　　屯田水利兼分巡南昌道僉事:徐待
　　都司掌印署都指揮僉事:楊友桂(卷四七;頁 69a 有都指揮使楊友桂)
　　另據萬曆《南昌府志·職官》卷一二,頁 47b～49b、同治《南昌府志·職官·郡表》卷二一,頁 44a～45b 可知:
　　南昌府知府:范淶(萬曆十三年至十八年任)
　　南昌府同知:顧其志(萬曆三至五年任)-(陳大章-朱熙洽-游有常-楊守仁)
　　　　　　　-洪有聲(萬曆十四年至十五年任)

下，"將該衛城、屯餘丁，比照鄖陽、滇南事例，悉照民户見行條鞭，徵銀雇募"。值得注意的是，南昌衛軍餘譚國鎮的告詞是送進南昌府而非南昌衛，而整個審議的過程除會同了南昌衛掌印并管操屯指揮及江西都司掌印僉事楊友桂外，可以説是在地方文官系統的主導下完成的。這顯示萬曆年間地方政府已有足够能力介入衛所事務，對於想要脱離世襲衛官迫害的衛所軍餘而言，無疑開啓了另一道門。

南昌衛實施一條鞭法的情況詳見萬曆《南昌府志》卷九《典制類·軍差》：

> 南昌前、左二衛原額正軍壹萬壹千貳百名，後併南昌一衛，見存食糧正軍參千伍百肆拾陸名，不議徵徭外，餘丁實在城丁貳千陸百零肆名。每丁上則派銀貳錢，中則派銀壹錢伍分，下則派銀陸分。前屯實在餘丁參千丁，每丁派銀伍分；左屯實在餘丁肆千伍百丁，每丁派銀陸分伍釐。前、左二屯田共正米壹萬陸千參百壹拾玖石，每石量派銀壹分，共派銀壹百陸拾參兩壹錢玖分。丁田二項，共派銀捌百玖拾玖兩柒錢伍分伍釐。除支給衛所各官徭役外，剩銀玖拾參兩柒錢伍分伍釐，存貯府庫，留作備補支用，登報循環。今議定編都司徭銀玖百貳拾柒兩陸錢，於裁革餘丁、精兵月糧係屯糧麥豆銀内支給，衛所各官徭銀并閏月備補銀，俱於丁田銀内徵給。續議都司禮生、操捕二衛書手、世襲指揮傘馬門役，於扣存精兵月糧麥豆銀内支給；中軍書記於備補銀内支給。

很明顯的，一條鞭法的適用範圍僅限於餘丁，正軍是"不議徵徭"的。餘丁分作城丁、前屯餘丁與左屯餘丁，每丁各派銀伍分至貳錢不等。這與陳有年疏中所謂"再照兩屯餘丁，初議之時，大約計有八千餘名，每名派銀一錢五分；今續查鹽場印册，共計二千二百五十名，每名止派銀三錢二分九釐。是前屯四丁朋一名者，各止納銀八分零，左屯三丁朋一名者，各止納銀一錢一分。較之初議，尤覺輕省。"又有不同。"鹽場印册"不知何所指，但所載"二千二百五十名"，應即府志中的"城丁"，萬曆十五年時實在 2604 名。前、左二屯餘丁府志中實在共 7500 丁，初議時則約有八千餘名。餘丁應納徭銀，初議時徵收對象僅及於屯丁，每名需派銀一錢五分；後擴大範圍至城丁，乃降前屯丁應納銀數爲八分零，左屯丁爲一錢一分，城丁則每名派銀三錢二分九釐。最後更分城丁爲三則,上則實際徵收額爲二錢、中則一錢五分,下則六分;屯丁則不分等則,前屯每丁納銀五分、左屯每丁納銀六分五釐。不足數的差額藉徵收田銀補足,其數附於屯田正米之下,每石派徵銀一分。總計丁、田二項,南昌衛的均徭銀年額共 899 兩 7 錢 5 分 5 釐,這是萬曆十五年清審後定下的額數。此後每三年清審一次,"成丁者收補,逃故者開除",在掌握住衛所餘丁正確人數後,重新決定每丁分派的丁銀額數。餘丁人數若有增加,每丁分派的額數便可遞減,反之則遞增。府志前引文對作業的詳細情形並未交代,但從陳有年疏"前屯四丁朋一名"、"左屯三丁朋一名"的敘述推測,城丁與前、左屯餘丁應是各成一單位,各有其總定額。而餘丁人數與丁銀額數的增減,也應以各自的單位爲範圍,在單位內調整。至於城丁所分三則,理論上也應按人數及經濟能力變動的實際情況,每三年做一次調整。

丁田銀用來支付的,只是南昌衛各官所需的徭役,其年額已達 806 兩。剩餘的 93 兩 7 錢 5 分 5 釐,就存放在府庫中,用作閏月加增或給中軍書記徭役之用,稱作"備補銀"。此外,南昌因爲是江西都司所在地,都司各官所需徭役亦復不少,因此又"議定編都司徭銀",及"都司禮生、操捕二衙書手、世襲指揮傘馬門役"。但這一部分不屬南昌衛餘丁的負擔,而另由"裁革餘丁精兵月糧係屯糧麥豆銀內支給"。此項銀兩的內容不詳,不過,《江西賦役全書·南昌府總》載有前屯洲地麥豆、席竹銀、原編餘糧折銀等與軍役、軍需有關項目,附記如下:

甲、前屯洲地麥豆共 578.470 兩,徵銀解都司募役健步書役。工食銀 554.109 兩,餘銀 24.361 兩,解府備充軍需。

乙、席竹銀 72.556 兩,內除租賃房屋紙張工食 39.1 兩外,餘銀 33.456 兩,解府作武舉、水手等項正支。

丙、原編餘糧折銀共 443.411 兩。內徵銀解都司并首領等官健步工食銀 389.262 兩,又除崩荒銀 53 兩,實餘銀 1.148 兩,解府以備軍需。

總計都司并首領等官募役健步、書役等共工食銀 943.371 兩,分由前屯洲地麥豆銀及原編餘糧折銀內徵銀,解都司支用。餘銀解府,備充軍需。武舉、水手等項正支,則由席竹銀解府支用。

江西都司及南昌衛所各官募役徭銀的內容,萬曆《南昌府志》有很詳細的說明,以下即開列其細目以見其一斑。

※　都司各官募役徭銀：

都司掌印 正堂	聽事吏6名	各工食銀5兩4錢	照例給閏
	門子2名,皂隸12名,轎傘夫6名	各工食銀7兩2錢	照例給閏
	常兵6名,館夫2名	各工食銀5兩2錢	照例給閏
	燈夫4名	各油燭銀1兩8錢	
管操、督捕 二衙	各聽事吏4名	各工食銀5兩4錢	照例給閏
	各門子2名,各皂隸10名,各轎傘夫6名	各工食銀7兩2錢	照例給閏
	各常兵6名,各館夫1名	各工食銀5兩2錢	照例給閏
	各燈夫2名	各油燭銀1兩8錢	
	書手各2名	各工食銀5兩2錢	
經歷、都 事、正副斷 事共肆員	各門子2名,各傘夫1名	各工食銀5兩2錢	照例給閏
	各肩輿夫2名,各皂隸6名	各工食銀7兩2錢	照例給閏
	各燈夫1名	各油燭銀1兩6錢	
司獄	皂隸2名,傘夫1名,馬夫1名	各工食銀5兩2錢	
都司	引禮生5名	各量給銀1兩2錢	
撫院中軍官	書紀1名	每月給米1石,折銀4錢	

※　南昌衛所各官募役徭銀：

見任指揮11員	各健步6名	各工食銀5兩2錢	照例給閏
見任世襲指揮9員	各增傘馬門役	共銀6兩	
見任納級指揮2員	各健步4名	各工食銀5兩2錢	照例給閏
衛鎮撫1員、千戶10員	各健步4名	各工食銀5兩2錢	照例給閏
所鎮撫3員、百戶6員	各健步2名	各工食銀5兩2錢	照例給閏
經歷、知事2員	各門子1名,傘夫1名,皂隸4名	各工食銀5兩2錢	照例給閏
本衛六房	總書1名	工食銀7兩2錢	
選補精壯兵士200名	操巡照正軍支給月糧,其值巡行糧,每名日給米1升,折銀4釐,其徭銀仍行追收		
餘丁充書記、火藥匠5名	每名歲給米12石		
操丁17名	每名歲給米1石8斗		
催糧軍餘23名	每名歲給米2石7斗		
本衛迎送雇船等費	於餘丁徭備補銀支給		

以上都司、衛所各役,除"選補精壯兵士二百名"以下各項例應由餘丁充任外;其餘各役皆先儘餘丁充役。充役者得領取徭銀或支領行、月等糧以爲報酬,但另一方面仍須繳納本身應納徭銀。若應役者不足數,"方聽雇民應役"。[69] 如此,民户亦參與了衛所雜役。這固然是衛所雜役改爲納銀募役後不可避免的結果,但若想到江西機兵亦在相當程度上取代了衛軍操守防禦的任務,我們對江西衛所在明末地方上所扮演的角色就有必要重估。可以說,江西衛所在有了漕運義務以後,就逐漸轉變成以漕運爲專業的衛所,至於漕運以外的任務,包括屯田、守禦在內,或成爲遂行漕運的手段,或非藉助機兵不足以成事。這或許可說是明代腹裏衛所的宿命。

萬曆《南昌府志》尚記有南昌衛正軍軍役,臚列如下:

都司六房科:書識并看守銅牌、打聽傳遞公文、看衙,共 36 名

操衙:撥充書識、看衙、傳遞公文、種園,共 6 名。續議:內除 1 名發回差操

捕衙:撥充書識、看衙、傳遞公文,共 6 名。續議:內除 1 名發回差操/充捕兵 14 名

經歷、都事,正副斷事:各撥充書識 1 名

看守司獄監 2 名

南昌衛六房:書識并護印、把門正軍,共 23 名

五所:各撥書識 2 名

衛經歷、知事:各撥書識 1 名

巡湖指揮:撥用 20 名

鄱湖守備:撥用 10 名

巡視上、下江:各撥 15 名

前、左二屯:各識字 1 名

內巡指揮:軍捕 15 名

外巡指揮:軍捕 30 名

廣潤、章江二門:各撥 15 名

進賢等五門:各撥看守 10 名

城鋪 71 座:每座看守軍 4 名

---

[69] 參見萬曆《南昌府志》卷九《典制類·軍差》,頁 16a。

軍器局:撥充局匠 40 名,比照養馬軍例,月加米 2 斗/看守軍 4 名

預備倉:撥看守 1 名

漕運把總并運糧指揮、千百户,共催運 54 名

南昌衛運船 212 隻,每隻運軍 10 名(共運軍 2120 名)

本衛中軍吹鼓手 132 名

養馬軍 30 名

火藥匠 23 名

鎮撫監:識字 1 名/軍禁 9 名

見在紀録 9 名、老疾 14 名

實在營輪撥操巡正軍 539 名

陳有年前疏尚且提到,遇有正軍逃故的情形,即將該正軍户内現存餘丁頂補原有之正軍役,該餘丁原需負擔之丁銀即予除豁。除非户下別無餘丁,不可輒行原籍勾擾。此法施行以後,若有衛官仍敢役占軍餘,或包納月錢、額外多徵丁田銀者,定"照例查參,用示警懲"。萬曆《南昌府志》卷九《軍差》記條鞭法之施行,謂:

> 惟軍餘各輪徭以雇役,則武職使令不乏,餘軍咸得脱
> 占以治生業,則正軍聽繼有人,是豁餘軍乃以翼正軍也。
> 邇者自兩院灼見利病,特爲疏請,復行司道暨本府酌議。
> 自萬曆十五年一切定爲徭役,丁多遞損,丁少遞增,法紀
> 畫一,正餘兩利。所以拯焚溺而登諸衽席者至矣。

唯功效如何,無從考證。

最後要討論的是,南昌衛施行一條鞭法以後,江西都司屬下其餘衛所是否跟進的問題。根據陳有年的奏疏,江西都司各衛所是應該一體查編施行的。然而,《明神宗實録》卷一八一,萬曆十四年十二月丙戌條記陳有年此疏僅謂:

> 更定江西南昌衛所軍餘丁差徵銀募役,不許衛所官占
> 役包納。從按臣陳有年請也。

並未提到其他各衛所亦一併施行之事。從南昌衛由議起到議定花費的時日來看,其他各衛所要跟進也不是一朝一夕可以達成的。這或許可以解釋方志中何以未能有較多資料殘留的原因。方志中留有明確記録的如天啓《贛州府志》卷一一《名宦志·郡守佐》"祁汝東"條下云:

> 撫院陳公有年以衛所軍餘每苦占虐，奏請丁差視州縣
> 條鞭法徵銀雇募，以甦積困。檄下，公如法編派，又以屯
> 田高下分等則，以定運軍年限。衛所至今利賴之。

是爲一例。同書卷一二《兵防志·軍屯》更詳載其法爲：

> 萬曆間郡丞祁公汝東目擊運軍之苦，建議以田定運。
> 田分上、中、下三等，上田連運三年，中田二年，下田納
> 徭。法初行時，簡易直截，上下稱善。公去而法稍變矣。
> 欲變法而先去其籍矣。籍去而田則冒亂，互相推展矣。以
> 肥爲磽，以成熟爲荒廢。每至臨運，猾者巧脫，貧者泣隅，
> 驅之上運，如赴湯火。卒之運事敗而官與俱敗。是豈法之
> 咎哉？嗟乎！有治人，無治法。蓋自古記之矣。

萬曆年間祁汝東在贛州府的改革，是在陳有年的一條鞭法之上，再配合贛州府的實際情況，進一步"以田定運"。其法將屯田分爲上、中、下三個等則，有上田者需連續三年承運，中田者承運二年，下田者則只需繳納徭銀，不必承運。實施的細節雖史無明文，但從上引文字可以窺知，必須先定其籍，而後按籍派役。祁汝東在時，册籍清明，法又直截易行，上下俱以爲便。及祁既去，奸徒謀變其法，遂從更改册籍下手。於是田則冒亂，上田者得以巧脫，下田者驅之上運，無怪乎運事敗壞，民受其害了。所謂"有治人，無治法"。正是明末江西各地此起彼落的改革何以終究無法解決問題的根本原因。

贛州衛因爲祁汝東的推行，其丁差得以條鞭徵銀僱募。另一種可能性見萬曆《建昌府誌》卷七《武備》。其文云：

> 都司徭銀歲解一十二兩。本所公費一十八兩。吏目柴
> 薪一十二兩。已上三項俱屯田內取給。

萬曆年間建昌所每歲由屯田籽粒米折銀中撥出十二兩解送都司充作都司徭銀，當是配合萬曆十五年南昌衛施行一條鞭法徵收都司徭銀；但萬曆《建昌府誌》中同時記有萬曆三十八年知府鄔鳴雷、推官陸鍵清理軍政事，其中有關衛所雜役的部分，定由下班操軍輪充，全不及徵銀雇役之事。[70] 我們由此也可推測，即便是有若干衛所未及與南昌衛同時就衛所內各項差役編定徭銀，一體改行一條鞭法；由

---

[70] 參見萬曆《建昌府誌》卷七《武備·清操》，頁9a。又詳本文第三節。

於都司徭銀數額較爲龐大，且所牽涉的並非一衛一所之事，應該是由各衛所分擔的。可以説，藉著都司徭銀的徵收，江西各衛所至少已部分參與了一條鞭法的改革。

五、結　語

明初立軍衛法，自京師達於郡縣，皆立軍衛。衛所正軍本以征伐防禦爲務，正軍缺伍，以户内餘丁爲繼。此即所謂世襲軍户制度。軍户制度與衛所制度交互爲用，可保兵源不致匱乏，但非戰之時如何養兵乃至於用兵，卻也成爲一大考驗。明代江西地區設衛甚早，洪武間江西衛軍經常被派往各地攻城略地。永樂二年以後，大量衛軍投入軍屯，屯軍、守軍各有一定的比例，成爲衛所中最重要的兩個軍種。永樂十二年開始以衛軍河運漕糧，十九年國都北遷。在此前後，江西衛軍也有不少被徵調參與漕運。由於各軍軍種已定，一軍二役遂不可避免。部分衛所採取“計田起運”的方式，以屯軍兼運，而以餘丁種屯。有些衛所則因屯軍逃亡，撥運軍種屯。操守、屯田、漕運俱屬衛所正役，另外如局匠、馬軍、巡捕各役也常設有軍政官專管，屬於正役的範疇。江西衛所另有所謂的雜役，大別爲武職隨從與衙門差使二類。洪武間雜役均由正軍輪充，人數也都有嚴格的限制，可是隨著衛所軍役内容的擴大，衛軍逃亡人數衆多，加之世襲武官役占的情形也愈來愈嚴重，以餘丁充役遂成爲常態。

明初餘丁本無役，只需在軍伍出缺時繼承軍役。當時因爲久經戰亂，社會經濟衰退，基於復甦地方經濟的考量，政府對軍户餘丁採取的是“原籍主義”。洪武、永樂年間，軍户在營有餘丁者，除正軍當房家小，其餘盡數回籍當差。宣德四年二月，復軍户原籍與在營各一丁差使，使專一供給正軍。宣德八年，更詔減軍衛餘丁之在營者。但也就在宣德年間，明朝政府對餘丁在營的態度起了變化。這時各地衛所餘丁繁衍已多，有些還在衛所附近購置田産，政府只得允許這些餘丁“附籍”有司，“辦納糧差，聽繼軍役”。部分多餘的在營餘丁則被抽補充役，充軍役者各免餘丁數人以幫貼生理。正軍、餘丁的區別漸無意義，正役、雜役的分别也愈來愈小。人丁多的衛所不分正軍、餘丁、正役、雜役，以一人一役爲原則；人丁少者則維持雜役由正役者輪充的方式，但正軍、餘丁一體應役的情形則無異於丁多衛所。餘丁充役者基本上與正軍糧額相同，有些衛所則稍減其額外加米或鈔銀以示區別。江西都司計有三衛十一千户所，加上直隸前府的九江衛，各衛所情況很不一致，顯示出中期以後各衛所發展的分歧性。

江西都司衛所軍役到了萬曆年間有了改革的機運。萬曆三、四年間，江西全省已施行一條鞭法，軍衛系統方面也有鄖陽、滇南二地推展均徭。南昌衛軍餘譚國鎮告請將該衛軍餘丁差比照民户條鞭徵銀雇募，以杜役占，至萬曆十五年議准實施，此後，餘丁只需繳納徭銀。部分募役限由餘丁應充，充役者得支領行、月糧銀；其他則先儘由餘丁充役，不足時得募民應役。如此，民户亦參與了衛所雜役，明初以來軍、民系統間的嚴格分際漸趨模糊。另一方面，江西地居腹裏，衛所的軍事功能本無法與沿邊或沿海衛所相提並論。中期以後，衛所成爲營兵制的一環，[71] 衛軍的軍事防衛機能逐漸爲機兵所取代，江西衛所更形同以漕運爲專業的衛所。明初以户籍區分軍民的制度，至此可説完全崩壞。

附錄：陳有年《陳恭介公文集》卷二《酌議軍餘丁差以甦疲累事疏》全文

欽差巡撫江西等處都察院右僉都御史臣陳有年題：爲酌議軍餘丁差，以甦疲累事。據江西布政司清軍右布政使宋應昌呈：奉臣等會案：照得衛所爲地方之守禦，軍餘皆朝廷之赤子。文武官僚職掌雖殊，軍民休戚痌瘝則一。近見有司之於百姓，心存奉公而類多優恤；衛所官之於軍丁，志在營私而類多朘削。既有正軍以聽差操，又有餘丁以供役使。勒收空月，富者竭其脂膏；強佔私家，貧者瘁其筋力。士農盡奪其本業，妻子悉屬其奴僕。以致逃亡繁衆，行伍空虛。即如南昌一衛，國初額軍萬餘，迄今止存三千五百，則他可知也。失今不爲議處，將來之疲困，殆有不可勝言者矣。查得先該兩院批：據布按二司清軍道議呈遵例甦軍事宜，已經陞任張布政、王副使會議：要將該衛城、屯餘丁，比照鄖陽、滇南事例，悉照民

---

[71] 江西地區在明代中期以後於各地廣設兵營，營兵的最大來源是民兵，另外也包括了少部分衛軍。詳見于志嘉《明代江西兵制的演變》，頁 1059～1061。

戶見行條鞭，徵銀雇募。在各軍無終歲拘役之擾，在各官有額設雇役之銀，勞逸適均，官軍兩便。且編派之區畫詳盡，條款之開載分明，擬合再議，以甦疲累。案行本道，即便會同按察司清軍屯田道，查吊原議始末文卷，備行南昌府掌印清軍官，公同該衛掌印并管操屯指揮，逐一虛心審查，從長計議。要見原議坐派餘丁，勞逸果否適均？納銀雇役，官軍果否兩便？裁減有無滯礙？今當作何調停？可否通行概省衛所，一體查議編派？固不得偏聽衛官，致累軍丁；亦不得輕信軍丁，致虧武弁。務求停妥，可垂永久。明白呈道。仍會同在省各司道再加覆議確當，具由通詳裁奪。等因奉此。卷查：先該前任清軍右布政使張大忠、按察司清軍副使王世懋呈，蒙撫按衙門批，據南昌衛軍餘譚國鎮等告詞：為甦軍事。已該二道行據南昌府同知顧其志議，將該衛軍餘丁差，照依民戶條鞭，一例雇募，以杜役占緣由。詳奉巡撫江西右僉都御史王宗載批：據議，條析頗明，但守城餘丁應否撤回？今以革出正軍頂補，是否名數相當？該道會同各該衛門，從長酌議，詳妥報奪。并蒙巡按御史邵陛批：軍職占役餘丁，明例嚴切，乃犯者往往而是。獨南昌衛官豪橫，凌虐更甚。即尚書旅襯甫及岸，而四歲官生輒忍紅票拘役，以逞其狼貪虎噬之威。餘若几上肉可推矣。據議，精詳妥貼，矣奮解千萬丁目前倒懸之苦，誠世世出水火，而登之衽席之上矣。且於祖制有愛禮存羊之意，而軍職人人實受其惠，有利而無害，是教之以正，愛之以德，法莫有善於此。但創行之始，不厭慎重，布政司會同按察司，再一覆核通詳，依蒙會行。覆議未報，續奉前因，就經行據南昌府申，准本府清軍同知洪有聲議稱：查得軍餘丁差，始自隆慶六年。奉鄖陽撫院題奉欽依，通行天下。而軍政條例亦刊有審編均徭，毋得偏累之款。其鄖陽、滇南二省，遵行已久，故南昌衛餘丁譚國鎮等做例告願納徭雇役，事有可據。緣非新議。但查武弁跟隨軍伴，雖額有定數，然近來各官率為營私，或違例賣放正軍，侵奪屯田；或用私濫捉餘丁，充役奴隸。甚至一官包占數十，富者坐納月錢，貧者勞其筋骨。磨累殆盡，漫無優恤。是以尺籍徒存，行伍漸耗，軍額日削，職此由也。節經院、道議：將在城軍餘并兩屯軍舍餘丁，比照雲南事例，悉如民戶見行條鞭，徵銀雇募答應，則各官勢無濫役之弊，餘丁少甦偏累之苦，誠平賦均差，官軍便宜之良策也。及

查都司各官，除原額看守印信、銅牌、倉、局、司獄、書識正軍，
量留著役外，革出濫役餘丁，照例納徭改募。聽事、吏役、門皂、
常兵、館夫等役；共該工食銀八百八十五兩六錢零。又南昌衞經歷、
知事及指揮、千百户，鎮撫等官，除原額護印、識字及聽差正軍量
留外，革出濫役正軍派補操守，餘丁照例編徭。經歷、知事各官改
編門皂、傘夫，指揮、千百户、鎮撫等官改編健步等役，共該雇募
工食銀一千七百二十八兩入錢。以上司、衞各役，名數、工食多寡
不等，另造款目冊報。再照兩屯餘丁，初議之時，大約計有八千餘
名，每名派銀一錢五分；今續查鹽場印冊，共計二千二百五十名，
每名止派銀三錢二分九釐。是前屯四丁朋一名者，各止納銀八分零，
左屯三丁朋一名者，各止納銀一錢一分。較之初議，尤覺輕省。一
費永逸，人情無不樂從。但南昌衞所餘丁既以納徭，則袁州等外衞
所俱當一例施行。緣由備關到府。該本府知府范淶覆：看得軍政條
鞭之法，欲行數年，祇因事在創始，集議須詳，以故節奉行查，延
久未定。今據所開，條目已悉，酌議頗周。詢諸軍官軍人，皆稱良
便。惟於導從之役稍寬，輸差之則稍裕，庶可久行。況裁出正軍，
得以充實行伍；嚴禁私役，得以盡洗敝規，亟當允議通行，以慰各
軍引領之望。列款造冊，備申到道。該布政司清軍右布政使宋應昌、
按察司清軍驛傳道副使宋堯武、屯田水利兼分巡南昌道僉事徐待，
會同按察司按察使戴燿、布政司督糧道左參政鄭秉厚、都司掌印署
都指揮僉事楊友桂，會看得：南昌衞附省衝繁，差多軍少，每遇無
人走使，毋論正餘濫役，沿襲成弊。中多包占，富者交納月錢，貧
者甘屬奴隸，一人當軍，全家受害。較之民户，若（苦）誠過倍。
查得該衞原額軍士萬餘，今止存三千五百餘名，蓋由各官日剝月削，
流離故絕，至於如此。邇來軍餘譚國鎮等苦告比例，願納徭銀，無
非使户丁各得安生，以杜侵擾之害。節經查議，多以創始慎詳，展
轉反覆。以致寢延數載，猶豫未決。今該同知洪有聲，又該知府范
淶，及該司道會議劑量，似已條悉。茲復稍寬其數，欲圖經久，揆
之人情、事勢，俱亦相應。再照貧富消長，老幼逃故，三年之中，
勢不能免。若不清審一番，何以得均？故須三年一次委官清查，老
廢逃亡者開除，幼丁遺漏者報補。且各官年久，不爲查審則前弊復
作，軍人不無重累。合於委官審徭之時，就令審其三年之間各官有

無役占，及軍人投託買閒等弊。仍示衆軍赴審之時，許令明白票報，以憑委官呈詳，院司據法參究，庶立法嚴則人知畏憚，審編定則徭役自平。除前後查議增損始末詳悉，條款數目候詳允日，備造書冊刊發遵守；仍通行各該衛所，一體照例議行。等因到臣。據此案照：先該臣等奉命撫按江藩，入境以來，思所以奉揚皇上恤軍愛民德意，凡可爲其興利除害，以令受一分之賜者，便宜次第舉行。周敢後時。所有軍衛條鞭之法，誠爲革弊甦困之方。中間慎始慮終，區畫詳盡，舉而行之，實爲官軍兩便。遽以顧忌寢格，殊爲可惜。臣隨會同巡按江西監察御史孫旬，案行該道，再加會議去後。今據前因，該臣等會看得：衛所武弁，承遠祖之功勳，竊清朝之禄位。一籌未展，既安享章綬之榮；方寸有知，當勉圖涓埃之報。夫何纔濫貂續，即肆狼貪。假耳目於奴僕，恣魚肉於軍人。或侵奪屯田而冒其糧餉；或濫役軍丁而勒其錙銖。甚有一官而包占數十卒，宴會酒席，坐之軍吏；祭祀儀品，派之餘丁。凌虐迫于妻孥，驅使及于童稚。商不得行貨，農不得服耕，學藝者令其赴工，習讀者強其去業。由祖及孫，世屬其奴隸；自少至老，日伺其門庭。富者盡財，貧者竭力，以故流竄死亡，不啻過半。及查先據建昌所運軍黃珊等，原以直隸改附，而告願舍近以就遠；廣信府生員方以嘉等，亦以廣、鉛軍户，而告願照丁以納銀。蓋緣軍屬武職，役占之例雖嚴，經制之法未備，則其虐害之弊，在在不免，微獨南昌一衛已也。但該衛地附省會，事體倍於繁難，軍士疲於奔命。所據司道會議，欲照民户及雲南等省軍衛見行條鞭事例，酌丁編差，徵銀招募，銀一輸納，身即空閒。私室寧居，軍無拘集之擾；公家服役，官有工雇之銀。委爲衆樂易舉，勞逸適均，輿情稱便，經久可行。相應遵例題請，以慰軍士延頸之望，以廣皇上優恤之恩。伏乞敕下兵部，再加酌議。如果臣等所言，於明例無悖，於軍伍有裨，速爲題覆。仍行咨劄臣等，轉行各該司道，督行府、衛掌印、清軍等官，即於萬曆十五年爲始，遵照派徵施行，以後每三年聽二司清軍道呈委廉能有司，督同該衛掌印、操屯指揮，照例清審一次。成丁者收補，逃故者開除。仍以前定差銀爲準，丁多則遞減，丁少則遞加。遇有正軍逃故，即將本户見在餘丁頂補，差銀照例除豁。毋得輒行原籍，一概勾擾。該衛各官敢有仍前役占，及包納月錢，或額外過徵者，查訪得出，或被告發，定行照例查參，用示懲警。其餘衛所仍令一體查編，以甦困累。庶法紀畫一，而軍戶凋瘵之子遺，將遂更生之願矣。唯復別有定奪，緣係酌議軍餘丁差，以甦疲累事理。未敢擅便，爲此具本，專差承差張錦，親齎謹題請旨。

參考書目

一、方 志

嘉靖《江西通志》三十七卷，〔明〕林庭㭿、周廣等纂修，明嘉靖四年刊本，成文780。

萬曆《江西省大志》八卷，〔明〕王宗沐纂修，陸萬垓增修，明萬曆二十五年刊本，成文779。

雍正《江西通志》一六二卷首三卷，〔清〕謝旻等修，陶成等纂，清雍正十年精刊本，文淵閣《四庫全書》本513～518。

天啓《贛州府志》二十卷，〔明〕余文龍修，謝詔纂，明天啓元年刊本，成文960。

乾隆《吉安府志》七十五卷，〔清〕盧崧等修，朱承煦等纂，清乾隆四十一年原刊本，成文769。

正德《袁州府志》十四卷，〔明〕嚴嵩纂，明正德九年刊本，天一37。

萬曆《南昌府志》三十卷，〔明〕范淶修，章潢纂，明萬曆十六年刊本，成文810。

同治《南昌府志》六十卷首一卷末一卷，〔清〕謝應鑅重修，曾作舟纂，清同治十二年南昌縣學刊本，成文812。

嘉靖《九江府志》十六卷附圖，〔明〕何棐、李泛纂，明嘉靖六年刊本，天一36。

嘉靖《廣信府志》二十卷，〔明〕張士鎬修，江汝璧纂，明嘉靖五年刊本，天一續45。

嘉靖《鉛山縣志》十二卷，〔明〕朱鴻漸修，費寀纂，明嘉靖四年刊本，天一續46。

正德《建昌府志》十九卷，〔明〕夏良勝纂，明正德刊本，天一34。

萬曆《建昌府誌》十五卷，〔明〕鄔鳴雷、趙元吉等纂修，明萬曆四十一年刊本，成文 829。

乾隆《建昌府志》六十五卷，〔清〕孟昭等修，黄祐等纂，清乾隆二十四年刊本，成文 830。

弘治《撫州府志》二十八卷，〔明〕胡企參等修，黎喆纂，明弘治十五年刊本，天一續 47～48。

康熙《撫州府志》三十六卷，〔清〕曾大升等纂修，清康熙二十七年刊本，成文 927。

＊天一：《天一閣藏明代方志選刊》，上海：上海古籍書店，1981～1982。

＊天一續：《天一閣藏明代方志選刊續編》，上海：上海書店，1990。

＊成文：《中國方志叢書》，臺北：成文出版社，1989。

二、其　他

于志嘉《從衛選簿看明代武官世襲制度》，《食貨月刊》復刊 15.7·8 (1986－1)，頁 30～51。

于志嘉《試論族譜中所見的明代軍戶》，《中央研究院歷史語言研究所集刊》57.4 (1986－2)，頁 635～667。

于志嘉《明代軍戶世襲制度》，臺北：學生書局，1987。

于志嘉《明代兩京建都與衛所軍戶遷徙之關係》，《中央研究院歷史語言研究所集刊》64.1 (1993)，頁 135～174。

于志嘉《明代江西兵制的演變》，《中央研究院歷史語言研究所集刊》66.4 (1995)，頁 995～1074。

于志嘉《明代江西衛所的屯田》，《中央研究院歷史語言研究所集刊》67.3 (1996)，頁 655～742。

于志嘉《幫丁をめぐって——明代の軍戶において——》，《西嶋定生博士頌壽記念論文集·東アジア史の展開と日本》，東京：山川出版社，印刷中。

山根幸夫《明代徭役制度の展開》，東京：東京女子大學學會，1966。

不著編人《江西賦役全書》不分卷，《明代史籍彙刊》25，臺北：臺灣學生書局，據明萬曆三十九年江西布政司刊本影印，1970。

王毓銓《明代的軍屯》，北京：中華書局，1965。

王瓊《漕河圖志》八卷，弘治九年序，臺北故宮博物院藏本。

李東陽等奉敕撰、申時行等奉敕重修，萬曆《大明會典》二二八卷，臺北：新文豐出版社，據萬曆十五年刊本影印，1976。

李龍潛《明代軍戶制度淺論》，《北京師範學院學報》1982年第1期，頁46～56。

吳晗《明代的軍兵》，《中國社會經濟史集刊》5.2（1937），收入氏著《讀史劄記》，北京：生活·讀書·新知三聯書店，1956。本文所引頁碼爲《讀史劄記》之頁碼。

岩見宏《明代徭役制度の研究》，京都：同朋舍，1986。

星斌夫《明代漕運の研究》，東京：日本學術振興會，1963。

唐文基《明代賦役制度史》，北京：中國社會科學出版社，1991。

梁方仲《明代江西一條鞭法推行之經過》，《地方建設》2.12（1941），收入《梁方仲經濟史論文集》，北京：中華書局，1989。

梁方仲《明代一條鞭法年表》，《嶺南學報》12.1（1952），收入《梁方仲經濟史論文集》，北京：中華書局，1989。

張廷玉等撰《明史》三三二卷，臺北：鼎文書局，新校標點本，1975。

陳子龍等選輯《明經世文編》五〇四卷補遺四卷，崇禎十一年定稿，北京：中華書局影印本，1962。

陳有年《陳恭介公文集》十二卷，明萬曆壬寅餘姚陳氏家刊本，臺北故宮博物院藏本。

陳詩啓《明代官手工業的研究》，武漢：湖北人民出版社，1958。

湯綱、南炳文《明史》上下冊，上海：上海人民出版社，1985。

黃冕堂《論明代的一條鞭法》，收入氏著《明史管見》，山東：齊魯書社，1985。

黃彰健《明代律例彙編》上下冊，《中央研究院歷史語言研究所專刊》75，臺北：中央研究院歷史語言研究所，1979。

黃彰健校勘《明實錄》，臺北：中央研究院歷史語言研究所據國立北平圖書館紅格鈔本微捲影印，1962。

黃開華《明政制上並設南京部院之特色》，收入氏著《明史論集》，九龍：誠明出版社，1972。

　　楊一凡《明大誥研究》，江蘇：江蘇人民出版社，1988。

　　霍冀輯《軍政事例》（又作《軍政條例類考》）六卷，嘉靖壬子序，日本尊經閣文庫藏本。

　　譚綸等輯《軍政條例》（又作《軍制條例》）七卷，萬曆二年刊本，日本內閣文庫藏本。

　　顧誠《談明代的衛籍》，《北京師範大學學報》1989 年第 5 期，頁 56～65。

※ 本文原載《中央研究院歷史語言研究所集刊》第 68 本第 1 分，1997 年。
※ 于志嘉，東京大學博士，中央研究院歷史語言研究所研究員。